凡人，必有一死
英甫呢，眼下是坐在8750米的高度等死
这是珠峰第三台阶的脚下
这应该是人类有史以来等死的最高高度了

珠峰海螺

A Conch on Mount Qomolangma

黄怒波 著

人民文学出版社

图书在版编目（CIP）数据

珠峰海螺/黄怒波著. —北京：人民文学出版社，2021
ISBN 978-7-02-015819-5

Ⅰ.①珠… Ⅱ.①黄… Ⅲ.①长篇小说—中国—当代 Ⅳ.①I247.5

中国版本图书馆 CIP 数据核字(2021)第 072637 号

策划编辑	脚　印
责任编辑	王　蔚
装帧设计	刘　静
责任印制	宋佳月

出版发行　人民文学出版社
社　　址　北京市朝内大街 166 号
邮政编码　100705

印　　刷　三河市博文印刷有限公司
经　　销　全国新华书店等

字　　数　380 千字
开　　本　890 毫米×1290 毫米　1/32
印　　张　15.875　插页 3
印　　数　1—10000
版　　次　2021 年 5 月北京第 1 版
印　　次　2021 年 5 月第 1 次印刷

书　　号　978-7-02-015819-5
定　　价　66.00 元

如有印装质量问题，请与本社图书销售中心调换。电话：010-65233595

献给珠峰新高度

脚 印 工 作 室

凡是人的灵魂的伟大的审问者，同时也一定是伟大的犯人。审问者在堂上举劾着他的恶，犯人在阶下陈述他自己的善；审问者在灵魂中揭发污秽，犯人在所揭发的污秽中阐明那埋藏的光耀。这样，就显示出灵魂的深。

——鲁迅

第一天

大难临头

一

凡人，必有一死。

托尔斯泰笔下的伊凡·伊里奇是躺在病床上明白了这一事实的。他惊恐至极，仰面瞪着天花板，双拳握得紧紧的，两腿任性地蹬直了，单音调地"啊，啊"大叫了三天，才闭上了眼。

他终于死了，老婆女儿都松了一口气。一个牌桌上的同事们，开始猜测和盘算，谁能抢先弄到他腾出来的职位。

英甫呢，眼下是坐在8750米的高度等死。

这是珠峰第三台阶的脚下。

陡峭的山脊上，一块直径一米左右的蘑菇形黑色石头，半被冰雪掩埋着。

他背靠着这块冷硬的山石，低垂着头。脚下，是从人间爬上来的路。

此刻，是2013年的5月17日的下午6点。

这个男人，在人类有史以来等死的最高高度，被风雪肆虐着。

又厚又重的风雪，从世界的四面八方赶来，围着这巅峰，呼啸，尖叫，狂舞，抽打。

这个随时要被山神怒气冲冲地一把拍碎的生灵，穿着一身鲜红的连体羽绒服,从头到脚,被裹进一张猩红色的救生毯里。双胯间,一根用路绳做成的简易安全带固定住了他。绳子的另一头,系着安全锁,牢牢地扣在石头下的保护点上。

风,轻易吹不走他。但他想站起来,活着走下去,也更难了。

往日珠峰顶上的旗云,被高空风撕碎了。雷电,从宇宙的深处,又闪又吼地在英甫的头顶直劈下来。好似在响应,狂风暴怒地席卷着冰冷坚硬的雪片、冰粒以及野性十足的各种石砾,从他脚下的万丈深渊,以蹿出地狱般的邪气污秽扑了上来。

这是世界之巅,太高了。高得再没有任何人间事物,能从上而下。高得此刻的他,再也没有什么可以依靠。

除去那越来越密集的电闪雷鸣。

那,一定是上帝的怒火!

就在英甫想到了上帝的时候,一簇枝形闪电,在他的头顶炸裂。

紧密的风雪一抖动,带着凄厉的尖叫声四散开来。一眨眼,魔王般的钢鞭又抽打回来。更密集,更冷硬,更暴怒。

耀眼的余光,仅仅把风雪穿透了一条小缝,转瞬即逝地映清了这个等死的男人。

上帝啊,你要审判了。

上帝,此刻审判的,也许是另一个人。

——一个死了多年的外国山友。此刻的他,正挺着后脊梁,侧卧在英甫后背的冰雪下。

他腰间的安全带上,一根细细的路绳,也被系在了石头下的保护点上。他的连体羽绒服是蓝色的,露出冰雪的一部分,经过多年的风吹日晒,像一道山石上陈旧的伤痕,疼痛地紧缩着。

二

"起来,快起来呀!死也不是在这个地方!"

2013年5月17日早上8点,向导加措跟着英甫手忙脚乱地从第二台阶的金属梯上刚爬上来,立刻就怒吼起来。

他一把把英式氧气面罩拉到下巴上,低着头,弯下腰,双手撑在两腿膝盖上,瞪着跪下来把头抵在岩石上的英甫。

风太大了,吹得精瘦的他来回晃动,也把他的话刮到了九霄云外。

在加措深深吸一口气又要喊叫时,英甫把头从岩石上抬了起来,仰面向天。两手又夹又拉地把英式氧气面罩从嘴上拉到了下巴。

"喘不过——气!"

加措挺起了腰,横跨了一步,绕到他的面前。英甫那张颧骨满额的脸上,正大张着口,贪婪地吸着山风。他用右手指着自己上下两片厚实的裂开了的嘴唇。那道山根高高隆起的鼻梁,也抽动着。平日里爱瞪着人说话的伏犀眼,痛苦地挤成了三角眼。

"起来!"加措吼着,弯下腰去拉英甫。一股回过头来的疾风,从第二台阶的金属梯上追了上来。犹如山神愤愤地一甩大巴掌,把他也拍跪在了英甫的面前。

看着英甫狂吞着含氧量不到百分之十的山风,加措明白,是刚才在那架近六米高的金属梯上出了问题。

清晨的山风,是从北壁的深渊里爬上来的。它一路沿着陡峭的山坡,翻过冷硬无比的层层冰雪,钻过尖厉冷酷的岩石堆,就没有什么可阻挡它的了。

被坚实地固定在岩壁上的铝制金属梯,居然抖动起来。

英甫刚把双手放在梯子上,这股风就恰好赶到,在梯子左侧的岩壁上,一打转,就变成了迎面而来的怪兽。

贴在岩石上的英甫,穿着高山靴的左脚刚蹬在金属梯上,风硬硬地把他推下了梯子。

"上!"加措在风中怒气冲冲,用右手中的冰镐轻敲英甫的右小腿。

第一股山风得胜后,打着旋,飞沙走石地往山下去了。速度之快,让所到之处的片岩,吹起了尖声的口哨。

英甫又抬起右脚,蹬住了梯子。右手高高伸着,却抓不住上面的金属蹬。慌乱中,他把厚实笨重的山浩牌防风手套摘了下来,只戴着薄薄的保暖手套,抓牢了梯子。

在他努尽全身力气要把左脚也蹬上去时,加措的冰镐又敲在了他的左小腿上。

英甫往后低下头,加措左手比画着他自己连体羽绒服的脖子下的拉链,右手从上往下往怀里指。英甫明白这是加措在提醒他挂在脖子上的防风手套,任由山风抖动着,要缠绕到梯子上了。他赶紧左手拉下脖子下的拉链,右手把在风中飞舞的两只防风手套一一捉住,鼓鼓囊囊地塞进了怀里。

远去的山风一时回不来,英甫乘机爬到了梯子的中部。在他要一鼓作气再往上时,腰间的安全带却被拽住了。低头看,牛尾上的安全锁被卡在了一个绳结上。

此时的他,双手高高拉在头顶的金属梯上,丝毫不敢松开。牛尾像深海中的铁锚,把这个可怜的人困在山风中。这还不算,情急之下,他乱蹬着脚,角度没有摆对,左脚高山靴上的冰爪,死死卡在了金属蹬上。

加措急了,拉下氧气面罩,手中的冰镐往后背一插,把两手的防风手套递到嘴边,咬着拽下来,塞进怀里后,三下五除二爬到英甫的脚下。他先用左手摘开了安全锁，又小心翼翼地避开尖利的冰爪齿，右手使劲儿一托。英甫的左脚乘势抬了上去。

但山风又回来了！这一次，它憋足了劲儿，沿着上升的路绳冲上来，紧紧地贴住了左侧的岩壁，到了顶头，又折返下来，重重砸在英甫仰着的脸上。

隔着雪镜和巴拉克面罩，英甫还是感到了一种利刃划破脸皮的痛苦。他惊恐地睁大了眼，往下向加措求助，却看见了脚下的万丈深渊。

刹那间，漫山遍野的岩石、冰雪都开始晃动。千万种地狱里的喊叫声，像海啸的"疯狗浪"，卷着雪雾，吞没了一切。

"上啊，快爬呀！"

加措仰头吼着，使劲儿捏住英甫的高山靴底，摇晃着。

恐慌中，英甫鼓足了勇气，抬起了右脚。

终于跪在第二台阶上。风雪再大，也只能来回推推背，吹吹脸了。它盛气凌人地越过英甫和加措，冲出中国，往左侧的尼泊尔山谷，急流而下。

"起来！"加措伸出右手，拍拍英甫的后背。

"我不行了！"英甫双手撑在地上，无力地摇了摇头。

加措跪下来，把双手撑在地上，脸几乎贴在英甫的脸上："必须到上边！"

他用手往第三台阶指。

风撒够了野，雪开始大了。又厚又重的雪一层一层从天而降，一堆一堆地从山坡涌上来。他们陷入一个灰蒙蒙、脏兮兮的世界。

"这家伙，真是不行了！"加措跟在英甫的后面嘴里嘟囔着。英甫拉着路绳，走一步晃三下，走三步就停下捯气。

在第三台阶下的一块蘑菇石旁一屁股坐下来，英甫就不动了。

"起来！"加措又怒吼起来。

加措忙乎着喂英甫热巧克力水，英甫只是机械地顺应着。加措掀起他的雪镜，看到一双将死的鲤鱼眼，呆呆地看着加措。加措摇摇他的肩膀，再细看，英甫的双眼又变成了猿眼，像婴儿一样笑着。

风雪越来越大了。

看着风雪中阴沉地昂着头的顶峰，加措的心乱了。

"你身后是个死人！"英甫身体向后靠过去时，加措大喊了一声。

这句话管用了。英甫借着加措拉他的手，一使劲儿就站了起来。回过头，英甫看见身后的山脊上，背对着自己，一个身穿褪色的深蓝色连体羽绒服的人，面朝尼泊尔方向，横卧在雪中。

"他是谁？"

"不知道！"

"什么时候死的？"

"不知道！"

"怎么死的？"

"不知道！！"

加措忍不住了，怒气冲冲地抬起右手指着顶峰："想知道？好，上去呀！佛祖，在上边等着你呢，去问他吧！"

吼完，加措弯下腰来，检查英甫的安全带，帮他戴好防风手套，并把氧气面罩从他的后脑勺系紧了。

刚要迈步，英甫就拉下氧气面罩，大叫起来："喘不过气！"

"是不想走了吧？"加措愤怒地挥了一下冰镐。

"下去吧！"英甫无力地说，右手往山下指着。

加措伸手扶住英甫的右肩，伸头看他背包里露出来的氧气流量控制器。

"都开到'3'了！"加揩使劲儿摇了一下头，把英甫拉下来的氧气面罩翻了过来。

"坏了！"加揩大叫一声，忙把身上的背包卸下来，扶着英甫坐下。

氧气面罩的呼吸口，被冰堵住了！

加揩的心沉了下来。是自己的错。在第二台阶上一番折腾，英甫的呼吸频率大大加快，呼出的热气，被迅速冰冻在氧气面罩里。行军速度慢下来，加揩只以为是英甫的体能不行了。

自责着，加揩从自己的背包里掏出备用的老式俄罗斯氧气面罩，紧紧扣压在英甫的嘴上，英甫的眼睛瞬间亮了起来。

无意中，英甫的后背又靠在死难山友的脊背上。他触电似的站起来，在氧气面罩里大吼一声："走！"

"上？还是下？"加揩右手提起冰镐，塞进英甫的左手中，大声喊着。

"上！"

英甫抬起头，握住冰镐的鹤嘴，把冰镐的尖头指向顶峰。

然后，他转过身来，向永远熟睡的人，弯腰鞠了个躬。

三

2013年5月17日上午10点50分，英甫在靠近顶峰的一堆石头中，探出了头。

右边的雪堆上，清晰可见的花花绿绿的经幡在招手。

"起来！"加揩睁大了单眼皮的眼睛，瞪着仰天躺在雪坡上的英甫，跺了一下脚。

一爬上雪坡，英甫两腿一软，一下子在雪中跪了下来。他把背包往雪中一扔，就躺尸般瘫在雪坡上。

"我累了！"他闭紧了眼，像是千万年的浪子终于回家，对佛祖诉说心中的委屈，长出了一口气。

"快起来！"

"我要睡一觉！"

加措急得跺脚："这是佛祖的地盘！"

"那，我更可以放心地睡了。"

加措抬起右脚，踢了一下英甫的左脚。高山靴底的冰爪钢齿撞击着，溅出了火星："你不想活了？"

英甫摇了摇头："早就不想活了！"

"我想！"加措说。

"那你一个人上去吧！"

加措突然如发怒的牦牛，使劲儿踢一下冰雪，右膝一弯，单腿跪下来，抓住了英甫腰间的安全带："我是你的向导！"

英甫仰天摇了摇头："佛祖，才是我的向导！"

"起来！"加措踢起的冰雪溅在英甫的脸上，来回拽着英甫的安全带，"抬出佛祖说事，是想赖掉我的登顶奖金吧？"

英甫不吭气了。他慢慢站起来，加措拉着他的安全带往雪坡上走。不到十分钟，就坐在了人间的最高处。英甫一把搂住一根系着经幡的雪锥。

"快看！"顶峰上，加措向英甫叫喊着，右手举着卡片相机，左手乱挥乱点，"对面，就是你前年爬上去的卓奥友。往右偏一点，是希夏邦马！"

英甫没有反应。加措把卡片相机塞进怀里，几步走上雪堆，搂着英甫的肩膀，向前指着希夏邦马峰。

此时的顶峰，风不再搜肠刮肚地吹了。雪也变成了霰，裹成雾团，忽浓忽淡。

他们脚下，万山仰首，但脖子以下，却被厚实的云遮住了。阳光就在云层上流淌着，眼前是黄金的海。云层不安地涌动着，金光灿灿的海浪也就无边无际地此起彼伏。

英甫还是激动不起来，加措伸出手，把他的脸推向南方："看看，这就是洛子峰。你说过，明年要带我去登。"

"来，站起来。再往后看，那座，是马卡鲁。"加措嘴里不停喊叫着，双手又拉又推。可是，英甫就是不起来，怕有人抢占他的圣坛一般，紧紧搂着那根雪锥。

加措急了，他从安全带上摘下自己的牛尾，挂住了英甫的牛尾。一使劲儿，把他拽了起来："快下去！天气要变了！再不走，就下不去了！"

手一松，英甫又一屁股坐下了。

"我真的太累了。"英甫的头也垂了下去。

"累？谁不累？"加措吼着，双手一起拉住了牛尾。

"求求你，让我睡一觉吧！"被拉得晃动，英甫抬起了头。

加措用尽力气把头低下来，在英甫的右耳边喊："这么高爬上来，就为了睡一觉？"加措越过英甫的肩，看见一股山风，驱赶着孟加拉湾的云团，漫山遍野地扑上来，从尼泊尔方向越境了。

加措的心如坚冰，突然"砰"的一声裂开了缝。

"你真把世界最高峰当家了？"他更猛烈抖了一下牛尾，又扔开，跪下来使劲儿前后摇晃着英甫的双肩，"能不能死在这里，得佛祖说了算！"

"你怎么知道佛祖不同意？"这一次，英甫答话了。语气像是从天边传来。

"我当然知道！"加措大喊大叫，右手高高指上天，"下去死，你没这么好的修行，不配死在这里！"

英甫抬起了头，看着眼前发疯的加措，又摇了摇头："在哪都是死，我只想睡一觉！"

"我呢？"加措双手扳住英甫的肩，这一次，是乱摇乱晃了。英甫的头晃来晃去，像扎什伦布寺清晨转经的老奶奶手中的转经筒。

"你，下去吧！"

"我一个人下去干什么？"

"回家！"

加措把脸紧凑到英甫的眼前，两手齐上，把英甫的防风雪镜掀到了额头："你的脑子进水了？"

英甫两眼茫然地看着加措。眼神没有光，一条死鱼。

坏了！加措突然从英甫的眼神中看出来了麻烦。眼前这个人，胡言乱语的，不是耍赖。

脑水肿！

暴风雪回来了。刚刚还能喊叫着说话的顶峰，眨眼工夫，一切都混沌了。

加措咬紧了牙关，趴着英甫的右耳边大喊："好，咱们下去睡觉！"

对他的话，英甫已不再做任何反应了。他像个木偶，被加措拉了起来，由着他牵着安全带上的牛尾，一步一晃地顺着路绳下降。

在第三台阶，神情恍惚的英甫在下降时没有控制好手中的八字环，头上脚下被挂在了半空中，在风雪中摇晃。

加措用尽了全身力气，把他解救下来。又坐在蘑菇石旁后，他再也不能站起来了。加措的心，顿时被千斤重的巨石拖着，沉入了深渊。

他知道，出事了！

卸下背包，掏出对讲机，加措要呼叫北坳一号营地指挥帐里的队长罗布。但他更绝望了——

对讲机的电池冻住了！

四

早上8点，罗布已在他的球形指挥帐里跟几个外国领队吵了一阵子架了。

美国队的领队半张脸被枯草黄胡须遮盖着，他足有一米九高身子只能大虾米般佝偻，双手抱膝，坐在简易帆布椅上。他显然已经吵累了，向罗布瞪着布满血丝的眼睛："你再等一天不行吗？"

"不行！必须下撤！"话音刚落，罗布就立刻摆动着右手。相比美国领队，这个四十多岁的康巴汉子显得格外矮壮黝黑。

"为什么？"日本领队发问。他瘦小精干很难让人联想他居然是大学体育老师，还戴着一副无框的红色架腿近视眼镜。

"天气！"罗布只微微点了点头。

"这几天，风是大了些。可是，明天顶峰的风速，只有每秒15米啊！"

东欧的领队直接抗议起来。这位老兄头上包裹着一方黑色的排汗巾，两只公羊眼珠子又圆又鼓，下眼皮松松垮垮地耷拉着，像额外贴上去的两条创可贴。

"那后天呢？"罗布看着他，脸色阴沉下来，"25米！"

日本领队马上插话问："能上吗？"

"不能！"韩国领队说着，端着杯咖啡喝了一口，摇下头，闭上了眼睛。坐在他对面的印度领队，右手端着咖啡杯，左手伸在煤气炉上方烤火冲着他点了点头。

"我们都交了修路的钱！"东欧领队的右手在脸前劈了一下，声音狠狠的。

罗布猛拍下大腿要发作，却瞥到他对面的瑞士领队冲着他把右手食指竖在了嘴唇上。罗布的话再出口时，已如每秒10米的风速样平缓了："你们交了钱，我的人昨天可是顶着狂风暴雨拼着命把路修通了！如果你觉得这钱花得不值，那么上不上，你们自己掂量。"

"不管怎样，我是要下去了，总不能让我的客户被风吹到北壁下面去吧！"韩国领队说。

日本领队拿着个小本本和一支笔："那，什么时候再上来冲顶？"

"这个月的23日到25日。"瑞士领队站了起来。罗布太熟悉他了，埃瑞克，五十五岁，每年的登山季，他带领的队伍都是珠峰北坡最大的。

埃瑞克抹了一把圆脸上两腮的红胡子，山根肥大的牛鼻的鼻孔，明显鼓了起来："这个窗口期，明天就过去了。"

"撤下去，可以，安全第一！"美国领队摇晃着，费力站了起来。球形帐篷顶上的光线，照亮他半秃的头顶。他的语气冰冷起来："但我得提醒，是你们今年的牦牛上来得晚，路修通得迟了，才导致了我们错过了这个窗口期！"

他那张枯涩无光的脸仰起，双手绞在胸前，长叹一声："冤呐，昨天都已经爬到7900了。"

"这可不能怪罪牦牛走得慢，是今年的雪太大了。还有，邪了门了，一路上的狼，好几次惊散了牦牛。"坐在罗布身后的修路队长旦增争辩道。

"那怪谁呢？"东欧领队不满地摇着头。两边的下眼皮就左右甩动，像是要挣脱而去的飞蛾，"这一下一上，我们不是又得花钱雇牦牛，补充食物和氧气吗？"

"你，还用补充氧气？"旦增站了起来。显然有些怒了，他的嘴唇有几道开裂的血口，说着话，血丝就渗了出来。

"怎么，送我几瓶？"东欧领队瞪起了眼，鼓出来的眼球左右转动着，好似玻璃珠子，马上要掉到地上摔个粉碎。

旦增用鼻子哼了一声，一对眼珠漆黑的虎眼也瞪圆了："你还用送？你可以偷啊！"

"放屁！"怒吼着，东欧领队挺起了胸。

"没有偷？"旦增扭过头来，看着转过脸去的日本领队，"那昨天在上面的二号营地，人家日本队的八瓶氧气咋跑到你的帐篷里了？"

"有证据吗？"东欧领队的脸涨得通红。

日本领队回过脸："昨天晚上，我的两个夏尔巴向导已经承认了。"

东欧领队笑起来，喉咙里响起一阵冲马桶的声音："我是付了钱的。"

"付钱？你付了多少？"日本领队脸沉着，眼睛盯着他。

"两百美元一瓶。"东欧领队傲慢地仰起头，看向球形帐篷的透亮的顶部。

"你知道我把它运到二号营地多贵吗？"日本领队的眼睛湿润了。他两只手握成拳，伸到东欧领队的面前，又收回来，再伸出一只手，直直地挺着食指和中指，"一千二百美元一瓶啊！学校给我的经费是一瓶一瓶地算出来的。再上来，我只有自己掏腰包了。"

"贼！"旦增恨恨地跺了一下脚。

"你们，才是贼！"东欧领队怒气冲天地吼道。

"偷你什么了？"旦增冷冷地问。

东欧领队把脸转向旁边的罗布："钱！修路的钱！"

罗布瞪圆了黑白分明的双眼皮大眼，死死盯着东欧领队。脸色绷紧了,像冻实了的紫皮茄子,又冷又硬。

"绳子,你们用了不少6毫米的动力绳!"东欧领队口里的唾沫飞了出来,他面前的日本领队往后一退,被放在脚下的登山杖绊了一下,差点往后摔倒。旦增急伸手,从腰部拦住了他。

"从海拔6600米开始,一直到顶峰,我的人得架设6000米的路绳,有不少地方需要架设双绳,这又需要2000米。"罗布掰着手指算着账,眼神冷冷地,"告诉你,我这8000米绳子没有一寸不是8毫米的静力绳!"

"那为什么一过海拔7500米,我的队员的上升器总是卡不住路绳呢?"东欧领队问。

"那是今年的风太大,把架好的路绳刮在片岩上,磨破了外皮,只剩下内芯了。"埃瑞克说话了,他似笑非笑地看着东欧领队。

"岩钉呢,雪锥呢?许多是旧的。有几个保护点,一拉,岩钉就出来了。"东欧领队转过头,问埃瑞克。

"8000米的路线,我们用了80个岩钉,70根雪锥,全都是今年新买的!"罗布左手食指竖起来,对着东欧领队摇了摇。

"那是你的人笨,把上升器挂在去年的旧路绳上了。"韩国领队笑起来,但他避开了东欧领队的眼睛。

"你不是笨,也不是傻!"罗布的眼睛在东欧领队的脸上打转,"坏!"

"坏?"东欧领队笑了,"没用你的康巴汉子,就是坏人?今年的二号营地,从往年的7790米上升设到了7900米。突击营地,从往年的8300米上升设到了8400米,是个可笑的错误。人不等登顶,就会在路上走垮了!告诉你,老弟,这山虽是你们的,但想玩出国际范儿,早着呢。"

罗布并不接他的话,两眼一翻,双手一拍:"好!不管怎么说,各位,路,我已经修通了。哪位坚持要上,请便!"

"你下去了，这山上的底，谁托着呢？"罗布的话音刚落，埃瑞克就摇起了头。

几个领队，互相看了一眼，不再吭声。

"是呀，谁能忘记1996年的南坡那场大山难。那一年，就是因为大家各自为政，所以，才无人出头及时组织救援呀！"埃瑞克说。

韩国领队放下了咖啡杯，看着罗布，轻轻摇着头。空气一下凝固起来。

"那一年，我在北坡这边。"一直坐在煤气炉前烤火的印度领队站了起来。他的头上戴着软壳防风帽，两耳也严严实实地裹了进去，上嘴唇的条状黑胡子随着话音跳动着，"就是因为不顾天气，强行冲顶，我们有三个队员冻死在第二台阶上。"

"别高兴得太早，以为今天撤下去就没事了？告诉你，老弟，你大难临头了！"突然沉寂下来，东欧领队号叫声格外刺耳，瞪了一眼旦增，转身出了帐篷。

"明年，这人是不会再带队来了。"韩国领队双手捧着咖啡杯，低头喝了一口。

"还等明年？"罗布冷笑了一下。

几位领队都把目光盯在了他的脸上，韩国领队问道："什么意思？"

"今天晚上撤到大本营，我们的派出所就会等着他。"罗布咬着牙说。

美国队长脸侧过来，吃惊地张开嘴。

罗布继续说："昨天，他的一个夏尔巴怕我们追究他偷盗氧气的责任，就悄悄告诉旦增。这一次，山上要出大事。"

"什么大事？"埃瑞克从椅子上站起来，走到了罗布面前，盯着他问。

"他们冲顶的两个东欧人,包里装好了护照!"

"上帝!"埃瑞克抬起右手,拍了一下自己的额头,"他们这是不打算再回来了?"

"对!登了顶,他们要从尼泊尔方向下去!"罗布舔了一下嘴唇。

埃瑞克双手在罗布眼前乱晃起来:"一定要阻止他!"

"老天爷已经说话了。"罗布抬起头,向上伸出右手,"暴风雪没有给他们机会!"

埃瑞克的手变成上下摇晃。

"前几年,也是两个东欧人,登顶卓奥友后,没有原路下来,从尼泊尔方向下去了。结果——第二年,政府对外国团队来西藏登山,一个不批!"

"这可不好,这是砸我们的饭碗呀!"美国人捏紧了右手,往左手掌心砸了进去。

"我明白了。"日本领队冲着罗布点着头,"今天你坚持下撤的原因,除了天灾,还有人祸呀!"

听日本领队说出了底盘的话,埃瑞克皱起了眉头:"赶快下撤吧!"

"都撤下去吗?"旦增在帐篷门问刚下命令的罗布。

罗布点点头:"撤!待在北坳,人吃马喂的,屎都拉得多!"

"那,在8400米的突击营地接应加措和英总的两个队员,还有正从7900米下撤的四个修路队员,也是直接撤下去吗?"

旦增眼睛睁圆了,罗布又点了头。

"咱俩和小拉巴留在这里等,恐怕,英总今天只能撤到这里。"罗布抬头看着球形帐篷顶上飘着的雪雾,"明天一大早,我们陪他下去。明晚赶到大本营。"

"8点了,他们登顶了吗?"旦增看了一下手腕上的手表,又抬头看着帐篷顶。

"这个加措,总是不开对讲机。下来,你好好收拾他!"罗布恼火了,向旦增挥了一下手。

"埃瑞克怎么办?"旦增又问罗布。

"他得等他的人登顶后撤下来!"

"就不该把他们放上去!"听见旦增冷不丁来了这么一句,罗布的两眼立刻瞪圆了。

"说什么呢?"

"你心里明白!"

"英总,谁能拦得住?"罗布双手抱起胸,在帐篷里转了个圈。

"埃瑞克呢?他不知道这几天的天气这么恶劣?"旦增半眯着眼,摇了摇头。

"唉,人人都有一本难念的经啊。"罗布叹了一口气。

"他有什么难处?"旦增伸手拉上门帘的拉链。

"他的一个叫费尔南多的西班牙客户,和咱们的英总一样,是个惹不起的人物!再说,在这山上,咱们惹得起谁呀?路一修通,能拦得住谁呢?今天下撤的这些队伍,不是看咱们下去了,怕没人救援,不也早就上去了?"罗布低下了头。

"惹不起?等着山神收拾吧!"

旦增说着话,人已到了帐篷外。只听见他大声喊:"中国队,9点下撤!向导们注意,一定要检查帐篷,不要让队员把睡袋、尿瓶落下!"

2013年5月17日上午9点,北坳一号营地的队伍撤了。人一走,风雪就肆无忌惮了,猛烈地敲着帐篷,让每一根固定帐篷的绳子都凄厉地尖叫起来。

"加措!加措!北坳呼叫,请回答!"

罗布坐在指挥台前，右手握着对讲机，一遍一遍地呼叫。

旦增呢，正跟十六岁的小拉巴玩着扑克牌……

五

"北坳！北坳，大本营呼叫，大本营呼叫！"

罗布呼叫不通上面的加措，下面的呼叫来了。

"坏了，得紧急救援！"

听见罗布脱口而出的话，旦增扔下了手中的扑克牌，端起还有余温的甜茶，仰头一口喝下去，问："救谁？"

"上面的！"

旦增的眼睛瞪圆了："不会是加措他们吧？"

罗布说："两个意大利人！"

一股暴怒的狂风，猛烈摇动着球形指挥帐篷，挂在内壁的小细绳上的雪镜和排汗头巾都跳到了地上。

"这么大的风，他们现在在什么位置？"旦增被风吹得浑身不自在，把保暖绒衣的拉链向上拉了一寸。

"大本营值班的阿旺说，意大利外交部找到了我们的外交部。说他们国家的两个登山队员，困在8500米一带了。"说话间，罗布把单体羽绒服穿好，又去找防风帽。

"他们怎么知道的？"旦增也在穿衣服，往头上扣帽子。

"卫星电话！"罗布又去捡地上的雪镜。

"夏尔巴呢？"旦增已把高山太阳镜扣在了脸上。

"跑了！"

"混蛋！"罗布举起了拳头，在面前使劲儿摇了一下，"那个东欧领队太坏了,他肯定是早晨就从跑下来的夏尔巴那里知道意大利人下不来了!"

旦增左右手都握成拳头,互相捶着。

"先救人,再算账!"

山上的人开口说话,一句是一句,说哪到哪。几句话,已让旦增明白,得立刻安排人上去。跟着罗布出了帐篷,站在差点没顶住的风雪中,他手持对讲机,抬头看着8400米的突击营地喊起来:

"顿珠,顿珠,北坳呼叫!"

"北坳,我是顿珠,请讲!"顿珠和另一个接应队员立刻应答了。

"第一台阶下面,有两个意大利人下不来了,你们立即出发!"

"好!"

"每人多背两瓶氧气,索多他们后面会跟上去。"旦增说着,又盯向7500米的大雪坡顶端,"索多,索多,北坳呼叫,请立即回答!"

呼了十几遍,索多才回应:"北坳,我是索多,请讲!"

旦增不生气,他知道,在这么大的风雪中行军,向导们都不愿意摘手套。"你们现在下降到什么位置?"

"快到大雪坡了。"

"立即停止下降!向上!"

"加措他们有问题吗?"

罗布从旦增手中拿过了对讲机:"没有!是两个意大利人。"

索多和加措是同一年进的登山学校和登山公司。在营地,两个人的烟是放在一个背包里的。

罗布眼睛看向顶峰。雪雾大了许多,在珠峰巨大的山体上翻腾着。此刻的顶峰,显得冷酷和诡异。

索多立刻回应:"好,队长,我们向上搜索到什么位置?"

"8500米,第一台阶附近!"

"队长，是不是叫突击营地的两个接应队员先上去？"索多问。

"我已经通知了。"罗布又把目光盯在了第一台阶，"索多，到了突击营地，一定要仔细搜搜空帐篷！"

"明白！"回完话，索多就把对讲机关了。

"不妙啊！"看着阴沉挺在雪雾中的顶峰，旦增摇着头说了一句。

罗布皱起了眉头，却听见身后有人急切地喊着。

"坏了！"埃瑞克像个失魂落魄的流浪老头，从雪雾中钻了出来，头上稀疏的白发，在风中乱舞。橘黄色的单体羽绒服的拉链也没有拉上，被吹得向后鼓起来，把他变成一个硕大的猫头鹰。没有戴雪镜，他在风雪中使劲儿眯住了眼。风雪也让他的声音跑了调，听不清他是在哭还是在笑。

罗布和旦增同时疾上几步，扶住了身体摇晃着的埃瑞克。罗布摘下自己头上的防风帽，迅速扣在他的头上。旦增帮他拉紧了拉链，又摘下自己的太阳镜，戴在了他的眼睛上。

"我的人，下不来了！"埃瑞克上气不接下气地说。罗布的头"嗡"地响了一下。

"困在什么位置？"旦增抬头向8500米的第一台阶看上去。

"第一台阶上。"

"还好！"罗布舒了半口气，抬起右手，摸了摸胸口。

"好什么？"埃瑞克大叫起来，大张着嘴，任凭一团雪片乘机涌进他的喉咙，"他们没有氧气了！"

罗布和旦增对视了一眼。冷硬的雪片，刹那间，又乘机钻进了他们的眼睛，彼此都模糊不清了。

"我上去！"旦增转过身，进了帐篷。

"人撤得太干净了！"旦增走了后，埃瑞克叹了口气。端着一杯咖啡,坐在罗布的指挥帐篷里的简易帆布椅上,不住摇着头,"也撤得太快了!"

"不撤干净——"罗布深深地出了口气,"我还有饭碗吗?"

埃瑞克不说话了。手中的红色咖啡杯上,一只咧嘴大笑的兔子正对他乐。

"明年,你我还想再上来吗?"好像是配合罗布的心情,球形帐篷随着他的话音,噼里啪啦一阵响。外边的风雪,犹如被狼惊着了的牦牛群,惊慌失措,践踏着一切。

埃瑞克瞪大了那深褐色的眼睛,脸上冷漠的气息,让帐篷里升起一股沁人心脾的寒意。

"罗布,"他缓缓地开了口,一字一句地穿透了外边的喧闹声,"我是个靠山吃饭的人。你所有的决定,都是你的责任。我——只是想让我的人,活着下来!"

"我的人呢?"罗布也睁大漆黑的大圆眼睛。

"你的人?"埃瑞克冷冷笑了一声,摇了摇头,"你的人有责任上去!"

"为什么?"

"为什么?"埃瑞克反问着,眼神透射出一股悲凉,"刚才,我的向导昂多杰告诉我,他们行军快到第二台阶的时候,你的一个保护点的岩钉没打牢,我的客户费尔南多滑坠了。"

"不是没掉下去吗?"罗布的脸涨红了。

埃瑞克的眼眶红了起来:"他是被困在第一台阶上!"

"我的人不是上去了吗?"

"不该上吗?"埃瑞克用手背擦了一下眼睛。

"老师。"看见埃瑞克情绪激动,罗布起身为他拿起暖水瓶倒了一杯冒着热气的甜茶递上,"突击营地的两个接应队员,已经上去了。

12点,应该能让你的人用上氧气。"

"意大利人呢?"埃瑞克喝了几口甜茶,身上暖和了,把脖子下的拉链往下拉了拉。

"旦增的四个人年轻力壮,12点左右会赶到突击营地。"罗布安慰道。

"那——"埃瑞克低头吹了吹手中甜茶的热气,热气四散在帐篷寒冷的空气中,"怎么个救法?"

"都救!"

埃瑞克嘴唇抖动,把手中的甜茶杯,猛地往脚下一蹾,站了起来:"来,小伙子!"埃瑞克脚步快速迈到了帐篷门口,利落地蹲下来,左手抓住门帘底部,右手揪牢拉链。"刺啦"一声,把拉链从下往上拉到了头。飞蹿的雪花,顷刻间打着口哨涌进来。一闪,珠峰东北山脊灰暗的脊梁,隐约可见了。

"你看!"埃瑞克回头,对罗布瞪大了眼睛,"现在谁的位置最高?"

"你的人。"

"好!"埃瑞克伸直了左臂,用食指点着第一台阶,"现在,得从上往下救!"

"罗布,罗布,我是加措,快回答!"指挥台上的对讲机吼起来。

埃瑞克的头还没有转过来,罗布钻进帐篷,扑到指挥台前,抓起了对讲机:"加措,我是罗布,你们登顶了吗?"

"登顶了。"

"现在下撤到哪个位置?"

"第三台阶下面。"

"好,不要停留,立刻带着客户往下走!"

"他走不了了！"

"什么？"罗布的眼前一黑，急忙用手撑住了指挥台。

"我们有麻烦了！"对讲机里，加措的口气，像被铅直气流直接压进了深渊。第三台阶上的狂风呼啸，也听得一清二楚。

紧闭着眼，罗布的脑海中浮现出那块黑色的蘑菇石。那是珠峰北坡上，唯一一个有人守卫的保护点。这个人，是个死人。

"什么麻烦？"

"脑水肿！"

"翻开他的眼皮吗？摸他的脉了吗？"罗布急切地问，身体被冲进来的一团雪片冲击得来回晃动。

"眼神，没反应。脉，太快了！"

罗布突然说不出话来了。

埃瑞克此刻回到帐篷里，他拉紧门帘，走过来，把帆布椅推到罗布身后，拍拍他的后背。罗布回过头，埃瑞克把左手食指竖到嘴唇上，对着他摇头。

狂暴的风雪，被顶在了帐篷外。罗布紧闭上了眼。

"加措，让他坐着。把头上的连体羽绒服的保暖帽掀开一会，让他的大脑降降温。还有，尽量给他喂点热水。"罗布低声嘱咐。

"我已经这样做了。"

"好，氧气怎么样？"

"他正在吸的，还有 100 的量。我的背包里，还有一瓶备用的。"

"你自己吸的呢？"

"还有 110 的量！"

罗布站了起来，仰头看一下帐篷透明顶外的天空："把他的连体羽绒服的所有拉链都拉紧，千万不能失温！"

"罗布，风吹不着他！"

"什么？你脑子也有病了吧？"罗布吼起来，一斜眼，看见埃瑞克右手食指又竖到了嘴唇上。

"客户让我替他背上来了一条救生毯，他一坐下，我就用这条毯子把他从头到脚给裹严实了。还在他的手套里、肚子上，都塞进去了大热量发热贴。"

罗布重重地拍了一下指挥台，台面的雪镜跳起来，翻着跟头，掉在了地上："冻不着了，就有救！"

"那你得赶快派人上来！"

"马上！"

罗布转脸去看身边的埃瑞克。埃瑞克的脸，已阴沉得与头顶的天空一样了。

"现在，他的用氧量是多少？"罗布抬头又看了看天空问。

"2！"

"开到4！"

"多长时间？"

"一个小时！大流量催他！只要控制住病情，就有救！"罗布知道，加措是担心氧气不足。

"明白！罗布——"加措立刻答应了，但语气又犹豫起来，"人，什么时候上来？"

"下午6点前！"听着加措不说话了，罗布又叮嘱了一句，"加措，你必须把对讲机开着，随时让我知道山上的情况。"

"不行！我没有带备用电池！"

"笨——"罗布没有骂出来，只是把右手紧紧握成了拳头，"卫星电话，客户的卫星电话呢？"罗布咬紧了牙关。

"没带上来！"

"为什么？"

"忘在突击营地的帐篷里了！"

"笨蛋！"罗布终于骂了出来。旁边的埃瑞克闭上了眼，摇了摇头，长长地叹了一声。

"我们俩人都以为在对方的背包里。"

绝望的声音传完后，对讲机立刻关了。

"现在，得从上往下救！"放下对讲机，罗布转过头，对目不转睛地看着他的埃瑞克，重复着他刚刚说过的话。

然后，两只山狼就在帐篷里撕咬起来……

六

快到下午一点了。珠峰北坡的风雪遮天蔽地从北向南涌动。漫山遍野轰隆隆的，犹如无数列失控的火车驶过。坚实的山体颤抖着，北壁像是抵挡不住了，晃动起来。从南向北冲上来的风雪，在7500米的"狭管效应区"的雪坡上，高高地扬起来。顷刻间，又不依不饶地向北坳俯冲下去。山谷中，震天动地着漫无边际的鬼哭狼嚎。

坏天气来了，指挥帐中两人的怒火和暴躁也难以控制。

"现在，得从下往上救！"埃瑞克几次乱抓乱挠头发，把自己弄得如一头愤怒的公熊。

"不！得从上往下救！"罗布的双手不停地捏成拳，又松开，像是一头烦躁的犏牛。

"下面，需要救援的人多！"埃瑞克睁圆了布满了血丝的双眼。

"那上面的人呢？"罗布双手紧握着，一下一下地在大腿上砸，"就让他俩死？！"

"那，你想怎么样？"

"直接上去两个人!"

"下面的人呢?"

"找着了,把氧气留给他们!"

"要是走不动了呢?"

"慢慢熬,等旦增和后面的人!"

"不怕他们冻死在风雪中?"

"都是个死的话,"罗布的眼睛也红起来,"就救先要死的!"

埃瑞克的眼眶里泪水涌了上来。他抬手从额头前往后脑勺捋了一把头发,乱发纷纷立直了,他变成一头就要跃起的公狮:"好,我们猜个谜。"

"什么谜?"罗布双手十指交叉而握,重重地在胸前按着。

"谁的人先死?"

罗布使劲儿摇了一下头,从椅子上站了起来。帐篷里取暖用的煤气炉被小拉巴调得很旺,里热外冷。来不及刮走的雪花外层冻硬了,里层却已融化,罗布仰头看见一幅怪兽龇牙咧嘴的冰雪图案。

看着这不祥的画面,罗布闭了一下眼,继而睁开盯住埃瑞克悲愤的双眼:"谁都不会死!"

"为什么?"

罗布望向帐篷上方,埃瑞克也顺着罗布的目光抬头看。头顶的图案已变成一朵很熟悉但一时想不起来的圣花。

"因为——"罗布拉长了声调,说,"有我!"

埃瑞克的眼睛眨巴起来。

"雪莲!"罗布帮埃瑞克叫出了山神送来的冰雪之花的名字。

"罗布,罗布,索多呼叫!"

正在两个人心急如焚时,指挥台上的对讲机尖叫起来。

"索多请讲!"

两人都扑到指挥台前,埃瑞克先伸手抓住了对讲机。刚要送到嘴边,又醒悟过来,急忙递给了罗布。罗布接过来,那边话已经喊完了:"找到了!"

"谁?"

"两个意大利人。"

"活的?"罗布的底气不足,问话声调有点低。

"当然!"

"状况怎么样?"

"都冻伤了。"

"能走吗?"

"能,刚刚吸上了氧。不赖,还知道哭。"

罗布的眼泪流了下来。埃瑞克的眉头皱得不能再紧了。

"埃瑞克老师的人呢?"

"快找到了。"

"你怎么知道?"

"上午,咱们突击营地接应加措的两人先出发去找这两个意大利人,直到第一台阶下,都不见人影。我叫他们直接上去找埃瑞克老师的人,我们随后赶上来,发现了这两个意大利人。"

罗布瞥一眼埃瑞克,他的眉头正在松开,变成了八字形。

"在不到8500米的地方,他们两人挤在一个岩坎下,被雪埋了一半。"索多在对讲机里说。

"太好了!"罗布高兴地张嘴笑了起来,泪水就夺眶而出了,"索多,现在,我命令你——"用大拇指左右抹了一下两眼,"留下两个人,带领意大利人下撤。叫他们在突击营地休息一下,喝点甜茶,吃碗方便面。"他用食指在眼前一下一下点着,"记住,只能休息半个小时,不许他们睡觉。"

"好，我知道了。"

"好，现在，你们立刻往上走，旦增会赶上去跟你们会合。"

罗布正要关上对讲机，索多又说话了："加措他们怎么办？"

"什么怎么办？"

"一路上，我开着对讲机，都听到了。"

罗布睁圆了双眼，左手抬起来，拍着右耳边的对讲机："你成了婆娘了？"

"就当我是婆娘吧！"索多的声音也像是被雪埋住了。

"队长，队长！顿珠呼叫！顿珠呼叫！"

也不知时间过了多长，两人都闷头不语。埃瑞克手捧咖啡杯，闭眼听风声。罗布端着甜茶杯，死盯对讲机。大呼大叫的对讲机声惊得咖啡、甜茶都洒了出来。

这一次，又是埃瑞克先抢到了对讲机，但他立刻递给了罗布。半张着嘴，眼睛盯着对讲机。

"我是罗布，找到人了吗？"

"找到了！"对讲机里，是年轻的藏族小伙子乐开了花的笑声。

"为什么一直叫不通你？"罗布一时脑子转不过来，把话转到了骂人的频道上。

"走得急，忘了把对讲机揣怀里了，刚焐了二十分钟。"

罗布还要顺着话茬生气时，旁边的埃瑞克伸出右手，推了一下，把对讲机直接给堵到了他的嘴上。

"二十分钟了？人都好吗？"

"都还好，已经吸上了氧，只是——"

"说！"听着小伙子要把话吞回去，罗布大声吼。

"费尔南多怕有问题。"

埃瑞克的脸绷紧了。

"什么问题?"

"脑子坏了。"

"脑水肿?"

"胡言乱语!像!"

罗布的脸色突然变得铁青。埃瑞克一把夺过了对讲机:"昂多杰!昂多杰!"他大声吼着,足以把对讲机里的风声给盖住。

"老板,我是昂多杰。"对讲机里,传来这个夏尔巴向导领队冰块一样的声音。

"费——尔南——多,能站起来吗?"埃瑞克的语调,像池塘里的小蝌蚪抖动着。

"能!"

"赶快带他下来!"

"不行!他失去理智了。拉不住,要往上走。"

"架住他!"埃瑞克吼着,手握成拳挥动着。

"架不住!除了他,我们四个人也都冻伤了。"

埃瑞克跺了一下脚:"手,还是脚?"

"我轻些,只是十指没感觉了。"

"他们呢?"

埃瑞克抬头仰望头顶,那朵雪莲早已不见,一层厚厚的白雪,压得透明天窗凹了下来。

"手脚都冻硬了,迈不开腿!"

"好,昂多杰。现在,叫他们先喝热水,吃巧克力。叫罗布的人看住费尔南多,二十分钟后,我再叫通你!"刚要关机,埃瑞克又叫喊一声,"昂多杰,告诉大家,别怕。罗布后面的人,马上就到。"

二十分钟后，罗布拿起了对讲机，叫通了索多："你在什么位置？"

"我们已经看见埃瑞克老师的人了。"索多吐字清晰地回答。

"会合后，你们四个人，立刻带领他们下撤！"

"下撤？我们四个人？"

"你想干什么？"

听见索多在风雪中抖动的话，罗布的眼睛瞪大了。

"我要上去！"

"你一个人上去干什么？"

"送氧气，陪加措！"

"不行！"这一句，是身旁的埃瑞克大声吼出来的。

"老师，为什么不行？"对讲机里，索多也大声叫起来。

埃瑞克抬起左手，亮出了手腕上的表："现在，是下午3点了。"他用手指指头顶，"飑线天气要来了。"

"那，更得叫索多上去。要不，我的客户不是就得死在上边？"他身旁的罗布的脸红得像紫皮茄子了。

"你，就不怕我的五个人死在8500米？"埃瑞克的脸也红起来，不，更像一只挑战的大山羊，下巴向上抬起来。

"怎么可能？"罗布的脚在地上来回蹭着，像是要用头去顶撞对手的犏牛。

"怎么不可能？"

"我的人在！"

"你的人在？"埃瑞克冷笑一声，伸出手拍拍罗布的肩，"老弟，忘了1996年南坡的大山难？"

"这是北坡！"罗布闭上了眼。

"北坡风更大！对不对？"

罗布闭紧了嘴不回应。

"北坡的飑线天气也更强！对不对？"埃瑞克声音近乎咆哮了。

罗布紧闭的眼睛里，两行热泪流在了脸上。

"那一次，北坡也冻死了三个印度人，对不对？"

罗布用手紧紧地捂住了脸。

"罗布，赶快让旦增也赶上去，把这五个人弄下第一台阶吧！拼了命，今晚也得赶到二号营地。"埃瑞克摇动着罗布的肩，他一直看着罗布睁开眼，才停了手。

"这么大的风雪，从第一台阶上得再快，索多也只能在晚上七点左右赶到第三台阶。但是，六点，飑线天气就会到了。那时，不论多少人，只要还耗在8500米上面，都得魂归西天了。"说完，埃瑞克拿过罗布手中的对讲机，叫通了昂多杰："昂多杰，给费尔南多打一针地塞米松！"

"你确信？"昂多杰的口气，犹如一片岩石，被大风吹得翻了一下身。

大家都明白，地塞米松是强心剂药品，属肾上腺皮质激素类药，能在人的心脏功能低弱时起强烈刺激作用，但也能像重锤一样，一下砸碎脆弱不堪的心脏。

"不打，他能活着下来吗？"埃瑞克把对讲机关了，递给罗布。

"那，加措……"睁着失神的眼，罗布茫然地瞪着埃瑞克。

"下来，立刻！"

"我的客户呢？"

"明天，一大早，派旦增从二号营地带个人赶上去。"

"还能活着吗？"罗布长叹了一口气。

"活着，吸吸氧。能站起来了，就往下走。"

"死了呢？"

"死了？带条睡袋，把人装进去，移开路线！"埃瑞克的眼睛又睁圆了，口气毫不妥协。

"佛祖呀！"罗布仰起头，看着被冰雪遮盖住的天空，"我不就成了罪人了吗？"

埃瑞克在胸前额头画了个十字："在上帝面前，我们谁不是罪人？"

"可我怎么赎这个罪啊？"罗布摇着头，也像是脑子进水了。

埃瑞克拍拍罗布的肩膀："把我的人、意大利人弄下来，然后——你就可以赎罪了！"

罗布转过头来，溺水的人似的，绝望地看着埃瑞克。

埃瑞克抬起双手，从上到下抹了一把脸："因为，这一次，只把一个人留在了上面。你的罪过，轻多了！"

埃瑞克顶着风雪回到他的指挥帐后，罗布走出了帐篷。

此时的珠峰，在风雪中时而透亮，时而朦胧。雪雾像山神的窗帘，不断地拉开又合上。头顶的太阳，被雪雾阻挡着。看不见刺眼的阳光，也感受不到往日的温暖。脚面很快就被冰雪覆盖住，人在往下沉。沉到哪里呢？

罗布一只眼凑到了架在雪坡上的天文望远镜上，却一点看不清山脉和岩石。恍惚间，他看见几只兀鹫，在北壁前盘旋。

天呀，它们飞这么高，是来吃谁呢？

心僵石般冻硬，罗布双手使劲儿拍胸口，反身回到帐篷里的指挥台前，拿起对讲机，叫通了加措：

"立刻下撤！"

"罗布，罗布，旦增呼叫，请回答！"

2013年5月17日，临近半夜十点。意大利人和埃瑞克的人终于撤到了二号营地。

罗布松了口气，刚要和埃瑞克道晚安时，指挥台上的对讲机又一次大叫了起来。这一次，埃瑞克只是眼看着罗布。

"什么？西门吹雪？"

"是他！"

"他不是昨天一大早就撤下去了吗？"

"没有，他说他头疼，在帐篷里睡着了。"

"他现在状态怎么样？"罗布闭了一下眼，一摇头，头灯正好照亮了眼前埃瑞克拉长了的脸。

"加措在他留下来的帐篷里发现了他，给他吸上了氧。看样子，明早可以跟着自主下撤。"旦增的语气，又疲惫，又愤怒。

"帐篷呢？今晚，你们得挤了。"罗布问。

"昂多杰和索多陪费尔南多，让西门吹雪和两个意大利人挤一个帐篷。埃瑞克的其余三人和加措挤在一起。我们几个，只能挤在两顶单人帐篷里了。"

"旦增！"罗布大叫。

"什么事？"

"明天撤到前进营地，你替我拿绳子抽那个家伙。"

"一定！"

七

"下撤？"

加措在2013年5月17日下午3点，刚刚从怀中拿出对讲机打开了电源,罗布呼叫就进来。

"没听懂?"听见加措被冰镐打了一下脑袋的声音,罗布的右手把对讲机要捏碎了。

"我自己?"

罗布忍住了眼眶中的泪水。

加措把对讲机紧握在右耳边,背对着英甫和另一个死人。低下头,他使劲儿想穿过雪雾,看看罗布的眼神。

"那,我不下去!"

"什么?"罗布大叫着,拉开帐篷门帘的拉链冲出去,站在风雪中,对着顶峰挥动拳头:"飑线天气要来了!"

"我知道!这里的风,已经吹得人无法站起来了。"

听着对讲机里和加措一样大喊着的风声,罗布捶打着自己的胸口:"那,你还不给我赶快滚下来?!"

"不,我要等你赶快派人上来!"

罗布哽咽了,抽动一下喉咙,胃疼了起来:"今天,没有人能上去了。"

"为什么?"加措的身体左右摇晃着,抵抗着从不同方向来的狂风暴雪。

"8500米、8400米,都有人困住了。"

罗布的声音,被风盖住了。

"下来吧,好兄弟!"罗布的抽泣声,虽然很轻,但却清晰地传到加措的耳内。

加措低头看着脚下十几米处岩石中的睡袋。这是他心中永远的痛。2009年5月18日,他和弟兄们一大早爬上来,亲手把这条睡袋给僵硬的客户姚迪套在了身上。"我就不能陪他死一回?"加措突然冒出这个念头。

罗布双手抱紧手中的对讲机,似乎是怕风雪中会突然伸出一只巨手来。

"傻子!"看出加措下撤的犹疑,罗布转着圈怒吼,躲避着一股股邪恶腥臭的风雪冲击。

"总比胆小鬼强!"加措把腰稍稍弯了下来,让一大团冷硬的雪雾,从他的后背上翻过去。

"胆小鬼?"罗布仰头瞪着顶峰,"你是害人虫!"

"害谁了?"

"我!"罗布把嘴闭了一下,用舌尖把一片雪花顶在上颚碾碎了。"今天你不下来,明天我派人上去时,就得多带一条睡袋!"罗布用左手捂着越来越疼的胃,"我问你,你还带着另一条救生毯吗?"

"没有!"

"那你抗得下零下70度的风寒效应吗?"

"不能!"

"你会跟他争着吸最后一瓶氧气吗?"

"不会!"

"那,还不赶快给我滚下来?"罗布弯下了腰,胃疼得全身抽搐时。腿一软,坐在了地上。

"英总呢?"

罗布左手一撑,又站了起来,对着顶峰,咬着牙:"他有救生毯,不会冻死。你把氧气给他调到'1',他肯定能活到明天。明天,多上去几个人,就能把他弄下来。好吗?"

"好!"趁着一大堆雪雾滚到了身后的尼泊尔境内,加措大喊着,"我下去!明天多上几个人!"

转过身来,加措看着一动不动的英甫,想起昨天的事,一股怒火,又燃烧起来。

"加措，加措！"

昨天下午三点，加措正和桑巴及叶娜的向导多吉在8400米的大风中搭建自己的帐篷时，隐约听到英甫在他和叶娜的帐篷里喊叫。

一走神，手一松，刚组合起来的帐篷，一下子被风吹了起来，桑巴和多吉立刻把身体压在上面。

"快，把绳子拴在石头上！"加措一左一右把两个小伙子推开，像老鹰抓小鸡一样，张开双臂，搂住了鼓起来的帐篷，"快，把帐篷的拉链拉紧！"

风正从半开的帐篷门帘猛吹进去，把帐篷要撕得粉碎。

帐篷四角方向的绳子很快被拴在搬来的石头上。门拉链一拉紧，风雪就只能从帐篷上翻过去，帐篷，变成一个避风挡雪温暖的家了。

"快，帮帮我！"英甫还在叫。

急忙搭建好了自己的帐篷，加措爬进了英甫帐篷的前厅，刚把头伸进去，就与正往外爬的叶娜的头顶在了一起。

叶娜脸色煞白，挺直的鼻梁和眉毛挤到了一块，一口洁白的细牙龇着，嘴角微翘上扬，双唇单薄的嘴撇着。那双睫毛密长、眼珠灰蓝的内双眼，像受了惊吓的英国蓝猫，又大又圆地睁着。加措也瞪圆了眼："怎么了？"

"刚吐了！"英甫说着，把一个散发出恶臭的墨绿色防水袋的拉链拉紧。

加措急忙退出去，蹲下来，伸手把叶娜拽了出来。

刚站起来，叶娜差点被一阵狂风吹倒在帐篷上，加措拦腰抱住了她。

"'噗噗'还是'PP'？"加措一手搂住她的肩，另一只手伸向帐篷里的英甫。

"'噗'——"叶娜的声音,像氧气瓶里的最后一丝撒出来的气。

"安全带!氧气面罩!氧气瓶!帽子,防风帽!"

加措一句一句喊着,一把一把地接过英甫从帐篷里递出来的物品,又一一穿戴在叶娜的身上。然后,拎起叶娜腰间安全带上的牛尾。

叶娜跟着他走了几步,绕到了帐篷的一侧。

"蹲下呀!"加措转过身,紧拉着牛尾。听不见身后的动静,看着风雪弥漫的山谷,他喊着,"放心,我不会回头的!"

过了一会,叶娜在拽牛尾。

"好了?"风把他的话送到了身后。

"手纸!"叶娜大喊起来。

"她得下去了!"英甫说。叶娜趴在睡袋上,加措解除她腰间的安全带,英甫轻抚着叶娜的后背,眼睛看着加措。

"你呢?"加措问。

"上!"

加措的鼻子抽动了一下:"要下,立刻走。天黑了,风就更大了!"加措爬到帐篷门口,探头出去看了看。

"把她的水倒了,重新烧一锅,下去的路上喝。"英甫把叶娜和自己的三个保温瓶递给了加措。

"还是热的呀?"加措接过保温瓶说。

"找雪麻烦?"英甫拿起防风帽,戴在头上,"我去!"

"别动,妇唱夫随,你千万别也来个上吐下泻!"加措的脸拉长了,边后退着爬出去,边回头大喊,"桑巴,找雪!"

喊完话,加措站在帐篷外,看着风雪中的山坡。在这8400米的突击营地,风永远上吐下泻地刮着,雪如羊毛毡片般,一张比一张大地飘下来,但却永远落不稳在山坡上。想找点雪来烧水,只有去岩石缝中挖了。

"桑巴，烧好了水，你也陪着叶娜撤下去！"帐篷里，英甫又大喊了一声。

听见喊声，加措使劲儿甩出脚，把一块碎石踢飞了。

"你是向导，还是我是向导？"叶娜的身影刚在风雪中隐没，英甫对加措的怒气就来了。

加措跪在帐篷的睡袋上，正从他自己冲顶背包里往外掏东西。

"我是你的向导！"他抬头看了一眼瞪着自己的英甫，又摇着头，"不是你的牦牛！"

"好！"英甫伸手一把抓住加措掏出来的老式俄罗斯氧气面罩，放到自己盘腿坐着的双腿间，"我背！"

"牛！"加措一把又把俄罗斯面罩抢回来，一砸，扔进了自己的背包里，"你怎么不自己上呢？"

加措说着顺手从包里摸出装着救生毯的小红包，扔到了帐篷的角落。

"我自己？"英甫眉头耸着，摇摇头，"没那个本事！"他又伸长了手，把救生毯拿了回来，放在手里掂量着，"才三百克！"

看着英甫摇头晃脑地撇着嘴的样子，加措的脸色更阴沉了。

"三百克？"加措把救生毯一把从英甫手中夺了过去，更使劲儿地砸进了自己的背包。冲着英甫，他翻了一下白眼："这可是珠峰啊！"

"你倒划算。"英甫双手往身后支撑着，眼睛越过加措的肩，从半开的帐篷门帘，看着叶娜消失的下方，嘴里的话，越来越简短，"进出平衡！"

"多背了的三百克呢？"

英甫笑起来，双手拍拍自己的肚子："气！"

"你笑话我拿你撒气？"加措的脸涨红了。一阵风，把几把雪吹进帐篷，粘在他的后脖子上，他急忙转过身去，把门拉链拉紧了，又回过头来像挑战的公羊，瞪着英甫："我不能撒？"

"凭什么冲我撒气？"

"凭什么！"加措忘了是在帐篷里，双手一撑，要站起来，头顶在了帐篷顶上。他半蹲半站地保持着，眼神黯然："一路上，你都跟这个女人混。"

英甫下巴向上抬起来，笑了一声："惹着你了？"

"泡妞，是山上的一大忌！"

"山上的忌讳多了。"

"最大的忌讳，是拿命开玩笑！"

英甫双手举在头顶，摇着头："谁也不想犯这个大忌。"

"你犯了！"加措的话语尖刻。

"说说！"

"第一条，你对佛不敬。"

听了加措的话，英甫用手捂住了嘴："天哪，我有这么大罪过？"

加措摇了摇头："你的包里是不是背着扎寺的活佛给你的白色海螺？"

"那，我怎么就得罪了佛祖呢？"

听着英甫的发问，加措黑瘦的脸拉得更长了："背着哈达包紧的圣物，怀里却抱着女人。"

"第二条呢？"英甫的脸涨红了，眼神避开了加措。

"你不该在今天早上带她来冲顶！"

"她不是已经下去了吗？"

"她把我的助手也带下去了。"

"我们会被佛祖怪罪,上得去,下不来?"

"可能!"

英甫突然一把拉住加措的安全带,把他拉得跪了下来:"那,咱就不上了!"他把脸凑过去,迫使加措的眼睛看着自己。

"晚了!"加措并不看英甫,慢慢把背包拉链一一拉紧。

"为什么?"

"我,怕丢人!"

佛祖呀,这一次可不是丢人了,是丢命呀!

加措把对讲机揣进怀里,仰面向天,心中后悔,真不该把桑巴放走……

长叹了一口气,加措弯腰把背包里的英式氧气面罩掏出来,换下了英甫的俄罗斯老式氧气面罩。又检查了刚给英甫换好的满瓶氧气,把到流量定格在了"1"。

英式氧气面罩在人呼气时,氧气出口就被自动关闭,比起俄罗斯氧气面罩,可节省百分之三十的氧气消耗。

一瓶四升的俄罗斯 Poisk 高山氧气,流量开到"1"时,使用英式氧气面罩,可供氧二十个小时以上。也就是说,如果到明天中午十一点以前,罗布不能把人派上来,这个人就死定了!

计算着氧气,加措的心乱了,不住地拍英甫的双肩。英甫摇了摇头。加措又从英甫的背包里艰难地掏出白色哈达包裹的海螺,塞进了他连体羽绒服的胸前内兜里。

"但愿佛祖能原谅你。"挂在下降的路绳上,加措的两眼模糊了。

头顶,突然一阵雷鸣。闪电,被雪雾禁锢住了。

两个小时后,加措就在第一台阶下,追上了旦增和下撤的队伍。

八

这一次,命要丢了!

看着加措隐没在雪雾中,英甫处于幻觉中的大脑,闪现着前一天下午,他们在突击营地斗嘴的场景。

真是,这一次,为什么一定要上来呢?

2013年3月19日早上9点。

京郊的一处建筑工地上,锣鼓喧天。远远望去,几十座高耸的塔吊,如一片生机勃勃的钢铁森林。每一棵大树,正或左或右地转动着长臂。

塔吊之下,一个巨大的建筑群拔地而起。九座近200米的高楼,围成一个半圆地带。金属灰玻璃幕墙,使这些建筑显得高冷、典雅。一圈近60米高的楼裙建筑,把这些高楼连接起来。好似人穿了一条连裆裤的钢铁水泥怪兽,反射着灿烂的阳光。

内环中,是一个古罗马风格的大广场。正面向南,一道近30米高的凯旋门,迫使所有来宾抬头仰望。上面刻着四个金色大字——东方梦都。

广场中间,搭起了一个高大的舞台。舞台的背景板上,一条红色横幅醒目地写着:东方梦都一期工程竣工庆典。

满广场建筑工人,已经整整齐齐坐在小板凳上。三十多只彩色狮子,正兴高采烈地戏球。工人们兴奋地大声喝彩。他们显然是来自不同的建筑公司,分片而坐,身穿不同样式的工服,头戴不同颜色的安全帽。

环绕着广场,六十个升入空中的红色大气球,拖吊着巨长的红色条幅，随风飘荡。舞台和工人们之间的隔离区内，横放了过百米的烟花爆竹蛇阵。

宽大的舞台中间已摆好了主席台，两侧竖着天蓝色背景的项目介绍展板。大半嘉宾们聚拢在左侧的展板前，英甫手捧扩音话筒，回答四面来的问题。

"这个项目的总规划用地面积是多少呀？"一个系着红色领带的中年男人，高举起左手。手腕上，戴着一块收藏版的百达翡丽手表。手一晃动，金黄的光线就反射到英甫的眼睛上。

"七十万平方米！"

"容积率呢？"

"平均是4.1。项目分办公、商业和住宅三个部分。办公的容积率为4.5，商业的容积率是2.5。"

"住宅呢？"这个秃头中年男人的声音高了上去。

"5.3！"

"啪、啪"，中年男人双手高举在头顶，使劲儿拍了两下，显然是提醒众人："这可是个三百万平方米的大项目。说说，当年投标时，我这个一级资质的全国百强房企，怎么没能竞争过你这个三级资质的小公司呢？"

"有黑幕呗！"人群中看不清是什么人高喊了一声。

"我们是带条件投标！"英甫把手中的话筒转向了喊话的方向。

"什么条件？"中年男人又把戴手表的左手举起，在头顶摇晃了一圈。那道光线刺了更多人的眼。

"参与前期的土地整理！"英甫耐心回答。他这次看见的是中年男人粗粗的脖子，心里琢磨：这人的大脑袋，怎么是直接蹾在肩膀上的呢？

"这符合国家规定的土地招拍挂政策吗？"那人更挑衅地问。

"这是一个旧城改造加棚改项目，不是净地拍卖。"英甫冷冷地给了他一句，"你，不是举报投诉过了吗？"

"你，怎么证明是我？"中年男人的挑衅的声音小了许多。

"真逗！"人群中，一个仰头看展板的年过半百的男人，头也不回地说着话，"人家的孩子都三岁了，还在这跟人矫情结婚证。"

声音大得刺耳。

"呀！一级的是比三级的长了些。但是，硬不硬可不好说。有地使劲儿了，才叫个家伙。能造出个儿子了，才算是个爷！"有人接着他的话，不荤不素地。

"那好，让我们学学，这孩子，是靠什么养大的？"一个戴着铂金框架眼镜的中年脸男人，高挥着手吼道。这个白白的手腕上，一串油光锃亮的檀木手串跟着晃动，异香味就飘入每一个人的鼻中。

"钱！"英甫笑眯眯地抬眼望着佛珠，鼻子夸张地又吸了几下。

"哪来的？"那人也皮笑肉不笑地翻了一下眼皮。

"你不会说我是偷来的吧？"英甫的双眼眯成了一条缝。

白脸男人笑了，右手举在空中不动，人却原地转了一圈："我们银团，一下给你拿出了三十亿的三年期的开发贷。意向协议都签了，钱都给你备好了。你玩了个明修栈道暗度陈仓，最后，用了别人的三十亿。"白脸男人的脸变得通红了。

"你的条件呢？"英甫怒着，跺了一下脚尖，把话筒朝向众人，"大家听听！他们的利息表面不高，不到十。可是，要求一放款，先扣一年的利息。"

"哟，这不是高利贷吗？"人群中，一个女士说了一句。声音不高，但都清晰地入了每个人的耳。

"这还不算。"英甫又摇着头，"说我们是民企，项目虽好，但不能保证资金安全。又给我们推荐了担保单位，担保费——"他又看了众人一眼,"高得说出来你们没有人会相信!"

"企业的血就是这么被喝干的!"刚才说话的女士,又嘀咕了一句。

"我们民营企业,甘当尿罐子。可是,您也不能乱撒乱尿呀!"英甫盯着白脸男人似笑非笑。

众人哄的一声大笑起来。

白脸男人讪笑着晃晃腕上的佛珠:"算了,看在为地区经济发展出力的分上,大家都留个后路吧。再说,你用的那三十亿的海外地产私募基金和信托的钱,里边也有我们的。"

英甫微笑着,也向他点着头:"不打不相识,能把你们从我账上强行划走的五千万还回来吗?"

"什么钱?"

"你们说的罚款!"

"不会吧,谁能干出这种事呢?"

"你们不是干出来了吗?"

白脸男人摇了摇头。英甫不再看他,把话筒举到了嘴上:"各位嘉宾,请移步就席!"

英甫冷眼扫了一下不远处背着手聊天的两个男人。当他眼光掠过右侧背景板前的一堆嘉宾,扫向嘴堵在话筒上的总裁叶生时,他的眼神,立刻就寒意十足了。

锣鼓终于整齐地敲起来,大条幅也喜气洋洋地染红了天空。阳光红润地在工人们的安全帽上反射着,广场成了杂色蘑菇园……

九

"哟,施区,这小子要富甲天下了。"

施副区长的狮子鼻占据了几乎半张脸。听着身边的人说话,他眯细了牛眼。

"伊行,泥鳅能跃龙门吗?"施副区长回着话,转头仰起来,高悬的庆典横幅使他看上去更加矮胖。

"泥鳅?"伊行长笑起来,瘦削的脸上,一口洁白的牙齿,被橘红色的光线映照得像刚咬了一块五分熟的牛排,"是一道美味呀!"

这时,正好几条大条幅拖着大气球挤在半空,把一团光线挤成猩红色,晃着施副区长的眼球,他的双眼立刻血红起来:"没吃过。"

"在我的老家,人们在锅里放一块豆腐,倒进井水,再放十几条泥鳅进去。水开了后,你猜怎么着?"伊行把眼角吊起来,盯着英甫的后脑勺。

"豆腐熟了,泥鳅煮烂了呗。"

"那多没意思!"伊行笑嘻嘻地与施区对上了眼神,向英甫一努嘴,"到了度数,泥鳅受不了了,就只有往豆腐里钻。小船上,村姑摇着橹。二两小酒,冒着热气。哥俩就着姜葱蒜,蘸着泥鳅豆腐下酒,美味不?"

"呀!有意思,是道美味!"施区双手猛一拍,还轻轻跺了一下脚,"可惜呀!咱只是个摇橹的!"

伊行扫视了一圈广场四周空中的条幅,黝黑的脸绷紧了。

"我给老领导当了二十年的驴,在车里睡了多少年的觉——"施区仰起头,对着一个大气球叹息。那气球下的条幅上,几个金色的大字摇头晃脑:有始有终,再创辉煌。

"到头来,老人家光荣退休了,也没把区长的正位给我弄来。"

施区低下头,声音有种悲怆感:"伊行,我明年就五十五岁了呀。"

"我也快了,明年五十四啦。"伊行的声音也很低,"你知道吗,我在五道口读了七年书,又从美国读博回来,给老领导当了八年秘书。连站在淋浴头下时,都得一只手握着手机,高高地举在头上——

现在呢，"伊行闭了一下眼，睁开时，看向施区，"我还只是个分行的行长。他老人家呢，猫在家里画画，快成达·芬奇了！"

此时，主席台下面突然一片惊叫。两人抬头仰望，两个大气球，被风吹得在空中缠绕在一起，像两个杠头，不停地互相击打着。两条条幅，也都像暴怒的皮鞭，狠狠抽打着对方。

"鹬蚌相争了几十年——"伊行看着气球打架，冲着施区说，"这哥俩真会老死不相往来？"

施区慢声说："老了，又住在一个大院，围着这块肥肉，斗心眼儿，使绊子。"他拍拍伊行的肩，"咱俩，只是个给他们暖场子，烧开水的书童、马仔呀！"

"泥鳅豆腐，轮不到咱哥俩品尝。但——"伊行把眼睛又死死盯住了英甫的后脑勺，"这小子的肉羹，咱得分一杯！"

"好！"施区兴奋起来，大声了点，看见英甫回转过头，指了指他身边的两个空位。

施区和伊行换上了笑脸，齐齐冲着英甫点了一下头。

听着伊行的话，施区把眼睛转向了来回走动、笑脸灿烂地帮着嘉宾找座位入席的叶生。

阳光下，叶生手上那双白丝手套白得耀眼。

"好戏该开场了！"施区扫视着台下的工人们。

伊行笑嘻嘻地看着台下舞疯了的狮子们："咱们，就不当观众了？"

"咱当运动员去！"

"三十六个洞？"看着施区双手做了个挥杆动作，伊行点着头。

"赌个大的？"施区重重地点了一下头，嘴里反问道。

伊行双手比画着把高尔夫球杆举到了后背的动作，说着话，把双手往前一送："越大越好！"

两人刚转身离去，台下的工人们齐齐站了起来，人群发出惊呼声。

十

好戏要开场了，风知趣地小了。

每一只气球都乖乖地吊着条幅，阳光暖暖地照着它们，鲜红，又脆又嫩。天上的云在三月的初春气息中，轻轻地来，又悄悄地走着。

只有人间的戏，突然，变成了一场闹剧。

看了看手表，要到9点19分了，英甫转过身，冲着站在主席台右侧的副总裁郑来青点了一下头。郑来青会意地用对讲机通知主持人上场，叶生脚步不带一点响动地来到英甫身后。

"施区和伊行有事先走了。"他俯身在英甫的右耳，"他们让我提醒你——"叶生的话音拖长了。

"说！"英甫的脸色阴沉下来。

"尽快把施工单位的款给结了。"

"施工单位的人呢？"英甫往座位的左侧看了一眼。

"没来。人家说临时通知开会。"叶生的腰一直弯着。英甫没有回话，只是目不斜视地看着台下。

两个年轻的男女主持人，手持话筒，站在了台前。

"现在是2013年3月19日上午9点19分。"男主持人声色饱满地开了口。

"良辰吉时，庆典开始！"女主持人喜笑颜开地宣布。

她的话音刚落，三十只狮子一蹬腿，高高站立在空中。口中，齐齐吐出了黑黑的长舌，上面是一行竖下来的白字。

震天的锣鼓，分秒不差地敲了一下。坐着的一千多名工人，机器人兵团一样地猛地站了起来。六个方阵中间，都高高顶起了一条黑底白字的大横幅。

"呼！"来不及眨眼，六十只大气球被人解开了固定绳，它们像一群厌世的孩子，兴高采烈地腾空而去。又摇头，又摆尾，离地面上的这个人间越来越远。气球逃跑了，风又不来，巨大的广场一下子成了葬礼现场。

女主持人的嘴来不及闭上，她惊恐地回头看着站起来的英甫。

像是从8700米的雪坡上滑坠，英甫的脑子瞬间转场。几秒钟的工夫，他的眼前浮现出五岁时，饿晕在街头小饭馆门前。一转眼，又看到四年前此时此刻，他含着热泪为"东方梦都"奠基的场景。

"好！"肚子里的热气冲口而出。英甫这声大吼，虽是没有话筒，却像是一把倚天剑，一出鞘就寒气逼人。

英甫双手一撑主席台上的桌子，蹦到了主席台前沿。

"各位！"英甫双手抱拳，拱在头顶。他先原地转了个圈，看见宾客们都已起身离去。这情景，犹如一群孩子正在上帝面前玩捉迷藏，被蒙上眼的那个，把眼前的黑布一解开，突然发现所有人都不见了，只剩下自己在黑夜的墓地。

他仰头向庆典横幅作了个揖。今天的庆典会场，就只有这条横幅是红色的了。他转身面向台下，冷冷一笑，大声念起各种标语：

立即结算，还我血汗钱！
黑心开发商，误工不赔钱！

东方梦都，工人断魂地！

工钱不给结，春节没法过，回家抱不了老婆！

"这是干什么呢？"台下，派出所的李所长冲着人群吼起来，"张所，快来人！"李所长怒目仰头瞪着台上要把每一条标语都念完的英甫。

"把这些玩意全给我收了！"他转回身，向张副所长带着围过来的几十个警察下令。怕英甫听不清，李所长把双手拢在嘴前吼："你的人呢？"

英甫低下头，眼见李所长急得满头大汗，笑起来："李所，我的人都在下边呀！"

"还乐？"李所双手从内向外地划拉了一圈，"庆典成葬礼了！"

"都是喜事呀！"英甫的脸笑开了花。

李所回过头，看见警察开始收标语了。他转回身，双手又拢在嘴边喊："快下来！今天，你要被当场活埋了！"

英甫也把手拢起来，大喊："我，早就被埋到脖子了！"

"下来！英老板，下来！"工人们齐声高喊起来。

咚、咚！静默单调的锣鼓声，如阎王爷出巡了一样地鸣锣开道了。狮子们开始左右晃着头，长长的黑舌，阴沉地甩起来。在英甫看来，简直是一条条索命绳。

好似有后力猛推，英甫双膝略略一弯，双手平伸起来，扑进了鸡群。双脚刚刚沾地，直起身时，近百名年轻人立即把他紧紧围住了。

李所疾上几步，搅住了英甫，冷眼看向这群年轻人。

他们显然有备而来，统一身着黑西服，打着黑领带。一个戴白框黑架眼镜的人一挥手，他们整齐划一地从各自怀中掏出一张白布，高举在头顶。上面的黑字，格外夺目："欠债不还，天理难容！"

"谁是头？"李所往后退一步，站在了一箱礼花弹上。

人群沉默着，没有人站出来。

英甫向挤过来的副总裁郑来青点点头，从他手里接过扩音喇叭，也往后一站，把李所从礼花弹箱子上挤了下去，把喇叭举到了嘴边。

"打他！"随着一声尖叫，半截砖头从某个地方飞向英甫。这块砖头是红色的，划着弧线在人群头上飞过。英甫伸出左手，稳稳地把它接住，顺势往下一磕，右膝盖抬起一顶，居然把这块红砖给顶得粉碎。在场子的人都被惊着了。

"把标语举高些！"任由红色的粉末在空中飘洒着，英甫大声命令工人们，声音透着凶狠。

正在收标语的警察们住了手，把眼光投向了李所。李所摇了摇头。

"先说话，再打架！"英甫的话音，从人群中穿过去，把一张张标语又刷了一遍，然后向空中握紧了拳头，狠命地向众人挥着，"谁先说？"

"我！"一个山东口音从身着橘黄色工服、头戴灰色安全帽的方阵中传了过来。

"请说！"英甫把喇叭转向了那里，"有何贵干？"

"要工钱！"

"谁欠的？"

"你！"

这个词，是六个方阵中的所有工人齐声喊出来的。广场上空，租来放飞的几只鸽子刚从笼子里逃了出来，正在不知所措地盘旋。声势浩大的吼声，像是地狱里打雷了。鸽子们奋力猛拍了几下，向着晴天飞去。

英甫仰头看着鸽子们逃命，笑了笑，低头看了看李所："怎么样？嗅嗅这人间烟火？"说完，脚尖跐了一下，人晃着，那烟花箱终究没垮。

站稳了,英甫把扩音话筒举到嘴前,吹下气试音,开口说话了。

"工人兄弟们,咱们也见过面,逢年过节的,我慰问你们。今天,你们来找我算账。那些标语我都看清了,我是不是个混蛋,你们听我讲完这工地上两个关于钱的事再下结论,好不好?"

场面一下安静了许多,有人从藏蓝工作服的方阵中大声接话:"别绕弯子,有屁快放!"

众人把目光投向说话的人,那人低下了头,隐没在人群中。

英甫左手高高举起,伸出食指:"受托支付,有人懂吗?我这个大项目,总计有三百多万平方米。分前后两期。前面的是办公、商业,地上地下共计六十万平方米。靠大家努力,现在进入了竣工验收阶段。后面的呢,则是大活儿,是高端住宅区。下半年开工,有缘的话,到时还得辛苦大家。"

英甫的话简单清楚。建筑单位都把业主当爷爷奶奶供,轻易不会闹到今天这个地步。传了出去,别的业主也不敢再与爱闹事的建筑公司打交道。何况,这个项目的后期工程量大,又是高端住宅。利润高,不愁卖,拿得着工钱。英甫话里的意思,就是工地上的木匠、电工也听得出来。工人们的头都抬了起来。是呀,惹恼了这个大老板,这次的钱是拿到了,可是,再想在后期进场干活,那真是跟缘分不沾边了。

扫视下众人,英甫指着面前的高楼:"第一期项目不好啃。京郊这个区域,商圈还不算太成熟。政府指着拿这个项目来拉动地区发展,怕企业先干了住宅开发的活儿,到后面赖账拖延,就在土地挂牌时,设置了带条件出让条款。要求总体摘牌,分期开发。但是,必须先开发办公商业区域。需要的资金量大,我们向银行贷了款。数额我不说,但是算足了建安费用,这个意思是施工单位的钱有了保证。银行怕我们挪用资金,也设置了贷款条件。什么条件呢?受托支付!"

"废什么话,这跟我们挨得着吗?"藏蓝工服人群中的另一个人在喊。

"你说对了,这恰恰就是你们的冤屈所在。"英甫飞快地接上了这人的话,"知道吗?每个月,我们的工程总监和财务总监,都会核定你们的公司报上来的工程量和人工费用。然后,报给贷款银行。他们审批后,把款直接支付给你们公司。也就是说:一、我确实及时把钱支付了。二、我就是想克扣你们的钱,也做不到。三、每个月,我都是拼命地催银行放款。因为,不放出去,我也得支付利息。"

听完这段解释,广场上的工人们都瞪大了眼睛,互相望望。紫色安全帽的工人队伍中,一个沉稳低哑的嗓音响了起来:"你说的我懂。可是,我们也真的总是拿不到钱。依你看,这钱,到了谁的手上了呢?"

这话问得和善有礼,英甫听得出来,这是一个分包商的头头。他眉毛一挑,大拇指高高挑了起来:"问得好!但你问错了人了!别问我,去问你们的总包方。"

说着,英甫四下找人:"总包方,总包方的人在吗?"

广场上没有人答话。

"妈的,这些总包的王八蛋,从来把我们不当人!拿着特一级资质卖牌子,活是我们干,但钱却都进了他们的兜里。"远远地,紫色安全帽的人群中,有人高喊起来。

众人情绪又激动起来,但已经转向了总包方。

"也不尽然。"英甫继续高声道,"知道吗?你们一共有六家分包商。但只有一家,月月拿的足额满血。"

英甫双手捧着扩音喇叭大声高喊:"想知道是哪一家吗?"

"想!"众人异口同声地喊。

英甫没有立即说话,他死死盯着从人群后围到身边来的叶生。最后,他把目光定在了藏蓝色工服人群身上,伸手指过去:"他们的公司,名叫永利建设有限公司。老板呢——"英甫的脸色阴沉起来,"是分管这个项目的施副区长的小姨子。"

"英甫,你这个狗东西!我是副区长的小姨子就该饿死吗?我拿的钱是挣来的,是你该给我的,你要为你这个屁话付出代价!"

一个矮胖女人用手指着英甫尖叫起来。这个身穿青色薄羽绒服,头戴黑色棒球帽,脸上扣着一副大镜片的古驰太阳镜的中年妇女在人群中很显眼。

众人冷冷的目光瞬时投向了她。

"好啊,既是如此,我倒要问问你。你的工程款都拿足了,那为什么今天还要来闹事呢?这不是给你姐夫添乱吗?"

小姨子嘴皮动了一下,刚要开口,她身边一个中年人挡在前面,一字一句地大声吼着:"因为你这黑心大老板刁难我们施工单位。活干完了,却拖延结算。不在工程结算单上签字,想要赖?"

"狗娘养的!看看吧!今天,这在场的没有不想杀了你的!"中年工人刚吼完,身后,又闪出一个年轻小伙子,把双手拢成喇叭,放在嘴上高声喊叫。

众人把目光转回来,齐齐盯住了英甫。英甫瞥见总裁叶生和副总裁丰学民神情沉重紧张,死死地盯着自己。

英甫笑了。阳光下,他的笑意既狡诈,又顽皮:"想知道是不是我赖账,这就需要给大家讲讲第二个关于钱的事。"

说着,他把手高举空中,让众人能清清楚楚地看见伸出的食指和中指。

十一

再也不像葬礼现场了,人人都仰着头,等英甫开口。

李所终于琢磨过味来。这老板,话是讲得极端了些,但一针见血,把今天闹事的底给抖出来了。场面没失控,一切都好说。

叶生用手指顶了一下丰学民的后腰。两人凑过来,让英甫低下头来耳语。

英甫像要扇人的嘴巴一样,手一挥,赶开了这两人。又把扩音话筒举到了嘴边:"各位,今天来的人,都是找碴闹事的。你们刚才闹够了,现在,就得让我也闹一下。"他挨个指一下叶生和丰学民:"刚才,我的两个部下说我说得太过了,劝我不要往下讲了,给自己留条路。"

英甫眼睛湿润了,声音一下子高上了八度:"屁话!我有光明大道可走吗?从下海的第一天起,我就在刀尖上舔血、粪坑里扒钱。哪一步,不是拿命换来的!"他一转身,向着那群黑衣年轻人,"你们是放高利贷的吧?我问你们,春节前我们想把你们的钱清了,你们不许,拿定主意了要收高利息。月息三分六啊,这是在喝人的血哪。现在,怎么急着提前催账了?"

黑衣人群沉默着,无人接话茬。

"你们的头呢?咱们当众说个清楚吧。"英甫眼睛在这群黑衣人身上打转,"好,你们的头不敢现身,那我就告诉大家。他是法院申副院长的小舅子。他放高利贷,他姐夫帮着抓人要债。大家说,这天下公平吗?"

工人们愤怒起来,有几个人冲到黑衣人面前啐唾沫。

黑衣人群里一个三十岁上下的年轻人挺身站到了众人面前。一副金色的细边框眼镜,椭圆的镜片,刚刚盖得住他的羊眼。镜架接合处,镶着闪亮的钻石。冲着众人一点不畏惧:"我是我,我姐夫是我姐夫。我做的是金融,他做的是法官。正大光明,问心无愧。"

"好,说得好,我也信你。"英甫向年轻人摆了一下手,"那你今天来砸场子的理由是什么?"

"跟大家一样。你迟迟不给施工单位的工程结算单签字,到时能有钱还我们吗?拿不回来贷款,我不是得喝西北风吗?听着,这是给你上一课,我们这是风险管理,叫作未雨绸缪。"

"西北风?"英甫冷笑着把右手举到了头顶,扫视着广场上的工人,"工人们,你们跟我闹,是为了一天几十块的工钱。可你们眼前的这小子,瞧见了吗?"说着,他盯着年轻人,右手食指指着他脸上的眼镜:"他这副德国的 Lotos 铂金眼镜,光做工得半年。价格得过百万!"

英甫的话音刚落,广场上像燃起了大火一样喧闹起来。李所一把抢过了扩音话筒,冲着那群黑衣人厉声道:

"工人们也罢了,毕竟没拿着钱。你们呢,纯粹是无理取闹,扰乱社会秩序。听好了,我数到三,你们还不收起手中的牌子,我就不客气了。"

几十个民警围了过来,一个个手中摇晃着手铐。

"一、二……"

英甫抬起头来,看着李所高高直挺着的手指,脸上露出微微的笑意。李所憋足了劲要喊"三"时,黑衣人齐齐把手中高举的牌子放了下来,三叠两折地就把牌子折叠成巴掌大小的纸片,塞进了西装内袋。

广场上的标语横幅忽然都不见了。

英甫从李所手中又要过扩音话筒:"'东方梦都'项目是市里的重大项目工程。第一期,我们盖了六十万平方米的办公、商业设施。六十万平方米的项目干了三年,这三年中,天天能发现原来的设计图纸中有需要修改的地方,三天两头会遇到意想不到的情况。比如——"

英甫又转头向右，看向了永利建筑公司的人群："我记得，刚开工挖基坑时，就发现地质勘探有问题。没探出来有一个地块地质疏松，得做加强护坡。这可好，一误工就是二十天。永利的人上了三百人，每人一天按一个工日算，误工损失就是六千个工日。对不对？"

"对。"永利的人高声地回答。

"设计变更了，工程误工了，你们都得向我索赔。"英甫看见那个胖女人在和身边的人交头接耳，声音就大了些，"索赔了，就得由我们和监理公司、你们施工单位来洽商。都认数了，三方签字，结算时，我们照此赔钱。"

英甫口气慢下来，嘴里报着数据："三年的工程，你们的单项索赔报告提交了一千七百多份。实话说，每一项我们差不多都认了。共计赔了二十三万个工日。按工钱算，是总计二千九百九十万元人民币。"

"不对吧，一个工日是七十块钱，你怎么算出来那么多呢？"人群中，一个包工头大声问。

英甫眼睛立刻扫向了他："这位兄弟，你说的工钱，也对也不对。为什么呢？总包方是特一级施工资质。要价狠，态度横。他们坚持每个工日必须是一百三十块，说是少一分也招不来人。"

那个包工头又喊了起来："按现在通常的人工综合单价，每个工日才八十块钱，他们不可能要那么高吧？"

人群中一阵骚动，嗡嗡声一片。

李所终于听出了味道，摇着头："太黑了，这啃得也太邪乎了。"

英甫吹了一口气，扩音话筒犹如患了肺气肿的病人，嘶嘶作响："我是个算大账的人，这么大的项目，花钱消灾。早一天完工，这些坑也就填平了。总包方从你们身上每个工日拿走六十块，按三年前的工钱，给你们剩下七十块也不低了。"他把话停了下来，又用两眼去盯永利的人，"当然啦，你们有福啊！你们永利的工人，每人拿的是每个工日一百三十块。"

永利的队伍乱了，有人大声喊起来："臭婆娘！听见了吗？人家说你拿到的是一百三十块，可你给我们的才六十块。快过年了才付了一半工钱。害得我回家连亲戚都没脸串，拿不起压岁钱啊。"

说话的人声音哽咽起来，李所推了一下英甫。英甫大声喊了一句："那位兄弟，听我说完，你们再掰扯。"他双手捧紧了扩音喇叭，"三年中，每一项单项索赔，我们都得打。你们报得高，现场签得慢，你们就来堵我的门。上建委闹，去法院告。知道吗？就因为这个项目，我的公司成了法院的涉诉大户。"

有些工人低下了头。确实，这三年中，他们时不时被撺掇着去堵过门、闹过场，也上法院告过状。

英甫摇摇头："我不怪你们。这工程项目，玩的就是猫和老鼠的游戏。只不过有时咱们之间颠倒一下猫鼠的角色。可是，春节前，该对工程预算做结算了，施工方又提出了个总索赔方案。说是因为平日让步太多，吃亏了。"

广场静如一池平静的湖水，英甫借机把嗓门更高了上去："六十万平方米的项目，原来预算是四百一十万个工日。现在，除了我们已经认的二十三万个工日赔偿，他们要再索赔六十万个工日。你们凭良心说，我能签这个字吗？"

现场的人群纷纷摇着头。

"还有更邪的！六十万平方米的项目，预算定的是三十万立方的商品混凝土、十四万吨水泥、七万吨钢筋。现在呢？他们都要按百分之三十的超量算账。大家都是天天玩水泥、绑钢筋的人，自己算一下，这又多出去了多少钱？"

有人高喊起来："你们的工程部不是天天在现场吗？再说，还有监理公司呢！"

"问得好，我们的工程部一拒绝签字，你们就罢工闹事。监理公司呢？大股东是在场的永利公司，现场谁说了算，你们有数。"

"一派胡言，满嘴喷粪！"施副区长的小姨子原地蹦着，向英甫挥拳，"拿出证据来，今天要不说个清楚，老娘让你躺在这里。"

"人，躺在哪里不是一个躺？"英甫冷笑声被扩音器清晰地传出来，"我来问你，做个项目，建委管安全，环保局管污染。混凝土不许现场搅拌，你的公司，怎么报出了现场搅拌水泥三万吨？"

有人大喊一声："是呀，这三年，谁听过工地搅拌机响了？"

永利的工人们怒视着施副区长的小姨子，骂起脏话："黑心肠，她把钱从人家手里抢足了，却一分一毫地抠我们！"

几个工人摘下头上的红色安全帽砸向那女人："去你妈的，老子不跟你干了。限你三天内把我们的工钱按一百三十块结清，我们去别的公司干。"

其他公司的人也高叫起来："好样的，兄弟，站过来。"

场面很是混乱。建筑工人都是一个一个被小包工头从家乡带出来，眼下跳个槽，只不过是换了个集体工棚而已。

那个山东口音的人在人群中大喊："懂了！英老板。今后，我们跟着你干。过去的王八行为，今天的混蛋做法，你多担待。二期的住宅项目，我们好好给你卖力！"

包工头们天天算账，听到此，已大致分清了是非，也看出了台上老板的底气。只要业主硬起来，建筑单位最终得让步，因为要为以后的合作留有余地。再说，最后大不了法庭上一搏。但往往拿不出足够的索赔证据，官司一打几年，也在业界坏了名声。谁还会愿意给你活呢？

那个山东口音的人又转向工人们高喊："冤有头，债有主，我们的总包太黑了。走,大家跟我去找他们。按着一百三十块钱的工日要,不给就堵他们的大门！"

"好！"广场上近千人齐吼。

"好，堵了门，拿了钱，回来找英老板摆酒赔罪。要不，怎么有脸干二期住宅工程？"有人喊道。

这时，一个江西口音的人喊了起来："兄弟，去那没用。那个总包架子大，没人会出来见你。再说，他们家门口，天天围着几百人。"

到此，局面已经变成发难者的麻烦了。

英甫不动声色，他深知这帮包工头个个都是闹事的精灵鬼怪，自有办法。

果然，江西口音工头又大喊："依我看，他们今天组织咱们闹了这个庆典，是让我们自己砸自己的饭碗，够狠够毒。好呀！咱们去找政府反映情况去。"

"这是个好主意！"工人们早被英甫的话撩拨得眼睛血红，争先恐后地向场外涌去。

胖小姨子急红了眼，大声呵斥跟着别的队伍走的工人："白眼狼，要走，把老娘的工服脱下来！"

永利的工人心中早已是恨意十足，有人摘下安全帽去打那女人。那女人躲闪不及，被一顶帽子实实打在头上。

胖小姨子的泼妇情绪被点着了，她双手乱挥着，瞪圆了眼，如一头失控的母猪，冲英甫过来："把人挑起来了，想溜？没那么容易！骂了老娘半天了，该老娘撒个泼，出口气了。"

其他分包工头，平时就讨厌这女人在工地霸道，肥活都叫她先抢了去，今天又知道了只有她的钱拿得足，有人就吆喝起来："臭婆娘，你敢动英老板一下，先叫你躺在这。"

发了威的小姨子向身边的几个人瞪了一眼，大叫起来："跟我来，打死这孙子！"

几拨工人混战起来。

突然，有人点燃了地上的鞭炮。正在人们忙乱地在震耳的鞭炮声中左跳右躲时，英甫脚下的烟花被引燃了。

李所一把拉开英甫，轰的一声，烟花爆炸了。一阵火光把英甫和李所吞没。没等烟雾消散，那女人已带着几个身手矫健的年轻人冲到了台下。民警们一时竟没拦住。一个打头的人，手一抖，一道寒光向英甫刺来。众人惊住了。

李所被英甫一把推开，那力道之大，竟令警察出身的李所毫无抵抗之力。

烟雾中，英甫迅急转身躲开了利刃，几个箭步，就蹿到了舞台下，平地一跃，干脆利落地跳到了舞台上。大家莫不目瞪口呆。英甫两眼怒睁，向台下众人扫视了一下，定了定神，突然飞身而下，直奔那小姨子而去。

英甫左右出掌，一排排地把前来阻挡的人打了回去。到了那女人面前，那女人双手一下就抱住了头。英甫的手掌落下，却是伸到了她的身后，一把揪出了刚才行刺的二十来岁的年轻人。那年轻人个头不高却肌肉结实，被英甫像老鹰抓小鸡一样死死擒住，双手高举过头。一回身，他快步回到舞台前。一蹲身，带着人跃上了台。

这时英甫开口，连声音都不像刚才了——不高不低，不粗不细，如一口大钟嗡嗡作响，鞭炮声倒成了背景音响："永利的，这就是你们今天闹事的目的吧，这就是你今天派来让我躺下的人吧？告诉你的姐夫，抢我的钱，没那么容易。要我的命，还不是时候！"

说完，他把那年轻的人摔到了台下的鞭炮中。

"刺刀，这人有凶器！"一个民警眼快。就在这年轻人滚在地上的一瞬间，一把三棱军刺从年轻人的左手袖筒里掉了出来。年轻人被摔蒙了，挣扎着要爬起来。

李所一步跳了过去，按住地上的凶手，利索地把那人给反手铐上了。李所抬头向副所长喊："快，老张，叫特警，叫防爆大队！"

李所爬了起来，把凶手交给了拥上来的几个民警，从地上找到了英甫扔下的扩音喇叭。

"现在，我命令，三分钟内，所有人有序撤场。否则，后果自负！"

工人们吓坏了。闹场可以，三天两头地干，但要是动起刀来，就是杀人图命了。人们手心冒着汗，挤着推着，要尽快离开这个是非现场。

纵身一跃，英甫从台上下来与李所握手："所长，添麻烦了，改天，请弟兄们喝酒。"

李所瞪圆了眼："天哪，原来，你还是深藏不露的练家子。怎么一下子就从千百人中揪出个来杀你的人呢，太不可思议了！"

英甫淡淡一笑："我哪里有这样的本事，今天，只不过是命不该死，佛祖派阿修罗来附了我的身。"

英甫已平静下来，看见远处的张副所长推搡着小姨子一干人，英甫拱手向李所说："对不起，台上的节目演过了。我，现在还得去演台下的戏。"

李所睁大了双眼："台下的戏，怎么演？"

"喝酒，阋墙酒。"看到李所有点迷茫的眼神，英甫补充道，"'兄弟阋于墙'是《诗经》里的一句话，说的是兄弟不和。今天在这酒桌上敞开聊一聊。"

听着这话，李所拉下脸来。转过头，看见法院副院长的小舅子还站在身旁，厉声呵斥："快走，再不走，你就走不了了。"

小舅子冷笑着说："大所长，你的手铐没那么粗。"又向英甫点头说道，"大老板，我在这等你，就为一句话：后会有期。"

英甫冷笑着，转过身来，冷冷地看了围在身边的叶生等人："叶大总裁、高管们，现在一个不许走。快中午了，都跟我回去喝酒。这场戏，演得热闹。那么多摆好的酒席，总得有人吃喝呀！是不是？"

他双眼眯起来，在叶生脸上打量。

"听见了吗？全都去，回去给老板敬酒压惊！"叶生笑起来，双眼挤到了一起。

英甫刚要抬脚，李所拦住了他："董事长，得派个人跟我回所里做笔录。"

英甫看了看叶生，又看着办公室主任吴菁。

"你去吧。"说着，英甫把这女主任拉开了几步，把嘴凑到了她的右耳边说了几句。

听着英甫的耳语，吴菁睁圆了她的杏眼，上下打量着英甫："太好了，终于等到这一天了。"一转脸，看着叶生，吴菁旋即抱住了英甫的头，在他的右脸上使劲儿嘬了一下："今天，你迷死人了！"

叶生冷着脸。

李所脚步沉重地向场外走去。今天的一切，让人太累了。庆典差点闹成了葬礼。平日文雅的英董事长，当众抖出了这么多的商业内幕，扯出了施副区长和法院申副院长。他是讲给工人们听呢，还是让自己向上带话呢？

想得头痛，抬头看见特警的车队到了，快步迎上去。特警队长劈头就是一句："有人动刀了？人呢？"

"控制住了，在往所里送，你去带人吧。"李所疲倦道。

"他们，这是要去哪？"看见六七辆通勤大巴载满了工人，向主路上驶去，特警队长睁圆了眼。

李所摇着头："咱们得立刻向分局报告。"

十二

"砰!"

2013年的5月17日的下午6点整,顶峰上,一声撕心裂肺的炸雷爆响了。

英甫从幻觉中被震醒。一道闪电犹如山神劈下来的战刀,突然间,劈开了紧锁着顶峰的雪团迷雾。腥厚的雪,一眨眼就下泻到了8000米,像山神花园里清扫出来的污垢,呼啦一声,遮蔽住了人世间。

浓黑的雾从英甫的脚下拼命四散开来。来不及细看,万山已是昂首,夕阳下,一顶顶黄金桂冠。

风速降下来了。

英甫的头却疼得要炸裂了。刚从死里逃生的回忆中睁开了眼,又立刻陷入了无边的恐惧。

抬头仰望,头顶的天上空空荡荡。隔着雪镜去看太阳,它正在向西天的云层中隐没,恰如一团余热将熄的火球。英甫的心冰冷起来。俯视山谷,雪雾层上,岩石都闪烁着阴暗的光。雪雾层下,是人的肉眼看不清的世界。

爬上来,就是为了要死在顶峰吗?

英甫看着远去的夕阳摇了摇头。明天,朝阳升起时,照耀的将是一具僵硬的尸体。这尸体曾胸怀梦想,踌躇满志,自以为赶上了一个好时代,会有一个精彩的人生。

精彩?哪一天不是鬼门关呢?英甫回想这些年,夜夜的噩梦都是他围着一座大山跑和爬。每一次,他都会坠入无底的深渊。每一次噩梦,他都会从痛哭中醒来。

现在，他终于爬上来了，却下不去了。

他的"东方梦都"要建成了，但不是他的了。

他明白了，自己之所以要爬上七大洲的最高峰，只是想战胜心中的噩梦，之所以想盖好自己的大房子，是因为自己需要生存的安全感。

安全？

在英甫的脑海中出现这个词时，又一声劈天盖地的雷鸣，从万里高空炸响。紧接着，西面八方的山头，都闪烁着电光。它们像山神的钢鞭，驱赶着雪雾挤压回来。

英甫仰起头，脚下山谷里的雪雾漫了上来。看着万山隐没，被吞噬的悲伤涌上了他的心头。

飑线天气来了。

英甫无助地闭紧了眼，又回到了他的人生噩梦中……

英甫的"东方梦都"，在京城算是后开发的一个大盘项目。前些年，这一带的大盘项目有几个，但都是低端住宅建设开发，办公、商业配套设施没有跟上来。人们早出晚归，白天在城里上班，晚上回来睡觉，形成了人人皆知的"睡城"。

原本计划庆典之后要宴请来宾，所以吴菁仔细选了个离庆典现场不远不近的酒楼。

司机李师傅站在路虎车的右后门边。英甫的女秘书张丹丹伸手拉开了车门，让英甫上了车。她自己坐在了前排副座。

"龙门酒楼。"英甫嘴唇轻轻动了一下。

车开动了，英甫顺势双手抱胸，头后仰，靠在靠背上。一闭眼，两行泪水，从眼角流了出来。

李师傅和张丹丹从反光镜里看到了英甫在流泪。张丹丹忙从包里找出纸巾,转身要递给英甫。她惊讶地看到,这个老男人已经睡着了。

二十分钟后,车在龙门酒楼的迎宾门前停下,叶生带着众人已在迎候,他过来帮着拉开车门。英甫已是一脸清爽,毫无疲惫神态。脚一站稳,英甫就双手拱拳:"今天,都吃苦受累了。"

叶生微笑着,拱着双手。他那双眼角下斜的猫眼此刻眯了起来,薄唇的嘴紧紧抿住了:"哪里,是我们失控了,让董事长丢了面子。"

物业总监黑一杰的脸皱巴巴的像是一块老树皮。此刻,他睁大了一双羊眼,蒜头鼻的鼻孔也撑大了,粗声粗气地说:"这话不对,是让董事长露了一手神功,演了一出好戏!"

英甫向他扫了一眼:"好戏?在酒桌上呢。走,喝酒压惊去!"

龙门酒楼有三层,是个住宅小区配套设施改建的酒楼。平日人来人往的生意不错。三层被改造成一个豪华大包间,中间只摆着一张能坐二十二个人的大圆桌。

进了豪华大包间,叶生环视了一圈,看向英甫:"英董,先坐在沙发上喝茶压惊呢,还是直接上桌开吃?"

英甫慢悠悠地原地转了一圈,向叶生一笑:"茶,哪压得住今天的惊呢?既是死里逃生了,知道了人生苦短,咱们就直接上桌喝茶摆酒吧。"

叶生立刻招手安排。

很快上来了三个女服务员,一个年轻男子等候在一旁。他上前一步,弯弯腰,自我介绍:"老板好,我是龙门酒楼的大堂经理。今天,专门来为您服务。有不到之处,请多多包涵。"

年轻人麻利地把红丝绒布幕帘左右拉开。这是个坐北朝南的建筑,又是正午近十二点的时间,窗子玻璃亮堂得似乎一伸手能从窗外折枝柳条进来。窗外的视线极好,远处,可以隐约看见"东方梦都"的一大片建筑轮廓。恰好,有一架银色客机,从西向东飞过,在湛蓝的天空划过一道长长的白线。看着飞机像初春的柳絮飘在天上,英甫的脸色,却阴沉了下来。

"经理,今天实在对不起,让你们白忙几天。"英甫向经理挥着手,又看着叶生,"叶总,人家把东西都准备了。账,得给人家结。"

不待叶生回话,英甫又说:"这样吧,今天没客人,我们兄弟要好好喝顿酒。你去把原来安排的菜撤了,上火锅。涮肉,吃着痛快。"

年轻经理反应快,弯下腰,点着头:"谢谢老板体谅,我马上安排上锅子。羊肉,是宁夏盐池的滩羊肉,我送。牛肉,是雪花牛肉和澳洲牛肉,各一半配上。怎么样?"

看着英甫点了头,经理要走。英甫又举起了右手:"不急,把肉切薄了。再上几盘鱿鱼卷和冻豆腐。今天——"

英甫的眼神,从叶生几人脸上扫过。感受到气氛异样,几个人都板着脸,低头看着面前的茶杯。叶生呢,正从手上往下摘着白手套。

"要吃饱喝足了。打了一上午的架,该犒劳一下大家了。"

英甫点茶要菜的工夫,叶生已让服务员把位子撤成九人座。

英甫指点道:"别忙,得摆十个人的位。"

叶生一一指着屋内的人:"英董、我、丰总、黑总、汪总、小郑、小赵、于总,还有咱们的法律总监朱玫,九个人呀?"

"还有吴菁!"

"她不是去派出所做笔录了吗?"

"再晚,也得等她回来喝杯酒。就这么几位高管,都跟着我吃苦受罪了。今天的酒,一个也不能落下,一杯也不许少喝。"英甫一拍桌子,"咱不是曹操,做不了英雄,也配不上枭雄。煮不了酒,论不了英雄。今天——喝一顿我下海创业以来的大酒,一醉方休!"

英甫从桌子上拿起了手机:"大家都把手机交出来!只喝酒,不办公。除非家里死人了,工地着火了。否则,谁也不许接打电话!"回头叫来服务员,"来,小姑娘,端个盘子,叫客人把手机都放进去。谁要是不听招呼,你给我把他的手机扔进火锅里涮了,煮了!"

这句话,是从牙缝里挤出来的。像铁匠炉里的火星,一句一字地烫人。

叶生手抖动着把手机放进了盘子,完后顺势松了一下领带。其他人也一一把手机放进盘子。

英甫一屁股坐在了北面,主座就变成了坐北朝南。叶生坐在下席中间,面对英甫。叶生的左首是副总裁丰学民,右首是财务总监于曼丽。黑一杰挨着丰学民,销售总监汪来旺挨着于曼丽。英甫的左首是副总裁郑来青,右首座位空出来,留给吴菁。郑来青的左首坐的是工程总监赵臣,吴菁的右首则坐着法律总监朱玫。

看着看似不经意的座次,英甫哈哈笑起来。

"真是来喝阋墙酒的。随便这么坐下,竟是一个'割席而坐'的故事出来了。"

黑一杰脸上的沟沟壑壑挤成了团,眨着眼好似有话说。

英甫止住了他:"别急,听不懂了吧,不懂也好,少了许多烦恼。"说着,端起茶杯,"来,先喝茶,一会儿,听我给你们讲几个故事,助酒兴。"

丰学民有意抬起手,先揉揉露脊鼻头,再摸摸头上裹着的纱布,板砖脸上,三白眼往上翻着:"老板,今天,为你抢标语,头被人打破了。我都这样了,现在,你不会给我们玩一出'鸿门宴'吧?"

英甫阴沉着脸:"'鸿门宴'是千古奇宴,你我一介草民,哪有这个福气享用?不过,既说到了'宴',我们也得再点几个菜。涮锅子,称不得宴席!"

菜谱拿在手里，英甫翻看了一遍，抬头看向叶生："叶总，'鸿门宴'为的是天下。咱们今天这喝的是阅墙酒，论的是兄弟。这样吧，跟我十年以上的人，每人点一个菜。这些年轻人就算了，只管跟着吃现成的吧！"

销售总监汪来旺屁股从椅子上抬了起来，鼻子吸溜了一下。一着急，山西味就出来了："球势！他们才来了几年？都不过是隔牢牢的牛牛。我虽然不够十年，也就是五年，可我给老板拿回来四十多个亿的销售楼款。"

看汪来旺急样，叶生摆起手："算了，算了，这就是个由头，你们还真当真？"他扫了丰学民一眼，"快快点菜，大口喝酒吃肉。早点散席，大家还有一大堆擦屁股的活要干呢！"

他把头偏向角落茶几上放手机的茶盘："英董，听见了吗？大家的手机响得都快把这房梁震塌了。今天，出这么大的娄子，政府各口肯定在急着找咱们。"

英甫并不言声，拿起来菜单看。叶生在英甫点菜的工夫，叫经理过来："我们带了酒，去，把这几瓶十五年的茅台开了。"

英甫抬头不看菜单了，冷冷地点头："去，把你家的红星二锅头拿来。要56度小瓶的，'小二'知道吗？先来一箱！"

叶生的脸沉下来了。

英甫笑起来，一拍菜单："好玩，我点一道有文化的菜。"

一落座，听出每人的话里都藏着刀，法律总监朱玫紧张得手心冒汗，心率早到了一百二十下。这个从法国留学回来的法学硕士，到公司才三年，是前任法律总监牦牦推荐来的。她哪见过这种刀光剑影、明争暗斗的场面。

英甫看出朱玫紧张，向她点头："佛跳墙！用的是十八种山珍海味，过去是达官贵人才能吃到的。"

丰学民撇撇嘴："你是大老板，当然得吃皇家的菜。我呢？土生土长的京城土鳖，这年头点儿背，只能给你当个打工仔。天天在工地上给你干活看场子，玩钢筋，和水泥，只配吃个快餐方便面，喝碗片儿汤。"

叶生瞪一下丰学民："说什么呢？不就吃个饭吗？快点菜！吃了走人。"

"好，听叶总的。今儿犯不上在这和人掉腰子，快吃快走。我，就点个最俗的吧！"丰学民看了看英甫，一字一顿，"乱——炖！"

"他大爷的，我家上三辈，就是天桥的小力笨儿，代代都是五脊六兽的俗人，就点个炖吊子吧！"黑一杰大声说。

叶生看向了于曼丽。于曼丽的桃花眼眼角挑了一下，一撇上厚下薄的嘴唇："红烧鲤鱼！"

郑来青没有点菜的资格，他看看众人一个个点的菜，晓得都有含义，就催叶生："叶总，该你了。"

"臭鳜鱼！"叶生平静而又冷冷地报出了菜名。

朱玫睁大了眼，把头偏向叶生："叶总，这鱼，得配对吃吗？"

叶生嗤地一笑："小朱呀，你是在法国吃米其林餐厅的人，不知道这道中餐的味道。这酒楼的名字叫'龙门酒楼'。于总的鲤鱼被红烧了，就跟龙门没关系了。点这道菜，吃的是心境。"

朱玫睁大了狭长的瑞凤眼，有些不知所措地问："什么心境啊？"

"问得有意思。告诉你，美女嫁了人，就不值钱了，变成了臭咸鱼。我帮你们老板干了十六年，如今他功成名就，找来你们这些海归，来做现代公司治理了。我们呢，自然就如这臭鳜鱼，说是吃着香。但看上去丑，闻起来臭，拿不到国宴上的。"叶生说着，眼睛却盯住英甫。

英甫站起来，看了看他，又坐了下来："叶总，你把我的心说颤了。

你既拿鱼说事,这鱼,撒开了做,也终归不过是条鱼。"说着,他挨个儿看了看叶生身边的几人,"这佛跳墙太雅,乱炖太俗。炖吊子呢,太脏。那是猪大肠做的,外表是嫩肉光溜,却翻不得。一翻出来,就是屎!跟这人一变心,兄弟一翻脸,一模一样。这样吧,叫厨房把佛跳墙、炖吊子、乱炖都拿去一锅煮了。要雅,雅到极致。要俗,俗到极点。吃起来,没那么多讲究、念想。怎么样?"

于曼丽惊叫起来,看向了叶生:"哎呀,这不就成了一锅烩吗?"

叶生冷笑着,在桌沿拍着:"你说对了,今天,英老板,就是要吃这道菜!"

十三

酒家很快把酒菜上齐了,男人们每人面前摆了三瓶"小二"。

英甫先把酒瓶盖拧开:"不用杯,对嘴吹!当年我们做兄弟时,隔三岔五地就是这样喝酒涮肉。对吧,叶总?"

"哟,英老板要给我们打温情牌了。"叶生冷冷地看着英甫,"物是人非,今非昔比。我们已经没这个福气,也没有这个心情陪你忆旧。对不起,是你阋的墙。恕不奉陪,我得干活去。你自己喝吧!"

一拍桌子,叶生站起来要走。身边的人也立刻起身去拿手机。

啪!英甫使劲儿一拍桌子。动静太大,把桌上的火锅汤都给震了出来。服务员蜂拥过来拿毛巾揩擦。

"来呀,人呢?把保安队长给我叫来!"英甫瞪圆了眼,用食指点着叶生等人,"你们,既然眼里没我这个董事长了。那好,今天,我就不把你们当兄弟、当部下。当什么呢?"

英甫扫视着叶生几人,拉长了声调:"当反贼!吃里爬外的反贼!"他一转身,几步逼到了叶生面前。像一只狼,要把面前的羊赶到墙角,让它无路可逃。

直视着英甫的眼睛,叶生把握紧的拳松了开来:"好!你牛!"

英甫笑了,斜着眼,双臂抱在胸前,慢慢踱步,从叶生等人面前一个个走过。

于曼丽的嘴唇和双手都在抖。她看看叶生,又看看英甫,带着抖音开口:"家里有事,能打个电话吗?"

"不能!"

"为什么不能?你以为你是老板,就可以把我们都当羊折腾?"于曼丽突然发力,用胳膊肘顶开了英甫,要去拿手机。

"叶总,你们总算是还有个人说得上骨气。"英甫点着头,快步迈过了于曼丽,伸手端起放手机的盘子。从叶生开始,挨着个,把手机扔进了每人面前的涮锅里。最后,拿起了盘子里自己的手机,在手中扔着掂了掂,也噗的一声扔进了面前的沸水中。

所有人脸都铁青了。

"欺人太甚!"黑一杰愤怒地叫起来,脸更黑了,刚要发作,保安队长推门进来了。但是,这个保安队长他却不认识。

黑一杰是物业总监,保安公司归他管。又惊又怒的他,正要开口询问,原来的保安队长跟着进来了。黑一杰看见他进来,瞪圆了眼,厉声喝问:"怎么回事,谁让这个人当了队长?"

原来的保安队长"啪"地立正,向他举手敬了个礼:"报告黑总,按董事长的命令,我们在'东方梦都'的队伍,都已合并在新的保安公司名下。现在,我是副队长。"

"什么时候合并的,我怎么不知道?"叶生眼睛瞪起来,看向英甫。

英甫一眨眼,一股怒气,又透着笑意从眼神中冒出来:"要是你知道了,我今天上午必死无疑!对吗?"

叶生一脸窘态，双手抖了起来。上午，保安队伍在警察指挥下，格外卖力地抢着标语横幅，让他恨恨地对着黑一杰直翻白眼。看来，是这个狡猾的老板知道了今天要闹事，将计就计了。

黑一杰突然骂起原来的保安队长："你这个吃里爬外的东西，是我一手帮你把这个队伍攒起来。刚发了点财，你就翻脸忘主？忘了吗？平日里你报三百个人的工资，可我叫人数了岗，你只有一百八十人在岗。吃着空缺，你的心黑不黑？"

原保安队长向英甫举手敬了个礼："领导，我能回他几句吗？"

"说，我们也听着。"

听着英甫下令，原保安队长几步跨到黑一杰面前，用食指指着黑一杰的鼻子："你的心，比你的脸还黑！一百二十人的空饷，你月月拿走一半，还只要现金。你叫我把保安们的身份证都扣下来，月月只发个生活费。为的是每年春节前，逼着保安们打折拿工资回家。打折扣下来的钱，又都归了你。"

黑一杰脸更深黑了，他感到了在场的鄙视的目光。

原保安队长说着竟伤心地流出了泪水："这一次，你们做得太过了。你找我下令，说是在今天上午的现场，必须让标语横幅拉上半个小时再抢。我们虽然是人贱，但也有良心啊！"说着，这个汉子哭出了声。他转向英甫，用手背抹了一下两眼："您是他们的董事长啊，我万万没有想到，他们，光天化日之竟然想要您的命。"

酒席的空气凝结了。英甫拍拍原保安队长的肩："小伙子，千万别被这阵仗给吓着了。我今天命大逃过一死，但我不怪谁恨谁。为什么？是因为下海二十年，我明白了一个道理。"英甫向叶生扫了一眼，"这商海之中，人人有错，人人有罪，但又人人都对，人人都无辜。"

英甫的脸冷了起来。看着人们面前的火锅里的手机被沸水翻滚着，他又笑起来："行啊，锅总算是开了，该喝酒吃肉了。"英甫用手指向包间的门,"去,小伙子,在外边把门守着。现在是下午一点,不到四点,谁也不许出门!"

然后英甫大叫道:"来,小姑娘们,把煮了手机的锅子端走,上个新锅子来。"

很快,热气腾腾的新锅子端了上来。英甫看着发呆的叶生和众人,笑着点了点头:"来!来!请入座。听我讲完三个故事,才能放你们走。"他专门点着丰学民,"丰学民,安心喝酒吧,从今天起,你可是喝一瓶,少一瓶哪!"

"喝就喝,又不是喝狗血,灌马尿。我今天来个兔子进磨坊——充一回大耳驴。倒要听听,你能掉个什么腰子,念出什么秧儿来。请!炸庙吧!"丰学民一屁股坐下来,拿起面前的"小二",一仰头,竟嘟嘟地倒入喉咙。

"好!像个男人!"英甫说着话,却把眼向叶生瞟着,也拿起"小二",仰起头来,嘴堵住了瓶口,一口气喝干了。

"敢作敢当,敢生敢死,敢爱敢恨,敢善敢恶!这样的人,才配做我的对手!"英甫拿着空瓶说。

叶生低下头,扑面而来的热气钻进他的头发。他嘴里像含了一块热炭一样地说话:"天下的男人,都让你当尽了。"也举起"小二",仰头喝了下去。

汪来旺一缩脖子:"你们知道,我是个没油烂水的人。今天的事把我吓坏了,我得喝醉。醉了,就跟你们这些恩怨没关系了。"

于曼丽站起来,低下头,看着面前沸腾的锅子:"我不是你们的兄弟,但也被卷了进来。天下没有后悔的药,我不会回头看。但眼下的事,让我害怕。"她把话停了下来,伸手从叶生面前拿起一瓶"小二"。那瓶子铁盖拧得紧,她一下子没拧开,递给了叶生:"你们,刀光剑影的把我给吓着了。我只想说一句,得饶人处且饶人吧!两个老男人,好不容易打下了天下,怎么跟两条老狗一样,就撕扯上了呢?"

话太难听了,众人的脸都拉长了。

于曼丽拿过"小二",双手捧着,连呛带咳地忙乱着把酒灌进了肚里,然后瞪着眼,对着英甫尖厉地喊起来:"讲啊,不是要讲什么故事吗?我倒想知道,你今天到底是想埋汰谁!煮了我的手机?莫不成,你还要煮了我这个半老徐娘下酒?"

十四

英甫笑嘻嘻地站了起来。

"第一个故事,'兄弟阋墙'。"他眯起了眼,看了看叶生等人。这几个人一个个面无表情,他就看向了郑来青和朱玫他们。显然,他们明白,他们只是今天的观众。上午的死活和眼前的冲突,早让他们目瞪口呆。"于曼丽,你知道这句成语出自《诗经》里的哪一首诗吗?"一开口,英甫就盯住了财务总监。

于曼丽板起了脸,拿起筷子,夹着羊肉卷,在锅里夸张地涮着。

对她的不理不睬,英甫好似没看见:"这是《诗经·小雅·棠棣》里的一句,'兄弟阋于墙,外御其侮',意思是兄弟可以在家中争吵,但要一致对外。"

叶生站了起来:"英老板,你想说什么,我们都明白。不就是借个古,说个今吗?你不是常说,都拿兄弟说事,就没有企业了吗?"

英甫点了点头:"是说过。"

叶生继续说:"2008年的大年三十,我刚刚带人把'东方梦都'

的项目可研报告做完,就病了,发了一个星期的烧。能坐到饭桌前吃饭了,我老婆开口臭骂我。"叶生红着眼圈,盯着英甫,"想知道她骂我什么吗?"

英甫点了点头,脸上寒意十足。

"骂我不是个男人,没出息。心甘情愿地做你的家丁,替你当狗看家护院。我很惊讶。要知道,自打我跟着你,我老婆总是担心我跟你闹别扭,说让我好好珍惜这个人生机会。"

"又为什么口出此言呢?"英甫斜着眼,偏过头来问。

"她告诉我,我发烧了几天,她不敢出门,把家里客厅的电视频道转个遍地看。偏偏就看到了你在电视访谈节目中侃侃而谈。"

"我什么话惹着她了?"

"你说,你的人生目标,是打造一个企业王国,不被这个时代落下。"

"这话有错吗?"英甫问。

叶生眉头挑起来,拍桌沿:"对你是没错,可你没想带着我们这帮兄弟!"

英甫不紧不慢地说:"我创业四年了,资产做到了五千万。老领导才叫你辞职,投奔我来。对吧?你离开机关时,是主管后勤的一个科长。有人反映你跟一个打字员不干不净,也有人正在查你受贿的情况,所以你不得不离开了。进公司时,你空着手,只穿了一身红都的黑西装。"

叶生不回答,双手拿着热毛巾捂在脸上,差一点,就把两耳也捂住了。

英甫又看向了丰学民:"还有你,丰学民,你是北京郊区的一个职业学校的物理教师。职业学校办不下去了,你托了我家亲戚来了公司。我还记得,那是你人生第一次打领带,把领带放在了毛衣的外面。对吗?"

丰学民鼻子哼了一声,把头扭向了窗外。

"你呢?黑一杰,你是我辞职下海前的部委里的一个水暖工。同意你来报到了,你却穿着工服,拎着一袋水暖工具来。"

黑一杰点了点头。

英甫转脸看着于曼丽:"你是2008年春节过后的两个月,叶总推荐你来的吧?当时你来,做的是普通会计。现在呢,身居高位,年薪百万。还不知足吗?"

英甫脸也沉下来,说出来的话,像是一把铁锤一下一下在砸钉子。他睁大眼,瞪着叶生:"这是你逼着我捯饬你们的来路。你一不是创始股东,二也不是投资人,凭什么要惦记这老板的位置呢?"

看着叶生无语,丰学民撇了一下嘴接话:"说得轻巧,下海时,你身无分文。钱从哪来的?不是我们打拼,有你今天吗?"

"我的钱,是拿我的命换来的!"英甫右手的大拇指挑起来,顶在自己的胸口,"知道吗?看我把船造好了,你们都抢着上来。可谁在乎我是怎么造船的吗?"

英甫把头扭向了几个年轻人:"自打下海那天起,我哪一天不是夜半惊梦?一开始,我只会倒卖茶叶、复印机。刚借了六万块钱,就被人一把骗了去。感谢佛,没忘了我。下海一年,就让我歪打正着地拿到了一块没人要的地。说资本是血淋淋地来到世上,可这上面,也沾满了我的血哪!"从牙缝里挤着话,英甫盯住了丰学民,"有你们的血吗?"

丰学民冷笑,斜着眼看英甫:"论起兄弟,你拿资本说事。可我呢,就拿血汗说事。你的'东方梦都',从打拆迁到现在,我的头被打破过五次,脚被钢筋扎穿过三次,还被电打晕过两次。工地上死了四个人,哪一个不是我抬出来的?"丰学民抽泣了一下,又接着说,

"那个从二十三层摔下来的架子工,头摔碎了,脑浆像鸡蛋清一样摊在地上,血里透白。那个电工,半边身子被烤焦了,一拉手,整个手就从腕子上断了……"他泣不成声了,哽咽着,看着英甫,"今天,你和我喝起了什么阋墙酒。三瓶'小二'就想打发了我,做梦吧!是我们一砖一瓦地把你的'东方梦都'给建起来的。不说个青红皂白,我们还得给你拆了!不信,走着瞧。"说完,他猛地站起来,拿起一瓶"小二",仰头一饮而尽。然后,高高举过头顶,使劲儿把空瓶砸向了花岗岩地板。

朱玫紧张地闭上了眼睛。

看着玻璃碎片散着酒气铺在脚下,黑一杰站了起来,用控诉声调说:"结算慢了,施工单位不交房。几百个业主无法进去装修,把我的办公室砸烂好几回。今天,他们有不少人约了来现场闹事。我和部下说了多少求爷爷告奶奶的话,他们才没有把标语横幅拉出来。"

"我的后脑勺也被打了个包。"汪来旺及时摸着后脑勺,"交了首付款的客户被建委卡着,不给网签。那营业大厅的窗口,连材料都不收。这不,今天也来了不少人,也都带着标语横幅。多亏了我那帮售楼员们,连哄带劝地让他们收了起来。说真的,老板,你玩的是大善人的游戏,不知道我们给你当差的苦啊。"说着话,用手揉着眼睛,汪来旺对着丰学民又说:"你的委屈我能理解。要知道,我这几十亿的销售额是这'东方梦都'的底座啊。那可是售楼员们一平方米一平方米地卖出去,一口酒一口酒地喝出来,一张票子一张票子地装进老板的钱包里的呀。"说完也拿起一瓶"小二"灌进了肚里。"砰"的一声,把空瓶蹾在酒桌上。

叶生面无表情,缓声道:"一个个向英老板诉苦,不是自己矮了身价了吗?该得的就是该得的,既然,今天说到这个份上,英老板,也得给个交代了吧?"

英甫高高挑起右手大拇指："说得好！就得这么吵！把想要的，从肚子里掏出来。放这桌上，借着酒，也好商量。省得拿刀砍人，拿话剜心！"

"也省得虚情假意，过河拆桥！对吧，英老板？"叶生的嗓门高起来，刀尖一样地把话刺向了英甫。

黑一杰听了叶生的问话，一下子把眼睛瞪圆了："叶总，你这话里有话呀，听着像是咱这老板，把咱们给卖了？"

叶生顺势把嗓门高了上去："英老板会给我们一个交代的。"

"交代什么？"英甫身子往后靠过去，眼神看向丰学民身后靠窗供着的关老爷。

"你是不是把我们暗地里给卖了？"叶生单刀直入。

"你们个个能得就差飞檐走壁了，个个横得就差气吞山河了，我怎么就能把你们给卖了？"

"这是你起的头。"叶生也往后靠过去，眼睛斜过来，"三个月前，你是不是与一家国字号的大型房地产集团签订了把'东方梦都'项目公司的控股权卖给对方的意向书？"

众人沉默了。只听墙上的石英钟响得像鼓点。

朱玫站起来要说话。英甫右手一伸，示意她坐下来："是，有这么一个协议。"他向叶生点了点头，"到今年八月底前，按原定计划，'东方梦都'的一期工程就要完结了。海外地产私募基金投进来的十亿人民币，三家信托公司组团投进来的二十亿人民币的信托基金，都得清盘。银行的二十亿人民币的在建工程抵押贷款，也得扫尾。按照跟海外地产么募基金及信托公司的对赌协议，到时，如果我们还不了款，就丧失了项目的控制权。还不了银行的贷款，按协议，他们可以拍卖处置我们的建成项目。如果到了这个地步，大家就白忙了一场，还谈什么二期？"

于曼丽嘴里喷着酒气："那，这个房地产集团控了我们的股，不也是一样吗？"

"不一样！"朱玫把椅子往后挪开，站了起来，"跟这家企业谈的条件是，他们负责把海外地产私募基金和信托的钱清盘，把银行的尾款清了。他们控股51%，我们49%。但项目公司还归我们运营。等二期的住宅项目一开盘，优先用销售款归还他们的投资。还清时，再把股权等价还回来21%。最后，他们只占30%的股权。"

叶生眯紧了眼，斜着扫视朱玫："小朱，我问你，这个谈判，是你和英老板两个人秘密进行的。刚才，你把钱的条件说清了。人呢？我们这些人的去路，你给大家说说。条款，是怎么定的？"

"在他们控股期间，财务总监、运营总监、销售总监要换。"朱玫微微一笑。

手一抖，黑一杰惊得筷子夹着的肉片掉在了脚背上："什么，就这样要把我们扫地出门了？"

"暂时。等我们把控股权拿回来，除了财务总监外，其余的位置，还是我们派人。"朱玫平静道。

丰学民抱着的胳膊放下来，一只手掌搭在桌沿上轻拍。轻声慢气，一字一句地咬着牙："这就是你的兄弟情谊。像你这样的人，没有人要你的命，才是怪事！"

他的语气有股冬日阴沟里冒出来的味道。

十五

"这酒该你，但你得听我说完，才能喝。"看着于曼丽通红的脸、斜视的眼神，英甫笑眯眯地起身，走到她的身边，给她拧开了一瓶"小二","叶总打心底看我是个西北馕包,自以为日能,神通广大,拿到了这个秘密协议。其实,这个文本,原本就是给他准备的。要不,他干吗今天大闹庆典,要我的命?"

叶生猛地站起来,被英甫搭肩一按,他膝盖一软,又坐了下来。

"别急,是不是你杀我,得公安局说了算。但说到图财害命,你们这几个人,是早在这个协议前,就下手了!"口里说着话,脚下转着圈,英甫缓缓踱步回到了主位上坐下来,拿起一瓶"小二",一饮而尽。他仰着脖,那十分突出的喉结跳动着。酒从瓶口发出嘟嘟的声音,倾泻进他的嘴里。

"这酒不好喝呀,喝了,得骂先人,揭你们的短,做灾爹,出你们的丑了。"英甫看到了想要他的命的眼神,对着叶生点头一笑,"叶总,海外地产私募基金是咱们老领导的儿子吴亦兵引过来的。我问你,三年前我与他们签订了投资协议时,你是不是也跟他们签了一份个人协议?"

叶生冷了脸,夹着肉片,在锅里涮。

"这个基金一进来,设的就是鸠占鹊巢之计。你们的协议规定,一期项目结案时,如果我的资金出问题,由他们负责筹集资金,把信托基金和银行贷款都清了,把你在这个项目公司所持的 10% 的股份作价五个亿买走 5%。然后,由你做董事长,继续运作二期的住宅项目。二期的住宅项目完成后,他们带着利润撤出,公司就给了你。对吗?"

"对,是这样,没违法吧?"叶生抬头直视英甫,"有本事,你把钱还了,不就没这事了吗?"

"还了?你们让我还吗?今天,你们大闹,就是要把项目名声搞坏,把我搞臭,把我杀掉。如你们所愿了,谁还敢说这个项目不是你们的呢?"

"太卑鄙了！"郑来青愤然大声说了句。

"更卑鄙的是，他，把他的这帮手下，全部清零了。"英甫把话说到这里，丰学民、黑一杰、于曼丽和汪来旺都放下了筷子，看看叶生，又看看英甫。

"协议里规定，资金到位后，要进行现代公司治理。引进第三方专业团队，聘请优秀人才做总裁。"英甫挨着看了一通对面的人，"你们几个人，都发安置费离职。"

丰学民转过半个身子问叶生："不会吧？我还有5%的股份呢。"

"你的5%股份，由叶总负责谈判。作价一千万人民币，让你转让给他。"英甫慢声说。

"一千万？疯了吧，叶总，真是这样吗？"丰学民双拳紧握砸在桌子上，声音震得叶生一愣。叶生忙拿起湿毛巾抹了一把脸，转向了丰学民："丰总，也够可以了。我一门心思放在这个项目上，一分外快也没捞，一亩自留地也没种。你呢？从拆迁开始，就和施副区长的小姨子合手组建拆迁公司、建筑公司。这个项目下来，你们挣了有几个亿了吧？到我，也得论道这个事。"

"证据？"丰学民仰头看向顶灯。

"迟早会拿给你看。"叶生镇定下来。

"不用叶总拿了，再喝一瓶，保证人人如愿！"英甫这句话，语调轻松。叶生的眼睛却眨巴起来，抬头看向石英钟："英老板，现在是下午三点了。你是要接着钝刀子割肉宰人呢，还是把酒喝了，把肉涮了，大家好聚好散？"

英甫起身走到窗前，向外看了看，又回过身，向叶生冷笑了一声说："别急，听话的话，到四点放你们走。你们要急着出去排兵布阵擦屁股。我呢，也得把你们耗着调兵遣将，关门打狗啊。"点透了，停住话，他向叶生直接摊牌，"除非，咱们达成个共识。达成了，出了这门,大家都一身轻松。后面的你死我活的程序,就免了吧!"

叶生斜着眼,扫了一眼英甫,又摇了摇头。

"别摇头,叶总。脸撕破到这种程度。咱们不达成个共识,就得以命相拼了。"英甫笑了笑,向他点着头。

"什么共识,值得这么大的矫情?"叶生说。

"割席分坐!"英甫咬着牙说,"这是第二个故事,咱们借题发挥一次,也是个大家的退路。"他缓声道,"叶总,这样吧,毕竟兄弟一场,同甘共苦十几年。今天起,咱们不打不闹,共同把这一期项目的竣工备案手续给办了。然后,你找你的基金,攀龙附凤;我傍我的大企业,卖身投靠。谁先找着钱,这老板的椅子谁来坐,如何?"

叶生腰板一下挺直了:"好,这话入耳!"他站了起来,面向英甫,"就这样,割席分坐!"

"哟,你们俩终于又情投意合了。我们呢?真的只是条今天的红烧鲤鱼、臭鳜鱼了?"丰学民叫起来。

"我想过了,虽是不能外御其侮,但也犯不上刀光剑影地兄弟相残。这样吧,如是我坐稳了老板椅,你们各自拿一笔钱,带着你们的'老鼠仓'都去当老板吧。想合作,你们优先。嫌给的路费盘缠少了,在项目上补回来。挣得脸不红,心不跳。"英甫走到下半席诸人面前说。

英甫的话音刚落,丰学民站了起来,向英甫拱手作揖:"好!我信你。赎身的钱再说,先讲好,二期的工程你得给我四十万平方米。"

"真不算少,不愧是我带出来的人,胆肥胃大。好,我答应了。"英甫走过去与丰学民一击掌。

掌声响起时,头顶的吊灯一阵光闪,窗外的阳光射进来时,似乎一下子亮了好多,惊得朱玫睁圆了一双长睫毛的瑞凤眼。

"别慌,才三点半,你们不听我的第三个故事了?"见叶生站起来,英甫走过去,堵住了他的去路。

叶生的眼睛斜向了窗外,避开了英甫咄咄逼人的眼神:"没心情,你自己讲着玩吧。"

于曼丽伸出手,拽了一把叶生的手臂:"叶总,坐下吧。兴许,他能拿个大顶,口吐莲花。"

英甫向于曼丽笑着点头:"聪明,这个故事,还真说的是狗嘴里吐出象牙来了。"

看叶生落座后,英甫说:"今天,我终于能确信我是谁了。"

这句不着边际的话,让在座的所有人,心又悬起来。瞪圆了眼,看着英甫。

"叶总讲,不知我身怀绝世武功。这是他不知,我的前世是一个阿修罗。"英甫笑眯眯地说。

于曼丽拍了一下桌子:"天哪,今天你卖山音,玩起磕头烧香来了。这阿修罗,是神还是鬼呢?"

"反正,不是人!"叶生咬着牙,从牙缝里挤出一句话。他看出英甫玩故事的目的,是拖延时间,把他摁在这个酒楼,切断他和外界的联系。叶生眉头拧得更紧了。

"叶总知识渊博,知道阿修罗不是人。那是什么呢?"英甫说话时看看于曼丽。于曼丽此时已是星眼迷离了。她手撑在桌沿上站起,努力让自己不摇晃。瞪大了眼,对着英甫喊叫:"我走,犯不上坐在这里,听人装神弄鬼。"

叶生赶忙伸手,使力把她扶稳,向着女服务员挤眼:"她醉了,把她扶下楼,帮她打个出租车。"

英甫踱步到旁边茶几前,低头看着茶盘里被水煮过的手机。六部湿漉漉的手机已经不再工作了,累了一样地在茶盘里沉默。英甫语调平和地缓缓来了一句:"让她走,出了这门。她可不是回家,是进监狱!"

于曼丽顿时停下了脚步,回过身,指着英甫,眼睛看着叶生:"叶总,这念秧儿的人,是真疯了吧?"

"你还撩骚?"英甫板起了脸,"身为财务总监,你监守自盗。三年来,竟敢偷盖我的手签章十七次,从这个项目弄出去一亿八千万。"

说着话,英甫转向叶生:"今天,你们上演这个戏。就是想让我低头,认了你们安排的施工单位索赔的额度。好在项目结案前,能把裤带系上。看着我不退让,就干脆要杀了我。给我一刀,是你们最小的成本!"

包间里的空气凝结了,浓浓的酒味中,又充满了火锅燃烧的酒精味。

"证据!要没有,那咱们就得在法庭上见了。"于曼丽借着酒劲号叫起来。

"证据,到四点,你会看到。"英甫笑起来,但笑声中透出了哭意。

朱玫的眼泪,一下就流了出来。

场面突然静下来,似乎就为了等到四点钟。英甫低沉而平静另起了话:"我六岁的时候,带着养了三年的大黑狗去黄河边滚铁圈。"他看着窗外湛蓝的天空。那里,只有一片白云,在琢磨往哪里飘,"那是六月的一个傍晚,河滩上,大雁成群。河面上,大鲇鱼竖着两条胡须来回蹿。看着雨要来,我手中滚着钢筋窝成的铁圈从野地里回家。一阵电闪,雷声在我耳边炸裂。等我醒来,看到那大黑狗趴在我的身上,被烧焦了。"

英甫几乎是自言自语地起身到窗边往远处看。窗外有点夕阳的味道,"东方梦都"在地平线上依稀抖动。

"当时，我难过得大哭起来。"英甫长吁了一口气，"雨一直下，很大。在泥水中，我用双手挖了个坑，把大黑狗埋了进去。我哭着不想走，突然耳边有人说了话，'走吧，毛羔，这条狗替你转世投胎去了。'我惊得站了起来，河滩上不见人影。自此，刮风下雨，打雷闪电时。我总能听到和看见许多别人听不见也看不到的东西。

"这条大黑狗，是我三岁那年一天傍晚自己来找我的。当时，我母亲在麦场上打麦子，把我抱在麦垛上睡觉。听见我突然哭起来，忙过来看，只见一条大黑狗卧在我的身边。我母亲很奇怪。要知道，那个麦垛有一人高，麦秆又滑溜。这条狗，怎么能悄无声息地爬上去？"

沉浸在儿时的记忆中，英甫的脸色缓和了。他抬眼望着天空上那片终于往西飘去的白云，似乎要从那片云中去唤回他那条大黑狗："有了大黑狗，没人敢靠近我。后来，大黑狗死了，我和村里的孩子打架时，就总是吃亏。直到有一天，在雨里打架，恰是电闪雷鸣。我变得像一头野兽，拳打脚踢地转眼把一群大孩子打得鼻青脸肿。他们回去告状，都说我是个日眼人。自此，再无人敢招惹我。"想着当时的情景，英甫笑了起来，"我十一岁时，又遇到了那个奇人。那一年的夏天，我跑到贺兰山上去摘野杏。到了下午，碰上了雨。跑到一个破庙门前，正抬脚要进去，一头硕大肥壮的岩羊冲了出来。它低头夺路要跑。恰是一声雷响，我不知怎么回事，一伸手，就捉住了它。它四蹄乱蹬，我一慌，就双手把它给举起来。当时，我突然又听到那个人说话了。'尕小子，放了它吧，他是个刚转世投胎的人，别误了他的修行。'紧接着，一道闪电，我又失去了知觉。"

英甫讲得真真假假，像是神话，又像是真事。叶生和丰学民对着眼神，又都扫了一眼石英钟。其他人都埋着头。

"后来呢？"只有单纯的朱玫被这情节吸引住了。

"等我醒来时，看见我躺在破庙旁的一座茅草屋中。一个放羊的老头正手拿着碗,让一个三岁左右的小男孩往碗里撒尿。说也不信,一眨眼的工夫,那个小人儿居然撒了满满一碗尿。老头端来让我喝:'碎尿,你前生是个阿修罗,好斗。再这样下去,你会伤害世人,也会祸害自己。这是童子尿,喝了,你以后的魔性就会消了去。'"

说到此,英甫看着丰学民:"谁料得到,今天,那鞭炮,比电闪雷鸣还刺激我。刹那间,身边人的心思,我一清二楚。打被雷劈过,一打架,我就变了个人。"英甫的头顶,冒出了一股热气,"有仇必报!有恶必除!"

包间里所有的人,感受到的是一阵寒意。年轻的女服务员们,惶恐地用手揪住了衣角……

十六

门开了。

吴菁一手拎着一个牛皮纸的档案袋,一手提着一个笔记本电脑包,笑嘻嘻地走进来。

有人一抬头,那石英钟差十分钟四点。

吴菁径直走过来,坐在英甫右手的空位上。她把档案袋放在腿上,用手护着。

叶生瞪圆了双眼:"吴主任,你不是做笔录去了吗?饿着肚子,还这么高兴?"

吴菁把右手举起来,敬了个礼:"报告叶总,肚子是有点饿。但眼下,先得把里面的气出了,才能吃东西。"

叶生好似知道吴菁要说什么,站了起来,双手向英甫一拱:"英董,今天,兄弟间打够了。再闹,就你死我活了。"他又转向吴菁,"吴主任,家丑不可外扬。这是我和董事长之间的事,我们下来谈。你就动筷子吃饭吧。"

英甫也把双手一拱,向着叶生:"兄弟,你倒是个能屈能伸的主啊。"对吴菁说:"来,翻翻他们的肠子,看看他们的肚子里,到底有多少屎!凡事,总要说出个公道,弄个清白出来才好谈。对吗?"

这次无人接话。

吴菁端杯喝了口水,从档案袋里抽出一份合同:"这是叶总和海外地产私募基金公司的合同。他从咱们工程中挪走一点八亿资金。先借给他和吴亦兵共同成立的一个公司。然后,又从这个公司把钱汇入海外地产私募基金的账户上。海外地产私募基金公司则出资八点二亿人民币,共计十亿,投到了咱们这个项目上。"

虽是喝了酒,叶生的脸还是唰的一下变白了。

英甫双手往后脑勺一抱:"叶总的算盘是,等这个项目竣工备案了,把我清出去。那时,这笔钱就自然由他来处理了。"

"要是你赢了,别人接了盘了,那会怎么样呢?"于曼丽瞪圆了两眼,张大了嘴问。

"坐牢,你陪着他一块进去!"英甫说。

"混蛋,你糟蹋着我的人不说,还要害我的命!"于曼丽起身啪的一记清脆耳光,打在了叶生的脸上,动作快得让人错愕。叶生浑身一抖,挥起手要去打于曼丽,眼神与那花容失色的愤恨眼神相碰时,长叹一口气,双手捂住了脸。

于曼丽转向英甫,失声痛哭:"董事长,他骗我说是暂借款,三个月就还到账上。要知道,那里边,可是有扣下来的税款啊!"

英甫闭上了眼,摇了摇头:"这就是你们今天要杀我的原因。"

"不对，这合同你们怎么能拿到，伪造的吧？让我看看。"丰学民突然站起来大喝一声，走向吴菁。但英甫早防着他这一手，伸出手一拦。

丰学民双手拱起来："董事长，杀人也得先验明正身，我得看看真假。"

英甫手轻轻一推，丰学民后退了一步："实话告诉你们吧。刚才我费舌磨嘴满嘴跑火车地给你们编故事的工夫，吴菁带人把你们的办公室的保险柜、电脑和抽屉都给清干净了。"

"什么？"黑一杰和汪来旺叫起来，齐齐站起来。

叶生怒视着英甫："你们，侵犯他人隐私！"

朱玫冷冷地盯住叶生："叶总，你忘了吧。咱们每个员工入职，都要在规章制度上签字认可。其中的一条，就是员工不能在办公室存放私人物品，不能在办公电脑上设私人密码，不能私设自己的保险柜。"

"这事好办。"英甫伸出双手往下按着，制止朱玫往下说，"要是觉得吴菁违法了，法庭上见吧。"他转向丰学民，"丰学民，法院，不是你们家的吗？"

不等丰学民开口，英甫向吴菁点头："快到四点了，拣重要的，你给丰学民、黑一杰、汪来旺说几句吧。"

看见吴菁抽出一份合同，黑一杰的两腿竟抖了起来。他拱起双手，对着吴菁上下晃："吴主任，积积德，别把人给逼到墙角了。"

吴菁假装往后退一步，低头往桌下看："哟，这地上的水，不是你尿裤子了吧？"

黑一杰板起了脸，把双手平摊在桌上，又拿左手一个一个地去掰右手的粗大黑糙的手指。啪啪的声音，坐得很远的朱玫也听得见。

吴菁举起合同，向黑一杰晃动："白纸黑字，这可是你在三个月前与施副区长的小姨子签订的合同。她出资一千万,你出资两千万,共同买了一家一级资质的物业服务公司的壳。她负责把'东方梦都'一期项目的物业服务的活在建委备案批下来,你保证把二期的住宅项目的物业服务控制在手。你以你老婆的名义出的资,但又找了她的妹妹代持的股。但出资的钱,是从我们的物业公司中挪出去的。"

叶生抬起手,狠狠地一拍桌子要发作,黑一杰立即对他怒目而视:"拍什么?你以为这个企业现在就归了你?董事长不管怎么骂,但总会给我们留口饭吃。你呢?当了家,就要把我们一竿子全扫了出去。"他又抬起手,捶了捶胸,"说实话,看了三年,我猜着董事长斗不过你。想了几夜,我才想定给自己留了这么一条后路。"

叶生长叹一口气:"蠢哪!你这是走上了一条绝路。"

黑一杰叹道:"你们斗得天昏地暗的,我看得心惊胆战。替我想想,我总不能临老,再回去当水暖工吧?"

吴菁不再理会黑一杰,看向丰学民。丰学民紧张得伸手去挠头,不想他头上裹着绷带,往上一掀,绷带被扯了下来,沾着血迹,被汗水浸透了。

英甫看着吴菁从档案袋里又抽出一份合同,举起了酒瓶,向汪来旺点头:"来,汪来旺,喝口酒,定定神。然后让这些年轻人看看,你的花样,是怎么个玩法。"

汪来旺不说话,举瓶仰头一饮而尽。

英甫又举着酒瓶,向着叶生。于曼丽泼劲儿上来了:"英老板,你这哪是在盖你的大房子呀,分明是给大家挖了个万人坑。眼下,你的大房子顶天立地在这京城。我们呢?一个个地要被你活埋了。牛!来,为你的狠毒干一杯!"这一次,她没有被呛着,咕嘟几声,一瓶"小二"就灌到她的肚子里。

"英老板，下得了手，才是真男人，对吗？"叶生的语气，冰冷得像初春的第一场霜，阴冷，潮湿，"不管你怎么编故事，不论你是不是阿修罗转世。告诉你，今天，把我们几个剥皮活埋了，也不能算是你赢！你，要大难临头了！"仰着头，叶生把"小二"举得高高的。众人惊讶地看到，二两酒，一滴不洒地准确地进到了他大张的嘴里。

英甫也把"小二"举起来，一口气，喝了个底朝天。转着头，左右看看身边的年轻人："不幸为商啊！这商海里，我们谁能不是别人的白手套呢？"

吴菁挡住还要拿酒的英甫："董事长，我看你是喝多了。跟他们讲什么白手套红袜子的？等他们以后从牢里出来了，你再跟他们论长说短去吧。"说罢冷笑一声，看着对面的汪来旺。

"汪总，你这副白手套，是王母娘娘织的，不便宜呀。"吴菁举着手中的合同，像抖树叶一般，"'东方梦都'一期项目销售开盘前，你让吴亦兵交了二百万订金，以每平方米九千元人民币的促销价格预订了三千平方米的写字楼面积。去年年底，又以每平方米两万三的优惠价，转手卖给了他控股的那家海外地产私募基金。"

"这有什么问题？咱们不是有溢价收益了吗？"叶生眨巴了一下眼。

"问题大了。"吴菁拍着合同说："他把每平方米一万四的溢价收益，全都给了咱们合作的销售中介公司。"

叶生站了起来："不可能，大客户交易都得我签批。"

"对，是有这个规定。"吴菁看向了丰学民，"但这一次，汪总绕过了你，是丰总替你签的字。"

"为什么？"叶生瞪着丰学民。

"为什么？我吃饱了撑的？"丰学民也瞪着他，眼中的火更大，"没听见？海外地产私募基金买房操盘的，是你的老领导吴铁兵的儿子。"

"那，为什么把这么大的溢价收益，都给了销售中介呢？"

吴菁从档案袋里又抽出一份材料："别问他，我来告诉你。"吴菁盯着汪来旺，"汪总，这销售中介公司的女老板，是不是你的第三任老婆？'东方梦都'，是汪总这些年接的第三个大项目。每接一个大项目，他就娶一个售楼小姐，然后让她担任自己的销售中介公司的老板。这样，他把优质客户都推荐到她那里，内外勾结地与客户玩这个溢价游戏。"

"真恶心！"丰学民嘟哝了一句，闭上眼，右手放在了额头。

汪来旺脚底下使着劲，屁股往后一顶，顶开椅子，跳了起来，用手点着丰学民的鼻子："谁恶心？是你！你这个禽兽，我老婆第一天见你，就说你是个让她恶心的人。你说她胸大腰细、屁股紧，喜欢她的舞蹈学校的艺术气质。你天天缠住我，叫我约她吃饭喝酒。她死活不愿跟你出去，你就处处刁难。眼见客户积累得差不多，要开盘了。你叫施副区长的那个婆娘，推荐了另一家销售中介来。我老婆哭了一晚上，第二天，跟你去了酒店。我发了毒誓，等这个项目做完，一定亲手阉了你。等着吧！"

于曼丽显然受不了，站起来，双手紧紧按住耳朵，大喊起来："能不说了吗？再说，这酒，真得吐出来了！"

叶生示意于曼丽坐下来。然后，眯细了眼，盯着吴菁："钱呢？四千二百万哪。"

吴菁又晃起手中材料："两千万，打到了吴亦兵个人的公司账户。两千万，留在了他们夫妻的销售中介公司。"

"还有两百万呢？"叶生眼睛瞪大了。

"两百万，从银行提取了现金。装在纸箱里，放进了丰学民的路虎车的后备厢里。"汪来旺一句一点头地告诉叶生。

丰学民笑起来："汪来旺，先别忙着血口喷人。我问你，谁能证明我带着你老婆上床了？谁又看见了我的车里有你的两百万？"

吴菁扬起手中的材料："丰总，证据，来，冲我要。"

看着火终于烧到了自己身上，丰学民的脸变了色，呼吸急促起来。

"这是丰总和施副区长的小姨子共同组建的一个二级资质的建筑公司的章程。"吴菁翻着材料。

"他们共同出资八千万人民币，把这个公司买了过来。实际上，谁也不真正从自己的兜里掏钱。那女人先把钱垫上了，然后，约定多报索赔和工日，拿到了钱，再还给那个女人。股份呢，那女人控股51%，丰总是49%。"

"他们要这个公司干什么？"问着话，叶生眼神冷冷地看着丰学民。

"二期的住宅项目！"吴菁右手又从档案袋里抽出一份材料，"看看，总包方把二期的住宅项目独家转包给他们的公司，收取高额管理费。"说着，吴菁把电脑往腿上一放，转向丰学民："来，看看咱们丰总。"

她从档案袋里掏摸出一个U盘，插进电脑接口。一出音，就是一片淫声艳语。英甫看了看画面，沉下脸，一声不吭地把电脑端起来，朝向了对面的叶生等人。

画面被切成了四块，每一块里都是一个男人和两个女孩在床上滚。叶生一眼就认出，除了丰学民，另外三个男人分别是施副区长、伊行长和法院申副院长。

丰学民的脸肿胀起来，额头上的汗和血一起往腮帮子流。

吴菁眯起眼，看着叶生，继续说："你不知道？从三年前项目一开工，丰总就叫一个包工头在河北的一个县城装修了一个小楼。这个小楼，是包工头的家，共有四层。底层用来开个茶室，叫听雨轩！上面的三层是卧室。三年中，只要有空，丰总就陪着施副区长和伊行长、法院申副院长来品茶、打麻将、喝酒。包工头的老婆，负责管理茶室及招聘茶妹。一年的开销，都由包工头换算成工地的索赔工日，丰总签字通过。"

叶生眼睛盯着电脑："一年得多少钱？"

"五六百万。"吴菁又从手中的材料找出一张纸来，"这是去年年底包工头报给丰总的账单。茶叶二百一十万，酒钱四十二万，打牌二百三十万，人员工资是一百七十万。"

叶生把头转向丰学民："什么茶，这么贵？"

丰学民撇了撇嘴："这是施副区长叫安排的。去年托人从香港买回来一片'蓝标'宋聘号级普洱茶。这片茶的陈期有一百多年了，花了一百三十万。还有一片六十万的印级普洱茶，七十年，叫'红印'圆茶。"

叶生摇起了头。

汪来旺拍着桌沿。怒道："你给大家说说，你从我的业务员里弄走了多少女孩去喝茶。她们的出场费，你装进自己的兜里。叫我把她们的佣金提高来抵，是不是？"

"放屁！"丰学民怒喝一声，"问你老婆去，她把那些从艺术院校招来的兼职女生，当作诱饵，送给了多少大客户？"

"这U盘，是谁录的？"英甫眼角斜向丰学民。

丰学民缓了口气，低声说："是我叫人录的。"

"录它干什么？"英甫问。

"老板，你只管上新闻讲故事，做公众人物。这盆脏水，只能是我这样的人来蹚。想一想吧，咱们的头上都是爷！不这么伺候，不留后手，你的大房子能这么顺利地盖起来吗？"

英甫被丰学民的话惊得语塞。

吴菁又说话了："丰总，你的'后手'现在管用了，你满意了吧？贪财占色的人证、物证都有了，该改个名叫你了。"她不说话了，转着眼珠子，"送你四个字：衣、冠、禽、兽！"

丰学民被彻底激怒了，猛地拍下桌子，站起来，不顾烫，奋力端起面前的火锅，连汤带肉地泼向了吴菁。

刹那间，英甫站了起来，闪身拉过吴菁。只听呼的一声，泼出来的汤水，连着火锅，砸在墙上，来不及眨眼，滚烫的肉汤又溅回下半席的几个人身上、脸上。

丰学民嘴里骂着脏话。从面前抓起一把不锈钢餐叉，冲过来，刺向吴菁。

众人来不及看清楚，英甫已经离座。像闪电一样扑上去，掐住了丰学民的脖子，抡起了手臂，一掌掴了过去。

丰学民双脚腾空，飞了出去，撞到了他身后关公的供桌上。一阵稀里哗啦的响动，铜铸的关公从供桌上倒下来，砸在躺在地上的丰学民的鼻子上。顿时，血流如注。

英甫冷冷看着吓呆了的下半席的叶生等人。把自己手中的"小二"的瓶口塞进嘴里，喉咙动了几下，酒就进了肚子。

啪！他把酒瓶奋力砸碎在地板上，大声说道："听着，走出这个门，你们都再也不是总了。停职反省，等候处理。配合好，能让我顺利把竣工备案表拿到手，咱们好聚好散。若还要杀人放火，送你们进监狱！"

叶生摆着双手："慢，我和丰学民是这个项目公司的股东，不是你想开就能开的！"

吴菁笑了："已经不是了，正好，把你们两人的身份证还给你们。"她转向互相眨巴着眼的几个年轻人，"给他们股份的时候，就约定：每人放一张身份证在公司，再把空白的股权转让书签好字。如果出现今天这样的损害公司利益的行为，股权，就无偿转让给公司。"

说着，她笑嘻嘻地告诉叶生："盯着你们半年了。三天前，知道你们要动手，我已经到工商局把手续办完了。"

叶生喘不上气来，伸手松脖前的领带。不料，一使劲儿，把领带反而系得更紧了。顿时，头晕眼花，天旋地转。

"啊！"

怪异的叫声震惊了所有人。丰学民握着不锈钢餐叉的手高举，把那叉子狠命扎在自己平放在桌子上的左手背上。一张大嘴，快裂成两半。丰学民抬头死死盯着英甫："不报此仇，誓不为人！"

于曼丽双手捧住了脸，突然失声大哭。

英甫冷冷地看着丰学民咬紧牙关，从手背上把餐叉拔出来。

"丰学民，信不信由你。我，看到你的下场了。今天，你流的血，只是个小意思。不是咒你，知道吗？你，必死无全尸！"说完，英甫不再理会叶生等人，瞪着吴菁，"送他们回家，不许他们开车。用公司的中巴拉着，叫保安队长跟着，一个一个地交给他们家人。"

然后，他双手向下，冲着年轻人往下按："来，涮肉吃菜，一锅烩！"

十七

叮嘱着两个保安队长上了中巴，目送中巴拉了一车仇恨满胸的醉人远去。吴菁站在阳光下，闭目向天，两行热泪流了出来。

秘书张丹丹一直在一层大厅等候，看着吴菁伤感，张丹丹递过来一张面巾纸。接过纸巾，吴菁左右擦了两下脸。随后，一使劲儿，顺手把纸巾揉成团，捏在手心，瞪大了眼，上下打量了一下张丹丹："你，现在也该走了！"

张丹丹白净的脸颊泛上来红晕，单眼皮的细长眼眯了起来，两片单薄的红唇，紧紧地抿住："吴主任，你没喝酒吧？"

"对，一口没喝。所以，现在我十分清楚地告诉你，该离开了。

轮到你了！"

"哟，说了半天，是要炒了我呀？"张丹丹低下头，先从香奈儿手包中找出一个黑色橡胶圈来，伸手向脑后，把她那一头黑亮的长发，打后脖子处箍紧了。她双手抱胸，手里紧攥着香奈儿手包，向吴菁睁圆了双眼："是怎么个炒法？"

吴菁仰起了脸，两眼在张丹丹脸上上下左右扫视了一遍，点点头："行啊，在中欧学得不错啊，不愧是我的学妹。"

"中欧教的是合作，是团队精神。可没说把员工当马仔，当家丁。"张丹丹并不示弱，"说心里话，我一入职就看透了。你的老板，压根没有合伙人意识。可人家叶总，处处能看到员工的难处，一门心思在项目上。"

吴菁瞪起了眼："项目规划、定位和概念设计，资金盘子，不都是董事长亲自操刀的吗？"

张丹丹点着头："我同意你这个说法。但是，员工，尤其是高管，有权保护自己不被老板糊里糊涂地给卖掉。"

"好，顺着你这个理说。员工，就可以心安理得地偷这个企业，抢这个老板？"

张丹丹睁圆了眼睛："叶总不是贼，他是这个项目的股东和操盘手。"

吴菁斜眼瞥了一下张丹丹："嗨，这叶总魅力无比呀。你一句句的，把他的所作所为讲得比他自己讲的还高尚。看来，真是有钱能使鬼推磨。才从他的海外地产私募基金每月领取五万元的劳务费，你就连人带心都归了他。"

张丹丹脸上的红晕消退了，刹那间变得惨白："你们这些贼，竟敢翻我的抽屉，进我的电脑。"

吴菁眯起了眼，看着张丹丹，慢声说："你是董事长身边的贼，叶生是这个企业的贼。居然，还都敢把自己当罗宾汉。"

"我把红印黑字的合同给股东看看就成了贼了？股东的权利呢？叶总叫我留意你老板的举动，是怕他把大家卖了。他，又能把这个企业偷走卖给谁？"张丹丹辩解道。

"卖给谁？卖给给你发劳务费的人。叶生没告诉你吗？他们已备好了钱。等这个项目的一期工程竣工备案表拿到手，立刻就把项目的债权债务都买了去，把董事长清出董事会。"

"不可能，对赌条款我知道。董事长到时把银行的钱和基金的钱兑现了，不就行了吗？"

吴菁冷笑一声："有你在，董事长跟谁谈判找钱，他们一目了然。头天谈了，第二天就有人上门警告。对方若不听，银行的人就上门查账，查挪用贷款。再不听，是民营企业就有人来查税，是国企就接到国资委、纪检部门的电话，叫报近期的经营计划。真是百试不爽。"

"真有这事？你的意思是有人布下了天罗地网，你家老板无路可走了吗？"

吴菁的嗓门突然高起来，竟有几分嘶哑："今天，他们要杀人了！"

张丹丹不说话了。她从手包里掏出镜子，看看镜子里的自己。

吴菁拉了下张丹丹，到茶水室找个空位坐下。

茶还没上来，张丹丹先哭出声来："真惨！我从中欧毕业后，第一份工作，是和几个同学创业。结果不到一年，大家打得不欢而散。第二份工作，是去一个国企给总裁当秘书。总裁和董事长明争暗斗，结果董事长被'双规'了。他呢，从十三楼的窗户刚看见纪委的车来，就跳了下去。一地的血，我至今难忘。没想，在这干了几年，又被卷入这腥风血雨之中，要被扫地出门了。"张丹丹止住抽泣，"吴姐，你告诉我，这天高地大的，怎么就容不下我一个小女子呢？"

吴菁的眼眶也红了，忙端起刚上的茶水喝一口，有些烫："丹丹，董事长下不了狠心让你净身出户。他说你是个有事业心的年轻人，跟别人不一样。他愿意做你的投资人，支持你去创业。"

张丹丹半张嘴，两片红唇抖动着："天啊，真有这么好的人？要知道，我省吃俭用地抠自己，就为的是攒一笔钱，创业打天下。"

吴菁把茶杯递给张丹丹："董事长让我转告你，他先给你投五百万元人民币。投资回报条款，你来定。公平就行。"

"我要是赔光了呢？"张丹丹简直不敢相信。

"只要不是乱糟蹋，赔光了，就再给你两百万。他相信你，你会给他回报的。"吴菁说。

张丹丹那双过于单薄的眼皮一下子没有含住眼泪，从脸颊上流了下来，抬起手，轻轻抹去："吴姐，他为什么要这样对待一个伤害他的人呢？"

"董事长其实也很内疚。因为，他也利用了你，把想让叶生知道的，都让他知道了。丹丹，你的功劳啊！这些人，被一锅端了！"

"吴姐，我怎么就变成功臣了？"张丹丹破涕而笑。

吴菁不笑，端着茶杯看着张丹丹："丹丹，前年的六月。你是不是借着休年假的理由，偷跑到意大利的维罗纳去和叶生相会？"

张丹丹脸涨得通红："是，他是借董事长派他去法国考察葡萄酒庄，约了我去的。"

吴菁不顾张丹丹的窘迫轻声说："从那时起，我们就知道你是叶生的人了。我说要立刻把你开了，董事长却说，咱们来个将计就计。"

张丹丹把薄嘴唇又闭得紧紧的了："你们把真正的合作对象藏起来，把不着边际的谈判内容通过我透给叶生。对吗？"

话一出口，她捂住了脸："太丢人了，这几年，我是光着身子给你们当道具呀。"

吴菁一口接一口喝茶，吸溜声格外清晰。

"我是个要走的人。信我,决不会再见叶生。告诉我,耍了我几年,董事长到底打的什么牌?最终,要和谁合作来解这个套?"张丹丹低声问。

吴菁放下杯子说:"天机不可泄露,拿了钱去好好创业吧!挣了钱,人有面子。赔了钱,心是干净的。对吗?"张丹丹猛点头,收拾东西要走,又抬起了头:"吴姐,本不该嚼舌头。但董事长如此大人大量,有一件事我必须告诉他。"

"什么事?"

张丹丹说的事真把吴菁惊着了。

张丹丹这样开了头:"我十二岁时,父母离了婚。我跟母亲过,她是个小学教师,五年前患了肺癌。做了手术后,每个月得吃一粒意大利的易瑞沙药。一个月,就是五万元人民币。叶总知道后,让我在海外地产私募基金公司挂了个名,每月给我五万元人民币。条件是要及时知道董事长的一举一动。为什么呢?他说是人家投资方不放心。前年,我本来是自己一人去意大利的维罗纳。叶总知道后,就安排自己去法国。然后,到维罗纳跟我会合。"

张丹丹东拉西扯讲了几个前男友,讲恋爱如何受阻,说要去看看罗密欧与朱丽叶相爱的阳台,还要摸下朱丽叶铜像的右乳房,这样会遇到真正的爱情。

张丹丹终于说到事情上了:"那天晚上,在酒店,叶生喝醉了。不让我走,搂住了我不放,不让他说话都不行。借着酒劲,叶生说,四年前,这项目刚挖坑,有人绑了董事长。但太可惜了,拿了五百万赎身的钱,竟把这家伙给放了。我听着害怕,说董事长命大。叶生冷冷一笑,命再大,也得死。"

吴菁听得心快蹦出来。董事长被绑架的事,严格保密,只有她和离职的法律总监牦牦知道。牦牦断定是叶生做的手脚,董事长不信。

两人吵了不少架，一怒之下，牦牦就辞了职。

张丹丹抓住吴菁冰凉的手："吴姐，叶生说，杀手就在公司里。董事长的一举一动，他都了如指掌。"

"我的天，他什么时候动手呢？"吴菁心都快跳出嗓子眼了。

"他说，召唤死神的铜铃，就在他手里。到了他摇铃的时候，就是董事长丧命之日。"张丹丹看了看夕阳，"我看，他摇铃的时候到了。"

十八

"快逃命吧！"

2013年的5月17日午夜，在人间顶峰做噩梦的英甫又听见吴菁的声音。他拼命喊叫着，从龙门酒楼的包间里，冲向门外，却拽不开包间的门。惶恐之中，他环顾四周求救，饭桌边已空无一人。沸腾的火锅，冒着冷气，逼迫着他喘不过气来。

砰，砰！正当他要双手捧起火苗跳动的酒精炉取暖时，十只炉子都爆炸了。炸裂的火焰被阴冷的空气紧裹着，像孔明灯般漫散着，一团团飘向屋顶。

英甫无助地抬起头，空中一声巨喝传来。他浑身一抖，在暴风雪中睁开了双眼。无数处闪电，伴随着震耳雷鸣，在夜空中或明或暗……

往哪里逃呢？

英甫意识到身处人间顶峰的飑线天气中时，幻觉消失了。

抬起头来，无尽的黑暗，像倒映过来的怒海，看不清却万分沉重地扣下来。

隔着防风雪镜，英甫的眼神随着暴风雪中的一道道阴冷灰亮的闪电移动。今夜的闪电似乎特别愤怒，无处不在地此起彼伏地闪亮着。当英甫看见一大片枝形闪电在顶峰的西边开放成白光的森林时，却又被东边的一整条发光的珠子一样串起来的球形链状闪电吸引住了。当他恐惧地要闭上眼时，正前方，一大团耀眼的蓝色火焰燃烧起来。他知道，这是有十万亿瓦特的超级闪电，它比一般的闪电的强度超过了一百倍。

为什么要以如此的天火来毁灭自己呢？

英甫的心跳达到了极限。他悲愤地怒视天空，心中哀伤着。

上面的，你让那千万年的高空急流扑下来撕毁我，让冷酷无比的副热带急流冲过来冻僵我，让孟加拉湾的南支槽急流带着雷暴挤过来窒息我，是因为你终于忍不住要审判惩罚人类的罪人吗？

为什么单单要选中了我呢？

不出声地呼喊着，他又低下头来，看着深不见底的山谷。黑暗中，千万种鬼哭狼嚎的声音正撼动着山体……

下面的，你为什么要释放出被莲花生大师禁锢了千年的妖魔鬼怪，让它们此刻从绒布冰川疾驰上来，堵住我逃生的路呢？你是要清算人们的贪婪吗？今夜，是你对人类恶行的"一锅烩"吗？

可凭什么要算在我的头上呢？

心中怨天尤人的时候，英甫紧紧闭上了眼睛。黑暗里，暴风雪中，他其实什么都看不清，但他恐惧万分。因为，他知道，什么都在，什么都在盯着他。

他无处可逃了。

像一场大醉的人清醒后的无尽空虚，他眼前回放着龙门酒楼的场景。那时，他心满意足，大喊了一声："一锅烩！"

然后，他就吐了。

到晚上6点，他把一切都吐干净后，爬起来，去了长青路大院。

而此时叶生已坐在吴铁兵家的书房里多时了。叶生像刚从酒缸里爬出来的人，每个毛孔，都散发着浓烈的二锅头酒气。

他的眼皮沉重得睁不开，眼珠上血丝成片。右脸颊上被于曼丽一巴掌打的血痕依然清晰。左脸上，也多了一个巴掌印，是他老婆的杰作。

两个小时前，叶生几人被保安队长带着手下一个个扶上了中巴。

上了车，于曼丽直接就躺在了后排的横椅上。车刚开动，她就哇哇大吐起来。吐着，呜呜哭出了声。

强烈的酒臭味，让叶生不敢呼吸。侧过头，向右看着龙门酒楼，心头的恶气涌了上来。一张口，他也吐了出来。

进了三环，中巴直接开到了中日友好医院。原来的保安队长带人把丰学民和于曼丽扶下了车。

丰学民被带到急诊室包扎手，于曼丽则躺在急诊室门口的长椅上输液。他们的酒气，熏得满楼道的护士和病人们捂着鼻子走路。

车开到了自家公寓楼下，叶生却是真醉了。他命令保安队长把他送回中日友好医院，说是要陪着于曼丽输液。

保安队长不由分说敲开了叶生的家门。

叶生的老婆怒气冲冲地开门时，叶生还在叫于曼丽的名字。老婆二话不说，伸手给了叶生一记清脆的耳光。手上戴着镶着绿翠的钻戒，连抽带划地又在叶生的脸上留下了几道血痕。

她怒骂着："找抽！又和那狐狸精鬼混！上次喝醉了，她把你的脖子抓破……"

叶生什么也没听见，保安队长赶快把叶生架起来，一步一挪地扶进卧室放倒在床上。

晚上6点,叶生被老婆一阵粗暴的摇晃给摇醒了,老婆在吼:"色鬼,还不快起来,有人找你快找疯了。"

"谁?"

"谁?别想得美,不是你的狐狸精,是你的大哥。"

叶生的酒一下就醒了。一起身,他的头疼得像要炸开。

匆匆冲个澡,叶生下了楼。一辆黑色的奥迪A6的车灯闪了一下。闻着叶生身上的酒气,吴铁兵的司机老张一脸的不耐烦,斜着三角眼抱怨:"叶总,你的谱够大。我从下午5点,就在你家楼下等你。你倒好,酒足饭饱了,抱着你那个肥婆睡大觉。"

老张五十出头,跟了吴铁兵二十多年。平日里,一般的各色人士都不敢慢待这位司机。去年春节,叶生给他一个装着一千元的红包。老张拿过去,一捏就说:"哟,叶总,老领导退了,你的红包就薄了。"叶生听他的话糙,又拿出一个红包给他。他不接了,伸手打开副座的杂物盒:"看见了吧,我没地放了。"叶生低头细看,果然,那杂物盒里塞满了厚厚的红包。

上了车,刚坐在副座上系上安全带。老张一脚油门,车就蹿了出去。一摇晃,叶生的胸口立刻憋得慌,看着前面的路灯,一阵眼花缭乱。从早到晚的情景,在眼前浮现出来,想到了英甫最后得意扬扬地宣布开吃"一锅烩"的样子,他忍不住骂了一句:"妈的!"

"骂谁呢?"老张愤怒地抽搐着胡子拉碴的马脸。

"开你的车,我骂的是该骂的人。"一天的不顺心,激起了叶生的火。

老张瞪圆了眼,歪着头侧视叶生:"嘿,真正是人走茶凉啊。你的大哥刚退了两年,门庭冷落也就罢了。今天,派车接你,你倒像个爷似的摆起臭脸来。"

老张急踩油门，一路上，急停急起，遇着拐弯也不减速。车胎尖叫着，进了长青路大院，连着两条减速带都是一冲而过。每一次，都把叶生颠得头碰在车顶上。

推开车门下车时，老张从后视镜里盯着叶生，冷冷地来了一句："叶大先生，提醒一句，长着点神。想来个鲤鱼跃龙门？我看，刨了祖坟，也轮不到你！"

叶生的心，咯噔一下沉了下去。

十九

英甫和叶生的这位老领导吴铁兵，从一家大型央企掌门人的岗位退下来有两年了。吴铁兵和叶生，都是部队大院里长大的。叶生的同父异母的哥哥与吴是中学同年级的同学。因这种关系，叶生私下里把他称作大哥。叶生当兵从部队转业时，吴铁兵正在一个部委做副部长。当年的转业政策是，要么由国家在地方安排工作，要么按军龄拿走一笔钱，自谋职业。因为有底，叶生选择了拿钱，又到吴铁兵任职的部委当上了一名科级行政干部。不久，吴铁兵分管的一个行政部门的下属处长英甫辞职下了海。四年后，为解决待遇问题，吴铁兵到一家以金融为主业的大型央企做董事长。离开部委前，吴铁兵推荐叶生投奔到英甫的门下。

军人世家出身，又常年泡在高尔夫球场和网球场上，叶生的这位大哥腰杆挺直。留着平头发型的头上虽已白发杂生，却依然让人感觉到他的健康与威严。

从叶生进门那一刻起，吴铁兵一直俯身在书桌前挥毫写字。

听完叶生的诉苦，他抬起了头，冷冷地扫了叶生一眼。然后，又低下头，握着一支中楷狼毫，一笔一画地写起来。

看得出来，大哥对今天发生的事很不满。看到这个情形，叶生的酒，才开始真正醒过来。

两眼看着大哥运笔，叶生嘴唇动了动，没再言声。每次来，大哥都让他在客厅喝茶说事。今晚，破天荒第一次让他进了书房。他抬头看看大哥背后墙上挂着的三幅油画，又回过头，看看自己身后墙上挂的一幅长条瘦金体书法作品。

大哥身高近一米八，因而书桌做得比常人的高了些。叶生坐在书桌前，感受到一种强烈的压抑感。

写完了最后一个字，大哥在笔洗里涮了笔，小心翼翼地把笔挂在了书桌的笔架上。看着叶生，大哥摇头一笑："你们今天这算是龙象之战呢，还是鱼虾之争？"说着，大哥的眼神变得刀锋一样刺向叶生，口气也变了，"古人说起'兄弟阋墙'，强调的是后面的话，'外御其侮'。你们只管前面的话，不顾后面的意思。都是我的老部下，从墙内打到墙外去了。你说，我的脸往什么地方搁？"

摇着头，大哥又手指指窗户："这不是让隔壁的齐延安笑掉了大牙了吗？我猜着，人家那老兄，此刻正高兴地喝着三十年茅台呢！"

叶生眼睛看向窗户，又把头转回来："大哥，今天，这姓英的炸了庙，概而不论地翻了车。听您一说，倒是点醒了我。我看，是看项目一期要收官，姓英的傍靠齐延安，要'割席而坐'了。"

"来，坐下说。"大哥的眉头，挤到了一起，"到老了，这隔壁的还是斗志不减哪。"

大哥叫人送上两杯茶，坐了下来，背靠一张奇高的花梨木椅背，眼神却移向窗外。

"都是一个大院摔泥巴、玩子弹壳的发小。你说，这算什么呢？"大哥把头仰起来，看着天花板："命啊，算了，蹚到这儿了，我就给你讲个小故事吧。"

"从幼儿园到高中，我俩都是在一个班。他美术好，我的体育成绩总是第一。我们一块贴大字报，一起戴上了第一批红卫兵袖章。不久，又拉着手，戴着一副手铐，被关了禁闭……"

叶生瞪大了有点浮肿的双眼，头脑昏沉地听大哥讲述他的青春往事。

大哥的眼神黯淡下来，双手捧起茶杯，像是要从那温暖的茶水中找到慰藉："问题出在一块儿当了知青。"大哥停住了话头，转身站起来，手指着一幅油画，"看见了吗？这是我画的当年草原上的一场大火。火中端坐的这个女孩，是我和隔壁的都喜欢的一个同学。她被烧死了，我俩也从此视同路人。"

叶生第一次听大哥悲情诉说，眼睛不由得睁大了。

油画的背景是青绿的草原，以透视的效果表现出一望无际的远景。几条蜿蜒曲折的小河，流向画面中心。河水在流进大火时，映得血红。一位年轻端庄的女孩，身穿绿军装。火焰烧着了她的两根垂到腰间的黑发长辫末梢。一堆一堆的火，似乎在将她火葬。但她的双眼十分安详，有种向死而生的被救赎了的幸福表情。她的右手，放在躺在地上被火烤炙着的一匹枣红马头上。那匹马的头肩都已在火里，但独独露出一双眼睛，扭头看着女孩。那眸子中，映出火光中的女孩侧影，年轻而又秀美。

"她那年才二十三岁啊。"大哥的情绪被点燃了，他把椅子往后一推，站得离油画远了些，端详着火中的女孩，"时隔几十年，但每一天，我的心都在疼。"

大哥断断续续的讲述，让叶生听得心里悲哀。油画中的她爱画画，1966年夏天，隔壁那位鼓动她带一帮女生去批斗女班主任。打疯了，她跳上台，抽了女班主任一个嘴巴。女班主任就跪在了地上痛哭,第二天凌晨,在学校的足球场的球门上了吊,家中撇下了一个三个月的女儿。把老师从球门上放下来后,她就天天坐在球门下哭,大家都怕她要寻死。

"造孽啊!"叶生听着,右手在桌上拍了一下。

"我们这一代,从那个年代活过来,谁的身上没有债,谁的心又不是一辈子在疼呢?"大哥说着,把目光投向了油画中的女孩,"后来,正好赶上上山下乡,我一开口,她就跟我去了呼伦贝尔草原的边境城市,室韦。在额尔古纳河边,我们日出放牧,日落烧水做饭。夜深了,我就陪她坐在蒙古包外看一夜星星。看花了眼,人就困了。但她不敢去睡,她说,一闭眼,就看见女班主任抱着孩子瞪她。久了,我俩就都无话了。她本是个好骑手,一天,就偏偏跌下马背。等我赶过去。她躺在草滩上捂着脸哭:'天哪,我这是死了,还是活着?'"

"她这真是生不如死。"叶生也止不住红了眼圈。

大哥完全沉浸在往事中:"1972年4月14日,她从北京探亲回来。第二天,草原上起大火。我们都赶去救人救马。那天的火太怪了。算不得最大,但风向一阵阵地变。我眼看着,女同学的马跑到哪里,那风就把火吹到哪里。最后,她的马一蹄子踩进了一个兔子洞,摔断了腿,也把她给掀了下来。等我要冲过去时,大火却突然冲天而起。风吹的间隙,我看见她在大火中坐着,就是这副神情。"

叶生被大哥动情的讲述,感动得泪光闪闪:"对她来说,这或许是得救了。"

大哥用双手捂住了脸,揉了揉,又抹了抹,显然平复了下:"她只画了两幅油画,你看——"大哥右手点在左手的一幅油画上。

"这幅是临摹法国画家席里柯在1819年创作的油画《梅杜萨之筏》。讲的是1816年法国军队的巡洋舰'梅杜萨号'在大海上沉没后的故事。"大哥手抚摸着画说,"舰上原有四百多人,沉舰后,舰长带着二百五十多名高级官员,抢占了六艘救生船逃命去了。剩下的一百五十人,扎了这条大木筏求生。大家在海上共漂浮了十三天。内斗,杀生,吃尸体。等到阿尔古斯号救援舰找到他们时,大木筏上只剩下了这十五个活人和五个死人。"

叶生瞪圆了眼,又盯住了画面:"这十五人后来都活了?能活下来的,不都是吃过人的吗?"

"他们全死了。"大哥冷冰冰地继续说,"一上救援舰,就死了五个人。剩下的十人,不久先后离开人世。最后死的一位,临死前,指着身边的人说,'我去死,你们去生,谁的路更好,除了神知道,唯有我知道!'"

"这句话,跟这幅画一样,叫人喘不过气来。"叶生心在下沉。

"你还真有悟性,告诉你,这句话是苏格拉底临死前说的,只不过被这临死之人加上了自己。我那女同学,被这句话折磨了几年,把全身心都放在这幅画的临摹中了。"

"她这是向上帝求救呢吧?"

"正是,活着的人,不想死。拼命向远方的船,招手求救。"大哥说到这里,身体往后稍仰,眯起了眼,打量了一下画面,又转头看着叶生,"在这画面上,船帆与木筏上的幸存者,正好构成一个三角形,成为画面的重心。这就向观者提示了木筏在海上漂荡的情景。你看画面里,有些人已经死了。有的人将死未死,有的人抱着亲人的尸体陷入悲伤、沉思。那几个振臂高呼的人,冲破了稳定的大三角形的画面束缚,又构成一个动荡、富于激情的三角形。他们一个推着一个,给人力感,体现出求生的欲望。最高处的人,被高高举起来了,挥舞着一帕红巾。"

"是啊,人,只有被困住了,才会激发出斗志!"听着大哥的讲解,看着生与死的画面。叶生看着大哥,插了句话。

大哥转过头来，眼睛里，一片光芒闪动着，在叶生的脸上停留了一下，又转头盯住画面："小叶，顺着他们招手、呼喊的方向，是不是看到了远处天边浪尖上的一个细微船影？那是拯救者！与迫在眼前的死亡相比，他的来临，意味着被救赎，生的希望。"

"呀，这不就是今天我来找您的比喻吗？"叶生感叹了一声，眼神落在了大哥的脸上。

大哥笑起来，又转头用右手食指指向画面："这个席里柯是个哲学家，他有意在背景上画出一个风帆，让逆风将木筏向后吹。这样的艺术效果，是要造成一种能否被救赎的悬念。求救者向往拯救者，但赖以生存的漂流之筏，又被命运之风吹离生的希望。"大哥的眼神离开画面，闭上了眼，"你说说，这不是我们一生的命运隐喻吗？"

叶生看着画面，怕晕倒似的往后退了一步，眼神盯向了右端墙上的一幅画："耶稣？"

"你说对了。这是她临摹的另外一幅油画，叫《春天里的耶稣》，是18世纪的俄罗斯作品。"

"大哥，我怎么看着火中女孩的神态和这幅画中的耶稣神态一样呢？"

"好眼力。"大哥眼里有了笑意，"她在自责，希望有人来救她。"

"天哪，大哥，跟您这么多年，我不知您有如此深厚的油画功力。"

"'不足与外人道'。这是画给自己的。"

"大哥，情深不寿啊。您天天在这画里，心情能好吗？"

大哥沉默了，半响，他说出一句话来："小叶啊，你知道齐延安是什么人了吧，他是吃人不吐骨头，害人不形于色呀！"

"对，大哥，我手里有英甫与齐延安的秘密协议。项目一期竣工备案表一拿到，他就会把公司控股权卖给齐延安女儿的信托基金。"

"嚇！"大哥笑着摇了摇头，两眼却眯缝紧了，牙关紧咬起来："一个想金蝉脱壳——"他睁大了眼，看了看火中的女孩，"一个要鹊巢鸠占——"

他又看了看耶稣："行啊，都不服老，再打一个回合吧！"说完，他伸出双手，使劲儿拍在了书桌上，两只直挺得像刀环一样的耳朵同时抖动了一下。在一阵清脆的响动声中，他把目光，狠狠刺在《梅杜萨之筏》上……

二十

"大哥，姓英的，怕是今后更难摁住了！"

"哼，那要看怎么个摁法。"说着，大哥盯住了叶生。眼神中寒光又透了出来，"小叶，换个玩法。折个价，把你的股份卖给亦兵。亦兵控股了，我帮他融上六十亿。"说到资金，大哥一挥右手，从右往左，在眼前扫过，"一把到位，把他们都扫出门去！"

叶生低下了头。他的脸上，划着血印的皮肉，正轻轻地抽动。牙齿，在紧闭的嘴唇里磨着："我，这不是也被清零了吗？"

大哥低下头，眼睛斜了一眼："小叶啊，你的悲哀，就在于你不知道在跟谁打。我做了二十年的企业，从几十万元创始资金到我退休前近万亿的资产，怎么做到的？市场化运作！怎么运作？资本！是市场经济中的资本游戏！你跟他打，是'兄弟阋墙'。我跟隔壁的斗，是资本之间的较量！"

"大哥,您说得我的心都凉了。"叶生也摇起了头，"照大哥的意思，我在您眼中是个什么角色呢？"他的语气中透露出一股哀怨的味道。

"经理人！"大哥的脸色也冷起来，语气像秋末冬至的第一股寒风,"是个负责项目运营的经理人。"

"那我的下场是什么?该不会是卸磨杀驴吧?"

大哥双手轻拍了一下,咻地笑了出来,回身用手指指《春天里的耶稣》油画:"看见了吧,这画里的神让人敬畏,但他救得了世人吗?"他又转过身来,"告诉你,别指着天上掉馅饼。你想有个好下场?好啊,只有一条路。跟资本合作!帮着亦兵把这个项目二期做完,积累起你的资本,你就有自己的天下了。"

叶生把眼神从墙上移到大哥脸上:"大哥,我能叫个屈吗?亦兵那笔注入海外地产私募基金的资金一点八亿人民币,可是我帮他筹借的。"

"那是你的钱吗?"

"公司的。"

"这公司是谁的?英甫的!人家创业有成了,我才推荐你去应聘。"大哥把头低下来,眼睛从下往上翻着,两道黑粗的龙眉挤到了额头,"你跟他是劳动雇佣关系,怎么就把公司的钱也当成你的了呢?"

"我不是也有股份?"叶生把头抬起来,看着大哥身后的耶稣。

"什么股?"

"员工持股。"听了大哥紧紧堵上来的话,叶生的牙关咬得越来越紧。

大哥笑起来:"你这员工股不是没到行权的时间吗?"

"大哥,那,我担的风险就更大了。"叶生伸出左手,手心向上,五指平伸,用右手去把左手大拇指扳回手心,"第一,说是借款,但没有任何合同和手续。第二,说是借三个月,但现在已过了三年。第三呢,更麻烦。"叶生把左手中指扳回了手心,却看着大哥不往下说了。

"说，有天大的麻烦吗？"大哥的嗓子卡住了似的，从喉咙里低沉地挤出这句话。

"那一点八亿中有六千万是扣下的税款。"

"都是什么税？"大哥双手猛地一撑桌沿，站了起来。

"营业税、预缴的土地增值税、城建税和印花税。还有，所得税预缴！"

"为什么不早说？"

"大哥，你当初说是只用三个月。"

"小叶呀，这是个大祸害哪！你为什么不从项目内部资金把税款调整补上呢？"

叶生的眼睛湿润了："大哥，您把我当马仔使，可我这个马仔难当啊。"说到这里，叶生说不下去了，低下头，收回左手，去擦脸上的泪水。

大哥的语气缓和下来。他起身踱步绕着书桌走到叶生身边，拿屁股靠着书桌："小叶，知道你难。但做企业哪有不难的？来，咱们想想办法。在项目上调剂点资金，尽快把税给补缴了。把漏洞补上，我支持你和亦兵把二期项目做完。他鸣金收兵，你来个'鲤鱼跃龙门'。当上这个企业的董事长，不就也是个资本家了吗？"

"大哥，我猜着女娲下凡，也难补这个漏洞了。刚才我说了，我这马仔难当。您不知道，虽然这一期项目过手了几十亿资金。但银行盯得紧，施工队逼得狠，手头的钱都被算得可丁可卯地用。"说着，嘴唇刚要张开，又闭上了。

"说！现在，还有什么可捂着掖着？"大哥又用右手使劲儿拍了一下叶生的左肩。叶生脱口就把话说出来了。

"大哥，您的手下心太狠，手太长了。一个个都想在这项目上发大财。瞒了我，跟我的下属串通起来，已经千方百计地从项目上挪走了不小的资金了。您想想,我还有什么能耐调剂呢?"

大哥的双眼,一下子像是夜半走路遇着鬼了:"你是说小施和小伊?他俩会这么昏头?"

叶生的脸色沉了下来:"大哥,施副区长是您的司机,您费心尽力地把他培养出来。按说,他心里清楚,应该帮我把这个项目做好。但他的胆子太大,把建筑工程的利润最大的部分,给了他小姨子的建筑公司。多报索赔,偷工减料,生生把这个项目的资金搞得紧巴巴的。您那个秘书伊行长,与我的手下丰学民里应外合,介绍了高利贷公司,时不时放上笔,赚黑钱。"

"慢,这我就不明白了。小施的伎俩我听懂了,可这小伊的做法让我在云里雾里。他不是你们的贷款银行吗?跟高利贷有什么关系?"

"大哥,您培养的人,都是高智商的,也都敢下手。隔上仨月半载的,他就找碴说银行贷款被挪用了。不放款下来,工地就罢工闹事。丰学民就暗中指使包工头来堵我的门,无奈,只好向他介绍的人借高利贷。知道有这个甜头,那法院的申副院长也派他小舅子来放高利贷。都是三分六的月息啊。"

"太混蛋了,这些畜生!"大哥右手一拍桌子,顺势站直了身子,摇着头又说,"小叶,他们这么胡闹,不怕收不了场吗?"

"大哥,正因为知道在项目上留下的痕迹太多,他们就策划了今天的闹场。"

"把英甫杀了,对他们有什么用呢?"

"有用,施副区长他们要借着竣工结算把账给平了。所以,指使施工队多报了工日和索赔金额。总计能有三亿。"

大哥把头侧过来:"能行吗?"

"按说能行。这么大的工程,结算时投资额涨出30%也不算稀奇。"

"你怎么看？"

"本来，我不甘心让他们从咱们的项目上黑心捞钱。可一想，要是能成此事，不是也可以借机把税款给先垫补上吗？于是，我又让他们加上了六千万的索赔额度。"

"小叶，这倒是个办法。但又怎么打成这样呢？"

"大哥，那姓英的太鬼。平日里扮猪吃老虎，由着我担责任。到了这关键时刻，他死活不签字。今天，干脆抄了我们的底。"叶生长舒了一口气，握紧了双手，"你想，不闹场，还有什么可以做的吗？"

大哥点了点头："也是，这小英，项目是大家帮着做起来的。没有小施，他的土地出让金不是要多交十几亿？抬抬手，让让人，和气生财呀！何必惹来杀身之祸呢？"

说得渴了，叶生双手捧起茶杯。仰着脖，喉头动着，一口气喝干了杯中茶。大哥起身要找水壶时，叶生伸手拉住："大哥，不喝了，有更大的麻烦得告诉您。"

叶生的双手在胸前扭在了一起："一是他今天当着几千人的面，把施副区长和申副院长给挖了出来。"

"嗯？他这是要鱼死网破了。"

"二是他抄到录了施副区长几人在河北一个茶馆的录像。"

"茶馆的录像有什么用？"

"大哥，这录像是见不得光的。"

"王八蛋！"大哥吼了一声，双手握成拳头，举在空中挥动，"说吧，小叶，他们怎么能走到这一步呢？万幸呀，没把你和亦兵拉进去。"

"亦兵。"叶生停顿了一下，盯着大哥说，"他也惹事了。我帮亦兵筹借了一点八亿，他说还差两千万。他向别人先借了，到了半年的期限，人家就来催债。"

"这事我知道，亦兵不是还了吗？"

"大哥，他为了还这两千万，背着我，与我的手下销售总监汪来旺干了件牢狱之灾的事。"

"别吓我，他哪有那么大的胆。"大哥脸上的五官开始纷纷乱挤乱动了。

叶生的话放慢了，一句一句如重锤："大哥，他提出要为海外地产私募基金在'东方梦都'买三千平方米写字楼。刚开始促销，他和销售总监汪来旺暗地里下手，先以每平方米九千元的优惠价交了两百万的订金。之后，迟迟不成交。到了去年，都快三年了，楼盘价都涨到了三万元一平方米了。他明面上以每平方米两万三的优惠价格成交，钱是从海外地产私募基金公司的账上付出来了。但我们公司只按每平方米九千元收的款，多出来四千二百万元。有两千万打到了销售中介公司的账上。今天才知道，那个中介公司的老板，就是汪来旺的第三任老婆。另外两百万元，被放进了丰学民的车里。"

大哥的双眼又像见了还魂的鬼一样："还剩下两千万呢？"

"打到您的公子亦兵的个人公司的账户上了。英甫把他们的交易文件拿到了手！"

"妈的，他想干什么？"

"砰！"大哥右手握拳砸在桌面上。这一次，笔洗里的水也飞溅出来，浸在了他刚刚写满字的宣纸上。

看着大哥砸桌子，骂人，叶生嘴角微闪了一下笑意。

"大哥，现在，咱们怎么应对？"他的眼睛看向了大哥身后的《梅杜萨之筏》。

大哥围绕着书桌又踱步回到了自己的椅子，把双手搭在椅背上，手指头一下一下敲着木头："怎么应对？先忍两天，看看市里、区里有什么反应。"抬起头,仰望着空白的顶棚。他嘴里像对空气说话一样,声调低了下来,"打到这个份上,已经不是商战了,是你死我活了。隔壁的这一口咬得狠。这样吧,明天我把小英叫来,叫他把这些账都认了。你不是说都没有他的签字吗?我做做工作,叫他补签。他是法人,他认账,就万事大吉了。"

"那,施副区长的录像怎么办?"

"是真是假再了解,我要先警告小施。照这样,玩过了火,谁也救不了他。这些天,都得忍。别再烧火添柴,给我点时间,我跟人家谈条件。告诉你的手下,别再逼英甫。给我让点空间,我给他多指几条路。开关,在他手里。死活,由他决定。"

"撕扯到这个地步,他能让步吗?"

"他不让,我就去找他背后的人。在商言商,哪有认死理的商人。大不了让让,把他公司的损失,从海外地产私募基金的收益中给他补上。再不行,咱们再让。让齐延安把二期工程项目控了股。杀人不过头点地,几十年的恩怨,我认输,还不行吗?"

叶生抬起双手,轻轻拍了拍桌子:"大哥,要快,我听说这家伙打明天起就要玩尿遁了。没准,要往国外跑。"

"躲?这招狠!这肯定是齐延安想的计。工程结尾了,是黑是白,一结算,什么都一清二楚。人家聪明,看着你们往屁股上抹屎,不吭气。结果,现在是到了擦不净、拖不起的地步。一耗上,就盖不住了。得想法把他堵在国内,逼他来面对我!"

叶生双手不轻不重地拍了一下:"好主意,大哥,这得您出手。"

看了看叶生,大哥脸色缓和下来。右手搭在椅背上:"小叶,你一辈子就这一次翻身的机会了。一块把这关过了,你的股份也不必卖了。带着,算是原始资本,跟着投进二期。你就是为自己干了,不是谁的家丁、马仔了。"

叶生"腾"地站了起来，一抬右手，敬了个礼："大哥，没有您，就没有我的今天。有了您，我才有这个活得痛快的后半生。您放心，为您，为自己。这场恶仗，我决不后退！"

"他停了你的职，又没撤了你的职。明天，你照常去公司，看着他。别去哄他拍他，让他摸不出你的底。"说着，大哥抬手用右手大拇指反顶住额头，"他们要真不领情，那大家都没退路了。"

叶生问："那咱们怎么办呢？"

"天机，不可泄露。"说完这句话，大哥的脸抽搐了一下。

二十一

谁在推我？

凌晨三点，英甫从噩梦中被推醒了。

在乌沉的黑夜中睁开眼后，他意识到是暴怒的雪团在击打他。

闪电消失了，因而，此时的天地像一个密不透光飞快旋转的大桶，把他禁锢在中间尽情蹂躏。风从尼泊尔的南坡峡谷冲上来，湿重的雪堆中裹着石砾，狠狠地砸在他的后背上。

兄弟，难为你了。英甫在黑暗中艰难晃动着上半身，心中谢着后背靠着的死人。这个右侧身体埋在冰雪中的异国他乡之人，为他挡住了一半的风雪。

兄弟，你这睡姿不对。你的两脚伸得太直了，这叫死人睡。天亮了，救我的人上来了，我让他们把你的右手垫在右脸下，左手放在左腿上，让你的左脚压住右脚。你就不会坠入到恶趣之中。

知道吗？兄弟，这叫狮子吉祥卧，是佛祖涅槃时的睡法。

心中想到了佛祖，一阵狂风暴雪从他的脚下的山石上跳跃上来。

力度之大，猛地逼近英甫向上仰起了头。睁大了眼，他的头疼得让他想大喊饶命。

饶命？自己不是对齐延安说过"宁为玉碎，不为瓦全"吗？

天亮后，如果没有人上来救我，我必死无疑。死在这佛祖的脚下了，算是玉碎了，还是瓦全了呢？

"说说，你这玉碎是怎么个意思？瓦全，又是怎么回事？"2013年的3月19日的晚上，齐延安坐在书房的椅子上，双手十指交叉，放在桌子上。冰冷地看着英甫，嘴皮子看不出动静地问了这句话。

"为了钱，把项目卖了，是瓦全。"

"不卖，以你现在的身价，能把'东方梦都'这么大的项目做完吗？"听了英甫的话，齐延安抿住了嘴，眼里满是嘲讽的味道。

"做不下去，我就跳楼！"

"呀,这就叫玉碎呀？"齐延安笑了起来，"眼下，你也就是个商人，至于拿个楼盘赌命吗？"

"不，我现在的身份是民营企业家，把'东方梦都'盖起来，是我的人生使命。"

英甫这句豪言壮语说得齐延安直摇头："嘿，怪不得人人都说如今咱这时代伟大。看看，把你这样的人都培养成了时代新贵了。"

"贵不贵，轮不到我说。但要是做了魔鬼交易，那肯定是出卖灵魂了，那就是人贱了。"

齐延安站了起来，把黑框眼镜摘了下来："行，有长进。但骨气归骨气，做企业不能动不动就以命相拼。人生不走的路都会走三遍。你的玉碎和瓦全是你自己的故事。就一条，别把自己弄到上天无路、入地无门的地步。"

脑子里跑火车的顷刻，身后的风雪和脚下的怒气在英甫的头顶狠狠撞击在了一起。变成了山神的狂笑，震动着他的五脏六腑。

齐主席，你太了不起了。现在，我真是人世间唯一一个"上天无路、入地无门"的人了。

内心悔恨起来，英甫被暴风雪横劈竖砍着，雪镜下他双眼紧紧闭上，又回到了齐延安的书房……

晚上六点，保安队长叫醒了他，说："齐主席的司机五点钟就到了，看你醉成这个样子，打电话向齐主席汇报。齐主席让他耐心等你，让你睡到六点。"

"我一觉睡了这么长时间？"醒过了酒，头疼得厉害，但英甫心中还是明白，长青路大院的领导都谨慎。重要的客人，最好不要自己开车来，怕的是报车号，进门要登记。这院子，他没少来。但往常大都是去吴铁兵家。齐延安的家只去过一次，那还是四年前，项目一期要开工前，英甫为"东方梦都"资金缺口急得焦头烂额。这次，让齐延安等这么长时间，他有些紧张和不安了。

四年前的一天，英甫的法律总监牦牦叫他晚上一块去长青路大院找钱，这笔钱就出自齐延安的女儿齐婷婷。

这笔资金谈妥后，发生了很多事：英甫被绑架了。多亏了牦牦，英甫死里逃生。牦牦因分析谁是背后黑手与英甫发生争执，一怒之下辞职而去。

分手的最后一个晚上，牦牦说："从今往后，各走各的，各活各的。只许我来找你，不许你来见我。"

四年了，两人再也没有见过面。

后来，英甫一打听，闲居了一年后的牦牦，居然投到了齐延安门下，做了齐婷婷的运营总裁。

二十二

"小英,你们今天闹得鸡飞狗跳。上下都在问,影响很坏!"齐延安开门就怨怪道。

齐延安体形偏瘦显薄,很有读书人的样子,八年知青生活结束后,他上了北大经济系,做部委领导秘书时又拿下金融博士学位,多年来总是保持着读书人的整洁。今天他身穿一件驼色的开司米鸡心领毛衣,里面是一件天蓝色的衬衣。鼻如截筒一样平直,鼻头整齐端正的截筒鼻的鼻梁上架着一副黑方框的近视镜。瘦瘦而白净的脸上,眼尾上扬的鹤眼,凸显着安静的眼神。他的头发向右偏分,梳得没有一丝乱发。显然是染过了,灯光下黑得发亮。

上一次见英甫是在客厅。英甫记得齐延安一直盯着牦牦看。这一次,齐延安把英甫让进了书房,还给英甫找来把折叠椅,让他坐在书桌对面,又返回门口,仔细地把门关紧。

英甫刚坐下,抬头就看见在吴铁兵家见过的三幅相同题材的油画。靠左手,是《梅杜萨之筏》。中间一幅,画的也是一场草原大火。但火焰中的女孩,穿的却是一件白色的蒙古旗袍,低着头,用手在抚慰烈火中垂死的白马的头。那白马,眼神悲痛,盯着女孩,像要翻身爬起来驮她逃离火海。右边的一幅,是另一种气息的《春天里的耶稣》。吴铁兵书房的画里的耶稣,从天国而来,右手并起食指和中指向天,左手手心向自己的胸膛,眼神直向世人。画的背景是鹅黄色的,耶稣身穿一件鲜红的长袍,露出洁白的内心。赤着双脚,仿佛一抬腿就要从画中走出来。齐延安书房里这幅画,耶稣身处群山之中,头顶散发着天国的光晕,眼神温柔怜爱地俯视着怀中抱起的一只刚出生的小白羊羔。他身穿白色的粗布长袍，小羊羔的头靠在他的胸前。一副安静的模样。

英甫的眼睛湿润了，谁能让自己依靠呢？

看见英甫的神态，齐延安微笑了一下，用食指点点书桌："小英，先把心中的盾牌收了。我和他都是退休老人，再不是官了，只是一介草民。"

他把身体后仰，靠住折叠椅背，神情疲惫："你转头看看，你身后墙上的对联是我写的。这是我每天告诫自己的话。"

英甫站起来，转身看见墙上的一个不大不小的镜框里镶着一副极其工整漂亮的瘦金体对联。上联是"英雄到老终归佛"，下联是"名将还山不言兵"。

齐延安走了过来，指这副对联说："这副对联，最早是文天祥写的。他的原文是：'英雄到老终归佛，宿将还山不说兵。'"他又回头看着英甫，"北洋军阀孙传芳，当时隐居天津，皈依佛门后，他在日本军官学校留学时的区队长冈村宁次一再登门拜访，以侵华日军总司令的身份邀他出任华北伪政府主席。他让冈村宁次看了他改了几个字的这副对联，冈村宁次就再也不来了。"说完，齐延安又踱回他的座位，端起茶杯，喝了口茶，"这两个人都是死于非命。为什么？因为是身处乱世。"

英甫点了点头："齐主席，您的话，让我长了见识。但您让我来，不是要跟我讲这些吧？"

"噢，是我说偏了？好，说说今天的事。"齐延安手把茶杯，做聆听状。

英甫也双手捧着茶杯，看着面前脸色越来越凝重的齐延安，像复述噩梦一样，把今天的事讲了一遍。最后，英甫的牙关紧紧地咬住了："主席，你们是发小，都是多年位高权重，他怎么下手这么狠？光天化日之下，就敢对我图财害命。"

"你说对了,他打小下手就狠。"齐延安站稳了,伸手指指西边,"我比他大五个月,打小玩泥巴,都是我让他。"说着,他抬头看着中间油画上的火中女孩。

"不堪回首啊,四十一年零二十七天了,我天天心痛,夜夜梦见她。为此,十一年前到底和婷婷的妈妈离了婚。"齐延安的眼眶红了起来,声音也低沉了,"那场大火里,大家都慌神了,生怕有人被烧死。只有西边那位逞英雄,一拉马头,带人跟他往火里冲,他说救马要紧。"

"我这女同学,"他抬手指指火中的女孩,盯着她的仰天的脸,"跟着他冲进了火场,转眼就被火围了。等我也冲了进去找到女同学时,她就这样趴在马头上。"

盯着墙上的画,英甫看着画面上的大火烈焰,仿佛觉得是自己在火中被烧被烤,又无处可逃。脑海中,不知怎的闪过牦牦离去时忧心忡忡的眼神,突然说:"主席,我在我那老领导家里,也看到过这个女孩的画面。"

齐延安的脸笑意全无,板成一片青石了:"当年,我这女同学,喜欢画画。可惜吴铁兵鼓动她把画笔折了,把颜料泼了,把画架烧了。去干什么呢?去批斗班主任。"他恨意十足地伸直了右臂,指着西边,"他带人赶到班主任家里,抢下她怀中三个月大的女儿,一把揪住班主任的头发,就把她拎到了自行车的后座。押到了学校,叫女同学上台去抽她。"

齐延安说不下去了。双手捂住了脸,泪水从指缝中沁了出来:"第二天天没亮,班主任就从家中起来,静静地吊死在足球门上。那是吴铁兵天天踢足球练射门的地方。女同学赶来后,跪在班主任的脚下哭。她大声说,'我是个坏人,丧尽天良!'说着,她站起来,转了一圈。指着我们大家喊,'我们都是坏人,都是杀人犯,都该天打雷劈,都该下地狱!是不是?'"

二十三

"那是1966年8月20日。"齐延安把年月日一字一顿地咬得清清楚楚。

英甫对着画上的女孩,闭上了眼:"你们三人真是冤家,发生了这样残忍的事,插队还要不离不弃地在一块。"

齐延安看看英甫,仰起头,也闭上了眼:"从那天起,我和女同学就不再参与任何活动了,躲在家中悄悄画油画。说好的,我打《梅杜萨之筏》的底,她负责《春天里的耶稣》的设计稿。"

"为什么偏要画这两幅呢?"英甫问道。

"班主任是个东正教徒。吴铁兵揪斗她,就是因为有人曾经看见她常去东交民巷的东正教堂。她教我们画画时,常说,她的心愿是有一天能到法国的卢浮宫临摹《梅杜萨之筏》,到苏联列宁格勒的艾尔米塔什博物馆去临摹《春天里的耶稣》。我们也问她为什么如此看重这两幅油画。她回答说,是为了救赎。"

"那您和吴铁兵就疏远了吧?"

"是,但他赖。1969年,我和女同学决定去插队。他不吭声,背着我们办了手续。离开北京站的火车刚一开,他就挤过来,一屁股坐在了我俩中间。"

"您和他动过手吗?"

"动过,是1971年6月17日的傍晚。那天,他喝得醉醺醺的,提着刀把女同学刚完成的《春天里的耶稣》割成两半。

"女同学连哭声都来不及出,一挥手,结结实实打了他一个大嘴巴。他挨了嘴巴,却向我扑来,要拿刀去扎我的画。他是个醉鬼,我也天天在马背上。一个搂抱，就把他摔到了草坡上。"齐延安撸起了左袖，"你看，扭打中，他的刀扎在我的左臂上。这一生，印记都去不掉。"

"他不打了，躺在草地上仰天哭。说我把他的女人给抢走了。"齐延安说，"女同学走过去，扶他坐起来喝水。等他喝完了，冷冷地向他说，'戴上了红袖章的第一天，你就把我的画架给劈了，毁了我的梦想。今天，我刚刚完成了画了三年的画。你就等着这一天又赶来，毁了我救赎的机会。你这样的人，像是上帝惩罚我，专门派来折磨我的，不配得到我的感情。快上你的马，走吧！'他爬起来，拿刀划了自己的左手小臂。向我说，齐兄，还你了。说完，再不看女同学。滴着血，打马飞奔而去。

"那晚，我们没有赶马回去。相拥着，铺着她的袍子，盖着我的袍子，在星空下睡着了。"

"后来呢？"英甫被这个浪漫的爱情故事迷住了。

"后来，"齐延安眼睛湿润了，"第二年4月15日，她从北京探亲回来的第二天，就在大火中烧死了。"

齐延安抬眼望向油画中火里的女孩："唉，到今天，我都没想通。她急急忙忙地赶回来，好像只是为了这场火。我一直在想，她的画被毁了，她是不是只有以死来印证救赎呢？"

英甫眼睛闪出了泪光。抬起头，看着墙上的油画："这一幅《春天里的耶稣》是您后来画的吗？"

"是，既然她通过第一幅画得到救赎了，我就画了第二个版本。你看——"齐延安站起来，指着画说，"她像只幸福的羔羊，静静地靠在拯救者的怀里。"

"我就不明白了，吴铁兵的墙上，怎么也有这个意象的三幅画呢？除了《梅杜萨之筏》之外，另外两幅的场景，都又与您的不同。"英甫很是困惑。

齐延安笑起来，摇摇头："大火之后，他在女同学的坟头上醉了三天三夜。我们怕出事，轮流陪着他。第四天早上，太阳刚露出头。他跪下磕了三个头，说：'你去上天堂吧，我要下地狱！从今天起，我要学油画，把我毁了的画，为你再画出来！'很快，他就设法调到另外的知青点上了。原想着人生陌路了，谁想，竟纠缠了大半生。等了几十年，他现在偏偏要在你的身上报复我。"

英甫睁大了眼，抬头看《梅杜萨之筏》。

二十四

"他是冲着我来的。"齐延安看着英甫，摇了摇头，"2007年，为了办好奥运会，市里请我帮着引进企业和资金搞棚改。调研时，我知道你已经在'东方梦都'项目的区域盖了几座住宅楼。我就建议，以政府为主，引进社会资金，让民营企业也参与进来。正好，婷婷的信托公司有资金，你又在当地有基础。一拍即合，这项目就这么起来了。"

"这我感恩，没您的支持和帮忙，我肯定拿不下这么大的项目。"英甫说。

"你这话鬼了吧？"齐延安沉下了脸，"你不是也这样对吴铁兵说吗？"

"主席，这么大的项目，定位、立项肯定得靠您。但项目的落地实施，也得感谢我的老领导。"英甫说。

听到英甫的话，齐延安一下子站起来："听听，你这么轻描淡写地就把他给划拉了进来？"

齐延安喘了口气，又把话接上："你不知道？为这个项目，我千方百计地为市里解决了一千亿的棚改资金。到现在，已经到位了八百亿了。没有这笔钱，这个项目能落地实施吗？除了棚改资金，那条高压走廊的线下地，交通枢纽的项目资金，不都是我挖空心思地协调银行支持的吗？"说着，他又用手指着西边，"他出什么力了？我家婷婷的二十亿的信托基金签了合同，如约打到你的公司账户上。他呢？他家公子的海外地产私募基金的十亿，不是拖了近半年才到齐的吗？"

"主席，我得提醒，他家的年化收益，要得比您女儿信托公司低了五个点。"英甫打断话头。

齐延安又坐下来，重重地把双手拍在桌子上："小英，你这是什么话？"他说着话，眼睛越瞪越圆，"信托公司的钱，是从银行拿出来的理财的钱。知道吗？银信合作，自然成本就高。"

"但是这笔钱，我不但签了对赌条款，又帮信托公司给银行做了抵押担保。您觉得公平吗？"

"公平？现在谈公平了？"齐延安翻了一个白眼，"当年的五十六家信托公司，有哪家愿意碰你这项目？你忘了？那年的房地产政策多么严厉。央行六次上调存款准备金率，两次加息。货币政策呢，是进入了紧缩通道。不是我家婷婷在这家信托公司当董事长，不是你的耗耗，你拿得到这笔钱吗？"

英甫看见齐延安的眼神，把刚要张开的嘴又闭上了。

"小英，这个项目一期下来，婷婷的信托基金年化收益不到16%。刨去银行的理财收益，她剩下不到8%的回报。作为一个信托公司来说，真是体现了'利他在先，利己在后'的信托核心价值理念啊。"

"主席，二期是住宅开发。总量大，现金流足。我想，信托的资金，就不必再进来了。"

听着英甫的话，齐延安把头摇了摇。然后，慢慢端起茶杯，喝了口茶："小英，你们这一代做企业的人。善，可以善到顶。恶，可以恶到底。赌性太强，狼性太重。赌赢了，就立地把自己当成了佛。

立马翻脸不说，还要来个六亲不认。赌输了呢，不是跑路，就是跳楼。下地狱，也眼都不眨。"齐延安站起来，双手撑住桌沿，把头凑向英甫，"但是，你这场游戏，到此才是刚刚开始。你的赌注，还没有真正出足筹码。你以为钱就是资本的全部？告诉你，你这是真真正正地掉进钱眼里了。企业小的时候，你就是个商人。大了，你就是企业家了。企业家是什么人？"

齐延安右手的食指伸直了，在英甫脸前来回晃动："是胸怀大局的人，是改革开放的精英！做一个项目，要让地区受益，让社会受益，也要让合作方心情舒畅。对吗？"

英甫避开了齐延安的眼神："您的批评我接受。"他又低下了头，把双手摊开，放在脸前看着，"'前半夜想想自己，后半夜想想别人'，这个理，我懂。"

说着，他抬起头来，眼里有了泪花："我原就不是个做企业的商人，糊里糊涂下了海，天天是夜半惊梦。要钱了，大家捧我当大善人，时代先锋！算账了，人人拿我当恶人，为富不仁！果子熟了，人人都想要我的命，赶尽杀绝！其实，我这是干吗呢？是自己把自己给逼到了墙角！"

英甫停了一下，继续说："我现在明白了，我原来也没有想过做什么企业家的大志，不过是想盖个大房子。有这一期的项目，我已算得上功成名就了。"说着，英甫抬起右手，也轻拍了一下桌子，"听您的，二期，我还是和婷婷合作。您，说个指导意见，好吗？"

齐延安点点头，笑了："我早就明白，关键时刻,你会讲大局。所以，我才支持你做这个项目。一举多得呀！你发了财，地方政府也能启动棚改，又改善了投资环境，增加了税收。社会资金呢，也盘活了。"他眯起眼，双手捧住茶杯，"二期，婷婷组织了一个信托基金的大盘。规模有六十亿。一期项目下来，你的销售款已经把银行的钱、工程款清得差不多了。先帮你把剩下那笔海外地产的债清了，然后，咱们再启动二期项目。你呢，不用管钱从哪里来了，让婷婷带着牦牦她们一帮人去玩吧。"

"听您这么一说，二期就没我什么事了？"英甫问。

"是人家资本的事，你好好享清福。30%的股份给你留下来，怎么样？"

英甫"噗"的一声笑出来："呀，我尊敬的主席，您这是逗我玩呢吧？照我看，这可是巧取豪夺了。"

"你这是什么话？"齐延安脸有不悦之色。

英甫的心绷紧了："到了二期，一刨土，就可以预售。这些年，调控措施一年比一年多，房价什么时候不涨了？现金流还难吗？想来合作的人，早已踏破我的门槛了。"

"你试试看，你最终能谈成哪个？"齐延安的脸沉到了底，"正因为利润大了，你才会有真正的麻烦。你不是说，人人想要你的命吗？破财免灾！别到临了，落个人财两空。"

话音越来越严厉，齐延安的目光也越来越寒凛："实话告诉你，这个主意是牦牦出的。我看，她是对你真有感情，怕你把命搭进去！"

英甫低了头，双手，却握成了拳头。

齐延安端起茶杯，却不喝，右手控着杯盖，在茶杯口来回刮蹭。

"好吧，主席，既是牦牦开的价，那我也还个价。"说着，英甫抬起头来，"二期项目做完，能有超过三百亿的收益。这样吧，婷婷的基金占股49%，我呢，占51%。项目，照旧由我的团队操盘。"

"瞧，你还真是个葛朗台，要抱着铜板进棺材。"齐延安的眼睛变小了，"婷婷的钱，不是天使投资。她要控不了股，谁愿意把钱放到她的盘子里来呢？"

"她进来十亿就可以了，剩下的钱，我找。"英甫咬牙说。

"你找？谁会放心掏给你？"齐延安瞪大了双眼，"眼下，这举国上下的一百七十八家私募地产基金，六十八家信托公司，大小近一百七十家银行。我不吐口，谁敢跟你合作？"

英甫抬起了头，内心翻江倒海，嘴里却一字一句地说了出来："'蛇有蛇路，鳖有鳖道。'照我刚才说的条件，婷婷优先，回报可以高些。"

齐延安的眼睛眯了起来，声调也低沉了一些："好吧，我错看你了。你能混到今天，有你的活法。没想到，你真是个关键时刻敢出手、敢下手的人。平日呢？扮猪吃老虎！"

"主席，今天我没白来，终于把话说清了。"英甫微笑着，看着齐延安，"我还有两句话要请示。第一句，我那老领导怎么办？"

"他今天不是乱了章法了吗？游戏不是这么个玩法。既出了昏招，就等着接我的招吧。"

"第二句，你为什么这么喜欢牦牦呢？"英甫问。

齐延安沉默了，俯身从书桌下的一个保险柜里找出一个发黑的牛皮纸信封："打开，你看看就知道了。"

英甫小心翼翼地从信封里抽出一张黑白人像照片。那是个三十岁左右的女人，梳着两条短辫。一双介于丹凤眼和桃花眼之间的柳叶眼，静静地看着人的内心。

"这不是牦牦吗？"英甫惊讶地叫出声。

"是，也不是。"

英甫眯紧了眼："那她是谁？"

"是我当年的班主任。当年，我和女同学要了她这张照片。本来，是想画她的肖像。不想，却成了遗照！"齐延安声音竟有些哽咽。

英甫右手伸到头发中，挠了几下："主席，你给牦牦看过这张照片了吗？"

"看过了，她一口否认这是她妈妈。她说，她妈妈在洛杉矶活得好好的，七十七岁了。"

英甫又抬起头，看向火中的女孩："主席，不会这么巧吧？牭牭可是1966年5月出生的，她是怎么认识您的？"

齐延安右手托住了下巴："是她在美国先认识的婷婷。婷婷带她来我家，我见她的第一眼，就惊呆了。她既有母亲，我也认只是个奇缘。也许，该着我来替女同学还这个孽债吧。"齐延安又把目光转向《梅杜萨之筏》，"小英啊，我认了。既来之，则安之。只是，说到咱们的合作，我是为女儿在打抱不平。你呢，为了牭牭，就不能再多想想！"

英甫平静地说："你们的一代，有你们的恩怨是非。我这一辈人，有我这一辈人的酸甜苦辣。主席，不提也罢。咱们还是在商言商吧。"

"这哪是在商言商呢？你这是宁死不屈哪！"

英甫又看了看手中的照片："是'宁为玉碎，不为瓦全'！"

午夜了，院子里，听得到一只小野猫的哭叫。

看着英甫出了门，齐延安回到书房。他从左到右扫视墙上的三幅油画，双眼闭上又睁开。

他拿起英甫喝过的茶杯，高高举过头，刚要往地上砸，又摇了摇头，放了下来。走到墙角的垃圾桶，一伸手，把茶杯扔了进去。

二十五

京城的三月，午夜时寒气还在。

昌平南沙河岸一辆广汽本田汽车的后排左窗座椅上，派出所副所长老张，头靠在窗玻璃上。他的双眼紧闭着，脸上留着一种神秘的笑。右手中，倒握着一支针管。左手小臂的衣袖，被撸了起来，可以隐约地看见一个细小的针眼。

月光，已经跟他没有关系了。

上午 11 点 30 分的时候，老张把凶手塞进警车后座后，自己也挤了进来。

不料，车还没开动，这凶手清醒过来。刚一看清自己是在警车上，一左一右被两个警察紧紧夹着，手腕上扣着一副手铐，他就一头撞向了前排的仪表台。力道之狠，把仪表台的硬塑表盘都撞裂了。人呢，立马就又昏了过去。

年轻凶手的狠劲儿，吓了老张一跳。他的反应也奇快，在凶手的头刚撞向仪表台时，他已一把拉住了凶手的左臂。把凶手迅速拉回来按紧在后座时，他的手机在振动。右手拿起来，按在右耳边听了一句话，他简短回答了一个字："好！"

眼盯着前方，老张拍拍驾驶员的肩："不去所里了，先把人送到医院。"

闪着警灯，不到二十分钟就到了医院。

医院的保卫处长已经等在楼下。一见老张，就摇着头："张所，真不凑巧。刚刚进来十几个出车祸受伤的中学生，急诊室满处是人。这人，得在楼道里待一会了。"

老张伸手拉住了对方的衣袖："处长，这人得赶紧看。帮帮忙，先叫医生看看他的伤势。无论如何，你得帮着腾出一间病房来。"

医生来了，量血压，听心跳，翻开凶手的眼皮看。来回一摇晃凶手的头，凶手一阵呻吟。又在凶手的身上去按去摸，碰到左边肋骨处，凶手就疼得缩起来。

医生抬起头来，看着老张："没大事，看来是脑震荡，肋骨断了。开个单子，去做个脑电图，拍个片子。"

开着单子,急诊室里有人一声声急叫着这位医生。有个家长模样的人冲过来,大声叫嚷:"人没死,就得有个先来后到吧。我的孩子要是出了事,我跟你这医院的玩命。"

老张突然意识到自己和同事还穿着警服,低头看,躺在担架上的凶手手腕上的手铐亮得晃眼。他一边脱下自己的警服,反过来盖在凶手身上,一边低声告诉手下:"快去,打个电话,叫所里的人把便服送来。"

保卫处长帮忙推着担架去拍片,做脑电图,顾不上病人和家长的不满抗议。

很快,结果出来了。凶手的左肋骨断了两根,中度脑震荡。医生看看满楼道急疯了的家长,又看看老张为难地说:"先输液吧,明早做外科手术。"

"好,别跟孩子们抢。我们就在走廊里凑合一夜。"老张说。

便服送来了,老张和两个手下轮流到警车里换下警装。又找了张床单,把凶手从头到脚蒙上。

看着护士来输液,老张出去下楼打了个电话。回来凑到手下的面前:"刚才跟所长通了话。刑警队那帮家伙都在出警,叫我们先看着,明早再说。"

一个年轻警察双手轻拍了一下:"坏了,今晚我约了女朋友吃饭。"

老张拍拍他的左肩:"去吧,早吃早回来。我们三人得盯到半夜12点,所里再来人换班。"说完,他看着另一个年龄稍长一些的警察,"你先看着,别让人靠近他。我得回家看一下,十几天都没进家门了。"

所里的人都知道老张家里负担重。他十六岁的儿子是个中度智障患者,老婆患有越来越严重的类风湿,激素用量越来越大。他的母亲去年去世了,剩下一个老父亲,七十多岁,手脚也不便了,平日里全靠老张看家做饭。提到老张，所里的人就摇头，这是个什么活法！

晚上10点，老张回来了，两个警察都在。看看急诊室，为抢救孩子人挤得更满了。

老张也摇摇头，伸手掀开床单。凶手的眼闭着，双手铐在了两边床栏上。医生说给他输了镇静药，明天天亮时才会醒来。输液瓶已经撤走了。

老张抬起左手，看了一下手表："你们两人辛苦了，下楼去抽根烟，在车里睡一会儿。我盯着，12点来人换班，咱们都撤。"

两个警察下楼了。看着离担架约有两三米远的过道上的长椅上有个空座，老张疾步过去，一屁股坐了下来，眨着眼，对着对面过道的墙发愣。很快，累了一天的老张打起呼噜来。

晚上11点时，一个口罩捂得严严实实的女护士从楼梯口过来。左手稍稍一掀凶手身上的床单，右手拿着一个针管伸进了床单下。十秒不到，女护士已经又把床单给凶手盖好。她把针管装进口袋里，转身离开。走了十几米，在楼道的尽头进了女厕所。很快出来时，已经是一个下身是牛仔裤、上身着紫红色的薄羽绒服的女孩了，头上戴了一顶粉红色的棒球帽。

二十六

"把手抱在头上！"

半夜12点30分，老张开着广汽本田从京藏高速的沙河出口出来。往前行驶了约200米，右拐到了南沙河沿岸的支路上。又开了约一公里，在一个没有摄像头的树下停了下来。一辆皇冠车跟了过来，紧随着他的车停下。

后面的车灯闪了一下，老张下了车，拉开了后排左侧车门，又钻了进去。后车的司机，打着手电筒过来，拉开了右侧的车门。

这是一个不到三十岁的年轻男人，一米七五的身高，瘦弱的身形，脸上架着一副窄幅黑边框近视眼镜。眼镜后，两只眼珠小而圆的鹄眼闪动着冷冷的光。

进到车里，他关掉了一支小巧的黑色金属材质的手电筒，把一个黑色的小型软壳旅行箱放在了他和老张之间的空位上。

老张眼神冷冷地看着他，不容置疑地下着令。

"下午不是抱过了吗？"年轻人摇着头。但还是把手电筒放在了身边，把双手往后抱在后脑勺上。

"下午是下午，现在是现在。"老张冷冷地回答。同时，他探过身来，双手在年轻人腰间摸索。摸完了，老张右手食指指着箱子。

年轻人嘴角歪了一下："张所，你的钱，你开箱数。不怕我弄脏了你的钱？"

老张在夜色中一声冷笑："钱，哪有干净的？"

说着话，他左手按住箱子，右手去拉锁扣时。只听"刺啦"一声，一道蓝色的电弧光，闪亮了车厢。老张瞪大了的眼，十分明亮地在瞬间的光亮中闪着光。他右手捂住了脖子，想张口。但一句话也没来得及说出来，往后，倒在了后座上。

他醒来时，双手已被铐在了前面的椅背上。黑暗中，年轻人正一闪一灭地抽着烟。

"小伙子，你这是要杀人灭口，还是要抢钱致富？"老张一清醒，就注意到手铐下，他的双腕上垫着一层毛巾。他的脸色一下子沉了下来。

"人，要杀！钱，也要抢！"年轻人偏过头来看着老张。像等了许久的猎人,终于逮着了他的猎物。

"那是个冷强光手电加强型钛合金金属电击器吧?两百块?"

年轻人点点头:"厉害,不多不少。"

老张长叹一声:"唉,平日里天天查没这些,多得没地方放。怎么在你这走了眼呢?"

"这天下,人人在你们警察眼里都是贼。你们什么时候正眼看过人了?走眼,是迟早的事!"年轻人说。

"这话说得对。平日里和你喝酒打牌,有时也纳闷,这拆迁公司,怎么找了个书生当副总。打架伸不出手,骂人开不了口,今天一出手,就把我这个老警察给放倒了。我这哪是走了眼,是瞎了眼哪!"

年轻人笑起来,冲着张所摇着头。又抬起右手,揉搓着鼻孔外鼓的头鼻:"唉,我说。别拿警察身份吓人。告诉你,眼下,你在我这的身份是,仇——人!"

老张的眼,眯在了一起:"这几年,都是我帮你们拆迁打架。什么时候得罪你了?"

"这句话,还真是句话。"年轻人声调高起来,"就是你帮拆迁公司抓人打架,才种下了今天的祸根。"

"有这事?说说,看我冤不冤。"

年轻人又点上了一根烟,往后座靠了过去:"还记得2008年奥运前吗?为这个项目的拆迁,你把一个人送进了监狱?"

"这个项目的拆迁,送进去的人不下一百个。判了的也有十几个。最重的一个,判了七年,现在,还在里面服刑呢。"

"这是我哥。"年轻人低声道,"七年,对于一个家庭来说,不是一场灾难吗?"

老张摇起头来:"这事怪不了我,他袭警。那一天,他把自己用铁链锁在六楼外窗户上。我费了好大劲,刚把他弄进来,他一头就撞断了我的鼻梁。能不判吗？"

"袭警，该判。但我问你，你当时为什么要当着我的父母、他的老婆孩子铐他？"

"你不在现场。当时，他又蹦又咬制不住。"

"好，这话也有道理。可是，他到底被你制服了，你为什么还要用电击枪打他？为什么一抡警棍把他的牙打掉了四颗？"

"他让我见了血，我也得让他破破相。"

年轻人伸出右手，拿起了电击手电，在左手心一下一下地敲："你让他破了相，也让他的家人伤了心。"

说着，年轻人的话音带出了哭腔："我这哥苦，从部队复员后，下海自己折腾。跑到这京城开个涮肉馆，刚开张半年，就被你们给强拆了。钱没了也罢，人却被你们关了。关进去也罢，却要判得如此重。我问你，天理何在？"

"小伙子，别看我穿着这张皮，我也是在活命啊。"老张的声音也沉重了。

"怪谁呢？他是个想发财的人。这个项目的拆迁补偿，比哪个项目的都高。你哥呢，还要了个天价。能不被强拆吗？我呢，是个靠工资养家糊口的人，干的就是这活。凭什么要跟我拼命？"

年轻人抬起右手，使劲儿拍了一下车窗："这个项目的补偿是高，同区域别的项目的非住宅拆迁补偿，是每平方米近两万元。这个项目，到了两万五千元。但是，你不知道这笔钱给的是房屋产权人？我哥呢，只是象征性地给了五十万停产停业损失费。"

"五十万了，还少吗？我记得，他把投资算到了房顶，不也才是个三十万吗？"老张争辩道。

"利息呢？他可借的是高利贷呀！"

"唉，"老张低下了头，"他是不易，可我松快吗？我为这点钱，把命要搭进去了，小伙子。"

　　说着，老张抬头向年轻人望过来。月光下，他两眼的泪花，闪着星星一样的微光："我早就活得累了，可这以后，我的家人怎么办呢？"

　　"别跟我玩亲情。"年轻人眼睛看着车前方若明若暗的夜色，轻轻地摇了摇头，"你的家人？你活得累？谁没有家人？谁不活得累？知道吗？我家世世代代都在宁夏海原的山沟里放羊种糜子，靠天吃饭，广种薄收。80年代，政府搞了个吊庄工程。把乡亲们从穷山恶水的土地上整体移民到了银川贺兰山下的闽宁镇，栽果木，种葡萄。我哥当了几年兵，心活了。复员后，不甘心一辈子面朝黄土背朝天。借了钱，贷了款，跑到京城开了个宁夏涮肉馆。谁想，遇上了不讲理的你们。你那天把我的家人都给吓着了。不过两年，我的父母先后得病死了，我的嫂子跑了，我那可怜的侄儿，得了自闭症。我到现在不结婚，就是为了养他。"

　　说着，他冷笑了一声："当然，也是为了你。"

　　"为了今天杀我？"老张绝望地叫了声。

　　"对。"年轻人似乎在夜色中看见了什么，点了点头，"那一年，我正在大学念土木工程专业。毕了业，我就直接应聘到了这家拆迁公司。我知道，这家拆迁公司能有一级资质，是因为老板是施副区长的小姨子。你的任务，就是帮他们看家护院。每拆迁一个项目，你的卡上都会打进一笔钱。前些年不论，自打我来后，从我的手中，就已经往你的卡上放进去了三十七万五。对吗？"不等老张答话，年轻人又用左手拍拍车座："这辆本田，不是我去年年底给你开来的？我就不明白，你们怎么真就要钱不要命，没个怕呢？"

　　"算了，别再说了。命，我认。你哥的事，我听了惭愧。告诉他，我对不起他。欠他的，黄泉相见时，再跟他赔礼吧。"老张声音颤抖看着年轻人，"我的儿，是个智障，我理解你。若是我还能活，我把下午你给我的那一百万也给你。你去找人,给你的侄儿看病。自闭症,比智障好治点——"

"不行!"

年轻人的眼神还在夜色中飘着,轻轻摇着头:"我,等的就是这一天。这样吧,你帮着杀了个人,该得那一百万。我呢!又杀了你,是报仇雪恨。也算得上是为民除害,也该得这一百万。两个都是有病的孩子,都需要钱,公平!"

老张把头低向前去,重重地顶在冰凉的手铐上。过了几秒钟,他又把头抬了起来:"小伙子,我问你。你这是奉命行事,杀人灭口呢?还是蓄谋已久,公报私仇?"

"没人叫我杀你。"

"那你最后怎么交差?"

"交差?"年轻人把眼神从夜色中收回了,侧过脸来,看着老张,眯起眼笑了,"看看你的想象力。天天就知道铐人,想不到今天被人铐了吧?"

他又把脸转向了右侧窗外:"交什么差呀,钱给你了。你藏好了,家人有交代了。嫌活得太累了,就自杀了。"

老张再也不说话了,像累了一千年一样的重重往后一靠。闭上了双眼时,长长地吁了一口气。脸颊上,两行热泪滚滚而下。

年轻人伸手,从左胸内兜中掏出一个针管,慢慢地把针头装好。把老张的左袖褪到肘部,头靠了过去。右手把针头向内侧顺了过来,轻轻一扎。

感觉到针头扎入身体,老张的呼吸急促了,话音抖了起来:"真冤哪,该死的人不应该是我。拆迁,都为的是那英老板呀!昨天上午在现场,我突然后悔了,想劝着他离开是非之地。老天爷,要是拦住了那小子出刀,咱们何必现在呢?"

年轻人把针头又往里推了一下："大哥,你就别再操心了。那姓英的,去找你的日子不会太远。放心去吧,自有人要他的命。"

风吹起来了。夜色下,南沙河里的水,依然缓缓流过来。银碎的月光,在河水中漂荡。跟这人世间,毫不搭界。

一条银色的小鱼,猛然噘着嘴,跃出了水面,深深吸了一口气,又无声地沉了下去。

二十七

"出了命案了。"区公安局长是个老警察,尽管遇的事多,但这话出口时,他的嘴唇还是有点抖,含含糊糊地说出这句话,让正在开会的郑书记听不清。

"好好说话!没听清。"郑书记把左手拢在了左耳边。

公安局长使劲儿晃了一下头,又伸出右手,端起茶杯喝了几口茶:"书记,死了两个人!一个是在医院,一个是在车里。"

郑书记眉头紧皱。昨天"东方梦都"项目现场的一通闹剧,让市里领导大为光火,半夜打来电话,让他紧紧召集区委班子开会,查出究竟,平息社会舆论中的不良影响。"东方梦都"的二期项目,是他优化城市空间布局,打造宜居社区的重要版块,也是他想改变这片区域"睡城"状态的重要举措,没想到这跨越式发展却遭遇了这么一场资本较量、人事博弈的烂摊子。

"什么人?"他低声问道。

"一个是昨天中午在闹事的竣工典礼现场扣住的嫌疑人,另一个——"公安局长的嘴唇打摆子一样抖动着,"是警察,这个项目辖区派出所的副所长老张。"

"什么？"郑书记和郭区长不约而同地站了起来。

"书记、区长，昨天上午的闹事现场，一个工人模样的年轻人趁乱摸了过去，想对英甫动刀时被制住了，受了伤。本来，所长让老张先把这人押回所里，等刑警队来人带走。不知怎么回事，老张没打招呼，就把人给带到了中日友好医院。"公安局长喘着气说。

"是要抢救吗？"郭区长嘴唇也抖动着。

"其实，没到那个程度。检查了，是中度脑震荡，左肋断了几根。昨晚，恰巧机场路上有车祸。十几个中学生受了伤，在急诊楼抢救。医生忙不过来，只给这人输了液，用了镇静剂。说好今天早上动手术。"

"那怎么就死了？"这一句，是书记在问。

"老张带了两个人，轮流看到了半夜，所里又派了三个人来接了班。早上一号脉，才发现人已经死在了担架上。有人投毒！"

"那张副所长怎么回事？"书记的脸色像块花岗石，又青又僵硬。

"打他的电话，没人接，派人赶到他的家里。他住得远，在南沙河一带。所里的人找到了他的家，已是上午9点半了。他的老父亲开了门，说是老张昨天下午回来了一趟，待了一个小时就走了。再没有回来，也没有打过电话。"

公安局长脸色越来越难看。说着话，喘着粗气："所里赶紧把他的手机定位，发现他就在南沙河边上。派人找到他时，他已经死在自己的车里。"

"怎么死的？"书记的语气，像把京胡，一下子声调尖了上去。

"他右手拿着一个针管，左手臂上有个针眼。注射了氰化钾。"

"氰化钾？是自杀还是他杀？"

"还不能下结论。把他的针管送去化验时，死在医院那个人的死因也出来了。也是氰化钾，左手小臂外侧有注射孔。"

会议室一片沉寂。有人手指无意识地在桌上敲。

"不许敲！"郑书记怒喝一声，往后使劲儿一靠，"好啊，这场戏演得好。明是工人闹事，实是买凶杀人。"

"凶手被灭了口，咱们的人也死于非命。这个导演功力深哪。"郭区长摇着头，右手食指在桌上戳着。

郑书记点了点头，双手紧紧握住了两边的椅子扶手："这个英老板厉害呀，几千人面前剜疮挖蛆。原来，是亮给我看！"

郑书记的愤怒是有道理的，这个项目中的弯弯绕，他心里非常清楚，为了区里的发展，他一直忍着不说。施副区长在这个项目中扮演了什么角色，他也有所耳闻。施副区长在第一线，却筑起了自己的"老鼠仓"。更恶劣的是，还与法院的申副院长勾结。这申副院长仗着自己是老人、坐地户，还巧舌如簧地借支持"跨越式发展"的理由，明里暗里给施副区长的"老鼠仓"送粮食。

想到这里，他拍案而起，说："施副区长，扣儿在你这里吧？"

施副区长双手急撑桌沿，站到了一半，腿软了似的又一屁股坐了回去。

"实话说，昨天下午，公安局长就找过我。把昨天闹事的情况分析后，我就觉得是你的小姨子串通英甫的手下在捣鬼。目的是把刀架在英甫的脖子上，逼他签字认账。"说着，郑书记阴沉着脸，话也狠重起来，"昨天那一出，是想把项目搞乱，搞停吗？是要把我和区长搁在这儿吗？"

他的右手又抬起来，拍了一下桌子："好一个浑水摸鱼、釜底抽薪呀。"

郭区长咬了咬牙："局长，搜查张副所长家了吗？"

"刚搜完。"公安局长仰了头，眼睛湿润着，"区长，所里的人都下不了手，是副局长调刑警赶去搜的。"

"为什么？"

"那老张的家境太惨了。一个智障儿在屎堆里睡觉，他的老婆是严重的类风湿，站不起来。七十多岁的老父亲又得了感冒，咳得吐血痰。谁也不忍下手。刑警搜了，原来，这老张是在城区有房的。后来，他把自己的房租了出去。跑到城乡接合部南沙河一带租了条件很差的廉租房。家不大，好搜。"

"搜到什么了？"

"钱。一百万现金，还码得好好地放在床下的一个小箱包里。"

听到这里，郑书记环视了一圈会议桌："在座的人听着，这是大案。由我来向市里报告，出了这个门，谁也不许议论半句。"他又把头转向了公安局长，"请市局来破案，你们得回避。"

转过头，他又盯着施副区长："我代表区委宣布，你从现在起被停职了，等候调查。金院长——"他向金院长竖起了右手食指，"你的任务是回去找你的申副院长谈话，先让他动员施工单位先撤诉。再梳理他和这些单位的关系，问问他的小舅子是怎么回事。"

说完话，郑书记双手用力撑着椅子扶手，站了起来："我越来越感觉，我端给全区人民的这块肥肉上，早就爬满了苍蝇，钻满了蛆。痛心啊！局长——"他看着公安局长，瞪圆了两眼，"把人手立即布控好，不许施工单位轻举妄动。大企业的人，我请市里去接触。施工现场的人，你们全给我盯好了。"

"书记，看这个样子，都是冲着英老板的人头去的。他要是再死了，那就是个热闹的大新闻了。"郭区长的眼眯紧了。

郑书记抬头向上看了看："飞呀！找个人，告诉他，想活命，明天就飞国外去。游山玩水，跑马赌博，都行，就是不能死。等我们的案情有数了，再回来。局长——"他眯起了眼，"再孬，再厌，你们这案也不会用上两个月来破吧？"

"书记，这是个好主意。他出了国，咱们省心不说，能集中精力折腾这个案子。刚才，我已下令叫人把几个施工单位的负责人控制了。"公安局长没有正面回答书记的问话。

郑书记收着面前的文件材料，转回头，他看到施副区长的嘴皮子在动，一摆手："眼下，不是说什么清白的时候。听我的劝，出去这会议室，别再生什么事。再叮嘱一句，千万别把你的老领导吴铁兵给扯进来。"

说完起身要走时，办公室主任推门进来："书记、区长，市里刚通知，明天上午，由副秘书长牵头的一个调查组要来咱们区里。"

郑书记眨巴着眼睛："调查什么？这是个命案。"

"不是为人命，是为人祸。书记，人家说，'东方梦都'的项目太混乱，工人们到处堵门，得下来看看怎么回事。"

"来的都是什么人？"郭区长睁大了眼。

"通知了，有纪检的，有建委的，有银监局的，有税务的，还有环保和公安的，叫咱们相应的口配合。"

郑书记闭眼仰天，叹了口气："郭区，我这就去市里，你留下来。正好人都在，赶紧布置一下。一定要配合好，不能再有麻烦了。"他摇摇头，"不是个凡夫俗子呀，这个英甫肯定熟读《三国演义》。看起来，他不但知道典礼那时要出事。恐怕，他还会盼着人来闹。"

郑书记起身要走，看看众人，又看看郭区长："冤哪，人家打的是商战，争的是财富。咱们呢？硬生生卷了进来！"

郭区长目送着书记的背影。他看到，书记的背有点驼了。

"继续开会！"郭区长招呼众人，又回头冷冷地对施区长说，"老施，这没你的事了。"

施副区长明白了什么，起身走到了门口，恰恰公安局长和法院院长交头接耳地低语着也到了门口。两人都冷冷盯了他一眼。

他发现，自己的手心出汗了。

二十八

3月20日的晚上，8点40分。

吴铁兵打开了放在书桌上的电水壶开关，让壶里的水慢慢热起来。

然后，他又小心翼翼地把一个竹盒打开，从里边取出一饼普洱茶来。看了看，又把茶饼放了回去。转身，从侧案上的宣纸上层掀了一张下来，仔细地叠了两层铺好，这才把茶饼又拿出来放在上面，又看了看，特意把茶饼转了一下，让上面的字号正好对着他对面的座位。从这个座位，正好也能抬头看见他背后墙上的三幅油画。

茶放好了，水开始嗞嗞冒热气。关了开关，他低头从桌下拿出了两瓶白酒来，照样把酒标转向对面。他又从桌下找出一个暗旧的军用水壶，打开盖，他闻了闻水壶里的味道，把水壶也放在了桌子上。接着，他提起桌中间的食盒罩，看了看几盘刀工整齐、摆放有序的下酒菜，点了点头，往后一靠，闭上了眼。

突然，客厅的座机震人心肺地响起铃声。

"噢，是亦兵哪。"吴铁兵眉头紧皱地说着话，又抬手看看腕上的手表，"今天的事，我都知道了。工作组这么快来，是齐延安在作法。别担心，他马上到。喝口酒，让个步。"停顿一下，他又低声说，"你插不上手，也别再添乱。记住，一定不要再和叶生这些人有任何联系！"

放下电话，回到书房，他又靠在了椅背上。双手轻轻捂在脸上，上下搓了几下。

9点整,门铃叮咚地响起来。吴铁兵从朦胧中一跃而起,疾步出了书房。

一进门厅,齐延安就拱手:"老弟,讨酒来了。四十二年了,该不会只是清茶一杯吧?"

吴铁兵大笑起来。门还没来得及关严,只听门口树上的鸟扑棱扑棱地拍翅膀。

"我的老兄啊,人家古人是'近乡情更怯,不敢问来人',你这是'故人夜登门,不敢问酒肉'啊。"

敲着锣,打着鼓,老哥俩进了书房。

"哟,号级茶!"齐延安惊得站了起来,腰又弯下来,低了头,把脸凑到了普洱茶饼前,"瞧瞧,还是片陈云号圆茶。嘀,真是老弟开恩。今日竟让我看到了陈半山的古树纯料、手工制作了。"

"瞧,一出口,话就不中听。"吴铁兵笑着摇头,"宋聘、鸿泰昌虽稀少,但也喝得上。福元昌、同庆号是金贵,运气好时,也能有一泡。只这陈半山的茶,我上天入地地找,十六年前才找到了这一片。"

"舍不得入口了吧?"齐延安眯了眼,抬头看着吴铁兵,"不会是这么多年的气撒不出来。今日,特意把我找来馋我的吧?"

"听听,话更不能入耳了。"吴铁兵也笑得眯紧了眼,"当年,咱们是有难同当。今日,要有福共享哪。对不?"说着话,吴铁兵拿眼直直瞪着齐延安的脸。

"有难同当易啊,可这有福同享,就有八百个说道了。"齐延安说到这,一抬头,"老弟,这片茶,不是你画出来的吧?我可听说,自打1951年陈半山销声匿迹,谁也再没有见过这款号级茶呀。"

"天哪,"吴铁兵双手一拍,"来,我掰开了你看。"

说着,吴铁兵拿起茶饼,轻轻一掰,茶饼就一分两半。右手的一半,茶叶中紧压着的一张发黄的小纸片露了出来:"老兄,你是行家。来,看看这证伪的内飞。"

"我的天,是真货。看这厂家的标记字体,还真是西双版纳内飞呢。"

吴铁兵笑得眼睛眯成了一条缝:"识货,该你来喝。"

齐延安点了点头:"老弟,如此珍稀之物,为什么不早早品尝?"

"老茶伤情!"吴铁兵摇起头来,"几次愁闷了,想伸手开泡。但不知为什么,水一开,我就没了心情。后来,我明白了,这是上天之物。塞到我手里,得用来润肺,解扣儿。"

"这扣儿,有解吗?"

"我们结了扣儿,四十二年再没有一起喝过酒。现在呢,你我都到了耳顺之年,见过了世面,还有什么扣儿不能解呢?"

说完,吴铁兵就要动手泡茶。

"慢,你闻着这仙茶,睡了十几年了。该我,亲手掰碎了泡。"齐延安左右手换着撸袖子:"老弟,你只管开口说话,我来煮茶。咱俩还来个珠联璧合。按那唐代的诗人玉川子卢仝的《七碗》之吟,咱俩七碗茶下肚,还有什么人生的扣儿解不开?"

"好,不愧是我自小到大的兄长,胸怀宽厚。今晚,我终于能和你把这陈半山品了。真正是'最爱晚凉佳客至,一壶新茗泡松萝'呀。"

"嚆,你先要斗起茶来了?"

齐延安一扬眉:"好,你既搬出来郑板桥说事,那我就请来欧阳修鉴心。"说着话,他伸手从桌子笔架上摘下一根小楷毛笔,把笔头倒过来,拿笔杆一下一下有节奏地轻击桌上的酒瓶,"吾年向老世味薄,所好未衰惟饮茶。"

诗句一字一句地吟完,齐延安眼里似有泪花了。

"这欧阳修一生艰辛,比不上我们有福啊。"吴铁兵破着题,又来宽兄长的心,"老兄,我们虽是退下来的人了。但回想一生,并不比这陈半山的味道淡哪。"

"好茶,的确不是凡品。"说话间,齐延安把茶已洗好。刚一入口,就不禁失声叫好。

"是呀,上百年的茶,要的是岁月的味道。老兄啊,你我风雨几十年,也惊天地、泣鬼神地活得精彩呀。"吴铁兵接上话。

听着吴铁兵把话带到了扣儿上,齐延安叹了口气:"唉,是呀,谁想得到咱们能有今天呢?谁又能料得到,咱们从草原上的大火死里逃生后,竟又轰轰烈烈地活得顶天立地呢?"停顿一下,用食指指着吴铁兵的胸口,"老弟,拿你来说吧。我原以为你就是个骑马抡刀的草原痞子,看看,谁不知你在短短二十年里,把一个企业从几十万元人民币做到资产近万亿?来,这是第五碗了。按卢仝的说法,肌骨清了。品茶论英雄,来,敬你,干事业的大将军!"

吴铁兵一下像碰杯似的站起来了:"'唯大英雄真本色,是真名士自风流'。老兄,你才是国家栋梁,人之豪杰。自打你掌了金融口,这些年,金融业的发展有目共睹。"吴铁兵说着话,右手又握成拳,在面前一下一下捶着,"我们干实业的是在前面冲,可你这金融才是真核心呀。论功行赏,你才算得上是国家发展的吹鼓手、打更人呀!"

齐延安平静地听着,双手举到头顶,轻轻拍了两下:"咳,你今天真是死了心要解扣儿。忒鬼,先拿好茶顺我的气,又拿蜜语暖我的心。好了,茶不能再喝了,让我腾云驾雾的话也不用说了。喝酒吧,我早盯上你这瓶古纳河了。"

吴铁兵伸手掀开壶盖,要继续上茶:"不喝了?这一泡劲还不小呢。"齐延安又眯起眼笑,镜片在灯下反着光,显得他的眼神有点闪烁:

"卢仝说了,吃了第七碗茶,'唯觉两腋习习清风生'。"

"好解!"吴铁兵兴奋地拍了桌子一下,"既是吃不得茶了,咱就喝酒！"

"是好解，也是好茶。"齐延安摘下眼镜，又用左手捋了捋耳根，"我这两腋清风生了，心里的憋闷，还真是一下子没了。老弟，谢谢你如此上心。"

二十九

"老弟，老酒伤心哪。"

看着吴铁兵忙着把桌上的两瓶古纳河酒倒入 65 式军用水壶中，齐延安却抬眼打量着他身后墙上的三幅油画。

吴铁兵一只手扶住壶，举着酒瓶，只是全神贯注地把酒一瓶接一瓶地灌进水壶里。一时，两人都沉默着。只听瓶中的酒，像心跳一样，咚、咚的声格外清晰。

两瓶酒正好装满一升容量的军用水壶。吴铁兵拿起早备好的两个玻璃口杯，给两个杯子各倒了半杯，把一杯往齐延安面前一推，顺手提起了桌上的食品罩。

"酱牛肉、猪蹄，还有花生米，都是当年的下酒菜。"说着，他双手捧起了杯，"酒，也是当年的酒。"

齐延安把酒杯端起来在鼻子下闻，吴铁兵笑了一下："1977 年，我拿到了录取通知书，先就去买了几瓶古纳河酒。留到了今天，为的是往事。"

"好兄弟，这就是岁月呀。来，先干为敬！"齐延安把酒杯双手捧起来，高举过头，却是冲着油画中的女孩。

吴铁兵侧过身来，也是双手举杯。离得近，好像要拿杯中的酒去浇灭那女孩身上的火焰："好，为岁月，干！"

喝了陈茶，吴铁兵额头上湿了，他放下酒杯，卷起两袖，拿起水壶给每人的杯子又各倒了半杯。

这次，齐延安的眼神落在了他的左手小臂上："热了，卢仝了不起，这第七碗真喝不得也。"说着，也开始卷袖子。默默地把左手小臂伸了过来，平放在桌子上。

吴铁兵一挑眉，也把左手小臂平放在了桌子上："看样子，你终究是要还这一刀的。"吴铁兵眼眶泛红了，"这样吧，今天喝了酒，你出门前，拿这桌上的裁纸刀也给我来一刀。以血还血，反正，我欠的是血债！"

"血债可以还。"齐延安也红着眼圈，"可是，心债呢？"说着，他抬头从左到右依次又端详了一遍墙上的油画，最后定格在火中的女孩身上，缓慢说道，"扎了我，你可以把自己也扎一刀。但你那天毁了她的画，可不是你辛苦几十年再画一幅还她就能了事的。那是她的心哪！今天叫我来，是再伤我一次心呢，还是要跟我斗斗手艺？"

"老兄，你这是酒话了。这手臂上的刀伤，一结疤就不疼了。但这心上的伤痕，却是天天要流血的。"说到心，吴铁兵惨然一笑，用右手捂住了胸口，"它，天天都疼啊！老兄的心结既如此之深。借着酒劲儿，来，拿着这把刀，去把我这三幅画都给扎了。"

"动刀？"齐延安眉毛一挑，"那是老弟你的本事。我的本事是拿笔。说心里话，今天，要是品了茶就走，也许，这心里的扣儿就真解了。可你，偏偏要把我按在这椅子上面对你的画。兄弟，于情于理都不对呀！"

说着话，齐延安走过来，仰头看着《梅杜萨之筏》："她的画，用的灰色调重，跟她的心境相配。她画画的目的是为了找到救赎之路。你的这幅呢，却光顾着'肥压瘦'，一层一层往上堆颜料。为什么？是因为你不是个真正的油画家。你一心要去掉心中的负罪感，所以，你只想画一幅画还她。你眼里看的这幅作品,只注意到了构图、设计,但忘了色彩。色彩处理得不好,你这幅画的明暗过渡得就不好。悲情呢,死亡呢,都就变得没味道了。"

齐延安说到这儿,又细看着画,往后退了半步,左眼闭住了,眯着右眼:"还有,你可能还不懂得使用空气透视的手法。你看,人物画面之外的草原处理得太清晰了。如果,你让光线再模糊些,让色彩再朦胧些,让轮廓失了焦,人物的向死而生的神态就更突出了。"说完,齐延安双手端起口杯,向吴铁兵一举,一口而尽。

吴铁兵微微一笑,也双手举杯入肚:"兄长批评得有道理,接着说情吧,说完,给我个机会,让我做你的学生,诉诉艺术心得。"

齐延安又用左手指向火中的女孩:"好。"

"她心里的苦,是那个年代的通病。只是她钻了牛角尖,走不出来了。她不知道如何来为她的老师的死赎罪,她是在画自己的涅槃之图,画完了,生命对于她就没有什么意义了。"

"是啊,她太苦了。"吴铁兵也看着火中的女孩,"我明白了,你的意思是,我是为她而画。她呢,是为救赎而画?"

"这一句,说对了!"齐延安点着头,"难得你画了这么多年。只是,画法技巧可以改进,但这跟思想的对话,不是谁都可以听懂的。"

"看看,今天请你品了茶,喝了酒。你都是借茶损我,仗酒骂我!不是怕解了扣,我要给你添麻烦吧?"

"算了,我既能来,心中自然明白你想说什么。好说,你先回回我的情理之评吧。"

吴铁兵又把两个口杯添了酒,晃了晃军用水壶,又干脆把剩下的酒全平分在两个口杯里。看着酒在口杯里晃动,他抬起头:"老兄,坐回去。吃块肉,慢慢喝。就这么点酒了。"

齐延安坐了回来,两人都端起口杯,呷了一口。"老兄,论画法,你说得专业,但你太刚愎自用了。"吴铁兵说着,又站了起来,"《梅杜萨之筏》的构图复杂多变,用对角线、交叉线和相互重叠的形体所组成的构图来体现画面的动感和激情。为了凸显这幅画的紧张感,我主要是用灰色来调理明暗对比。你有你的活法,我有我的死法。生与死,不是截然分明了吗?"

"嗨,喝了酒,又把我堵了回来。行,接着说。"齐延安右手端杯,又呷了一口,还"嗞嗞"地出了声。

"《春天里的耶稣》的红,是我用了唐卡颜料里的朱砂,想体现神的高贵和神秘。画咱这女同学,我使了西藏高原的茜堞花的汁液来为草地增绿。这样的结果,就只能是把细部处理好,顾不上什么空气透视了。这堆围着人物的火焰如此之亮,是因为我用了雄黄石来调火焰的底色。我觉得那天的火怪异,也许是天火。所以,必须在色彩上把火突出出来。"又抬头看看三幅作品,吴铁兵再把头转向齐延安,"怎么样?于情于理,我都交代得了吧?"

"呀,这么多讲究。你这是以巧补拙、以理说情哪。"说着,齐延安弯下腰,把右脚上的布鞋和袜子都脱了下来。一抬腿,把脚露了出来,"老弟,看见了吗?我这脚上的脚趾,除了大脚趾,其他四根都没了。那天,我打着马去火里救她。谁知,马一脚失蹄。断了小腿不说,把我生生压在了身下。火把马的肚子烤焦了,把我的马靴也烧透了。"

"看看我的。"吴铁兵酒劲儿也涨到了脸上,一低头,把左脚上的便鞋和袜子也都脱了,"你看,就比你好点,只少了三根,但是大脚趾都没了。"

说着,他脸色通红地又用左手把酒端到胸前,头低下来呷了一口,仰天品着味。闭了闭眼,又睁开了:"那天的火真邪。几十年了,我一直在想，这火是冲着我们三人来的。几百公顷的草原，烧起来的都是圈火。风，只是在中心东跑西颠地围着我们转。我到处去找咱们的女同学，谁想，偏偏一阵大风把火吹到我身上。我和马都熏晕了，不省人事前，我拼命把草皮扒开，把脸埋了进去。这只脚，就像被烧猪蹄一样，生生烤煳了。这些年，我总是半夜在梦里被火烧。醒来后，我就看这残脚。心想，这就算是赎罪了，还账了？"

"唉，不堪回首啊。经历过那个年代，我们这一代人谁不是残疾人呢？谁无罪可赎？别人想起二十岁的时候，都是青春、梦想。我呢？一想到我的二十岁，就觉得我是个造孽的人。这几十年，过得心苦啊。"齐延安一个劲儿地摇起头来。

"是啊。谁又知道你我身心都无日不在煎熬中呢？"吴铁兵回头抬起左手，用食指指指火中的女孩，"她算得上悟得早，高高兴兴地去了天国。现在，人家是天国的女儿了。我们呢？身上的残，不敢让人知道。心上的疤，不愿让人知道。"说着，他盯向了对面，"老兄，苦了这么多年，累了这一辈子，临老，只有咱们是同病相怜，互相照应着吧！"

齐延安听了，沉重地点了点头："你说得不假，打小，咱们就是钻一个被窝，用一把筷子。一天戴的红袖章，一天进的看守所。到了草原，喝的是一壶酒，唱的是一首歌。追的女孩呢，也是绝无仅有的同一个。连心上的伤疤都一样的长，一样的深。怎能忘呢？"

抬起头来，他扫视了一遍三幅画："这几十年了，死去的和活着的，竟神神鬼鬼的都耗在同样的画上了。这世上，再从何处找到这样的缘分？"

"对，来，唱歌！还是当年的好兄弟。"吴铁兵借着酒劲儿一起身，从桌上拿了把筷子又往后躺了回去。齐延安酒往头上涌，脸色红得像南瓜，也起身，抓了根筷子，一敲手中的口杯，两人轻声唱了起来：

冰雪，遮盖着伏尔加河，
冰河上，跑着三套车……

吴铁兵是高音，压着唱。齐延安是中音，憋着唱。歌声被压抑着，悲情却充满了房间，两人的眼中都有了泪花。

歌声结束时，两人不约而同地互相看了看。齐延安把眼盯向了火中的女孩时，吴铁兵也向后仰头看了一眼。然后，一敲口杯，两人又唱了起来：

田野小河边上，红莓花儿开，
有一位姑娘，正是我喜爱……

唱完歌，两人双手举起口杯，都饮了一大口。放下杯子，都双手捂脸，痛哭起来。

他们，已是八分醉了。

客厅里的座机电话铃声又响起来。两个醉眼蒙眬的人都一下子恢复了常态，齐延安抬眼看了看手表。

"哟，十点半了。这么晚的电话，得接。"

三十

接了电话，回到书房，吴铁兵的脸板了起来。

"扫兴！"吴铁兵从牙缝里挤出了一句话。

"说说。"齐延安也冷冰冰起来，拉着腔调。

听着齐延安摆起了官腔，吴铁兵把双手抱在胸前："老兄，刚才是小施的电话。他说市里的工作组明早就要入驻'东方梦都'项目。带队的是你原来的秘书，现在是市政府的副秘书长。说是奉命而来，态度很强硬。"

"小施？"齐延安眼睛向上看着，"他不是被停职了吗？"

吴铁兵冷笑一下："是你下的令吧？"

"什么话？我是个退下来的人。"

"是退下来了，可你的门徒遍天下呀。"

"老弟，你不明白人一走，茶就凉了吗？"

"你不一样。你就能给市里的棚改折腾来一千亿的资金。这么大的盘子，谁不买你的账呢？"

齐延安看着他，摇摇头笑了："好，就算是我手眼通天，能呼风唤雨，可为什么要冲着你来呢？"问着话，他又阴阴地沉下了脸，"我说，老弟哪，你这么说话，咱们这就不是解扣了，是结新怨哪！"

低下头，齐延安摊开自己的双手，用右手划着左手的掌纹，自言自语："老弟呀，昨天到今天，围绕着'东方梦都'这个项目，闹得惊天动地。工作组要来，你才知道？你这是借酒演戏啊。到了这个关节，你才算是把锅盖真正揭开了。"

"老兄，"吴铁兵的眼神变得冷酷起来，"你我都是官场中的好戏子，谁的演技差呢？但今天的戏，可是真情实景。你说的新怨再论。说实在的，今天，我本是想先把陈年的扣解了，再和你理论一下这几年的心结。"

"天，今天，从茶喝到酒，从画说到人。生与死，都横长竖短地说了几遍，原以为兄弟往事，从此是传奇故事了。没想到，你还藏着心结，掖着怨恨。好！"齐延安的脸板得更紧了，"你的怨恨从何而来？"

"'东方梦都'。"

"好！"齐延安双手鼓了一下掌,"接着说,这'东方梦都'怎么又跟你我有关了？"

"老兄,装糊涂了吧！"吴铁兵把右手往桌子上轻拍了一下,"五年前,我儿子亦兵从美国回来,带上了一支海外地产私募基金。正好这个项目在做可研报告,我看对市里、对区里都是个推动的项目,就费心尽力地帮助促成了。亦兵的基金投入十亿进去。但谁想,开工之日,你的女儿的信托基金又悄没声地进来了。二十亿,一出手,就是要把这个项目生吞活煮的架势。都是临老了,为儿女做嫁衣裳。我想想,也就忍了。谁想,眼看着这一期要结案了,你要借刀杀人,叫工作组来兴师问罪。"

吴铁兵又不轻不重地出手,拍了一下桌子:"我知道,我那个司机、秘书,别看当了副区长、银行行长,可胆子也肥了,一屁股屎。清了他们,这项目就归了你了。狠哪,老兄！"

说完,吴铁兵的身子泄了劲,一下子把腰弯了下来,背也驼了起来。一低头,两行热泪流了下来。

齐延安从桌上的纸巾盒里抽出张纸来,欠身塞进了吴铁兵的手里:"老弟,刚刚说过咱们要互相照应。我怎么能说了不算呢？"说着,他也把双手交叉在胸前,抱了起来。

"首先,我得更正你。这项目,我尽的力费的心不比你少。你是在区一层忙活,确实重要。'强龙不压地头蛇',可是,强龙毕竟是强龙呀！这么大的项目,从立项到用地规划调整,离得开市里的主管部门吗？你跑你的门路,我走我的大道,缺一不可。你是为了地方发展,也给儿子个机会。我呢,不是一样吗？婷婷主持信托公司的运营,得有业绩呀。"

吴铁兵的脸色缓和了一些,点了点头:"不假,也没亏地方。"说着,又抬眼望着齐延安,"你还没说,这工作组是怎么回事呢？"

"工作组能不下来吗？"齐延安脸色沉重起来，"昨天，几百人闹事，人家打着电话向市里抱怨。今天上午，又说是发生了命案。居然还死了一个派出所的副所长。你我都是掌过舵、挂过帅的人，你说，市里能没个姿态吗？"

说完这句话，他看了看吴铁兵，又伸手拍了一下他："老弟，你选错人了。你那几个人违法、违规的事少不了。"

吴铁兵不答话，只是默默地点了点头。齐延安把右手食指在桌上划拉着："你那个英甫，正和手下打得你死我活。这种人，最终都逃不过窝里斗。我看，这就是命案的根源。"

"唉，人心不古啊。"吴铁兵仰面长叹一声。

齐延安双手按住桌子，站了起来："唉，谁叫我摊上你这么个老弟呢？折磨了我几十年，现在，还得给你擦屁股。"叹了口气，他伸手捂了一下额头，"谁叫咱们是打断了骨头还连着筋的兄弟呢？我用你座机打个电话。"

"再说，还有两个孩子的三十亿埋在这个项目里。"吴铁兵脸上有了笑容，补充了一句。

这个电话，通了近三十分钟。

齐延安回到书桌前，伸出右手，端起还有一半酒的口杯："来，老弟，干了！工作组明天不来了。"

"嘿，你的威力不减呀，瞧，我就知道这事你说了算。"

"什么话！"齐延安沉下脸，摇了摇头，"这事牵涉到了党纪国法，我不能干涉人家。我只是提了一件事。"

"什么事？"

"棚改资金。"

"好！这事拍得准。"

"是呀，我告诉他们。中央加大反腐力度，谁顶风作案，还想来个'金蝉脱壳'，那是痴心妄想。账，放一放再算，先把一千亿棚改资金弄到手。要知道，有二百亿是用到区里。区里的棚改重头戏，是围着'东方梦都'的项目做的。"他又看了吴铁兵一眼，"我挑明了，这是区里、市里的重大工程。事情没弄清，命案没眉目，不能自乱阵脚。一句话，事缓则圆！无论如何，尽快把这个项目一期结了案。等二期一开，就来个秋后算账，一网打尽！"

"不愧是老兄，顾大局。今晚，我能睡个安稳觉了。"

"明晚呢？老弟，你可别被扯了进去。我看，这是个大案的苗头呀。"

吴铁兵淡淡一笑："老兄，其实不坏。项目被这些人搞得乌烟瘴气，一杆子扫净了，咱们孩子公司的投资，不是更安全了吗？"

"安全？"齐延安板起了脸，"老弟，你那个英甫在暗度陈仓呢。"

"什么意思？"吴铁兵又紧张起来。

"知道吗？那个英甫跟一家国字号背景的大企业密谋了快一年了。"

"他要干什么？"

"干什么？把企业的控股权卖给人家，拿钱把咱们都清了盘！"

"清咱们的盘？他疯了吧？你我不是白忙了吗？"

"他没疯。他懂得行规，又生生死死地在商海折腾。现在，他已经是一条无孔不入，见缝插针的章鱼了。你碰一下，他就缩得不见了。你一打盹，他已经把你给紧紧缠住了。"

说到这里，齐延安向吴铁兵摇了摇头："老弟，你得想办法盯住他。他要是躲两个月，一期顺利结了案，咱们可就白忙一场了。"

吴铁兵咬紧了牙："怪不得有人要杀他。依我看，如果他真的死于非命，咱们的事倒简单多了。"他又向齐延安一点头，"放心，这点事我来办。"

听到了死，齐延安眼皮一跳，眼睛里闪过一道尖利的光芒，抬头看着火焰中的女孩："唉，不该死的早早就死了，该死的这些家伙，却越活越得意。"

吴铁兵听了这句感叹，瞪大了眼："老兄，这场游戏规则是咱们定的，这副牌是咱们发的。咱们的游戏，咱们玩。咱们的牌，咱们洗。千万别自个儿兄弟之间争高低，却让别人染了指，涉了足。这样吧，我也不争了，你我合力，把这个项目的一期清了盘，把二期拿下。婷婷多出些资，让她控股，亦兵帮她。肉烂了，要在锅底。无论如何，不能让别人把桃子给摘了去！"

齐延安终于笑了："好，谢了老弟，有胸怀，有情义，讲公平。局面，我来帮你把控，钱，得六十亿。你筹二十亿，我筹四十亿，按资金比例占股。孩子们有事干了，你我也就能安心养老了。"说着话，眼珠转了一下，他用右手拍拍自己的额头，"要把这事做好抓实，老弟，得把那个英甫逼到墙角。让他必须面对现实。要不想被人宰了，就得知难而退。你告诉他，见好就收吧！这么大的财富，对他这样的出身来说，是灾，是祸。想独吞，独占，就是在找死。"

"我明天就约那姓英的谈话，叫他见好就收，别闹得不见棺材不掉泪。放心，门，我昨天给他关上了。一举一动，尽在掌握之中。要么死，要么举手投降。"

他说着话，又使劲儿摇了摇齐延安的手："没别的，眼下，就是争分夺秒了。一句话，要快！"

说到了"快"，齐延安就站了起来："老弟，再快，也得先好好睡一觉。明天，我早点起床，给你干活。"

说着，他从裤兜里掏出两个信封来。一个是旧的，白色的纸，已经发黄了。另一个是新的，看上去是部委的公文信封。

"这里有两封信,四十二年前就说给你看的,你留下看看。你看了,我也就卸下了这几十年的重负了。心底的这扣儿,才算是真正解了。"

要出书房门时,齐延安又回过头来,深深看了一眼火中的女孩,像是向她报告,我终于完成任务了。

三十一

齐延安走到院子里时,已是近夜里 12 点了。他回过身,冲站在门口目送的吴铁兵拱手作别。吴铁兵也拱着手,但脸上已没有了笑容。看着齐延安走远,他把双手抱在了胸前。仰起头,他发现,在头顶滚滚流动的银河上,竟抹了一层黑纱。这层黑纱,被高空的气流掀动着,一片厚,一片薄,一阵浓,一阵淡。

奇了,四十二年了。今晚,怎么能在这个纬度、这个季节又看到如此天象?莫不是真的老花眼了?

吴铁兵心里纳闷起来。他在草原上牧马八年,天天夜晚观察天气。他知道,在气象学上,这种现象叫"黑猪渡河"。说的是,夜间的银河上有黑云飘过。有一次,他和女同学在月夜下守着马群,抬头看了天,他就说后半夜要下雨了。女同学不信。结果,天快亮时,雨不大不小的从天上落了下来。女同学称奇。他一本正经地说,是唐人张鹭给他留下张纸条,抄上了张鹭自己记录了天象的《朝野佥载》中的一句话:"夜半天汉中,黑气相逐,俗谓黑猪渡河,雨候也。"

到今天,吴铁兵还记得那天雨中女同学的甜美。恰恰天上的黑猪正在归林,月明亮起来。一闪,吴铁兵看见她的眼里星光点点。那长长的睫毛一闭,女同学那端庄秀美的鹅蛋脸上就布满了月光。那白皙的肤色,像是雨后的小花,水灵灵的,又嫩,又弱不禁风。

吴铁兵发着呆，女孩却像听着妈妈的童话故事困意上来的孩子，抿着嘴角笑，说司马官，别只顾着抬头数你那天上的黑猪，要看着马，小心它们炸群了。我困了，看着我睡。一掀军用毯，她把自己从头到脚全裹起来。当时，吴铁兵觉得她就像一只湿了羽毛的小鸟瑟缩在草窝里。心中一阵疼，他掀开披在肩上的军用毯，轻轻地盖在了她的身上……

想着往事，心中又是隐隐作痛。回到客厅，他拿起座机话筒，拨通了儿子亦兵的手机："亦兵，不要急了。好好睡个觉。明天工作组不来了。但是，明天起，你要手脚麻利起来，赶快去和那个香港海外地产私募基金谈。"听着儿子在电话里算资本账，吴铁兵急起来，"舍不得孩套不着狼，亦兵，就这一次机会了。你跟对方要三十亿，三年期。有了这笔钱，我就能帮你再配上三十亿。要一鼓作气把'东方梦都'拿下。为你忙了五年了，要是让隔壁的齐延安给摘了桃子。我，得跳楼！"

挂了电话，他回到书房，站在刚才齐延安位置上。茶壶里的剩茶还有余温，他倒了一碗，一饮而尽。抬眼看着画上金黄而又血红的烈焰中的女孩，他轻轻把茶碗放下。伸手先拿起发黄的旧信封。看见信封上娟秀的钢笔字体"铁兵启"时，他的头，一阵晕眩。腿一软，坐在了椅子上。

从幼儿园到草原，算得上青梅竹马的一块长大了。但是，这封信，是女孩写给他的第一封信，也是绝笔。想着，吴铁兵心中一阵愤怒。这齐延安，心计太深，一生都要压着自己。看着自己带着女同学在草原上飞驰，在马背上欢笑，他就把他的画板搬出来，把女同学从此黏在了身边。虽不能说是夺妻之恨，但也深深伤了自己的心。这不，就连女同学给自己的信，也被他扣了四十二年。

信的口是封着的，拆开时，吴铁兵的手抖起来。许是酒的缘故，眼前一阵昏乱。飞驰的马蹄，熊熊的火焰，头顶的乌鸦，以及一堆黄土和一米高的水泥墓碑，都像印象派的油画，同时盘在脑海中抖动……

读着信，他的热泪再也忍不住：

铁兵，这是我第一次给你写信。很难过，这是封绝交信。明天，我不知是否有勇气当面交给你。也许，会让延安转交给你。

我很绝望，不光是对你，也是对你在内的人性。实际上，自从我看见可怜的老师吊在足球门上，我的生命，就没有什么意义了。

知道我为什么从马背上下来画画吗？告诉你，是因为我越来越觉得，我不配骑在这匹生灵上。为什么？因为，我是个罪人。

知道吗？当我的画稿越来越成型时，我离我们的老师越来越近。有一天，我画完《梅杜萨之筏》时，突然感到有人在拍我的后背。我回不过头去，只听见一个声音说："看，那里，就是你的彼岸。"我远远眺望，只见河对岸，苏联境内的村子里，一列送葬的队伍正往墓地走去。几十个人，都穿着黑衣服。打头的一个人，扛着一个十字架。

第二天，我开始画《春天里的耶稣》。同时，我读着十二世纪意大利人、经院哲学家、神学家安瑟伦的作品《证据》。为什么偏偏读他呢？是因为他回答了我的问题。他说："我信是为了理解。我绝不是理解了才能信仰，而是信仰了才能理解。因为我相信：除非我信仰了，我绝不会理解。"

通过这位最后的教父，我明白了，我们之所以作恶，还是因为我们不信。对，是对什么都不信了。

所以，我画耶稣。尽管，我并不真的相信，一抬头就能看见上帝。但我要画得让他存在。他存在了，我才能信，然后，才能理解。理解之日，就是我的救赎之时。

很不幸，你来了，野蛮、血腥。跟你朝夕相处在马背上，我慢慢明白，你不是信的人。你什么都不信，也就什么都不理解。在你借酒挥刀把我的上帝杀死时，我最后的希望也破灭了。我不会恨你。因为，我知道，这是上帝借你之手，拒绝了我。天哪，我该怎么办呢？我再也没有勇气提起画笔。长夜时，我常常仰天像安瑟伦一样发问："他为什么把我们关起来，不让我们得见光，并以黑暗遮盖我们呢？……离开本土，流落异乡；离开上帝的异象，进入如今的蒙昧；离开不朽之喜乐，落入死亡的悲苦和惊恐。大恶取代大善，多么卑劣的交换！多么沉重的损失！多么沉痛的悲哀！多么不堪的命运！"

铁兵，你说，还有比这更令人伤心的吗？你快乐，是因为你不在乎暴力，不在乎伤害。你与延安争，你以为我爱他，不爱你。你们都错了。对于人，我谁都不会去爱了。我只爱上帝。

记得去年的初夏吗？我俩牧马夜宿在草坡上，你看到了"黑猪渡河"天象，果真下了雨。我蜷缩在薄毯下时，你把自己的毯子也盖在了我的身上。刹那间，我心中觉得愧疚。从到了草原，你就处处疼爱我。我想，如果你钻进毯子来，我就给你。算是报答吧，我不想欠着人情离开人世。很可惜，再也没有这个机会了。

铁兵，你不必回信。因为，我们已经陌生了。感谢你陪我的日子，1972年4月14日午夜。你的曾经的同学：林红武。

读到那四十二年没再叫过的名字，吴铁兵放下信，失声痛哭。

泪水流在了面前的信纸上，恰好浸透了女同学的名字。看着"林红武"三个字在泪水中融化，吴铁兵轻轻把信纸拿起来，放到了侧案的宣纸上。然后，抽出面巾纸，擦干了眼睛，又拆开那新的公文信封。

这是一封复印的信件。看了头一行字，他就明白了，这是女同学写给齐延安的信：

延安，昨天，我从北京回来了。没见着你，他们说你去修渠了。

在北京三个月，我收到了你的四封信。但我不能回。

我说什么呢？因为，要告诉你的只有坏消息。当然，对我也许是好消息。因为，我要死了！

今年1月2号，你把我送到了火车站，让我回北京探亲，看望住院的父亲。但你不知道，火车上，我病倒了。下了车，直接住进了医院。第三天，查出来了，是肺癌。跟我去年春天刚去世的妈妈一样的病。

医生说是遗传。我却宁可相信，是上帝的惩罚。我拒绝了治疗，因为我终于有了解脱之路。

医生让我住院动手术，我还是离开了，回到了草原。我是在这片草原上画完了《梅杜萨之筏》和《春天里的耶稣》的，也是在这片草原上给了你。

那一天，铁兵挥刀杀死了我的上帝。上帝呢，可能是恨我不能保卫他，就在那天夜里的草原上，把我给了你。我现在想起来，上帝可能是对我太失望了，要把我惩罚到底。在你送我去车站的头一天晚上，让你抱着我睡了一夜。但谁想，我就怀孕了。现在，有三个月了。

想一想，这是多么残酷的事实。我们杀害了亲爱的老师，让她的婴儿从小就失去了母爱。接着，我也成了母亲，却要带着这个小生命去下地狱。

我突然明白，这些年，我们是多么地可笑。现在，我才懂得，当年，为什么托尔斯泰会写出那样的《忏悔录》。因为，他看到了生命的本质，他说出了我现在的感受："我甚至不想去发现真理了，因为我已经猜到真理是怎么回事了。真理就是人生毫无意义。这就像我生活了一会儿，彷徨了一会儿，然后来到了悬崖边。我非常清楚地看到前面一无所有，只有毁灭，却不能停止脚步，不能回头，也不能闭上眼睛，不让自己看到前面除了人生的蒙蔽和幸福的幻象、苦难和死亡以及彻底覆灭的现实，除此之外一无所有。黑暗的恐惧如此之大，我想找根绳子或者子弹来摆脱这种恐惧，越快越好。"

今晚，我已经把东西收拾好了。没什么可带走的，只有一颗破碎的心。也没有什么可留下的，只给你留下这封信。也给铁兵留了一封，请你转交。

明天，我先去陪陪我心爱的大白。它跟了我三年了，善解人意。我走后，你把它放回马群吧。我想，它不会再让别人骑它了。然后，我就去办病休手续。回到北京，我不会去看病。我只是要把肚子里的小生命打掉。真悲惨！我是真正的人间杀手。不是残害别人孩子的母亲，就是杀害自己的孩子。

说到老师，我真害怕在阴间见到她。不过，也许不会。因为她是在天国。我呢，肯定下地狱！

这是老师对我的复仇。她的仇恨太深了。知道吗？活下去，让我唯一恐惧的就是，有一天，她的女儿长大了来问我，你为什么要逼死我的妈妈？还我妈妈来！仇恨，也是遗传的。我走了，她的女儿就找不到我。但小心吧，你们终究得面对。上帝是公平的，从我们画《梅杜萨之筏》的那一天起，他就盯上我们了。如果有一天，你们被一个美丽的女孩掐住喉咙时，那，就是你们登上《梅杜萨之筏》的时候了。

如果你爱过我,就请不要把这些事让铁兵知道。

如果你尊重我,就请不要再给我写信。

一切,都过去了。

我,终于解脱了。

1972 年 4 月 14 日于午夜 红武

啪!吴铁兵浑身颤抖着,把手中的信纸高举过头顶,然后,重重地砸在了桌子上。桌面上,茶碗跳了起来,酒杯、酒瓶碰撞着。

突然,吴铁兵的身体一阵晃动,他赶快从桌子的抽屉里找出速效救心丸,抖动着手,倒出十几粒,一口吞进了嘴里。他向后靠在了椅背上,仰头闭目,脸色煞白,双手紧扭着。

十几分钟后,他的脸色,不那么白了。慢慢睁开眼,偏偏就看到了火中的女孩。

他把衣袖左右依次放下来,把袖扣扣好。然后,站了起来。伸手从桌上拿起了裁纸刀,绕过桌子,走到火中的女孩面前。毫不犹豫,他挥刀到脑后,"嘭"的一声扎在了女孩的额头上。顺手往下使劲儿一划,女孩被一劈两半。

又"嘭"的一声,他把刀反身扎在了书桌上。力道之大,他的手竟没有握住刀柄,顺着往下一滑,手心就被刀刃割开了一道血口。鲜血瞬时洒在了桌子上。

三十二

2013 年 3 月 21 日的早上 9 点。吴菁坐在从机场回来的车里,不停地接电话。

"喂,你好!是刘处呀。对不起,我们老板去珠峰了。什么?珠穆朗玛峰!干什么?不,不是旅游,是登山。多少时间?得三个月。5月底回来……"

"你好,我是公司的办公室吴主任。您呢?噢,张科呀,老板?他去登山了。日常工作是总裁办公会负责,叶总?不,他被停职了。现在牵头的,是代理总裁郑来青……"

"你好,是,我是吴菁。怎么?电话打不进来?对不起,我刚把老板送走。现在,一大堆事情要处理。您呢?哪位?噢,伊行长办公室。老板?登山去了。什么山?珠峰,珠峰在哪?"吴菁笑了起来,"世界上只有一个珠峰,在西藏,与尼泊尔交界。什么?对不起,没听清。噢,货款结清的事?没问题,不是到8月底到期吗?老板有安排,我帮您跟我们的代理总裁接上头……"

十几个电话后,最后一个电话让吴菁严肃起来。

"您好,哪位?老板的老同事?哎呀,不对,您是他的老领导吧?领导,得向您报告,我们老板今天一大早飞拉萨了。他去登珠峰,5月底下来。日常运营由代理总裁郑总负责。结算?已经安排了。聘请了一家第三方的工程造价咨询公司介入了。施工方和法院?都同意了。是区里做的工作。区里领导说,企业的事,政府不参与。但希望企业内部稳定,把这个重大工程做好,早日完成二期住宅项目。对不起,资金我不清楚。您知道,这是老板的事……"

接了一通电话,吴菁脸上浮现了笑意。闭了一会眼,她又打了一个电话:

"您好,是法院执行厅的杨法官吗?我是'东方梦都'项目公司的办公室主任。什么?噢,刚才我们的法律总监朱玫给你打过电话了?对不起,我遵老板的命令,还得再跟您报告一下。施工单位从昨天下午起,都找来表示要和解,撤诉,您知道了吗?好,谢谢。我和朱总监下午去找您。哎,请稍等。顺便问一句,您是用哪个案子把我们老板给边控了?什么?是哪一个原告?昨天下午,我们挨个问了,没有一家承认呀。喂,喂。"

电话挂断了。

吴菁终于都打完了。司机把车驶离了机场高速,往右拐入了北三环路。回想着今天早上的出发情景,吴菁手心又冒出汗来。

早上7点,吴菁陪着英甫来到了3号航站楼的国内出发大厅。

看见英甫径直向国航的头等舱的办理柜台走去,吴菁有点纳闷:"老板,我就不懂了。昨天,我就给您办好了贵宾室手续,钱都付了,怎么今天又不去了呢?"

"麻烦,就一个屁股,哪那么多事?"

"老板,您这两个大登山包得托运。还有一个人呢?"

"好,等一下。"英甫回过身来,一招手,从不远处走过来一个黑瘦精硕的年轻小伙子,"来,用你的登机牌办理托运手续。"

转过头来,他向吴菁眨着眼:"向导,我的登山向导。他跟我去过麦金利。"

吴菁不说什么了,她接过两人的身份证和机票,交给柜台服务小姐:"您好,座位已预订好了。头排右手靠窗的两个位置。"

服务小姐敲了一会电脑,抬起头来,一脸歉意:"女士,真对不起。靠窗的座位已经有人办了登机牌了。"

"什么?我可是在网上预订过的,都确认了。"吴菁的眼瞪大了问。英甫微微一笑。

"对不起,应该是我的工作失误。今天客满,只能办一张右前排靠过道的,一张左后排靠过道的。"

吴菁还要说什么，英甫拍了一下她的肩膀："吴菁，算了，也就是几个小时的事。再说，在成都还要经停呢。"

吴菁沉着脸，把英甫和向导送到了安检口。

她不知道，进了安检口后，英甫和向导坐进了头等舱休息室。从冰箱里拿了一瓶苏打水，往休息区的沙发前的玻璃桌上一放，英甫向向导看了一眼，把手中的提包示意一下，放在自己的座位上，就去洗手间了。到了洗手间门口，他过门不入。不慌不忙地下了楼，到了安检大厅的检查口。

"对不起，我得出去找我的钱包。刚才喝咖啡，落在星巴克了。请看，这是我的登机牌。"

出了安检口，他往右拐去，十分钟不到，已经步行来到了2号航站楼的南航柜台。一个中年男士急忙向他招手。

"来了，来了。小姐，就是这位客人急着赶这班飞机去广州。他家里的人得了急病，在医院抢救，我得把票换给他。帮帮忙吧，我赶下一班。"

当英甫坐在南航飞机的经济舱时，国航飞往拉萨、经停成都的飞机头等舱里，乘务员正在着急："先生，您的同伴再不上来，我们就要关舱门了。"

右手头排靠窗的一位年轻女士把头偏过来，盯着左手后排的向导看。把耳朵仔细地侧着，想听清他怎么回答。这女孩腿上放着一只深红色的爱马仕包，脚上穿着一双LV的平底运动鞋，头上呢，戴着一顶粉红色的棒球帽。

年轻的向导耸了耸肩："他是我的客户，我哪敢催他。"

中年女乘务长过来，听了情况，看了看腕表："关舱门，叫那位先生补乘别的航班吧!"

飞机起飞进入平稳飞行状态时,可以解开安全带了。年轻的女士抢先起身进了厕所。把门关紧后,她从包里掏出一个小白纸袋。又从纸袋里小心翼翼地取出一个小玻璃管,把里面的白色粉末倒进了马桶。然后,把纸袋撕成小碎片,扔进了马桶。又把小玻璃管一挥手,使劲儿砸在马桶内壁。一按冲洗阀,哗的一声,就把一切冲走了。

她仔细地洗了洗手,又对着镜子正了正头上的棒球帽,长长地舒了一口气,又回到了座位上。

两个半小时后,飞机落在了成都。经停上下客后,乘务员又急了起来。

"前排的这位小姐呢?再不上来,要关舱门了。"

乘务长又赶了过来。

"别叫了,这位女士肚子疼,不飞拉萨了,正在卸她的托运行李。"

三十三

2013年5月18日,早上5点。风时大时小,贴着岩石上蹿下跳时,山谷像一个怨妇,或者说像一个望乡的人,低声抽泣着。雪呢,像累了一样,也时厚时薄,一股股,一片片,一团团地沿着万丈深渊飞升上来,又在顷刻间纵身而下。像是山神要嫁女儿了,在试她的婚纱。又像是上帝要审判了,漫山遍野地挂满挽联。

看来,我是逃不过去了。因为,我被判定为有罪。

英甫靠在蘑菇石上,把这一天一天的亲身经历,想了一夜。幻觉中，他的手脚，都使着劲。他的心，累到了极点。

回想着自己像一个逃犯，一步步逃上珠峰的过程。他的心咚咚跳着，像一只亡命的兔子。仰了仰头，他从防风雪镜后什么也看不清。

天快亮吧，亮了，罗布一定会派人上来。求你了，眼下的氧气只能支撑到今天中午了。

朝阳啊，求你升起来。当你光芒四射时，我要为你吹响我怀中的海螺。它，是白色的，右旋。它是祝福的，也是被祝福的。它，召唤生命，驱赶死神。

"呜，呜。"天地一阵颤抖，从四面八方沉呼起来。

英甫感到了胸口的海螺的震动……

英甫在珠峰顶上心神不定时，北京的人都乱了套。

晚上8点，叶生打通了工商局蒙副局长的电话。

"喂，蒙局吗？好消息。那个王八蛋被困在山上了。能不能下来，明天就知道了。不过，听登协的人说，凶多吉少。我说，我一定会说话算数。你最好明天把我的事办了。公章？我最迟在后天补给你。"

吴铁兵在晚上10点的时候，坐在客厅里拿起了座机。

"小伊呀，听说咱们那个英甫下不来了。什么？噢，我知道，企业运转正常。这样吧，他要是死在山上了，咱们得帮他把二期项目做完。你的贷款，他已经用一期的销售款还得差不多了。这样吧，我叫亦兵又找了三十亿，你加进来，配上三十亿，组个银团贷款。你牵头，咱们再合作一次。什么？叶生，别管他了。我查了，他已经不是股东了。企业内部乱跟咱们没关系，咱们拿钱说话。在这个关口，要帮地方一把啊！"

齐延安也坐在客厅里，拿着座机通话。

"牦牦，睡了吗？我知道，快11点了，但这事得说。知道吗？

英甫在山上出事了。你看看,咱们千方百计地不让他去冒险,他就是要拗着干。什么意思?没别的意思,只是想探讨一下。如果他真的死在珠峰了,咱们得帮他把二期项目做完。什么?怎么做?我有个想法。你明天就去找我给你引见的那个私募基金合伙人,跟他议议筹资六十亿的事。叫他放心,快进快出。就三年,年化收益可以到十二。资金安全?把土地和在建工程押进去,再用二期项目的销售款做保证。建一个共管账户,把销售回款锁定,不就皆大欢喜了?团队?你说的是经营团队吗?换人?换谁?你呀。这项目不就是你跟着我一手策划和操作起来的吗?那两家信托合伙人?出局!换一个玩法。"

把电话放回座上,齐延安双手捧着茶杯,两眼盯着它看了一会,又放开了。伸出手,又拿起了话机:"小于,我是老齐。明天一早,打听一下,高山救援,是什么人负责。"

到了近午夜时,中纪委的刘主任家里的座机响了。

"是,我是老刘。怎么样,他明天下得来吗?登山队的救援措施你看到了吗?天气很不好?真糟糕!调查了吗?是被人谋害的吗?不是有杀手跟着上去了吗?哎,这样吧,明早到我家来。办公室?不行!咱们有内鬼。他们已经知道咱们盯上了,在采取对策了。要知道,作为法人的英甫出了事,是人证缺失。很多法律证据不好鉴定,拿这些人无从下手。万一英甫死在上面,他们一定会动起来,内外勾结,巧取豪夺。山上救人,咱插不上手,但这是咱们反腐打贪、擒虎捉狼的好机会。这么巨大的财产,肯定让这些人利令智昏。盯好了,这次要打个漂亮的歼灭战。"

天下的事,到了珠峰顶上,就与世不同了。

5月18日早上6时,刚刚看着要偃旗息鼓的飑线天气,在英甫正要松一口气的时候，又像失控的公犏牛，暴躁狂怒起来。

恰似英甫一夜的噩梦，此刻，它开始在峰顶忽高忽低，忽南忽北，一副把什么都撕碎的样子。最过分的是它会像一个跳着脚骂街的泼妇，一蹦三尺高，这就是飑线的"跳跃现象"。

飑线上强雷暴单体的强降水所形成的强大的下沉辐散气流，在其行进方向上最猛烈。它促使地面切变线超越于飑线之前。这支下沉冷气流在低层和眼下的西南暖湿气流辐合而引起的抬升，使原飑线的前方形成新的飑线。这时原来的飑线就会减弱，但是，新的飑线却发展加强了，在这种新陈代谢的方式不断向前传播作用下，就形成了飑线的"跳跃"。

当珠峰顶上的飑线"跳跃"到山下时，媒体都被搅动起来。相关和不相关的人们把目光都投向了世界最高峰。不相关的人呢是看个热闹：在珠峰上死，从来不缺观众。相关的人看的是命运：英甫是活是死，将取决于救援行动。

1924年6月21日，伦敦《泰晤士报》刊登了一条由马洛里的队友诺顿发来的简短电报：马洛里和欧文在最后冲顶中丧生。这条消息引起全世界的关注，马洛里自此成了神话传奇，当时的皇家地理协会的秘书诺曼·柯林给大本营发去了一封电报，称赞这是一个"英雄的成就"，"所有的人都被辉煌的死亡而感动"。

从马洛里之后至今，珠峰又死了近三百人。但是，没有人再把死去的人称为英雄。

英甫的困境引起人们的关心，是因为他的生与死，成了很快必会解答的一个谜题。

纽约曼哈顿东区的一座维多利亚式红砖房里的"纽约探险俱乐部"的网站上，有人留言："英甫是我们俱乐部里来自中国的国际资深会员,我祈祷他能站起来回到我们中间。"

阿拉斯加的美国登山学校的校长寇比在网上发起了讨论:如何能帮助英甫活着下来。

中国的媒体把注意力放在了为什么放弃救援问题上,而民间的山友则在网络上争论该不该救援。

很快,有一个名为"边城浪子"的山友发问:"为什么非要救他不可?就因为他是富豪吗?"

不出一分钟,有人就附和:"活该,谁叫这些房地产商把珠峰当作自家后花园了,想上就上!"

很快,留言达到上百条。

到了5月18日早上6点,国内外的网络情绪,已经陷入对富人道德谴责的"飑线气氛"之中了。

此时的英甫,努力睁大了眼,害怕再回到噩梦中。

在风雪中半是糊涂半是清醒,这是他身上的救生毯太有用了。这个美国军队使用的装备,只有三百克重,但有四层材料。第一层是着色聚乙烯塑料膜层,第二层是精密真空纯铝沉积层,第三层是带ASTROLAR注册商标品牌的加固层,第四层还是着色聚乙烯塑料膜层。英甫身上穿的连体羽绒服可抗零下42摄氏度的严寒。但按风寒效应公式计算,此刻,顶峰上的气温已到了零下30摄氏度,但风速则超过了每小时100公里。实际上,英甫要对抗的寒冷已是近零下70摄氏度。但这张救生毯完全抵挡了寒风,保证了英甫苟延残喘,也由着他一夜的胡思乱想。因此,他不但没有被冻死,而且他的脑水肿状况也没有恶化。

此刻,他想撒尿了。一松劲,他感到两股间一股热流涌了出来。

身体一动不动,他心中松了一口气。能撒尿,就能把身体的水分减少，也说明身体机能在恢复正常，脑水肿的症状在好转。

　　风和严寒，虽然伤害不了他了，但他不知道，此时，他正在吸的氧气其实只剩下三分之一了，不可能撑到今天中午了。

　　雷声，越来越近。

　　一道光亮无比的闪电，从英甫的头顶劈了下来，他在防风雪镜后紧紧闭上了眼睛。像一只被牦牛踩在蹄下的小甲虫，无力反抗，心怀绝望。

　　大难，真的临头了！

第二天
雪上加霜

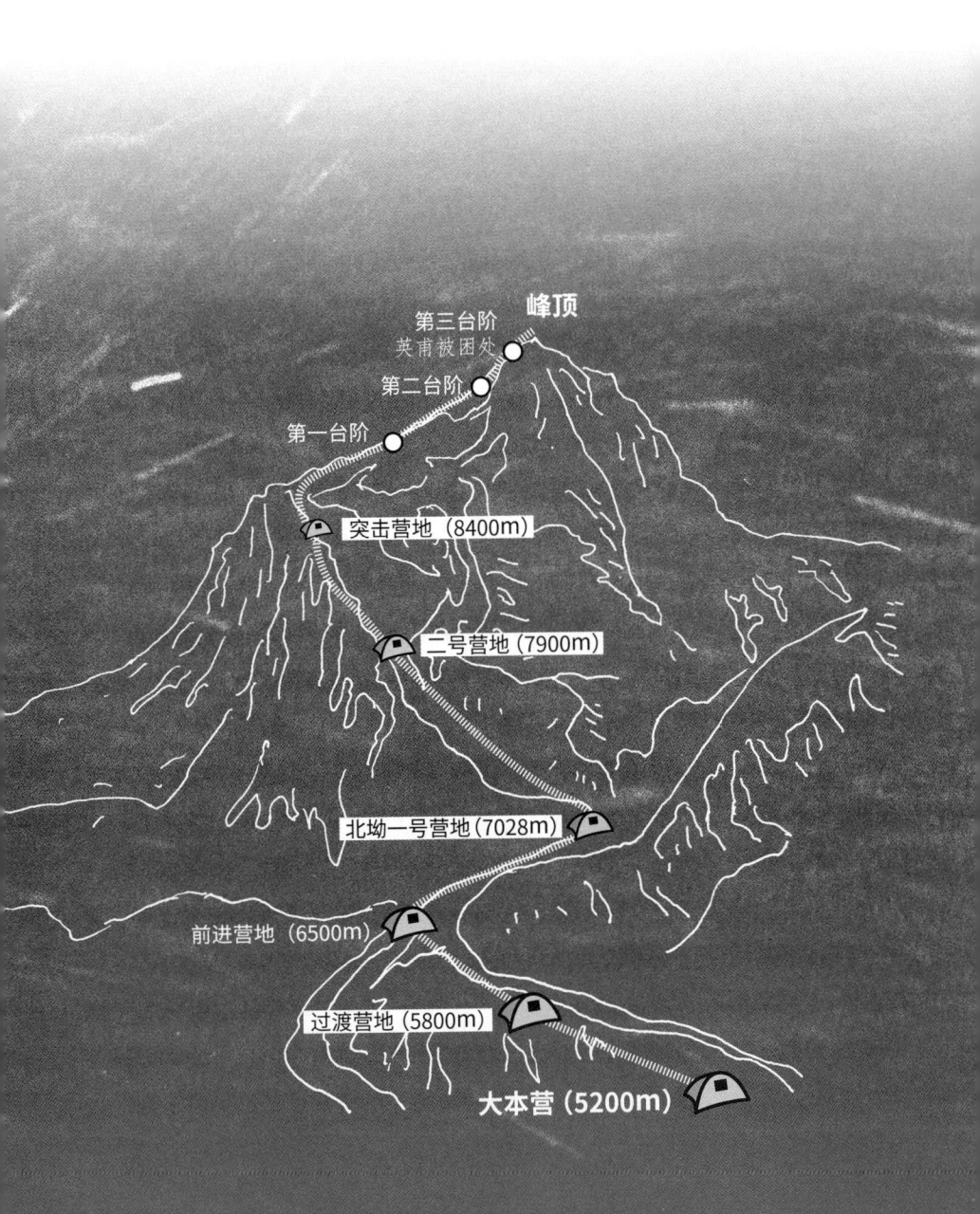

峰顶

第三台阶
英甫被困处

第二台阶

第一台阶

突击营地 (8400m)

二号营地 (7900m)

北坳一号营地 (7028m)

前进营地 (6500m)

过渡营地 (5800m)

大本营 (5200m)

一

祸不单行，雪上加霜。真真是老天有意作难罗布一样，在5月18日应验了。

英甫被挤在8750米的暴风雪中惊神疑鬼时，罗布和埃瑞克蜷缩在睡袋里也都是心神不定。对于登山的人来说，冰天雪地中，一顶小小的单人帐篷就如母亲的子宫一样给他们温暖和安全感。但对于罗布和埃瑞克，每一次爬进去时，就有一种进入棺材的恐惧感。

世上的人都不知道，他俩患有幽闭空间恐惧症。

2012年9月23日，罗布带队攀登尼泊尔的8156米高的世界第八高峰马纳斯鲁时在南坡扎了营。因为风狠雪大，各国前来冲顶的十几支队伍都被困在海拔6837米的二号营地。

罗布的队伍上来得晚了一些，地势高些，坡度小些的雪地都被夏尔巴向导们跑马圈地，拉绳索扎雪锥划出了地盘。

看着正中位置的雪坡似乎没有被占，副队长旦增一挥手招呼了几个队员就迅速前去扎营。脚跟没有站稳时，旁边正在架帐篷的一群夏尔巴向导不满地冲过来。领头的一位四十岁左右的夏尔巴人高举着双手，在头顶乱挥。

"兄弟，你往下看，我的队伍正在爬上来，这是我们的营地！"

旦增回头扫了一眼："才六七个人，也就是三四顶帐篷的事，怎么占这么大地盘？"

夏尔巴人双手夸张地一把摊开："兄弟，我们的客户是高端客户，一人住一顶帐篷。加上我们七个向导，不就得架十顶帐篷？"

旦增也要把双手张开时，罗布拍拍他的后背："算了，旦增，往下撤一段，谁叫咱们上来晚了。"

这一撤，就往下移了 50 米，找出了一片稍稍平坦些的雪坡扎营。往雪地里敲雪锥时，一个年轻的队员轻轻地摇着头问："队长，雪下了两天了，晚上不会有雪崩吧？"

旦增提起右手中的冰镐，往他的屁股上来了一下："笨蛋！怕雪崩？好啊，你再往下走去扎营吧。快去，再下撤 200 米，不就回到一号营地了吗？"

"大哥，光想着往下去，为什么不再往上呢？咱们跑到他们的营地上方扎上帐篷不行吗？"说着，年轻人右手握着冰镐，往雪坡顶部指，"睡得高，明早不是出发早吗？"

旦增大吼起来："闭嘴，你在雪坡上才晒烂过几张皮？居然来替我当家做主？"他瞪着眼，拢起一捆雪锥，往年轻人面前一扔，"干活！睡得高？山神拉肚子，雪崩了也死得快！"

听着旦增说出了不吉利的话，罗布眉头一皱。但他无论如何也不会想到，旦增的粗暴作风，竟然救了全队人员的命。

罗布心中一直有种不祥预感。在高山上，藏族人轻易不会口出狂言，说出污言秽语。但凡动了舌头，你就得提心吊胆，夜半惊梦了。果然，凌晨 4 点 30 分，就在他半梦半醒之中时，一阵山神拉抽屉似的惊天巨响从天而降。尽管在刹那间，他怀疑自己在噩梦中，但口中已经一边撕心裂肺地喊叫着队员们，一边手抓脚蹬地从睡袋中爬出来，拉开帐篷拉链往外滚。他心中最恐惧的是气浪和雪流把他裹在帐篷里，一起冲出去，埋在雪里。

心里念着佛，他刚趴在了雪地上，气浪就把他像片落叶一样吹了起来，翻滚飘荡着冲向坡下。万幸的是，这次雪崩是营地上方的积雪撑不住了。新雪为多，属于粉雪崩。雪的湿度不是最大，因而重量较轻，速度也较慢。因此，当罗布背朝下一落到雪坡上，被裹在雪流中飞奔下泻时，他能够在被掩埋住的刹那，把身体翻顺过来变成俯身向上坡的体位。说来奇怪，后来让罗布念念不忘的是，他在雪浪中七上八下时，脑海中居然闪现了少年时在家乡的河岸边骑马奔驰的景象。

他的双手下意识地拼命去抓缰绳，但一把一把地捏住的是空气。使劲儿去蹬马镫子时，他突然不再翻滚了。像山神暴怒地长出了一口气，铺天盖地而来的雪流，又无声无息地不再奔涌。

罗布从幻觉中清醒过来，立即奋力抽动双臂，在口鼻处扒拉开一个小空间，试着吐了几口口水，口水没有返回到他的口中，就明白了他是面朝下趴着。于是，他默念了一遍六字真言，告诫自己冷静下来。接着，伸直了十指，拼命向头顶上方乱戳乱挖。

罗布的队伍是高山上的有名的救援力量，从雪崩中救出过不少被雪埋住的人。他知道，75%的人会在被雪埋住后的三十五分钟后死亡。能挺过一百三十分钟的人只有3%。营救的黄金时间是十五分钟。十五分钟后，寒冷就会影响到身体机能的正常运行。

很快，他的眼前透出了星光。他累极了，停止了挣扎，睁大了双眼，深深地长吸了一口气。他看见夜空中那颗明亮的启明星突然眨了一下。这是一种似曾相识的奇怪感觉。在十六年前的一个雪夜，他在家乡的山坡上寻找一匹未按时归圈的马。在一片薄雪覆盖的湖面上，他看到马儿正一步一失蹄地蹒跚而行。他给马套上笼头时，马一打滑，把他也拽倒在冰雪上。马儿压住了他的腿，他惊恐万分。他口中念着六字真言求佛：佛啊，千万别让我的腿断了。明天，我可是要出远门,到登山学校去上学了。

六字真言念了几遍,马儿四蹄乱蹬着,竟奋力站了起来,罗布伸胳膊蹬腿地也好好地爬了起来。心头一松气,他躺在雪中直直看见又大又亮的启明星冲他笑了。

十六年了,他的人生几乎是夜夜头顶繁星,却再没有想到抬头认真寻觅这颗星星。

今夜,又是一场大难不死,可又是躺在冰雪中被它照耀。罗布长长地把刚吸进去的空气吐出来,看着启明星想,佛慈悲,让幸运之星护佑我。今后再活人,没什么可说的,好好地修行做事。

铆足了劲,罗布从雪堆中爬了出来。环顾四周,他一个个地叫着队员的名字。好在扎营的坡度不大,又离雪崩点较远,雪浪奔腾到大家的帐篷区时已是精疲力竭。因而,大家都被雪埋得浅,一个个正在站起来。

点齐了人,罗布带领大家立即往上赶。上面的营地的中间地带,是一个不仔细观察看不出来的凹槽。槽两边的帐篷只被雪浪扫了个边,人都没事。槽里的十几顶帐篷都不见了踪影,活下来的人都在拼命挖雪喊叫。最后,把失踪的十二个人都找到了。很可惜,都已经是魂归西天了。昨晚,旦增正是想把营地扎在这里。

5月17日的经历,如一块大磨盘,压在了罗布的胸口上,让他捯不过气来。

5月18日的凌晨两点,罗布钻进他的单人帐篷后,立即后悔了。拉开睡袋把身体塞进去时,心中突然想到了棺材。他有幽闭空间恐惧症,一身大汗,很快打湿了他的前胸后背。不顾一切,他手忙脚乱地爬到帐篷前厅。拉开了帐篷拉链,把头伸出去喘气。

往日,遇到这种不适,他只要抬头看一会星空就会平静下来。

但是，今晚的风雪又密又重，鬼哭狼嚎地撞到冰壁上，又如怨似泣地贴着雪地四散而去。这样的天气，哪里能看到星星呢？恍惚间，他隐约听到了有人在求救，那声音又像是在不远处，又像是从顶峰传来。努力压抑着心跳，他终于判断出，是狂风，刮着他的帐篷固定绳在呜咽。

十六年来，罗布第一次感受到如此无助。

身为从草原牧场的牦牛群中拿起了登山冰镐的新一代藏族人，他的梦想是带领他的弟兄们，建立起世界高山探险的一流队伍。为此，每年的一半时间都是在高山上、在冰雪中度过。每一年都有惊险故事，每一天都是提心吊胆。但是，在今天，他的骨架垮了，浑身无力，心像被掏空了一样没有着落。

铅一样沉重的大雪，把天地都封闭成了一个幽闭空间。

"我，被困住了。"

心中一闪出这个吓人的念头。罗布立刻把头缩回帐篷，右手去抹了一把脖子里的雪，左手同时抓起了卫星电话。这是他克服幽闭空间恐惧症的绝招：与人通话，感受到与外部世间的联系。但今晚更重要的意义是：他要向他的主心骨求援。

这个人，就是白玛。

此时的白玛，也是一夜无眠，正被困在雅鲁藏布江边的山口。白玛今年四十五岁，一米七八的身高，是个芒康生长的康巴汉子。鼻梁挺得直，眼窝深陷，漆黑的眼珠，像镶嵌进去的黑宝石。他是西藏登山队第二代队员。在登山队中，他算是个书生。1988年，他报考了中国地质学院地质专业，本科毕业后，又读了硕士学位。毕业时，学院要留他，他说想念高山和牦牛了，戴着一副近视眼镜回到了拉萨。

书读得多了，人的志向也大。每年的登山季，他成了高山营地里最文雅的联络官。在别人眼里，他是个喜欢忙碌的人，与各国登山队的领队称兄道弟。但在他的内心中，藏了一个大梦想。那就是要打造西藏第一个登山学校，为中国的高山运动培养优秀的藏族向导队伍。人缘好，大家都愿意帮他。1999年，西藏登山学校还真的建起来了。如今，珠峰北坡的向导队伍，要数他的弟子们最为兵强马壮。

这是新一代西藏人的成长历程，罗布是其中的佼佼者。

已经多年不往高处爬了，白玛开始发福。但在他的腹部鼓起来的时候，他的心却一天天揪了起来。每一个登山季，都是他的失眠季。他怕他的学生们掉进冰裂缝，怕客户上去了下不来。既担心修路队打不好岩钉，又害怕罗布轻敌，掌握不好窗口期。

怕什么就来什么。昨天下午5点30分，他正在拉萨的一个会议上，罗布通过卫星电话向他报告：山上有麻烦了。

每个登山季，山上都会出事故。但这一次，弄不好是个大事故。从7900米到8750米，都有人被困住。怎么救援，是个大挑战。到了这个地步，只凭罗布一人，肯定掌控不了局面。情急之下，他拿起手机拨通了北京李峰的电话。

李峰是他在地质大学的同班同学，现在是国内山难研究和高山救援专家。高山救援经验丰富，人脉广，中国的几个大山难都是他指挥救援。

"几个客户？"李峰站在天坛公园的徒步道上问道。抬起头来，敞亮的光线，让他把眼睛眯成了一条细缝。

"什么？困住这么多人？向导呢？有多少向导陪着客户？"

听着白玛的报告，他更拉长了脸。

"意大利人？"他挥起左手，使劲儿一拍自己的大腿，"什么，要在7900米上过夜？下来呀！为什么不连夜撤到前进营地？"

站在拉萨的阳光下，白玛深深吸了一口气："李兄，人都走不动了，有冻伤的，万幸，都吸上了氧。"

李峰不吭气了,抬起头,京城的太阳正在西下,阳光温和又妩媚。

"白玛,是罗布在上面吧?叫他赶快组织救援力量,连夜从前进营地赶到北坳,要快!"

"人都下去了,正在回大本营的路上。这个窗口期没赶上。"

"赶快联系上,叫人回来!"

"好,我立刻安排。"白玛点着头,"李兄,我想立刻出发,连夜赶到大本营。"

李峰说了两声"好"后,喘起了粗气:"白玛,我看不妙,下到7900米的人,要保证吸氧。但那还在8750米的人,凶多吉少。首先,你们山上山下要保密。其次,我得帮你,今晚飞到成都,明天一早飞拉萨。下飞机后,你派车把我连夜送到大本营。"说着话,李峰开始咳了,他的右手紧紧抱着手机在耳边摇,"老弟,一定要冷静,不能出昏招,随时保持通话。"

白玛结束了与李峰的通话,立即又拨通了司机次仁的电话:"次仁,马上把油箱加满。一个小时后出发,去珠峰大本营!"

抬头看了看太阳,它正光线十足地照耀着大地,白玛一字一句地点着头:"你先回趟家,叫你老婆烧上两瓶热水,灌上一壶酥油茶。"

给次仁下达了命令,他抬起头来,看了一下太阳,又打通了西藏登山队副队长边巴的电话:"我命令你带队,无论如何,要在明天早上8点以前赶到大本营。如果赶不到,你,就不再是副队长了。"

一个小时后,次仁把丰田越野车停在了他的面前。他刚在副驾驶座上系好安全带,立即回头向后排的索朗下令:"索朗,打电话给定日医院那杰院长。请他帮忙,立即派几个医生带上急救设备赶到大本营!还有,告诉边巴,千万记着把高压氧舱带上。"

交代了该交代的事项,白玛抬手看了一下手表。大表盘上的数字显示出时间为下午 6 时。十个小时，应该能赶到大本营。白玛心中盘算着时间，这一次，他没有在车启动时提醒次仁注意安全。

人算不如天算。

从拉萨市出城直到曲水县境还算顺畅。但一进尼木县境，一阵雨，一片雪地让白玛心里发凉。沿着雅鲁藏布江往上爬，山势越来越陡，318 国道上的落石随处可见。次仁像练钻杆一样绕着石头走，越来越焦躁，嘴里碎碎念地嘟囔不停："不对呀，对面怎么好长时间没有来车呢？怕不是前面有问题了？"

白玛听得心慌意乱，歪过头来冲着次仁吼起来："好好开你的车，别轧着石头，闭上嘴。"

次仁闭上了嘴，但是，半个多小时后，车也不得不停下来。刚转过一个山口，就被一长列停在路边的车队给堵住了。

"坏了！"索朗脱口而出了沮丧的话。不等白玛吩咐，他已经拉开车门，一溜小跑往车队前方跑去。十几分钟后，他又气喘吁吁地跑了回来，站在白玛一侧的车窗边报告："老师，塌方了，正在抢修。"

白玛急得伸出右手来，在车门上一拍："得多长时间才能修通？"

"前面说，县里派来一台铲车，日喀则方向也正赶上来另一台，两头修，估计再有两个小时就通了。"

白玛双手捂住了脸，想了一阵，左手一拍次仁的方向盘说："掉头！"

"掉头？"索朗惊叫一声，眼神直对着白玛。

次仁不吭气，双手紧把方向盘，利索地在狭窄的公路上把车头掉向了来路。

看着车下坡而行，白玛才侧回头："困在这里太危险了，你没看到？咱们左侧的山上，不停地有小碎石滚下来。右手又紧贴在路肩，下面一百多米，是涨了水的雅江。"

他举起了握在右手的手机："手机，没信号！往下退一点，退到刚才上来时的山口。让次仁抓紧时间睡个觉。也许罗布会打来电话。你别睡着了，盯着对面的路下来车了，就是路通了，咱们再加速赶上去。"

白玛的预感是正确的。凌晨1点，索朗看见对面的车灯迎面而来时，他兴奋地叫醒正打盹的白玛和睡得打呼噜的次仁。

次仁摇了摇头，让自己清醒过来。刚把发动机启动，白玛手中的手机铃声响了。

"是罗布吗？我是白玛，快说，山上的情况怎么样？"

在高山上用卫星电话通话，话语得简洁。因为这头上的卫星一晃就过去了，一件事往往得花好几段才能说完。

听着罗布的报告，白玛把手机紧紧捂在左耳上，眉头也挤在一块，双眼却越来越圆地睁大了："什么？雪崩了？哪一个位置？什么时候？有人伤亡吗？喂，喂。"

电话断了，白玛把头靠在座椅上闭上了眼睛。太倒霉了！这可是大山难的兆头。

近几年来，白玛一直对于北坳上的那道大冰檐耿耿于怀。为此，平日里他没少在这线路上下功夫。今晚听到这个让他牵肠挂肚的雪崩终于发生了，他先是松了口气，所幸是在半夜，没有人在线路上。但气是松下来，他的心却揪了起来。因为线路也因此被掐断了，上边的人下不来，下边的救援力量不能及时上去。真正到了叫天天不应、求地地不灵的地步。

看着白玛愁眉苦脸，索朗眨了眨眼："老师，这段路线也就是几百米长。天一亮，边修路，边上队伍，有两三个小时就上去了。"

白玛沉默了一下，睁开眼，看着迎面而过的连绵不断的车灯，缓缓地左右摇起了头："索朗，这是一次大难临头的麻烦。"

闭上了眼,他把头靠在椅背上,像一个爬了一百层楼梯进了家门的老头,长长地舒了一口气:"万物有灵,万事有因啊!"

话是说给索朗听的,但他的眼前,是北坳的千年大雪坡。

在珠峰北坡,风和日丽时,天天有霜。太阳将升起时,若风小些,雪地上,岩石中就会凝结一层厚厚的白霜。这白霜是水蒸气凝华,变成冰晶在地表形成的结晶。这结晶有模有样,形状极为分明,有刀片状、杯状及卷轴状,沉积在雪面上时被称为表面白霜。高山上的清晨,阳光下遍布脆弱轻薄的洁白羽片,闪着光,透着亮,仿佛上帝的鸽子大清早梳理打扮,抖了天堂羽毛,但人间得祸得福,就看造化了。

对登山的人来说,这白霜是灾难之源。

高山上冷,太阳一升起来,往往风就来了。风一吹过来,白霜就被冷冻了。来不及化成雪水,就被一场大雪掩埋了起来,成为深埋的脆弱雪层。同理,在雪变成霰满铺在地面和硬雪层上时,也会因为风吹急冻被深埋雪下,同样构成雪坡的脆弱层。

因此,日常踩着走,看着白的雪坡无时无刻不在运动着。风力大小、雪层厚度、阳光冷暖都在左右着雪崩的发生。往往是人走在雪坡上时,重力引起硬雪层在脆弱雪层上的滑动,产生骨牌效应,雪崩就发生了。

但5月18日凌晨的雪崩不是人造成的,而是暴风雪!北坳是连接珠峰与章子峰一条平台。在靠近章子峰的一侧的7000多米的高空,悬着一道近200米宽的雪檐。这道雪檐挡住了西北风,把大雪不断积堆在自己身上。日渐厚重时,就不堪重负。崩塌之日,就是灾难之时。

这一次,是这几天的暴风雪雪量太大,湿气太重了,最终将雪檐压垮了。

巨大的风砌雪形成的硬化雪块层碎裂而下,造成了雪块雪崩。雪块雪崩重量大,速度快,砸在海拔6800米的雪坡上又引起了新下来的粉雪雪崩。想着雪崩的场景，白玛极为担忧的是上来的路线。他心中感叹的是这次雪崩在半夜发生，没有伤着人。要知道，在珠峰南北坡，1950年至2009年间死亡的人数中有50%死于雪崩，40%死于滑坠。

由于坡陡冰裂缝多，加上头顶的大雪檐无时无刻不压抑着人。北坳的路，既难修，也难走人。今夜的雪崩，一定是摧枯拉朽，把路绳、梯子扫得干干净净。最令白玛心忧的是，整个坡面上会形成一堆堆、一道道高至十米，宽至几百米的雪崩锥、雪崩裙，以及难以逾越的雪崩垄、雪溜堤。这些怪异新地形由冲下来的冰块、岩石及老化的硬雪堆构成，千奇百怪地挡住上升路线，抢修道路会十分艰难。平日里慢工细作的折腾不算是大问题，但眼下是死人、救人的关键时刻，每一分钟都是命，如何是好？

心中越想越沉重，人，也就越来越睁不开眼了。索朗第一次感到白玛累了，刹那间像一个人到了走投无路的状态。他的眼睛潮湿了，正想开口安慰几句时，罗布的电话又拨了进来。

"罗布，不要再通话了。现在，你必须赶快睡一会，明早，天要亮透了，你再和埃瑞克下去观察。记住，千万不要下降得太深了，我怕那道冰檐二次雪崩。"

大概此时的卫星正好在罗布的头顶，信号很清晰，听得到北坳的风声。白玛是高山上的雄鹰，从风声中他听到了山神的不满。

"罗布，不是我批评你。这一次，你的活儿不麻利。牦牛上来得晚了，窗口期，没抓住。"

罗布不吭气了，直接挂断了电话。

白玛双手齐拍额头："次仁，快走！索朗，你帮着次仁看路，我先睡一会儿！"

其实，白玛并不是困了，是心乱了。一是发愁天亮后怎么抢修北坳的线路；二是后悔没忍住，刚才责备了罗布。

二

罗布的心情确实坏到了极点。白玛是他的人生恩师,刚才的责备像一记重锤,砸得他的心"咚咚"跳。突然,他开始潮式呼吸,他坐起来,想深深吸口气,但嘴张得不能再大了,肺也腾得空空的,气却就是进不来。就像跳在半空中的鱼,他使劲儿摇晃着头,双手捶着胸。风雪,刮得帐篷绳索怪声呜咽起来,他又伸出左手使劲儿去捶打帐篷,像是在与一个怪物较劲。

在他两眼发黑,要大声喊叫时,对讲机响了。右手猛拍了一下睡袋,他睁开了双眼,一口气终于吸进了肚里。他喘了口气,按通了应答键。

对讲机那头,旦增大叫大嚷着:"罗布,坏事了,西班牙人休克了!"

"什么?"罗布后仰倒在了睡袋上。

"埃瑞克要让我们给他打地塞米松,打不打?"

"为什么不让他的人打?"

"他的向导昂多杰虚脱了,叫也叫不醒。"

罗布睁大了眼说:"不对,埃瑞克要让我们担责任。从现在起,把对讲机的通话频率调了,不要让外人听到。"

旦增按照罗布讲明的频率把对讲机调好后,又吼起来:"怎么办?不打针,看样子这人挺不过去。"

"可这一针下去,他也很有可能立马就没命了呀!"

旦增更大声了:"罗布,你是不是现在叫通埃瑞克,让他说出口?"

但是,罗布怎么也叫不通埃瑞克。无奈,他又爬出了帐篷,顶着头灯往上走了十几分钟,来到埃瑞克帐篷前。风雪让罗布清醒了,看到埃瑞克把头从帐篷里伸出来时,罗布的心,不再像乱蹬乱踢的犏牛了。

"老师,费尔南多的针得打。是死是活,我都愿意担责任。只是您也得说句话,不要让人说我私自做主。"

风雪刮得大,埃瑞克眯紧了眼睛,一字一句地回答:"是你的路绳修得有问题,责任当然得你来担。打不打这一针,你说了算。我,要睡了。明早,咱们下去探路。"

说完这句冷冰冰的话,埃瑞克努力睁大了眼,又从脖子下面伸出一根手指,指着罗布:"兄弟,这一针下去,人活了,你明天赶快帮我把他弄下去。人死了,那就由你明天把他装进睡袋。一句话,这人是死是活都得下去,不能留在山上!"

看着埃瑞克五官挤在了一起的脸缩进了帐篷,罗布站直了身体,顶着风雪。叫通了旦增后,大吼一声:"打!"

今夜的埃瑞克,像一头被抽干了血的老鹅喉羚,身子散着架,缩起来紧裹在睡袋里。汗,已湿透了排汗内衣裤。心,像被跺脚蹬腿的山兔折腾着。一阵阵的恐惧感,冲击得他想大叫"救命"!

他已在高山冰雪中泡了三十六年。他的母亲是德国人,父亲是瑞士人。自祖辈起,他的父母家族就生活在德国西南角康斯坦茨地域的博登湖地区。这博登湖连接着瑞士、奥地利和德国,三国共管。他的母亲是小学教师,父亲是湖上的世界文化遗产——史前湖岸木桩建筑博物馆的研究学者。埃瑞克最喜欢的玩伴,是他舅舅的儿子弗兰克。弗兰克和他同岁,极其皮实好动。十二岁时,弗兰克全家搬到了南蒂罗尔。

南蒂罗尔是意大利最北端的一个省,西部与瑞士,东北部与奥地利接壤。总面积为三百九十九平方公里，人口有五十万，七成的人讲奥地利德语。埃瑞克的舅舅在南蒂罗尔地区的主要城市博尔扎诺中心位置，用祖传的老屋开了一家旅游酒店。这是个世界游客的天堂城市，有千百年历史的古旧小巷，拱形画廊，色彩斑斓以及如同壁画般的农舍小屋。在这里，人们从来不会失业，因为旅游业太发达了。所以，博尔扎诺被称为意大利最富有的城市。

埃瑞克的父亲和舅舅都是狂热的户外运动爱好者，每年的假期，都要带着埃瑞克和弗兰克远足和登山。

二十岁上大学的那一年夏天，埃瑞克和弗兰克登上了他们的第一座8000米以上的高峰，位于尼泊尔境内的海拔8167米的道拉吉里峰。

1983年夏，埃瑞克和弗兰克从顶尖商学院毕业，他们共同成立了名为Everest的高山探险公司。

为了庆祝人生新的开始，他们立即前往瑞士阿尔卑斯山的度假胜地格林德尔瓦尔德，攀登了被称为"死亡墙"的艾格峰北壁。虽然艾格峰仅高3970米，但其正面有如刀削般的绝壁。平均坡度70度，垂直落差达1830米。山体全是易碎的石灰石，很难找到能够直立站脚的地方。攀登到位于海拔3300米处的"死亡营地"过夜时，暴风雪也赶了上来。他们被困了三天，才终于在第四天登了顶。

到了三十岁的时候，他们已经攀登了六座8000米以上山峰。优秀的成绩，使他们的高山探险公司有了越来越多的客户。

1988年7月，他俩决定去攻世界第二高峰，海拔8611米的乔戈里峰。他们选择了东南脊攀登路线。一开始很幸运，他们越过海拔7000米的"房顶烟囱"路段时，风弱雪薄。但是，当冲顶时，乔戈里峰显现了极其凶恶的一面。它狂吼着，不允许任何人上升。弗兰克决不回头，和埃瑞克冒着暴风雪登了顶。下撤时，付出了生命的代价。在海拔8200米到8400米之间的鬼门关"瓶颈地带"，发生了雪崩。崩裂的冰块，当场把他们走在前面的巴基斯坦向导砸下了山谷，把路绳扫得一干二净。

下撤的线路被切断了，埃瑞克和弗兰克决定不顾一切地往下撤。没有了路绳，雪层又不稳定。刚移动脚步不到50米，埃瑞克就失足滑坠了。

因为心里早有准备，埃瑞克屁股和后背一起摔在了雪坡上，他立刻翻滚着把身体调整成面朝下，双手死死地把冰镐的鹤嘴按进雪里。滑坠了近50米，就在要飞身跌下万丈深渊时，他在雪檐边停了下来。

在他滑坠时，弗兰克正在低头双手伸进雪里拽被埋住的路绳。听到埃瑞克的惊叫，他抬头一看大惊失色。急忙踏步下来救埃瑞克时，忙中就出了错。先是忘了拔出插在雪中的冰镐，然后，右脚的冰爪踩在了被埋在雪中的路绳上。刹那间，弗兰克一头向雪坡上栽了下去。冲力太大，他翻滚着像一块石头加速滑向埃瑞克。

"抓住我！"埃瑞克刚在雪檐上稳住身体，抬头就要向弗兰克呼救时，正好看见弗兰克失控了。他大惊失色，一边狂吼，一边用左手使劲儿按住冰镐头，伸出右手准备去抓弗兰克。

但他怎么也没料到，在弗兰克飞速的下滑中，眼看要撞上埃瑞克时，竟然奋力一偏，硬硬从埃瑞克身边擦了过去。一秒钟的工夫，他便从雪檐上飞了出去。风雪中，他像一只鹰张开了双臂。身穿暗红色连体羽绒服的他，浑身鼓胀起来。旋转着，像踏上回家的路的孩子，自由而散漫地消失在空中。

"不！"埃瑞克惊呆了，嘶声狂叫。他明白弗兰克最后为什么要偏离他。在危急时刻，弗兰克知道自己的滑坠速度太快，埃瑞克不可能挡住他。所以，弗兰克选择了自己去死，不愿把埃瑞克也拖入地狱。

痛苦到极点，埃瑞克松开了按着冰镐头的右手。在身体刚开始滑动时,他清醒过来。奋力向上一扑,左手又牢牢按住了冰镐头。接着,把右手也按了上去。

"不能都死在山上,我得下去把他埋了!"埃瑞克大声吼叫着。

第二天中午,埃瑞克回到了海拔 5500 米的一号营地。营地空无一人。在陡峭的雪壁下,弗兰克像枯萎了的牡丹花半掩在雪堆中。滑坠的冲力太大了,他仰面朝天躺着,空洞的双眼渗着血迹。十几米外,两只灰褐色的眼球嵌在雪地上。

埃瑞克哭不出来,呆呆地跪在弗兰克身边。到了傍晚,他挖开了雪坡,把弗兰克放了进去。眼球和弗兰克的脸都冻硬了,他只能把两粒眼球轻轻地安放在了弗兰克的眼眶上。

在弗兰克身边,他搭起了双人帐篷守夜。他把弗兰克的睡袋打开,在自己身边铺好。把头灯熄灭时,照样说了一句:

"晚安,弗兰克。"

三

罗布走后,埃瑞克钻进睡袋,伸手拍拍身边弗兰克的睡袋。

"弗兰克,雪上加霜了!"

费尔南多是个有来历的人,今年五十七岁,加泰罗尼亚人。

身为一个大型连锁酒店老板,他在加泰罗尼亚的世界著名度假地马略卡岛有一家天天客满的酒店。

著名的登山家梅斯纳尔是他的常客,但他从来只是象征性地收取一点费用。

这是他敬佩这位"登山先生"，但更重要的是每当梅斯纳尔入住后，欧洲的户外爱好者就纷纷赶来。日子久了，他的酒店倒因此具有了特殊的品位和名声。

后来，在梅斯纳尔的建议下，他在酒店的海滩上建起了一座难度很高的攀岩墙。来这个酒店沙滩上，手端着冰凉的啤酒，抬头观赏世界好手的攀岩比赛，成为酒店客人的一大乐趣。

每年从高山上下来，埃瑞克都要来这个酒店休整，寻觅客户。进入到上个世纪的八十年代，世界高山运动蓬勃兴起。相应的是，高山探险公司也一大堆一大堆地冒出来。像埃瑞克这样的登山者，入行久了，就自然而然的以山为家，以高山客户为生了。

弗兰克死后，埃瑞克一年到头在世界的各个高山上爬。用了近三年的时间，才把公司的债务清零，还把弗兰克父母在南蒂罗尔山区的农舍翻建了。

九十年代起，他在珠峰的春季登山季经营起了尼泊尔一侧的南坡。每年，他都会在三月飞到加德满都。然后，带上近二十人左右的徒步团，从卢卡拉徒步七天到大本营。这些人，都是欧洲的富翁。埃瑞克亲自为他们做向导，客户们觉得荣幸，小费也给得高。在大本营请大家吃顿午餐，他就陪着大家分批乘直升机又飞回卢卡拉，再转乘小飞机飞回加德满都。

每年，埃瑞克都希望招募至少十二名客户。但竞争越来越激烈。尼泊尔本土的登山公司多如牛毛，价格可以低得离谱，但并不能对埃瑞克的高端客户产生吸引力。他们轻易不会与不熟悉的高山公司打交道。一般来说，他们得和埃瑞克这样的高山专家来往两三年，才最后下定决心报名参团。这也是为什么每年的休整期，埃瑞克都要来到费尔南多的酒店跟人喝酒谈山的原因。

埃瑞克在珠峰南坡做得风生水起的时候，新西兰的霍尔和美国的费希尔来了。霍尔的公司叫"冒险顾问公司",费希尔的公司则更吓人地称为"疯狂山峰公司"。他们的客户原本应该是以北美和新西兰、澳大利亚人为主。但他们一出手就搞得惊天动地,又是见媒体,又是网上发帖,引起了不少埃瑞克的客户关注。

埃瑞克的生存压力加大了,但心中也由此不安。他担心这种竞争局面,会导致大家招募没有高山经历的不合格的客户。于是,开始琢磨着把业务转移中国的珠峰北坡来。

果然,1996年的5月,共有十二个山友在攀登过程中遇难。其中,包括了领队霍尔和费希尔。5月12日,埃瑞克带领自己的队伍冲顶时,路过了霍尔和费希尔冻硬的遗体。他挨着遗体坐了一会,自问自答:"弗兰克,难道,我们都要这样死在山上吗?"

1997年的春季,埃瑞克带着客户来到了珠峰北坡。从此,在费尔南多的酒店与人谈山时,他只谈西藏的珠峰、卓奥友、希夏邦马。

2007年7月,埃瑞克从珠峰北坡下来后到舅舅家度假,约了费尔南多过来喝酒。费尔南多到后的第二天,埃瑞克先陪他绕着阿尔卑斯南部的著名"白色文山"骑行了一天。第三天,他们又一大早就出发,去由珊瑚和石灰石形成的多罗迈特山徒步、露营。

南蒂罗尔是户外运动的天堂,有将近一千二百公里的下坡滑雪跑道和四百六十个单道滑雪的提升系统,形成了世界上最大的滑雪环线。此外,还有超过一万一千公里的徒步小径和几百公里的自行车环形路线。第五天,埃瑞克又邀请费尔南多去攀岩。费尔南多虽是胖了些,但他喜爱帆船运动,体能不错。看着他很快能掌握难度不大的攀岩技术,埃瑞克冲着他高高挑起右手大拇指:"朋友,照你现在的体能,跟着我好好适应训练,保你三年后登上珠峰。"

费尔南多大笑起来:"兄弟,我跟你好,是希望你带人来住我的酒店。没想到,你跟我好,是想把我带上珠峰去。"

埃瑞克也笑起来，摇着头："朋友，这是我的生活呀。知道吗？一上山，我只是想把每一个客户送上顶峰，再安全送下来。一下山呢，我只想着为来年找客户。"

费尔南多伸出左手，拍拍埃瑞克的右肩："兄弟，你做得不错。这些年，我眼看着你把我的酒店里的不少客人哄上了珠峰。现在，他们在酒店里都横着走，轻易不正眼看人。"

"是呀，你的酒店贵客多，又有梅斯纳尔撑门面。"说着话，埃瑞克的话语慢悠起来，"我的客户难找哪，一要有钱，二要有闲，三呢，还要有兴趣。"

"兴趣？"费尔南多瞪着眼看向埃瑞克，"什么样的兴趣能吸引人去爬珠峰呢？"

"马洛里一心想做首登珠峰的人，希拉里代替他完成了这个目标。梅斯纳尔是世界上第一个无氧登顶珠峰的人，也是第一个完成攀登十四座世界上8000米以上山峰的人。我呢，希望能送一百个人上珠峰！"

费尔南多听着，眯起眼："是呀，我不是也有个梦想吗？"

四

涉水登山地过足了瘾，费尔南多提出要去参观博物馆时，埃瑞克的表情就不自然了。费尔南多看见他的眼神闪烁，舌头打结，很是奇怪。

博物馆就在博尔扎诺市中心位置。费尔南多进去后，就让埃瑞克带他直奔"冰人奥兹"的展览区。隔着一块40cm×30cm的玻璃墙，费尔南多看到了冷冻室里的木乃伊："冰人奥兹"。

摇着头，费尔南多眼睛亮起来："老兄，你看他那身装备，不就是你们登山人的祖先,不是很光荣吗?!"

当晚,埃瑞克喝醉了。红着眼睛,他冲着费尔南多吼起来。

"为什么不能把他挖出来,他不是你们的骄傲吗?"费尔南多也喝多了,睁大了眼,也冲着埃瑞克喊着。

"不,是诅咒!就因为看过了他,弗兰克也成了冰人。"埃瑞克的两行泪水终于滚滚而下了,"这是真正的'奥兹'诅咒啊!"

"不,埃瑞克,别想吓唬我。就你了,就是变成冰人,你也得把我送上珠峰!"费尔南多的眼睛也湿润了,右手抬起来,把泪水从脸上往下一把抹到了一嘴褐红的胡子上,举起左手中的酒杯,"我要把我祖传的酒店旗帜带上去!"

五

回想着往事,埃瑞克的心像一粒落入深渊的石头,一直下沉,不知何处是底。

他伸出左手,拍拍弗兰克的睡袋:"弗兰克,大事不妙啊。帮帮我,这次可千万不能再在上面增添一个'冰人'哪!"

他说的"冰人",不是英甫,是费尔南多。他极为焦虑的是,如果这个人下不来了,那他就别想在登山界混了,在欧洲再不可能招来一个客户。

"登山就是登山,登不上去就下来,明年再来就是了。干吗非要为一面旗帜,把命搭进去?"埃瑞克是在5月16日跟费尔南多用对讲机通话时很恼怒地说出这番话的。

当时,埃瑞克的队伍与其他队伍都已上升到了7900米的二号营地。但是，因为天气预报显示特大暴风雪将至，原来的窗口期已不可预测，罗布提醒各队下撤。但埃瑞克现在明白，那个东欧人要搞事，是必须下撤的真正原因。

费尔南多不听话了。7900米的高海拔让他的大脑失去了理智，他在对讲机里喘着气大喊大叫："没门，这么多年，我跟着你登山，付了你多少钱了？现在都到了7900米了，你却要叫我下去。我的旗子白背了吗？是不是想让我明年再来，你好再挣我一笔钱？"

埃瑞克也高声吼起来："傻瓜！你在乎钱吗？你放不下的是你的旗！明年再来，你只不过是再破点财。但这次强行上去，你可就连命也没了。再说，今天撤下来，为的是等下一个窗口期。知道吗？我再送上去十九个人，我就与山告别了。但我不能为了私利，将客户的命搭进去！"

埃瑞克再呼叫时，费尔南多把对讲机关了。情急之下，他冲到罗布的指挥帐，与身处二号营地的修路队长旦增通话："旦增，请告诉我真话。"

说到这一句，埃瑞克嘴对着对讲机话筒，眼睛却斜过来看着罗布："我知道，你的修路队昨天上午就上到了突击营地，今天该撤下来了吧？"

罗布沉着脸，低下头，不与埃瑞克的目光相碰。

对讲机的另一端，旦增口齿不清地答："老师，没有呀，我的人还在上面呢。风太大，我的人只好在突击营地休整，等待时机。"

埃瑞克大声喊起来："什么话，连你也开始说谎了？你一个修路队长不跟队伍在一块。那每一段路绳谁来指挥架，每一个岩钉谁来检查？"

"对不起，老师，罗布在你身边，你最好直接问他。"旦增肯定是脸红得不行了，干脆把麻烦交回给罗布。

关了对讲机,埃瑞克气喘吁吁地端起罗布为他倒好的咖啡喝了几口,眼睛还是死死盯住了罗布。咖啡"嗞溜、嗞溜"地响着声,他的双眼忽大忽小地闪着。

"罗布,我累了。这一次我的客户有十一个,前几天上升到7500米适应时,有两人被大风给吹了回来,直接下到大本营休整去了。再劝着上来,干脆说不登了,要去旅游。上去的这九个人,有三人行军速度太慢,手脚都有点冻伤。想动员他们下来,总是张不开口,只能是再往上走走看。说实话,我本想借坡下驴,跟着你把队伍撤下去,休整好了再上来。但你看,我这位老兄却不要命地要往上爬。要不,你帮帮我,你叫你的人告诉他路还没修通,必须先下来。"

罗布脸上的笑容僵硬了:"老师,晚了,路是今天上午修通的。怕山上控制不住,各支队伍不听安排,抢着上去,所以,我叫旦增严密封锁消息。"

说到旦增,罗布的语气沉了下来:"你的向导领队昂多杰是旦增多年的好哥们,今天的路绳,刚拴在顶峰的那根雪锥上,他就知道了。"

"那好,给个面子,让我的人明天上去。"埃瑞克一直在等这句话,左绕右圈地就把直率的罗布的话给套出来了。

罗布为难了,他向上翻着眼,从球形帐篷透亮的顶部往天上看:"别担心,让我的人先上到突击营地。明天的风速要是适合冲顶,他们晚上就往顶峰走。如果风太大了,那谁也怨不得我,都得下来,等下一个窗口期。如何?"

埃瑞克把双手抱到了胸前:"罗布,你可别说今天早上你没有把你两个客户给放了上去。这一次的窗口期,被你的修路队耽误得就剩这么点小缝隙。大队人马都上,确实不安全。但给我个蹭饭沾光的机会,应该不会给你添麻烦吧。"说着,埃瑞克用右手往上指,"你也听到了,这位爷,在以死相争了。"

罗布涨红了脸。

今天一大早,各国队伍的帐篷毫无动静时,他就让加措和另一个向导带着英甫悄悄挂上了路绳。没想到,这人拈花惹草地又拉上了另一个女队员叶娜。动员大家下撤,真是因为天气突变。这一次的窗口期就剩了两三天。今年上来的各国队伍总计有近百人,明天都往上挤,百分之百要出大事。但让白玛和罗布更揪心的是东欧领队心怀鬼胎,不拦住,放了上去,那就有了天大的麻烦。所以,白玛坚决要求罗布动员把人全撤下来,等下一个窗口期。到了大本营,自有派出所的人把事情弄个水落石出。

不知为何,前天晚上11点了,白玛又叫大本营用对讲机通知罗布,让罗布用卫星电话打他的手机。电话里,白玛让他把英甫放上去,千万要注意安全。叮嘱说到了突击营地后,视天气情况再决定是否让他冲顶。

山上的事,千变万化。罗布不以为怪,乐得把这个捧不住、抹不下的客户早早送上去,早早下来,早早离开。听着他在加布家的风流韵事和刀光剑影,罗布跟英甫每次对上了眼,总觉得他跟其他客户不一样,打心里生怕因为他而有什么麻烦。

"唉,我的老师呀,你真是山神的人,什么都没瞒过你。好吧,你通知你的人上吧。但是,你也明白,这次的天气反常,一定要小心。咱们说定,先上到突击营地。看看天气好坏,咱俩再决定是否让他们冲顶。"

埃瑞克右手猛拍罗布的右肩:"够意思,下了山,我请你到西班牙度假喝啤酒。"

"老师,我一定领情。但条件是今年咱们千万别叫这山上的风给呛着。我得提醒一句,今天你的队伍先比画着收拾装备。等二号营地的队伍都往下走了,你的人再往上走。老师,咱们可说好了,二号营地的队伍下到我这里抱怨时,我可是不能认账。只能是说你不给面子,独自玩了。好吗?"

"好!你别担心,我会安排个向导,把冻伤的三个客户跟大队人马一块撤下去。这样,我也算是往下撤了人了。"

埃瑞克心中有数,在这珠峰北坡,数他的公司最大,为人又和善,谅也无人就这点事跟他闹脾气。

不料,5月16日晚上的风速达到了每小时120公里。费尔南多有点动摇了,也同意天亮就往下撤。

到了凌晨1点,风速突然累了一样降了下来。昂多杰爬出帐篷观察,一抬头就看到英甫和加揩的两顶头灯在8500米的岩坎上晃。

昂多杰忙叫队员们烧水煮麦片,大家七手八脚地系好了冰爪挂在路绳上时,已是凌晨3点了。

队员一出发,埃瑞克就不能合眼了。他爬起来烧了一大杯咖啡,喝凉了又烧开。心口"咚咚"跳着,算着队伍的行军位置。他有数,在这样的天气往上爬,必有人出事故。

果然,走了不到两个小时,埃瑞克的对讲机就响起来了。

"埃瑞克,我是昂多杰,吉米,那个美国人不想走了。"

"什么状况?"

"看上去没什么问题,只是给他把氧气流量调到了4,他还说喘不过气来。我看,他是想下去了。"

"劝劝他,让他继续上。"

昂多杰沉默了一会:"埃瑞克,我看算了,让他下去吧。也不能怪他,现在的风又大起来了。岩石上雪挂不住,石子打得雪镜'啪啪'响,人都直不起腰来。"

埃瑞克不答话,端起杯子喝了口咖啡,此时的咖啡让他从心里感受到了苦。把眉头挤成了一堆,他又叫通了昂多杰:"派一个向导,带他下来吧。今天,必须下到前进营地。"

话是这样说,但得有个思想准备。往下走,比往上走更耗体能。这个美国人很有可能下到突击营地就会赖着不想下了。想到这种可能,埃瑞克加重了语气叮嘱昂多杰:"昂多杰,告诉向导,到了突击营地,千万别让客户钻进帐篷。喝点热水,就让他往下走。"

埃瑞克的登山团队一般以2∶1的比例配高山向导,两个客户配一名向导。当然,如果有的客户愿意多出钱,也可以独自一人配一名或两名向导。今年的登山行动中,埃瑞克有十一个客户,却阴差阳错只配备了四名向导。5月16日,抽出了一名向导陪同三个冻伤的客户下撤到了前进营地。现在,又得派一名向导带着美国人下撤。往上走的五个客户,就只有昂多杰和另外一名向导服务了。

算着账,埃瑞克心揪到了嗓子眼,开始后悔这次的冲顶行动。

果然,早上7时,太阳刚开始把漫天的雪雾映得微黄时,昂多杰的对讲机又叫进来了:"埃瑞克,安东尼又走不动了。"

安东尼也是个西班牙人,是费尔南多的助理,虽比费尔南多年轻十岁,但体能差远了。埃瑞克早就心中有数:这人,爬不到第二台阶。

"你们现在到哪里了?"

"刚上第一台阶。"

"中国坡?怎么走得这么慢?"

第一台阶也叫"中国坡",海拔8500米。是一处几乎直上直下的大石头群,高度有十几米。

"安东尼个子矮,腿短,踩不住那些大圆石。折腾了快半个小时,才把他拉上来。上来了,人就走不动了。"昂多杰在对讲机里情绪低落地诉着苦。

右手紧握着对讲机,埃瑞克狠狠地砸在身边的弗兰克的睡袋上。

左手端着的咖啡杯里的咖啡溅出来,洒在他的胸前。

"下来,把这个家伙给我弄下来。要快,否则都走不动了。"埃瑞克急急地又对着对讲机吼。

"那,可就只剩我一个人带着四个客户上去了。告诉你,现在风雪可是越来越大了。"昂多杰迟疑地问着埃瑞克。

"那你问问客户们,是不是干脆一起撤下来。"

"问过了,你的朋友一定要上,别的人也不反对。"

"那好,叫你的向导立刻带安东尼下撤。你带剩下的客户尽快往上走,走不动的时候告诉我,我那时下令他们往下撤。"

上午10时,埃瑞克的对讲机又响起来了。听着呼叫声,埃瑞克心中涌出一种不祥的预感。

果然,山上又出事了。

"埃瑞克,坏了,你的朋友滑坠了!"

"什么?"埃瑞克到现在未合过眼,刚刚进入迷糊状态。听到这个消息,脑袋里"轰"的一声,像一颗手榴弹爆炸了。

"你的朋友掉下去了!"昂多杰嘶声喊着,对讲机里传出了狂风的吼叫。

埃瑞克眼前一黑,爬起来,一把拉开帐篷门帘拉链,冲到了风雪中。此时的北坳,正是天地不分。雪片在空中忽而被风捏成一团,又一眨眼间被粉碎成碎片,一把一拳地砸疼了埃瑞克的脸。各种各样的凄厉风声,让埃瑞克产生一种身处地狱的恐慌情绪。想象着西班牙人正在向地狱的深渊坠落,他忍不住绝望地仰头向着灰蒙蒙扣在头顶的珠峰的身影大喊:"不!"

手中的对讲机里传来昂多杰不停地呼叫他的声音:"埃瑞克,埃瑞克,你得快点听,我的对讲机电量不多了。"

冰冷强硬的风雪打得埃瑞克浑身发抖,昂多杰的叫喊更让他的心要跳出嗓子眼。

"昂多杰,他滑到什么位置了?还活着吗?"

"埃瑞克,算是上帝保佑,他还活着。滑得不深,被一道岩坡给接住了。"

"位置,你们现在正在什么位置?"埃瑞克急躁了,昂多杰一定是吓破了胆,迟迟跟他对不上话。

"离第二台阶50米的路程处,他从线路上掉下去有近10米的高度。还好,还挂着路绳。人趴着,但能听得见我喊他,还挥了手。"

"你在干什么?还不赶快下去救他!"

听出埃瑞克的不满,昂多杰吼起来:"你说得轻巧,上来救呀!知道吗?这可是8700米的高度,风大得人站不稳,雪重得身体直不起来。我在干什么?在打保护点!原来的保护点的岩钉被你的朋友拔了出来,他才失去平衡掉了下去。我正在把刚找到的一段旧路绳固定在岩石上,准备下降。"

"好,你立刻下去,看看他的情况再和我通话!下去的时候,要冷静,动作慢一点。"

关了对讲机,埃瑞克的心跳平稳了些。扭头往营地下方的罗布的指挥帐看了一眼,刚要转身下去。想了想,他又转过身来钻进了自己的指挥帐。

昂多杰年龄不到四十岁,已是尼泊尔登山协会注册的国际向导,是高山上的知名人士,为埃瑞克服务已经十六年了。这一次的冲顶安排,让他觉得很不合理。天气如此坏,又要赶上第一次窗口期的末端,风险极大。以前遇到这种状况,埃瑞克都会稳妥起见,把人先撤回大本营。这一次,鬼迷了心窍,居然安排费尔南多和队伍往上走。不出所料,把昂多杰一行也带入了险境。发泄了怒火,他也很快镇定了。伸头看着下面的费尔南多挥手蹬腿地不停求救,他明白,这人是刚从鬼门关走了一圈，此刻，已是魂飞胆破了。

怕风大把人吹下去，昂多杰先安排瑟瑟发抖的三名客户走到不远处的一个保护点。就地挤着一团地坐下来，把他们安全带上的牛尾一一扣在保护点上。然后，他又回到费尔南多的上方位置，仔细地把旧路绳一寸一寸地检查一遍，防止有磨损伤痕。觉得这段路绳没有断裂的风险，他把一头打了个结，套在一块岩石的底部位置。另一头，连接在自己的安全带上的8字环上。

很快，他下降到了费尔南多的身边。当他抓住了费尔南多乱晃乱摇的右手时，费尔南多才敢抬起头。看见了昂多杰，他立刻将抓着路绳的左手也松开。双手紧紧抱住昂多杰的右手，似乎在祈求别丢弃自己。

昂多杰伸出左手，使劲儿拍拍费尔南多的后背。向他点点头，又往上指了指，意思是我会救你上去。看见费尔南多也点着头，他半跪下来，小心翼翼地把费尔南多扶起来，让他靠着岩壁坐好。然后，他从费尔南多的背包中掏出保温瓶，摘下自己的防风手套，拧开瓶盖，倒了一杯热葡萄糖水。右手端着水，左手向上掀起费尔南多的氧气面罩，一口一口地让费尔南多喝着。同时，上下左右地打量着地形。

快到第二台阶了，上升的路线坡度较缓。左手是尼泊尔一边的万丈深渊，登山的客户到了这里多半是不敢睁开眼睛看的。右手是70度左右的山体，直接可以看见北坳一号营地、二号营地和突击营地。山脊的风大，修路队不会按50米长度架路绳。因为，风会把路绳吹得来回摇摆，在岩石上磨损。所以，修路队在这一段路线上一般是每隔二十五米左右打一个保护点，把路绳控制得风吹不起来。

费尔南多在快到第二台阶时，累得两腿打软，眼冒金星。他想坐下来休息，昂多杰一把把他拉了起来，逼着他往前走。刚好走到一个保护点，他弯下腰来把牛尾从这一段路绳摘下来又挂在下一段路绳上,不料这时,一堆猛烈的风雪从尼泊尔方向突抛过来,把刚要直起腰的他砸下了右边的陡坡。照理说,他把牛尾已挂在了路绳上,不应该被吹下山。但这条路绳是为上下行军而架设的,岩钉是横向吃力。可是,他是顺着岩钉的竖向往山下倒,就势把岩钉拔了出来。幸亏他的牛尾挂在了路绳上,这个岩钉失效,但路绳上下相距50米的两头保护点的岩钉又起了救命作用。下坠了近10米,路绳便被两头的岩钉拉住了,把他稳定在陡坡的碎石片岩上。

喝了几口水,费尔南多的情绪稳定住了。

昂多杰把费尔南多的上升器挂在他下降的旧路绳上,示意他往上爬。但费尔南多往上拉了两步就没力气了。昂多杰只好紧贴着他,用手奋力托着他的屁股,一步一歇地把他顶了上来。

刚爬上来,费尔南多就趴在岩石上,再也起不来了。

焦急地等了近四十分钟,埃瑞克手中的对讲机终于响了起来。

"埃瑞克。我把你的朋友弄上来了,但我们得往下撤。人都不行了,再往上走,就肯定下不来了。"

"我的朋友能说话吗?让他跟我讲几句。"

昂多杰蹲下来,掀开费尔南多连体羽绒服的保暖防风帽,让他能从风雪中听到埃瑞克的声音。"兄弟,下来好吗?明年再来。"

"好!"费尔南多沉默了半晌,点了点头。

"昂多杰,立刻带他们下撤!要快,不要让他们坐下来休息。告诉你,风雪要更大了,你一定要……"

昂多杰来不及答话了,他的对讲机耗尽了电量。

风,真的越来越猛烈。雪片也成堆地往人身上砸。当下撤到离第一台阶不远时,费尔南多一屁股坐下来,说什么也不愿站起来。其余的三个客户也都垮了,瘫在了地上。

昂多杰急了，他知道这是到了生死之际。他也坐了下来，从背包中掏出卫星电话。但怎么也打不开电源，看来，是被严寒给冻住了。无奈，他把电池卸下来，放在怀中用体温去焐热。半个小时后，他开始拼命给埃瑞克打电话。当好不容易打通埃瑞克的卫星电话，只来得及求救，电池就没电了。

暴风雪中，挤成一堆的四个人，很快都和身边的岩石一样，身上堆满了雪。

5月17日上午11点，埃瑞克冲进了罗布的指挥营向他求救。

现在，人，虽然都活着撤到了二号营地。但从北坳下撤的路线被雪崩阻塞了。费尔南多的状态极其不好，现在，不得不再次打地塞米松抢救。在山上再多待一天，还能活着下去吗？

想到这里，埃瑞克懊恼地抬手使劲儿一拍自己的头：该死！我为什么要带他去看"冰人奥兹"呢？这不是真的被诅咒了吗？

懊恨之余，埃瑞克伸手看着腕表，已是早上5点了。他双手使劲儿一抹脸，戴上了头灯，打开后，爬出了帐篷，坐在雪地上系冰爪。

低着头，一道灯光照亮了他的冰爪。一抬头，罗布已是装备齐全地站在了他的面前。两人的头灯，相互照亮了对方的脸。都是一脸哭相，心情沉重。

埃瑞克举举手中的冰镐，示意罗布在前，他们就一前一后地往北坳一号营地的下方走去。他们要下去探探路，看看雪崩后的路线损毁情况。

六

千万年来，北坳的雪崩场景周而复始地重复，把6600米到6800

米的雪坡冲击成一道雪槽。登山的人，走到这道雪槽中都是把心提到了嗓子眼。偏偏这一带的雪坡坡度又陡，从6500米的前进营地走到这个高度，山友无不疲惫至极。无法快速通过，只有心中念佛，求山神放自己一马了。有的人走不动了，想坐下来喝口水。向导们就会大呼小叫地咋呼起来："快走，这个地方不能休息！"山友不想站起来，向导就用手往上指："看见了吗？头顶的那道雪檐在往下沉。"

那一次，这道雪檐还真没塌，但到了昨天半夜，话应验了。

罗布和埃瑞克挂在路绳上，很快就从接近北坳一号营地顶部的一节金属梯上下到了6800米陡坡的边沿。此时，天已大亮。

两人探头下望，不约而同地惊叫起来。

"我的上帝，怎么会这样？"埃瑞克左手拍胸，右手敲着额头。

"佛呀，这下该怎么办？"罗布双手从前额往后脑勺使劲儿捋，防风帽和头灯都被掀到了雪坡上。贴着雪坡横扫上来的风雪，一眨眼的工夫，就把它们卷走了。也怪，那顶黑色的帽子被风吹着，在罗布眼前上下翻滚打转。然后，一下子钻进雪崩形成了的雪崩裙、雪溜堤里了。

怪不得这两人失态。凌晨的雪崩太狠了，雪檐上约有近百米的缺口。砸下来的冰块，引发了宽约200米的雪崩。雪槽陡，留不住雪块冰岩。它们奔涌而下，冲到了6700米到6600米的雪坡上。路绳毫无踪影了，放眼望下去，只见一道道凝固的海浪般的雪崩裙如鬼门关一样，在一夜之间横在了人间，截断了山上人的逃生路。

愣了半晌，埃瑞克拍拍罗布的肩，转身往回走。罗布抬头看着缺了一排坚牙的雪檐，摇摇头，跟着埃瑞克爬回了北坳。

回到了营地，埃瑞克先钻进他的指挥帐煮咖啡。罗布也钻进自己的指挥帐，叫小拉巴打酥油茶。

等罗布又找了一顶帽子回到北坳的边缘时，埃瑞克已背对他站在那里，双手举着袖珍望远镜往章子峰下看。罗布在埃瑞克身后不作声地只站了一会，转身往回走了50米，站在陡峭的雪壁边往下看。

"罗布，今天的路可以贴着章子峰修过来。上升的路线架高一些，绕开雪崩区，从雪檐下穿过来。"听不见罗布答话，埃瑞克回过头来。看见罗布探头打量的位置，立刻转身怒气冲冲地快步走过去。

"埃瑞克，快来看，下面是一条老路。陡了些，但修起来快。"

"糊涂！"埃瑞克拔高了声调，手指着北坳下方的上升路线，"从这边往上修，顶多慢几个小时，可救的人多哪。"

"老师，怎么修？你刚才也看到了，路都冲垮了。那些雪崩裙一道道的，怎么架绳子？"

"绳子？躲着雪崩裙、冰块往上拉呀。能有几米高？总比你这道深渊矮多了吧？"

"你那些半死不活的下得去吗？怎么不会累死在半道上呢？"

"那好，绕点路。沿着右手的章子峰，在雪檐底下左拐。不是可以省去许多麻烦了吗？"

"老师，你这话不对，是我的人上来修路。从章子峰修，必须头顶着这道大雪檐。昨天夜里到现在，雪就一直没停过。再来次雪崩，不就把他们全埋在雪里了吗？"

罗布又伸出右手去挠头，但这次用手指扣住了防风帽。

"罗布，今天的风大，气温低，现在的雪都已经冻住了。凌晨的雪崩，是雪檐的冰块被雪压得断裂掉下来引起的。你不是也看到，那道雪檐像一只没有牙齿的老虎咧着嘴，怎么能再咬你呢？"

"万一呢？你不能只想着你的人活命，不管我的人死活吧？"

"胡扯，罗布，是你的人修路有问题，才导致了我的人陷入困境。"

"还真不能这样说，你们原来修路的时候不是每次也都有人抱怨吗？"

埃瑞克在风雪中也伸出右手，把自己头上的防风帽一把揪了下来。双手使劲儿地揉搓着，提高了嗓门喊起来："我们修路的日子过去了！人死了的，都在山上躺着。登了顶的，都下去了。现在，是你把我的人困在上面。让他们活着下去，是你的责任！"

罗布听见这句狠话，沉默了一会，然后，瞪着两眼，大声一字一句地吼着："老师，让每一个山友活着下去，本身就是我的责任。是不是我把你的人困在山上，等下了山再说理。但现在，不是我的人在把你的人救下来吗？"

埃瑞克不吭气了。想着费尔南多靠着地塞米松活命，他的心就如一团乱麻。按照目前的费尔南多的状况，根本不可能从罗布设想的这么陡的路线下撤。罗布呢，则在心里琢磨，人一旦撤到7028米的营地就算是安全了。有氧气，有吃有喝的，休息半天也无妨。再说，修路队上来时会带来高压氧舱，人实在不行了可以进舱减压。权衡之下，无论如何得考虑上来人去救援英甫。从雪崩堆里修路情况不明，既有再发生雪崩的危险，又会耗费大量时间。假如修到下午晚上的，路是通了，埃瑞克的人撤下去了，可谁去救英甫呢？埃瑞克的焦虑他能理解，他眼下想修的这条路，差不多直上直下。1922年马洛里在北坳的路线上遭遇雪崩，死了七个协作。1924年再来时，5月20日，为了避开发生过雪崩的那个雪坡路线，马洛里找到了这条直上北坳冰壁的道路。由于狭窄和陡峭，他将这条路线称为"烟囱"。1960年3月27日，首登珠峰北坡的中国国家队的侦查组找到了这条路，只不过中国人将之称为了"珠穆朗玛冰胡同"。他们也是由此修路上升，建立了北坳一号营地。1999年4月5日，寻找马洛里的美国登山队也是由此修路攀冰地爬了上来。一句话，这条路，陡是陡，难是难，但无雪崩之患，架绳打锥的速度快。他的算盘是借着修路，他的人尽快先上来，赶在天黑前找到英甫。然后，设法把他弄下来。

至于意大利人、西班牙人，还有西门吹雪，可以沿着这条绳索采取陪护下降的方式慢慢送下去。难受归难受，但只要做好保护，人是不会滑坠的。只要下到6600米的雪地，就可以把他们都抬回去了。

但埃瑞克不这么想。他的客户已经在北坡上耗了五天了，冻伤患病的不知好歹。常年在山上混日子，他深知罗布要修的这条路线是供职业登山者使用的。普通登山者平日站在这里往下一看就魂飞魄散了，哪里迈得出脚往下探呢？何况，几天的惊险遭遇，已让这些人失了胆，差不多都失去了自主行动能力，哪有勇气配合向导陪护下降呢？弄不好，半道上就昏迷断气了。所以，他打定主意地认为一定要努力从雪崩区域重新开路，从那条之字形的老路把人撤下去。慢是会慢一点，但毕竟能撤下去呀！罗布急于救援英甫的心情他理解，可应该救援眼下能救援的。那英甫生死不知，只有等这些伤弱病残的人被折腾下去，再上去赌运气了。

看着低头不语的罗布，埃瑞克用右手推了一下他的右肩头："罗布，你知道吗？1924年5月23日，马洛里的挑夫从你要选的路线下撤时害怕了，有四个人困在半道不敢上下。第二天，马洛里带人爬回去救他们，那些挑夫被冻伤了，受到了惊吓。营救过程中，差点把所有人拉入冰裂缝中。"

罗布立刻在风雪中喊起来，像是与山神比谁的嗓门大："可是，你也知道。1922年，马洛里在北坳的那个雪坡上被雪崩埋了七个人。1979年，我们中国王洪宝三人也是被埋在那里。我可不想在今天再埋几个我的队员。"

埃瑞克眨巴了几下眼，突然弯下了腰。将插在脚下的冰镐奋力拔出来，右手高举过头顶，狠狠砸下了罗布脚下的冰壁。仰天大叹了一声："我的上帝啊！"转身快步回到了他的指挥帐，一头钻了进去。

罗布的嘴张大了，双眼，紧闭起来。他站在风雪中，静静抽了根烟。

然后,来到埃瑞克帐篷前:"老师,出来吧,救援的事需要我们一起做。"

帐篷里没有什么回应,但听得到粗而急促的喘气声。罗布又把嗓门高了上去:"老师,昨天的卫星云图呢?"

埃瑞克拉开了门帘拉链,把头伸了出来。

喝完一杯小拉巴递上的甜茶,埃瑞克打开手中的电脑,找出昨天收到的卫星云图。他让罗布把帆布椅挪到自己身边,看着罗布,右手食指点着电脑主屏幕:"罗布,平日里,咱们到了山上。眼里看的都是线路,耳边听的都是风雪。可不能忘了,要抬头!要往上看!这人间的事,是天上决定的。今天,怎么修这条路,要看老天爷是个什么态度。"

罗布眼睛盯着屏幕点头:"老师,你说得对。喝着甜茶,咱们来分析一下今天的天气情况。看着老天爷的心情,咱们再安排修路的事。"

埃瑞克挤了几下眼,把右手的粗食指在卫星云图上划拉。要开口,又看了看罗布:"好,咱们先从行星尺度天气系统开始。"

罗布点了点头,把右手食指也按在了卫星云图上。但刚看了一眼,就惊叫起来:"哎呀,这卫星云图怎么都是一片白色?"

"是呀,地面的辐射太弱了。气温低,云层厚,急流云带宽。要有极端天气了。"埃瑞克皱起了眉头,又摇了摇头。罗布的眼眯了起来,像是要从云带中找出一条龙来。埃瑞克看了看他,又把头低了下来。

珠峰地处北纬28度,正好属于副热带。埃瑞克看着低头看屏幕的罗布,轻轻拍了拍他的后背:"今年这副热带的西风急流来势汹汹。又宽,又厚,又长。我判断,中心风速得过每秒100米以上。"

罗布抬起头来,瞪大了惊恐的双眼:"西风急流带来一系列天气变化,让珠峰上空的天气系统崩溃,出现了几百米到几十公里小尺度的天气剧变。先是雷雪,现在是电闪雷鸣。"罗布低下头,看了一眼电脑屏幕，又低声说，"这，也是1996年南北坡山难时的情景。当时，我看见雷雪出现时，云间闪着电。同时，在雷鸣声中还有强降雪。"罗布紧闭上了眼，用双手搓了一下脸，又把眼睁大了，"老师，依你的判断，这次，这种天气会持续多长时间？"

埃瑞克搓着双手，盯着罗布："这只是开头，也许，后面还有更糟糕的天气。雷雪之后是雷暴。如果雷暴群再引起飑线天气，后果就不堪设想。"

埃瑞克仰起头来，看着头顶被雪遮蔽的天窗："1996年，在南北坡电闪雷鸣地折腾了近乎一天一夜，就是这种飑线天气。当时，风速强达40米每秒，那可是蒲福风级的14级风啊。如果这一次赶上这种天气，谁能活着下来？"

说到这里，埃瑞克两眼盯着罗布。罗布的心"怦怦"跳动着，他完全明白了埃瑞克的意思，救能走得动的人要紧。至于英甫，恐怕是顾不上了。

埃瑞克扫了罗布一眼，又要开口时，指挥台上的对讲机响了起来。罗布急忙抓起话筒，抬腕看了一下时间，是早上6点30分。对讲机里的声音，如佛音般让他一下子想流泪了："佛啊，是白玛队长，我可等到你了。"

与山上的麻烦相呼应，白玛越是心急赶路，路上的不顺就越多。先是被尼木县境内的山谷中的塌方阻碍了两个半小时，路通了要出发时，又接到了罗布的卫星电话，知道了北坳路线上雪崩的消息。急了眼地赶着路，不料，到了定日县境内的加乌拉山口时，大雪把山路盖得严丝合缝。上山还好，以牦牛般的速度打着滑爬到了海拔5200米的山口。一爬上来，车里的三个人都不约而同地轻呼。白玛叫次仁把车停下，伸手向后座的索朗道："索朗，哈达！"

这一次，白玛左手紧握哈达，右手小心翼翼地顶着劲打开了车门。但一站在了路上，"呼呼"扑面而来的风雪，还是把他吹得紧跑几步。索朗赶过来扶着他走到经幡前，白玛把哈达紧紧系在经幡上。两人低头合十后，白玛抬头向灰白的远方的珠峰方向看了一眼，一握双拳。

"走！"下山，就极其危险了。一道道的弯道既陡又滑，一阵阵的狂风卷着厚重的雪花，吹得车身左右摇摆。

次仁害怕了，身体压在方向盘上把头向前探着。终于，在一个急弯差点滑下去后，他把车慢慢停在路中间，回头看着白玛。

"看我干什么，看路呀！"白玛吼了一句。

"头儿，咱们这是在玩命。"次仁眉头挤在一起，眼睛紧紧眯着，像在世界末日一样盯着路。车灯前方，白茫茫的什么都看不清。

"怕了？下来，我开！"白玛伸出右手，把车门使劲儿推开。刚要迈腿下来时，一阵猛烈粗野的顶头风，把车门硬生生地又给顶撞着关上了。

"不就是赌命么？行了头儿，别抢我的饭碗，咱们走。"次仁瞪着眼，回过头来说，"索朗，来一罐红牛，让我也牛一把！"

早上6点，车子终于停稳在大本营的指挥帐前。

白玛喝了一口甜茶，就把茶碗放在了桌子上。他叫大本营坐镇的登山队管家扎西平措煮一壶苦咖啡来。

"队长，咱们只有速溶的，冲一杯吗？"扎西平措显然一夜没睡好，脸上的疲惫相不比白玛强。

"没听见吗？要苦的，越苦越好！"

扎西平措点点头，转身出了帐篷，却没把拉链拉到底。一阵风雪鼓着劲，立刻从下半部冲了进来。

白玛皱起了眉头，索朗见状，起身快步过去要把拉链拉紧。刚要伸手，有人比他更快地从门外一把把拉链从下半截往上拉到了顶。这下可好，雪片像毒粉一样立刻涌入帐篷。帐篷里，桌上的水杯被吹翻，地上的暖水瓶被吹倒，桌上的扑克牌满屋乱飞，嗑过的瓜子皮铺满了一地。

"哎呀，罪过，这风也太邪乎了。"曲宗村的村长加布冲进来，没头没脑地边摘墨镜边嚷嚷时，索朗已手疾眼快在他身后把拉链从上往下又拉得严严实实。顿时，帐篷里安静下来。

"你来了，牦牛呢？"白玛被风雪激醒了，看着加布，脸上的表情缓和下来。

"三十头，分两批上来。怕你急，我昨晚动身，亲自带人赶了十七头上来。"加布边用手抹脖子里的雪水，向白玛吐了一下舌头。

"牦牛工呢？多少人？"

"先跟我来了五个，后面还能再上来十一人。"

白玛双手一拍："好样的，快去喂牛。人也吃快点，9点就得上去。"

"这么快？我的好队长，人吃几口也就饱了，可这些牦牛得歇口气再吃草料呀。再说，还得过秤装东西呢。"加布摇起了头，他那额头上裹着的红穗子拨浪鼓一样飞荡。

"过什么秤，这是上去救人。除了氧气和路绳，没那么多东西。"白玛右手一拍桌子，桌子上被风吹剩下的瓜子花生又跳动起来。

加布弯下腰，两手划拉着，在地上拣了几粒花生，剥着往嘴里放："队长，英总在我家住了近一个月，我俩都该换老婆了。我急着赶上来，不是为挣俩牦牛钱，是为了救我好兄弟。后面的那批牛和人中午就到。我心里急，那些牛，驮得重了走不快。你都看到了，今年的风雪太大，上面的路不好走，前几天，已经把两头牦牛给滑到冰裂缝里去了。"

他还要说话，抬头却看见白玛左手平伸到他的眼前制止他，右手把手中的电话举到眼前看短信。

"坏了！"看完短信，白玛抬起头来盯住了加布，"加布，这次可真的要靠你了。刚才，是我后面跟上来的队伍发来的短信。说是风雪太大，他们的车人多东西重，被困在加乌拉山下爬不上来。你这批牛，得多驮点物资上去。"

"阿弥陀佛。"加布脸绷紧了，双手合十，咬着牙吼了一句，"驮！"

"扎西平措。"白玛叫起来，"索朗，快去找他，别管咖啡了。你带上几个队员，跟着他到各国队伍的营地去借绳子。"

刚说到绳子，扎西平措就一把拉开了拉链，一手端着个铝合金的咖啡壶冲了进来。白玛右手接过扎西平措从咖啡壶里倒的一满杯黑咖啡，仰头一气喝尽。

"老师，慢点喝，别烫着了。"索朗睁大了眼，要用右手去拉白玛端杯的手。

"烫什么烫，早凉了！"白玛闭上了眼，嘴里的苦味犹在。心里的苦味，就一下子涌了上来。他猛摇声下令："有苦才有甜，我们登山的人，都是以苦为甜的人。扎西平措，你立刻和索朗到各队敲帐篷借绳子背氧气。加布，去备牦牛。大家记住了，现在是6点30分。9点必须出发！"

"队长，各国队伍都愿意派他们的夏尔巴向导上去，行吗？"扎西平措看着白玛。

"谢了，前进营地有我们的从过渡营地返回去的十七个人。跟我上去的有十二个人，足够多了。再说，两三天后，各国队伍都得上去，赶第二个窗口期，就不给他们添麻烦了。"

白玛头脑越来越清晰了，一杯苦咖啡，就让他的斗志激昂起来。

扎西平措和索朗立刻带人在风雪中走向各个营地，加布带着人把他的脖子上铜铃"叮咚"作响的牦牛拢在后勤厨房帐篷后的避风处吃草料。

白玛伸出右手端壶，又给自己倒满了一杯咖啡。这一次，他没有一饮而尽，只是重重地喝了一大口，然后放下杯子，伸手摘下了大功率对讲机的话筒："罗布，罗布，大本营呼叫！"

"佛哪，是白玛队长，我可等到你了！"罗布在对讲机那头似哭似笑地喊着。

听见罗布的声音，白玛的眼泪突然涌在了眼眶："辛苦啦，罗布，快告诉我雪崩的情况。"

"队长，刚才我和埃瑞克老师下去到现场看了看，很糟糕。头顶那条雪檐，掉下来一大长条，把下面的雪坡砸塌了。一直到6600米开始架路绳的地方，都是大雪裙、雪溜堤。"

"坏了，这路不好修了。"白玛的脸一沉，脱口而出了这么一句。他又提高了音量："罗布，下面的风雪很大。上面呢？雪还很大吗？"

他不问风单问雪，是他知道如果雪积得厚了，还会发生第二次雪崩。昨晚是侥幸，没人在路线上。但今天必须把路修通，如果，再次雪崩了，把人给埋了，那可就不是敢想象的事故了。

"雪一夜没停过，现在看着小了些。"罗布转过头，看了看正两眼死盯着他的埃瑞克，"队长，我正跟埃瑞克老师商量修路的事，我们想法不同。"

白玛在指挥台旁的藏式卡垫上盘起了腿，左手揉捏着麻木的双脚，右手把话筒捂在耳朵上，闭着眼。听完罗布和埃瑞克的分歧后，立刻把腰挺直了，睁大了眼："罗布，两条路都修！"

"都修？为什么？"罗布的两眼睁圆了。

"下面的路再修通，是为了先把二号营地的人撤下来。要多抽调些人，轮流开路修上去。'烟囱'那条路，是救英总用的。你得赶快派人上去送氧气,有四个人就够了,但要用老队员。"

"啊好主意!我怎么这么笨!"

关了对讲机,罗布气恼地用对讲机一磕自己的前额:"太聪明了,我怎么就没有想到!两条路都修,总有一条会通。上可上,下可下,真是万无一失了。"

埃瑞克听了白玛的安排,也立刻笑起来。双手前伸,高高挑起了大拇指:"牛,老将出马,一个顶俩!"

但是,他们高兴得太早了。

七

关了对讲机,白玛深深吸了一口气。他正要再从咖啡壶里倒出剩余的咖啡时,手机铃声响了,旋律是《康巴汉子》。他等那一句"血管里淌着马蹄的声音"唱完后,接通了电话。

"嗨,老弟,是缺氧了吗?响这么久才接,你现在在什么地方?"是李峰着了火一样的声音,"我在成都,快要登机了。听说昨晚北坳雪崩了,伤着人没有?"

"李兄,我刚到大本营。雪崩把路线给毁了,万幸,没有伤人。"白玛眼睛湿润起来。

"真是雪上加霜啊。你得赶快上去,弄不好,罗布顶不住。"

"他还行,埃瑞克也在上边。"

听完白玛的修路安排,李峰沉默了一会:"白玛,雪太大了,可别把人再给埋在路线上。你一定要提醒罗布,'烟囱'的路快修。实在不行,也可以从那条路把二号营地的人弄下去。修下面的路,一定要小心,不行先放弃,等雪况稳定了再抢修。那地方可没少出事,埋了人，你就只有从山上跳下去了。"

白玛心头的忧虑被李峰的话搅动着，他正要说几句，李峰却已经火烧着屁股了："别说了，别说了，我要过安检。"

雪崩再次发生前的一大早，罗布和埃瑞克正像掉进冰裂缝中的两头牦牛，仰天悲鸣。

西门吹雪不见了！

早上6点，旦增盘腿坐在睡袋上，用对讲机呼叫营地帐篷里的队员们。这是旦增在山上的习惯。只要上了海拔7900米的二号营地，风永远是狂野的，隔着帐篷喊人，谁也听不见。营地设在30度的片岩坡上，只能东一顶、西一顶地见缝插针地扎帐篷。要是穿好连体羽绒服，挨着帐篷去叫人起床，怎么也得半个小时。这时，他手中的对讲机派上了用场，叽叽喳喳地把人吵醒，等于吹了起床号。队员们再想贪睡，也没法装作听不见。

呼叫了一通，旦增告诉队员们，立刻起床，烧水备早餐。同时，清点客户人数，观察身体状况。以及，让他们都从睡袋里爬出来。

9点钟必须下撤，旦增已经做好了恶战一场的心理准备。风再大，每个客户必须出帐篷。雪再硬，谁也不许在行军中停下来。只要熬到北坳，就应该死不了人了，生拉硬拽的也能扛下去了。

两个年轻的接应队员被安排照顾夏尔巴向导昂多杰，关了对讲机，年轻人就准备烧水煮酥油茶。昂多杰昨天累着了，体能严重透支。下来时旦增让他吸着氧，昨夜把氧气流是开到了1。7900米的营地，对向导们一般是不提供氧气的。一瓶四公升的俄罗斯高山氧气从尼泊尔运过来，背到山上，怎么也得花费七八千人民币。腰包鼓的客户，从7028米的北坳就开始吸氧。条件差点的登山者，大多是熬到这里，才扣上氧气面罩。当然，也有人认为过早吸氧不利于耐缺氧适应，标榜自己上了8400米的突击营地才吸的氧。至于无氧登顶的人，要么是山神的爱子，像梅斯纳尔，怎么折腾都死不了；要么活着上去了，然后理所应当地死在了下撤的路上。1922年，马洛里拒绝使用氧气。怎么爬也爬不了太高，只能是归咎于天气太糟。1924年，他带了无经验，但会倒腾氧气的二十二岁的欧文冲顶。吸着氧，他们就终于爬到了近乎顶峰小三角雪坡的高度，却接着就丧生了。也许，不吸氧，他还是爬不了那么高，但也不至于如此悲壮而死。

氧气是贵，但罗布为了救人，让大家第二天能安全撤下来，昨晚命令每人都必须吸氧。西藏的队员们都把流量开到0.5，其他客户都开到1。昂多杰因此睡了个好觉，一起来，就帮着接应队员烧水。

两个年轻队员一个爬出来铲雪烧水，一个前往二三十米外的西门吹雪和两个意大利人过夜的帐篷叫起。他吃惊地看到，帐篷的外帐前厅拉链被拉开了，狂风已把外帐撕碎成片。他钻进帐篷，数着头，摇醒了两个意大利人，却摸不着第三个头了。两个意大利人睁开眼，就重复昨天的话，听得出一句一句的是感谢。看样子，他们今早能自主下撤。但西门吹雪的睡袋是瘪的，人和背包都不见了。再检查帐篷门口的冰爪和冰镐，也少了一个人的。意大利人说，昨晚睡觉前，他们三人简单聊了几句，不知道他是在后半夜什么时候走的。

旦增冲过来时，只穿了保暖衣和内靴。他钻进帐篷，抖了抖西门吹雪的睡袋。愤怒之下，竟然伸手把这可恶之人的睡袋从帐篷里扔了出去。那风雪正大，一秒钟，睡袋就在风中高高飞扬，眼见着往万米高空去了。扔完睡袋，他双手在帐篷底垫上乱拍。好像是西门吹雪玩坏，变身藏在了岩石里。不多时，他明白过来：西门吹雪吸了氧，休息好了，这是趁人不备往上偷登冲顶去了。

旦增要过接应队员的对讲机，急呼罗布，不料他的手竟抖了起来，一阵恶心得想吐。

罗布正在埃瑞克的帐篷里喝咖啡,说着修路的事。听得头晕目眩,立刻提醒旦增去检查氧气。如果西门吹雪确实往上偷登,以他的体能必会用氧。当然,如果这个家伙怕人多麻烦,大清早就自行下撤了,也有可能。

旦增急忙风雪不顾地出了帐篷,在岩石坡上检查存放的氧气时,差一点就想往万丈深渊纵身跳下:昨晚数过的二十五瓶氧气七零八落了,只剩下五六瓶被岩石坎、片岩缝卡住;用来拴住氧气的绳子,被刀割断了;绳头,散乱着像山羊的尾巴,在风雪中开叉乱舞。看来,西门吹雪昨晚坐在岩石坡上看着两个年轻接应队员从帐篷里往外搬氧气时,心中就打定了主意。

太坏了!你自己去找死也就罢了,还要如此下作,要害死这山上的人呢。

罗布双手握拳,伸在头顶抖动着。

埃瑞克的脸就更加阴沉了。他知道,罗布必会分出人手去救援西门吹雪。但是,在今天的天气状况和人员状况下,西门吹雪是不应该被救的。想要漫山遍野地把他带回来,至少得派出两个人去找他,这两个人,得经验丰富、体能一流。否则,他们也极可能死在山上。但是,二号营地的客户大多身心疲惫,尤其是费尔南多患了脑水肿,按说,昨夜就应该把他弄下来。今早听说还活着,埃瑞克已经在心中向上帝谢过一千遍了。眼下,再少了两名协助下撤的人,其他人能活着下来吗?风雪如此之大,一旦有客户走不动了,谁能上去帮一把手呢?眼下这北坳的路还不知如何修通,人和氧气都上不来,真是叫天天不应,呼地地不灵啊!

埃瑞克心中悲切,也不言不语,任罗布沉默着。

罗布明白埃瑞克的心思,但他无可选择。人,都必须救下来。

西门吹雪确实是个混蛋，就当是佛派来出难题的，给自己一次修炼消业的机会。

右手拿起对讲机，他叫通了旦增："旦增，你带上一个人立刻出发，往上走，去把那个混蛋抓回来。"

"他要是往下走了呢？"

"那，我在这里一定会拦住他，替你打他一顿！"

旦增禁不住想笑，这罗布出了名的善良，他怎么可能伸得出手。但转念间，他笑不出来。眼下的处境太困难了，他心疼罗布，不知这个难关会怎样过去。

"罗布，我一个人去！"

埃瑞克听着对讲机里旦增的话，对着罗布摇头。埃瑞克的汉语半生不熟，藏语倒比汉语好。

罗布冲埃瑞克点点头，捏着对讲机说："一个人是去送死，你必须再带一个人。"

对讲机里，传来加措的声音："队长，我去。"

罗布已经是登山公司的总经理了，但加措一直不改口，叫着罗布几年前的职务。也是，正是在几年前，罗布带着这些刚放下牛绳、羊鞭的小伙子们开始了登山生涯。年龄都不大，但换命的交情那是比世人深得多。

罗布的眼红了："加措，你的手不碍事吧？"

"有点木，但不至于截肢。吸了一夜氧，现在感觉好多了。"

"好，你跟着旦增快走，找着人，尽快带下来。我正在让旺多修路，路一通，他就会带人上去救英总。"

加措哽咽了："队长，我们，一定要把他救下来。"

罗布像发誓一样斩钉截铁地一字一句地回着话："一定！"

早上6点30分，旦增和加措顶着风雪出发了。8点50分，索多打头，二号营地的人开始下撤。

5月16日，二号营地的各国队伍下撤后，西门吹雪溜回了加措的帐篷。

人走了，风雪就更大了。他是人生中第一次爬上这样的高度，山的巨大、空旷、粗暴，把他给吓住了。

尕子的钱，让自己的人生有了点色彩。但更精彩的，是找着那个"英国人"。

8100米，欧文仰天躺着，脸上，被兀鹫啄去了半边。那架老式的柯达单反相机，肯定就在他的怀里！找到了它，才会有一个精彩的人生：衣食无忧，名载史册。

越想越激动，中午12点，他鼓足了勇气出了帐篷。他把氧气流量开到了2。三个小时后，上升到了8100米。

风雪太大了，让他直不起腰来。从路绳上一摘下上升器，往右刚走了几步，他立刻就心惊胆战了。8200米以下，是珠峰的"金字塔"底座。由浅黄色、浅棕褐色条带状、片状的大理岩、千枚岩等浅黄色变质岩构成。就像一条黄金腰带，系在了珠峰的腰部，俗称"黄带层"。这些变质岩的成分主要为方解石，在常年的雪水中不停地溶解风化。整个山坡上，像亿万年的鳄鱼的鳞甲，布满了踩不住脚的片岩。

西门吹雪的高山靴上的冰爪，一踩上这些片岩，就立刻打起滑来。低下头，他一步步挪动，走了不到100米，抬头观望，吓得魂飞魄散。尽管他在网上教过山友如何在8000米以上的片岩上行军，但他不知道，这山脊的坡度有30度左右。才走了100米，他已不知不觉下降了50米的海拔高度。再往下，就是北壁的万丈深渊了。

没有了路绳，再往上爬回来，就让他体能消耗得很大了。他知道，有一年一个台湾的登山者，就是这样一步步在8700米的高度迷了路。结果，尽管他拼命呼救，但没有人敢下去救他。没有力气和勇气爬上来了，他就死在了岩石上。

爬回了8100米的路线，他失去了继续寻找的勇气，转身把快挂扣在了路绳上。在下午5点挪回了帐篷。把氧气供应调到了0.5，就昏睡过去。

5月17日早上9点，他被一声雷鸣惊醒过来。爬到帐篷前厅，拉开拉链时，一股煞气逼人的风雪，一下子就挤满了帐篷。

"坏了，我被困住了！"心中一阵恐慌，他急忙检查氧气，"完了，氧气没有了！"

原来，他在这之前没有使用过氧气，不知从哪里看到的数据，他认定俄罗斯的Poisk氧气装量为五升。多算了一升的量！海拔高，胃动力不足。尽管帐篷里有方便面，但他毫无兴趣。半梦半醒间，他陷入了脑水肿前期。

直到旦增一行下来，在帐篷里发现了他。

八

或许是那微量的氧气保证了他的基础代谢，或许是觉得尚有未竟的"事业"，2013年5月18日清晨5点，西门吹雪咬紧牙关，把自己挂在了上升的路绳上。

风，猛烈地吹着。分不清从何处来的，又向何处去了。雪片，竟像是铁屑，打得他的防风雪镜"沙沙"响。

早上8点，他扒拉着左手腕上的卡西欧运动手表，看到又到了海拔 8100 米的高度。往右看过去，珠峰的北壁在风雪中时隐时现。像是一堵顶天立地的墙，把刮过去的风雪，一丝不剩地挡了回来。

从路绳上摘下来牛尾和上升器，他的心，又"咚、咚"地加起速来。向右转过身，他弯下了腰，顶着风雪，向北壁走去。这一次，他格外小心脚下，不让自己在山坡上往下出溜。

"你能肯定那架柯达相机就在欧文身上？"

2013 年 3 月 12 日晚上 6 点，西门吹雪坐在北京亚运村一家餐馆的小包间里，对着坐在他对面的一个年轻女孩点着头："能！"

"为什么？不会是马洛里滑坠时掉在石缝里了？"

"因为，不在马洛里身上！"

听了西门吹雪的回答，年轻女孩左右摇头，马尾就在后背上左右甩动，"要是在欧文身上呢，会怎样？"

"轰动世界！"西门吹雪不露鼻孔的猴鼻，向嘴皮子挤了一下。左手抬起来，用食指和大拇指捻着鼻尖。

"那，我这算是天使投资呢，还是算风险投资？"

"天使，是个什么说法？"西门吹雪眯起了下眼皮有一道褶皱的鹊眼。

"找不着，算我倒霉！找着了，你要是独吞了，那——"年轻女孩的眼睛又瞪成了瑞凤眼。

"怎么样？"西门吹雪的鼻孔从里往外鼓了起来。

"赔我五百万！"

西门吹雪抬起右手，挠了一下右鬓角："够狠！"

"钱，是我的！"年轻女孩双手拢在脑后，把马尾扶到了正中位置。

"命，是我的！"西门吹雪左手抬起来，用大拇指和中指轻轻揉着两个眼球，"我可以不去这一趟！"

"你可以不赚这个钱！"年轻女孩笑起来，两眼像初夏的柳叶，还没有来得及弯曲，上面闪烁着露水，"要是我以风险投资的方式和你合作一把呢？"

"代价？"

"你得有抵押物。"

"本人，地无一垄，房无一间。"

"找人担保？"

"本人，浪子游侠，无亲无故。"

"好吧！"年轻女孩笑起来，从身边空着的椅子上的文件夹里抽出一张纸来。把那张纸往西门吹雪面前一推，"我，就做一回你的天使吧。"

西门吹雪低头细读了一通纸上的文字，抬起头来笑着："真要罚我五百万呀？"

"从美国回来三年了，我那可爱的老爸给的三千万就是这样只剩了五百万的，我，总得挣一回吧？"

"我从窑洞里出来三十年了，我那可怜的老妈给的这条命就剩半条了。我，总得赌一把吧？"

"祝你成功！"年轻女孩伸出了右手的指尖。

"祝你如意！"西门吹雪伸出右手用食指和大拇指捏了一下她的指尖。

年轻女孩站了起来，一瞥眼，伸出右手，又从椅子上拿起了一个满是英文的方纸盒子："差点忘了，'赏金猎人'。"

"好用吗？"西门吹雪双手把纸盒端到眼前眯着眼睛。

"你用它，可以在珠峰找到一枚硬币！"

早上9点，西门吹雪已向北壁横切了近200米。他的双眼，一直在寻找一个顺着山坡竖卧着的尸体。1975年，中国登山队员王洪保在这一带发现了这个据信是欧文的"英国人"的尸体。西门吹雪希望能从他身上找到马洛里和他于1924年6月8日冲顶滑坠后的相机。这架相机，能揭开他们是不是人类第一个登上世界之巅的秘密。

为了这一天，西门吹雪已经准备了五年了。登顶的人太多了，但如果能找到欧文身上的相机，那他就是世界名人，名利双收。为此，他今年要求登到突击营地适应，明年报名登顶。罗布想不到他打的是这个主意，在5月16日的下撤行动中，忽视了他。旦增听向导说他一大早就独自一人下撤了，谁料想，他钻进了东欧营地的夏尔巴向导的帐篷里。中国队下撤后，他又钻回了加措特意留下准备登顶下撤后休息的帐篷里。

今天凌晨3点，他就睁开了眼睛。5点，听着两个意大利人没什么动静，他悄悄爬出了帐篷。

当他发现第一具尸体时，差点晕倒在山坡上。脱下防风手套，双手端起"赏金猎人"金属探测器时，探测指针就拼命地摆动起来。但当他掀起防风雪镜，弯下腰细看时，却发现这具尸体的服装是现代款的，是防风的戈尔面料。

当他找到第九具尸体时，他已经绝望了。这些尸体都是身着时尚的连体羽绒服，颜色还未褪去。只是，每个人的脸上的眼睛和嘴唇，都被高山兀鹫啄去了。

很快，"赏金猎人"的弧形显示屏就不工作了。他的双手，也由于只能戴着保暖手套而冻得没有知觉了。

慌乱中，他坐了下来，卸下背包检查氧气。他从一出发时，为了尽快远离二号营地，先把氧气调节器调到了"4"的位置。走得是快了，但忘了再调小。4的氧气流量，只能维持近五个小时的供氧。现在，氧气的压力针指针指到了"0"刻度。

"我是第十具尸体了！"西门吹雪的脑子里闪出这个念头时，他的双眼紧闭起来。

刚才的九具尸体，都是这些年从8700米的东北山脊上滑坠下来而死的山友。我呢，却是从下面爬上来送死的。真可笑，我和我的天使投资人都赌输了。只不过，她失去的是老爸给的商场游戏钱。我呢，是自己的命！

风，又大起来了，雪粒硬硬地打在他的雪镜上作响。他失去了站起来的勇气，恍惚中丧失了方向感。他突然想到，欧文可能也是这样死的：孤独、痛苦、慢慢地睡着了……

想到了自己必死无疑了，西门吹雪悲凉悔恨地摇了一下头：真傻！我为什么要来这一趟呢？

等着死神的召唤，3月22日晚上的场景慢慢清晰起来。

"当我傻呀？我凭什么就为这口酒，为你们跑一趟呢？"

3月22日晚上8点整，他在北京西直门一座酒楼的包间里满嘴酒气地说出这句话后，立刻就闭紧了嘴。

因为，坐在他正对面的一位戴着黑框近视眼镜的年轻男人起身走过来，拎着一个双肩黑包搁在了他的腿上："五十万，你的路费——"

说着话，年轻男人的双眼变成了两块冰粒："也是你的活命钱！"

无法忘记，当时的自己双手紧搂住包，脸热得像在发高烧。使劲儿闭了一下眼，又睁开时，浑身瘫了一样地把下巴抵在了包上。

其时，踏进这个包间时，他的两条腿就是软的。

等着他的是四个年轻女孩和一个年轻男人，有两个女孩是自己的熟人。

留着男孩子一样平头发型的二十六七岁的圆脸女孩，网名"泥鳅"，原来是东北一名女足队员。冠名公司欠了大家半年工资后，她跑到了北京，在公益圈里混。

另一个梳着马尾辫瓜子脸形的女孩，年龄与泥鳅相近，网名叫"阿狗阿猫"。她的父母都是一家大企业的高管，因此，她是个不愁吃、不愁穿的北京大妞。从北京体育大学体育教育专业毕业后，父亲找了关系，把她安排进了一所市重点中学当体育老师。谁想，上了不到一周的课，她就告别了刚开始的教师生涯。有一天她蹲在跑道上示范起跑动作，一个初三的男生揉了一团纸，砸在她的屁股上。她翻身起来，一脚就蹬断了那小子的两根肋骨。学校报了警。警车闪着灯进了学校大门时，她刚好坐在她父亲的车后座扬长而去。

自此，这妞也是只在公益活动中露脸。三年前，在拉萨到纳木错的公益骑行活动中，西门吹雪认识了她和泥鳅。

去年春节后，他就开始张罗当年10月的攀登世界冰山之父——慕士塔格的活动。包括泥鳅和阿狗阿猫在内，共有十一位山友以每人五万人民币的价格向他交了钱。不料，不到三个月，这笔钱只剩下了五万元。因为春节后，在北京延庆的海坨山露营训练时，半夜一位女队员爬进了他的帐篷。两个月后，这位半大不小的女人找到他，说肚子里有了他的孩子。手抖着，嘴唇也哆嗦着，自己向泥鳅诉苦求救。泥鳅让他拿出了五十万，那女人才去了医院做了人流手术。

钱没了，山自然就登不成了。自此，他开始了东躲西藏的日子。

今晚，应泥鳅和阿狗阿猫的约来喝酒，一进包间，西门吹雪的心就"咯噔"一声沉了下来。

主位上冷眼看着自己的是一位自称尕子的年轻男人，看上去像是债主的委托人。另外两个女孩应该是律师。一位文静戴着红框近视眼镜，单眼皮，皮肤白皙的女孩自称丽莎。另一位自称叶娜的是个混血女孩，她身穿一件紧身的米黄色的始祖鸟保暖衣，双眼皮，眼珠灰褐，长睫毛，皮肤晒成了黝黑的健康色。

话入正题，他的心才落了地。

原来，尕子的老板的公司准备上市，需要一份漂亮的企业社会责任报告。去年，他动员自己在宁夏银川闽宁镇种葡萄的大伯马银华带着乡亲们调换了种植葡萄的地，实施了一项让黄羊回家的公益项目。今年，想求他带着大家到珠峰脚下的曲宗村一带做保护兀鹫的公益活动。为此，他们想住进村长加布的家庭旅店。一是要借助加布在曲宗村的地域活动，二是让加布帮着买喂兀鹫的老弱病残牦牛和雇佣帮工。丽莎是亚洲动物保护协会的项目主管。叶娜是德国汉堡大学的博士，正在做一个关于西藏的生态社会学研究课题，同时也是一个登山爱好者，今年也报名要登珠峰。

听着有求于他，西门吹雪脾气就上来了。喝了几杯后，眼就瞪圆了："你怎么知道我和加布村长熟悉？"

五十万现金沉甸甸地压在腿上，他的心"怦怦"颤抖着，睁大了眼，盯着尕子。

"你不是年年帮他拉客人？今年，你不是又组织了十一位北坳徒步团的山友要住在他家？还有，你不是要爬到突击营地适应吗？"尕子冷冷一笑，圆而紧凑的双眼闪着光，没有鱼尾纹的眼角抖动了一下。

"哟，知根知底呀！"扫见了尕子的眼神，他眯紧了眼睛，"人家有名有姓的，你们可以自己去呀。"说着话，他的眼神也冷起来。

"联系过了，人家说是客满了。"泥鳅接着话，摇着头，眼神却落在他腿上的包上。

"不想去？"尕子站起来，又走过来，伸出左手，把一张纸递在他面前，"我劝你还是睁眼看看我手中的这份债权委托书吧！告诉你，不去，今晚，咱们好酒好肉地散场。但明天，过不了半夜12点，保证有人上门追债。"

睁大了眼,西门吹雪右手拍了拍右脸:"唉,落难之人,何有尊严?行,我明天就和加布联系。3月底,我们到他的曲宗村。"

"不行,后天!你们必须后天就进藏。到了拉萨,休整一天,就得赶到曲宗!"夼子摇着头,眼睛盯着西门吹雪。

"什么?这么急?我们的徒步活动可是要到4月初才开始呀!"他半张着嘴,看着夼子。

"你说得没错,就是要在4月初之前,你们把兀鹫保护行动启动了。"夼子看了看泥鳅、阿狗阿猫和叶娜,"4月初之后,她们就可以和你一起去爬山了。"

"嘿,今年有艳福了,你这三位妞真要上北坳?"说着话,他把眼瞪向了叶娜。

叶娜点了点头:"是的,先生,她俩跟你一样,参加北坳的徒步活动。我呢,要试试冲顶。"

"叶姑娘,有高山经验吗?"

"当然有,到目前为止,我登过乞力马扎罗、阿空加瓜、麦金利和慕士塔格。"

听完叶娜的登山经历,他悲从心生。长叹了口气,低下头,眼睛盯住了腿上的包:"唉,钞票哪,要是能做个暴发户,我早就把十四座都给扫了。"

抬起眼,盯住了夼子。双手高举起来,在头顶"啪"地使劲儿一拍,"好!就当又行一回善吧。这五十万,我先拿走。等从北坳回来,磕着头,一一归还那十一位山友。"

说着,双手又放下来,紧紧按住了腿上的包。

夼子右手一抬:"兄弟,咱不玩这种游戏。这钱,得让人家阿狗阿猫拿走替你还债。别担心,咱们还有的谈。让她们先撤,咱哥俩再聊几句。"

姑娘们都走了，孖子叫服务员先出去把门带上了。然后，从座椅下又拎出来一个同款同色的双肩包。走过来，又放在了他的腿上。

"数数，还有五十万。"

听到孖子说这个包里还有五十万元，西门吹雪下意识地双手把包又紧紧按住。低头看了看，又抬起头盯住了孖子："哥们，我有点拎不清了。这钞票，跟我有关系吗？"

"有啊，上了山，你做件事，五十万，就是你的了。"

"什么事？"

"小事一桩。瞧，这是一瓶药。到了8400米的突击营地，你把它悄悄倒进一个叫英甫的人的保温杯里就可以了。"

孖子把右手平伸在他眼前，手心躺着一个小玻璃瓶，可以看见瓶中装的粉红色的粉末。

"嘿，折腾了一晚上。一出手，就是五十万的。原来，是为了雇我当杀手啊？我家哪辈子先人烧了高香，天上今晚掉馅饼，给了我一个图财害命的机会？"说了这话，他往后一靠，双手打拍节一样拍着装钱的包，眼睛却避开了孖子。扭过头，看向了关着的包间门，嘴里嘟囔着。

"想得美！就凭你这点耍嘴皮泡妞的能耐，你就能杀人放火，刀头舔血了？别自作多情了！"

孖子把手心中的小玻璃瓶放在桌上，伸出双手，扳住他的双肩，盯着他的眼睛。然后，右手又从桌上拿起小玻璃瓶。左手拧开了瓶盖，往瓶盖中轻轻一抖，倒进了一小撮粉末。往嘴里顺势一扣，把瓶盖放在桌上，再端起面前早已凉了的茶水喝了一口，把粉末当着他的面咽进了肚里。

"看见了吗？泻药！不信？来，试试。"孖子说着话，伸出左手拉起西门吹雪的左手，要往手心倒粉末。

"别，我明白了。这么破财，你就是为了不让那个家伙爬上去。"

他把手缩回来，双手抱住了腿上的包，往后一靠，装钱的包，就又被搂紧在了怀里。

"聪明，明人不说暗话。费了这么大周折，从茫茫人海中选中你，就是为了这一件事！"

"太自信了吧？我，凭什么要为这点票子干这么没谱的事呢？"

看着他摇头，尕子突然一伸双手，把他怀中的包一把拽了过去，往脚下一放。没等他的双手松开包的带子，尕子已弯腰从椅子下拎出一个牛皮纸的公文信袋，不紧不忙地打开了封口，伸出右手，从纸袋里掏出一把黑亮的手枪来。

"哥们，你也太酷了！没事干，天天手里拎把仿真式玩具枪装傻充愣，吓唬谁呢？"

"哼！"尕子冷笑一声，右手握枪在胸前。枪口朝左上方，左手扣住枪盖，大拇指朝后。"咔吧"一响，枪膛里崩出了一粒金灿灿的子弹。枪栓拉得果断熟练，子弹跳进了桌上的一盘鲜羊肉中。在鲜红的血水中，像一朵金黄色的迎春花。

西门吹雪清楚地记得，当时自己的嘴唇哆嗦起来，伸出了右手，用食指和大拇指小心翼翼地捏起这粒子弹。先举起来，在灯光下端详了一下，然后，把子弹立着放在面前的桌上，拱起双手，对着子弹一拱："好汉，怕了。这年头，还有人真的玩命，好玩！"

"好玩？好，那就一块玩！不亏你，等这个游戏玩完了，下了山，再给你五十万。"

尕子把枪收回到纸袋中，又弯腰把它放在椅子下。起身时，将脚下的包，用右手拎起来，又放回他的怀中。

"能多句话吗？"西门吹雪双手捂住了包，脸上恢复了笑眯眯的模样。

"问吧!"

"你这玩枪的身手让我开了眼,真正一个西部杀手的做派。既然有这么大的能耐,你干吗不自己爬上去把事办了,也省得如此破费呢?"

"你高看了我。我是个赌命的人,吃不了苦,比不了你。"

"那好,你知道这是多大的苦吗?这世上,有多少人能爬到珠峰的8400米的突击营地呢?那可是拿命换来的高度呀!"说着,拍拍怀中的包,"一百万,不值!只够爬到7900米的二号营地!"

"不好玩,只到7900米,他拉了肚子下来,休整两天,又上去了。在8400米上吐下泻,只能下撤。再想上去,是第二年的事了。一句话,今年,决不能让他登顶!"

"功课做得不错呀。那你肯定也对今年登顶珠峰的中国队员了如指掌,除了英甫、叶娜和我,还有十一个人呢。再找别人吧,你这点钱,救不了我的急,犯不上为你吃苦赌命!"

尕子的脸色阴沉了,他举起酒杯,对着顶灯,仰头看着血红的葡萄酒在灯光中晃动。不知为何,西门吹雪突然感到:这个冷漠杀手,就是一头嗜血的饿狼。

"还能找谁呢?除了你,那十一个人,谁都比你有钱。知道吗?那是一批房地产商老板组的队。"尕子说着话,继续摇着杯子。杯中的葡萄酒,像沸腾的血液,撞击着杯壁。

被尕子的话激怒了,西门吹雪挺直了腰,双手抱起怀中的包,在胸前晃动着:"这些王八蛋,仗着有俩钱了,成群结队地往上爬。尤其那个什么英甫,去年,刚从南坡登了顶。今年,又闲庭信步地来北坡玩一趟。不就是想显摆他从南北坡都登过顶吗?"

"好啊,路见不平一声吼。你把这泻药,在他冲顶的时候放进他的保温瓶里,不就解气了吗?"尕子放下酒杯,伸出右手,把药瓶放到了他面前的桌子上。

心，急速跳动着。盯着药瓶，西门吹雪的眼里像是有一堆要砰然而爆的炸药，双手轻拍着已抱回怀中的包。

"好，成交吧，下了山，再给你一百万，如何？"

听着尕子加了码，闭紧了嘴，西门吹雪的唇不抖动了。他伸出左手，端起面前的酒杯，也举起来，透着顶灯的光线摇着仰头看。

尕子伸出右手，从桌上端起自己刚放回去的酒杯。举起来，"叮"的一声，与西门吹雪手中举着的酒杯，不轻不重地一碰："来，干杯！人心不足蛇吞象，我把话说在前面，你可别被噎死了！"

"好，干了！我，也就这样了。但谜底，你还得给我揭开看看。"

一口干了酒，他把杯底一倾，又往头顶底朝天倒过来，看着尕子。尕子抬眼看着那杯中的几滴酒掉在了西门吹雪的帽顶，微微点了一下头，眉头，耸了一下。

"首先，我想知道，我与这个姓英的没照过面，你怎么认定我能靠近他？"看着尕子的眉头，西门吹雪的眉头也挤了一下。

"很简单，他现在已经住进了曲宗村村长家的旅店。"尕子的眼神平淡了，盯着自己答着话。

"那不是更简单了，你再随便找个人都能住进去盯住了他呀？"

"难！姓英的警惕性很高。一入住，就把那个家庭旅店全包了，说是一个人想清净。"

"好，我懂了。你认为我去了，加布一定会让我住进去？"

"对，只有你能做到。你不是与他称兄道弟好多年了吗？"

"真行，你把我吃得这么透！下的功夫不浅哪！"

"还有谜要解吗？"尕子问着话，弯下腰，右手把装枪的档案袋从椅子下拎了出来，要起身走人了。

"我想不通，姓英的，也就是一个登山的土豪。登上去或登不上去，就是几天的工夫就下来了。有什么账，等他下来了，有名有姓地找他结清，至于费这么大周折吗？"

"那可不一样，8500米以上救援的成功率很低。万一，他死在上边了呢？"

"嘿，那不正好？你跟他有多少深仇大恨，不也就一笔勾销了？"

"这话不好！这年头，谁在乎什么深仇大恨？在乎的是钱！他是个大老板，他在京城的一个近百亿的大工程正在结案。万一死在上边，人家的工程款、银行贷款、私募基金、信托基金和施工队的工资结算，找谁去？他活着，大家都踏实。"

西门吹雪看着尕子，眨巴起了眼睛："他在北京时，你不是有的是机会，让他拉上十次八次肚子吗？干吗非得追到8400米去呢？"

尕子这次撇了撇嘴皮："太笨了，没人能拦住他，让他金蝉脱壳地跑到加布家了。"

"我笨，想问问你。你现在是个什么角色？代表的是刚才说的哪一方？"

"讨债的，刚才说的各方我都代表！"

"这些钱是谁出的？总不会是你吧？"

"你说对了，这些钱还真是我出的。你把事办好了，姓英的好好下来了，自然有人跟我结账。"

"我要是办不好呢？"

"送你一颗子弹！"尕子冷冷地很快接了一句。又把放在腿上的档案袋三下五除二地打开，"看清楚了，就是这一颗。等着你，最好，别让我用上！"

当时，西门吹雪的眼角都要瞪裂了，脸色像猪肝一样，憋得紫红，把怀中的包双手拎住了站起来后，又反手把它放在自己的椅子上：

"吓唬谁呢？你拿这把破枪比画了一晚上了，还真把自己当成了神？前头说钱论事，你还算个正经人。现在，耍刀抢枪，不是一副穷途末路的相吗？去你的，爷忍了一晚上了。可笑，你机关算尽太聪明。不陪你玩，爷走了！"

怒骂着，他走到了门口，正要伸出右手拉门把手时，只听"哗啦"一声，急忙停步转身回头。看见尕子把子弹上了膛，左手端起酒杯喝酒，右手平伸出来，手中的枪口，正对着自己的胸膛。

"别逼我，我是个无路可退的人。接下了别人的活儿，办不好，我也活不成。干好了，我就退出江湖，回我那黄羊滩上种葡萄去。看到了你能撒野，我倒放心了。这样吧，我再加上一百万，明天中午之前先给你。这包里的五十万，你现在拿走。下山后，再来找我拿剩下的一百万。如何？人不为己，天诛地灭，你总不会逼我开一枪吧？"

又多来了一百万，他的心要跳出胸膛了："三百万，值！有这个数，我也可以叶落归根了。"

说着，他走回了自己的座位，弯下腰，用右手把包从椅子上拎起来，顺手放到了右侧的地上，又端起酒杯喝了口酒。然后，放下酒杯，俯身看着地上的包。

尕子把枪放到了桌上，默默地注视着他的动作。看着他直起腰来时，伸出右手，把桌上的小药瓶举起来，对着灯光晃了晃，就把它塞进怀里的内衣兜中。

"别急着走！我也讲个故事让你听听，为的是你的钱。"西门吹雪说。

尕子抬起左手，看了一下腕表："请，很荣幸！现在是晚上9点15分。离你后天早上飞拉萨的国航航班8点15分的起飞时间，还有35个小时。所以，讲短些，别像我的那么长。"

"我穷怕了!知道为什么吗?不怕你笑话,跟我的身世有关。"

说着话,看见尕子端起半温的茶壶往自己的茶杯里添茶,西门吹雪点点头,双手端起来,喝了一口。

"我母亲,是个上海知青。1969年,她二十岁,插队到了延安。她从小钢琴弹得好,在地里干了几年活,就被抽调到了山村小学当民办教师,给孩子们教音乐。公社书记的儿子是这个小学的校长,比我母亲大十岁,1973年我母亲嫁给了他,第二年就生下了我。1977年开始高考时,我父亲坚决不让我母亲报名,怕她远走高飞。1985年,知青回城潮时,我母亲带我回了上海。第三年,与我父亲离了婚。

"回到上海的日子,是另一种灾难的开始。

"我的姥爷姥姥都还健在,和我母亲的弟弟一家挤在一条弄堂的三十来平方米的平房里。我母亲终于回家了,却进不了门。为什么?因为她的弟媳威胁她弟弟:如果我母亲住了进来,她就要带着她四岁的女儿离开。无奈之下,我母亲带我到闵行一带的农村租了间平房。那时候,回来的知青太多了,街道安排不了多少人就业。我母亲只好又在一家乡村小学当代课老师,我就在小学里读五年级。

"家贫万事哀,有一天,我母亲晕倒在课堂上。到医院一检查,发现她是肺癌晚期。硬撑了大半年,她终于解脱了。我呢,不得不回到父亲身边。

"父亲又结婚了,生了一个儿子和一个女儿。他带着家人还住在窑洞里,仍然是小学校长。继母是个回乡青年,也是那个小学里的教师。对我很好,每天督促我完成作业。

"但我的心已经野了,每天只想在山梁上跑。结果,1992年,我只考进了江西的一家财会专科学校。1995年毕业后,我跑到北京过上了北漂的日子。至今,我没有踏入上海的地界半步,也很少回到父亲的窑洞看看。你刚说了，是个吊庄户的后代，现在，跟我一样也是北漂。你退出江湖了，还可以回到你的土地上种葡萄。我呢？何处是我的立足之地呢？我的母亲，为黄土地贡献了青春。回城后，却被称为'荒废的一代'。我跑到越来越现代化的京城来，却发现跟这个时代的富裕毫无关系。创业，没有资本，更无人关注我。在企业里打工，只能与人合租地下室。试问，整个京城，有谁正眼看过我呢？

"无奈，我又跑到西藏，当了'藏漂'。为人家的公益事业做义工，图的是能拿几个补贴，吃食住行有人掏钱。因而，我的兜里每月能省下千把块钱。因为我有女儿了。

"在一次西藏的公益项目的户外徒步活动的一个晚上，一个三十岁左右的姑娘钻进了我的帐篷。过了半年，她在我回京城向公益项目的资助人述职时，逮着了我。说怀上了我的孩子，要钱。我看她肚子是挺了起来，可谁知道她钻过多少男人的帐篷呢？又过了两年，她跑到拉萨来找我，怀中抱了个小女孩，说是她实在养不下去了，该我了。第二天，她就回了北京。再打听，她跑到澳大利亚，嫁了个残疾老头。

"总不能把一个小生命给扔了吧？实在想不出法来，我抱着这个孩子，回到了父亲的窑洞，把她托给了我的继母。从那以后，我特别防着这些户外的'藏漂女'。谁想到，去年，晚上露营海坨山梁时，多喝了几瓶啤酒。昏了头，忘了把自己的帐篷拉链拉紧。半夜，爬进来一个也喝多了的女孩。结果，又重演了一遍女孩怀孕的故事。

"泥鳅说得没错，我特别怕这个女孩真把孩子生下来扔给我。因而，把山友们登慕士塔格的钱挪用了消灾。没人知道，为这事我患上了抑郁症，整夜整夜地睡不着觉。兜里的钞票没几张，百忧解，却从不敢断货。

"兄弟，说真心话，你是我转世的佛！

"今晚,我看着你们演了一场大戏。心里明白戏的重头在哪里,也搞清了我是个什么角色。所以,别怪我贪心。我知道,你一定得把这事办成。其实,你的目的并不是让姓英的爬不上去,而是要让他下不来!在那个高度,真的严重腹泻,再赶上个暴风雪,人,是无论如何难以下撤的。假如他喝了泻药的水,还能爬上8500米的东北山脊,那,更是九死一生了。

"所以,你背后的出资人,下的是一本万利的注。腹泻,是致命的高山病症状,没人会怀疑他是被谋杀的。既然他死了,那他的巨额资产,就任人宰割了。你这救鸟的公益基金和我的三百万就是一笔微不可计的投资成本了。

"对吗?"

一口气说出了心里话,他抬手看了一下表。

"五分钟,够简洁了吧?"他把表盘朝向尕子,笑了一下。

尕子右手轻拍了一下桌子,站了起来,走到了他身边,点着头:"聪明,怪不得他们指名道姓地让我搞定你呢?听你一席话,我明白了,他们吃透了你!"尕子眉头又耸着,眼神也冷起来,"你,决不会后退。因为这是你鲤鱼跃龙门的一次人生赌注!刚才,你真要迈出这扇门,我肯定会扣动扳机!"

"好,那我也相信,等我下山后,你,也一定会带着一百万等我喝酒!"

"那得看姓英的是否在8400米喝下了你怀中的药!"

"放心吧!不是过两天就得和他住在一个屋檐下吗?昨天加布和我通话时就说了,他眼下正昼伏夜出地四处抛撒牦牛心肝肺救狼呢。"

"哟,你还这么鬼。未卜先知,盯上了姓英的行踪。"

他听了尕子的感叹,把手中的墨镜双手捧起来,仔细地又反扣回前额，然后看看尕子，又看看自己的双手："我本来就是加布家的旅店的代理人，在眼下的登山旅游旺季，我们得每天通话掌握住宿情况。"

尕子也盯住了自己的双手："问一句，你为什么在网上骂这个姓英的？"

"他只是个土豪暴发户，却偏要拿登山当他的消遣。想证明他有情怀，你说，这不是恶心、虚伪吗？"

尕子右手一拍桌子："呸！什么情怀？我太了解这些吸血鬼了。他们富起来，就是带着原罪去偷，去骗，勾结贪官污吏，榨干刮净百姓的血汗！"

西门吹雪笑了，伸出左手，轻轻放在尕子拍桌子的右手背上："看这个劲头，我们这些穷人是再没有机会了，怎么办？"

"从他手里抢！"尕子拍拍左手中的档案袋。

"对，抢！"

西门吹雪的右手和尕子的右手紧紧地握在了一起。

九

"必须上到8400米！"

紧握着尕子的手，西门吹雪有一种向全世界复仇的快感。抽身离去，却发现自己动弹不得。恍惚中，尕子竟掏出手枪，顶住了自己的前额。

"砰、砰、砰"，尕子突然抬枪朝天，贴着自己的右身，打光了子弹。西门吹雪从高山幻觉中被顶峰的雷声惊醒了。

此时，是2013年5月18日上午10点。几道闪电，正像利剑，从天上劈下来，把满天的风雪映得一片猩红。

人清醒了，西门吹雪首先感到的是头疼。心头的暖流飞泻而去，然后是像掉入冰窖里一样地冻到了骨子里。他想到了喝水，但双手已失去知觉，十指丝毫不听使唤。

坏了，下不去了！想到这些脑水肿的症状时，西门吹雪的心一下子沉到了地狱。他明白，他的氧气用完了。因为，此刻他的胸口像压了块大石头，每一口气，只能吸到一半就憋住了。

在网上，他被尊为高山运动专家。也常常分析一些山难，为山友点拨迷津。还专门写文，教山友们如何在8000米以上走路。2003年，一个外国山友在8400米下不来了，他在救援的网上讨论中，写了几句给白玛的建议。从此，他就说是他指挥了那次成功的救援。他的高山知识，虽是从网上搜罗来的。但天长日久，也自成体系了。所以，当他发现自己已站不起来的时候，彻底绝望了。

困意骚扰着他，但他知道，一旦自己睡着了，那就永远不会醒来了。求生的欲望，让他努力调动尚存的意志。他强迫自己尽力深呼吸，想象着手指在弹钢琴，十个脚趾在数羊。睁大着眼睛，他透过雪镜从贴着山坡冲上来的风雪间隙中辨认地形。

突然，他发现自己的脚下方偏左处有一块异常白硬的东西，仔细端详后，他的嘴在氧气面罩后无声地张大了。他明白了，他没有找到欧文，却坐在了马洛里的身边！这个奇遇，让他真的兴奋起来。困意一扫而去，大脑的思考能力也被激活了。

在巨大的刺激下，他居然一使劲儿站了起来。心头一阵狂喜：老天有眼，我的力量恢复了！挪着步，他往下来到了马洛里身边，慢慢地坐在马洛里左侧的石块上。英雄啊！大丈夫当如此。马洛里的尸体，在风雪中散放着洁白的光，西门吹雪被一种神圣的气氛深深感动。

他知道，马洛里是为梦想而长眠在这里的。从1924年6月6日他和欧文出发冲顶至今，他的尸体已被山神照顾了八十九年了。这具尸体成为人类的偶像。自己呢？会因为也死在这具尸体边而名垂青史吗？

不！绝不会！

作为一个生命，这个时代已经清楚地表明，没有自己的位置。自己的存在，谁在乎呢？

那么，他呢？正当西门吹雪往左抬头，仰望笼罩在浓厚的风雪中的灰暗巨大的顶峰时，一阵清脆的雷声，随着闪电，在顶峰响起。

他，必须死在上边！否则，这个世界就太不公平了。想着上边的这个家伙腰缠万贯、不可一世的样子，西门吹雪心中的怒火又燃烧起来。

3月26日下午4点，西门吹雪和泥鳅、阿狗阿猫、丽莎以及叶娜乘坐两辆丰田巡洋舰，到达了位于珠峰脚下的曲宗村。车子刚在村长加布家的门口停下，早已等候的加布，带着两个儿子和两个老婆欢笑着迎上来献哈达。

院子里，两条被绳子拴住的体形硕大威猛的大藏獒，滚雷一样地吼了几声。

听见动静，英甫掀起厚实的挡风保暖的藏式门帘探出头来。看见众人正兴高采烈地从车上往下搬行李，脸色一沉，叫加布进屋说话。

西门吹雪提了一件行李，慢慢踱步到门口，侧耳听着屋里的对话。

"加布，你这是在玩什么名堂？我不是已经把你这层客房全包了吗？"这是姓英的在不高兴地质问。

"大哥，往年得到4月初才能有客人来。今年托您的福，您一住进来，我这村里的几家客栈，都跟着就满人了。您看，人家都已经到了我的家门口，总不能赶人家走吧？"这是加布向姓英的在下水磨功夫。

"你就不能帮助安排这些人往上走,去到绒布寺住几天吗?"

"绒布寺?他们刚进藏,一下子哪受得了这么高呢?弄不好,半夜就得送医院了。"

"那好,往低了住呀!你开车带他们往回走,住在扎西宗不就行了?你告诉他们,扎西宗的食宿条件,比你这村子好多了。"

"不行!他们就选中了我这个村子的周边环境,要做保护兀鹫的工作。"

"搞笑!怎么突然冒出这么一群人来关心大鸟了?"

"大哥,话不能这么说,您知道村里人怎么议论您吗?"

"不知道,说说。"

"老人们都告诉我,让我看着点您,猜您脑子有病!"

"我要是脑子坏了,那天下人不都得是疯子?"

"您自打前几日住进我家,带着个叫小拉巴的藏族小男孩,昼伏夜出,两天买一头牦牛杀了取肉,自己不吃,傍晚用马驮了上山,四处抛撒等狼来吃。您,这是正常吗?"

"我不是说了吗?这是保护狼。眼下,正是狼的繁殖季节。狼,也是你们藏区的保护动物呀!"

加布笑起来:"哈哈,好大哥,都是做善事的人,大家就挤一挤,也让我显得生意兴旺呀!您也清楚,登山季节,是我们的黄金日子。登完了山,您和山友回家喝酒吹牛去了。我们得熬一年,才能再红红火火地做生意。"

英甫沉默了半晌,又开了口:"加布,你这里不是只接待登山的客人吗?"

"大哥,您不知道,外面的几位客人,都是来登山的。"

"登山,不是4月初才集中吗?他们为什么来这么早?"

"咳,讲了半天白讲了。人家跟您一样,也是借着登山,先做一回善事。借此，也是一种耐缺氧适应过程。"

英甫不说话了，房间里沉静了一会。加布试探性地说："大哥，您同意了？我让他们住进来，您多交的钱，退您？"

"好，你帮我安排车，我走！"

"走？往哪里走？"

"绒布寺！我上去！"

"大哥，您上去了，我不担心您会有高反。但您的狼，可就保护不成了。您付钱买了我三头牦牛，这剩下的肉,可就都得留给我吃了。"

"为什么？"

"狼是围着羊群转吧？"

"是啊。"

"您看，从曲宗村往西，过了澎曲河的支流扎嘎曲河，就是古母彭勒和雄牧场。沿着河向南，往绒布寺走，先是离村最近的孔木牧场，再就是靠近珠峰大本营的最后一个牧场，热帕。您的狼，都是这些牧场里的祸害。离了这些牧场,您还真跟它们照不上面。忍了吧，别走。多住几日，您要是再买三十头牦牛就好了，把牧场里的狼都喂饱，我们的羊，就会少被咬死多少只呀！"

"你的意思是说，我要是把这几头牦牛的肉给狼喂着吃了，就只能住在你家？"

"是。"

"那，这些人要怎么保护兀鹫？"

"和您一样，买我的牦牛。宰了，拖到山坡上喂它们。"

"好，你真是个好老板！兀鹫跟着狼走，狼吃剩下的肉和骨头就是它们的美餐。所以，保护兀鹫，一样离不开你这村子周边的牧场，都只能住在你家。也只能买你们村里的老弱病残牦牛，怪不得你把这些人都招来。"

加布又笑起来，拍了一下双手："不愧是大人物，大人大量。行，我先替他们谢您了。这样吧，您住的二层有四个房间。您自己住了一间，小拉巴住了一间，还空余两间。我安排那位男客人住到我大儿子家去，四位姑娘，两人一间，就都住进来了。好吗？"

"不好，但也只能说好了。"

听见这句不情愿的话，西门吹雪笑了，向院子里警惕地瞪着他的两只藏獒，竖起两手大拇指。

加布是扎西宗乡的大户人家，有两个妻子。在这里存在一妻多夫与一夫多妻习俗。一夫多妻的家庭，许多是丈夫娶妻后同妻妹同居，形成事实上的夫妻关系。这种姐妹共夫的家庭，没有什么妻妾和贵贱之分。

加布今年五十六岁了，两个妻子中，姐姐叫卓嘎，妹妹叫曲珍。她们每人给加布各生了一个儿子和一个女儿。女儿们都嫁出去了，一个在老定日县城岗嘎镇经营小商品店，一个在扎西宗乡的托桑木林村种地养牦牛。两个儿子都在曲宗村，各自成了家。都跟着加布开旅店，登山季节，做牦牛工。

加布的经济条件好，因为他是最早涉足登山旅游行业的藏族人。他帮两个儿子在村子另一头各建了一座二柱三梁的石木结构的两层楼房，目的是方便接待客人。他自己前年又在老屋的基础上加盖了一座三柱四梁的两层楼房，按照当地的习俗，坐北朝南，呈"凹"形，也是石木结构，墙体较厚。加布加盖自家房屋的目的是改善旅游接待条件。这些年，指名道姓地要住在曲宗村的山友、游客越来越多。

这是因为曲宗村正处于从定日过扎西宗乡再到绒布寺的千年古道上。村子的边上，是澎曲河的支流扎嘎曲河。河道两岸地势开阔，放牧的草场环绕。远处是山脉高耸护卫，牛羊遍布山坡。此外，这一带周边的文物遗存特别多。有吐蕃时期的古墓群，也有清乾隆五十七年清军反击入侵西藏的尼泊尔廓尔喀军队时的岗嘎碉楼遗址群。往上走，就是海拔5100米的位置上的绒布寺。它是古象雄文化与吐蕃文化的融合地，沉淀着大象雄的苯教文化、吐蕃政权的佛苯文化及古格王朝文化。

村里的村民住家，具备旅游接待能力的不多。所以，加布和两个儿子的客房，到了登山季节，就变成一床难求了。住过加布家的山友、游客，都非常喜欢他的两个妻子的照顾。还有，他的八十岁的母亲满脸慈祥，没有人不迷恋。久而久之，加布这个名字，就成了山友口中的亲切称呼了。

加布前年加盖房子时，严格按照藏族的居住礼仪行事。请了绒布寺的僧人来看了风水地脉，选了黄道吉日，又特意根据属相挑选了"破土人"才破土动工。

房基挖好的日子，他亲手将请僧人诵过经的炉灰撒入了基槽。然后，再由属相合适的破土人找准方向方位后，摆放第一块基石。但是，基石放好了，他却为后面的事吵了三次架，喝醉了三次酒。

第一次是在砌墙时。在儿子们要把选购来的珍珠、玛瑙、宝石和白石头放进墙体时，他大发脾气。

"笨蛋！"在工地现场，他瞪圆了牛眼，冲着大儿子低着的头和刚转身溜走的二儿子的背影吼起来。

"你牛，谁叫你是爹呢？嫌这白石头不大不白？你去找呀！"被骂急了，大儿子撇着嘴，眼望着珠峰。

骂着大儿子，加布看着珠峰顶上的洁白的哈达一样的旗云。脑子里突然闪现出家乡绒辖乡佐木德村的房门口的一块大白石。打小，饿肚子了，被欺负了，他都是坐在那上面哭。

第二天，他就叫大儿子开着车，带他赶到了村里。刚站在大白石前，堂哥旦拉就火冒三丈。

"佛在上，我什么时候忘了家乡了？"加布涨红了脸，围着白石头转圈。

"几年了？要石头了才回来？"旦拉拉长了脸，眼睛盯着加布左手腕上的卡西欧户外手表。

"我是村长。"

"村长？现在怎么不忙了？跑回家乡摆起官架子来了？"旦拉背起手，把滚圆的大肚子挺在了加布面前。加布看不见白石头了，只好向大儿子使眼色，大儿子及时地把脸转过去，捂着嘴笑起来。

"哥，我的新房等着砌墙。这样吧，我不能空手拿走，放下二百元，怎么样？"

"钱？"旦拉听完加布的话，使劲儿跺着右脚跟，"你有牛有地，我有山货药材。谁比谁差钱？"

"那你想干啥？"加布赔着笑脸，双手冲旦拉合十。

"把手上的表卸下来，喝酒！"旦拉昂起头，看着天上的鹰。

傍晚，大儿子把车停稳正和二儿子把白石头从车上搬下来时，加布从副驾位置上掉到了地上。两只藏獒扎西和岗巴跑过来刚要伸舌舔时，他张口吐起来，狗狗们一脸嫌弃地跳起来，跑了。

"这是我的房子，我想画多少海螺就得画多少！"在柱梁及四壁上要绘上吉祥彩图时，加布又瞪大了牛眼，与画师吵起来。

"懂规矩吗？"画师是个干瘦的人，像一根干木头根子直直坚硬地挺在加布面前，"'双色'、'海螺'、'酒壶'、'雍仲'，得配着对画！"

"我就想多画上几个海螺，让我的家人丁兴旺，财源滚滚，有什么不对？"加布看见画师收拾工具要走，横步挡住了他。

看见加布使眼色，扎西和岗巴吼叫着围住了画师。

"真咬？"

看见画师的脸变了色，加布伸出右手，拿食指顶着画师的胸说："真咬，除非你给我多画几个海螺。"

"好，先拿酒来！"

天黑了，看不见珠峰后，加布的两个妻子看着躺在地上的两个男人，叹着气拍手。

扎西和岗巴，当晚怎么叫，也不回家了。

房子终于盖好。在乡亲们都爬上屋顶，踩着泥巴，举行"踏羌"仪式后，加布又火了。

"笨蛋，是我的儿子吗？"这一次，他是冲着二儿子吼。二儿子低着头，手中捧着一面鲜艳的五星红旗。

"商店卖的国旗只有这种6号尺寸的，我怎么笨了？"二儿子的头抬起来，下巴仰着，眼神里只有珠峰。心里奇怪，怎么今天珠峰上不见旗云呢？

"5号的，我要大的国旗！"加布右手指向房顶。

"村里家家都挂的是6号国旗。"二儿子眼里找着旗云，嘴里不痛快。

"我是村长！"

"那你要是县长，得在自己屋顶挂多大号的国旗？"

听着二儿子的不满，加布右手使劲儿拍起胸脯："这辈子，我也当不了县长。你呢，也甭想换爹！"

"好，谁叫我只能当你的儿子呢？我去趟日喀则吧，但有个条件。"二儿子笑起来，抖动着左手中的车钥匙，"把你的那把多功能登山刀给我！"

"开喝！"

当天半夜，在灯光下展开 96cm×64cm 的 5 号国旗时，加布开心得眼含热泪。左手端起满碗的青稞酒，他使劲儿用右手拍了一下二儿子的左肩。

喝完第九碗，他就又吐了。

扎西和岗巴，在窗根下吼了起来。

第二天上午，风一吹，鲜艳的五星红旗"哗啦、哗啦"地在众人头顶飘着。人们抬头仰望时，都虔诚地合十念佛。

加布大喊一声："今天是个好日子，请大家尽情喝酒、唱歌、跳舞！"

那一天，人们喝到半夜时，满院子躺着醉了的男人。

加布藏文化味道十足的房子，让叶娜着了迷。

泥鳅和阿狗阿猫兴高采烈地往二楼的房间里搬行李时，叶娜兴奋得像个小姑娘，拉着丽莎的手满院子跑。她们趴在院墙上闻着牛粪饼，又抬头指指点点地赞赏空中飘扬的五星红旗。

"天哪，珠峰！"早饭后，从定日县城的珠峰宾馆一出发，叶娜就一路大呼小叫。一片洁白的云在山头上飘过，一群群黑色的牦牛缓缓地移动在山坡上，或者，一道雨后架在天边的彩虹，都能让她感动地流泪，哭泣。

上午 10 点，她们一行两辆丰田越野车爬上了加乌拉山口。车刚停稳，叶娜已打开了车门。不顾藏族司机的警告，拔腿就往珠峰观景台跑过去。山神给脸，此时碧空如洗。初春的高原上，一片片只可意会的绿意，漫无边际地流淌着。在天穹的尽头，从东往西，一道巍峨隆起的山峦起伏着。天上的白云似乎都赶到了那里，一条条如洁白的哈达，围住了山峰的脖子。

这种人间的大美景象迷住了叶娜。她面向群峰，脸上流淌着无声的泪水："今天，是我生命开花的日子！"她喃喃自语时，阵风迎面吹来,把她乌黑的过肩长发撩起来,显露出细长而白皙的脖子。

西门吹雪凑了过来,一一指点起远山:"叶娜,从左往右看。第一座高起来的山峰是海拔8463米的马卡鲁山,第二座是8516米的洛子峰,挨着它的第三座就是世界最高峰珠穆朗玛峰。再往右看,与珠峰遥遥相对的是世界第六高峰,海拔8201米的卓奥友峰。"

叶娜双手合十,西门吹雪每介绍一座山峰,她就低头致礼一次。西门吹雪把这四座山峰介绍完了时,她久久凝望着这些山峰,最后,当司机催促大家赶快上车赶路时,她又深深眺望着远山、白云、辽阔的高原大地,大声喊叫着:"存在的,都是永恒的!"

司机着急是对的。高原气候,比猴子屁股变色还要快得多。刚从加乌拉山口下来,厚厚的云层,就遮盖在人们头顶。驶入曲宗村前,空中,还飘洒起了星星点点的雪花。

眼下,叶娜和丽莎又叫又跳地在加布家的院子里外打转时,天空突然阳光四射,像一个爽朗的康巴汉子敞开了胸怀。

如果说,在海拔5200米的加乌拉山口是眺望珠峰的话,现在,在海拔5000米的曲宗村面对珠峰时,只能是仰望了。像欢迎新来的客人一样,珠峰从云雾中一露脸,就无比神奇地飘扬起了旗云。只见一条巨长无比的白丝巾挂在峰顶,从西往东婆娑起舞。一层层云雾,正从山顶往下退去。雄浑的山体,坚定无比地展示在眼前。

看到这种景象,她不由得震撼到眩晕,身体向后倒去。"叶娜,怎么了?"丽莎大叫了一声,紧紧拽住叶娜突然后仰的身体。用力过猛了,她也头昏脑涨得眼前一黑,要倒在地上。

等她睁开眼时,她感到被人拦腰搂住了。抬起头,看见一个身材高挑的强壮中年男人正关切地看着她。再看,自己是被这个男人右手搂住的。他的左手呢,正紧紧搂着叶娜。

看见丽莎能喘过气来了,这个男人放开了她。低头看看无法站稳的叶娜，男人一弯腰，左手抱腰，右手抱腿，把叶娜像抱一只小羊一样轻轻地抱在自己怀里。快走几步，转身回到了加布的家中。进了屋门，看见加布的八十岁的老母亲正盘腿坐在客厅的藏式靠垫上，手摇经筒念着经。他就走过去，轻轻把叶娜放在她的身旁，扶着叶娜后靠在靠垫背上。

加布正在二楼张罗着客人入住，听到动静急忙跑了下来。看见叶娜被老母亲慈爱地抚摸着额头，眼睛已经茫然地睁开时，松了一口气。加布对跑过来安慰叶娜的泥鳅、阿狗阿猫和西门吹雪抱怨："你们一下车，我就嘱咐，走路要慢，动作要轻，说话要少。看看，都不听，这不就缺氧了？刚才，要不是人家英总正巧碰上，人摔在了石头上，真不知道会出什么事了。"

说着话，抬头四下找英甫。

西门吹雪眼看向了丽莎："咱们得谢他！"

"他已经出去了。"丽莎的眼睛还在看着门口。

加布看了丽莎一眼，立刻警告："姑娘，少说话。看看你的嘴唇，紫得像茄子。快回房间喝口水，躺下来休息。"又对着厨房喊，"卓嘎、曲珍，拿把热毛巾来。再端杯热甜茶，把这位姑娘扶到楼上的房间去。"

十

西门吹雪一连三天都没能见上英甫的面。

他在网上没少骂这位大佬，就是因为这位大佬喜爱登山。他恨所有登山的土豪，为什么？有人在网上问过他。他说，土豪们有钱了还要风雅，以征服高山、亲切自然的名义往沾血的钞票上贴金，这是在玷污神圣的高山运动。他赌咒发誓地说，如果在山上见着了这些土豪，保证会往他们脸上吐口水。

他的这句毒誓，有三千多人点赞。还有一百多人给他支招，想出了各种各样的人间酷刑来让土豪们享受。

但是，这一次急着见英甫，倒不是兑现誓言，往他脸上吐口水。而是要接近他，跟他搞好关系。要不，怎么才能让这个土豪在8400米的高度拉肚子呢？

叶娜也盼着与英甫见面。她是为了感谢他。她从来没让父亲之外的男人抱起来过。三天来，她一直回忆着被这个男人抱着走的感觉：安全、依赖和温暖，让她当时脑海中出现一种幼年时对父亲的感觉。那是在她六岁时，她在院子里的草地上睡着了，迷迷糊糊被父亲抱着回到了屋里。

可惜，她的父亲生长于德国北部的汉堡，是个"冷漠的德国北佬"。自此，再也没有这样抱过她。

对这个男人，她在网上做过功课。从西方经济发展史的角度，英甫这样的中国企业家，实实在在要被归入"暴发户"一类。但从中国的高速发展现场来看，这类"暴发户"又是社会的"新贵"。从退出官场到一夜之间变成了企业家，拥有巨额财富和重要的话语权，彻底改变了传统的社会生态，也必将对世界的社会生态产生影响。

这个男人是个绝好的研究标本，叶娜知道能接近英甫时，兴奋得一夜未眠。

"叶娜，今天下午，你是真的晕了吗？"入住加布家的当天晚上，丽莎在要关灯睡觉时，冷不丁问了一句。

"半真半假！"叶娜笑了。

丽莎感伤了，靠在床头，双手抱住了膝盖："泥鳅和西门吹雪打情骂俏，阿狗阿猫迷上了尕子。你呢，又跑到珠峰脚下来追这个老男人。我呢,好惨,只落个看戏和当电灯泡的角色,唉。"

"哎呀!"叶娜装作吃惊似的睁圆了双眼和嘴,"好,说好了,这个老男人归我了。我得研究他,你得帮我来扒他的皮。"

丽莎瞥着眼,伸手从枕边拿起了一本书:"算了吧,论起琢磨人的念头,别把我钉在十字架上。有一天,天下的动物都解放了,我要做人生最后一件事。知道是什么吗?"

叶娜伸头看清丽莎手中的书名是《动物解放》,作者名字是辛格。伸了一下舌头,摇摇头:"你这么伟大光辉,我哪猜得到你要做什么?"

"成立一个'酷儿'学会!"

叶娜抬起双手,紧紧捂住了两眼:"了不得了,你吓着我了。看惯了你抱着小羊、小鸟的一脸母爱泛滥的样子,真没想到你这么愤世嫉俗。有思想,不过会不会偏激?"

"偏激?我是北大哲学系的博士。大一时,坐在未名湖边的石头上看完了美国作家阿丽斯贝塔·爱丁格的《阿伦特与海德格尔》。我打合上书本的那一刻起,就成了一个女性解放的战士。为此,我延期了两年才拿到博士学位。"

"为什么?"

"因为海德格尔!他从头至尾,都在玩弄着善良美丽的阿伦特。这是所谓的不朽爱情吗?不,只是一种性发泄,是男人对女性的性践踏的一种标板!所以,我在第一次论文答辩前,把我的论文都删了,重新写了一篇。题目是《论阿伦特与平庸之恶》。"

"阿伦特不是自愿的吗?"

"是,这就是女性的悲剧!出让自己的肉体,来获得一种所谓的精神依恋!"

"唉,我的妞儿,你这是把海德格尔代表的男人、阿伦特代表的女人全都否定了。你的结论是,人性,是恶的!"

"人性不恶吗？"丽莎又拿起《动物解放》一书说，"就拿去年尕子支持我们在宁夏做的黄羊滩野生黄羊回家项目和在这珠峰脚下要开始的兀鹫保护项目来说吧。人们穷的时候吃野生动物，那是在充饥填肚子。上世纪60年代，他们把黄羊滩的野生黄羊吃尽了。这是人的生存本能，对吧？可是他们富起来后，还是要把野生黄羊猎杀屠尽。这一次，是为了取乐！在他们眼里，只要能赚钱，一切都可以算成为代价，河流可以污染，野生动物可以成为餐桌上的调味食品，什么都敢吃。你说，这种人性，是善的吗？"

"按生态社会学的逻辑，这种社会意识发展下去，必然是人吃人，重回社会达尔文主义的陷阱。"叶娜点着头，补充了一句。

"对，弱肉强食，适者生存！"

叶娜伸出左手拍拍丽莎手中的两本书："丽莎，我知道你的意思了。你是从内心中对种族平等和性别平等的问题感到无解了，所以，想从物种平等再出发，找到一条精神平等的归路。这就是你来西藏的原因，对吗？"

"对，做一点是一点。要不，这个世界，哪里有我们这样的小女子的位置呢？"丽莎笑起来，眼中泛着泪光。

"好，丽莎，现在我明白你为什么来西藏了。这珠峰脚下到处都是象雄时代的苯教遗风遗俗，又有吐蕃国、古格王朝朝代征战的草场。现在，又闯进来了英总这类的现代人。他们很富有，拿钱铺路垫道。但他们这样的外来者，是来审问的呢，还是来作恶的？他们的乐趣在于爬上世界最高峰，但他们不管自己带来的污染，留下的垃圾。他们为了和藏族小孩拍照留影，毫不犹豫地掏出百元大钞。这是在体现经济社会的公平性，还是表现了居高临下的不平等性？"

等不到丽莎的回应，叶娜微微一笑，双手抱住了两个膝盖，把下巴抵在了上面："从生态社会学角度看，辛格的'动物解放'，是一种新的伦理观。这是在提醒和促使人类重新思考进步的意义和发展的目的。在这个意义上，人的角色和觉醒是至关重要的因素。这也是我为什么对这个'老男人'感兴趣的原因。"

听见叶娜又提到了老男人，丽莎斜过眼来，冷冷地打量着叶娜："真可悲！我明白了，你找到了一个向这个老男人心甘情愿地投怀送抱的绝佳学术依据。唉，这个家伙，艳福不浅哪！"丽莎绷紧了脸，用手把被子拉到了脖前，闭上了眼。

一连三天，叶娜都没有与英甫照上面。

叶娜和丽莎住在加布家的二楼靠东侧顶头的房间内，泥鳅和阿狗阿猫住在她俩的隔壁。英甫住在二楼的靠西侧的顶头的房间，小拉巴住在他的隔壁。房间都是一样的面积，十六平方米大小。

在两侧的客房中间，有一个十几平方米的客厅兼餐厅的公共空间。加布把厨房设置在了一楼东侧靠里的地方，顶头是厕所。一楼靠西侧的顶头，是他的老母亲的房间。晚上，总有一个妻子陪着他。谁进来了，就把自己腰上的布带解下来横放在门口。白天，老母亲就会盘腿坐在客厅的靠垫上，转着经筒捻佛珠。由于加布的房子坐北朝南，每天的太阳，照亮珠峰后，就赶来把金光洒在老母亲的白发上。日落前，又以温暖的余晖，抹一遍老母亲满脸的沧桑。

加布在两层楼的客厅都生起了烧牛粪饼的火炉。阳光照射进客厅的玻璃窗户时，炉火也在热烈地跳动着火苗。青草的气息，弥漫在暖暖的客厅里，让人懒得活动。

每天早上9点，叶娜和几位女孩就围着火炉喝甜茶，煮咖啡。西门吹雪也会准时走过来，加入闲扯杂谈之中。10点，用完了加布妻子端上来的牛奶、麦片、鸡蛋早餐，大家就下楼来到院子里。院子里，请来的几位村民和附近寺里的两个喇嘛，已经把一只牦牛剁成拳头大的小块肉骨,堆放在皮卡车厢里。发动机轰鸣着,叶娜几位一挤进旁边的另一辆皮卡车内,其余人就跳上了车厢,两辆皮卡车就出发了。

曲宗村地处高原盆地中央,极目四望,东、西、北边都是6000多米的山头。唯独正南方向,珠峰,稳稳地俯视人间。

珠峰脚下的3月,半山坡的雪尚未融净。但看不见说不清的春意,已经闻得到听得明了。那些黑珍珠一样的牦牛群,在白云中都低下来头,吻着大地。洁白的羊群,在山脚下忙忙碌碌地哼着小曲。盆地里各种各样的溪水声,鸟鸣鸡叫,狗吠鹰啼。再加上牧民们跟着牦牛行走时高唱的藏歌,星星点点的藏式帐篷顶上飘起来的炊烟,让人忍不住想引吭高唱,但转眼间就会闭嘴,因为一开口就会自惭形秽。

是呀,这世上的人,有几个能配得上这珠峰脚下的纯净呢?

叶娜沉浸在身处天堂的感动中,跟众人驱车来到了离曲宗村不远的孔木放牧点的一片小石坡上。小石坡上,一股散发着松柏香的青烟,缓缓升起在半空。远处的天空中,十几只黑色的大鸟,正从高往低地盘旋着渐拢过来。

"奇怪,这些大鸟怎么知道我们要来?"叶娜问着身边的喇嘛。

"今天一大早,加布就已派他的二儿子骑摩托车上来用松柏枝、糌粑和酥油点起火堆了。这是信号,兀鹫看见烟,就知道有吃的了。"西门吹雪抢先回答了叶娜的疑惑。

"对,这些兀鹫平日里都在这附近的天葬台生活。我们定日县的许多乡镇的村民死后,以天葬为主。举行天葬,必须有天葬台、天葬师和兀鹫。所以,你们保护兀鹫,也是对我们习俗的尊重。"一个年轻的喇嘛用清晰标准的普通话又做着补充。

说到天葬,叶娜兴奋了:"太神奇了,我知道,天葬既有苯教的古老遗风,又有藏传佛教的思想观念。这些遗风和观念认为,天葬是风,是彩虹,是对太阳、月亮、星星等天神的敬仰和崇拜。他们相信亡灵在兀鹫的帮助下，能进入天堂。"

听着叶娜头头是道的解释，另外一位中年喇嘛合十点着头看向她。

"叶娜，知道吗？前几天，在北京我就让加布开始选地方放牛肉吸引兀鹫。要不，今天它们怎么能来得这么快呢？"西门吹雪抬起右手，指点着天上的生灵。

叶娜仰起头，看着这些人间灵魂的收纳者。

在一行人往山坡上跑的第四天，叶娜终于见着了英甫。不过，是在一场激烈的冲突中。

这一天的早上10点，珠峰顶上的阳光正在渐渐成红。而在它的怀里，却隐隐传来雷鸣声。一片片、一团团的云，围着顶峰转圈圈。更远处，环绕着珠峰、洛子峰，灰色的云堆，立着，横躺着，劈着叉，强硬地以阴沉的姿态挤压过来。

山神醒了！英甫站在村口，仰望着壮观的珠峰之晨，心里感叹不已。

西门吹雪和四位女孩的强行入住，让英甫感到不安。他尽量避开与这些人照面。每天早上，等他们热热闹闹地开着皮卡走了。他才下到一楼的客厅，跟加布的老母亲打过招呼后吃早餐。每次都是加布陪他吃。两人一样，都是糌粑、酥油茶、鸡蛋和牦牛肉。曲珍拿手的，是做蘸料吃的辣酱。卓嘎做的藏包子是美味佳品。

"跟着你，我享福了。"昨天，刚端起热乎乎的酥油茶，加布就笑嘻嘻地看着英甫。

"下辈子转生，我一定要做个藏人！"英甫也笑着，却摇着头。

"为什么？"

"能娶卓嘎、曲珍这样的老婆！"

"那你就得一天到晚拼命赶牦牛，闻着羊膻味跑，还得多买一份生日礼物。"

英甫左手抓起一根带肉的牦牛骨，右手握着锋利的莱泽曼多功能登山刀，剔下来一小条肉丝，用右手大拇指按在刀片上送进嘴里。嚼着肉，话却不闲着："知道吗？这恰恰是我一生想要的生活！"

加布不笑了，沉下了脸："你这是笑话我吧？好，那咱们换！"

"换？大哥，你以为这人生是开碰碰车呢？碰了墙，再回来？"

"佛呀，这人太矫情了，你就让他下辈子转生变成我吧！但有一条，那就是得把我变成他。让他面朝黄土背朝天地一辈子在这大山里养活两个老婆，我呢，去花他那数以亿计的钱！"

"佛啊，加布是个好人，你就让他如愿吧！因为，到他手里有了花不完的钱的时候，他才知道有多惨。"加布摇着头，从英甫手中要过莱泽曼刀，也用左手从盘子里挑出一条肉来削着吃。然后，又用右手举着刀在头顶摇："告诉我，有多惨？"

"你，就是天下所有人的仇人。天天夜半惊梦，日日心惊胆战。"

"既然这么可怕，你把钱散了不就行了？"

"散？这钱，是狗屎！你巴着巴着踩上了，哪能轻易再把你自己弄干净了。"

"这不是自找苦吃吗？"

"这句话，你说对了。这就叫'进亦忧，退亦忧'啊！"

"什么？听不懂了！"

英甫"哈哈"笑起来："咳，对不起，失态了！让你陪着我牙酸舌麻了。"

"听听，更是笑我没文化了。给你刀，吃肉！"

英甫左手把刀接了过来，伸出右手，从桌上抽出纸巾小心翼翼地把刀身擦得干干净净，折叠起来，装进放在桌上的牛皮套里，把它递给了加布："算是赔礼，送你了。"

加布一下子从盘着腿坐着的藏毯上站了起来:"给我?这把刀?"

"从第一顿早餐,你的眼睛就没离开过这把刀。"英甫笑得浑身抖了起来。

"那你上山用什么?"

"我还有一把。在山上,重要的东西,我都会备两份。"

加布喜滋滋地两手来回倒腾着刀。

"这刀是你的了,只需帮个小忙,就算是谢了。让这帮折腾兀鹫的人,把那片山坡让出来。"

"为什么?"

"因为,这几天,有一对狼总是在那里打转。那片山坡,是两群狼的地盘的交界,为了抢食兀鹫吃剩的残渣剩骨,它们互相残杀。"

加布瞪着英甫:"哼、哼,我明白了。你明里是为狼,暗里是赶人,是不想与他们照面。"

"对!"英甫盯着加布的眼,点着头。

看来,今天的珠峰上有暴风雪。看着珠峰上空的灰云终于盖住了顶峰,英甫心里想,此刻,人要是在上边,肯定是九死一生。

正七上八下地嘀咕生死,听到了背后的马蹄声。

小拉巴来了,左手牵着一匹黑鬃黑尾巴的骝毛马,右手牵着一匹毛色漆黑的黑马。

英甫左脚蹬住了脚镫,一骗右腿,就稳稳坐在骝毛马的背上。这匹马体格较大,结实有力,结构匀称,是典型的本地品种。几天来,它已经和英甫混熟了。英甫只要轻抖缰绳,叨叨一句"帅哥,走!"这匹马就点着大兔头开步了。

小拉巴是定日聂拉木人,才十六岁。前些年,在扎什伦布寺当过几年小喇嘛。后来,又离开寺庙,到了登山公司当协作。这一次,被罗布早早派来照顾英甫。小拉巴话少人机灵,很得英甫喜欢。

出了村,对准了西门吹雪一行呼唤兀鹫的山坡方向,英甫打头,任由马儿紧紧慢慢地由缰而去。

定日县一带的草场,属于高寒草原类。生长的草群组,为二十厘米高的紫花针茅、西藏蒿、西藏锦鸡儿、麻黄、小叶金露梅及香柏等植物。眼下,正是破土萌芽的时节。

"帅哥"知道背上的人好说话,走几步,就低头伸舌地在地上舔正要冒出石砾缝中的这些草尖。

但今天它运气不好。刚走了不到十分钟,肚子里的馋虫刚勾出来,只觉得肚子两边一紧,嘴里的口嚼被猛地勒了一下。它本能地小跑起来,冲着远处升起来的一缕桑烟而去。

英甫正在马背上晃荡,向左仰起头,看着珠峰顶上的黑云。向右一转眼,就看见了这股大大方方往天上飘的烟柱,也看见了麻麻点点的兀鹫在烟雾中盘旋。他顿时双眼睁大了,打马跑了起来。

半个小时后,他从大口喘气的"帅哥"背上跳下来时,两条藏獒从围着火堆的一圈人中冲过来。有人急忙大声喝止时,它们已围着英甫打转转了。原来,这是加布的两条狗。体形硕壮的是扎西,体形稍小一号的是它的儿子岗巴。它们是少见的纯种的藏獒,吊眼方嘴,四蹄包金。

看见自己喜欢的两条狗被带到这里来,英甫更是不高兴了。

他快步走到正忙着卸牦牛肉的众人身后,大吼一声:"住手!"

可巧,余音未尽。"咔嚓"一声,珠峰的山谷中,一声炸雷响起。

"哟,不得了了!珠峰大侠现身了?这么大嗓门,把天上的雷都给点爆了,不怕惊着了山神?"西门吹雪把手中的一布包牦牛肉块奋力往山坡上一抛,仰头看了看头顶盘旋的兀鹫们,挺身出来,挡住了英甫。

谁想到，英甫眉头一皱，脚步不停，伸出双手按在了西门吹雪的双肩上。使力一推，竟把他推得倒退几步。最后，到底没站稳，一屁股坐在了烟火堆上。

众人一片惊叫，两个喇嘛急急地拨开身前的人，冲上去要把正在火堆上扭屁股的西门吹雪给拽起来。

英甫意识到自己失了手，已赶在喇嘛前面，把双手又按在西门吹雪的双肩上。一抓一提，生生把他给提了起来。往左一扭腰，让他的两脚沾了地。

一出手，就如此野蛮，惹怒了丽莎。她扒拉开身前的叶娜，冲到了英甫面前："土豪！耍什么横？这不是你的地盘儿，你有什么威风可耍？"

英甫冷静下来，先低头看了看西门吹雪的屁股。那是煨桑的火势，温度不高，只为了起烟，因而没有把他的皮肉伤着，只是拢火堆的小石块把他的冲锋裤给戳了几个洞。

"对不起，回加布家，我赔你条裤子。"

西门吹雪摇摇头："胡日鬼！你以为我穷得只有这一条冲锋裤？"

"那好，你也来给我一下，扯平！"

"你一个大老板，一见面，先打人。打坏了，有的是钱来了事。我要是把你伤着了，我只能卸条胳膊来抵了。"

"那好，欠你的。日后，给个机会补上。"

英甫把眼神转回到了双手叉着腰、眼里鄙夷地看着自己的丽莎，说："要算是耍威风，也不是为我个人，是为了狼！"

"狼是你家养的吗？它们在这大地草场上觅食，跟你有什么关系？你不会是想捉一只狼崽，回京城养在你家豪宅后院吧？要不，我们好好地在这煨桑喂食兀鹫,你叫我们住什么手？"丽莎余怒未消，把叉腰的双手放了下来，又抱在了胸前。

"好，我也问你，兀鹫是你养的吗？它们在天上好好飞着，你招惹它们干什么？是不是也想弄一只幼鸟带回家养着玩呢？"英甫找着丽莎的话语缝隙，把自己的话题搋了进去。

丽莎被噎住了话头，恨恨地说了一句惹了叶娜的话："老男人！"

叶娜捅了一下丽莎，往前站了一步："先生，你我都是为了保护生态链的完整性。人和野生动物一样平等，你保护的狼和我保护的兀鹫之间存在着生存竞争，我们无法干预。但总不能为此，在人之间先打起来吧？"

"姑娘，谢谢，你的话中听！"英甫钦佩地点点头。他转过身，看了看丽莎，歉意地微笑了一下。丽莎在他的眼神扫过来的刹那，鼻子里哼了一声，盯向了蹲在英甫身边的扎西。

英甫微微一笑，转着头往众人看了半圈，说道："珠峰北坡，自古以来就是西藏狼的地盘。在这高原上，狼和兀鹫是一对打不散、离不开的冤家对头。牦牛的皮很厚，兀鹫很难撕开，狼撕开牦牛后，吃了心肝肺就跑，兀鹫则能把头伸进牛肚里吃个痛快。曲宗这个盆地，有四个牧场，每个牧场都有狼群，而你们正好把牦牛肉扔在了两个狼群的地盘的界线上。你们天天在这里喂兀鹫，两边的狼就在你们离开后在这里为残渣剩肉争得你死我活。"

"呦,大拿啊？你的意思是让我们从这里滚蛋？"阿狗阿猫吼起来。

英甫伸直了右胳膊，远远指着珠峰方向："你们往上走，到热帕牧场。为了兀鹫，也为了狼。"

"好男不跟女斗。既然你斗了,就不是个真正的男人。"丽莎说着，两手插进羽绒服衣兜，"你虽然让我很反感，但你的野生动物保护知识挺专业。冲这一点，我们走。"

英甫听了她的话，冲她一抱拳："姑娘，多谢！"

远山，响起了雷声。"快走，要不就天打雷劈了。"西门吹雪叫了一声，眼神瞥向英甫。

十一

2013年4月6日，是西门吹雪一生不能忘记，也决不愿意回忆的日子。那天被英甫推倒在火堆上的耻辱，像毒药一整天浸泡着他的心肺。这一推，像一粒邪恶的种子，在他的心里开出了末日的邪恶花朵。

两天后在春耕仪式上发生的事情，让他对英甫有了更加复杂的认识。

4月8日，加布天不亮就上到二楼，"砰、砰"地敲响了房间的门。

这一天是春耕。女孩们一下楼就被卓嘎、曲珍还有加布的两个儿媳按在卡垫上编藏式小辫。

加布手捧一包衣服，又来敲英甫的门。

"等一会儿我就下去，还没穿好衣服呢！"英甫隔着门喊。

"不行，就是不能穿好衣服。来，把这身藏袍拿去，穿好了下来。要快，喝了酥油茶，我们要早点下地。"

下到一楼，看见西门吹雪站在屋里看姑娘们编辫子，加布就高兴地喊起来："表扬，还真能起来，我还怕我那二小子叫不醒你。快，把这身藏袍穿上。先别急着喝酥油茶，去和我家的两个儿子商量一下你的十一人徒步团下午入住的事。记住，千万要提醒他们，别忙着在加乌拉观景台照相。要不，赶不上咱们今晚的篝火晚会，可别怪我！"

"藏袍，哇，还有松巴鞋，谁买的？"西门吹雪欢呼一声。

"英总，说是赔你烧坏的裤子。沾你的光，四位姑娘每人一套，连小拉巴都换上了新装。"

"耶，我们都有！"正在四位女孩头上忙活的藏族女人们都举起手。

"来，看看我，看看老母亲！"

加布原地俯身跺脚，跳了个锅庄动作，做敬礼状向老母亲示意。老母亲一身崭新皮面藏袍，张开了没牙的嘴，笑起来。

"我们得谢谢人家英总，让他破费了。"叶娜闭着眼说。

"谢什么谢，你家老公，腰缠万贯，这是他想穿过针眼的赎罪券！"丽莎也闭着眼，划动着薄薄的嘴唇。

"放心吧，那个针眼，我今生是过不去了。给大家买衣服，是想让人家的春耕喜气些，别想多了。"英甫站在楼梯的最后一级木阶上，不冷不热地接上了丽莎的话。

他头戴一顶金顶帽。因为是用金丝缎、银丝缎、金丝带做的金顶装饰，用土产的氆氇和狐狸皮毛做成。灯光下，他的帽子闪闪发光。再看脚上，将六层土产氆氇用粗毛线密密缝钉起来后，用牛皮包钉的鞋底，用黑氆氇做长腰，鞋帮色彩斑斓，鞋面绣满十分艳丽的花朵的一双松巴鞋格外醒目。身上呢，穿着一身"长袖、宽腰、大襟、肥大"的以黑色氆氇加羊羔皮制作的黑色藏袍。在领子和袖口上还用水獭皮围了边。脖子，戴着绿松石珠宝项链。左手中指上，戴着一枚绿翠镶面的大戒指。腰间，围着的一束紫红色的丝绸带，挂着一把金边银纹的腰刀。

"哇，卓嘎，快把你的外甥女叫来。嫁给这个汉子，又威武，又有钱，保证连生贵子。"

曲珍笑嘻嘻地合不拢嘴。昨天，英甫请人从拉萨买回来的服饰一到，他就挑出了三串贵重精致的"嘎乌"护身盒，递给了她们姐妹俩和老母亲。还给每人一串用上好的翡翠、玛瑙、绿松石串联起的"窝达"，往脖上一挂，就垂到了她们的腰部。右手腕上呢，每人都戴上一串精美的镀金镀银的小白海螺手串。

英甫笑着，眼神扫向了叶娜。叶娜闭着眼，双手垂在腰间，抚摸着从她的脖子上垂下来的一大串夺人眼目的海螺项链。只见那足足有五十个拇指大的洁白海螺，一个个张着口，像要唱起来。

"哼，色狼！"丽莎瞪着英甫，嘟囔了一句。

"先下地干活，明天再说娶亲的事！"加布乐得眼睛眯成了缝。

曲宗村的耕地，去年刚休耕了一年。所以，今年起，要连续种植三年。休耕后的第一年，种的是青稞。1998年，曲宗村所在的扎西宗乡被定日县划为了良种繁育基地。作为村长，每年的第一个"二牛抬杠"的藏犁下地，就成了加布的大事。

"小拉巴，帮忙把四匹马赶到地头去。"加布喊着小拉巴。

"加布叔，普布和叶娜姐要骑着去。"小拉巴在院子里正给四匹马头上披戴大红花。

"普布"，在藏语里是"老师"的意思。小拉巴十分亲近英甫，开口闭口必称"普布"。

"胡闹，坐皮卡去。骑着马去，到地头了，马还有劲耕地吗？"

"别忘了把犁抬上车厢，到了地头，卸下来再扎红绸。"加布又冲着在皮卡周围忙手忙脚的二儿子嚷嚷。

最后，众人都挤进两辆皮卡车里了。他扶着第一辆车的方向盘，又伸出头来喊卓嘎："老婆子，中午儿子回来接你们时，记着把中午在扎嘎曲河边过林卡的垫子带上。别忘了，要给老母亲备上条毯子！"

"这是试耕试播。"加布一边向大家解释着，一边亲手从车厢中搬出一块大白圆石。他把它放在田中央后，围着它，又插上了五色经幡。然后，回到田边，套马挂犁。

"今天，我先下去些青稞种子。十几天后，我来看看发芽情况，再决定哪一天正式播种。"说着话,加布斜眼向英甫看来。

一点头,英甫从怀中掏出了一团洁白的哈达包裹的物品。他双手先举过头顶,恭敬地面向珠峰俯首致礼。再转回身,送到了加布胸前。

"不行!"加布涨红了脸,往后退了一步,长长地伸了一下舌头。

"行!"英甫笑眯眯地往前又迈了一步。

"这是活佛给你的圣物,别人碰了,会带走你的福气。"加布双手合十,把腰弯了下来。

"这是你的土地,你的春天,你的希望。"说着,英甫的眼睛湿润了,"该给你!我这样的人,比别人做梦得到的都多,该知足了。从今天起,也该轮到别人享福了!兄弟,请!"

加布不说话了,两眼也湿了。把双手在胸前的藏袍上使劲儿抹了几下,才从英甫手中捧起了圣物。

也面向着珠峰,他双手高高托举着圣物。吐出了舌头,泪水从双腮滚滚而下。任由泪水滴淌在胸襟上,他右手把圣物抱在怀中,左手一层一层地掀开了哈达。阳光猛然抖了一下,他仰起头来,向着太阳,右手高举起一只白色的海螺。

"天哪!"叶娜一声惊叫,双手捂住了嘴,两眼满含着热泪。

仰望着湛蓝的天空中的白色圣物,她哽咽起来:"是右旋的镶翅法螺。"

众人都仰着头,双手合十,看着天上的鹰鸟都聚拢过来。

"汝自于今日,转于救世轮,其音普周遍,吹无上法螺。"英甫伸开双手,向天敞怀,大声诵念着《大日经》文。

"呜——"加布左手托着镶着金翅的螺口,右手握着裹着银嘴的螺顶,鼓胀了腮帮子,向着大地群山吹响了法螺。

天上的鹰鸟,猛然间振翅翻飞。阳光,照在它们的羽翅上,千万片金光，一下子从人的头顶洒落下来。一朵朵白云，听到号令一样向四周的山头隐去。像是在为这无上佛音扫净天空。珠峰顶上，一眨眼的工夫，一条巨长无比的旗云自西向东地飘扬起来。它随着法螺的音调柔软地摇动着，像是万山圣母在为它的群山孩子们系裹圣巾……

"开耕！"看着英甫又用哈达把圣物包裹紧，放回怀中，加布又使劲儿吐了一下舌头，大喊了一声。右手，高高地扬起了鞭子。

人喊着，声音在初春的高原大地上像蒲公英，跟着响彻天下的海螺佛音，飘向了四面八方。

拉着犁低头往前拱的骝毛马要起步时，回头看见英甫的一身藏装，瞪起圆鼓鼓的眼，顶起兔子般的大直头晃了几下。头上的大红花，像燃烧的火焰，热气腾腾地温暖着大地。然后，它又得意地冲着英甫长嘶几声。

这下可好，远山坡上的牦牛们，此起彼伏地鸣叫起来。村子里的狗，在扎西和岗巴的带领下也欢快地敞开喉咙。终于，人们都下地了，没人呵斥它们了。

像是呼应，山谷中，四处回荡着马嘶牛叫声。叶娜极目四望，到处都是春耕的马，戴花的牛，盛装的扬鞭者。

风一轻吹，在她眼里，似乎有青草的香味充满人间。风稍停下，就看见黄金般的光芒"叮铃铃"地把大地盖满。她的美丽的双眼湿润了，伸手拥抱天空一样，抬起头感叹："上帝，这就是天堂啊！"

看见身边的英甫对着她笑，她走过去，拉住他的手，轻轻靠住了他："知道吗？这里，就是我梦想的生态社会。有你，有狼，有兀鹫，有狗，有牛羊，还有加布和大地、高山、河流。"

她一气说了这么多的有，把英甫逗乐了。

"你真贪心,什么都想有。"英甫刚说了她一句,突然,她惊叫起来:"快看,藏雪鸡!它们在河边跑。"说着话,叶娜拉着英甫往不远处的扎嘎曲河边快步走去。

原来,在加布赶着马围着白石头转圈时,阿狗阿猫一使眼色,西门吹雪、泥鳅和丽莎跟着她一起走向了扎嘎曲河。人到了,藏雪鸡们就不满地吵吵嚷嚷地拉家带口地从干枯的灌木丛、石缝中跑了出来。

珠峰脚下的生灵们,都是山神的宠物,灵性十足。

叶娜来到河边,立刻被河水的清澈所吸引。她蹲下来,竟然发现浅水中生机勃勃:"看,小泥鳅,泥鳅!泥鳅!"

她双手捧起一条懒懒扭动的小泥鳅,转着头找泥鳅和阿狗阿猫。

泥鳅和阿狗阿猫、西门吹雪头也不回地往上游走远了。丽莎呢,正一个人往下游走,似是在看远山,又像是在想心事。

"这个,叫西藏高原鳅。你脚下跳来跳去的,是高山蛙。"

英甫在河边坐下来,看着叶娜像个天真的小女孩玩水,不由得笑起来。

叶娜玩得开心了,把脚上的松巴鞋脱了下来。撩起藏袍,赤着脚在浅浅的河水中走动。

"不行,快上来!这是上面绒布冰川流下来的水,太冷,会冻坏你的脚!"英甫突然想起来,在这个初春的季节,河水是冰冷刺骨的。

但是,已经晚了。

叶娜听见英甫的警告时,已经挪不动脚了。只见她身体开始摇晃,似乎马上就会倒在河水中:"坏了,我的脚不听使唤了!"

听着叶娜的惊叫,英甫手疾眼快地把自己脚上的松巴鞋脱下来。又双手一甩,把身上宽大的藏袍抛在地上,三步并作一步地"哗、哗"蹚着河水,赶到叶娜身旁。

在英甫来到身边的一刻，叶娜已经要倒下去了。英甫搂她的腰时，她的双手紧紧环抱在英甫的脖子上。在她松开手，被撩着的藏袍往水里掉下去的刹那，英甫一弯腰，把她整个人都抱了起来。几个大步，又"哗啦、哗啦"地上了岸，把叶娜轻轻地放在了自己的藏袍上。

"完了,我的脚要截肢了！"叶娜的脸煞白,无力地靠在英甫身上,双手没有从英甫的脖子上松开。

看了看，英甫把叶娜的双手从自己的脖子上摘下，让她躺在自己的藏袍上。然后，把身体往叶娜的双脚位置挪了挪。双手一拉，就把叶娜赤裸的双脚塞进了自己的怀中。

"哇，像两根冰棍！"英甫隔着保暖衣，双手握住叶娜的双脚揉搓。

叶娜像一个受了惊吓的孩子，在高原的阳光下闭着眼，入梦一般不吭气了。

感觉着胸口的冰冷在消退，英甫低头看着叶娜享受的面容。身体轻轻地摇晃着，口中低声吟唱起来：

> 温顺驯服斑鹿花皮从左肩斜披系在腋络上，
> 黑石乌发衬托脸庞如同月光倾泻白烟飘拂。
> 窈窕淑女细腰袅娜微微左倾令人心魄荡漾，
> 莲盘上面右边姿态更是娇媚令人流连忘返。
> 右边玉手胜施妙印普降甘露饿鬼也能如愿，
> 左边玉手胸前持握白莲花茎象征一尘不染。
> 对汝一作见闻忆念便可脱出世间污泥浊水，
> 祈求空行从此与我心意不离永远结为一体。

听见英甫吟唱起前两句的时候，叶娜被阳光染得发亮的脸庞一下子绷紧了。待英甫吟唱到最后一句时,她依旧闭着眼,但两排长长的黑睫毛下沁出了两颗晶莹的泪珠。

"好美的诗,是你写给我的吗?"泪珠滚到了两耳边,叶娜喃喃自语般地问了一句。

"我哪能写出这么美妙的诗,这是宗喀巴大师写给观音菩萨的。"英甫笑了起来,右手食指轻轻抹去叶娜脸上的泪水。

回过头,他看见丽莎悄悄站在自己的背后:"听听,自作多情了吧?光天化日之下,佛音袅袅之中,投怀送抱的妞,乘人之危的汉,好一幅'春耕图'啊!"

"扫兴!"叶娜懊恼了,翻身坐了起来,穿好了袜子和松巴鞋。

"扫什么兴?你那柔美怜人的三寸金莲没男人把玩了?"丽莎在叶娜身边坐了下来,看着英甫,斜着眼睛。

"太不公平了,丽莎!是不是前世我欠了你的债?"英甫把藏袍穿在身上,系着腰束,微笑着向丽莎点头。

"公平?这世上有公平可言吗?"丽莎冷笑一声,大声吼着。

"有!"加布的声音从背后传来,"拿我来说吧,我1947年出生,从小就是个朗生,直到1978年,我才不是奴隶了。后来参加赤脚医生培训班分配到扎西宗乡卫生所。我们乡是定日县重点扶贫乡,政府鼓励我们搞旅游致富。我学过英语和尼泊尔语,登珠峰的外国人,最喜欢找我当牦牛工。当了村长后,我就统一管理村里的牦牛,村民开始以旅游为生。多亏了你们啊,我们村家家接待客人,日子越来越红火。你们说,我能不满意吗?"

"知足者常乐,人心不足蛇吞象啊!"英甫感慨地长叹一声。

"那是你!你们这些时代新贵们,喝着时代的血,吃着时代的肉,把这个时代搞得乌烟瘴气。比比人家加布,你有什么公平可言?比如说,人家刚才在地里播种,你呢?在河边把玩三寸金莲!"丽莎找到了发泄心中怒气的机会。

"都闭嘴！"加布很不高兴地大喝一声。抬头看见二儿子开着皮卡拉着老母亲来了，他瞪着丽莎，双手抹了一把脸。

"吃肉，喝青稞酒，过林卡！有劲儿没处使？好，吃饱喝足了，晚上跳锅庄！明天，你们去登你们的山，我给你们赶牦牛，公平吧？"

西门吹雪皱起了眉头。

十二

> 大地像什么？
> 大地像八瓣莲花。
> 天空像什么？
> 天空像八辐轮。
> 村庄像什么？
> 村庄像吉祥八宝。
> 世界没有形成时，那是什么样呢？
> 世界没有形成时，没有歌没有舞。

晚上8点，天刚擦黑，曲宗村的夜空中就响起了歌声。加布家的院子外，一大堆火苗蹿升的木柴"噼里啪啦"地响着。围着篝火，一大群人正在兴高采烈地跳锅庄。

加布脖子上挂了个六弦琴，边踏着舞步，边带领村民们唱歌。他跳几下，领唱一句。他是发问者，众人齐唱应和，同时猛跺着脚步。不时有跳渴了的人退出来，坐在篝火边上大口喝着青稞酒。看上去，几乎人人都有了醉意。

英甫左手搭在叶娜的肩上,右手搭在卓嘎的肩上,俯身跺脚,仰头踢腿,跳了一会就退了出来。他坐在篝火边上,对着院门,喝着青稞酒。

西门吹雪左手拉着泥鳅,右手拉着他那下午刚到的几位山友,连成串,一圈一圈地蹦蹦跳跳。嘴里唱着,他的两眼时不时扫向加布家的院门。

丽莎没有加入跳舞的人群,坐在英甫的对面,看着火焰发呆。

越来越多的人跳累了退下来喝青稞酒时,阿狗阿猫才从加布家的院门口出现,右手半搀半搂着一个戴着黑框眼镜的年轻人。

"尕子哥,快来跳舞啊!"泥鳅兴奋地叫起来。

"他不能跳,下午刚到,高反得厉害!"西门吹雪左手高举着,像是向尕子打招呼,又像是制止他下场。

英甫冷冷地盯着尕子,放下了手中的酒碗。

叶娜从人群中退出来,快步走到尕子面前:"怎么样了?下午,你吐得太厉害了。"

尕子努力睁大眼,向叶娜点了一下头。

阿狗阿猫把叶娜从面前扒拉开,扶着尕子,就近坐在了丽莎身旁。

尕子坐稳后,扫视了一圈跳舞、喝酒的人们。最后,把目光定在了对面的英甫脸上,轻轻地点头。看见英甫没有任何回应,他耸了一下肩。

加布不高兴了,蹦跳着来到英甫面前。看着英甫,他大声领唱:

世界怎样形成的?
世界由风变成的。
我们一起来说风,
风儿变成花岗岩。

领唱到这一句时,他把六弦琴的琴头猛往上一挑。就听英甫突然接过去了领唱的角色:"我们一起来说金刚岩。"

今晚的歌舞,在定日叫"谐钦",是"大歌",也就是大型歌舞的意思。它起源于古象雄文化,来自苯教徒祭天、祭神灵的远古文化,产生于古代藏族人民游牧、耕田、祭祀的生活和传统。加布心细,怕客人听不懂。特意叫人做了一张印有歌词的纸发给大家。

听见一个汉人领唱,众人沸腾了,纷纷高声应和呼应。

加布高兴了,飞快地打着转,带领跳舞的人使劲儿跺着脚。

"轰、轰。"应和着脚步声,火苗变成了火龙,把周边的人的脸烤得发烫。

"轰隆、轰隆。"一阵雷鸣声响起来。加布抬头看天,头上的星星刚出来。再往村口看,一串明亮的车灯飞速逼近。他手中的六弦琴音刚停,二十几辆哈雷摩托车已围着众人停下来。

"熄火,关灯!"一个个子高高、身形彪悍的藏族年轻男人一骗腿,从打头的车上下来。站在原地,高举双手,把右手食指按在左手心中,对着摩托车手们大喊。

摩托车手们听话地熄火关灯之后,他转过身来,对着加布合十:"大哥,我们刚从绒布寺下来,要去扎西宗。看见你这里红火,顺便来凑个热闹,讨碗青稞酒喝。"说着话,他头上的红丝穗抖动着,像篝火中的火苗燃烧在了他的额头。

加布咧开嘴,大笑起来:"兄弟,请吧,今天是我们春耕的日子,又有你们这些贵客驾到,欢迎。"

说着,他猛地把六弦琴拨响,一跺脚,边领唱,边带领大家跳起来:

> 向东的大门是什么门?
> 向东的大门是白色的门。

白色门是用什么做成？

白色门是用白海螺做成。

白海螺门什么样式？

白海螺门雕有吉祥八宝图。

打开洁白的海螺门，看到了什么？

打开洁白的海螺门，里边有位世神。

摩托车手们纷纷摘下头盔，加入到跳舞的人群中。

下午到晚上，突然来了如此多的不速之客，让英甫坐不稳了。他右手端起一碗青稞酒，左手托着碗底，放到嘴边。用唇轻品着酒味，他一个一个地观察着跳舞的人。眼神中，总能碰到对面有气无力坐在火堆前的尕子一闪的目光。

有人跳到他面前，邀请身边的叶娜起身跳舞。叶娜转头看看，看见女孩们都已被拉到火堆旁勾肩搭背地又唱又跳。于是，她也笑着站了起来，拉着那人的手跳进了人群。

卓嘎和曲珍跳不成舞了，从人群中退了出来。因为她们亲手酿造的青稞酒、酥油茶供不上了。一下子增加了这么多陌生人，茶碗、酒杯得从厨房再搜罗些。她俩开心地笑着，虽是远离火堆，但也是满头大汗。

加布来劲儿了，故意使劲儿转着头，让头顶的红穗飞抖着，在火光中鲜艳无比。转着圈，跺着脚，他把泥鳅、阿狗阿猫、丽莎和叶娜扯到了面前，开始大声领唱。

"停！停！"正当众人的情绪像火焰一样，越燃气氛越旺时，摩托车手藏族小伙子突然原地打转，双手叫停。

加布停止了弹拨六弦琴，跳舞的人们围着火堆静了下来。火苗像停不下来的歌舞，呼呼有声地吼起来。恰在此时，远处像回声一样，隐隐传来了雷声。

"各位,我是昌都贡觉人,叫洛觉,是这次北京哈雷摩托车主会康巴藏区行的向导。他们前几天,刚到过我的家乡原来的三岩一带。"

"三岩?那不是过去的强盗之乡吗?"西门吹雪召集来的十一位山友中,有人喝多了说道。

"没错,但那是在旧社会,在农奴时代。"洛觉走到加布面前,恭敬地一弯腰,平伸出双手。加布就把挂在脖子上的六弦琴摘了下来,放在了他的双手上。

"哪里有压迫,哪里就有反抗!"洛觉"叮"的一声拨响了琴弦,"在黑暗的农奴时代,我的家乡贡觉三岩,是全藏区最穷最远的地方。不强悍的男人,是活不下去的。所以,我们反抗头人,快刀快马地抢他们。'病死为辱,刀死为荣',漂泊无定,浪迹天涯。"说着,他猛一跺脚。

"我们康巴人,爱自由,爱马,爱女人。今天,我们自由有了,比如我,我自大学毕业后就回到家乡。养牦牛,养藏獒,生意做到了北京和尼泊尔。喝醉了,我就会躺在草地上睡三天三夜。"

"马——"他用手指指人群外铮铮发亮的摩托车,"我也有了,是2013款的哈雷摩托,二十多万一辆。怕吓晕了我的爹娘,我骗他们说只有两万块钱。"

"女人呢?现在没有,怎么办?"

"抢一个!"摩托车手和山友们轰然叫了起来。

"她们都很美,抢谁?"

"抢那个混血儿!"有人高喊。

"不,太文雅的,不是我的菜!"说着话,洛觉向四位姑娘迈过去一步。姑娘们嬉笑着,一个个手捂胸口。

"凭什么任你来抢,拉倒吧,我抢了你了!"泥鳅大呼一声,冲上去，一把搂住了洛觉的脖子，向后弯起了双腿，死死吊在了他的身上。

"牛！看看我们的东北大妞！"有人兴奋地大叫。

西门吹雪脸沉了下来，默默地退出了人群。他走到盛青稞酒的暖水瓶前，弯腰倒了满满一小碗。双手捧住，仰头一饮而尽。

"左手拿的是什么？"看到晚会的气氛如此热烈，加布高兴坏了。他已经有七八分的醉意，一心想跳想唱。趁着洛觉被泥鳅缠住，他走过去伸手从洛觉手中又拿回了自己的六弦琴。一跺脚，又带着众人唱跳起来。

"左手拿的是海螺珠。"大家高声应和时，都忘情地同时跺脚。大地震动着，夜空中，一阵阵雷鸣渐渐逼近。

"右手拿的是什么？"加布高高举起了右手，众人也学着他，把右手举起来在头上绕圈子。

"右手拿的是钥匙。"有几个摩托车手还真从兜里掏出摩托车钥匙，开心地乱晃着。

"拿着钥匙干什么？"这是这首民歌的最后一个问题。加布领唱完，不跳了，也不弹拨手中的六弦琴。他故作神秘地低着身，弯着腿，转着场子一个个从上往下地瞪众人。此时，火堆周围的人们都静下来，听着远山的雷声。看着火苗不知疲倦地跳跃，把要应和的歌声，憋在喉咙口。

突然，加布一跺脚，右手使劲儿一拨琴弦，众人就齐声唱起来："打开歌和舞的大门。"

回答着最后一个问题，所有的人也都最后同时跺脚。

"轰！"

"停！"按规矩，还得再跺两下脚，这段"谐钦"才算结束。谁知这洛觉醉意刚上来，把泥鳅轻轻拨拉开，大喊了一声，又从加布手中接过六弦琴。

"该我献歌了！"他高喊着。

他拨动琴弦，几步跳到了泥鳅身前，眼神只盯着泥鳅。泥鳅兴奋得眼都潮湿了，双手合着洛觉的脚步，拍起了节奏。

"《强盗歌》！"

摩托车手们乱喊乱叫起来，显然，他们都喜欢听洛觉唱这首康巴人的民歌。

"来啦！"洛觉向泥鳅鞠了个躬，然后转过身来向摩托车手们喊，"各位大哥，别自作多情！今晚，我这首《强盗歌》不是唱给你们的。"

"那是唱给谁的？"有人高声问。

"唱给我这个女人。今晚，她是个心狠手辣的女强盗。一见面，就抢走了一个康巴汉子的心！"说着，他拨动了琴弦。泥鳅双手捂住了脸，哭了起来。

"我骑在马上无忧无虑，宝座上的头人可曾享受？"洛觉一进入歌的情绪，众人就都静了下来。他的个头比泥鳅高出一半，边唱边围着泥鳅转。眼神也温柔起来。低下头，把嘴凑近泥鳅的耳边，"我漂泊无定浪迹天涯，蓝天下大地便是我家。"

看着他唱，西门吹雪的眼泪也流了出来。他死死地盯着场中间这对男女，一碗接一碗地喝着青稞酒。

阿狗阿猫早已坐回到尕子的身旁，悄悄地从藏袍下伸出右手，把他的左手拉过来，两手紧紧地握住。

尕子看见对面的英甫站起来，踱步到了哈雷摩托车前。就斜过脸，对着火堆侧面的一个戴金丝眼镜的白面书生点了一下头。

那小子立刻起身，一招手，一个穿着厚厚的迷彩服的男人跟着他离开了火堆。

洛觉嘶哑而深情的嗓音继续在火焰中摇动着：

> 从不计较命长命短，
> 世上没有什么可以留恋。
> 岩石山洞是我的帐篷，
> 从来不用学拉扯帐篷。
> 凶猛野牛是我的家畜，
> 也不必拴牛羊在家门口。

"真不错！"

一个中年男人靠在一辆哈雷摩托上抽烟，他背对众人，面向黑夜中的大山。

听见英甫走过来称赞，他掐灭了烟，扔到地上用脚踩了一下。

"好听，不愧是康巴汉子。"

他以为英甫在称赞洛觉的歌声，但英甫伸出手来，摸着他身下的哈雷摩托："我是说你这辆今年刚发布的'至尊滑翔CVO'漂亮。"

听着英甫夸自己的车好，中年男人笑了："你也是发烧友？"

"我有一辆'哈雷 Fat Boy。'"

"真的？施瓦辛格在《终结者》里驾驶的原型车啊！"

"你说对了。"

"怎么到你手上了？"

"钱！"

"车现在在哪？能赏我一眼吗？"中年男人伸出手来，与英甫握了一下手。

"可以，你到美国我的家中看吧。"

"美国？你住在哪里？"

"洛杉矶新港，林达岛。"

"不可能吧？我的家就在那个岛上，门牌号是 39 号。"

"巧了，我应该是在你家的斜对面，门牌号是 96 号。"

"天哪，美国的邻居，居然跑到珠峰脚下才相会，人生太不可思议了！"中年男人摇着头，右手又拍了一下英甫的左臂。

"是啊，我也纳闷。这山穷水尽，黑灯瞎火的，怎么突然开来了二十一辆 2013 款的哈雷摩托车队。你们怎么知道这里今晚有晚会？"英甫看着穿迷彩服的男人在和那白面书生咬耳朵，微微一笑，但嘴里却和中年男人搭着话。

"看见了吗？是那个穿金戴银的小子。他是此行的召集者，说是早就和这个村的村长约好的，要带领我们来体验藏族风情。"

"我看见了，他是个北京的年轻人，怎么能跟着你们这些哈雷车主混？"

"别小看他，他可是有好几款哈雷的主。听说，是个在京城放小贷的，舅舅是法院院长。哈雷北京车主会的一位新会长跟他的舅舅有交情，所以这次的活动就交给了他来组织。"

"他？能从这活动中挣到钱吗？"

"挣我们的钱？不，人家财大气粗。整个活动，除了我们吃住行自理的部分，额外的开支，都归了他。"

"厉害，但我看着怎么还有五辆国产摩托车呢？"

"这就对了，你看到的那几辆宗申、五羊和铃木也是最新款的。是那小子掏钱买来，供沿途跟着我们服务的五位助手使用的。"

"是那边几个穿迷彩服的人吧？"

中年男人又细看了一眼，看见那五个助手正四散奔走到火堆的四周："对，是他们，是从成都加入我们的。据说，原来都当过汽车兵。"

"我说呢，看得出这几个人不简单。"

看着英甫要走开，中年人叫住了他："嗨，哥们，留个电话吧！"

英甫笑眯眯地看着他："我如果能从珠峰活着下来，一定会把电话号码塞到你的 39 号门缝里。"

中年男人也笑了："登个山，又不是玩命。上不去就下来，干吗非登顶不可。"

英甫仰起头，看着天上夜色中依稀现身的星星："不，我就是个玩命的人。要活，就活到头。要死，就死到底。生生死死，决不含糊！"

"好，哥们，敬佩！"中年男人拱起手的时候，英甫已转身疾步走向了火堆。

"滚开！"洛觉唱得情深意绵，他的那句"因独自吃惯了大块肉，从不会用指甲扯肉丝"的歌声刚落，就听叶娜尖声怒喝一声，把众人吓了一跳。

泥鳅正被感动得哭得稀里哗啦，听见叶娜尖叫。睁眼看时，却刚好看见西门吹雪被一个穿迷彩服的人一掌打得连连倒退。一屁股没坐稳，竟火花四溅地又坐在了火堆上。

西门吹雪这次是真的被火烧着了，他的藏袍起了火，两手被通红的木柴烫得没处抓。正当他拼命挣扎时，英甫已一步跳进了火堆。俯下身去时，火苗烧着了他的眉毛。他闭眼双手一抓一提，就把西门吹雪扔到了火堆外。

看着西门吹雪在地上打滚，英甫又提起一个装青稞酒的暖水瓶，走到西门吹雪的身边。"哗啦"一阵猛倒，把一瓶青稞酒都浇在了西门吹雪的身上。

"不错呀，哥们儿，好身手啊！"

提着暖水瓶，转过身来，英甫看见一个身穿迷彩服的小伙子正淫邪地笑着。此时,他正从叶娜的背后,用双臂紧紧环抱着她。两手不偏不倚,扣住了叶娜丰满的乳房。

原来,叶娜正在远远注视着英甫时,这个家伙无声无息地绕过人群走到她的背后。一弯腰,从后面搂住了她。又一直身子,就把她抱了起来,让众人看得清清楚楚。

叶娜一声喊叫,离她不远正喝闷酒的西门吹雪把碗往地上一砸,就扑到了那人的后背上。就在他从后面勒住了那人的咽喉时,他的咽喉,又被另一个闪身过来的穿迷彩服的小伙子从背后紧锁住了。力度之大,让他喘不过气来。他双眼一发黑,就被那人扯了过来。刚转过身,不等他站稳,那人猛击一掌,将他打倒在火堆中。

看着英甫如发怒的牦牛一样冲过来,把西门吹雪打倒的人上前两步,挡住了他的去路。

谁知英甫此时像力大无比的天神,圆睁双眼,双耳扇动。借着头顶的一声雷鸣,飞起一腿,就把面前挡路的人给踹得飞了出去。一眨眼,众人还没看清时,他已隔着叶娜的头,正正地把左手提着的暖水瓶砸在了搂抱叶娜那个人的脑门上。那人一声不吭地松软地倒在了地上。

英甫余怒未消,俯身双手抓住那人的后腰带和后颈衣领,一把提了起来,像扔麻袋一样,扔进了火堆。

在他把人扔进火堆时,突然,一个身穿迷彩服的身影从火堆的另一边飞身一跃,直接落到了英甫尚未站直的身前。只见他右手中刀光一闪,狠狠刺向英甫的腹部。

"动刀了!"

加布惊叫时,英甫已探身向前。飞快伸出右手,扣住了那人的右手腕。随后左手一伸,就双手紧锁住那人整条右臂。在他手中的刀往地上掉时,英甫已蹲下身来,原地一个急翻身,竟生生把那人的右肩给拧碎了。在那人疼得脸变了形时，英甫又原地跳起来，空中一个旋风腿，把他也扫进了火堆。

"快报警！"加布急了，喊着二儿子快打报警电话。

刚和英甫聊天的那个中年男人冲过来，挡在英甫前面："你们疯了？几碗青稞酒，就成了这个样子？"

听见加布喊报警，尕子看了一眼西门吹雪。

"算了，喝多了，玩嗨了，误会一场。"西门吹雪上前几步，伸出双手，拽住了加布的右手。

加布看向英甫时，英甫向他摇了摇头，就走到了坐在一起的尕子和白面书生面前。

"我俩有仇吗？"他低头看着仰起脸的尕子。

"有。"尕子冷冷地点着头。

"烧房夺妻？"英甫把眼睛眯了起来。

"你的'东方梦都'强拆，把我哥送进了牢里。"

英甫的眼瞪圆了："能进牢里的人，都比你强。废物！告诉你的主子，你不行，派个能杀我的人来！"他冷冷笑着，看着尕子。

"等着，保证如你所愿！"尕子也冷笑了一下，扶着阿狗阿猫站了起来。

"想走？不玩个游戏？"看见尕子被阿狗阿猫搀着转身要进加布家的院子大门，英甫双手拍了一下。

"没兴趣跟你玩了。"尕子停住了脚步，背对着英甫回答。

"眼下，可由不得你。你一直在玩这个杀人游戏，失了手了，得有个说法。"

"怎么个说法？"

"去，坐进火堆，烤烤你屁股上的屎！"

"放屁！"

"放屁？"英甫大吼一声。他眯紧了双眼，盯着孕子的屁股，"我，早没什么屁可放了。我不做官，豁出身家性命下海打拼，为的是一个人的尊严。挣了点钱，就成了公敌。你的主子三番五次地想杀了我，来个鹊巢鸠占。我躲到这珠峰脚下，也没逃过你来动刀子。你的命贱，不值得要。但是听听，这天打雷劈的可以做证，你今晚要是不把你的屁股烧烂，我保证把你的腿一脚踢断。"

"三。"英甫左手高举在夜空中，伸出了三根手指。

"二。"

刚数完"二"，孕子推开阿狗阿猫，转身走向了火堆。

"混蛋！王八蛋！"阿狗阿猫疯狂地冲了过来，一抡胳膊，就准备甩右手来打英甫耳光。

英甫眼不看她，一伸右手，就把她抡在半空的右手腕捏住了。

阿狗阿猫挣扎着把右手从英甫的右手中抽出来时，偏头看了看身边的叶娜，伸手打了过去。

"啪！"一声清脆的耳光声，叶娜双手捂住了脸，哭了起来。

"打得好，该打！这就是你的生态社会！"一直冷眼旁观的丽莎拍起双手。

打完了叶娜，阿狗阿猫转头看见孕子已安静地坐在火堆里，心疼地大喊一声："孕子哥！"紧接着，她冲到火堆前，也一屁股坐在了孕子身边。

"你还想全身而退？"看见白脸书生悄悄挪步，英甫冷冷地来了一句。

"别忘了，我是你的债主，你的半条命是我的！"白脸书生抬头冷冷盯着英甫。

"欠债还钱，但想多要我那半条命，就得付出代价！"

"什么代价?"

"一屁股屎!"

"你的屁股不早就是一屁股屎了吗?"

"你说对了,下了海,干上了企业,就成了风口上飞起来的猪。这风一停,猪掉回猪圈,不就是屎堆里打滚吗?"

"你这头猪,迟早得进屠宰场!"

"是,刀在你们手里,猪肥之日,就是动刀之时。但别忘了一条,猪急了,也咬人!眼下,你得先体验一下。"

"什么?"

"坐火堆里去!"

"三。"

英甫刚数完"三",白脸书生已转身走到火堆前。火已经不旺了,但他坐在阿狗阿猫身边时,还是烫得龇了一下牙。

"这得有多大的恩怨哪,追到这里来打打杀杀。"中年人看着叶娜靠在英甫身上进入加布家院门的背影,一边嘴里叨叨着,一边挥手招呼摩托车手们,帮加布和他的二儿子把火堆里的人扶起来。

夜空中,烧煳了的衣服毛皮味飘荡了几下,就散尽了。

"轰,轰",哈雷摩托车的轰鸣声,呼应着天上的雷声。当车队的红色尾灯束消失在黑暗中时,加布看见,最后一辆哈雷摩托车上,泥鳅紧紧抱着洛觉的腰,右脸牢牢贴在他那宽阔的后背上。

加布叫二儿子把西门吹雪扶回家。等他回到自己的家中时,看见阿狗阿猫扶着尕子进了房间。一转头,又看见叶娜靠着英甫进了他的房间。

摇了摇头,加布准备回自己的房间时,听见楼上丽莎的大嚷声:"叶娜,回来,你走错了房间了!"

"没错，今晚，我走对了！"叶娜的话音挤出了门缝，丽莎头顶的灯光忽明忽暗起来。

"老男人在你的生态链上吗？"灯光下，丽莎脸上的两行泪水像一只京白梨上沁出的汁液。

"在。"

"我呢？"丽莎的双手抖动着。

"你不在。"

"要不要脸了？"丽莎把双手叉在腰上，冲着英甫的门喊起来。

"不要，在我的生态链上没有脸面一说！"

"混蛋！"

"晚安，亲爱的小妹妹。但愿你做个好梦。"

丽莎转过了身，抬起右脚，使劲儿踹开了自己的房门。

十三

2013年5月16日清晨5时，7900米的二号营地帐篷前厅，在加措用甲烷炉烧水时，西门吹雪睁开了眼睛。

昨天下午，队伍从北坳穿过"狭管效应区"爬上来时，他的眼睛就围着加措打转。

罗布规定，从7028米的北坳一号营地起，客户们必须两人一顶帐篷。一是因为山上能架帐篷的平地很少，二是把帐篷背上来、架起来很费人力。最主要的是怕有人高反，一个人死在帐篷里没人知道。

向导们则更挤了，常常三四个人挤在一顶帐篷里过夜。

每年的登顶队伍中都会有女客户。正好有两个女客户时，当然是这两人钻进一顶帐篷。如果只有一个女客户，她就只能跟一个男客户或是向导共用一顶帐篷。

今年的登顶队伍中，只有叶娜一个女客户。一爬上北坳，她的冰爪一卸，人就直接爬进了英甫的帐篷。

上到7900米的二号营地，加措就紧挨着英甫和叶娜的帐篷架好了自己的帐篷。

"喂，你怎么跑到我们的帐篷里来？"

加措上升到7800米左右时，就叫叶娜的向导陪着英甫和叶娜慢慢磨，自己和桑巴加快步伐往二号营地赶。一上来，他们就直奔最平坦的一处石坡，把身上的背包卸在那里。实际上，这片石坡是一块两平方米左右的片岩。

两个小时后，英甫和叶娜爬上来后，热气腾腾的紫菜汤已经在等他俩喝了。

加措和桑巴的帐篷前厅是英甫和叶娜的厨房，烧水煮面都是在这里完成后，再端到英甫和叶娜的帐篷来。

煮了几杯热水，雪就不够了。

别看刚才从北坳一出发全是在雪坡上爬，但一到7500米以上，风大坡陡，想找片成堆的雪就太难了。

桑巴往怀里掖了条编织袋四处去找雪时，西门吹雪爬了进来："兄弟，我没有向导。累呀，今晚，就挤在你们这里蹭口水喝，行吗？"西门吹雪疲惫的眼睛都睁不开了，刚把雪镜摘下来往帐篷角落一扔，就把身体的一半塞进帐篷趴着没动静了。

"喂！把冰爪脱掉！"看见他双腿伸在帐篷外，加措害怕他一缩脚，冰爪把帐篷给扎烂，急忙喊起来。

喊也没有用，加措只好爬出帐篷，帮助西门吹雪把高山靴上的冰爪脱了下来。西门吹雪就势一蜷腿，钻进了帐篷。

今年，罗布同意西门吹雪上到8400米的突击营地，是为了他明年的客户准备。如果今年西门吹雪顺利，明年，就会批准他加入登顶队伍。

挂在了7500米的大雪坡的路绳上，西门吹雪就知道了自己的体能与英甫和叶娜有差距。

英甫和叶娜共有三个向导，睡袋和水都不用自己背。从北坳一出发，就吸上了氧。

他自己呢？虽然也吸着氧，却累得一步也挪不动。一路上，一直在和自己较劲，好几次想转过身来往下走。更糟糕的是，他不但头疼得要炸开，还咳个不停。西门吹雪心里有数，这是患上了高咳症。再严重些，就是肺水肿。

不能下，得把事办完，人生就这一次机会了。西门吹雪在心里不停这样念叨着，终于爬了上来。眼下，他听着加措开始烧水，心里打着主意。

不到二十分钟，加措叫着桑巴："桑巴，你来看着火。水开了，把英总和叶娜的三个保温瓶灌满。我去再找点雪，顺便把叶娜的向导叫起来。今天，我们要早点出发。"

桑巴烧着水，不搭话。小心地把锅盖掀开一条缝隙，以免水开了溢出来。他是个话很少的藏族小伙，和其他向导一样，很讨厌西门吹雪。当然，这些藏族男人们不仅仅是不喜欢他不男不女的做派，更是因为讨厌他那条毒舌。

"来，我帮你灌，你看好火。"

在桑巴探出身，又去帐篷外从雪袋里取雪时，西门吹雪找到了机会。

英甫的两个REI的保温瓶，一个是银灰色，一个是天蓝色。叶娜的则是暗红色的THERMOS牌的保温瓶。

闭上眼，听了听外面的动静，西门吹雪从连体羽绒服的内兜中，掏出了年轻人交给他的小玻璃瓶，往打开瓶盖的三个保温瓶中依次倒了进去。他的心，"咚、咚"跳得要炸了，但他的右手一点都没有抖。这些天他观察到，英甫和叶娜不分你我，共同饮用这三个保温瓶中的水。

"轰！"当他把药粉倒进第一个瓶口时，远山，响了一声雷。闭了一下眼，他说了一句："天怒人怨！"

"哗！"打开第二个瓶盖时，一阵狂风，吹得帐篷抖动起来，像是一头暴怒的牦牛。"替天行道！"他对着瓶口，把这句话，也灌了进去。

"啪！"在他把第三个瓶盖拧紧时，未拉紧的帐篷门帘，像鼓掌的人，把手掌都拍红了："功成名就！"

把三个保温水瓶依次摆好后，他往睡袋上一躺。右手抬起来，举在右耳边，向着帐篷顶敬了个礼。

活命钱，到手了！

不！不只是钱的关系，是怨恨！是醋意！西门吹雪巴不得英甫死在山上，谁让他是个老板！西门吹雪给不少人打过工。男的，他恨他们的不可一世，美女环绕。女的，他恨她们的神秘、提防，珠光宝气，却对自己又很抠门。

再把另一件大事办好，下了山，我就是爷了！脱贫了！这个念头一出来，西门吹雪的脸上就有了笑容。

桑巴正忙着往锅里添雪时，加措回来了。他拿起已灌满的三个保温瓶，又使劲儿拧紧了些。

"桑巴，再烧一锅水就够了，咱们三个人，路上有一瓶，就够喝了。"

加措的话是有道理的。一是从7900米的二号营地上升到8400米的突击营地路线不算长，体能消耗不大。二是他们三位向导要帮客户负重，所以，少背两瓶水，就少了近两公斤的重量。

"别,兄弟,帮我再来一瓶。"西门吹雪把自己的保温瓶递给了桑巴。

"辛苦了,你们忙吧,我再睡一会。"西门吹雪说着话,又钻回了睡袋。

"还睡?一会你不是要跟着大家上突击营地吗?"加措头也不回地问。

"放弃了,认怂。天一亮,我就下去了。"西门吹雪把头用防风帽整个包住,两耳就听不见动静了。

加措和桑巴刚刚离开帐篷,西门吹雪就翻身起来。手忙脚乱地把背包收拾好,探头看了看,从帐篷里爬了出来。一手提着冰镐,一手拎着冰爪,往营地的左斜下方走了四十来米,一头钻进了东欧营地的夏尔巴人帐篷里。

吃过早餐,旦增指挥中国队下撤时,有人告诉他,西门吹雪一大早就下去了,说是今天就要撤到大本营。

上午9点,营地里拖在最后的东欧队也下撤了。夏尔巴人帮着西门吹雪从外面把帐篷拉链拉紧,怀里揣着西门吹雪给的五百美金,喜上心头地背起了背包。

营地空了,风雪就是唯一的主人,像是松了一口气似的干咳起来。过了一个多小时,西门吹雪又从夏尔巴人的帐篷里爬了出来,弯着腰,顶着右侧山谷里吹上来的风雪,摇摇晃晃地回到了加措的帐篷。这一次,他还是一头栽进了帐篷。趴了一会儿,鼓足了力气,把腿收了进来。把帐篷拉链拉紧后,他钻进睡袋,吸了一会氧,又把氧气关好。他知道,中午出发就得靠这瓶氧气了。

在大本营,他就和这个夏尔巴人做了交易:在7028米的北坳,夏尔巴人趁中国队的队员们聚在球形帐篷里喝甜茶时,悄悄往西门吹雪的睡袋里塞进来一瓶氧气。从北坳往二号营地上升时，西门吹雪靠它熬过了7500米的大雪坡。

下午5点，他从8100米逃回了帐篷，像一个空手而归的小偷，万念俱灰，钻进了睡袋。

直到旦增的队员扶着救下来的意大利人进帐篷时发现了他。

早上一出发，旦增和加措的脚步就没停过。两个半小时，就上升到了突击营地。

"罗布，那个家伙不可能上这么快。是不是往下走了？"

"旦增，不可能。我就在北坳呀！"听着旦增在对讲机中的焦虑，罗布皱起了眉头。

"罗布，问问昨晚跟西门吹雪接触过的队员。"埃瑞克眯着眼，右手摸着下巴。

"队长，这个家伙昨晚偷偷在睡袋里玩游戏机。"索多在下撤的路上停下来，在风雪中，对着对讲机喊。

"游戏机？什么样儿的？"埃瑞克一下子瞪大了眼。

"我偷看了一下，只认识上面'猎人'这个英文词。"

"坏了，他去找欧文去了！"埃瑞克大叫了一声。

看着罗布向他眨眼，埃瑞克摇着头："罗布，那是一个名叫'赏金猎人'的金属探测器！"

罗布的嘴唇抖动着，抓起了对讲机："旦增，快下来，到了8100米，向北壁横切！"

旦增和加措知道马洛里的位置，一个多小时，就找到了西门吹雪。

西门吹雪的身上一大半被雪披挂着，腰身靠在一块岩石上，人，一动不动得像块长出来的石头。他半低着头，又像是在考虑着，要不要从脚下的北壁万丈深渊一跃而下。

"死了！"加措站在西门吹雪的面前，转过头来向旦增喊了一声。风雪太大，又戴着氧气面罩，旦增听不见加措的话。加措就向慢慢靠过来的旦增比画起手势。他把左手平放进右手，合起来放在侧过来的右脸旁。

但是，旦增走过来时，却是从加措的身旁绕了过去，弯下了腰，直直盯住了一个雪白的后背。

"马洛里！"

他抬起头时，向着迈步过来的加措喊了一声。

加措合十时，他又拍了一下加措的后背。然后，站直了，向着沉睡了八十九年的英雄深深弯下了腰。

加措也跟着鞠了躬，抬起头来，他转身回到西门吹雪面前。

旦增也转过身来，紧走了几步。摘下了厚厚的防风手套，他伸手掀起了西门吹雪的高山雪镜。左右手齐上，撑开了西门吹雪的双眼皮。

"还没死！快，氧气！"

在他向加措示意时，加措已经上前，先是把西门吹雪的氧气面罩向下巴拉下。然后，把自己身上的背包卸下来，放在两腿前。把自己的氧气面罩直接按在了西门吹雪的脸上。低下头，他把氧气流量开到了4。

西门吹雪身上正在发热，他感到天空突然亮得刺眼。耳边是雷鼓齐鸣，雄壮的《贝九》大合唱铺天盖地而来。

"还没死！"他听见头顶有人在说话。

谁还没死？是旁边的马洛里吗？是他苦找不见的欧文吗？是上面那个奄奄一息的家伙吗？

"氧气？"

这是他们三人中谁在向我要氧气？不行！绝不可能！这是我唯

一的一瓶氧气了,我得活着下去。活着下去的念头一出现,他就大口大口地吸起氧气来。氧气,像观音菩萨的甘露,灌进了他的口里,他就能睁开双眼了。

他看见两个没有五官的怪物,一左一右把他架了起来。

他恐惧地想抗拒,没用。他像被施了魔法妖术,两腿不由自主地自动走起来。走吧,哪怕是下地狱。早点下地狱,就能早些转生。再回到人间,就不做底层的人了。要活成英甫一类的人,财务自由了,就敢遇神杀神,遇鬼杀鬼。

架着西门吹雪往下走时,旦增的对讲机响了。

"旦增,你们要快些。不要再让那个家伙休息,拖着他走。飑线天气要来,再晚,你们就撤不到二号营地了。"

旦增听出了对讲机中罗布的焦虑。

"刚刚,北坳又发生了雪崩。"罗布嚅嚅地说道。

"人呢?我们的人呢?"旦增疯狂地吼起来。

"人被埋住了,七个人,仁美带队。"

"快挖呀!"旦增跺着两只脚。

"在旁边打通'冰胡同'路线的四个人正在快速下降,前进营地的所有人都在往上赶。"

"我得赶下去!"旦增松开了紧抓住西门吹雪的右手,西门吹雪的半边身体立刻松垮下来。

"不行!你的任务,是和加措把西门吹雪活着带下来,挖人的事轮不到你。只要你们在上面别再添乱,下面才能集中精力救人。听见了吗?"罗布口气严厉地告诫完,就把对讲机关了。

"快走!你这个害人精。"旦增又用右手托紧了西门吹雪的左臂,边高一脚低一脚地走着,边在他耳边怒吼。

几道闪电,从顶峰把整个山谷照得像蒙着白纱巾的灯笼。一切都看得见,但一切,也都看不清。

加措听见北坳又发生雪崩的消息时,抬头看向8750米的第三台阶,但他的眼神无法穿透密重的雪雾。在闪电的光亮刚从背后闪烁时,他立刻又回头去找英甫。刹那间,他恍惚看见英甫站了起来,正向他招手。

紧接着,雷声尖厉地响彻天地。说也怪,加措竟然听见,雷声中,送来英甫凄厉的求救声:"上来啊!救我啊!"

十四

北坳再次发生雪崩时,是2013年5月18日上午11点15分。

凌晨的雪崩,破坏了雪檐的结构。居中的冰块掉下去之后,就像人的门牙崩坏了,两边的牙齿就吃不住劲了。一直狂泻的大雪,搬山运海一样地在残存的雪檐上堆积。暴风也不闲着,一阵阵固化着雪层,也一阵阵震撼着冰块。

也许,这是山神吐痰的日子。在它到底没忍住的时候,靠近北坳平台的一侧,一条牦牛肋骨一样的长约50米的长条冰层脱缰而下,砸碎在下面200米处的雪坡上。在激荡起一片浓浓的雪浪后,又高高地弹跳起来跃上空中。再重重地落下来时,已到了北坳上升路线上之字形雪坡的腰部。

凌晨已被破坏的滑动雪层,又被山神恶狠狠地踩了一脚。新积累起来的粉雪虽是不算太厚,但是起跑之后,夹杂着碎裂尖硬的冰块不断加大速度和重量,排山倒海地一直冲击到了6800米之下的修路队员所在地段。

一阵闷雷与暴怒之后，雪层终于停止了滑动。风也跟着停止了一会儿，只有雪雾，时明时暗地滚来滚去。地狱一般的寂静中，天地都疲惫了。没有了人影，也听不见了对讲机的嘈杂声。

一片杂乱的雪崩锥、雪溜堤，眨眼间，又涌现在6800米的缓坡上……

修路队员早上分两队出发时，已是5月18日上午9点了。动身如此晚，是因为要找到够用的修路用的路绳和雪锥。

每年的春季登山季节，罗布都要安排修路队从6600米的雪坡开始架绳。靠着这条路绳，整个登山季中，罗布要指挥他的六十名向导、五十名协作队员，把由五百头牦牛和一百六十名牦牛工从大本营运到前进营地的装备和食品，一一背上直到8400米突击营地的各个营地。一个登山季，每人背上去的重量平均是三百五十公斤。光氧气就有三百多瓶。

队员们往上运输，身上背着东西，脚下踩着冰雪。手上呢，必须拉着这条路绳。

凌晨的雪崩，毫不留情地把6600米到6800米这段之字形上升路线上的路绳扫得一干二净。要重新铺设好，必不可少地要1000米长的路绳。从旁边的珠穆朗玛冰胡同向上打通一条紧急通道，最少也需要近800米的路绳。此外，北坳的之字形路线的路绳铺设，需要新的雪锥。珠穆朗玛冰胡同的上升路线，则需要使用冰锥。

罗布叫前进营地的队员把备用的路绳和雪锥都找了出来，埃瑞克又挨着给在大本营的各个外国队伍的领队打电话，请求帮忙。领队们都允许罗布的队员到自己在前进营地的帐篷里去找绳索和冰锥。

折腾到9点，修路队伍出发了。

快步到了冰爪存放处，修路队副队长旺多在队员仁美从储物桶中开锁取冰爪时开了口："仁美，我带三个人抢修'冰胡同'的路。你带六个人上雪坡，修北坳的路。记住，要小心，别给我掉链子。"

仁美不到三十三岁，已经跟着旺多修了三年路。这是他第一次带队修路，心头沉甸甸的像压了块石头。

"谁该小心呀？前天是谁不听我的提醒，把我臭骂一顿？"仁美两手抖着，边往高山靴上绑冰爪，边嘟囔了一句。

前天，修路队完成任务下撤到前进营地休整时，刚下到6800米的位置，他心头升起一种怪怪的感觉。就在他抬头观看头顶的雪檐时，竟然看见整条雪檐轻轻而又稳重地往下顿了一下，几乎同时，他耳边听到了一声清晰沉郁的叹息声。

"快走，雪檐要塌了！"他大喊起来。

正在他前面拉着路绳往下出溜的旺多，惊得停住脚步，回头张望，看见雪檐稳稳当当地纹丝不动："瞎喊什么？神经病犯了？我上上下下多少年了，谁见过这个位置塌下来过？"

上了山，大哥的话是不能顶的。仁美后背发紧，一口气紧跟在旺多的后面撤到了6600米。

"嗨，长本事了，敢跟我较劲儿了？好，有本事今天你比我修得快。先我一步，把路修上北坳。"旺多的脸挂上了霜。

"不敢，你是我师傅。今天，我只求又快又稳，不敢跟师傅争头功。"仁美绑好了冰爪，从提上来的暖水瓶中倒了一碗酥油茶，恭恭敬敬地端着，脚下"咔嚓、咔嚓"地走到了旺多的面前。

"不！今天我们都要争先，上面人命关天哪。"旺多接过酥油茶，脸色沉重地喝了一口。

到了6600米的雪坡前沿，旺多和仁美就兵分两路。旺多带了三个人，往雪坡的左手拐去。十几分钟，他们就找到了珠穆朗玛冰胡同的底端，打下了第一根用来固定路绳的雪锥。旺多在前面开路，后面的三个人负责背路绳和冰锥。

仁美带了六个年轻队员，七个人中，只有他自己修过路。平日，年轻人一起跳锅庄，一起到绒布寺下面的茶馆喝啤酒，打牌，脸上没有不快乐的时候。今天，大家一路上来，没有人吭声。心都紧紧揪起来，为上面的人担心。

凌晨的雪崩，稀里哗啦地把上面的冰块、岩石、硬雪全倾泻下来。一道道、一簇簇奇形怪状的雪崩裙、雪崩锥、雪溜堤，层起叠嶂。之字形雪坡变了形，前天下撤时使用过的路绳，没了踪影。

这条路，太难修了。即便是修好了，也太难走了。

"结组！"仁美命令大家系在一条绳上，以防谁倒霉掉进冰裂缝和暗沟里。

寒冷的风把雪层的外壳冻得结结实实，但在内里，雪层还来不及冻硬。仁美每打下一根近一米长的雪锥，都要叫一个小伙子来冲着雪锥撒泡尿。尿不出来了，仁美就逼着每个人拼命喝水。一路撒着尿，也算修得不慢。两个小时后，他们快接近6800米的雪坡。

"你们原地休息，不要解开结组绳。不许大声说话，不准放屁！"仁美心里一直打着鼓，看着头上的雪坡。他叮嘱着大家，自己解开了结组绳，爬上雪坡去观察。

轻手轻脚地爬着，他仰头看着雪檐，头晕起来。凌晨的雪崩，破坏了雪檐的原有弧度。圆润下拱的边沿，像一个老巫婆豁着牙的牙床，残齿尖邪，煞气逼人。

从大本营出发，行军约一个小时，往左往上爬上一个大坡后，右手是湍急陡峭的冰河，左手就是恶鬼狰狞的山壁。每当走到这一段路程时，仁美的心脏就"怦、怦"跳得人发慌。因为他知道，当年莲花生大师在绒布寺的古茹洞修行时，作法把在这一带横行霸道、作恶多端的妖魔鬼怪都给囚禁起来，把它们都打进了石头里。天长日久，怪物们纷纷探出头来，在石缝中、岩壁下挤眉弄眼、龇牙咧嘴。听着脚步声中夹杂的交头接耳的鬼话妖语，仁美必定口中念佛，加快了步伐。

眼下很奇怪，怎么这头顶的丑巴巴的雪檐，像是要呕吐的怪物的一条大舌头呢？

而且，它开始轻微地抖动起来。

刚觉得是自己眼花心虚的时候，只听虚无缥缈的自天上深处传来的一响，莲花生大师的怪物失控了。

仁美想大声呼叫"不好"的时候，头顶的雪檐彻底解体了。像发泄千年的怒气，满天的尖牙利齿，终于忍不住向人间咬了下来。他着急地转身要叫下面的同伴快跑时，却发现自己在空中飞了起来。雪浪把玩着他，让他在雪雾中七扭八歪地翻滚着。他心中想象的那些自救姿势都派不上用场，因为坡度太陡，冰块砸下来时激起的粉雪重重地裹紧了他。当他跃过伙伴们的头顶飞下雪坡时，奇怪地看见小伙伴们都在雪浪中游泳。一个个像微不足道的小黄泥鳅，摇头摆尾，口中念念有词。又像是小时候在山上放的羊拉出来的一粒粒屎，跳动着，很快隐没在枯草中、烂石下。

正琢磨着自己这是要去哪儿的时候，他看见一个平日里他最怕的岩壁上的恶魔"呸"地向他吐了一口恶痰，眼前一黑，他就失去了知觉。在6700米的一道雪崩裙前，他被雪埋住了。

事后，小伙伴们告诉仁美。在他们惊讶地看着他从头顶飞下去时，雪浪也把他们卷了进去。当时，他们正在雪坡上喝水抽烟。意识到雪崩时，他们来不及站起来，就被冲击波打飞了。好在结了组，大家被裹在一起滚。

因是离凌晨雪崩不久的二次雪崩，雪量不大，又是刚积攒起来的粉雪,不是很湿重。所以,六个人被打到6700米的雪崩裙下,就被雪浅浅地埋了起来。

雪崩,突然就停止了。

天上正在下的雪花和雪崩激起来的雪粒还在飞舞时,小伙伴中有人就爬起来了。

"天哪,人都死了!"

他孤身站在风雪中,大哭起来。想挪步,腰却被什么怪物给搂住了。低头一看,发现了腰间结组的绳子。伸手一拽,就从雪底下拽出一串人来。小伙子们都被惊着了。纷纷站起来时,都不吭气地互相看着。

"佛呀,我们没死!"有人突然反应过来,大喊一声。"哇"的一片哭声,小伙子们又瘫坐在了雪坡上。

"仁美呢?"坐下来的人中有人惊叫一声。

顾不上伤员,小伙子们急忙把结组绳解开,四处又喊又哭地在雪里双手挖人。挖遍了方圆几百平方米的雪坡,有人一屁股坐了下来,双手掩面大哭:"完了,仁美死了!"

这时,已经过去了三十分钟。

"北坳呼叫,北坳呼叫,请快回答!"隐隐地,有人听见不远处的雪底下有对讲机的声音。反应过来后,没有受伤的四个人又都四散开,疯了一样地四处刨雪。

"队长,仁美死了!"找到了被埋在雪下的对讲机,一个队员哭着向罗布报告。

第二次雪崩发生时,旺多带人正好把路修到了珠穆朗玛冰胡同的一半。先是听见响声,他抬头往右手看时,看见了升腾起来的雪雾。隔着一条雪脊,他看不见北坳下面上升的路线。但他明白,那正是雪崩下行的必经通道。

"雪崩了,我要下去看!"他立刻拿出对讲机向罗布报告,带着三个人手忙脚乱地下降。

"完了,人都被埋了!"下降到6700米时,能看见雪崩现场了。捂着胸口观望,却只能从雪雾中看见章子峰似是而非的身影。

听到噩耗,罗布把手中的对讲话筒"啪"地往桌上一砸,仰头看着球形指挥帐篷的透明顶部,大吼一声:"佛呀,你睡着了吗?"

"快走,这时候求佛没用,我们下去!"身边的埃瑞克一边往头上戴防风帽,一边使劲儿推了一把罗布。

"北坳呼叫,北坳呼叫,请快回答。"穿戴好了,罗布左手提着冰爪,要跟着埃瑞克出帐篷门时,不死心地又拿起对讲话筒。

突然听见对讲机有了回应,罗布心头大喜,大叫了一声。"埃瑞克!"刚叫完,他紧接着听见了坏消息,"队长,仁美死了!"

他一下子不能呼吸了,憋了一下,又大叫一声:"埃瑞克!"

在埃瑞克吃惊地从帐篷外伸进头来时,却见泪水在罗布面颊上流下来,脸上却改成了一副喜笑颜开的模样。罗布正第三次大叫:"埃瑞克,人都在,没死!"

原来,正当队员哭着向罗布报告仁美死了时,却突然听见头顶上传来仁美的声音。

几个人抬头看上去,只见仁美笑嘻嘻地站在雪崩裙上。

"队长,仁美活了,他没死!"

听着对讲机里惊喜交加的声音,罗布松手把左手中拎着的冰爪扔在地上,又一把搂住扑过来的埃瑞克,大哭起来。

被雪浪打到雪崩裙时,仁美被一道升起来的雪棱给挡住了。猛烈的碰撞使他立刻晕了过去,后面倾泻而下的雪波从他身上漫了过去,埋住了下面的六个队员,也埋住了他。粉雪是新下的雪,水分少,透气性好。他被薄薄的雪覆盖着,过了三十分钟才苏醒。

隔着身上的雪层，他听见下面的哭喊声。谁死了？情急之下，他一翻身，就在雪中坐了起来。爬到雪崩裙边沿上往下看，却见六个队员都欢实地哭哭叫叫。

"看谁哪？我不是鬼！是活人！"看见小兄弟们呆呆地仰头发愣，仁美哈哈大笑起来，眼中已是泪水涟涟。

"打他！"底下的人激动地大喊一声，一团团雪团就被扔了上来。轻轻砸在他的身上，雪和着泪水又流了下来。

"佛保佑，人都在。"旺多连滚带爬地从6700米横切过来，一个一个地把人的脸扳过来确认后，也哭了。

"快走，立即撤离雪崩现场。"罗布在对讲机中向旺多下令。

众人轮流背着、扶着伤员下撤到装备储物处时，下面赶上来救援的人到了。喝了阵酥油茶，吃了碗泡面，惊魂未定的旺多又带着三个队员上去修路了。

傍晚，7点左右，旺多爬上了北坳的边沿。右手，提着埃瑞克的冰镐。罗布俯下身，伸出双手，又握又拉地把他拉了上来，然后一把抱住……

这一天的下午3点，两个意大利人、昂多杰、费尔南多和他的三个同伴都撤到了北坳。

傍晚7点30分，旦增和加措架着神志不清的西门吹雪踏进了罗布的球形指挥帐篷。里面，有旺多一行四人背上来的高压氧舱。

"来，帮个忙，把他的衣服脱了，放进去。"旦增叫着旺多，把西门吹雪装进了舱内。

"费尔南多怎么样？"旺多想着珠穆朗玛冰胡同的路线之陡，看着罗布，问着费尔南多的状况。

"中度脑水肿,也进了高压氧舱。明天一大早,我们得对他和这个人陪护下降了。"罗布眉头紧紧挤成了一个疙瘩,看着高压氧舱里的西门吹雪。

"这条路线难度太大了,弄不好,他俩会死在半道上。"旺多摇了摇头。

"打针!下去前,每人给打上一针地塞米松。"罗布重重地点了一下头。

"好,让他们好歹撑到了6600米,就可以抬着回去了。"旺多也点着头,"罗布,叫小拉巴快帮我们烧水做饭。吃两口,我们就上去了。今晚,先在二号营地过夜。"

旦增抬头看了看天色透亮的帐篷透明顶部,手一抬,把手中碗里的酥油茶一饮而尽:"我看是有点悬,刚才下来时,大风区风大得邪乎。人往下走,都被侧风吹得直不起腰。雪密得人一步都不敢离开路绳。"

旦增伸出右手拍了拍旺多的后背。

"那也得上!"罗布也伸出左手拍了拍旺多的后背。

"胡闹!"刚刚赶到大本营的李峰在对讲机里怒吼起来。

"怎么能这样说呢?旺多他们连夜上到二号营地,不是明天一大早就可以往第三台阶赶了吗?"也是刚刚赶到前进营地的白玛摇着头,对着对讲机大声喊着。

"赶?是赶着送死吧?你的人现在往上爬,这么大的风雪,人不被吹跑,也得冻僵。不信,你上去试试呀!"李峰吼着,两腿开始打抖。头一阵眩晕,左手伸出去,扶住了桌子。

"试试?好啊,你上来坐在8750米的狂风暴雪中试试呀,试试那种生不如死的滋味,好不好?"白玛一天内上升得太高,说着话,眼前发着黑。

"可笑！生不如死？老弟，你还真的以为他还活着？"

"不是也有人在上面熬过了三天吗？"

"是，但你忘了那是这么糟糕的天气吗？是在8500米以上的高度吗？"

"那总不能放弃吧，那是一条活生生的人命呀！"

"活生生？想得美！我问你，就算是你，没有氧气了，你能在那个高度活到现在吗？"

"那怎么办？我怎么向山下的人交代？"

"叫你的人现在吃饱了喝足了赶快睡觉。明天5点起来向上走，把氧气背上，再背一条睡袋。上去了，翻翻他的眼皮。要是佛没在上面叫他，阎王爷没在下边拉他，就当是个奇迹。大流量让他吸氧，打上一针地塞米松。能站起来，扶着尽快下撤。如果，这些都用不着了。就把他装进睡袋，移开路线，省得过几天冲顶的外国队伍上去了，把他推下去。这不就是个交代吗？"

"让我再想想。"

听了白玛犹豫不决的话，李峰左手使劲儿拍着桌子，声嘶力竭地吼起来："还想？想什么呢！告诉你，我玩命赶上来，可不是单为了这么一个人，是怕你现在困在北坳的那些人下不来。上边那个，你就当他是个死人了。可要是在北坳再死几个，那咱们就得叫人给一锅烩了。明白吗？忘掉你那'先人后己，决不放弃'的天真吧。无论如何，古今中外，这样的天气里，是绝不可能有人上到那么个高度救人的！"

"罗布，听我的命令。今晚，不许有任何人挂在路绳上。不听话的，叫他连夜给我滚下来！"闭上了眼，白玛在前进营地的指挥帐里双手捧着对讲机。

心里乱，几头牦牛偏偏踱到指挥帐后撒尿舔石头，那"叮咚"的牛铃声夹在尿臊味里，激怒了白玛："谁的牛？快给我赶得远远的！"

罗布刚关上对讲机，在一旁忙着烧水煮面的小拉巴突然大哭起来。众人还没反应过来，他已冲出帐篷。双手捧着一把莱泽曼多功能刀，对着顶峰大喊："普布，你一定要挺住！"

十五

这一次，李峰古今中外的断言被打了脸。他既没有猜对老天爷的心思，也没有说准阎王爷的做法。

天高地阔的世界之巅上，还真有人爬上去救英甫。

5月17日下午3点，加措含泪奉命下撤。他挂上了下降的路绳，就再也没有回过头。所以，他不知道英甫一直看着他消失在风雪中。从脚下抖动的路绳上，英甫知道他下撤的速度很快。

加措下去了，英甫心头一阵轻松。

是呀，干吗让别人陪死呢？

5月17日上午12点，加措在第三台阶停住了脚步。在他探头向下观察时，一阵狂风从顶峰追下来，差点把他从背后推下去。他立刻弯下腰来，回头看时，看见英甫已经在雪坡上坐了下来。

"谁叫你坐下？快站起来！"加措又怒吼起来。

在高山上，客户体能耗尽时，总是千方百计地要坐下来。一旦坐下来了，你就很难再哄着他站起来。越坐越站不起来，既耗氧，又耗体能，十分危险。果然，英甫任凭加措怎么拽拉，怎样怒喝，就是不抬头了。

"起来！你坐在阎庚华身上了！"情急中，加措抬出了阎庚华。

2000年5月21日，凌晨2点30分，阎庚华单人登顶后下撤。就是因为体能耗尽，坐在这里不动导致失温，全身衰竭死了。5月27日，一支俄罗斯冲顶队伍，在这里发现了他的尸体。

这招还真管用，加措还没有来得及把掀起来说话的氧气面罩扣回嘴上，英甫就右手撑在雪坡上，左手按住加措的右膝盖要站起来。

加措急忙把英甫搀扶起来，然后把下降的8字环扣在他腰间的安全带的环扣上。

"记住，千万要控制住绳子，不要下降得太快！"加措忧心忡忡地在英甫的右耳边大喊。

英甫点点头，就把身体转过来。右脚下探，踩在了第三台阶陡峭的第一个雪坑上。

第三台阶，是登顶珠峰的最后一个屏障，高约10米，几乎是个直上直下的陡壁。从这里上去时，手拉着上升器，踩着修路队新踩出来的脚窝印迹，十分钟不到就能爬上去。但登完顶下撤时，就有点挑战了。

人登了顶，就泄了气，下到这里腿都是软的。用8字环下降是个技术活，要是多一个向导，或是桑巴在。他就会先下去，拽住下降绳的一头，帮助下降的英甫控制8字环与绳子摩擦的松紧程度。太松了，下降的人会失控摔下来。太紧了，人就会被掉在空中上下不能。

眼下，向导只有加措一个人，英甫又处于不对劲的状态。加措只好赌一把。他急于让这个人尽快下撤，好歹能在脚下的蘑菇石旁坐下来，喝口热巧克力，更换氧气。

无奈，加措把英甫扣在8字环上，让他面向自己站好。左手伸出来拽住路绳，右手伸向身体后面紧拉住路绳。身体大幅度后仰，头从右侧回过来往脚下看,以便控制下降落脚点和速度。

他自己呢,则把冰镐深深插进雪坡里。身体侧着,左脚外侧抵住冰镐。从背包里取出安全绳,一头系在英甫腰间的安全带上,一头在自己的腰间绕了半圈。然后,他左手顺着安全绳伸出来握住,右手扣在腰腹部,也紧紧拉住安全绳。保护措施完成了,他向英甫点了一下头,示意他放绳下降。

不料,英甫下降到一半时,就被卡住了。刚往下探几步时,他还能踩得住节奏。照着上来时的脚印,下一步是一步。但下降了三四米之后,头顶上打保护的加措被雪坡挡住了,无法指挥他落脚。恰在这时,头顶一声雷鸣,吓唬人似的狂喷一口风雪,把英甫生生摁在了雪壁上。他拼力低下头找落脚点时,这股冲上来的妖风魔雪撕开的雪雾尚未来得及合拢。就在一瞬间,他把脚下的万丈深渊看了个透。像是要从天上落入地狱一样,他一下就慌了神。

慌乱之中,他的右脚一下多探了几个脚印。右手呢,又松得过快。这一下,他立刻就失控了。在马上要飞速摔下去时,他的右脚踩住了雪窝,右手却稍慢了些。以至于他头冲下时,才用右手紧拉绳子,刹住了车。

加措感到腰间的绳子突然节奏不对,急忙蹲下来,把安全绳绕紧在冰镐上。探出身子往下看,只见英甫正头下脚上地倒挂在绳子上,在风雪中晃动。

加措吓坏了,急忙把腰间安全带上的牛尾摘下来,挂在下降路绳上,"嗵、嗵"几步下降到英甫脚前。抓住英甫的脚,拍拍英甫的高山靴。他又往雪壁的外侧一挡,弯下腰,右手提拉着英甫腰间的安全带,让他把被挂住了的右脚,从雪窝中拔了出来。

一变成头朝下的姿势,这个世界,在英甫眼里,立刻变了样。

那些在雪雾顶上时不时露出头来的 8000 米以上的山峰,此刻,都像是一座座庄严的罗汉，威严地瞪着他，让他心头一阵发虚。

原来是四千万年前新特提斯洋的海底，像人间地狱，铺展给他观看。那8660米以上的珠峰灰岩层，如要埋葬他的墓地。千万片岩石像生灵墓碑，告诉着人的归宿。8200米的黄带层，环绕着珠峰腰间一圈。像是阎王爷扎好了腰带，等着开庭审判人间的罪人。8200米以下，是珠峰黑色的"金字塔"底座。此时，像沉重巨大的人间炼狱，等着英甫下去，鬼哭狼嚎地忏悔。

"天哪，这是天不容我啊！"

向上时，抬头看天，却空空荡荡。下来了，却被迫倒着头，看见地狱景象。这也许是人类第一次在这样的高度，倒过来观看这个世界。

就在英甫心中悲叹时，加措已帮助他把身体在雪壁上顺了过来。喘着粗气，仰头又去看天时，又是一阵风雪，从脚下冲上来。迎合着头顶几声雷鸣，像是天上有人叹息了几下。

这一番折腾，把英甫和加措都累坏了。扶着英甫在蘑菇石旁坐下来时，加措回头看了看第三台阶，却再无勇气爬上去取冰镐了。

意识到英甫得了脑水肿时，加措就立刻先采取了保暖措施。既然不能立刻站起来往下走了，人，就千万不能失温。

加措从包里掏出背上来的紧急救生毯时，眼睛湿润了。这是一条美国宇航局研制的超级绝热材料制成的户外用品，可以保住95%的身体热量，是美军士兵的必备品。

昨天晚上出发时，加措在突击营地的帐篷里为这条救生毯发了脾气。其实，只不过才312克重。但他心中窝着火，就因为英甫坚持要把叶娜带上来冲顶。结果，她跑了肚，把助手桑巴也给拉了下去。风大，但这位大老板不想放弃，所以他只能在负重上做文章。

在尽力减轻背包的重量时，他心中的不满越来越多。在跟英甫拌了几句嘴后，他生气地把这条救生毯砸进了自己的背包。眼下，这条救生毯成了英甫的救命神器。

他把英甫的背包卸了下来,把人从脚到头地都装入这条木乃伊式的救生毯中。把英甫裹得密不透风后,加措又从自己的背包中,找出几片大热量发热贴,往英甫两只手的防风手套中各塞进去一片。又拉开英甫的连体羽绒服的两侧防风拉链,往他的左右腹沟处各塞了两片——这是人体动脉血管离皮肤最近的部位。

最后,加措把救生毯的右侧长条拉链拉紧,把左侧的松紧绳拉到适度的位置,正好让救生毯的防风帽遮住英甫的头。

该做的都做了。下午3点,加措奉命下撤了。

加措走了,珠峰顶上的英甫,就成了当下人类最孤单的人。

雷,憋足了劲头在他头上吼。闪电,时不时地像魔王的利剑,在他周围乱戳乱劈。硬硬的雪粒,打在他的防风雪镜上,又硬硬地反弹出去。狂风,在雪雾中拽着英甫脚下的路绳疯狂抖动。似乎天下的妖魔鬼怪,都赶到了这顶峰上,玩跳绳比赛游戏……

一切都在摧残着眼下的英甫,一切也都在召唤着他。他慢慢清醒过来。

上午在第三台阶上的下降失误,使他本就体能耗尽的心脏负荷达到了无法承受的极限,心脏突然出现排血能力下降。他的机体来不及通过增加循环血量进行代偿,因而就通过神经反射,使他的心脏周围及内脏血管明显收缩,来维持他的血压,并保证他的心和脑的供血。这样,他就陷入了心源性休克中。

朦胧之中,他看着加措手忙脚乱,也听得到他叫喊自己并用对讲机与罗布通话。但他懒得开口,意识还是清醒的,但心率快得心要炸了……

加措一开始给他的大流量供氧,阻止了他的心源性休克症状的加重。喂着他喝了几杯热巧克力水,又让他的能量有所补充。一被裹进救生毯中，他的身体就暖和起来，心身都就慢慢地恢复、苏醒。

经过了一夜狂风暴雪、电闪雷鸣的飑线天气，英甫在幻觉中熬到了5月18日早上8点。风速降了下来，雪片也小了许多。山谷里的风，往上赶得慢了。头顶，铅直下沉的高空气流也丧失了压力，泄了劲。

在外界的喧嚣淡定一些后，英甫的身心都感到了轻松。

该起床了！他心中默默地给自己下令。是的，起来吧，以免下面的人爬上来时，不能尽早看到。

该上来了！他为救援的人算着时间。

昨夜的飑线天气，是没有人能抵抗的。在那样的狂风暴雪中，谁能迈得出脚步呢？

风雪是在早上6点左右开始偃旗息鼓的，英甫松了一口气。终于敢折腾着把脖子前的拉链拉开一条缝，从怀中的保温瓶中倒了一杯热巧克力水。左手揪着氧气面罩，只能喝一口掀一下。

把保温瓶拧紧放回怀里，他又探头去看身体右侧，被扣在保护点上的背包里的氧气瓶露出计量器。还好，从昨天下午3点到现在，自己以1的流量吸着氧，还剩下近三分之一的储量，不到90Bar了。但是到中午12点左右，氧气瓶就会空空如也。在英甫吸进最后一口珍贵的氧气后，他的生命就开始倒计时了。

那时，他就得开始计算他的恩恩怨怨，得到与失去，罪与罚，爱与恨。但计算的目的，不是算计人生，而是为了一笔勾销。勾销后，他拿生命换来的光荣与幸福，金钱与富贵，就都烟消云散了。

至于往哪里去，他倒真的不在乎。

天堂，他不敢奢望。因为财富，他总在怀疑自己是不是有原罪。再说，天堂有什么趣味呢？永生有什么意义呢？得战斗！像阿修罗，像普罗米修斯，像屈原，像黄继光，像董存瑞，都行！人，可以被杀死，不能被打败！这才是一条海明威那样的汉子的人生。打拼一生，敢于喝自己的血，剜自己的心。只为了证明：我，一个人，来到这个世界上。战斗，然后死去！临死前，只要能向世人大喝一声，我，是个爷！还有什么样的人生，能比这更让人迷恋的呢？

哪怕是下地狱！

胡思乱想着，他的心激动起来。一股活下去的欲望，在心头强烈地涌动着，体内开始游走着一脉暖流。

暖流脉动着，到了他的腹部时，变成一条热流，从两腿间尽情流了出来。

又有尿了！英甫心中一声欢呼，这表明他的脑水肿症状开始好转。此刻，只要上来人，就能带着他活着下去了。

生的念头越来越强烈。他的眼睛紧紧盯住从第二台阶上来的路绳。路绳，像一条下地狱的蛇，在自己的脚下颤抖、扭曲。把下降的那一头，冰冷地延伸进时浓时薄的雪雾中。那雪雾，正从地狱的深渊中漫上来。像邪恶的海，准备掀起一次无从躲避的"疯狗浪"。使英甫的心，在死亡的恐惧中，沉了下去。

他不敢再往下看了，他知道，如果天气像昨天一样恶劣，就没有人能从下面爬上来救他！

上边呢？上边的，会派人下来救他吗？要知道，下边的，地狱里的，是负责问罪的，审判的。上边的，是负责拯救的。要不，你，高高在上的干什么呢？

救我！你有责任，因为我信你。或者说，放我活着下去，我今后一定信你！

心中的怨恨，越来越强烈。他把头向左转过去，沿着上升的路绳往上看，这可是通往上边的路啊。

蓦然间，他看见路绳在第三台阶的雪壁上飞抖了一下。台阶上，一个模糊的身影，探头探脑地往自己张望了一眼，就隐身而去。

此时此刻的英甫，第一个念头是，完了，有幻觉了，我的脑水肿加重了。

他看了看腕上的运动手表，悲天悯己的时间过得快，已经快到中午 11 点了。

再一检查，氧气要吸干了，只剩下了 5Bar。

第二个念头是，万一真是个人呢？因为身为登山的人，他看得出刚才上面的人影在握着路绳提拽，看得出是在检查路绳的安全程度。但是，该立刻下来了呀？怎么过了十几分钟，还不见他露头呢？

要真是个人，是谁呢？他知道，从昨天起，只有他和加措两人从脚下这条路绳上去过。

没有活人的可能，那只有死而复生的人了。而且，这种可能性很大！

一路爬上来，从 7900 米的二号营地开始，他就得和死去的山友不断打招呼。

就在他的帐篷后的片岩下，他出来撒尿时，看见了一个侧卧的人在酣睡。他的半边脸，被高山兀鹫啄空了。但似乎也并不妨碍他像回到母亲的子宫里一样，四肢紧缩着，如同在生命之初。

惊得把尿撒在连体羽绒服上，他急忙回到帐篷。叶娜斜着眼，看见他尿裤子了，笑了起来："咳，老男人得了脑水肿了。"

"风太大了，丫头，一会儿出去撒尿解手时，可不能往帐篷后面去。"他往睡袋里钻着，看着叶娜。

"为什么？你是个男人，往哪个方向一扭屁股就行了。我呢，你让我蹲在帐篷前直播呀？"

钻进睡袋，他手握着毛巾，捂在两腿间吸着尿液。听着叶娜的发问，摇了摇头："在哪都行，就是别在帐篷后面。"

"在哪都不行，我就是只能在帐篷后面。上午一出发，你就叫我一路上拼命喝水，现在，我得出去了。"

"'噗噗'，还是'P、P'？"

"P、P。"

"好，五分钟，如果到时你不爬进来，我就出去找你。话说到前面，你在晕倒前，得记着把裤子拉链拉好了。"

"天哪，有个人在露天睡觉！"不到两分钟，叶娜连滚带爬地拉开帐篷帘，就一头扑在了英甫身上。

"别担心，冻不着他。"英甫右手抚慰着叶娜，左手伸到她的臀部，帮她把拉链从屁股处拉了上来，"是个死人！"

"啊！他是谁？什么时候死在这里？"叶娜一翻身，瞪圆了双眼，看着英甫。

"我哪知道，我也是刚刚才看见。也真是，这加措为什么偏偏要把帐篷架在他身边。今晚，不是得做噩梦吗？"

"得了便宜还卖乖。"只见帐篷帘一掀，加措把头探了进来，"给，端好了。"

他小心翼翼地左手撑地，右手送进来一个冒着热气的小铝锅："紫菜汤，先喝下去，一会再把泡面煮好送过来。"

看着英甫接过了小铝锅，他又不满地扫了叶娜一眼："怕什么？这是个外国人，死了好几年了。"

说着，他又对着英甫摇摇头："你这个大老板，太难侍候了。知道吗？这是这片营地最平的一块地。不信，换到我的帐篷睡。保证你在半夜撂在她的身上。那才叫噩梦呢！"说着，他看着叶娜。

"不行，我们换帐篷。要是真撂，我肯定是撂在他的身上，让他做噩梦。否则，我看他就没什么怕的。"叶娜叫了起来。

"算了，别换了。坡陡的滋味，我在去年的珠峰南坡的三号营地的帐篷里尝过。刚躺下来，人就挺不住地从头往脚缩，一夜地折腾。做噩梦？没门！到早上爬出帐篷，才能合上眼。告诉你，我的丫头，在陡坡上的帐篷里过夜，要是能人擦人，那就是天堂的滋味。"

英甫端起了小铝锅，放到嘴边试着温度，递到了叶娜手中。

"天哪，那我们今晚真的要和死人睡在一起？而且，依你的高见，能和死人睡在一起，我还是个最幸福的人？"叶娜瞪着英甫。

"是的，你不知道你这一路上多幸福？告诉你，我，早就是个死人了！"

"呸，呸，守着死人说死人，太不吉利了，快吐唾沫！"叶娜嘟起了嘴，把正要喝的紫菜汤又端离了嘴边。

"他不是个死人，但也不是个食人间烟火的人。"加措眼睛往帐篷外看着，北壁前，几只兀鹫在盘旋着。

一上7900米，就离不开个"死"字。这山上的事，怎么能顺呢？

第二天，天还来不及亮，加措和桑巴及叶娜的向导带着英甫和叶娜悄悄地拉上路绳出发了。

早上的风雪不算小，人得侧顶着风雪行军。尽管有氧气面罩扣在脸上，风卷起来的岩屑，见缝插针地打得脸上露出来的皮肤，针扎一样的疼。

天色灰蒙蒙的，所以防风雪镜不能戴，否则看不清脚下的岩石。

眼睛眯久了也累，走了不到一个小时，叶娜突然停住了脚步。后面的英甫绕到她的前面，低头拿头灯照她，看见她双手捂着眼。

"哭什么？走不动了？加措，拿水来！"英甫隔着氧气面罩，叫喊着带路的加措。风在呼呼大吼，加措哪能听得见。

英甫反应过来，右手握住手中扣在路绳上的上升器，使劲儿抖动了几下。路绳本来就像一条扭动不停的赤链蛇，这一抖，更加剧烈地跳动起来。传感到加措手中,他就知道后面有故事了。

"哎呀,疼死我了,我的右眼进沙子了!"叶娜右手捂着眼,左手把氧气面罩掀起来,在风中大喊。

这一下,英甫听明白了,"加措,快找根棉签来!"他冲着走回来的加措喊。

"哪有棉签?"加措掀起氧气面罩,伸出了舌头,"用舌头。"

"舌头?我要亲她,也不是在这个时候呀。"

"舔眼睛!"

英甫一下子恍然大悟,想起了小时候母亲用舌头帮自己把沙粒从眼睛里舔出来的情景。

低下身来,他把氧气面罩拉到了下巴下。摘下两手的防风手套,隔着保暖手套,捧住了叶娜的脸,用自己灵活的舌尖小心地伸向了她的右眼。左右试探了几下,感觉到一粒坚硬的小石屑被顶到了眼角。再轻轻一卷舌头,小石屑就沾在了自己的舌尖上。

"嗨,哭什么?喝口水,把防风雪镜戴上,慢慢走。"

加措不高兴地拿出向导的本色,他打心眼里觉得今天的麻烦不会少,怕叶娜哭哭啼啼的出什么症状。

但过了两个小时,叶娜又开始哭了。不过,这一次不是沙子进了眼,而是她又看见了一个死人。

舔完叶娜的眼,英甫从怀中掏出一罐红牛,拉开盖,仰头要喝时,叶娜把双手捧着的热葡萄糖水递了过来。

"别喝凉的,会坏肚子。"

"谢了,我走热了时,喜欢喝冰的。"英甫伸手接过了叶娜手中的杯盖,转手递给了加措,"加措,老规矩,你带叶娜的向导先上去。等我们到了,把紫菜汤烧好。"

他看出了加措对叶娜的不满。

"好,我先上去。今天的风大,帐篷不好架,得花点时间。你们慢慢走,但不要坐下来休息。这段路线不算长,看见了吗?上边,上边那道坎。一爬上去,就会看到突击营地了。"加措解脱了一样快步走了,很快,他和叶娜的向导,就隐没在风雪中。

"喂,怎么了?加措他们又下来了!"

加措叫英甫抬头看上边的石坎时,英甫什么也没看清,因为风雪不停地加重加密。待行军了近一个小时后,他又抬头找那道石坎,却看见有两个身影从石坎上走下来。

"不对,不是加措他们。"

桑巴太熟悉加措的行军步态了,定睛一看,就摇摆起手。

山上的规矩,上升的要让路给下降的。

当那两人与英甫相遇时,英甫拉着叶娜让在路绳边,看着两人把自己的牛尾从路绳上摘下来。越过让路的人时,那两人只简单地挥了一下手。其中一人,在氧气面罩后嘟囔了一句。同时,转过身来,向上指着石坎:"坏了,向导死了!"

叶娜抓住了英甫的胳膊拼命摇动:"什么?他说什么?"

英甫大吃一惊,从昨天看到那个外国死难山友,他就对"死"字很敏感。回头与那两个美国人又聊了几句,英甫转身向叶娜和桑巴,面色沉重地说:"他们说向导死了。桑巴,快呼叫加措!问问他情况怎么样。"英甫推了推看着上面发愣的桑巴。

任凭桑巴怎么呼叫,加措都没有回应。桑巴急了,要呼叫下面的罗布时,英甫制止了他:"别急,赶快上去,看看怎么回事。我先走,你陪着她在后面上来。"

心头疑惑着,英甫把自己背包里的氧气流量开到了3,很快就爬上了近两米高的石坎。从石坎下一露头,他就看到了一个人横躺在石坎上。就在英甫摘下防风手套用右手去扒开躺着的人的眼皮观察时，已爬上来站在身后的叶娜大哭起来。

英甫浑身一抖，立刻站了起来。伸手拉住叶娜，从死人身边绕了过去。然后，转过身来，从怀中又掏出一听红牛，弯下腰，放在了那人的脸旁。

不知为什么，英甫带着叶娜赶快往上爬时，每次回头看叶娜，总要再往她的身后多看一眼。似乎是怕那人跟着爬上来。

"那是个夏尔巴人，是刚才下去的两个美国人的向导。"进了突击营地的帐篷，加措向心情沉重的英甫说。

"他为什么会死在那里？"叶娜惊魂未定，手中捧着热巧克力水。

"累死的。刚才那两个美国人说，昨晚他们12点出发冲顶，风太猛了，一路走得很慢。今天早上，在第三台阶放弃了。下撤到那道石坎时，夏尔巴人走不动了，用他们的卫星电话给加德满都的妈妈打了个电话后就没气了。"

就在英甫疑神疑鬼地胡思乱想时，第三台阶上的身影果真又出现了。只见那矮胖的身影从路绳上很快滑下来，一转身，居然快步向自己走过来。他手中提着一根鞭子，边走边甩。甩一下，珠峰顶上，就是一声雷鸣，一道闪电。

不好，这人谁也不是，阎王爷派来的索命鬼到了！

当他的防风雪镜被掀起来时，英甫吓坏了，紧紧地闭上了双眼。

十六

甘米也吓坏了，瞪圆了一双肿泡眼。

他是个夏尔巴人，今年三十六岁了，是尼泊尔梦想公司的国际资深高山向导。去年，英甫从南坡登顶时，他和他的助手拉合巴做他的向导。

眼下，他是从南坡登顶后，从北坡下来救英甫。

"西塔，我是甘米。我现在在南坳，准备今晚 11 点出发冲顶。"

2013 年 5 月 17 日下午 6 点左右，甘米半靠着背包，在帐篷里给"梦想公司"的女总裁西塔打卫星电话。他的助手拉合巴盘腿坐在帐篷前厅边，等着锅里的雪融化。

"好好休息，安全第一！"

西塔是个尼泊尔婆罗门族的美女，今年三十五岁。她的叔叔是个尼泊尔政府官员，分管旅游文化工作。西塔的"梦想公司"旗下的高山向导，都是有名有姓的资深人士。虽然价码高，但客户登顶的成功率也很高。

去年，英甫成了她的公司接待的第一个中国客户。她的叔叔还特意出面，在加德满都的安娜普尔那印度餐厅请客。英甫登顶回中国后，为表示感谢，特地邀请了她和甘米、拉合巴到北京登长城、逛天安门。

今年英甫从北坡登顶，西塔和拉合巴一直在关注。西塔是通过吴菁了解英甫的登山动态的，吴菁在北京整天陪着她，两人成了异国好姐妹。

甘米更直接简单，他和昂多杰是一个村的亲戚，昂多杰一上二号营地，就悄悄告诉了他在山上的对讲机频道。在吴菁流着泪告诉西塔英甫下不来了时，他已经在南坳的帐篷里琢磨怎么帮英甫一把。

"西塔，我想下去。"

"下来？你的美国客户怎么办？"站在加德满都的办公室窗前，

西塔两眼对着四方佛看着她的佛眼，张大了嘴。

"不是从南坳下撤，是想在明早登顶后从北坡下去找英总。"

"天啊，你疯了，那可是国境啊。"西塔的双眼也瞪圆了。

"我知道，但这是为了救人。"

"救人，你是想把英总救回尼泊尔吗？"

说着话，西塔把右手中的手机伸到了眼前，像要从手机里看透甘米的心思。甘米伸出左手，把帐篷拉链从上到下拉严实了，也用右手把卫星电话伸到眼前，像看着西塔那双长睫毛的大眼一样高喊。

"你是想把氧气送给他？"西塔又把手机贴在右耳上，闭上了眼。

"对！有了氧气，他就能活下去。他们的人，就有机会爬上去救他。"甘米像刚吸足了"4"流量的氧气，粗声粗气地说着话，还点着头。

"那他们为什么现在不上去？"西塔的语气弱了下来。

"你知道，北坡的风雪现在比这边大。"说着风雪，甘米抬起左手，帮着右手，在嘴边把卫星电话的通话口紧紧捂住，像是怕西塔听见此刻正在狂吼的南坳风声。

"他们的人都上不去，你过去了，还回得来吗？"西塔睁开眼，与四面佛对上了眼神。

"没问题。他在8750米的位置，从顶峰下到他那里，用不了三十分钟。"

"好，就算你找到他了，能相信他还活着吗？"

"活着，给他吸氧、喝水。死了，用他的帽子把脸给遮上。"

"你……"西塔的话咽了回去，因为，她刚要开口，看见四面佛的佛眼眨了一下。

"我知道你为难，别担心，所有责任我负，决不连累公司！"

一阵狂风冲过来，把甘米的帐篷砸得凹进了一面。甘米使劲儿往后一靠，把风给顶了回去。

"你负？谁在乎你，你这是拿公司在赌呀！"西塔的脸涨红了。

"我保证不出事！会安全返回。"

"保证？安全回来？算了吧。我知道你登顶十一次了。可你跨过顶峰了吗？"像跟甘米面对面争吵，西塔使劲儿摇着头。眼神里，却看见四面佛把眼神撇开了。

"没有，那是国境线！"

"这就对了！你去救人，我毫不怀疑你会活着回来。但是，如果有人知道了我的向导跑到中国境内去了，谁来救我呢？"说到救人，她惊讶地看见，四面佛的大眼居然睁圆了。

"你叔叔。"

"我该怎么跟他说呢？"西塔猛地用左手拍了一下额头，两排黑亮的长睫毛抖动起来。

"实话实说。"

"如果他反对呢？"西塔抬起左手，捏住了举着手机的右手腕。

"你就当不知道这件事，我自己上去，自己回来。有人知道这件事了，你就在第一时间开除了我，公司就保住了。"

风又回来了，在南坳的大空地上左右摇摆着。卷起石砾，像铅弹一样击打着甘米顶着帐篷的后背。

"你呢？公司保住了，可你的向导资格肯定没有了，你以后怎么养家糊口？"

"不知道，明天下来再说。"甘米挂断了手中的卫星电话，身体随着帐篷一块晃动。

坐在他的对面，一直看着他说话的拉合巴把两手的大拇指高高挑了起来。

"喂，您好，是叔叔吗？我是西塔。"

加德满都的政府办公室里,西塔的叔叔歉意地向坐在桌子对面的来访者点了一下头。

"简单!"西塔的叔叔听完西塔的话,微微一笑。

"什么?这么大的事还简单?"

西塔的叔叔右手把电话按在右耳上,左手向客人做了一个请回避一下的手势。看着客人知趣地起身出去,把门也轻轻拉上了,就用左手食指一下一下点着办公桌:"我的好孩子,我问你,登了顶,客户是不是就该下去了?"

西塔点了点头。

"如果由拉合巴陪同下撤,顶峰是不是就剩甘米一个人了?"西塔的叔叔往后靠在椅背上,仰起头来,像看顶峰一样,看着屋里的顶灯。

"是。"

"顶峰是不是国境线?"西塔的叔叔的左手使劲儿在桌子上从右往左横着画了一道线。

"是。"

"有哨兵吗?有监控吗?"

"没有!"西塔使劲儿摇了一下头。

"好,那谁能拿出证据来证明你的人偷越国境了?"西塔的叔叔把左手变掌,手心朝上平伸在眼前。

"对呀!"西塔的眼睛亮了。

"除非你的甘米死在北坡了。"西塔的叔叔眯起了双眼。

"他死不了。"

"不好说,但要是真死在北坡,也会是一段尼中友谊的佳话了,不是吗?"说着死,西塔的叔叔笑起来。

"不,他绝对不会死,不会有这种可能性。"西塔跺着双脚,把嘴唇抿得紧紧的。

"那就对了,我就是要你这句话。怎么,好孩子,还有什么问题吗?我这里还有客人。"说着,西塔的叔叔站了起来,走到门前,左手拉开了门。

西塔哽咽了,泪水从两腮流了下来。漂亮的内双眼,却带着笑意:"好叔叔,我爱您。"

"好孩子,我也爱你。为你能有这样的善心感到骄傲。你做得对,那是个好人,咱们得救!"西塔的叔叔笑开了花一样地向门口的客人招手。

"先生,麦片粥。"晚上7点,甘米披着一层雪片爬进了美国人的帐篷。

"甘米,真的不知怎么感谢你。按服务协议,在南坳,只能和你们共用一个帐篷,也没有睡袋。但你们却给我背上来一顶帐篷,一条睡袋。昨天一上来,我就能舒舒服服地伸展腿休息,终生难忘啊。"

甘米笑了,一边扶着美国人坐起来,一边把盛着麦片粥的铝锅放在他的两腿之间:"千万别总是谢我,要知道,这样费心费力,也是为了我自己。"

这次,美国人瞪大了显得憔悴的深窝眼。他近六十岁了,来自美国洛杉矶,是个牙医。身材匀称,一脸的大络腮胡须,但从不会让一粒饭渣沾在上面。这是他第三次来尝试从南坡登顶了,前两次都失败而归。

"我知道去年你就想雇我,但我正好被一个中国人给预订了。还记得吗?你是那次上到南坳,就不得不连夜撤下去的。"

"是,那天的风雪特别强烈。挤在帐篷里,人都冻僵了,哪还有心情再往上爬呢?"

"但是我们没撤。为什么?就因为我为客户多背了一顶帐篷和一条睡袋，我们就能在帐篷里熬过了一天一夜。第二天晚上 11 点，风小了，我带着那个中国人顺利登了顶。"

"上帝呀，那一次要是我找到了你就好了。"

"咱们有缘，这一次不是碰到了吗？"

"太不可思议了，这一次，也是等了一天一夜！"

"对你来说是巧合，对我来说是家常便饭。这么多年来，我就是靠这一招，每一次都顺利地把客户送上了顶峰。看见了吗？昨晚上来的人，差不多又撤下去了。今晚咱们不慌不忙地走，保证不塞车。明早，到了希拉里台阶。你拽着绳子，我一顶你的屁股，你就爬上去了。"甘米从心理上暗示着美国人一切会顺利。

"来，喝粥！"他看见美国人只说话，不去用手拿汤勺，便伸手拿起来塞进美国人的手中。

"对不起，一点胃口都没有。"

"不行，吃不下也得吃！吃饱喝足，是冲顶的一个前提。"

"我怕会吐出来。"

"吐了就再吃。知道吗？登顶是为了活着回来！想活着回来，就得意志坚强，体能储备够。"

"好，听你的，但你能不能讲讲你登山的故事，听着你说话，嘴里就忘记吃的是什么了。"

甘米抬起右手挠起了头，正好挠到了右额头上的一处用邦迪遮住的小伤口，疼得嘴咧了一下："好，我讲个你们西方人不尊重我们夏尔巴向导的故事。"

"瞧！你这是乘人之危呀。知道我胃动力不足，没有力气跟你论长短，就来把我们西方人一竿子全扫趴下。"

甘米的头摇了起来："五天前，在二号营地，几百个夏尔巴向导拿石头砸那几个欧洲人的帐篷，我要不是拦得及时，那几个人就会被砸成肉酱了。"

"是，太可怕了，我没想到帮助希拉里登顶的丹增的后代会这么野蛮。"

"野蛮？是谁野蛮？"

"扔石头砸帐篷的人！"美国人说着话，又示威似的咽了一大口。

"好，我问你，你知道那些夏尔巴小伙子为什么扔石头吗？"

"知道，是他们在抢修二号营地到三号营地的路线时，几个欧洲人强行通过引发的事件。"

"那就可以问了，到底是谁野蛮？"

"你得理解这些欧洲人，你们的路修得慢，他们在二号营地等得发疯了。"

"再吃几口，听我解释。"甘米眼看着美国人吃下去了近半锅的麦片粥，"路，为什么修得慢？知道吗？是今年的风雪太大了。从二号营地到三号营地是个近70度的大冰坡，得把冰锥一根一根地拧进冰里去。风吹雪砸不说，冰坡上永远有不知从何而来的碎冰块，像子弹一样从头顶耳边飞过。哪一个修路的人，不是伤痕累累？"

美国人连吃两勺，费劲地在嘴里倒腾，就是咽不下去。不料，甘米猛一拍他的头，不小心又拍在了伤口上，吸了一口凉气。这突然的动作，吓得美国人肚子一使劲儿，就把嘴里的食物吞进喉咙。

"哇，你这是要害命谋财呀。把我噎死了，你是不是正好卷起我的背包回家呀？"

"看看，知道你的命值钱了吧？"甘米瞪着眼，又伸手拍了一下美国人裹在睡袋里的腿，"谁的命不值钱？从希拉里开始，哪一个登顶的人不是靠我们夏尔巴人前后左右服侍着上去？告诉你，这珠峰山上，躺在冰雪中的三百多人中，有三分之一是夏尔巴人！你们登顶是为了好玩，我们呢？是为了活命，是养家糊口！你们说，'登顶是为了活着回来。'那里因为你们下了山，扬长而去，要赶回家继续享受美好的生活。我们呢，是登顶必须活着回来。是为了种族的延续，为了我们的后代。你们为什么来登山，是因为马洛里说了'因为，山在那里。'我们为什么登山？是因为山是我们活命的家园。"

美国人不吃了，他闭着眼品味了一会，伸手拉住甘米的手："是我们不对！我品出味道了。你们扔石头，不是一种简单的愤怒，而是一种尊严的捍卫行动。你们被轻视了，被冒犯了，我们必须认识到这一点。"

"好，麦片粥没白喝！"甘米双手使劲儿握着美国人的右手来回摇着，"知道吗？那天，他们几个人不听劝阻，硬从修路队身边强行挤过去。上去后，脚下的冰爪带起的冰块，像雨点一样砸下来。你说，这路还怎么能修？你说，我们能不扔石头吗？"

美国人右手使劲儿反过来摇着甘米的双手："我道歉！为刚才的话，也代表所有山上的西方人道歉！"

"道歉？听完我的故事，嘴说说道歉就行了？"甘米用力把双手抽了出来。

美国人睁大了眼睛，右手抬起来捋着络腮胡："天哪，你是不是想在这帐篷里就地把我痛打一顿，才算解气？"

"不，打你也解决不了问题。"甘米双手使劲儿拍着自己的大腿，"你得帮我！我要去救一个中国人，去年跟我登顶的那个客户。"说着话，甘米眼睛盯着美国人，右手隔着帐篷往顶峰指着，"今早，他从北坡登顶下撤时被困住了。"

"困在哪？"美国人看见甘米的眼红了，又用左手轻拍了一下甘米的右手。

"第三台阶下，海拔 8750 米。"

"谁去救？是让我去赎罪，还是你做英雄。要不，咱俩双双成名？"

"我去！"甘米抬头向着顶峰的方向，语气平静，"登顶后，你跟拉合巴下撤，我下去。"

"你下去？那可是中国呀！你要越境吗？"美国人摇着头，又用右手捂住了张大的嘴。

"那是一条命！"甘米说着话，眼里含着泪水了。

"为什么救他？就因为他曾经是你的客户？"美国人眯起了眼，看着甘米的眼睛。

"是，也不是。他是个好人，我愿意帮他。不过，只要有人像他那样被困住了，我们都应去帮他！"

听完甘米的话，美国人的眼圈也红起来。他仰起头，双手举着："我的上帝呀，你听见了吗？我每天只是给人拔牙解痛。人家呢，想的是舍己为人。你的信徒如果都是这样，你的伊甸园不就是硕果累累了吗？"

看见美国人深深地点了一下头，甘米的泪水一下涌出了眼眶："人，都是佛，真真一点不假！我想，从现在起，你已经是一个登顶的人了。"

美国人又瞪大了眼："为什么？这就算是登顶了，不带我上去了？"

"用不着我带你了，今夜，你的灵魂已经登了天堂的顶。明早，我们就必将登上世上人间的顶。"甘米的脸又涨红了，双手合十，向着美国人低下了头。

"哇！你要是上帝就好了，我就不担心进天堂的问题了。"美国人笑起来，像是刚从一个美梦中睁开眼。

"依我看，再做一点小的善事，你就必是天堂的人了。"甘米也微笑着，在眼前竖起了右手的食指，来回摇动。

美国人把眼睛瞪得不能再圆了："什么善事？让我替你多背一瓶氧气上去吗？"

"用不着，只要你给我留下一样东西。"说着，甘米把右手的食指举过了头顶，"地塞米松针剂！"

"地塞米松？在高山上，那可是能救命，也能杀人的呀！"美国人不等甘米的话音消停，立刻摇着头。

"你说得对。不过现在得先冲着救命的功能说。杀人的事，顾不上。知道吗？这就叫'起死回生'。现在，得当他已经死了的上去救。"

"责任谁承担？"美国人闭上了眼，头还是摇着。

"我！"甘米的右手食指顶在了自己的胸口。

"可药是我的！"美国人也把右手食指指向了自己的鼻子。

"你给我了吗？"甘米板起了脸，用左手反身拍了一下帐篷。

"还没有。"美国人把头低下来，看着碗里的麦片粥。

"那你准备给我吗？"甘米把头低得比他更低，从下往上看着美国人的眼睛。

"不！"摇着头，美国人闭上了眼。

"那我怎么办？"甘米也闭上了眼。

"抢！"美国人从牙缝里迸出了一个字。

"你这么好的人，我下不了手。"甘米坐直了，侧耳听了听帐篷外的风声，又低头看了一下自己的双手。

"偷！"美国人也转过了脸，听着一阵风雪从帐篷上翻滚过去。

"佛呀，叫这人别用这个字，你的五戒中可是不许偷的呀。"甘米的脸，红起来。双手合十，低头叫起来。

"犯了戒会怎样？"笑眯眯的，美国人也双手合十。低下头，从下往上看着甘米的脸。

"下地狱，转生为恶鬼、畜生。"

"那就换个词。"美国人又坐直了身体。

"什么词？"甘米也立刻挺起腰来。

"捡！对，海拔太高，我头晕眼花，把药给掉在帐篷前厅了。呀！这麦片粥见底了。咱也谈个条件，这就是，你别再逼我吃了。好吗？"说着，美国人从连体羽绒服的内兜里掏出一个小药盒，往帐篷前厅一扔。得意地双手一抹胡子，临了，还轻轻把下巴尖上的胡子理顺，就躺下了。

甘米双手捂住脸，流出了泪。

十七

此时，甘米被弄得心惊胆战。

眼前的蘑菇石旁，一个被猩红色救生毯从头到脚包裹得像个木乃伊的人，一动不动地靠在石头上。雪，在他身上的褶缝处、腹部都留下了印迹，这些雪痕，都已经冻硬了。以至于这个人像长在石头上，扎在岩坡上的硅化木。

他的身后，横躺着一个身着深蓝色连体羽绒服的人。只是他，面朝尼泊尔方向，身体的一半也是在雪里，很像高山上开出的一朵石头花。

谁是死人，谁是活人？谁是英总，谁不是英总？

人死，总有个先来后到吧！躺着的，肯定是早死的。甘米想了想，伸手掀开了英甫脸上的防风雪镜。果然是英总。

只见英总双眼紧闭，风雪扑上去也不见反应。甘米心一阵紧，撑着右手的食指和大拇指去扒英甫的左眼。在左眼被扒开的同时，英甫的右眼也突然睁开了。

"英，你还活着？！"他激动得忘了力度，双手扳住英甫的双肩使劲儿摇晃。

"加措，是你吗？你怎么从上边下来了？"

听见英甫把自己当成了另一个人，甘米乐了。他一把把自己脸上的防风雪镜掀到了额头，又一把把氧气面罩拉到了下巴："甘米！我是甘米！"

这声大喊和大力地摇晃，使英甫从幻觉中清醒过来。是的，真的是甘米。矮小粗壮，脸总是浮肿着。牙齿很白，嘴唇，还是裂着一道道血口子……

"天哪！我还以为是索命鬼来抓我呢。怎么会是你呢？"英甫摇着头，眼睛睁了又闭地看甘米。

"风雪太大了，还是把防风雪镜戴上吧。"甘米帮英甫把防风雪镜戴好了，就把自己的背包卸了下来。小心地在保护点上用牛尾扣好后，转着头，扫视了一圈周围的环境。

"来，喝口水。"他左手拉下英甫的氧气面罩，右手端着保温杯盖送到英甫嘴边。看见英甫能喝水，甘米欢欣鼓舞地鼓动着他。

"来，吃块黑巧克力。"不等甘米把早已掰碎的黑巧克力递到嘴边，英甫已半张开了嘴。黑巧克力进了嘴，他就鼓着腮帮让它慢慢溶化。

好，能喝能吃的，看来死不了。甘米心里踏实了，就俯身到英甫的背包上看露出来的氧气计量器。佛呀！我下来得太及时了。英甫的氧气计量器已经停在"0"处不动了。实际上三十分钟前，英甫就把氧气用光了，这也是他刚才产生种种幻觉的原因。

甘米扒开英甫的眼皮，就看出了他眼神迷离的症状。甘米是珠峰上的老山鹰，救过许多人，见的场面多。他手疾眼快地把自己背下来的氧气瓶帮英甫换好，然后，命令英甫大口吸氧。现在，他把氧气流量开到了"4"。他要尽快用大流量氧气把英甫催清醒。

在英甫吸上大流量的氧气后，甘米松了一口气。他又利落地从连体羽绒服内兜掏出"捡"来的地塞米松针剂，举到英甫面前："打吗？"

这是在等英甫的决定，英甫看着针头点了点头。在暴风雪中打针，是甘米的熟练手艺。他拉开救生毯的右侧拉链，又把英甫的连体羽绒服的右侧拉链也拉到臀部，毫不犹豫地隔着排汗内裤就把针头扎进了英甫的右屁股……

拔出了针头，把拉链一层层拉紧，他立刻把英甫的防风雪镜又掀到额头，爬上来，几乎鼻子对着鼻子地观察英甫的眼神。

这一回，英甫笑起来："甘米，这是你欠我的！"

"什么？说，上面的佛做证，我欠你什么？"

"羊。"这句话，在吼叫的风声中是听不清的，但英甫这熟悉的笑意，是甘米心领神会的。

去年，他和英甫从加德满都起，日夜相处近两个月。加上拉合巴，三个男人在一块过日子，锅碗瓢盆的免不了碰得"叮当"响。上了山，又累又喘，还捂着氧气面罩。想说清什么，除了不由自主地在氧气面罩后面张嘴弹舌头，主要靠手势和眼神。登完顶下来，三人各自有了一套交流模式。

"我不是上来清债了吗？"甘米也嘴里嘟囔着。去年上了山，他与英甫交流，常常又是挤眉弄眼，又是手比心口。这一次，却是双手扳住英甫的肩，趴在他的耳边，就差把嘴堵住英甫的左耳了。

英甫的手在救生毯里面抽动着想比画。甘米一阵心喜，忙帮他把拉链拉开，把他的双手从里面解放出来，又仔细地把他的防风手套从手腕上面系好松紧绳。

"再来一盘？"英甫抬起右手，点了一下甘米，又指了一下自己。最后，把手往下戳点着，要下一盘棋。

"你赢不了我！"甘米摇着头，两手放在胸前摆。

看见英甫在地塞米松的刺激下和大量吸氧的作用下开始清醒，甘米激动得想流泪。但他故作轻松地挑逗英甫，促使他的神经系统兴奋起来："想赢我，下去！"

他伸出左手往山下点，又伸展双臂从后往前，做了一个大大的环绕："下去，再见我时，大战一盘！"

登山的人，行军时，前后走着路，没有人会搭话。都是默默地想着心事，或是算着休息喝水、抽一根烟的时间。

进了帐篷，就是难熬的时间到了。海拔低一些时，就听听雪鸡叽咕，牦牛发牢骚，乌鸦贼一样飞来飞去，扑腾翅膀，还有山友的放屁打嗝。海拔高了，只有赌咒发誓的风声和雪粒、石屑敲砸帐篷的怨声载道的埋怨，那个意思就是："滚蛋！"

书是看不进去的。脑子缺氧，眼神在书上死盯着，思维却不做反应。往事呢，早回忆得想吐。除此，还能干什么呢？

下棋！

男人，是个荷尔蒙支配的雄性动物，有着你输我赢的争斗本能。

英甫会走几步中国象棋，教会了甘米后，不出十天，人家就开始逼得他丢盔卸甲，气得他吃不下饭。

甘米爱下尼泊尔的"老虎棋"。这是他的国家的国民游戏，本意是"好动的老虎"，与中国的象棋有相通的文化因素。一个有二十五个交叉点的画线棋盘上，对弈的一方有四只老虎，另一方有二十只羊。老虎的一方，目标是跳出羊群包围圈并吃掉五只羊。羊的一方，要紧紧围住老虎，使其无法移动。

世上的事好玩，输了中国象棋，英甫就逼着甘米玩老虎与羊。结果，经常是甘米闷着头不应话，三天不碰棋盘。

有一次，在冲顶的南坳的傍晚，甘米为了缓解英甫的紧张情绪，钻进了他的帐篷，铺开了"老虎棋"盘。

"不厚道，你吸着氧下棋。我喘着气陪你，赢了也不算好汉！"连输几盘，甘米脸上挂不住了。

"你是个山上的爷，我只是个刚爬上来的山孙子，我不吸氧？你吸？氧是氧、棋归棋。输就是输，赢就是赢。中国人，信一句老话，'愿赌服输'！"英甫得意扬扬地摇头晃脑。

"服输？拉倒吧！我只要赢了你，就算是倒了霉。不让你赢一盘，就好像欠了你十八辈子债。出了帐篷，你路都不好好走，不停地找借口拉屎撒尿。"甘米悲愤地手拍"老虎棋"盘，一群羊跳起来，把几只老虎埋在了下面。

"好啊，让你一盘，中国象棋。中国人嘛，'得饶人处且饶人'。要不，今晚冲顶，保不住你会一生气，给我少背一瓶氧气。"

英甫在睡袋上铺开了中国象棋棋盘。

一局结束时，甘米高兴地双手一拍站了起来："睡一会儿，休息好出发！"

"不行，再来一盘！"英甫急得把氧气面罩拉下来喊。

"就算我欠你一盘吧，不是'愿赌服输'吗？下了山，让你一盘。"

看着甘米兴高采烈地爬出帐篷，嘴里大声哼着尼泊尔最著名的歌手、藏族尼姑琼英卓玛的《我的心动犹如风中的丝绸》，英甫差一点伸出脚，去踢他的屁股。

现在，在世界上最高地方，欠债人来还债了。英甫的心和身体热了起来，有一种想站起来的冲动。

"要撒尿？"甘米太了解英甫在山上的种种怪异动作了。

一个大老板，做事总端着，要拉屎撒尿前必有征兆。低头卸背包掏手纸时，是忍不住了，要"噗、噗"。东张西望，前后左右地避人躲鸟时，必是憋得难受，该"P、P"了。

"来，站起来！"甘米笑嘻嘻地站在英甫面前，双手扶着他的肩。其实，心中十分紧张，英甫此时要是能站起来，就意味着能活着下去。

太可惜了,下面的人迟迟不上来。

帮着英甫把连体羽绒服的裤裆拉链拉开后,他闪到英甫的左侧,看着他冲着北坳一号营地的方向撒了一泡不长不短的尿。他像心头的一块大石头被移除了一样,轻松地又把英甫扶着坐下来。

"你还欠我的!"口中喝着甘米端过来的热巧克力,英甫眼神扫着甘米。

"太黑心了吧,死不了了,你就想起了高利贷。"甘米又把嘴凑到英甫的左耳边,"这一次,欠的是什么?"

"猪!"

"佛呀,让这些有钱人多几道轮回吧。就一百头小猪崽,这人,就等在珠峰顶上跟我算账。"

贩卖女孩,是尼泊尔最贫困地区的严重问题。这些地区,每年都有上万名女孩被拐卖到别人家中、工厂,甚至是印度孟买的妓院。在巴尔迪亚等塔鲁地区,将七到十岁的小女孩卖到富有的贵族种姓家庭做契约奴隶,是一种历史悠久的传统。为了制止这种残忍的贩卖女孩现象,尼泊尔的一个名为"尼泊尔青少年基金会"的社会公益组织,发明了一种独特有效的巧妙策略:如果最贫困农村地区的家庭不卖女儿,继续养育她们,就可以被奖励给一头小猪崽和一个煤油炉,还会替女孩支付上学读书的费用。几年来,这个办法挽救了上万名原本可能成为奴隶的女孩。

要想挽救更多的女孩,就得募集更多的钱。

甘米是这个组织在珠峰所在地索鲁昆布地区的负责人。每一个登山季,都是他串帐篷,跟山友搭讪的好机会。

一天下午,处于休整状态中的英甫连赢了甘米三盘"老虎棋"。甘米执羊,他的老虎就把羊撕得血流成河。甘米执虎,他的羊就把老虎逼得走投无路。

听着甘米哀叹，英甫长长地伸了个懒腰："算了吧，求佛没用，他老人家正忙着普度众生呢。我猜，这是他忙里偷闲地奖励我一把。"

"奖励？悟性不够。这是佛告诉你，世上的人，赢了，别光顾着自己高兴，要惦记着输了的人。"甘米伸出右手，用食指先指着英甫，再指回自己。

"那，赢了还有什么意义？"英甫眯起了眼。

"让你知道，还有输了的人。有赢就有输，不替输了的人难过，幸福有什么意义？"说着话，甘米的眼神在英甫的脸上打着转。

"天哪，不就是一盘棋吗？"英甫抬起左手，用大拇指和食指分别揉了揉两个眼珠。

"对你是一盘棋，对别人，是人生。"

英甫的眼瞪大了："唉，我亲爱的兄弟，你的人生很精彩呀！"

"我说的不是我，是她们，尼泊尔青少年基金会！"说着，甘米把他的硬纸板"老虎棋"盘翻了过来。

"一头小猪崽换一个女孩？"

"对！"甘米猛地双手一拍。

"我说呢，你一到大本营，就挨门串户地教人下'老虎棋'。我以为你是要发扬国粹呢，却没想到你是在教我们做人。"点着头，英甫朝向甘米，双手也轻轻拍着。

"错，我做不了度人的佛，我只是想趁登山季从你们这些有钱人的钱包里多掏些出来。"甘米的眼神飘向了帐篷外。山道上，一个瘦小的夏尔巴男孩正弯着腰，背着一个沉重的包走上来。

"我，得多掏多少？你给个数。"看着小男孩的脸贴向地面，英甫的眼里没有了笑意。

"一百头！合一千美元。"

"我给两百头，两千美元。"小男孩慢慢地走过去，英甫的眼湿润了。看着他的背影，嘴里轻声说着话。

"还是中国人最善良！"

"这些女孩可怜，得帮。你人那么好，也得成全。"回过头，盯住了正睁大眼、半张着嘴的甘米，英甫伸出了右手。

"真的？这下我可是光从你这里就完成任务了。"甘米激动地双手握住了英甫的右手使劲儿摇。

"不！一百头算是你找到了我的良心的回报，另一百头你欠我的债。"

"怎么还？"甘米笑眯眯地咧开血丝满布的嘴唇。

"下了山，连输我三盘'老虎棋'。"

"成交！不光是'老虎棋'，中国象棋也连输你三盘。"

英甫瞪着眼，摆着双手。

"好，坚持住！等你活着下去了，我还到北京找你，咱们连下三天，做个了断！"甘米提到了"猪"，眼里的热泪就涌出了眼眶。

佛呀，你一定要保佑这个好人。放他一马，让他活着下去。

"那也了不了，还得还个债，你才能清盘。"看到甘米发呆，英甫居然能伸出右手，拍了一下他。

"什么？我还欠你的债？别以为，我舍命从顶峰爬过来是奴隶找主人来了吧？"甘米故作惊讶地和英甫斗嘴。

"鸟！"英甫的双眼往上翻。

"太小气了吧？不就是让你为兀鹫多买了一头牦牛吗？"甘米愤愤不平地在英甫左耳边喊，乘机又往他嘴里塞了一把碎巧克力。

"不，三头！"英甫轻轻摇了摇头。

"真是不讲理了，那两头是你替我和拉合巴捐的呀！"

"不，替你们赎罪。你们，欠了我的情。"

"佛，早知如此，何必当初。好吧，到时，每种棋各多让你一盘。"

"两盘，每人算一盘。"英甫笑了，脸上的肌肉往一块在挤在凑。

原来，到了大本营，甘米身兼三职。除了是高山向导外，他还是"尼泊尔青少年基金会"在索鲁昆布地区的负责人和"兀鹫餐馆"的老板。

尼泊尔共有九种兀鹫，但有六种处于濒临灭绝困境。每年，都有数以千计的鸟类包括兀鹫因食用被喂食了双氯芬消炎药的死牛腐尸而死亡。因此，有人发起设立了基金。筹钱购买健康的牛肉，在四处的山野里开设"兀鹫餐馆"。短短两年，在一个叫德赖地区西部开设的此类餐馆，就让该地区的兀鹫数量增长了一倍。

"我输了，你得掏钱！"

一天午饭后，借着珠峰反射过来的暖阳，英甫和甘米坐在大本营的帐篷外下中国象棋。拉合巴在一旁观战，并负责添咖啡、倒红茶。

甘米把棋子一扒拉，和拉合巴对了一下眼神。就双手抱胸，瞪着对面的英甫不挪眼。

"咳，又来了，我输了你得掏钱，怎么赢了你还得掏钱呢？这样下去，咱俩下了山就得换老婆了。你是富翁，我是伙计了。"英甫看了看他，又把眼神扫在拉合巴脸上。拉合巴把眼皮急忙垂了下去。

"放心，我有自知之明，今世不是个富贵之人。"

"那，又要我的钱干什么？"

"买牦牛。"

"牦牛？上一次是买小猪救女孩，这一次，买牦牛开餐馆？"

说到牦牛，英甫转头向不远处的山坡上看去。那里，阳光下，几头额头上系着红绳子的牦牛正在低头吃草料。看见英甫的眼神，一头硕壮的公牦牛把屁股调过来，长长地撒了一大泡尿。

闻着尿臊味，英甫抽动着鼻子，回过头来瞪着甘米。

甘米笑了："你还真说对了,是为了开餐馆,在山上,给兀鹫准备。"

"兀鹫不是食腐动物吗？为什么要让它们吃鲜肉？"

"腐肉里都含有双氯芬消炎药,有六种兀鹫都快灭绝了。"

英甫听了,眉头皱起来："真难为你们了,帮了人,还要救鸟。"

甘米和拉合巴又对看了一眼："也真难为你这个大老板了,救了人,还得帮鸟。"

"人,得救！要不,我们良心何在？鸟,也得帮。要不,我们还算是个人吗？"

听见他的话,甘米和拉合巴笑了起来："好,说得好,佛就喜欢你这样的人。"

拉合巴双手合十,向英甫低了一下头。

"当然,也喜欢我腰包里的钱。"

"这就对了,六大皆空,那就抓住这次在世修行的机会吧。"

甘米也双手合十,把头低向了胸口,"一人一条牦牛,一万人民币。"甘米伸出了右手食指,在英甫的脸前晃了一下。

"好,我掏了。"

"不够！"

"不够？不是一人一万吗？"英甫也举起右手食指,在甘米的脸前摇动。

"少算了两个人。"甘米笑起来,喜滋滋地拉过来拉合巴的右手,"我俩。"

"你俩,凭什么要让我掏钱替你们做善事？"

"我们穷。"看见英甫瞪眼,拉合巴笑嘻嘻地搓着双手。

"怎么个穷法？"

"穷得向你借钱行善。"拉合巴把双手朝天,又伸到了英甫的胸口。

"来世再还！"

英甫的眼神移向了昆布冰川，那个不知尽头的冰雪沟里，正好有一块冰岩坍塌了。在隐约感觉到的震动声中，一股轻巧的白烟升了起来。

"我们都能跟着你上香巴拉王国。"

"香巴拉？"英甫仰天笑了，低下头，眼里却含满泪水，"好兄弟，那不是我能去的天堂。自打下了海，我就明白，这是回头无岸的苦海。被这苦海泡透了，就只剩下下地狱的命。"

说完，英甫双手一拍，"啪"的一声脆响，两边的山体回响起来："好人，就应由你们这样的好人来当。善事，就应由你们这样的善人来做。我只管掏钱，你们要图个心安，就把账带到来世去吧。"

"眼下，这可不是来世，你已经挺过了一天一夜了。我又背上来了两瓶氧气，再挺个一天一夜，毫无问题。挺住，真的到来世了，见面算账。"甘米哭了起来。

像是山神不耐烦了，头顶上隐隐传来雷鸣。

"佛！这是离你最近的人啊，你帮帮他吧！"甘米听见雷声，仰天大呼。也怪，那雷鸣却不响了。天上，只有越来越重的云层，阴沉地压下来。

"算了。"英甫伸手拉下了氧气面罩，甘米急忙把左耳贴到他的嘴边，"昨天，一坐在这里，我就抬头向上求过了。可能是我是个没救的人，上边的，没有一个理我。"

他悲凉的语气让甘米浑身发抖，这种紧张被英甫感觉到了，他拍拍甘米放在自己肩上的手："回去吧，暴风雪要来了。来世，我一定好好修行消业，争取在八百年后到香巴拉找你。"说着，他笑起来，"到时，你输我几盘棋。人生，就扯平了。"

2013年5月18日中午12点，甘米走了。

看着他在第三台阶上，一挥手，就被风雪淹没。英甫心中，一阵暖流涌动。这是个知道寻找家园的人。

去年冲顶前，甘米在南坳输了棋时，突生伤感："你说说，我们夏尔巴人到底是谁呢？几百年来，我们夏尔巴人有五大姓：格尔兹、色尔巴、撒拉嘎、茄巴、翁巴，但从来不能对外人说。"说着，他眼含泪光，"为什么，我们为什么是这样的民族？"

"我不是说了吗？有人考证你们夏尔巴人是西夏王族的后代。"

甘米更悲切了，把右手往睡袋上使劲儿一拍。

"那，我们的身世更惨！西夏王朝不是国破家亡了吗？"

"那你想干什么？"

"好好地把你这样的客户一个个送上顶峰，然后，一个个安全地带下来，挣钱养家。让我的孩子好好读书，把他们培养成夏尔巴人研究专家。向全世界问问我们是谁，让全人类知道我们是谁！"

是呀，甘米想要知道他是谁，从哪里来。我呢？我知道我是谁吗，知道我将能去哪里吗？

地塞米松的不良反应出现了。偏在此时，一声炸雷响起，一道刺眼的闪电，打在了顶峰。英甫的后背，又紧紧贴在了身后山友的脊梁上。坏了，飑线天气又来了。

十八

这是牦牦今天第七次哭出声了。

2013年5月17日的黄昏6点30分,牦牦在京城香港马会俱乐部的卫生间里对着镜子化妆。她刚刚尽情地哭了一会,泪水流得很多,像一场秋雨,凄凉而又悲伤。

哭够了,她在镜子里静静地看着自己。四十七岁了,眼角隐隐有了鱼尾纹。齐耳的短发还是黑的,衬托着一张端正的脸。双眼哭得有点浮肿了,但深蓝色的眼睛,透露着一种海水般的清澈与幽怨。一米六八的身高,因为健身运动的原因,身材紧致而性感。脸上的肤色是户外人士的秋梨色。双手往后拢着头发时,手腕以上是白皙的羊脂玉。

看够了,她仔细地把眼线重描一遍。描完了,再也没有一滴眼泪。轻轻地把睫毛刷一刷,双眼的光,瞬时就像一个角斗士要上场了一样明亮。因为本就是红唇皓齿,她就只淡淡地在双唇上用近乎无色的唇膏涂抹了一下。

好了,该上战场了。她又对镜子里的自己冷笑了一下,鼻子里重重地出了口气。转身,拉开了卫生间的门。

"姐,你虽是法律总监,也不能如此口出重言啊。"包间里,牦牦对面一位三十岁左右的俊朗年轻男子没有忍住心中的不满。

他留着运动员的板寸头型,坐在对面,也看得出是个身高一米八的小伙子。他的双肩宽大,肩头肌往外鼓得让他随性而穿的一件安德玛紧身休闲衣有一种要被撑破的感觉,胸肌则膨胀得像个中国版"超人"。

"小伙子,想听好听话?好啊,现在出门,往左,王府饭店的地下歌厅里,你那些妹妹保证给你说个够。"

"姐,不是我不听,而是弄不清你说的法律底线一清二楚地划到哪里。你想,这些年,市场变化这么大。天天出政策,月月新规定。

昨天发牌时规定大猫就是大猫，今天打牌，小猫又成大猫了。你说，咱们做企业的跟得上吗？"

"你为什么不天天学，月月领会呢？"

"领会？姐，太可笑了！等你领会了，你早就'out'了。"

"所以，你铤而走险？"

年轻人愤怒地伸出左手，一拍桌子："我被套进去了！"

"套进去？是钻进去了吧？"

"怎么钻？当初为公司买那姓英的'东方梦都'的写字楼时，我可是诚心诚意地签合同，交的订金呀。"

牦牦的右手也拍在了桌子上："后来成交了吗？"

"成交了。"年轻人用上牙咬住了下嘴唇。

"有溢价吗？"

"有。"

"溢出来的四千二百万呢，你分走多少？"

"两千万。"

"这就对了，还说我'口出重言'？告诉你，你这是'非法侵占'罪。这么大的数，得判十五年！"牦牦的眼神冷冷地看着对方，紧紧地抿起嘴唇。

年轻人不吭气了，他伸右手拿起桌上一根筷子，又把一头放在左手，两只手不停地捻起来。

"亦兵，看看你点的这条苏眉。它在水里时，多自在漂亮呀。现在，清蒸了，躺在咱面前，就是一块任人挑剔的食物。今天，你坐在这里吃它，因为你是个公子哥。可明天，你进去了，就只能是个阶下囚，泥里的蛆了。"牦牦盯着亦兵低垂的头，眼神中放射着冷冷的光芒。

"听进去了，好，明天一大早，去把钱退回你的海外地产私募基金。如果你爹保不住你，可以判轻些，加上你的认罪态度好，五年！"

亦兵又不答话了。

"舍不得？年轻人，真是要钱不要命呀！人家葛朗台爱财如命，也没像你这样明火执仗地抢呀。"

"抢？扒拉点奸商的钱，算是抢吗？不看看这里是谁的天下？"亦兵的两眼又眯了起来。

"可悲呀！你们这些公子哥把天下都看成是你们家的厨房。所以你们目中无法，眼中无人，忘了天下是人民的，真是个时代的悲剧！"摇了摇头，牦牦两眼看着窗外。

"算了吧！姐，用不着你来上政治课了。今天叫你来，是让你替你的老情人收尸！"

牦牦浑身松弛下来，身体往后靠在椅背上，双手握成拳头放在桌沿上："收哪一条尸呢？珠峰顶上的，还是'东方梦都'？"

亦兵也往后一靠，双手抱在胸前："珠峰顶上的，自有老天爷处置。我问过了，明后天，西藏登山队有人上去，直接把那个死人推下万丈深渊。为什么？怕他挡了世人的道。"

"不赖，总比埋在这人间肮脏的泥土中强。"牦牦的双拳，齐齐在桌子上摩擦着。

"'东方梦都'呢，我要叫它起死回生。你得帮我。因为，你要活下去！"

双拳碰了一下，牦牦长出了一口气："有道理！我这活怎么干呢？"

"帮我搭个通道。"抬起了眼，亦兵冷冷地看着牦牦。

"'通道'？找个信托公司还用我？你爹不是随叫随到？"牦牦的双拳松开了，几个指头冲下，轻轻敲着桌面。

"不，这个'通道'非'雅君信托公司'不可。"

"你不知道？那可是齐延安的心头肉呀！"

亦兵笑起来，健康的脸上堆满欢乐："就是要剜他的心头肉！按私募额度的2%给他'通道费'，这可够他养几辈子老了。"

"那婷婷的'雅君信托'做的'东方梦都'信托基金呢？"

"如约清盘！"绷紧了嘴唇，亦兵从牙缝里挤出了四个字，"我已经从机构找了六十亿，可以把她的信托基金覆盖了。"

牦牦站起来，起身走到窗前，看着金宝街上车水马龙，深深地吸了一口气："不错，机构的资金，就是你爹兜里的钱。随要随到，成本可以不计。托管银行，不必问，定是你爹那个秘书的银行，万无一失。这巧取豪夺的手法好，赃也分得公平。不得不服。"

"姐，别多愁善感了。你就抓住这大好时机吧！这个项目，没有人比你更知底了。整个的法律框架你来搭建，要快，希望三天内拿出来。"

"为什么是我？"

亦兵也站了起来，走过来，靠在牦牦身边，抱起胸："因为，你也是齐延安的心头肉。我和齐婷婷，都是被你拉进'东方梦都'这个项目里来的。解铃还须系铃人，你好好帮我们解了扣，也就能好好收兵归山了。公平吗？"

"公平！该死的得死，谁叫他在这游戏中只是个白手套呢？"

亦兵皱起眉头，用左肩膀碰了一下牦牦："我亲爱的姐姐，今天别玩使命感了。明天，我叫司机给你送一本《21世纪资本论》，看着心头解气去吧。再不解气，等明后天，我叫人把姓英的'死亡通知书'复印一份给你，你就踏踏实实地退出江湖吧。"亦兵看到牦牦的牙关紧咬起来，冷冷一笑。

"怎么个退法？"

"五千万，了结你我之间的恩怨。"

"恩怨？我只记住我是个对你有恩的人，不记得你说对我有什么怨恨。"

亦兵眼睛潮湿了："你鼓励我拉海外地产私募基金投了'东方梦都'，我以为我一股独大，胜券在握。大意了，少投了些钱。与姓英的签对赌协议时，信了你，留下了天大的漏洞。接着，你竟又蔫不声地叫来了婷婷。她的信托基金，刚好盖住了我的股份。你这是把两只虎关进一个笼子，坐山观虎斗。最后，让你的老情人金蝉脱壳，来个鲤鱼跃龙门。对吧？"

牦牦摇了摇头："一股独大？腰包鼓不起来，怪谁？你要是一把能拿出三十个亿，还用别人进来吗？钱不够，你的风险也大呀。让别人进来，你就得鱼死网破。婷婷进来，你们顶多是窝里斗。不至于把项目的锅砸了，对吗？悲哀！我要是不坚持在对赌条件中设立'未经融资方同意，不得转让股份'一条，你们两人早就你死我活了。你们都想吃掉对方，不缺钱，但缺人性。由着你们打，'东方梦都'项目必定烂尾。烂尾了，你们的对赌协议条件生效，英甫退出。再换上你们上手，这项目低价捡到手，高价再卖出。快进快出，管保你们的父母安心养老。对吗？"

"都对，在商言商，资本玩的就是金钱游戏。不是高手，算错牌了，就得出局。"亦兵一字一句地说着话，眼睛盯着窗外，像是看到了珠峰顶上。

"融资方现在出局了吗？"

"马上！等你把'通道'的法律条件设置好。"

"他要是不同意呢？"牦牦也把眼睛转向了窗外，顺着亦兵的目光问着话。

"他？不是要死在山上了吗？我知道你说的不同意的意思。我爹顾面子，不好意思讲出来。那姓英的一直在底下为这天的决斗做准备。他想的是卖身投靠的路径，要在一期项目结案时，一把把整个项目卖给一个国字号大企业，让我和婷婷到头来只挣点年化收益。你说，他不死行吗？"

"万一他站起来了呢？"

"万一？他的死活我比你还得操心，不知道吧，刚才，在路上我还问了山上的情况。风雪太大，他的向导都撤下来了。他们传来的说法是，此人一定是留在山上了！还想找回那四千二百万的溢价？到阴间，找阎王爷要吧！"

牦牦点着头，强忍住眼中的泪水："有言在先，融资方在法律意义上违约时，你才能行权！"

"牦牦姐，你没事吧？"

晚上8点，牦牦刚在齐延安的书房坐下来，突然忍不住又流泪了。

婷婷是从沃顿MBA毕业的，回来五年了，今年三十六岁。她是一个皮肤白皙、长发过肩的文静女人。戴着一副无框的钛合金镜架的近视镜。看人时，她的眼神总是安静而又单纯，有点瘦弱，给人一种小鸟依人的感觉。看得出来，她的父亲疼爱她。

齐延安正坐在牦牦的对面，背后，是三幅他的心爱之作。婷婷关心地从书桌侧面坐着的位置递过去纸巾时，牦牦已经坐直了身体。再没有流一滴眼泪，也没有再看齐延安背后的油画一眼。

"谢谢，对不起，我失控了。"说着，她抬头致歉。

在她看向自己的刹那，齐延安不由自主地回头看了一眼烈火中仰天的女孩："我亲手埋了她，那是1972年的4月16日。四十一年了，我猜，早是荒坟一座了。"

"爸，你再没有回去看过她？"

"回去？孩子，哪有勇气呢？我们这一代人，青春都是埋进土里的。埋土里了，人的灵魂，就一生都不会再发芽了。"

"你们有一个火热的年代,青春是燃烧的,像你这幅画。"说着,婷婷抬头,用手指着火中的女孩,"多令人神往啊,能在这样的烈火中死去。"

"我们这一代人,都是欠账的人,早死早解脱。信上帝的,因死来赎罪。不信的,因生而受难。"齐延安若有所思地把目光又扫向《春天里的耶稣》和《梅杜萨之筏》。

"我这个年龄的人,是来算账的一代人,对吗?"听着牦牦的发问,齐延安笑起来,"好,有点哲理味。你们是改革开放的主力军,承前启后。要算算历史的旧账,让该过去的都过去。再算算时代的新账,看看怎么能上下齐心,共同加快国富民强的进程。"

"我们呢?"婷婷看看齐延安,又看看牦牦。

"你?你们这个年龄段的人?嗨,是要账的一代。听明白,你们是来向时代、向父辈要账的!"齐延安的眼神,又转向了火中的女孩,"我们欠的债,该我们还。还给谁?你们这一代。青年强,则国强。我们再也不希望你们走我们走过的路,希望替你们把历史的旧账清了。让你们从头开始,清清爽爽。在你们手中,开始一个崭新的伟大的历程。"

说完,齐延安紧紧盯住对面的牦牦:"这是历史重任,跟我是没什么关系了。"

牦牦迎着他的眼光,淡淡一笑:"我来和你算账来了。"

齐延安长舒了一口气,把手从桌上撤下来。又捧起茶杯,抿了一口,"终于啊,我就等着这一天呢。"

"'东方梦都'!"牦牦一字一句地把这个名字念了出来。

"好!"齐延安也轻轻拍了一下桌子,站了起来,"终于揭锅了。来,牦牦,咱们盘算盘算。"

"这账不好算。"牦牦前因后果地向齐延安和婷婷讲完了晚餐桌上的交锋后,补了一句结语。

"你俩是发小,一块把人家这女孩给折腾死。现在,又左手搏右手地掺和在'东方梦都'的火堆里。都想火中取栗,又都怕烫了手。要不,我来干吗呢?"

"话,虽是难听,但说出了实情。我补充一句,两个发小,共同参与了改革开放的进程。解甲归田了,又在为儿女的利益撕扯。对吗?"

"对,大人物出口成章,出手成招。"牦牦伸出双手,把头发往后拢整齐了,又伸出手端起茶杯,掀开杯盖放在桌上,然后,托着茶杯底轻抿一口,和着一片青绿的茶叶咽进了嘴里,"'通道',得给他!"

"怎么个给法?"齐延安眯起眼听着,把右耳也侧向了牦牦。

"'通道'费!"

"'通道'费?忙了几年,就为要点'通道'费?你,喝了吴铁兵的迷魂酒、孟婆汤了吧?"

"大任在身,本人滴酒不沾。"

"好,那你不明白,就用这点'通道'费,吴铁兵就想从我的背上踩上去,把我的桃子摘了?"说着,齐延安的脸涨得通红。举起右手,在脸前摇摆,"他这是要逼着我上吊,还得让我自己买绳子呀!"

牦牦冷冷笑了一下:"谁跳楼,谁上吊,是上帝的事。但是,既然他鸣锣开道地要从咱们身上踩过去。咱们,为什么不能把我们的通道,变成他的独木桥呢?"牦牦点着头,眼睛看着齐延安,"既是独木桥,过路费就得咱们说了算!"

"你想要多少?"

"三十亿!"

"三十亿?""咱们出担保,他们可以把三十个亿的融资成本算在咱们头上。回报呢，自然归咱们！"

"我那发小，从小是锱铢必较的人。"这一次，齐延安抬起头来，看着墙上的烈火中的女孩，"这次，由不得他一毛不拔了。"

"婷婷，你是从沃顿回来的。亦兵，是从哈佛回来的。满身披金戴银，但做事还差着火候。"牦牦慢慢踱步过去，伸手抚慰了一下婷婷的头，"五年前，我在英总手下任法律总监。区里领导找到我，希望能让他老领导的儿子亦兵帮帮忙。缺钱呀，只要是钱,谁来都是佛。"

"那时，你怎么不来找我呢？"齐延安笑眯眯地看着牦牦。

"我的上帝呀，你那时是'天下无人不识君'。我们做民企的，提到你的名字,就差叫'千岁爷'了。要不是第二年婷婷从沃顿回来，我能坐到你这屋里来吗？"牦牦闭紧了嘴唇，双手合十，低了一下头。

"插句话，"齐延安伸出左手，摘下眼镜，对着灯光端详了一下，又戴了回去，"我记得，你从加州的 USC 毕业后，就在进入中国的国际律师事务所任职法律合伙人，又怎么到小英手下屈就呢？"

"屈就？起码我能做他一半主吧？这是个大项目，做律师的，谁不想有机会玩一把呢？国际律师事务所？拿我们只当个诉棍，跑法庭的伙计。再说，我也好奇，短短几十年，中国怎么出来这么一批土豪企业家呢？"

"懂了。你这是不甘心给人打工了，要找跳板自立天下了吧？"齐延安眯细了眼，看着牦牦。

"谁不想自由？财务自由了，人生才有真正的自由。"牦牦看了一眼婷婷。

"那，又怎么离开他了呢？"

"恨铁不成钢，怕跟着他玉石俱焚！"

"他是我撑着的，怎么不会有好下场呢？"齐延安静静盯着牦牦。

"撑起台子来,是为了最后的拆。撑的人多,拆的人也多。台上一个戏子,只是时代的玩物。别看他一时粉头彩面,婀娜多姿的风光无比。'啪',到时候了,你们把台一拆;'哗啦啦',就倾天覆地的该跳楼的跳楼,该蹲大狱的蹲大狱。这千秋伟业,自有人认领,那万贯家财,自有人来享用。"牦牦像背台词一样一口气说着,两眼时不时瞄一下婷婷,又看看齐延安,"我看不透这一点,干吗跑到你身边来。"

"原来,你千方百计地来找我,是因为你是这《梅杜萨之筏》上的人哪。"齐延安点着头,又转过身去,盯着墙上的油画。

牦牦抬头用手指向烈火中的女孩:"我决不愿意像她,在烈火中坐以待毙!"

"那我懂了,你现在想怎样做?"

"跟你谈谈条件,只有你能把控眼下的局面。吴铁兵,有硬伤。"

"亦兵的海外地产私募基金进来时,他是投资方,我是融资方。"喝了口茶,这一次,牦牦轻轻把吐在舌尖上的茶叶用手拈下来,放在面前的纸巾里,"总共十亿,但分了股权投资和夹层投资两种投资方式。"

"有意思,十亿,就琢磨成这样,必有蹊跷。"齐延安也点点头。

"对了。"牦牦看着纸巾上的茶叶,一片白中,绿得人眼一亮,"有八亿,算成了股权投资。投资期五年,明股实债,20%的回报。这一笔,如期到账了,用来交土地款。"

"另两亿呢?"齐延安的两眼也看向纸巾上的茶叶。

"另两亿,算做了夹层投资。"

"是亦兵名下的吧?"

"是,但迟了近一年。在婷婷的'雅君信托'的二十亿放进来前,他才补齐。"

"这算什么？太不公平了吧。"婷婷的脸，泛起了红晕。

"是违约了，但我说服英总签订了补充协议，认了账。"

"你不该这样做，应该让他退出去。"齐延安摇着头。

"退？那我们还能活吗？我们点头慢了些，监察大队就来了。直接以施工现场不符规范为由，把工给停了。"

"我不懂了，前因后果地，你们给补上了，人家的钱还有什么硬伤吗？"

"问题就出在补上来的钱上了。"牦牦一脸轻松地又喝了口茶，"他这个夹层投资，是以隐名股东的方式投进来。40%的回报，约定期为三年。"

"太高了，还要三年！"齐延安抬起右手，猛地一拍脑门，"噢，我明白了，到三年时，正好是'东方梦都'一期开盘回钱时。"

"钱，拿走了吗？"

"没有。他又投了回来，这次约定的是两年。"

"狠呀。"齐延安像摇拨浪鼓一样摇着头，"铁定的稳赚，有人护航，有人保驾。吴铁兵，高手啊！"

"不见得。钱的来路有问题。"牦牦的眼睛，也盯住了齐延安。

"什么问题？"齐延安站了起来，把身体靠紧桌子。双手握拳，抵在桌面上，就差拍着催快说了。

"隐名股东是亦兵的夫人。钱，是他们就地取材的。"牦牦往后靠住椅背，伸出右手，用食指在桌上划了个小圆圈，又往中心一点，"总裁叶生是吴铁兵发小的弟弟，一个大院里长大。"

"你不会是说他们铤而走险，内外勾结，从小英的口袋里偷出来的钱吧？"齐延安的双拳，轻轻捶着桌子。

"千真万确！"说着这四个字，牦牦点了四下头，"叫财务总监截留了项目的税款。"

"那税务呢？不催缴吗？"问着话，齐延安两眼干脆闭了起来，像是沉浸在梦中。

"副区长找了一把手求情，说是区里的重点项目，资金跟上了，补缴。再适当地罚点，也算是一种税收优惠吧。"

"咚"，齐延安右拳使劲儿捶了一下桌子："胆太大了，这可是'杀身之祸'呀！"牦牦看着目瞪口呆的婷婷，低头喝起茶来。

十九

"覆巢之下，安有完卵？"

牦牦听着齐延安忧心的话，微微笑了一下。看着他放在桌上的两只手，大拇指快速缠绕，牦牦轻轻说了一句："平分秋色，是你们两个兄弟的最好解决办法。否则，只有两败俱伤了！"

"你该'好自为之了'。"牦牦停了片刻又说道，"因为你家婷婷也陷进去了！"

"胡说！我投的是信托基金，秃头上的虱子明摆着。"婷婷的脸涨得通红，嘴唇也抖动着。

"不在头上的呢？天知，地知，你知，我知。"

"你知道什么？"齐延安冷冷地问了一句。

"劣后！'劣后'这笔五亿的资金，是哪里的钱？"

"机构，银行呀。"婷婷的眼神冷了起来。

"银行，是给你的融资呢，还是借款？"

"借款！"婷婷答着话，目光像刀子一样刺了过来。

"凭什么借给你老公的公司？"

"是叶生办理的托收手续。"

"托收的是谁的钱?"

"银行贷给'东方梦都'项目的钱。"

"合法吗?"

齐延安笑了:"牦牦,你今天真像头挑事的牦牛,专顶人的软肋。告诉你,那是小英白纸黑字签的借款协议。"

"为什么签给你的女婿?"

"你情我愿。"齐延安板起了脸,"怎么了,这项目是我一手顶着做起来的。叫我女婿帮一把,也是肉烂了还在锅里呀!再说,钱,不是付着利息?清盘时,还有分红吗?这不是也帮着小英不要把蛋都放在一个篮子里吗?谁来问,人家只是个财务手段呀!"

牦牦抬起了头,眼神变得冷漠了:"谁能看不出,婷婷这二十亿,分了红花、绿叶。十五亿算是绿叶,关进优先股投资和收益的栏里。看似优先受益,风险后担。但回报也低呀,只有12%。这部分钱,是你真金白银地从机构里找来的投资款,公平合理。但五亿的劣后投资呢,在这个项目中,要拿40%的回报。看似受益在后,风险在前。但是你保着,谁敢动这个项目呢?你说,那英总能不算这个账吗?"

"好,既这样说,我问你。这笔信托,也是优先投的十五亿先进来,这是你拉婷婷进来的结果。劣后投的五亿进来前,你就离开了小英。如果在,你会反对这样做吗?"

"反对!"

"为什么?"

"因为是假公济私,中饱私囊,非法侵占!"

"有这么严重?"

"你心中比我清楚!"

齐延安深深吸了一口气:"就算按你说的,木已成舟,你想怎么办?"

"好说，劝婷婷把劣后投的收益和本金一道返回到项目上，也算是亡羊补牢吧。"

"那，婷婷算是白忙一场？"

牦牦重重地在鼻子里哼了一声："弄不好，整笔信托的资金都白忙了。"

婷婷一下子站了起来，双手猛拍桌子："太过分了！你，今晚凭什么消遣我？"

牦牦冷冷地看她一眼："我自打在沃顿进修认识你时，就喜欢你。看出你心地善良、单纯。但你不知这金钱的脏，只管花钱，不问来路。"

"胡说八道！我是靠工资年薪供婷婷在国外读书的。"齐延安眼睛瞪圆了。

"我懂，但你对这笔信托的关注，是在害婷婷。你还记得2010年第54号文，《中国银监会办公厅关于加强信托公司房地产信托业务监管有关问题的通知》吗？其中第三条规定：'信托公司发放贷款的房地产项目必须满足四证齐全，房地产开发企业具有二级资质，且项目资本金不低于30%等条件'，这几条规定，婷婷都违反了。"抬起头，牦牦盯住了齐延安。

"我跟区里沟通过，区里说要跨越式发展，不要管那么多的条条框框。"齐延安又闭着眼，右手食指，一下一下点着桌子。

"第四条规定：'信托公司不得以信托资金发放土地储备贷款。'"

"当时，区里拆不动了，急着要这笔钱。"齐延安又睁开了眼，右手食指开始在桌子上划拉。

"婷婷，信托的钱，是你来承担责任的，政府能替你扛吗？"牦牦也闭上了眼，摇摇头，"《信托法》第十一条规定：'信托目的违反法律、行政法规的信托无效。'"

"我的天，你的话说了一晚上了，终于落到了要点上。依我看，你要把我和吴铁兵搁在上天无路、入地无门的砧板上。把钱用完了，项目活了，就要巧取豪夺，让我们白忙几年。想想吧，你是个什么身份的人，昏头了！说说，你到底想干什么？"齐延安的口气，像是两个人决斗前的最后一句话。

"别打别闹，别把场子砸了！"

"然后呢？"齐延安扬起了眉。

"你们拿走你们该拿的，留下该留的。给英总。"

"他？阎王爷能批准他再回到阳间吗？"齐延安冷冷笑了一下，"你可以出了门就告诉亦兵，'通道'，我家婷婷可以提供。但其中三十亿，算婷婷借用的。"

牦牦右手拉住了门把手时，回过头来，看着齐延安："我得提醒——这六十亿，只能在大股东违约时激活！"

齐延安双手后背，闭上了眼。

"哎，留步。"牦牦刚要迈步出门，婷婷冷冷地叫住了她，"既然你对信托基金的来龙去脉那么清楚，身为法律总监，当时，为什么不提醒我？"

"提醒？傻丫头。我是融资方，提醒了，不就融不到钱了吗？"

"她疯了！"看着牦牦把门带上，齐延安自言自语地说了一句。

抬头看着火中的女孩，他伸手从抽屉中找出一张照片。照片上，牦牦正忧郁地看着他，只不过更年轻些，眼神是清澈的。

齐延安双手齐上，把照片一片片撕得粉碎。来到卫生间的马桶前，往进一撒。正要去按冲水按钮时，低头看见一只细长的眼睛，在水中轻轻漂动着，像是有什么想不通的神情。一闭眼，齐延安按下了按钮。

马桶水把照片冲得无影无踪了,很快,又恢复到了原位。象征着一切都过去了,一切,都没有存在过。齐延安哭了,任凭两行泪水从脸庞流到胸前。

婷婷眼睛睁圆了,静静地看着他。齐延安两只手放在膝盖上,像是一个打摆子的病人,不停地抖动起来。

二十

2013年5月18日傍晚6点整,叶生跨进"龙门酒楼"三层大包间的门时,丰学民、黑一杰、汪来旺和于曼丽已经恭候了半个小时。

服务员给他拉开椅子,坐下后,他环视一周,打了个招呼。二十二人的大桌,此刻只有他们五人。他右手三米远是于曼丽,再过去三米远是汪来旺。左手同样是三米远的位置,坐的是丰学民,他的下方,则是黑一杰。

"桌子造得太大了,咱这火锅得喊着吃。不过,他大爷的,今儿这场景,实实在在地是'姓何的嫁给姓郑的——正合适啊!'"大声说着话,丰学民点上了一根烟,深深地吸了一口,又从肺里长长地吐了出来。看着烟雾刚到桌子中间,立刻就被上方的抽风机给吸得一干二净。

"不尿!打着的进酒,也下得快。三年终等来了个闰月,咱也该来一回'墙头上跑马'了。"比着丰学民,汪来旺操起了山西腔。笑嘻嘻地举了一下面前摆好的"小二"。

"哇,老到!这一绷子过去了两个月,今天,还是火锅。还是每人三瓶'小二'。"黑一杰矿工似的脸上,像钢煤开花一样,在灯光下反射着锃亮的光。

"说句逗牙签子的话,今起,咱再也不是'太和殿的匾——无依无靠'了。"

"鸡贼!你能靠谁?"于曼丽阴沉地甩着脸子。今天的她,脸上没有其他人过年的喜色,两眼无神地透露出一种忧郁而心事重重的神情。

叶生站了起来,双手高举在头上:"兄弟姐妹们,别炸了庙!我摆的是英雄宴,吃的是'好汉锅'。靠谁,今儿起,靠我!锅子已经开了,大家先下料,再喝酒。"

叶生满面笑容,说着话眼神就已经扫了一周。看见于曼丽拿着根单筷在沸水中搅,他走过去,伸出左手拿起她面前的一瓶"小二","给你这个大美女专点了个'木兰'锅,里边是野生美国花旗参,大连海参和西藏雪莲,宁夏枸杞。"

说着,他伸出右手,左拧右转,打开了瓶盖:"今天,男人们照上次的来。每人三瓶'小二',喝不完,不许出门。你呢,我得怜香惜玉。只一瓶,省得回家吐。"

"靠你?你害我还浅吗?"于曼丽猛地抬起了头,眼中的怨恨,让在座的人都看得一清二楚。

叶生一笑,牙关却紧咬起来,腮帮子鼓了两个包。

"不听老大的?好,那就少喝点。当老大,不容易呀。今后,我们都得靠他罩着。"汪来旺不等叶生开口,赶快口吐莲花。

"老大,今天既是'英雄宴',你得讲讲我们是怎么个英雄法?"丰学民这句话一出口,在座的正闷头在锅里搅筷子的人,都把筷子放在了桌子上。黑一杰急忙中一口先抢着咬进嘴里半块鲍鱼,不料,被烫得满眼泪花,但还是忍着没吐出来。

"简单!"叶生把两个袖子轮流用两只手卷了起来,"把这瓶掴了。"

"喝!'英雄宴'不能有尿人,'好汉锅'不能有孬种!"丰学民站起来,左手捏瓶身,右手托瓶底,向每个人示意一下,仰头一饮而尽。

于曼丽看到,他恰巧又坐在关公的面前。那关公手中的大刀,不知怎么回事,在他的身后,开始一闪一闪地发出寒光。

看着三个男人都掬了一瓶"小二",叶生笑着站了起来,向大家一举右手中的"小二",抬头举手送到嘴边。众人看着他"咕咚"几下,就进了肚子。

"简单的意思是,掬了这三瓶'小二'。大家散伙,走人!"说完,他坐了下来,双肘支在桌沿上。两手捧住了腮帮,笑嘻嘻地看了看每一个人。

"什么?今天还是'鸿门宴'呀?抽风了吧?"黑一杰一拍桌子站了起来,右手的食指就指向了叶生。

"路费?"丰学民冷冷地问了一声。听他说到这个词,黑一杰坐了下来。

"'天下熙熙,皆为利来,天下攘攘,皆为利往。'丰总是个明事理的人,咱们今天,只拿钱说事。"叶生转过头,向丰学民赞赏地点着头。

"也好,天下没有不散的筵席。说个数,各自另立山头。"汪来旺斜着眼神,看着丰学民。

"既然兄弟一场,我今天实话直说,先说说散的事。"他终于放下手,双手一撑桌沿,站了起来。把右手向头顶一伸,又亮出了三个指头。

"一,姓英的要是不死在山上,那他下来了,咱们还有一打。但现在,各个债权人势必要联合起来,要求政府出面,组成一个临时托管小组。由着他们清账,各位怕是谁也跑不了。都想想,是不是'三十六计,走为上计'呢?"

"有道理，你呢？是走是留？"丰学民冷冷地看过来。

"我，也走，也留。"听见叶生的话，黑一杰的糙脸绷紧了。

"别急，等听完我的三个理由就明白了。"

等着众人都不开口了，叶生又收回一个指头："二，施副区长和伊行长已经被'双规'了，我看，他们是出不来了。"

"他们出不来，跟我们有什么关系？"丰学民双手放在桌上，仰头望向头顶的吊灯，翻着白眼。

"没关系？行，兄弟，够淡定。"叶生把举着的手收回来，再伸出来时，向丰学民挑起了大拇指，"跟你的关系最大，从经济案到凶杀案，不是已找你配合调查了五次了吗？"

"那是我倒霉，替你站在了工程第一线。"丰学民气不粗了，双手抱胸，往后靠在了椅背上。

"找我两次了，问的都是永利公司和我们的关系的事。"黑一杰神情黯然，像是一个葬礼上的人。

"我没事，没人找过我。"汪来旺把右手举起来，像小学生在课堂上。

"现在没事的，下一步必是大事。你等着吧，找他们谈话调查的，是市里的人。到你，我猜，是中纪委的人。"叶生冷笑了一下。

"你呢？你猜猜谁跟你谈？"冷不丁，于曼丽咬着牙，斜着眼，开了口。谁也想不到，她紧接着站了起来，背在后面的右手中握着一个茶杯。当她重重地砸在叶生的头上时，三个男人都惊吓得闭上了眼。

叶生身子端坐不动，右手从桌子上拿起一块毛巾，在头顶沾了沾："还行，下手留情了，脑壳没碎。"他回头看着于曼丽，"于总，出气了吧？请坐回去。当然，不想听正事了，现在叫人打车送你回去，行吗？"

于曼丽失控地大笑起来,双手鼓着掌。汪来旺把她送出门,送到了出租车上。回到座位上时,正好看见叶生坐在座位上,左手按着头顶的毛巾,右手把胳膊肘子支在桌上,微微地挑起了食指。

"我接着说,三,祸根在那姓英的身上。他下了地狱,咱们就有一线生机。各位说,搏不搏?"

"搏!"这次,是三个人共同开了口。

叶生冷冷地盯向了汪来旺,把右手的食指指向了他:"把那两千万溢价款退回公司账上。"

汪来旺一脸愁容立刻涌现。

"然后,你从公司辞职。"绷紧了嘴唇,叶生一字一句地说着话,"之后,你带着你老婆的公司回来,做二期住宅销售的总代理。"

汪来旺的眼睛亮了,像是迷了路的人,突然看见了一盏灯。站了起来,双手捧着"小二",一口气把酒喝了下去。坐了下来,长长地吹了一口气。

"我呢?"黑一杰指着自己的鼻子,眼睛往火锅里看。叶生笑了:"你自己想怎样?"

"和汪来旺一样,我走人,但把二期的物业交到我手里。"

"好!"

黑一杰的眼神一下子也亮了,像是一个钓了三天三夜的鱼的人,猛然在河岸上拉起了一条锦鲤。

"不!别急着干,还有话。把股份交出来!"叶生冷冷地说。

"股份?不是被那死鬼收走了吗?"

"活人在这!"叶生用右手拍拍自己的胸脯,"再交一回!"

"这可真弄不懂了,怎么个再交一回?我查了,那工商登记上,我们的股份已归了那死鬼了。"

"我得起死回生,叫他从阴间爬起来,再退回来。"叶生冷冷笑着,嘴却抿成一条缝。

"退给你？怎么退？"

"股份转让书上签个字，但时间得提前，3月16日。"看见黑一杰的眼在眨巴，叶生的鼻子抽动了一下。

黑一杰低下了头："算了，死马当活马医吧，这鬼地方不能久留了！"

叶生叹了口气："你从物业挪走的钱，就不用退回来了。我替你补签个字吧，责任我担。"

听了这句话，黑一杰抬起头来。左手一拍桌子，右手已经拿起了"小二"："我干了。"

叶生静静地看向丰学民。丰学民冷笑着，直视叶生道："别慌，我跑不了。先让我干一瓶，壮壮胆。"

说着，他把酒瓶高高举起在空中。瓶口冲下，张大了嘴。竟在转眼间，一滴不漏地全倒进了喉咙。他把空酒瓶往花岗岩地上一砸，看着叶生，双手抱在胸前。叶生笑起来，眯着眼说："我能救你！"

"救我？我这一步一步地，都是你在背后把我推下了火坑。"听着丰学民脱口而出的话，叶生笑眯眯地站了起来："看看，酒劲儿上来了吧？"

说着，他慢慢走到丰学民身后。刚站稳，丰学民立刻侧过身来，右手握拳，放在桌上。左手呢，则紧紧抓住了椅背。叶生摇了摇头："别怕，我不会玩泼妇撒泼那一套。我，只是想让你抬头看着我。"

"丰总，无事不可生事，遇事不可怕事。你帮着把场子圆了，上边的没事，你就没事。否则，咱们，得被人一锅烩！要知道，你我，还有那个死人，在当今这个世上再打再拼，也逃不过是个白手套的命！"

"那你想怎样？"这句话，是黑一杰替丰学民问了出来。

"你们把股份同意转给我，我去跟人家谈判。加上海外地产私募基金和'雅君信托'，我们可以合成一个掌控局面的债务重组小组。要求政府出面主事，把事情先按下来。毕竟，这是个政府的大工程。然后，再由他们增资，把原来的投资覆盖了。但项目，就是我出面主导了。"

"听着不错，我然后呢？"丰学民手中端起了第三瓶"小二"。

叶生笑了，点了点头："让你挡了这么多年的明枪暗箭，也该让你自立门户了。明天就离开，等一切停当了，如果，我真的如愿主事，在二期项目上，给你四十万平方米的工程。"

"这不是和那死鬼答应的一样吗？"

叶生右手端起"小二"："他，不是死了么？想兑现？到阴间去找他。想现实？我不是活生生地坐在你对面吗？"

说到这里，他看见丰学民点了点头。

"干！"叶生大叫一声，黑一杰、汪一旺都举起"小二"，一饮而尽。

三人刚放下酒瓶，只见丰学民往后使劲儿一靠，竟把椅子碰翻了。他随着椅子往后倒去，"哗啦啦"，一阵响动。门外的服务员听见动静进来看时，看见从供桌上撞下来的关公，又手握大刀，向丰学民的脸上砍去……

上了出租车，叶生拨通了吴铁兵的电话。

"怎么样？顺利吗？我一直在等你的电话。"

"别吓我！大哥，我怎能敢让您等我的电话呢？"

"嘿，小子，喝多了吧？是不是光顾着喝酒，把正事给耽误了？"

"哪敢！一晚上，我只喝了三瓶'小二'水！"

"好，不愧是担当重任的人！怎么样，都签了吗？"

"都签了？太好了，明天早晨，你去见我说的人，把股份转让的材料给他吧。记住，日期一定要提前！"

二十一

在叶生设"英雄宴"的同时，离"龙门酒楼"只有十几公里远的"东方梦都"项目指挥部里，吴菁正和郑来青、赵臣、朱玫围着一个巨大的"东方梦都"沙盘争吵。

"工程结算的事，决不能让步！"工程总监赵臣右手食指指着面前灯火辉煌的一期楼盘模型。

"怎么个不让法？"代理总裁郑来青双手撑在沙盘边沿上，看着模型中流动的水，小湖中轻盈喷发着的喷泉。他嘴里和赵臣答着话，眼睛却看向吴菁。

"我决不会在现在的综合验收单上签字！"赵臣说着话，也看着吴菁。

"干吗都看着我？"吴菁轮流看了这俩人一眼。

"是该你拿主意的时候了。"郑来青的眼圈红了。

"是打下去，还是撂挑子？"赵臣眼圈也要红起来时，急忙开了口。

"撂挑子？撂给谁？先得说说法律主体！"朱玫双手齐拍了一下沙盘边沿，"打？怎么打？打下去，是个什么结果？"

朱玫今年二十八岁，三年前从法国巴黎大学法学院硕士毕业回国，就扎在了这个项目上。她身上总有一种清雅的味道，再急的事，从她嘴里说出来，都是冷静的，但也是直接的。举手投足，也都是一副淑女的做派。

"我们是大股东，是业主。打下去，是自毁长城，玉石俱焚！"

"为什么？"赵臣撇着嘴。

"小男孩,你只管埋头铺管线,挖地基。不知道抬头看看,你的大坑挖好了的那天,大雨就下来了。"

听见这句话,赵臣脸红了。他知道朱玫说的是一语双关之语,但确实借了他的故事。三年前,一期项目的基坑刚完工,护坡正在做,"哗啦啦"大雨就下了一天一夜。几十台强力抽水泵正喘气憋屁地抽着水,突然,变压器烧了。挖基坑的是永利公司的队伍。赵臣就差跪下来了,他们还是把人撤得一干二净。结果,雨后三天,永利的工头等供电所把变压器换了个新的后,不动机械,先叫赵臣在误工单上签字。赵臣沉着脸,摇着头:"你们从挖这个基坑开始,就故意磨蹭找碴。知道甲方的工期耽误不起,处处要挟,是人吗?"

对方笑了:"操错心了!我们不在乎是不是人,在乎的是误工费。你们的老板不是跟人家签了对赌协议了吗?来,求爷!爷心情畅快了,好好给你挖。不高兴,明天就塌方。埋个人进去,你得赔八十万,工得停三个星期!干吗?兄弟,好好地牛一把吧。"

提到这场肉搏,赵臣把右手捏成拳,狠砸沙盘:"这帮狗屎!"

"狗屎?我在巴黎天天踩。坐上飞机到北京了,原以为能松一口气。没想到,鞋还没有来得及换,就一脚踩进了这个大狗屎堆。"朱玫双手抬起来,在眼前像跟人打架一样挥着,"政府把这个项目当成了跨越式发展的亮点。银行把它看成了出业绩的好机会,信托和私募基金呢,像饿狼一样扑上来。到现在,要抄底的来抄底,要变现的在变现。"

说着,她的眼圈红了,慢慢地扫视一圈沙盘,咬紧了牙关:"一到这个项目上,看了对赌协议,我的心当时就沉了下去。对,这份对赌协议帮英总打开了'东方梦都'的城门。但进来了,就是一个肮脏的世界。"

"怎么能这样讲?"郑来青把头转向了窗外。

"你是一个理想主义者,以为靠现代公司治理,能平等竞争。做到了吗?为什么做不到?因为,这个世界每个人都在定规则,但每个人都也在破坏规则。不管是好人,还是坏人,都踩着法律的边线来回晃悠着走。政府讲的是跨越式发展,企业讲的是破坏性创新。好人,自诩要在这个大时代实现理想。"

"坏人呢?"赵臣盯住了朱玫。

"坏人?坏人满脑子都是末日情结!偷!从项目上偷,从老板钱包里偷。偷得不过瘾了,就抢。抢到手,就是爷!"

说到这里,朱玫脸上露出讽刺的笑容,看着吴菁:"你老板的几个创业兄弟,不就是活生生的见证吗?"

吴菁伸出左手,把右胳膊上的朱玫的双手扒拉开:"谁是爷,你就这么定了?笑到最后的才算是爷!对不对?"

"对,千真万确!"说完,朱玫忍不住悲愤,泪水流了下来。

"那就好,从现在起,你们把自己当爷吧!就当英总明天要回来,把项目替他看好。"几个人都吃惊地看向吴菁,"今天上午,我们尼泊尔的朋友从珠峰南坡过来了。给英总送去了氧气,说英总的状态不错。风雪小一些时,救援人员一上去,他就肯定能下来。最晚,他也能坚持到明天晚上。"吴菁把头转向窗外,看着工地上正在调试中的景观灯。金黄色的灯光下,她的两个眼球上出现了两颗金灿灿的星星。

"姐,你太坏了,为什么不早说?害我把眼要哭瞎呀?"朱玫扑上来,捶了吴菁一下。

"早说?那不是全世界的人都要赶上去杀他?"吴菁冷冷一笑。

"那现在为什么说了?"赵臣眼睛里闪烁着喜悦的泪水。

"怕你们经不住事,泄了气,撂挑子!"

"好,咱们打!打他们个出其不意!防不胜防!"郑来青左手握成拳，在眼前挥动，右手竖成刀，在胸前一砍。

"赵总，你在明天一大早，叫施工方把最后的索赔诉求全部报上来，过时不候。"吴菁看向赵臣。

"为什么这么快？"赵臣的眼，眯了起来。

"为什么？他们造假的那些索赔不都是有丰学民的签字认证吗？"

朱玫一拍手："对呀！这是经不住查验的。他们认为英总回不来了，肯定是肆无忌惮地做假证了。"

"让施工方签字盖章！"吴菁又叮嘱一句。

"我呢？"郑来青眼睛看着吴菁。

"在明天上午，你把银行的对账单要出来。"

"银行要是不给呢？"

"不给？你告诉他们，那是他们的义务。真不给，他们要负法律责任。他们的行长已经进去了，一伙的人，肯定是热锅上的蚂蚁。给我们真的，是证据。给我们假的，也是证据。几年来，做了那么多手脚，一时半会，怎么能掩盖得住？"

喘了口气，吴菁眼睛看着沙盘，又说："今天中午，我接到尼泊尔梦想公司总裁西塔女士的电话，就把消息告诉了找过我谈话的中纪委的人。他提醒我，到他为止，不要再告诉任何人了。通知山上赶快上去救援的事，归他向领导汇报。牛鬼蛇神都会出洞，中纪委的人要我们不要打草惊蛇。让他们表演，好一网打尽。"

郑来青兴奋地双手一拍："太好了，明天一大早，我就到工地去！取证，分头找那几个分包单位，把他们写的对永利公司的举报材料一一收来。"

郑来青话音刚落，朱玫接了上来："我明天一早去工商局，把公司章程和股东结构单打出来取证。"

"有这个必要吗？"赵臣的眼，又瞪大了。

"当然！我们能用正常的合法的手续变更股东，人家怎么不能用不正常的非法的手段把股份给抢走呢？"

"他们敢吗？"这一次，是郑来青问。

"怎么不敢？"吴菁接了话，这一次，脸上有了讽刺的笑意。她用手指指窗外，"他们，不是已经在弹冠相庆，动手动脚了吗？"

"郑总。"吴菁叫着郑来青，郑来青把耳侧了过来，"明早，你必须调工地的保安到公司总部换岗。记住，要六亲不认！不是越你的权，是怕你的保安把叶生那帮人放进来。"

"到这个时候了，他们敢吗？"

朱玫冷哼了一声："什么时候？是英总下不来了的时候！你想想，听到这个消息，员工们、骨干们，不是得掂量跟谁走了吗？"

"行啊！年轻轻的长本事了！"吴菁笑起来，双手轻拍着，又点着头。

"不好意思，我一回到中国，就掉进了菊豆的大染缸。学法律的人，又总是防人。我的心就变成了万花筒，五颜六色，光怪陆离了。也许，这就是人生的开始。也许，这就是所谓的商海的洗礼吧！"朱玫不笑了，幽幽地看着沙盘上的"东方梦都"闪烁的字体，眼睛又潮湿了。

吴菁看着朱玫又要流泪，赶紧双手拍拍沙盘："明天，不许睡懒觉。早起早上火线，不许有逃兵，不能出叛徒！"

"那你干什么？在被窝里等消息？"朱玫看着吴菁。

"我？等着救援的消息，还有，去找于曼丽。"

听见吴菁提到了于曼丽，朱玫皱起了眉头："得找她，告诉她别做替死鬼！"

刚说到鬼，吴菁手中的电话响了。

"我是'东方梦都'的吴菁，您是哪里？有什么事吗？"问着对方，吴菁抬头，向大家举起右手。

"什么？大栅栏派出所？我们的财务总监于曼丽刚刚被抢劫了，人呢？没事吧？"

朱玫紧张地用右手捂住了张大的嘴。

"什么？头上挨了一棍？人在宣武医院抢救？好，我马上赶到！"

挂了电话，吴菁抬手看了一下腕表，北京时间晚上9点整。

二十二

于曼丽在 ICU 里抢救时，叶娜正躺在大本营的英甫的双人帐篷的睡袋里发高烧。

英甫的营地，远远地扎在大本营的西边。挨着8844米的高程纪念碑，在登山纪念墓地的小山坡下，与东边的罗布的中国队营地遥遥相望。

今天的大本营，气氛沉闷。一是罗布的人大都赶上去了；二是山上的不祥，让各国队伍心理压力很大。当然，老天爷也阴沉着脸。刮胡子一样，不断地往地上抛撒一团团白色的雪雾。这还不算，他老人家还必须打着雷、闪着电地发脾气。

也是，老天爷能高兴吗？好不容易天暖了，青藏高原的地热开始放出来。在珠峰头顶，碰上了孟加拉湾挤过来的冷空气。老天爷不小心，打个喷嚏的工夫，两股气流竟顶住了。一冷一热，一南一北，一山一海地僵持不下。这山下的生灵，就倒霉了。风，时而大得吹跑了几顶帐篷。雪，一会儿厚一会儿薄地被风卷着，打得帐篷"唰唰"响。

闻着英甫留在帐篷里的备用睡袋的味道，叶娜时而清醒，时而迷糊。晚上7点,英甫靠在蘑菇石上任风吹雪打,电闪雷轰时,她听到了一阵哀怨的狼嗥。翻着身,她费力地爬了起来。仔细倾听,狼的嗥叫变成了一阵从小就熟悉的歌声:

  白花开放了,
  盖房子的茅草干了,
  盖房子的压条削好了,
  男女青年的蜜月到了。
  是采白花的时候了,
  别让那美丽的白花凋谢了,
  别让凋谢的白花瓣落水漂走了。

这是她的佤族母亲在她耳边从小唱到大的一首佤族民谣。小时候,是让她安然入睡的摇篮曲。长大了,是妈妈对人生幽怨的感叹。
"妈妈!"叶娜失声痛哭起来。
在她泪如雨下的时候,狼嗥盖住了歌声。但更强的雷鸣从空中怒吼,又把狼嗥一把就压得戛然而止。

"砰!"这是她来中国做课题的前一个晚上,母亲在汉堡的家中,从餐桌上站起来,摔门而去的声音。
"可悲!"叶娜的父亲坐在她的对面,摇摇头,放下了刀叉。
身材高大的老爸是个典型的"德国北佬",也就是说是汉堡人,特征是冷漠。
叶娜低下头,用左手食指按着餐刀背。右手叉住了一块羊排,细细地一刀切下来。然后,叉住了,举到眼前端详。那片五成熟的羊肉上,一滴滴鲜红的血珠,在灯光下,像是红宝石在闪烁。

"天哪，我的公主，你真不愧是猎头族的后代。看见鲜血，眼神就像头小母狼。"老爸不满地摇着头，一弯腰，准备起身离席。

"站住，不许逃！"叶娜把手中举着的羊肉在眼前晃动着，看着老爸遵命又坐下来时，一口把那片羊肉吞进嘴里，"明天，我要走了，你和妈妈别相互惦记着猎对方的头，而是琢磨着相互猎对方的心。这才配得上有一个猎头族的女儿。"

"哈、哈、哈！"

叶娜被老爸的大笑吵醒了，天空中，一排雷鸣正铺天盖地地碾压过来："天哪，他可是在上边呀！"

一想到英甫此刻在顶峰的风雪中生死未卜，叶娜的心碎了。对自己的怨恨，像烈焰在心中燃烧起来……

2013年3月13日下午3点，叶娜和孕子在紫竹桥香格里拉饭店的咖啡厅里对坐着喝咖啡。隔着玻璃，叶娜看见院子里的草坪上正在举行婚礼。

"婚姻，是生命的生态链上最不牢固的一环。"想起了来中国前跟老爸的交锋，她顿生感慨。

"人，在自然的生态链上，是一种向死而生的动物。所以，又可以说，'人是万物的尺度。'"听着叶娜的感慨，孕子微微侧过脸，扫了一眼正在步入婚礼中心的新郎、新娘，又回过头来看着叶娜。

叶娜入神了。她眼看着娇小的新娘把胳膊任由高大的新郎轻轻抱住，眼睛潮湿了："知道吗？我的妈妈是当年寨子里头发最长、最黑，眼睛最漂亮的女孩。"

"为什么只有眼睛最漂亮呢？"孕子看着叶娜的眼睛。

"佤族女孩，都有一种狂野的美。但只有我妈妈在跳甩发舞时，一睁眼，一闭眼，都会像电闪雷鸣。你看一眼，就忘了世上所有的忧愁。"

"你现在的忧愁是什么呢?"

"钱,一百万,做《中国西藏的人文地理及其生态链构成》这个课题。"叶娜像怕惊醒一个小孩一样,轻轻地把钱数报了出来。

"好,我给了!"尕子双手一拍,笑嘻嘻地看着叶娜。

叶娜吃惊了,睁圆了美丽的大眼睛。那混血儿特有的深蓝的眼底像海水涌起波浪。

"跟你一样,我想起了母亲。感谢你提醒我母爱。小时候,我经常挨父亲的打。但我那不认字的母亲,却从来没拍过我一巴掌。"

叶娜正要答话时,却看见尕子闭上了眼。轻轻地,几乎听不见地哼出了一段地道的花儿:

　　园子里长的是绿韭(耶)菜,
　　不要叫(呀)割,
　　叫它(嘛)绿绿地长着;
　　尕妹是阳沟(嘛)阿哥是水,
　　不要叫(呀)断,
　　叫它(嘛)慢慢地淌着。

这花儿,是个勾魂的东西。一开口,人就忘了情。只见尕子的手指在膝上一根根悠悠微微跳动,头也不由自主地一拍一拍地左右摆动。

叶娜听得泪水涌出来,窗外的阳光照进来,映得她的脸上像两串水晶在闪。

"我出去放羊,到了晚上,该回来吃饭了。母亲就会站在高坡上、山梁顶,一首一首地给我漫花儿。"说着,尕子笑起来,"说来也怪,那些羊，比我还机灵。听见母亲的花儿，不用甩石头，都争先恐后地往回跑。我呢，骂它们，'急着去死呀！慢点！'"

摇了摇头，闭了一下眼，尕子又回到了现实。"别多想，这一百万，是我替公司给你的，不是没有条件。"

草坪上的《婚礼进行曲》已经响过了，众人们，正在往新娘、新郎头上撒花。

叶娜把眼光从那漫天飞舞的花雨中收回来，静静地看着尕子。尕子伸出右手，端起面前的"铁观音"，大喝了一口，左手还是紧紧地按在膝盖上："一个是你的科研成果要与我们公司共享。公司准备IPO，希望年年能出一份漂亮的'企业社会责任报告'。去年，咱们的黄羊滩项目获得了一致好评，媒体宣传的力度很大。今年，看你的了。"

"这个课题不是一年能完成的。"

尕子笑了一下："知道，所以，你先得帮个忙，跟丽莎去西藏做兀鹫的保护。买了牦牛，杀了喂兀鹫。"

"为什么要杀一种动物去救另一种动物？"

"牦牛是生产资料，兀鹫是需要保护的物种，和黄羊一样。"

叶娜笑起来，太阳正好从玻璃窗外稍斜地看着她，把一抹阳光均匀地抹在她脸上，灿烂而美丽。

尕子也笑了，这回，他用右手挠了挠头："怎么样，这第一个条件？"

"是第一个条件中生发出了另一个条件，但更让我喜欢。"

尕子舒了口气。

"那，第二个条件是什么呢？"叶娜在他刚把气吐完时，跟上来一句。

"简单，举手之劳，但功德无量。"尕子立刻举起右手，"你去救个人。"

叶娜吓得站了起来，不经意地长发甩了一下。顿时，咖啡厅里鸦雀无声了。正在谈话的人，纷纷把目光投过来，欣赏着这位透射着一种异国气质的女孩。

"尕子，我信任你，可别为了这一百万叫我做违心的事。"她的眼神，像一汪泉水。

"哇！"尕子转头看过去，只见伴娘抢着了新娘往后抛出来的鲜花，她又叫又跳，像是明天准嫁人一样。

看着那个从天上掉馅饼的女孩，尕子淡淡一笑。回过头来，对叶娜摇了摇头："叶娜，像你这样心地善良、单纯的女孩，在中国是稀有资源了。正因为这样，你才是最适合拯救人于水火之中的人选。"

叶娜也盯着那个幸运的伴娘，见到她正用手把花束中的花朵，一朵朵地抽出来分给在场的女伴们。叶娜笑了，回过头向着尕子点了点头。

"对！你不是老讲生态链吗？这些人，都拴在一条命运的生态链上，你帮助解一个扣，就皆大欢喜了。"尕子低下了头，目光落在茶杯上，"我的母公司是建设集团，三年前中了北京的一个房地产项目的标。这个项目叫'东方梦都'，总建筑面积是三百万平方米。"

"哇！这么大？在欧洲是一个小城市了。"叶娜睁大了眼，也挺直了腰。黑黑的长发，瀑布一样地越过她的双肩，流下后背。

尕子点了点头："对，是够大。做企业，把钱拿到手的才算是成功。可是因为'东方梦都'的老板，我们没有拿到将近四十亿的钱。"

"上帝呀！你们为什么不去法院起诉？"叶娜被这个天文数字惊着了。

"这四十亿,并不是欠我们一家的。还有信托基金、私募基金,以及人家银行的和工程款。因为没有做竣工结算,所以没法起诉。"

"为什么不抓紧做呢?"叶娜眨起了眼。

"老板跑了,他叫英甫。"说完名字,尕子意味深长地向叶娜耸了一下眉头,"这个人跟你有关。"

叶娜笑起来,也耸了一下眉头:"我的志向是人和自然的关系,没有那个福气研究人和金钱的关系。"

"很快就有了。"尕子眯起了眼,轻轻点着头。

叶娜身体往后靠,那沙发是美式的,又宽又深。等她后仰到一半时,已经失控。一下子,像是后躺着,跌入了深渊。

脸红着,她双手急忙后撑,又坐直了,看着尕子:"我想不通,你们为什么不直接上门找到他,说,'老板,拿钱来!'"

"找不着了。他在金蝉脱壳。"尕子双手大大地摊开了。

尕子说得口渴了,眼神也开始闪烁。他闭了一下眼,定了定神,右手又端起茶杯,把凉了的茶一饮而尽。然后,看着过来添了热水的女服务生把茶壶的盖子要盖上时,伸手按住。

"他能跑到哪里?国外?"

"不可能,政府已经把他给边控了。"摇了摇头,尕子的左手握成了拳,"上天入地的都能找着他。"

"那就有问题了,该不会是破罐子破摔,抹脖子上吊、跳到黄河里去了吧?"

"这人,是个真汉子,没人再比他狠硬。恶归恶,但是个宁可站着死,不会跪着生的主。这不,一拔腿,他就已经到了珠峰。"

叶娜转头看着草坪上欢蹦乱跳的孩子们,脸色像在树叶上闪闪说话的阳光一样开朗了:"我,越来越觉得,'人是万物的尺度'一点不假。生态社会的构建,最重要也最困难的就是人的作用。改革开放培育出来一批新人,就是你说的英甫这样的企业家。他们的聪明、胆量、智识和野蛮、冒险精神,都影响着社会精神和财富的转变。这标志着中国的传统社会在碎裂。现代性的问题正坐在现代化的列车上,进入到这个文明古国的大地上。谁富,谁穷;谁笑,谁哭;谁生,谁死,都关系到一个生态社会的生成。"

"所以,他是你最好的一个研究标本,对吗?"尕子紧紧盯着叶娜进入沉思的眼睛。

"对。"叶娜摇着头,笑起来,"尕子,从黄羊滩项目上回国后,我一直很兴奋。我知道了我的课题的突破点了!"

"祝贺你。"尕子笑了起来。

"这个突破点就是人!为什么是人呢?因为,在当下的中国,生态社会的构建,人的问题最大。为什么最大?是因为人们已经明白了要保护自然,家园意识越来越清晰。要保护动物,关爱行为越来越成为社会文明的象征。但人自身呢?人与人之间的厮杀,怨恨,竞争,却越来越不生态。"叶娜看了看尕子,又双手端起茶杯,细细地饮尽,"我的父亲,是研究猎头习俗的人类学教授。但在2001年3月,他从印度尼西亚的中加里曼丹省回到汉堡后,发誓再也不研究猎头文化了。"

"怎么了?"尕子像听故事入迷的人一样,两手握紧了。

"很惨!在那里,发生了一场种族屠杀。有二百一十名马都拉人被原住民达雅克人杀死。其中,许多人被砍去了头颅。"

"我的天!怎么这样残忍?"

"我看到,一场现代社会的人之间的猎头行动,正在替代传统的猎头文化。"叶娜激动了,两腮像上了妆一样通红,"你们和英甫玩的是金钱猎头游戏。你们各坐在商场的跷跷板的两头,金钱,是中间的支点。谁的份额大了,他就控制了局面。小的,就要离地三尺。得胜的离开了,输家就摔得粉身碎骨。"

孨子低下了头，两手大拇指，顶在了额头上。

"我怎么办？"叶娜看着孨子。

孨子把一份材料从他一直放在桌上的牛皮纸档案袋中抽出来，推到叶娜面前。

"英甫的病历？"

"对！他有肝动脉瘤。"

"天，'肝右叶低回声 8.3cm×6.9cm×4.3cm'。"叶娜抬头看看孨子，孨子不说话，只是瞪着她。

"肝是造血器官，这血管瘤要是破裂了，人是没救的。我的老爸恰恰也是左肝上有这么一条血管瘤。这也是医生建议他不要再跑步及出远门的原因。"

"那，你父亲治疗了吗？"

"没有。因为医生说，这种手术可做可不做，只要平时注意观察就行。"

"但是，你们这个英老板今年要爬珠峰！像这样的血管瘤，极有可能在高山上破裂！万一真的登顶了，心脏会超负荷。血管压力大，破裂了，他可就没命了！"说着话，叶娜的眼睛闭上了。

"对！"孨子笑着摇起头来，"就因为怕他死在上面，所以，请你出马？"

孨子把一个玻璃小瓶放在叶娜面前："这是巴豆，吃下后，在半小时到三小时内会多次大量水泻，伴有腹痛和里急后重。"

孨子把巴豆的医学作用念叨完后，静静地等叶娜开口时，又稳稳地伸出右手，端起了茶杯。这一次，他只喝了一小口。然后，又放下杯子，把叶娜面前的小瓶拿过来。拧开瓶盖，往自己的茶杯里倒了一些粉末。在杯子里晃了晃，仰头一口饮尽。

"看见了吧，不是毒药。到8400米的突击营地，倒进他的保温瓶里。

只不过，待会我要是去洗手间，别怪我失礼。"

"你怎么能肯定我能接近他？"

"罗布！西藏登山公司的队长，他会安排你和他睡一个帐篷。"

"怎么可能？"叶娜睁大了眼，恰好一缕阳光扫过她的脸，眼中的光亮，闪透出金黄。

"可能。这一次报名登珠峰的客户，只有你一个人是女性。7028米的北坳一号营地以上，必须两个人用一顶帐篷。"看着叶娜的表情，尕子笑了。

"你不怕我日久生情，爱上他？知道吗，听你说的我的心痒，因为我最喜爱的悲剧，就是《尼伯龙根》。这个英甫，在我的心中是一个好酷的孤胆英雄，惹得这么多人想猎他的头。这样的老男人，正对我的胃口。别忘了，我是猎头族的后代！"叶娜嘴里说着话，双眼又张又闭地看着尕子。

尕子双手抬起来，在面前轻拍了一下："太好了，我真的放心了。因为你爱上了他，你就更愿意让他拉肚子。"

"好让你们下来猎他的头！"叶娜的眼神也扫了一下小药瓶。

"不，人，我们要猎的是他整个人。"

盯着叶娜，尕子嘴不停地说下去："为了你的生态链！他躲到珠峰上，是要为他的企业争取一两个月的喘息时间。他到西藏了，但遥控着山下的谈判。一方面，他要下属拖延工程结算。一方面，加紧跟一个大企业密谋。在他下山后，项目一期的竣工备案表一拿到，就把项目整个转让了。"

"那不挺好吗？大家的钱不都会拿回来了吗？"叶娜摇了摇头。

"一期的拿回来了，但二期呢？大家之所以拼命在一期出钱卖力，不都是为了能在二期的住宅项目上分得更大的一杯羹吗？"尕子的牙关咬紧了，腮帮子鼓了起来。

"天哪！太残酷了。一个人的成与败真的要下这么大的赌注吗？"叶娜的眼睛又转向窗外，但却是看向了天空。天空中，一朵朵白云，正急急忙忙地互相推挤着，往远处涌动。

孖子微笑着，点了点头："叶娜！我累了，快说不出话了。我只是个负责把他活着弄下来的人。眼下，英老板是我的猎物。但明天呢？我又会是谁的猎物？"

"每一个人的！"叶娜双手也轻拍了一下，"人类的进化史证明，在金钱面前，每一个人天性都是猎头族，也同时是一个猎物。就像达雅克族猎杀了马都拉人，但马都拉人日后必定反过来猎杀达雅克人。下了山，你们猎杀了英甫。但钱进了你们的钱包，你们，必定又成了所有人的猎杀对象。"

说着，叶娜眯起眼，转头看着已经空空荡荡的草坪上的婚礼现场："人啊！你生而为人，来到这个世上，只是来猎头和被猎头的？"

"呀！对不起，真见效！我得去拉肚子了！"孖子猛地站起来，疾步向卫生间走去。

二十三

拉肚子？这是谁说的话？

英甫的"山浩"牌灰鹅绒睡袋很暖和，钻在里面，叶娜感觉到一阵阵热的躁动。珠峰顶上，暴怒的雷声从天到地地滚滚而来。风雪卷起的碎石，"噼里啪啦"地打在帐篷上，搅得叶娜的梦幻也脏兮兮得一塌糊涂。

一阵潮式呼吸，把她憋得清醒了。她把双手从睡袋中伸出来，把睡袋右侧的拉链往下拉开。一种从束缚中解放出来的感觉，从头向脚蔓延。

咳，是我呀。

叶娜眼前突然闪现出前天下午在 8400 米的突击营地拉肚子的场景。

"天哪，这就是天下吗？"

进了 8400 米的帐篷，叶娜就迫不及待地把防风雪镜、氧气面罩从脸上掀下来。又把脸往英甫面前一凑，英甫就伸出右手，帮她从脖子处，揪住巴拉克面罩，往上一提，一张美丽灵动的脸，就冲着英甫笑眯眯的了。

这是 2013 年 5 月 16 日下午 4 点，正好是山神喝下午茶的时间。风雪都静下来，围攻顶峰的云层，忽然间沉入到了深渊中。

阳光，久违地从突击营地一路铺下去。英甫赶紧把帐篷帘打开，拍拍闭眼喘气的叶娜。

叶娜顺着英甫的手指往外看时，惊呼起来。英甫细看叶娜时才发现，她两眼看着脚下的万山，已经是热泪盈眶了。

从 8400 米的高度，是俯瞰这个世界的。

退下去的云层，变成了人想躺在上面的洁白的睡榻。从云层中钻出来的兀鹫，正在顽强地上升。只见它们缓缓地转着大圈盘旋，一圈一圈地提升高度。每一次，它们背朝顶峰时，背上的阳光，就会像金灿灿的星星，争先恐后地闪亮。

极目远眺，一片片山峰，从云层中挺起头。云层晃动着，山峰们，恰如大地母亲的乳头，圣洁地要滋养整个人间。风，开始在岩石上、雪坡里、山谷中，无处不在地时缓时急地吹着。结果呢，整个的珠峰北坡都在歌唱了。此时此刻的叶娜，出现了高山幻觉：她坐在了一只兀鹫的背上，由着它在气流中一层层地上升。头顶的天空，从宇宙深处像是有千军万马，正等她一声令下，就会在金色的光芒铺成的大道上疾驰而来。大地和群山,仿佛从地心里正准备在她一挥手时,就"轰隆隆"地喷薄而出红彤彤的地火、岩浆。

贫苦的牧羊人守望着山谷,
等待新春的身影,
只要第一只百灵鸟飞过
一个曼妙的女孩,便在心中苏醒。

在叶娜灵魂出窍时,英甫默默地看着她。吟诵着海德格尔的诗句,脑海中一幅一幅闪放着与她相识的场景,也活灵活现地激活了与她的每一次争论。比起美丽,他更被她的智识的野性吸引。一挂在6600米雪坡的路绳上,他的心就开始平静下来。像一个被围猎的狼,终于踏入了自己的地盘。在这里,他可以保护自己了。

叶娜,像一只不知危险的藏羚羊蹦了进来。美丽、单纯,但又神秘、危险。是啊,谁能知道是什么东西会循踪而来,嗅味而至呢?

离开了西门吹雪,自己心中的死亡感便减少了一层。但是,靠在自己的怀中,看着群山发呆的叶娜会伤害自己吗?她感觉到自己处处在设防吗?

心中的不安和愧疚感升起来时,英甫低头看着怀中的叶娜。叶娜半躺半靠在英甫的怀里,把他的手拉了过来,从后面伸到自己的腰间。她从长发上顺过来一绺黑发,轻轻地绕在英甫右手的食指上。

在英甫情不自禁地吟诵出海德格尔写给阿伦特的《陌生地飞来的女孩》这首诗时,叶娜身体纹丝不动。但是,两行热泪滴在了英甫的手上。

可惜她不生在这山谷,

> 也不知她哪里来,
> 只要女孩伸出告别的手,
> 她的飞痕一掠而去。

听到这里,叶娜突然双手紧握住英甫的右手,紧紧地捂在自己的嘴唇上。英甫的眼也湿润了,他闭上眼,听着山谷的回应。

> 满怀欣喜地走近你,
> 可心却执拗地远离
> 那尊严那高度
> 疏远了你我的亲密。

叶娜听完了这首诗,先是一动不动,像是入了定。然后,放开英甫的手,捂住自己的脸,无声地哭了。

英甫抬起右手,轻抚着她的头,抬眼望着帐篷外的天地。半晌,轻轻地摇了摇头:"丫头,真奇妙。当你站在世界的最高处,你反而看不清这个世界了。"说着,他把右手从叶娜的额头滑下去,从左往右地轻轻替她抹着泪,"来,看看这个天下吧!不过如此,空空荡荡!"

叶娜睁开了眼:"不,心里有什么,眼里就有什么。"

听见叶娜的话,英甫又摇了摇头:"是啊,心里失去了什么,眼里也就看不见什么。"

"你这是在忏悔吗?"叶娜仰起脸盯住了英甫。

"不,我决不忏悔!"

看见一只兀鹫远远飞上来,似乎要扑向这座人类最高位置的帐篷,英甫的眼亮了。

"可是,在上帝面前,我们都是有罪的。"叶娜的眼神随着那只兀鹫漂流着，把下巴抵在了膝盖上。

"那是你的上帝！他可从来没有打算拯救我。"

"老男人，那，想听我的忏悔吗？"叶娜直起腰来，双手还抱着膝盖，眼看着兀鹫被一阵气流给压了下去，下决心似的说着话。

"你又能伤害谁？"英甫也是眼望着兀鹫展翅抵抗着气流，转着圈子又向上盘旋。这时，云层逐渐往上涌起来，像是要帮着这大鸟如愿。

"你！"叶娜把目光从兀鹫身上收回来，死死盯着英甫，仿佛他是刚扑进帐篷的兀鹫。

"错了，没人能伤害我。"英甫笑起来，双手伸开，在空中抖了抖，还真像一只大鸟落了下来，"因为，我不在乎被人伤害！"

"可是，我在乎，在乎我是一个伤害人的人！"说完这句，叶娜立刻又把氧气面罩紧紧按回嘴上，像是一个终于吐露心声的孩子，"你伤害过的，会在你的心里生长。"

手按住了叶娜嘴上的氧气面罩，英甫看着她的眼睛："让人悔恨，让人自责？"

叶娜的眼里一下子充满了泪水："是的，它让你负重前行。"

叶娜又掀着氧气面罩，透气似的说着话，又倒回英甫怀中："算了，我不忏悔了，放你上去吧！"

听着她的话，英甫轻轻摇了一下头："到了这里了，谁能拉得住我？"

"死神！肝右叶低回声 8.3cm×6.9cm×4.3cm。"

"牛，把我的体检报告都弄到了。"英甫吃了一惊似的瞪大了眼，但眼中充满了笑意。

"你登顶了，万一这个肝血管瘤破裂了怎么办？"

英甫笑了："嘿，丫头，怕我死在上面？为什么？"

叶娜翻身又坐起来，转过头，正面对着英甫："你的头，是我的！"

叶娜用双手抱住了英甫的头,上下左右地抚摸了一遍:"恨了,啃它;醉了,亲它!"

英甫笑起来,双手轻拍叶娜淌着泪水的脸颊:"好了,这颗头是你的了。"

"那,你还要上去?"

"当然!告诉你,让你读我的体检报告的人没有让你知道,我在十几年前就在协和医院做了血管瘤栓塞手术。"

"啊!坏人!"叶娜双手齐上,猛砸英甫的胸脯。

"完了,你把我的心碾碎了。"

"哎呀!"英甫的话音未落,叶娜却突然捂着肚子叫起来。

英甫瞪大了眼,看见叶娜痛苦地把脸上的五官都挤到了一块。"坏了,我要拉肚子!"

就在叶娜的幻觉越来越严重时,大本营的风沙裹着雪粒在攻击一切。

飑线天气来了。

小拉巴和加措怕人离开后帐篷被风吹跑,便用绳子把英甫的双人帐篷横七竖八地捆了许多道。现在,狂野的风被绳子切碎时,凄厉地尖叫着。绳子,惊恐地跳动、颤抖,像魔王的索命鞭,使劲儿抽打着帐篷。一翻身,叶娜坐了起来。她像身处一堆熊熊的烈火中一样,额头发烫,腋下出汗了。

天哪!为什么要烧死我?叶娜的眼前,又是一把摇曳缥缈的火焰。

5月16日晚上10点,桑巴和叶娜的向导护送着她下撤到了7028米的北坳一号营地。

罗布立刻看出她有轻微脑水肿的苗头，不由分说，往她嘴里塞了 8 毫克地塞米松。第二天，强迫她一大早爬出了帐篷。

中午 12 点 20 分，桑巴和她的向导陪她撤到了前进营地。休息了两个小时，就让她骑在牦牛背上，在傍晚 8 点多时，回到了大本营。

"桑巴，带我进帐篷。"从贴着山壁的冰川堰塞湖边的路线上刚走出来，叶娜就在牦牛背上手指着左侧的英甫的帐篷。

"姐，那不是你的。是英总的，他下来时要用。"桑巴阴沉着脸摇着头。

"我要在他的帐篷里等他。"叶娜摇晃起来，她俯身趴在牦牛背上，想下来。

"姐，能不能不折腾了？队长叫我们把你直接送到曲宗的加布家。他说你的脑子有问题了，得下到低处休养。"桑巴和叶娜的向导一边一个地把她紧紧按在牦牛背上，任凭她叨叨抗议，人和牛齐心协力地把她驮到了发动机轰鸣着的丰田越野车前。

当晚，卓嘎和曲珍一夜没合眼，守在熊熊燃烧的牦牛粪炉火前。

"妈妈，火，我怕……"半夜，叶娜大汗淋漓地在被窝里翻着身。卓嘎和曲珍对视了一眼，把牛粪炉火搬到了叶娜的脚边……

5 月 18 日下午 3 点，叶娜清醒了。

"卓嘎姐，罗布大哥呢？"看见卓嘎手摇着暖水瓶，把里边的甜茶摇匀后往茶碗里倒，叶娜盯着她问。

"上去了。去接英总了。"

"英总已经下来了吗？"叶娜的眼睛亮了，一眨一睁的工夫，像是星光在闪烁。

"没有，在顶峰走不动了。"

"向导呢？"

"向导？向导只顾了救你了。"卓嘎朝着叶娜翻了个白眼，把手中的茶碗塞进了她的右手里。

"天哪，有人上去救吗？"叶娜伸着左手，拉住要转身出去的卓嘎。

"有，都上去了。你得好好养病，别再添乱了。"卓嘎板起了脸。

"不行，我要上去，现在就走！"叶娜一把把身上的被子掀到了墙角。

"你这个女人怎么这么不懂事？你上去？就是因为你上去了，他才下不来了。"卓嘎瞪圆了两眼，走到叶娜面前，扳住她的双肩，要强迫她躺下来。

"姐，求你了，我就是爬，也要爬到大本营。那里，离他近些。我要大声喊，让他听见。"

"下来了，你再折腾他？"

"不，认罪！是我害了他！"

"妹子，别这么想，这是男人的命。你真想上去，也得有点力气呀。来，把这碗鸡汤面吃了再说。"曲珍瞪了卓嘎一眼，把叶娜扶着端坐着，看着她端起了碗。

"姐，把炉火调旺些。"一口一口吃着面条，叶娜叫着曲珍。

"你不是口口声声地喊着怕火吗？"卓嘎把牛粪炉又搬到叶娜身前。一块牛粪饼"呼"的一声冒出了半尺高的火焰，映得叶娜的两眼像是金星闪烁。

"现在不怕了。我刚才突然明白，火，也许是我的归宿。"

叶娜的头晃了一下，她闭了一下眼，又睁开。紧盯着来回摇摆的火苗，语气平静地问卓嘎："想听个火的故事吗？"

"想听，三两口把这碗面吃了，好有力气讲。"卓嘎点点头，轻轻地帮叶娜手端着碗。

急着吃完了面条，又仰着脖，把面汤也喝得一干二净。叶娜接过曲珍递过来的毛巾，从左往右一抹，就挺直了腰。

炉火仔细地燃烧着，发出几乎听不见的呻吟。叶娜浸着血丝的嘴唇，在火光的映照下，也像在着火。

"我一直因为火而做噩梦，因为我一个心爱的姐姐跳火里了。"讲着火，叶娜的眼神在火焰里打转。引得曲珍也往火里看。曲珍右手在炉火上乱挥，把淡薄的烟扇到卓嘎绷着的脸上。卓嘎把身子转了过去。

"她是很久很久以前的一个美丽的女神，叫布伦希尔德。她爱上了一个无敌的英雄，齐格弗里德。"叶娜闭上了眼，像在太空中飘浮一样。

"是不是像你爱上的英总？"曲珍右手从下端拉起英甫送她的穿着玛瑙、绿松石的大"窝达"，左手一粒一粒地从上往下捻着。

"不对，是被她害了的英总。"卓嘎面对着墙，右手拍了一下自己的右大腿。

"姐，你说得没错。"叶娜眼睛闭得更紧了。

"这个男人被人骗着喝了迷魂药汤，失去了记忆。从他的女人手上抢走了神圣的指环，送给了另一个迷惑他的女人。这个男人把指环交给迷惑他的女人的哥哥后，就与这个女人举行了婚礼。"

"佛呀！原来那个女人多可怜呀。"曲珍双手合十念起了佛。

"可怜什么？她应该杀了那个抢她的男人的女人。"卓嘎举起右手，在叶娜面前砍了一下。

"可是。她杀错了，她指使人从背后杀死了她的爱人。"叶娜的眼泪涌在了眼眶，"清醒过来之后，她把她的男人放在河边的柴堆上，点燃起冲天烈焰。骑上了战马，戴上了夺回来的指环，跳进了火中。"

屋子里，三个女人沉默了。叶娜双手捧住了脸，泪水不停地从下巴尖上流下来。

"好，我骑摩托送你上去！"卓嘎站了起来。

"卓嘎，她现在的身体这么弱，上到大本营会出事的。"曲珍也站起来，双手在胸前乱摇着。

看着叶娜下了地，开始收拾衣服。卓嘎点了点头："她的男人要是死在上边了，她，为什么不能死在下边？"

"谢谢姐，你说得对。我就是死，也要离他近些。"叶娜含着泪水笑了，火光，把她的脸映得一半红，一半黄。

晚上9点，惊天动地地一阵滚雷，砸得帐篷剧烈抖动。"哗啦"一道开着叉的闪电，把橘黄色的帐篷映得像个灯笼。

叶娜浑身开始发烫，像是火坑中的红薯。

车子刚在大本营停稳，还没有来得及打开车门。李峰的手机响了，"喂，您哪位，我是李峰。"

"什么？中纪委？保密？好，我知道！"听完对方的话，李峰皱了一下眉头，压低了声音。

"明天，就明天了。到下午三点，还不上去人，人就得放弃了！"

通完话，他看了一下手表，是2013年5月18日晚上10点整。此时此刻，珠峰顶上，1996年南北坡山难的飑线天气重现。

英甫，在电闪雷鸣中凝固了。

叶娜，刚好恍惚地骑着一匹额头上扎着一朵红花的白马，跳进了一堆"呼呼"作响的大火中……

这一天，真正是雪上加霜的日子。

第三天

绝地恐狼

峰顶
第三台阶
英甫被困处
第二台阶
第一台阶
突击营地（8400m）
二号营地（7900m）
北坳一号营地（7028m）
前进营地（6500m）
过渡营地（5800m）
大本营（5200m）

一

2013年5月19日，悲伤而绝情的一天。

肆无忌惮、横冲直撞的飑线天气折腾够了，要歇一口气。

从凌晨3点40左右，狂风像突然发威一样，又在一阵放屁打嗝似的怪声怪气达到令人恐惧的高潮时，长长地吐了一口闷气。就从顶峰往下，沉降到北壁的深渊里去重整旗鼓了。它的尾声扫过北坳一号营地时，帐篷都在跳动着。绳索"呜呜"哽咽得让帐篷里的人心慌意乱。帐篷的前厅，贴着底缝，像有人把能掏出人的心、肝、肺的枯骨尖爪伸了进来，横抓竖掏地哼唧。

地上的牛鬼蛇神，都销声匿迹了。天上的星空，不知在哪一刻，突然悄无声息地在珠峰顶上展开。像有一双白嫩细致、温柔、灵巧的纤手，在为天下细铺慢盖一样，贴着8000米以上的群山顶峰，星辰，一望无际地被铺陈开来。四面八方的每一处天边地角，都有星星填满了夜空。

天空，像什么事也不曾发生过。一展开，就纯净透明。似乎是一声令下，亿万颗星星，刹那间都抖动闪烁起来。一颗颗都显得比平日里又大又亮，把无限的光芒倾泻下来。又从雪坡上，反射回夜空。如母亲的乳汁被雾化了，此时的北坳，空气中，弥漫起一种甘甜和温馨……

"呜、噢！"就在群山无语、星空无声的关键时刻，一阵凄厉的狼嗥，惊醒了罗布。他吓坏了。因为，他刚刚正好梦到一群饿狼不顾拦阻，扑在西门吹雪的身体上撕咬。

昨天晚上，罗布不敢让西门吹雪睡单人帐篷。他叫旦增带人把这个家伙装在睡袋里，抬进了自己的指挥帐。旦增和向导们已经要达到崩溃的界限，罗布命令他们都回到自己的帐篷休息。因为，明天早上的下降，将是一场恶战。

西门吹雪的脑水肿症状在恶化。躺在睡袋里，他不停地抖腿，做噩梦。听着他的胡言乱语，罗布还能打个盹。但当有一阵这人安静了，罗布就吓醒了。赶紧爬起来，摸他的颈动脉，打开头灯，翻他的眼皮。

好不容易熬到凌晨3点多，罗布有一种不对劲的感觉。一闭眼，他反应过来：风停了！心头的狂喜，让他一口气给憋住了。手捂住胸口，他深深地捯了一口。然后，拉开帐篷门拉链走了出来。

抬起头来，满天的星星，让他激动得想跪下来。美美地抽了一根烟，他又钻回了指挥帐。睡觉！好好睡一会，天亮了，战斗！

但心中怕什么，梦里就来什么。刚蒙蒙眬眬地想伸胳膊蹬腿地舒展一下，几只饿狼，就从他刚才留了一点底缝的门帘下钻了进来。

罗布又急又气："出去！饿疯了，跑到7028米来吃人？"

听见他怒喝，一只大公狼，从西门吹雪身上转过头来："搞笑！大哥，这山，能饿着我们？他前生是我们的羊！"

罗布听了，一拍帐篷壁："那你们更不能吃了！他好不容易在六道轮回转生为人，吃了他，他怎么继续修业成佛呢？"

大公狼不笑了，表情严肃地睁圆了两眼。眼中的绿色光芒直射出来，刺得罗布眼睛针扎了一样痛："他？成佛？早了去了。今天，他得先转生去畜生道。要被世人、饿狼吃十八万七千次,再回到人间。"

罗布心头震荡起来,向大公狼点点头:"好,让他转生到哪里,是佛的事。我只求你现在绕过他。我得先把他救下去,要不,我得下地狱。"

大公狼突然仰头大笑起来,其他的几只,也转圈、甩尾地一阵哄笑:"你还真以为你今天能把他救下去?这人的心肺都已经烂了,脑子里,都是蛆。"

罗布听了一摇头,冲着群狼撇了撇嘴:"人害人,有成千上万的理由。在狼的眼里,人,都是坏种。"

大公狼点点头,与其他狼交换着眼神:"这人说对了,要不,我们干吗吃人呢?"

说完,大公狼不再搭理罗布。回过头去,巨大的狼爪,踏在西门吹雪的胸前。冲着他的喉咙,张开了大嘴。一条小溪般往下流着血水的长舌,猩红而火热。烫得爪下的西门吹雪,开始大声求救。

罗布急了,"呼"地站了起来,双手撕开连体羽绒服,露出胸膛:"今天,如果你们非要吃人,那好,就先把我吃了吧!"

大公狼抬起头来,把一张尖嘴堵在罗布的喉咙上:"你叫什么名字?"

"罗布!"

"罗布!罗布!"一阵凄怨的叫声,把罗布从噩梦中唤出来。

他摸摸心要跳出来的胸口,又伸右手,在额头抹了几把冷汗。然后,赶快爬到西门吹雪脸前细看。只见他面部在扭曲,舌头堵在嘴里搅动。罗布心想不妙,用右手刚扒开他的左眼皮,就听他终于把喉咙里的字吐了出来,"救我。"

"救!放心,不管你是人还是畜生,我都救!"罗布安慰着这个陷入幻觉的家伙。他不知道,很奇异的是,刚才的那群狼,也出现在西门吹雪的噩梦里。在他的眼皮被罗布扒开时,大公狼正踩在他的胸口上,张大了尖嘴来咬他的喉咙。惊吓中,他环顾四周,看见了罗布的身影,于是连忙大喊求救,"救我!"

"先去救我的人!"听见这句话时,罗布抬头,看见埃瑞克气急败坏地站在他面前,右手从头上摘下防风帽,捏在手中团起来,左手正握成拳头,一下一下地往帽子上捶,"不行了,放进高压舱都没用。"

罗布一听,就知道是费尔南多的问题大了。

费尔南多从 7500 米的大雪坡一下到北坳,立刻就被扶进了埃瑞克的指挥帐。在高压氧舱里待了两个小时,他被抬了出来,放进了帐篷里的睡袋里。

昂多杰的状态好多了,他留下来,陪着埃瑞克。埃瑞克像一头精疲力竭的牦牛,实在爬不动山路了。他也钻进了睡袋,听着身边费尔南多的啰音喘息声。心头像冰川中的冰塔林,此起彼伏地崩塌着。

凌晨 3 点 40 分,恍惚中,他的耳边传来一阵呼救声。急忙钻出了帐篷,他一抬头,就看见了满天的繁星。珠峰顶上,一盘明月纹丝不动。月光下,千万片岩石都闪烁着。它们像是山神的孩子,毫无顾忌地要睡个千百年,又像是被放弃的浪子,期盼着救世主来召唤它们。

叹了口气,回到帐篷,埃瑞克看到睡袋中钻进去一个人。脸朝下,后背插了一支箭。

"冰人奥兹?"埃瑞克惊叫起来,"你是来求救的?"

"是,我已经盼了你五千三百年,你有南蒂罗尔的血脉,带我下山!"

"今天,想让我带下山的人可不只是你呀!"

"我必须是第一个!"冰人奥兹的脸在睡袋上抽动着,他的话像绕着岩石吹上来的山风,"我死了五千三百年,费尔南多刚死。"

"胡说。"费尔南多大叫起来,"他不会死,因为我在。"

"你错了,他必须死,因为我诅咒了他。"

"冲我来啊!"埃瑞克吼道。

"你早被诅咒了。"冰人奥兹摇起头来,"因为你是——埃瑞克!"

"埃瑞克!"

这声大叫,让埃瑞克浑身猛然一抖。双手揉了一下眼睛,睁开眼,却听见是费尔南多在他身边的睡袋里痛苦喘息。

他急忙爬起来,把头灯打开时,昂多杰也醒了。在灯光的刺激下,费尔南多睁开了眼睛。被氧气面罩扣住的嘴,拼命说着话。

埃瑞克左手按住他的额头,右手把他的氧气面罩拉到了下巴。

"救我!"费尔南多的眼睛睁得像失惊的公熊,"刚才冰人奥兹说了,我被诅咒了,我会死!"

"那是幻觉。"

"不是,他刚刚趴在我的耳边时,我闻到了他头发里的铜锈味。"

"你不会死,今天天亮就下去。"听着他的话,费尔南多的眼睛往上翻起来。开始拼命咳嗽,嘴边,流出了血珠。

"快!昂多杰,进高压氧舱!"埃瑞克急了,手忙脚乱地和昂多杰又把费尔南多装进了高压氧舱。顾不得穿戴整齐,就冲出了帐篷,一路高喊着罗布。他一定要让罗布今天尽快把人给弄下去。当罗布跟着埃瑞克回到他的指挥帐时,看见昂多杰跪在地上,看着高压舱里的费尔南多发愣。

高压舱里,费尔南多脸朝上躺着。两眼半睁半闭地向上看,罗布向他晃晃手,他的眼神丝毫没有反应。

"不能拍!"昂多杰急了,伸手拍了一下高压氧舱的透明膜,埃瑞克立刻怒喝一声。人在高压氧舱里时,外人是不能拍透明膜的。对里面的人来说,那就是一声要炸裂心肺的雷鸣。

"不好,他的肺也出问题了!"罗布睁大了眼。

当他跪下来细细观察这个病人时，他发现，从费尔南多两边嘴角流出来的呕吐物里，有丝丝血迹。

"上帝呀,这可怎么办？"埃瑞克也跪了下来,却不敢看里面的人。双手，把自己的脸给捂住了。

"再待一会，把他弄出来。再打一针，大流量吸氧！"

"再然后呢？"埃瑞克双手在胸前，十指绞着。

罗布看了他一眼，伸出左臂，从右往左地搂住了他的脖子："下撤，越快越好！"

"躺在这里，死了，是我们没救人。死在下撤的路上了，是我们没把人救过来。"说着，罗布抬起左手，狠拍了一下埃瑞克的后背，"对吗，老师？"

埃瑞克被罗布一把给拍清醒了。

"对！"说完，埃瑞克紧闭着眼，把头摇了又摇，长叹一声，"上帝呀，人，生来就是被诅咒的吗？"

二

早上8点，风又起来了。看样子，还要往飑线天气上靠。雪更密了。顶峰已被浓雾重云团团围住。

站在珠穆朗玛冰胡同路线的下降起点上，埃瑞克正跟罗布摆出一副拼命的架势。

"今天，有七个山友需要帮助下撤。"罗布刚刚对把左耳侧过来听令的旦增开口下达任务时，话就被站在他身边的埃瑞克打断了："不对，八个人。"

罗布的嘴还没有合上，半张着转过脸来："老师，你把昂多杰也算进去了？他是向导。"

"他咳了两天两夜了。"

罗布摇了一下头："老师，你听不见吗？这两天，谁不咳呢？"

埃瑞克回头看看和他的三个与费尔南多一块撤下来的客户站在风雪中的昂多杰："不，昂多杰不对劲，可能是肺水肿。"

"真的？"

"你这是什么话？怀疑起我来了？"埃瑞克火了，好像要在风雪中蹦起来一样，跺了两下脚。

罗布双手一摊："好，谁叫你是我的老师呢？我们有八个山友得弄下去，这条线路太陡。可以慢，但绝对不能停。状态好些的人，先下！"

埃瑞克又叫起来，转身手指营地帐篷："我的客户快死了，你现在还不把他抬出来，是想最后把他从这里扔下去呀？"激动地抖着手，埃瑞克把脸凑到罗布眼前，"懂救援吗？现在，让伤员心理镇定最重要。他最后撤？行呀，他眼瞧着活蹦乱跳的人呼啦啦都走了，心里能不崩溃吗？"

"老师，你这是胡搅蛮缠了！"罗布把脸也向前挺了一下，就差拿鼻子去顶埃瑞克的鼻子了。

"他和西门吹雪都需要陪护下降，速度慢，难度大。状态好的人不先走，跟在后面磨蹭，不是得冻死几个吗？"

"嫌我碍事麻烦？那是你活该！"这句话，他是含着唾沫星冲着罗布喷出来的。

"老师，你太过分了！"罗布的眼眶红了，

"旦增，听我的，带人下撤！"罗布长出了一口气，不再搭理气势汹汹的埃瑞克。

"不行！"旦增转过身，不看罗布的脸。

"为什么？"罗布比狂风更暴怒。

"我要上去！我要去救英总！"旦增的热泪流淌在了脸上。

"你的体能耗得差不多了，你现在上去，就是一个新的累赘。"眼见好兄弟哭了，罗布忍住泪水，双手拍了拍他的双肩。

"听话，下去吧。你带上加措和索多，保护好两个意大利人和埃瑞克老师的四个人。加措打头，索多居中，你在最后。记住，有几个地方要用8字环下降，千万把绳子控制好。"

这句话刚说完，狂风像是撇嘴一样。又从山谷中往上一波猛冲，吹得人们都晃动起来，不由自主地都缩着背，弓起了腰。

"帮个忙。"罗布伸出双手，把旦增抱在怀里，"路上，千万别死一个人。"

"这样的天气，你要让你的人上去？"埃瑞克睁大了眼，摇着头。

罗布抬起头，看了看雪雾中的顶峰："我的人不上，谁的人上？"

"上去几个人呢？"埃瑞克的嘴也张大了，任凭风雪灌进肚子里。

"两个！"

"罗布，现在可用的人不多，所以，你难道不好好想想孰轻孰重的问题？"

"老师,你的意思我明白。"罗布背过身去，避着风，点燃了一根烟，"好，旺多，你立刻带一个人往上走。记住，每人背上一瓶氧气，挂上路绳就吸氧。风再大，也要在五个小时内赶到突击营地。到达后，先检查储备的氧气。有我的命令，再往顶峰走。"

旺多立刻转过身去，正要拉过一个手下时，小拉巴狠狠跺了一下右脚。

看见这个平日里一开口脸就红的小伙子狠狠地跺脚，罗布皱起了眉头："小拉巴，你想干什么？"

"干什么？想上去！"

旺多看看正瞪着他的小拉巴，摇了摇头。"随你们的便，我半夜起来，已经把装备准备好了。同意不同意，我都要上去。"小拉巴避开了罗布的眼神，转身要走。

"你敢！"罗布怒吼一声。

"不敢？好，来呀，拿冰镐打断我的腿！"小拉巴大哭起来，"你们，只想往下跑，谁想着普布在上面的死活？还教育我们要'先人后己，决不放弃'呢，你们不怕丢人，我怕！"

听了他的话，没有人再说话，眼圈都红了起来。

"旺多，你带着小拉巴走吧。"罗布抬起左手，用手背擦了一下脸，"快走，别再废话！"看见小拉巴要开口道谢，罗布怒吼一声。

说完他转过身来，冲着埃瑞克瞪圆了双眼："怎么样？满意了吧？我的人还有七个，加上你，八个。咱们去把那两个人搬过来，四个人一组，陪护下降。到了6600米，白玛老师会带人接应你们。"

埃瑞克长长出了一口气："罗布，谢谢，不是我为难你。从这条路线，把这两个人弄下去，多一个人，就是多了一只上帝的手啊。"

说完，他又看看刚走开的旺多和小拉巴的背影："罗布，叫他们带上条睡袋吧。"

2013年5月19日早上9点，埃瑞克在雪坡的边沿消失了，但没等罗布的眼神移开，他又伸出头来："兄弟，保重！"

一挥手，他就像一个没有来过这个世上的人，在风雪中隐没了。

好像这位老兄是山神眷顾的人，他刚最后下撤，顶峰上就是一声雷鸣。风雪，不知从什么高度开始加速，铺天盖地顷刻间席卷了北坳。罗布孤零零地站在风雪中，看看脚下的深渊冰谷，紧闭起了双眼。又是一声雷鸣时，他睁开眼，抬头久久看着看不见的顶峰，像一个被山神罚站的人……

三

"坏了,这个家伙死了!"

谁死了?听到这个声音,英甫睁开眼时,正是凌晨3点40分。一睁眼,他就感觉到眼前的天地似乎少了点什么。

摸索着拉开救生毯的防风拉链,他伸出右手,把脸上扣了几天几夜的防风雪镜掀到了额头。这一下可好,他的眼前,万山静默,山谷清澈。珠峰自他的脚下,一层层、一片片地被明亮的月光轻柔地洗刷着。奇形怪状的岩石,像千千万万的猛虎,饿狼,向上,向他看上来。石缝中,陡壁下的白雪,像山神种植的雪莲刚刚开放,也算得上正在谢去。

佛呀,风停了!一明白过来,英甫的身体一下子热了起来。抬起头来谢天谢地时,繁星结结实实地填满天地。

这肯定是人类第一次在如此的高度夜半仰望星空了。

北极星!天哪,它从来没有如此明亮过。那神圣的光芒,穿越着时空,从宇宙的深处,来照耀仰视它的英甫。生命啊,你被创造出来,就是为了能享受这一次被召唤的时刻吗?

英甫的泪水,让他的两眼模糊了。

蒙眬中,他转头向南,看到了公元前533年2月8日的此时此刻。一位三十岁的年轻王子,抬头突然看见这颗明星出现在了天际。它像现在一样,清清朗朗、照耀天庭。王子已经观星悟道了一夜。在初夜时分,他的几千年的生死轮回的经历在他眼前一一展现。他知道了人生的果报一切都从善恶的因中诞生后,他哭了。流下了悯怜的泪水：一切众生，没有谁能拯救，也没有谁能济拔。生生世世在六道中轮回，不知逃离，不知躲避，也无所谓恐惧。他们不知道这个世间的一切都是虚伪的，没有任何的东西是真实的。每一个人身在其中却横生苦乐之感，这是何等的不幸啊！

到了中夜，王子明白了，三界之中，没有一件事是快乐的。

在三更时分，王子看到了众生的本性。那就是衰老和死亡以生为根本。离开了生，也就不会有衰老和死亡。把这个因缘而生的生消灭了，衰老和死亡，忧愁和悲伤，痛苦和悔恨，也就都消灭了。

此刻，是光明之象出现之时。王子触景会心，刹那间欣然顿悟，终于证到生死不灭，无罣无碍的涅槃境界。由此悟彻了宇宙人生大道，跳出了生死痛苦的此岸，到达了涅槃解脱的彼岸。

他立地成佛了。就在这样的夜半。坐下来观星悟道时刻，他，叫悉达多。

站起来后，他，就成了释迦牟尼佛。

此时此刻，你在我的头上吗？你是来审判我呢？还是来拯救我？

英甫仰头放眼，在浩瀚的星空中寻找着。

东方，应该是东方七宿组成的苍龙象星系。它们闪烁着，像一条腾云驾雾的神龙，正在摇头摆尾。

西天，西方七宿组成的星系，正在如一头猛虎在咆哮施威。

北边呢，在这个季节，由北方七宿构造成形的玄武龟蛇图景，正隐没在地平线之下，让人肃然生畏。

南向，高挂的星座，恰似一只赤色神鸟在天上翱翔，这就是"南方朱雀"了。

星空轮转，能如此亲近地被二十八宿照耀，英甫的心头温暖万分。值！千辛万苦地爬上来一死，是不是就为了这天上的一夜呢？

死？谁说我会死？今天是5月19日，这可是西方的虎星座中觜宿轮值的日子啊。它属火，为猴。为西方第六宿，居白虎之口，口福之象征，是吉兆！

再看，天哪，今夜的北斗星，多么耀眼！它们和北极星互相照耀着，人间的一切都显得纤毫毕见。好人，恶人，都不会被它们遗漏。奸人，佞臣，都不会被它们放过。

心中感慨着，英甫进入了幻觉状态。他仔细地一颗一颗地数着北斗星，但数了两遍，还是不相信自己的眼睛。

什么？多出来了两颗？是北斗九星了？

佛，是你显灵吗？居然让我看见了斗柄后面的"玄弋"和"招摇"星！

佛，你是要放我下去了？谁都知道，能看见这两颗隐星的人，可是长寿之人啊！

"想得美！醒了，你就得还了债才能下去！"耳边一响起这声怒斥，英甫惊得浑身一抖。再抬头看，天上的星星拼命闪烁起来。许是天要亮了，星空深处，一堆一堆的猩红光晕正挤压下来。脚下，无形的云气正在形成。一寸一寸地漫过岩石，无声但又震耳欲聋地上升过来。

"凭什么？不就是一条命么？你拿不住我！"嘴里随口说出了这句话，英甫突然清醒了。

他抬眼越过群山，又看到了2010年1月18日下午4点，他戴着手铐、脚镣，从床上清醒过来后的场景。

"哥，对不起，昨天下午，你手快脚重，几个人都弄不住。不得已，给你打了一大管麻药。刚才还没醒来，我还以为你就此一命呜呼了。"说话的是一个四十岁左右的中年男人。留着左偏分头，戴一副无边框眼镜。脸色白皙，一双麻雀眼，正对着英甫眨巴着微笑。

"太好了，谢天谢地，你不死了，省得老大让我干活了。"说着话，一个矮背黑粗,留着寸头的三十岁左右的小伙子瞪着一双牛眼,用手一指床脚下放着的一个帆布包。

"那是什么?"英甫朝着布包点点头。

"钢锯,斧头。锯你的骨头,剁你的心肺。"黑小子一笑,露出一口黄牙来。

"真没用,只耍嘴皮!"

"想得美!拿钱来,才会如你的愿。"说话的人剃着光头,也是三十岁左右。左脸向下歪斜着,五官像是一个要塌架的货架,口、眼、鼻都摇摇欲坠地晃荡着。

"多少?"英甫把头转向了中年人。

"五百万!"

"恶心!我就值这么点钱?"英甫摇了摇头。

"你还以为你是个无价之宝呢?"听见一个女人冷冷地接上了话,英甫眼角要瞪裂了:"牦牦,你为什么要来?"

牦牦从角落的沙发中慢慢站了起来:"我不来,谁救你的命?"

"不过就是一条命,至于这么大动静?"英甫咬紧了牙关,把头转向了墙壁。

"我在你身上投了资,还不了我的情,总得让我有利润吧?"

"好,好女人!姐,咱们都是不做亏本生意的人。把钱拿来吧!"中年人双手一拍,又高高向着牦牦挑起两个大拇指。

"哥,才三百万。"打开牦牦接来的拉杆箱,清点完里边的钱后,光头小伙子歪着嘴,向老大报着钱数。

"姐,这可不好玩,别逗我。"中年男人阴阴一笑,背过手,转过身去。窗外,展览馆的五角星,正在阳光下变成灰砖色。

牦牦在一张圆桌前坐了下来,用右手食指敲了敲桌:"先生,你玩的是图财害命的游戏，不是德州牛仔的巅峰对决，得有耐心。"

中年男人走过来，也在圆桌前坐下，用左手食指点点桌："人，我杀过几个。进了我这个牌局，如果不得不要人的命了，我就算输了一场。"他扫了睡着了一样的英甫一眼，"这样吧，我再叫一张牌。四个小时，送二百五十万回来。记住，过时不候！晚了，你敲不开这门，别骂我失礼。"

"算了吧，你就别累着了，她找不来这么多现金。"英甫醒了一样地翻过身来，微笑着向中年人一耸肩。

"找公司，找你的总裁要啊。"中年人也向英甫微笑着，双手一摊，也耸了耸肩。

"昨天，他出差了，到外地看项目去了。"牦牦冷冷地回了一句。

"财务总监呢？"中年男人也冷冷地看着牦牦。

"她说，这么大现金量，公司从来没遇到过。想备齐了，得事先报银行，得三天。"说到这里，牦牦看着英甫，"老板，你的人，都很尽职呀！"

听了牦牦的讥讽，英甫呵呵一乐："也是，就你不尽职，跑来看我笑话。"

说着，他又仰过身来，双手举在眼前，双脚跷在空中。手铐、脚镣，银光闪闪地在众人眼前晃动。牦牦眼中泛出泪光，拿右手指头在桌上划拉着："还真是个笑话，一个大老板，被几百万就捆在了床上。三生有幸，我看到你现在的困兽样子，心满意足。"

"好了，我就成人之美吧。"中年男人伸出右手，在牦牦桌上的右手背轻拍了一下："姐，你去办正事，别在这跟你的男人打情骂俏了。"说着，他又看了英甫一眼，"如你所愿，我就再多捆他几个小时。"

"不！放他走！"牦牦站了起来，右手指着床上的英甫。

中年男人歪着脑袋，向上翻着眼："那，我跟谁玩这个牌局？"

"我!"

中年男人笑着,拍了一下双手:"姐,这牌局赌注大。弄不好,得以命相搏。"

牦牦的左手按在桌子上:"我不是已经上桌了吗?"

"姐,行!昨天绑了他,给你打电话,是算准了你会救他,会坐在这个牌桌上来。佩服!我没走眼。"

"呀,抢把钱还得掐指算计,智商不低呀。"床上的英甫说话了。

中年男人笑呵呵地用右手轻拍桌子:"这老板厉害,经常绑了人,都是哭哭啼啼地求爷爷告奶奶。最后,不得不撕了票。您呢,手脚被捆住了。这舌头,还像刀一样刮人。"说着话,他的双眼眯起来,"算计?你不算计?"

"我当然算计,但那是为了堂堂正正挣钱。"英甫两眼看着屋顶的灯槽,像是那里有人在听他的话。

中年男人伸出右手,在桌子上抹着,也抬头顺着英甫的目光往上看:"哥们儿,能闭嘴吗?当今这个社会,为富不仁。你们这些所谓的民营企业家,强取豪夺,官商勾结,把天下的财富都搜刮到了你们的腰包。不吐出来点,公平吗?"

"真好玩,一个刀头上舔血的绿林好汉,成了个社会学家。"英甫从床上把脸转过来,"好汉,我问你。把你口中的富人杀光了,天下能太平吗?"

"我只管杀人放火,不负责天下太平,不像你。假仁假义。"这四个字,是中年男人像怀着千年的厌恶、仇恨一样从牙缝中迸了出来的。

"又当婊子又立牌坊!"中年男人恨恨地又补了一句。

"不当婊子,能在这个商场上活下去吗?"英甫的眼眯了起来,轻轻摇了摇头。

"那就别立牌坊,天天把什么企业家精神挂在嘴上。"中年男人不等英甫的话说完，就双手使劲儿往桌上一按，站了起来，俯身向着他。

"那该挂什么呢？"英甫眉头耸了一下，迎着中年男人的眼神。

"夜壶！"这个词，中年男人像半夜遇到鬼一样吼出来。

"关键时刻解决问题。"中年男人把眼睛眯细了慢条斯理地说，像是要把话说到英甫的心坎中。

"什么关键时刻？"英甫的眼睛干脆紧闭起来，像是一个猜了谜，等待答案的人。

"尿憋了。"

"谁的尿？"听到了尿，英甫猛地睁开了眼。

"天——下——人。"中年男人咬紧了牙，一下一下点着头，从喉咙中轻轻挤出了这三个字。

"好！"英甫大吼一声，震得天花板上的吊灯晃动起来。

"痛快！你这位老兄真是个明白人。今天，把我的心结给解了。"

"什么心结？"中年人看着英甫笑起来。

"想成佛了，人，就得天天装。装什么呢？装得好像自己在天堂里，是民族英雄。可不成想，一转脸，被人一说透。你突然看到，自己早已是身在炼狱，成了民族败类。"英甫闭上了眼。

"好，谢谢你这位老兄，让我这个天天琢磨着取人头的人也酸了一把。"中年男人抬起右手，把脸上架着的眼镜取了下来。捻在手中，走到床前，弯下腰，把脸凑近英甫的脸。

"人生难得一回酸，这样吧，我放你走，四个小时后把钱送回来。咱们了结，怎么样？"

"你信我？"英甫一收腰，坐了起来。

"信！我盯了你两年了。"说着，中年人直起了身子，看着牦牦，"比如，你只信这个女人。又比如，你的肝右叶低回声 $8.3cm \times 6.9cm \times 4.3cm$

对不对？"英甫点了点头，与牦牦对视了一眼。

"再比如，就在你家院子里和你做了两年邻居，怎能不知道，你出门从来不坐头等舱。在机场，嫌人家一碗面要六十八元而耍脾气。上电视，滔滔不绝地总是在讲，苦难是一种财富。"中年人背诵一样地把双手后背起来，慢慢在屋里转着圈，扫视了一遍自己的两个手下。

"托尔斯泰，是个蠢货！他哪里知道，苦难就是苦难，一万种苦难也都是一样的。为什么？只因为人人的苦难都一样让人伤心欲绝。比如说，你的苦难，是因为你没有了回头路。你必须挣更多的钱，才能睡个好觉。我和这帮兄弟呢？是因为挣不到钱。只能拿命来换，不知道谁替我们收尸。"

话音未落，一屋子的人都眼圈红起来，中年男人一挥左手："算了，你走吧，快去快回。"

手脚上都轻松了，英甫双手抱拳，向中年男人一拱："老兄，我们走了。最迟，明天中午以前，把钱送来。"

中年男人伸展开双臂，做出阻拦的姿势。

"哥们儿，你走，女人留下。别多想，留下她，是为了打牌。"

"什么牌？"

"德州扑克。"

英甫扬着眉头，疑惑地看了看牦牦。

"她拿过拉斯维加斯世界系列扑克赛的冠军。"中年男人笑眯眯的双手搓起来，眼睛看着。牦牦点点头。

"你那一次就赢了一百万美金，这三百万人民币，是从你的银行户头上取出来的吧？"

听完这话，牦牦双手抱胸笑起来。

四

2010年1月19日，上午10点50分，英甫敲开了门。

看他拉着箱子进来，正在桌上和牦牦面对面聊天的中年男人笑嘻嘻地站了起来。

在英甫身后关好了门，寸头小伙子走到桌前。中年男人点了一下头，他就伸手从桌下端起来一个铝制面盆。转过身，在英甫面前晃动。

"哇，七颗，86式手榴弹，全塑，钢珠。"英甫扫了一眼，看着中年男人，"你这是要打算玉石俱焚吧？"

"你是和田羊脂籽料，我是脚下屎坑烂石。你能算清账，没有带人来，那您就做了一笔划算的买卖。"中年男人说着话，笑嘻嘻地看着寸头小伙子把手榴弹小心翼翼地一颗一颗地塞进一个双肩背包里，又顺手掏出一把手枪来。

"好了，该了结了。"他对着牦牦点了点头。

"怎么个了法？"牦牦往后靠在椅子上。

"输了你一百万，给你。"

"再赌个大的？"

"不！"

"怕赢不了我？"

"不是。"

牦牦的眼神扫向了他："那就是看不起我，嫌我牌技臭，只是运气好？"

中年男人双手伸出来，在脸前摆动，又摇了摇头："不，你是我打牌以来遇到的最值得尊重的对手。"

牦牦双手撑住桌子，盯着他："尊重我？好，那就再来最后一把牌！"

"来，发牌！"中年男人坐了下来，向站在牦牦身边的英甫吼了一声。

英甫拢起桌上的五十二张扑克牌，洗了几遍，给两人每人发了两张底牌。

中年男人掀起个角看了一眼，眼角跳动了一下。

牦牦看在眼里，也掀起自己的牌看了一眼，中年男人却从她的脸上看不出任何表情。

英甫给每人又发出一张公共牌时，两人都眼睛也不眨地等着第二张。

"你确信你能赢吗？"拿到第五张公共牌河牌时，中年男人的眼睛亮了。

"不确信！"

"这可会把你也搭进底池里。"

"无怨无悔！"

"好福气，遇上这么一个好女人，英总艳福不浅呀。"

"那最好是她这把牌输掉。"英甫冷冷地说。

"为什么？"

"她要是赢了，我就留不住她了。"

"哎，说什么呢？翻牌！"只见牦牦打断了这两人的斗嘴，把手中的五张牌往桌上一翻。中年男人的脸色，立刻就阴沉下来。

"你被上帝挑中了！"他说着话，也缓缓地把手中的牌翻了过来。只见五张从5到9的梅花扑克牌，像乌鸦的屎摊在了桌上。

"同花顺！我的人生第一次。"他轻轻地说了一句。

"皇家同花顺！肯定是我的人生的最后一次。"牦牦看着自己面前五张从10到A的红桃扑克牌淡淡地说。

"你们可以走了！"

英甫与牦牦对望了一眼时，寸头小伙子伸直了右手，把手中的枪对准了英甫的头："老大，他们走了，我们可就活不成了。"

"傻小子，杀了这两人，你我肯定活不过三天！"

听见中年男人的话，秃头小伙子的脸抖动起来，一脸的烂泥巴似乎马上要掉一地："老大，我们可已经拿了人家一千万哪！"

"退回去！"老大一说退回去，寸头小伙子急了："那我今后怎么回县城开武馆呢？"

"是呀，我怎么回村里盖新房娶媳妇？"秃头小伙子的两眼红起来。

"算了，我搭你们一把吧！"看见枪口在自己面前抖动，英甫笑着对寸头小伙子点了点头。

"加上这一千万，才能让我心里平衡。从昨天到现在，我都不服气，我这个人头怎么才值五百万？"

看着英甫一直在摇头，中年男人又笑了："老兄，你可不冤，以往我们只跟人要两百万。你的人头太值钱了，还有一拨人排在我的后面呢！看来，有人不计代价地要杀了你。"

英甫笑着伸出双手摸摸自己的头："这是什么年头呀，好不容易有个称得上高贵的头了，却引来了天下的猎头人。"

说着，他转过头来，看着牦牦："看来，这天下虽大，但也无我的立足之地了。去哪躲灾？"

"国外！"中年男人眼睛看向了北展空中的五角星。

"那不是还得回来吗？"牦牦侧过脸看着中年男人。

英甫左右抖动了一下双肩:"给我一个月的时间,我把事情搞定。"

"什么意思?"中年男人向他也侧过来左耳。

"我现在成了你的新客户!你去把雇佣杀我的人吓个屁滚尿流!"

中年男人抬起头,眼睛盯着吊灯,像是在想象面前的人尿了裤子的场景。

英甫也仰头看着灯光,像是已经看见了那是谁了。中年男人的眼神盯到了英甫脸上,一副你知、我知、天知、地知的表情。

"好了,我们该走了。"

中年男人手忙脚乱起来,从口袋里掏出把钥匙,弯下腰把牦牦铐在桌腿上的右脚上解开了。

"你真行,一天一夜,不吃也不喝。"

中年男人抬起右手,向她敬了个标准的军礼,双眼平视,胸膛挺起。

五

"为什么要跑这么快?"

2010年1月23日中午12点40分,一艘二十五米长的美国产Hatteras游艇,以十八节的速度在阿根廷的巴塔哥尼亚山脉东麓圣克鲁斯省的阿根廷湖上飞驰着。它的前方,就是智利的水域。

甲板上驾驶的人,是一个四十岁左右的身材魁梧的特维尔切印第安人。此时,他不戴墨镜,迎着湖风,紧紧地眯着眼,环视着前方的湖面。

"他在找水怪。"另一个五十岁左右,身体斜坐在驾驶舱的靠板上的阿根廷人向英甫笑着。同时,他高高举起了右手中的啤酒瓶。

"什么?"英甫高喊着。行驶速度太快了,左右两只马达都拼命吼叫着。

"大怪兽!"一个洪亮的声音从甲板的后部传来。

英甫回头,看见一个也是五十岁左右的个头矮小但身体粗壮的阿根廷人,正把双手在头顶抱成一个大圈。在他比画着形状时,他的嘴也尽力地张大。上唇的黑胡子,像兔子的短尾,也向上翘了起来。

"牦牦,是我让他们跑这么快的。"听着牦牦不高兴,英甫右臂伸过去,从她的左肩绕过去,搂抱住她的右肩。

仰起头,牦牦遮住上半边脸的古驰太阳镜中反射着英甫风中眯着的眼睛。

"滚开!"她突然怒吼一声,同时双手使劲儿一推。要不是她在推的同时,又紧紧揪住了英甫的冲锋衣,英甫肯定就翻身从船舷掉入湖中。

"疯了?"英甫的双手紧紧按住了牦牦的双手。

冷不丁,牦牦抽出右手,使足了劲儿,扇了英甫左脸一个耳光:"你才疯了,有俩臭钱就满世界嘚瑟。"

听着牦牦愤怒的话,英甫双手又紧紧抓住牦牦的两只手腕:"不就包了个船吗?"

牦牦看了驾驶员一眼,他正全神贯注地往前看,但右手已把马达的油门推到了二十七节的顶点。

游艇一颠一跳地快控制不住了,眼看着要驶入智利水域。放眼望去,整个湖面空空荡荡。头顶湛蓝的天空上,大片大朵的白云正随意飘荡。

"为什么非要包这个船?"牦牦把脸从湖面上转过来,又用大墨镜照着英甫。

"让你看怪兽呀。"

"怪兽？我天天看你看得不够吗？"牦牦的嘴唇紧紧闭起来。

"我免费，省下来的钱不正好用来找水怪吗？"英甫笑嘻嘻地右手抚胸，弯腰向牦牦行了个礼。

"多少钱？"牦牦大声吼起来。

"三千美金。咱们出来带的现金不少。"摇着头，英甫伸出双手，在牦牦眼前做着数钱动作。

"不少？"牦牦冷冷一笑时，正好游艇在浪头上来了个波跳，把她颠得像一个跳脚骂街的泼妇，"好，你等着！"

说完，她乱伸着手，抓住舷梯，下到了下层的船舱里。

心中奇怪，英甫向三个船员耸着肩，摊开双手。后甲板上的船员抬起左手，往左右两边捋了一下黑胡子。喝啤酒的人点了点头，身体靠近了英甫。

很快，牦牦在舱内大哭起来。听见哭声，英甫要下去时，身边的船员用身体把他挤在船舷上。后甲板上的黑胡子船员正要进舱看时，牦牦摇摇晃晃地冲了上来。

只见她左手提着她那条爱马仕铂金红包，右手拉开了拉链："带的现金多？好，我叫你身无分文！"

吼着，她当着所有人的面，把包底朝天地倒过来。往船舷外一倾，绿色的美元，就像风中的树叶一样，在湖面上飘起来。

"Stop！"英甫急得大喊起来，待驾驶员慌忙把速度降下来时，游艇已驶出了近百米的距离。回头看时，碧绿的湖水中，已看不清还剩多少美元在水面上了。

"混蛋！"英甫跺了一下右脚。

牦牦咬紧了牙关，也是狠狠地跺了一下左脚："好，今天就叫你见识一下什么是混蛋！"

说着话,她的右手利落地从左腕摘下手表,身体探出船舷,把手表拎在空中。

"天哪,那可是五百万的百达翡丽!"英甫叫起来。

驾驶员连方向舵也顾不上了,从驾驶座上跳下来,要扑向牦牦。正巧,又是一个浪涌起来,他一脚没站稳,摔倒在甲板上了。

"心疼了?"牦牦大笑起来,手一松,那块红色小鹿皮表带的名表就归了湖中的怪兽了。

"那可是血汗钱,拿命换来的呀。"英甫使劲儿跺着双脚,双手紧抓船舷,往外探出身体。眼看着一条大鱼从湖水深处冒了上来,一张口,就享受了一块手表点心。

"血汗钱?谁帮你挣的?"说着,牦牦抡圆了右胳膊,奋力一甩手中的铂金包,逼得冲过来的黑胡子船员低下头。铂金包像一只红色的蝴蝶。在湖面上划出一条弧线,无声地落入水中。不知从哪里冒出来的一群大鱼,争先恐后地把它拖到了水里。

"命?是谁给你换回来的?"牦牦又用左手把脸上的古驰太阳镜摘下来,奋力扔到了湖里。

头顶,一只盘旋着盯着水面的大白鸟,立刻俯身冲了下去。可惜,在它的尖嘴刚要啄住这个东西时。一个大水泡冒起来,一张又大又圆、还长着两条胡须的圆嘴,一口就把它抢走了。

水面什么都没有了,牦牦把脸转向了英甫:"好,我今天才知道。你把你的钱,看得比我的命还重要。好说,我现在,就还给你。"

嘶声吼着,看见黑胡子船员要伸手抓她。牦牦双手一撑船舷,眼看着要跳到湖里时,黑胡子船员拦腰把她抱了起来。

"回去,怪兽看够了!"英甫大吼了一声,狠狠地瞪着在黑胡子船员怀里捂脸痛哭的牦牦。

船上的马达熄火了。船随着波涌晃荡着,除了牦牦的啜泣声,什么都静了下来。在英甫的吼声余音未散时，智利方向的水域上，冒出来一艘迎面驶来的快艇。黑胡子船员拍拍牦牦的肩，抬头向着正看着他的驾驶员歪了一下头。驾驶员就点了一下头，回到座位上，打着了马达……

"快跑。"傍晚7点多，回到小镇上的旅馆的房间，把门一关上，牦牦就飞蛾扑火一样地扑过来，紧紧地抱住了英甫。

"你到底是怎么了？"英甫的眼睛，还一直圆瞪着，又被牦牦的话和举动弄得眨个不停。

"逃命！"牦牦双手又抬起来，使劲儿捧住了英甫的脸，把嘴唇堵了上来，深深吻住了英甫。

"逃命？"这一句是英甫从喉咙里挤出来的。

"你该庆幸我们还活着！你找了一帮强盗！"

英甫的双手一抖，松开了牦牦，紧紧握成了拳。

牦牦从紫红色冲锋衣内兜中掏出一沓美元，看了一眼，又抬头看着英甫。用右手食指狠狠戳住他的胸膛："傻子，我们露财了。他们不知道我听得懂西班牙语，在船上商量好了，一到智利水域就把我们扔到湖里。"

英甫右手抬起来，使劲儿拍着额头："怪不得你突然发疯了，原来是破财免灾呢！"

牦牦冷笑一声："告诉你，在布宜诺斯艾利斯的皇宫酒店，我就觉得不对劲儿了。想想吧，你和那几个马岛战争的老兵聊天时，嘴长舌软地邀请那个黑胡子老兵一块来游湖。还记得吗？"

英甫翻动着眼皮，眼珠转了几圈："记得，不是请他当导游吗？"

牦牦点了点头："对！你是想成全他，让他挣点小钱。但人家呢，是套上了一个中国傻子，正好抓来扔到湖里喂水怪。"

"现在，怎么逃？"英甫伸开双臂要抱牦牦，牦牦却推开了他。

"靠它。"牦牦左手拿起一沓美元，在右手掌心中一拍，"我在船舱里哭闹时，手没闲着，拿出了一半百元大钞，把其他的一块抖了出去。"

数完大钞，牦牦又从内兜掏出了几张信用卡和两本护照："看见了？该扔的都扔了，该留的也都留了。"

"什么时候走？"

"立刻！他们不会甘心，还盯着咱们行李箱中的东西。"说着话，牦牦把美元和信用卡、护照往化妆手袋里塞着。

"车呢？"英甫的眼眨着，看着牦牦。

"不能用来时的车，悄悄地走，用旅馆老板的车。"说完，牦牦把美元往怀里一塞，拉开门出去了。

十分钟后，一辆破旧的奔驰吉普丁零当啷地驶离了旅馆，往右一拐，就上了奔往首都的公路。

一个年近六十岁的印第安面孔的司机，往后视镜里看了一眼，镜子里正好对上了英甫和牦牦紧盯着他的目光。

"连夜赶路，风险很大。"司机摇了摇头。

"所以，两千美金值得赌一把，对吗？"这一次，牦牦用西班牙语劝着司机。

"加速！"两个小时后，牦牦看见后视镜里的车灯，立刻手拍着司机座的后背。

"加速也没用了。"司机嘟囔着，把车停在了路中间。

前方，一堆汽车轮胎被点着了。冲天大火，正在公路上燃烧。隐隐约约的一群人，从火堆旁围了过来。

就在牦牦摇下车窗时，一个满脸胡子楂的老头把头伸了进来："女士，晚上好。"

牦牦换上了一副甜美的笑容："先生，您好！你们这是在干什么？"

老人把双手扒住车窗："抗议政府！他们把我们的牧场卖给了美国人。我们的羊驼，没地方吃草。我们的孩子，上不起学。"

扫了一眼后视镜里越来越近的车灯，牦牦眼睛亮起来："先生，我丈夫心脏病犯了，需要赶到城里的医院去。"

老人看了一眼闭上眼睛的英甫，摇了摇头。

"如果我愿意赞助你们的孩子一千美元呢？"牦牦右手捏住了百元大钞在老人面前晃了一下。

老人眼睛也亮起来，伸进手来，拿走了美元，走回了火堆。

老人叫手下的人把火堆中的轮胎移开出通道，牦牦指挥着司机开了过去。然后，叫司机靠边停下，她下了车，又去找这位老人："先生，十分感谢您。还想再要一千美元吗？"

老人眼瞪圆了："怎么要？"

"加大你们的抗议力度。把所有的轮胎都放进火里，今夜，一辆车也不许过来。"话出了口，牦牦的目光转向了冲过来的车灯。

"好，这钱我要了。"看着不远处瞪着两个凶狠大眼的车辆，老人笑起来。

看着老人和手下的几十个人把轮胎全部扔进火里后，牦牦冲着赶到火堆前与老人激烈争吵起来的三个船员，挥了挥手……

六

"牦牦，为什么你一出现，我就得死里逃生？"

就是因为英甫在布宜诺斯艾利斯皇宫酒店的酒吧里对牦牦说出这句话，一个月后回到北京时，两人就分道扬镳了。

从阿根廷湖逃回来的第二天晚上9点，黑胡子马岛老兵找到了在酒吧对饮的英甫和牦牦。当牦牦开口说西班牙语时，他的眼睛眨巴起来。

"你的小费，我就不给了。"牦牦看着他数着导游费，冷冷地开了口，"没钱了！"

看着牦牦耸肩，黑胡子也耸了一下肩，还撇了一下嘴："你们中国人口袋里能缺钱吗？"

"正因为不缺，才能往湖里扔呀。"牦牦笑起来，洁白的牙齿，在灯光下有点泛黄。

"你的意思是让我到湖里去捞小费？"

"没错，没准，还能捞出两个屈死鬼呢！"盯着对方，牦牦从牙缝里挤着话，抬起右手在自己的喉咙上划了一下。

黑胡子乐了，他用两只手从两边揪起胡尖："看见吗？我的胡子被昨晚的大火烧掉了一半。至少给我杯酒喝吧？"

"这里的威士忌很贵哪。"把头转向了酒柜，牦牦的双手轻轻拍着桌子。

"算了。"英甫左手伸起来，做了个打住的手势，又伸起右手，指向柜台后的酒保，"先生，请来一杯26年的波摩。"

"加冰吗？"

黑胡子的右手几个指头，快速地在吧台上敲着。

"不，净饮。"看着黑胡子，英甫向酒保伸出了右手，摇了摇。

"好，我喝完就走。"黑胡子看了看英甫，又把头转向牦牦，举起了左手中的酒杯。

"了不起！你找到了一个好丈夫，有钱！"

"有钱是好事吗？"黑胡子走了，英甫把目光转向牦牦。

"好啊，只是要做到一条——破财免灾。"

"怎么个破财免灾？"

听着他略带醉意的挑衅，牦牦双手扳过他的脸正对自己："把企业卖了，和我游山玩水。"

"那我不是白活了？"英甫眼睛盯着面前酒架上琳琅满目的各种酒瓶自言自语。

"总比白白死了好吧？"牦牦的泪水终于落了下来，一滴滴砸在酒台上粉碎了。

"我要是宁死不屈呢？"

"那我就离开你！我不想陪葬！"牦牦抬起右手，拢了拢右耳边的黑发，"你的女人你自己爱。你的项目你自己卖。"

"嗞。"英甫又仰头喝干了杯中的波摩，向看着他的酒保点头。伸出左手，食指指向了一瓶30年的苏格兰斯佩塞，"净饮！"

"你的客户，是谁？"连喝了三杯后，英甫看了看右手中的空杯，向牦牦歪脖子斜起眼来。

牦牦看着酒吧里一对对耳鬓厮磨的人们，摇了摇头："谁都是。"

"他们两人中谁最有谱呢？"英甫的眼中闪烁出一道犀利的光芒。

牦牦摇了摇头："不分伯仲。"

"你分的是什么羹呢？"

听着英甫越来越尖厉的语气，牦牦的话语也冰冷起来："你说呢？"

"人肉羹！我的肉！"轻声说出这句话，英甫的眼睛湿润了。他往后一仰身，右手大拇指挑起来，指在了自己的胸口。

"好。"牦牦大笑起来，双手一拍，"那，就当仁不让了！"

"砰！"英甫挥起右手，一把拍在酒台上。惹得酒吧里顿时鸦雀无声，人人都对他瞪起了眼睛："好，我的大小姐。劳你从枪口下救我，在湖水中捞我。不顺你的意，真有点对不住你。"说着，他伸出右手，按住了牦牦放在酒台上的右手，"你从北京把我弄到这天边的南美来谈判，我得给面子。这样吧，回去后，你告诉他俩。等我三年，'东方梦都'的一期工程竣工，我保证割肉。你能喝上羹，他们也能吃上肉。不过——"

停顿了一下，他一字一句地说着："得把银子给备足了。过时不候！来晚了，可真的会有一堆 86 式放在桌上。"

"好，就约定三年。到时候，你拿走你的钱了，我才能了结我的账。"牦牦长长地出了一口气。

"谁欠你的账？"英甫盯着牦牦的眼睛。

"他们俩人，前世的账！"

"来，结账！"英甫的右手举到头顶，又撑不住了，晃了一下，右手就放在了吧台上。

"不，你必须再喝三杯！"牦牦向酒保摆了摆手。

英甫斜起眼，看着牦牦。

"明天起，你做你的老板，我做我的讼棍。至少三年内，你是个活人。我呢，有时间算账！"牦牦笑起来，长长的睫毛上挂着泪花。酒吧里的昏暗的灯光，有点发黄。她的泪花变成了秋菊，又要开放，又在陨落。

"今天呢？"英甫醉了，眼中也含着泪水。

"今天，你是我的种马！"说着，牦牦伸过来右手，使劲儿拍了一下英甫的屁股，"走！上楼，乖乖地给老娘上床！"说完，她翻着白眼笑着："这一趟，不能白来！"

搂住了英甫的腰，像她终于逮住了的一个猎物："上床了，给你唱首《阿根廷别为我哭泣》。"

　　我细诉心底话,大家都会惊讶,过去曾犯错,却盼你们仍爱我,你们未必会相信我！在你们眼中,是当年旧相识。

我？你是谁？我爱过你吗？
2013年5月19日清晨7点,英甫睁开了眼。一下子能看一万里了,他摇摇头,环视天地。想搞清刚才是在幻觉中,还是现在在幻觉里。

正对面的卓奥友,昂着洁白的头,穿云破雾地看过来。也许它在惊讶：太神奇了,这个家伙怎么还能活着。

身后的洛子峰,把能感觉得到的孟加拉湾的气流一股一股地吹送过来：今天,你还要兴风作浪吗？

从洛子峰再往东南方向,是马卡鲁峰顶在放晴了。太阳正在染红它。它像一个行昂首礼的哨兵,对这个地球的主人,致以最谦卑的敬意。

噢,对了,还是回过头来往西吧。看,卓奥友的左前方,7952米的格仲康峰也在变色。为什么？它抢夺着卓奥友的阳光份额！先是微微发黄,然后是下沉一般开始发暗,显得垂头丧气。但是在英甫眨眼的瞬间,它突然往上蹿了一下,硬硬地在峰顶驱散了云层。一抹金色的光芒,竟然先照耀了它！

该温暖我了吧？英甫把头向东转过去。三天两夜了,无论你是神,还是魔,都不能如此冷酷地对待一个生灵。何况,这个生灵已经感受到了召唤,他,现在是一个忏悔的人了。

　　尽管锦衣绣袍,生活却混乱不堪,情非得已,只好如此,
　　我想改变一下,不想永远屈居人下,

我怎肯坐在窗边,渴望明媚的阳光又无能为力?!

听见了吗?天上的?地下的?你既然以朝阳照耀了我,就不应在这里再以黑暗来埋葬我!

1996年,麦当娜在阿根廷总统府的阳台上向你表白过。2010年,我的牦牦在布宜诺斯艾利斯的皇宫酒店的床头也向我倾诉过。现在,是我,一个被惩罚的人,在人间的最高处,向你告解。

于是我争取自由,大声疾呼,一切无足轻重,并非意料中事。
别为我哭泣,说句心底话,我从未离开大家。
即使当年任性堕落,我仍遵守承诺,请勿拒我于千里之外!

听见了吗?天上的!地下的!

从皇宫酒店的那一夜起,这歌声,一直在我心头盘绕,一直在我耳边响起。今天,是我,真正领会到了其中的意义。

听见了吗?是我呀!想到这里,英甫激动了,两眼在晨风中潮湿着。

朝阳将至!一切都将开始新生!我呢?一个遵守承诺的人。会新生吗?会被拒之于世界顶峰吗?

我爱你们,亦希望得到回报。
你们只要凝望我一下,就知我句句都是真心话!

然而,朝阳并没有升起来。就在7点15分左右,天地要闪亮的那一刻。一声雷鸣,高空风从天空深处的60公里外,以每秒60米的铅直速度直切下来。英甫甚至来不及四周环顾,万山都已被灰黑的云海淹没，雷声一直砸下了北壁的万丈深渊。沉睡的冤魂屈鬼，在疾驰而至的飑线天气中鬼哭狼嚎。

我，被放弃了！

心抖动着，像被雷击中了。英甫把额头上的防风雪镜拉了下来。眼前的天地，又是一片昏暗和冰冷了。回到梦幻中，他的眼神就看到了一道门，又亮又高。门里是一条宽阔无比的大道。他迈步走了进去。

"你们要进窄门。因为引到灭亡，那门是宽的，路是大的，进去的人也多；引到永生，那门是窄的，路是小的，找着的人也少。"

牦牦在他的身后高喊着。

七

2013年5月19日早上8点，也是决定京城里一些人得到与失去的重要时刻。

7点整，叶生就把他的黑色奥迪A6停在了紫竹院公园南门口，一辆黑色桑塔纳2000停在左侧。

熄了火，他对着后视镜整了一下红色领带，把灰色西服的领口左右拉扯一下。然后，仔细地把手上白丝手套的一丝线头扯下来。舒了口气，就推开了驾驶座的车门。

下了车，他直接绕到了后备厢。打开后备厢盖时，左手边桑塔纳2000后备厢自动打开了。他弯下腰，从自己的车里一一搬过去四箱富士苹果。伸手把后备厢盖按了下来,他走到了桑塔纳2000的右前车门。不等他伸手，车门被人从里边给推开了。一矮身，他坐了进去。

"够数吗？"屁股刚坐稳，驾驶座上一个戴着墨镜的中年男人开了口。他双手扣在方向盘上，眼睛盯着前方，像是随时准备开车离去。

"够，我说话算数！"叶生脸上堆起了笑容，半侧着身子，恭敬地看着这个男人。

"真够？"中年男人斜了他一眼，右手食指敲着方向盘。

"要不，您下去点点？"叶生把套着白丝手套的右手举到了右侧脸旁。

"好说，我问你答。答对了，就算点对了。"中年男人向着前方的天空点了点头，那片天空上，正好有一大群灰喜鹊在翻滚打架。看得出来，它们正把一只乌鸦给围在这圈中。那只困鸟的羽毛一片片在朝霞下飞舞，看样子，它是必死无疑了。

"好，请问吧。"叶生看着那只将死的乌鸦，嘴唇动了一下，但眼睛却睁大了。

"一共几箱？"

叶生伸出了左手的四个指头。

"总计有多少个苹果？"

他又伸出了右手的五个手指。

"一个有多重？"

"1141.1克。"

叶生的左手握成了拳头。

"总重？"

"57055克。"叶生十指交叉，把双手在脸前举起来。

中年男人笑了，右手在方向盘上一拍。不想，正巧砸响了喇叭。"嘀"的一声，空中的鸟被吓得惊慌四散。

那只乌鸦从空中摔了下来，一动不动地由晨风微微翻动着腹部的羽毛。

看着乌鸦的尸体，叶生笑起来："蒙局，敢蒙您？我不就成了这只乌鸦了吗？"

"别嫌我啰唆，来，先看看这些表格。"中年男人瞪了一下乌鸦，又看了叶生一眼，右手从座位侧缝抽出一堆表格。

"哟，有五大项流程呀？"叶生的脸色阴沉下来。

"知道了吧？这些股东变更流程一环扣一环，要一道道地求人磕头。五十个，够谁吃？"中年男人把头后仰在椅背上，双手抱在了胸前。

"五百万了，都是现金呀。再四处搜罗，就该我出事了。"叶生脸红起来，双手十指又交叉着，捏紧又松开。

中年男人看着那群喜鹊又飞回来，争先恐后地攻击那只乌鸦的胸脯。"广告牌！"

"要多少？"叶生脸放松了,带着笑容地看着乌鸦被喜鹊们撕碎了。

"一期的灯箱、大屏都打个包吧。"说着，中年男人摇摇头，"哎，家家有本难念的经啊。我那不成器的小舅子又赌又抽的让人不安生，好歹，帮他弄了个广告公司。你就当赏了他一口饭吧！"

叶生拱起手，笑眯眯地摇着头："言重了，蒙局。是您大仁大义，赏了我一个前程。"

"叶总，我这大仁大义，赌的是身家性命呀。"叶生听见中年男人的语气沉重，摇摇头，左手伸出了三根手指。

"蒙局，一、我保证那家伙不会活着下来了。二、我跟他的股权转让协议上有他的签字。三、8点，我就在丽兹卡尔顿饭店跟金融机构的股东见面，商定联合控股的办法。"

"你怎么能肯定那家伙死在上边了呢？"中年人脸板了起来。

"今天下午3点，将宣布放弃救援。"

"谁告诉你的？"

"蒙局,问多了,对您不好。"叶生将右手食指竖起来,放到了嘴上。

中年男人转过头来，两片黑镜片对着叶生："你们的股权转让协议上的签字是他本人的吗？"

"差不多吧。是他的秘书张丹丹替他以他本人的名义签的。"

"有授权吗？"

叶生点了点头："签署日期是4月30日。"

"4月30日？他不是在珠峰吗？"中年男人伸出右手把墨镜从脸上摘了下来，浮肿的脸上，两只金鱼泡眼眯了起来，眼皮下的眼袋抖动着。

"那一天，他偷偷溜回了北京，悄悄地在当天晚上又走了。"叶生笑起来，摇头晃脑的像背书一样。

"行，你这套逻辑说得过去。"说着，中年男人睁大了眼，把双手又放在了方向盘上，"一、你们假冒他的签字和授权书，是你们的事，我不知道。二、另外两人转股权给你，可要真名实姓地签字。人活着，一翻脸，一较劲，你的麻烦就成了我的麻烦。"

"放心，都是我的兄弟，我溢价了三倍买的他们的股权。"叶生又把右手捂在胸口。

"三、今天下午5点，你去工商局办事大厅的五号窗口取股权变更受理通知书。然后，你就是叶董事长了，赶快去更换五证。"

"嗨！听着我快晕过去了，您真是我这一辈子的大恩人哪！"

听着叶生激动得语无伦次，中年男人冷笑一下："先别晕了，忘了告诉你，要营业执照和公章取受理通知书。"

"非要不可吗？"叶生又把头转回来，盯着中年男人。

"窗口的工作人员不现场核对资料，能把受理通知书给你吗？"

叶生的眼神黯淡下来，沉默了一下，又抬起头来。向前看时，喜鹊们正在收拾残局。

"以后再补这道手续行吗？"他看着中年男人，两手的大拇指，在胸前互相绕着。

中年男人又往后一靠、双手抱胸，嘴里却长长地出了一口气："叶总，你是火中取栗，我是刀头舔血呀。"伸出右手，他拍了拍叶生的左肩，"知道吗？我得安排人，把官网上的填报作了假。还得叫人睁一只眼、闭一只眼，把你这些作假的材料审核通过。可那窗口的工作人员天天换，你就真一回不行吗？"

叶生闭上了眼，像是回答，又像是自问："知道吗？我的大局长，这两样东西我得抢啊！"

"那就抢啊，你不是大股东了吗？"中年男人冷冷地一笑，看着一只喜鹊翻着乌鸦的肠子。

"谁认呢，蒙局？"叶生转脸盯着中年男人。

"我啊！你忘了？堂堂正正的工商局副局长啊！"

"嘀"的一声，叶生猛地伸出左手，去拍中年男人的大腿。手到了半路，突然醒悟过来。一改方向，就向下拍在了方向盘中间。

这一次的喇叭声，又长又脆，惊得喜鹊们魂飞魄散，贴着草尖四散了。金亮的晨光下，大地开始温暖起来。只有那只被分食的乌鸦的残骸，被一阵风吹到了一泡新鲜的狗屎上。

"哟，叶董，你不是想帮我换车了吧？"中年男人搓着双手，笑眯眯地看着狗屎和残骸。

"哟，大总监不迟到个半小时，就显不出身份重要啊。"

8点30分，牦牦一踏入金融街的丽兹卡尔顿酒店的大堂，咖啡厅的一个角落就有人从沙发上站起来挥手。她冷眼扫去，看清是叶生冲着自己在冷冰冰地点着头。

听见亦兵的话，牦牦冷冷一笑，鼻子里哼了一声。接着，她坐在了亦兵的对面。左手边是板着脸的叶生,右手边则是低着眉的婷婷。

递过来茶单的女服务员,被这种随时要拔刀相向的氛围搞得有点局促不安。她看见远处有客人在招手,就要移步过去。

"女士,您先慢慢看,我马上过来。"

在她转身时,牦牦轻轻合上茶单:"姑娘,不用看了,来一壶'铁观音'。"

"选得好啊,你今天还真得做一回行善积德的观音娘娘,洒一回甘霖雨露了。"亦兵双手举起来,轻轻在脸前拍着。

"可笑,你们是当今这个时代的救世主、排头兵。求着观音菩萨了?是想在她这也揩一把吧?"牦牦不掩饰眼中的忧伤,眼神越过亦兵的头顶,看着金融街金属灰的高楼大厦在晨光下坚硬无情地挺立着。

"哟,你今天一大早就斗志昂扬啊。"叶生又伸出刚除去了白丝手套的右手的三根手指。

"别,叶总,先别来你那套'三点论'。你不是不知道,一见你伸指头,我就恶心得想吐。"说着,她斜着脸,盯了叶生一眼,"今天,小女子心情不好,当心我啐你!"

叶生的手停在了半空,但手指都收了回去,脸涨得通红,刚要说话时,婷婷开了腔:"姐,别激动,咱们这是在丽兹卡尔顿,不是在斗兽场。"

婷婷今天化了个浓妆,涂着珊瑚红腮红,双唇上涂了偏梅紫调车厘子红口红。身上是一身银灰色的普拉达套装,脚上配的是一双周仰杰款式的黑带金跟的高跟鞋。

牦牦扫视了三人一圈:"那好,既然咱们都自认是人,那就都说人话,讲人理。"

亦兵冷笑一声,左手端起面前的咖啡呷了一口。同时,把右脚架在左腿上,高高翘起墨绿色的鳄鱼皮佰鲁提法国名鞋。

斜着眼看着牦牦,他又抬起右手,把蓝白条相间的牛津纺面料衬衣上系的褐色领带从温莎领上松开些时,镶着祖母绿宝石的袖扣正好被一缕照进来的阳光闪亮,就像一根尖绿的刺,刺得牦牦的眼痛起来。

"大总监,是你把我拉进这个项目的吧?"

"对!"牦牦伸出右手,在面前来回扇着,像是肯定,又像是否定,"为你老爸!"

牦牦笑起来,眼神看向了亦兵,像是在观看陷阱里的老鼠。

"跟他有什么关系?"

"没他,我能跑到沃顿去进修吗?"牦牦扬了扬眉头,像是一位挑逗斗牛的斗牛士。

"什么意思?"亦兵的语气冰冷起来,像一头斗牛,在狐疑面前斗牛士的举动。

"为了结识你。"牦牦双手齐伸在胸前,两手食指指向了亦兵,"这商海潮起潮落的开关按钮,都在你爸这些人手中。想分一杯羹,能不沾沾你爸的仙气吗?"

"妈的,太实用了吧?"亦兵脸涨得猪肝一样,左手端着咖啡杯在抖。

"你妈的!你和你老子不实用?我不是也在帮你抢人家的肉吃?"

"可我是拿真金白银来套狼的。"亦兵不摇头了,眼神冷漠地盯着牦牦。

"没错,可是你的真金白银干净吗?"

"你补个签字,就洁白无瑕了。"

牦牦一扬眉,笑了:"这就对了,到底是世界一流商学院的高才生。一开口,就没废话。"

"姐,前天,多谢你帮我和亦兵破题。"婷婷右手端杯,喝了一口卡布其诺,把杯面上漂着的一朵罂粟花形喝下去一角,"今天,你别当观音菩萨来救世,也别做阿修罗来闹场。只一样,在商言商。说清事,各拿各的走人。"说到"走人",她看了看牦牦右腿边放着的香奈儿绿色女包,"账结清,包装满,好离好散。"

她的一席话说完,几个人都低下头,看自己的杯子。

牦牦右手端杯,呷了一口已经凉了的铁观音:"聪明,婷婷,我专门跑到哈佛去进修,也是为了结识你。也没白耗半年,你也把脚踏进来了。"

"那你说,我现在在天国呢,还是在地狱?"婷婷的屁股在沙发上扭动了一下。

"商场里的人,不是亚当,就是夏娃。玩的就是德州扑克游戏,到了摊牌时,你得沉住气。"

"呀,姐,讲这么高深,那就教教我,怎么个沉住气?"

"愿赌服输!"

"好!"亦兵右手一拍沙发扶手,站了起来。看见周围的目光,他又坐了下来,"'宾果!'"他笑嘻嘻地看着牦牦,"姐,听说你开过皇家同花顺,那你是牌中皇后呀!"

牦牦的眉头一跳,牙关不易察觉地咬紧了。

看了看叶生,亦兵双手在胸前交叉着十指:"咱这个牌局,你一直在桌上。前期,你是发牌人,所以我和婷婷才会入局。"看了一下牦牦的脸色,他又一字一句地点着头,"我们那时刚回国,只能按你定的游戏规则玩。现在,把底池清了,再换一个玩法。"

"好,按照对赌的约定,'东方梦都'的项目控股方已经输了,我们要行权!"婷婷点了点头,眼睛盯住了牦牦的脸。

"还有三个月,才是项目结算期,怎么你们现在就要行权了?"牦牦往后靠在沙发背上,双手抱在胸前。

亦兵也把双手抱起来:"人死灯灭!"

"谁说人已经死了呢?"

"我!"叶生冷冷地举起右手。

牦牦斜着眼看他:"你又不在他的身边,你怎么不知道他活蹦乱跳地正往下走呢?"

叶生把右手紧握着,在自己的右大腿上使劲儿砸了一下:"好男不跟女斗,我懒得跟你斗嘴。"说完,他又看看亦兵和婷婷,最后把眼神落定在牦牦身上,"算了,看在你在这个项目有功劳的份上,我忍了。我以我的股份做保证。如果他活着下来了,我自愿把我的股份和黑总、丰总的股份全部无偿退给他。"

"嘿,好玩,你怎么又是股东了?"牦牦眼角挑了起来,斜过眼,盯着叶生。

"合理、合情、合法地把股份拿回来了,明天,你们上'红盾'去查一查吧。"说着,他右手一抚胸,欠了一下身,"本人,现在持有'东方梦都'项目的17%的股份。加上亦兵的10%、婷婷的20%,我们,要以大股东的身份翻牌。"

"即便是你嘴里说的17%股份又回到你手中了,可人家53%的控股人还没说话呢?"

"他还能说话吗?"

"有人能替他说,比如我。"牦牦冷冷地把脸向上仰着,眼睛看着头顶的吊灯。

亦兵笑了,又站了起来,俯身向着牦牦:"我亲爱的大姐,你凭什么能替他说话?"

"法!"

"法?这话说得好!"婷婷也站了起来,双手抱胸,眼睛向下看着牦牦,"我们的对赌合同,是你亲手谈判拟定的。他死了,谁来还钱?"

"我!"

亦兵笑嘻嘻地坐下来，婷婷向窗外侧过身，眼神随着车流闪动。

"你有什么资格？拿出来看看。"婷婷的眼神冷了起来。

"合同到期之日，自然会公布！"说完这句话，牦牦又坐了起来。伸出右手，把在酒精炉上加热的茶壶端起来，给自己的茶杯添了满满一杯。

"好呀，你既然这么有备而来，我倒要问问。"亦兵凝视着牦牦问道，"要在那之前，有人不想跟了，要弃牌了呢？"

"简单，结算、清仓。"牦牦轻轻地抿嘴往杯中吹了口气。

"要是有人想加注呢？再进来六十亿，签个新投资协议？"亦兵伸出右手，在牦牦眼前摇动着。中间的三个指头收紧了，只剩下小指和大拇指挑着。

"前面的到期了吗？"牦牦把手中的茶杯放回桌上，仰起头来。

"不到，但不想等了！"

牦牦笑了，摇摇头："你下手够狠呀！原来的融资，是一期的需要。所以，我劝英总大人大量，同意了你们的苛刻条款。到二期了，是现金流大的住宅项目，还缺钱吗？"说着，她伸出右手，端起茶杯大喝了一口，"你们这是乘人之危，巧取豪夺呀！"

"你怎么不说我们这是雪中送炭呢，这是在救我们的投资人！"婷婷挺直了腰，梗起了脖子，嘴麻利起来。

牦牦看着她，点了点头："行啊，我把你俩给带出来了。想救他们，三个月后清盘，皆大欢喜。如果他赌输了，你们的六十亿进来，把项目拿走，无怨无悔。"

"晚了，这六十亿已经进了我的资金池，开始计时计息了。"婷婷声调高起来。

"哈，你们这是横刀立马哪。真把这棵大桃树当你家的狗撒尿泡大的？"牦牦的声调也高了上去，"你的钱在你的池子里，跟我有什么关系?"

"姐,有你撮合,婷婷把通道借给了我。现在,我们是珠联璧合。但钱,不能等到一期清盘了。"亦兵又站了起来,冲着牦牦弯了一下腰。

"那你们想怎么办?"牦牦仰起头来,露出白皙的脖子。

"帮个忙!"亦兵把头向左偏过去,斜着右眼,"你补签个你的名字。做一个补充协议,把时间提前到咱们第一期投资协议签订的同日。当时你是英总授权的全权委托人。"

牦牦闭起了眼,又把眼睁开:"我想起来了,你没说错。"

"那好,你就在这份补充协议上再签一下。"说着,婷婷从身边的包里抽出一份协议,递到了牦牦手里。

"有意思,你们想让我证明在签订一期投资协议时,我们双方就约定了一期清盘时,原有投资本金加上利润再加上新增补进来的六十亿继续跟进二期项目。"牦牦仔细地看完这份补充协议,眼中闪着犀利的光芒,抬起头,一一扫视着亦兵和婷婷。

"我可以做证!"叶生右手举到了右耳边,"明天,我就可以把公章给补盖上。"

"真不愧喝了几年洋墨水。"牦牦摇摇头,笑起来,"我要签了这个字,就是英总活着下来了,这项目也是你们的了。"

"对,他下不来了,别的投资人也别想染指。"亦兵补充着,又和婷婷对视一眼。

"因为,协议规定,我们有优先投资权!"婷婷的笑容浮现在了脸上。

"我有什么好处呢?"牦牦眼中含着泪,看着亦兵。

"促成通道的五千万,照给,再加上一个亿的签字费!"

牦牦的泪水忍不住了,从脸上滚下来,在胸襟上沁了进去:"我要是不签呢?"

"不签，我替你签，有公章为证！"叶生冷冷地说出了这句话。

"你们不怕打官司，背上伪造签名的罪？"牦牦猛地抬起双手捂住了脸。

"怕，但也得打呀！"叶生笑了，撇撇嘴，"想想吧，你是在和谁斗！"

说着，他看着捂脸的牦牦："大姐，你是个搞法律的人。打起这个官司，想一年就分胜负？就算最后你赢了，那又怎么样？人家是抢着投钱，是帮这个项目。可不是为了非法侵占，伪造签名呀。"

"好，明天吧，让我想想。"

牦牦放下了手，一脸疲惫地看着窗外。窗外的高楼大厦，都冰冷地闪着铁灰色和黑红色的光，回击着她绝望的眼神。

八

叶生几人在丽兹卡尔顿算着自己的小账的同时，郑书记和郭区长正在区委办公大楼算政府的大账。

早晨 8 点整，区委门口停下了五辆大巴车。穿着红蓝灰紫橘黄色不同颜色工服的工人们下了车，整齐地排队走到大门口两侧。一个工头一吹哨子，这些工人闻声就地坐下。再一吹哨子，一种颜色的工人队伍就有人打出一幅白底黑字的横幅。五条横幅上面统一了一句话："立即结算，让我回家。"

区公安局长推开了郑书记办公室的门时，屋里已坐着郭区长和政法委李书记。

听完区公安局长的报告，郑书记皱着眉头，从小会议桌前起身，站在窗前，看了看楼下的场景："小郭呀，这是有人在后面使劲儿哪。"

郭区长听了郑书记的判断，也起身来到窗前："书记，我看是有人想砸咱们的锅！"

"投鼠忌器呀。"郑书记挥起右手，示意郭区长回到会议桌前。看了看李书记和区公安局长，举起双手过头顶，伸了个懒腰，"昨晚，我一夜合不上眼，琢磨着怎么破局。"

听了书记的话，郭区长双手平铺在桌上轻轻齐拍："书记，得快刀斩乱麻，用资金来个釜底抽薪！"

郑书记的脸上有笑容了："说说。"

听见郑书记的话，郭区长站了起来："这么大的项目，本来就不是一个民营企业扛得下来的。项目到手，这些老板就有奶便是娘，四处融资，不择手段。就是要押上老婆亲娘，也绝不眨上一下眼。问题是，天下无利不起早，投资的、出钱的，哪一个不是瞄着最后要砍下他的人头？一个比一个狠，一个比一个背景大。政府下了那么大力气把项目扶上马，却变成了人家的资本游戏。"

"是。"李书记插话进来，"最要命的，是这些民营企业六亲不认。创业时，讲的是哥们义气，一旦挣着钱了，就撕心裂肺地你死我活。狗咬狗地内斗也罢了，但又是各找靠山，各显神通地把一个地区的政治生态、社会生态都搞得乌烟瘴气。大家看，'东方梦都'这个项目，又是凶杀案，又是工人闹事，又是诉讼灾区……"

说着，他看着郑书记："书记，到时候了。'当断不断，反受其乱'呀！"

听完李书记的话，郑书记把脸转向了区公安局长。

"书记，那两件命案快收网了，只不过……"

"说，就这个屋子的人，出了门，谁走漏点什么，党纪国法惩罚。"

郑书记伸出右手，轻拍了一下桌子。

区公安局长右手端起茶杯喝了一口："中纪委的同志和我交换过意见了。我们都认为，这不是一般的凶杀案。既然都围着'东方梦都'项目转，那就一定是为钱而来。项目中，除了业主。谁的利益最大，谁的嫌疑就最大。"

听到这里，郑书记点了点头："有道理，据你掌握，谁的利益最大？"

"两家金融机构。一家是海外地产私募基金，一家是个信托基金。"

"操盘人是什么人？"郭区长的两眼睁大了。

"说！"郑书记看见区公安局长的眼睛看向自己，就重重点了一下头。

"海外地产私募基金的操盘人，是吴理事长的儿子吴亦兵。信托基金操盘的，是齐主席的女儿齐婷婷。"

"怎么搞的？怪不得这个项目这么乱！"郭区长右手一拍桌子，又站起来。走到窗口前看看底下的横幅，摇摇头，又走回来，依旧坐下，迎着郑书记的眼神说道："这些活宝们，起早，是忙着到外企做首代、当买办。眼下又赶时髦，玩基金、搞金融。无孔不入，无利不沾，拦都拦不住。"说着话，他摇着头，"书记，当初咱们是昏了头，把这个项目轻易给撒了把呀。"

郑书记的脸已经铁青了："小郭，听你的话，像是我在这个项目上有猫腻？"

郭区长的嘴半张着，舌头打着结："书记，您——千万别这么想！"

说着，他站了起来，恭恭敬敬地冲书记鞠了个躬："书记，我是打心眼儿里喜欢这个项目。说实话，不管怎么乱，这个项目真正的盈利点已经有了。全区人民都看得清，这是您的跨越式发展战略的一个大亮点。但是，"他又看向了身旁的李书记和区公安局长，"我也是打心底里不服气。这么好的项目，被乌七八糟地搅成一锅粥。"

"好，你想怎么办？"郑书记的眼神亮起来。

郭区把身体向书记倾了过去："清场，接盘！明天就召集项目各方开会，弄清各方的投入和投资以及工程款结算情况。我们的区国资委进来，拿三十亿以内的资金把场清了。"

"项目主体谁是实施人？"

"区房地产公司。"

"李书记，说说意见。"郑书记的眉毛扬了起来，

"书记，时不我待，这是个进入的好时机。从目前掌握的情况看，如果那个老板真死在珠峰，这里，必有一场恶斗。再不出手，我们就要负政治稳定责任了。只是……"

"只是怕您因此得罪了人。"

听了李书记的话，郑书记脸阴沉下来："谢谢你的好意。"他又看向了郭区长，"郭区，你一切都看在眼里了。我要是不得罪上边的人，我就得得罪全区人民了。"

"书记，那棚改资金怎么办？"郭区长的眉头紧锁在一起。

"小郭，这可是关系到了你我的政治生命的时刻。你，还拎不清？"说着，他握起右手成拳，不轻不重地敲着桌面，"棚改资金不受影响，咱们皆大欢喜。如果没了，这笔钱，得在'东方梦都'的项目上找补回来！"

说完这话，郑书记走到窗前看着政府院门，吩咐郭区长："把门口清清吧。"说着，他抬起头来，盯向天空的白云。此刻的白云，正被气流和晨风吹得乱转。一时间，弄不清哪一朵向南，哪一朵向西。

又低下头来，他看了一眼左手腕上的手表："9点了，再过六个小时，就该宣布放弃对英甫的救援了……"

"哥，你放心，他死定了！"丰学民在早上8点，坐在他的铁灰色路虎驾驶座上时，接了个电话，"我得到上边的消息，今天下午3点，就不许人上去救援了。"

"什么！我的股份被姓叶的假冒签字变更给他了？"

听见这句话，丰学民笑得眯起了眼。右转头，看了看右手副驾驶座上的一个身材苗条三十岁左右的女孩，右脸颊上，一道长长的血痕七扭八歪了。

"哥，放心吧，咱这是引君入瓮。卖给他，才给我三倍的溢价。等他坐实了，我去找他。他不开出个个把亿，怎么能让他睡得着觉。"

电话那头，一句话让他脸阴沉下来。

"哥，别介意我说句粗话。你逼着我跑一趟河北去现场看看，真是脱了裤子放屁，多此一举！"

说完，他听着对方的回话，又摇起头来："哥，这点事能让你睡不着？放心吧，不就是再多给他几串冰糖葫芦吗？"

再听对方的话，他的表情就淡漠了："好，我一定注意安全。走京开路，下午3点准时回来。晚上6点，'大娘饺子馆'见。"

九

2013年5月19日中午12点整，罗布成了一头好斗易怒的犏牛。

他在指挥帐里喝了几口甜茶，就心烦意乱地跑到风雪里，双手捧着烟抽几口。

听着顶峰的雷鸣，他觉得那是一种召唤，是山神试他的胆量。顶着头顶的闪电，他感到那是山神的利刃出鞘，刀刀劈向顶峰的英甫。

佛呀，来劈我吧！不把顶峰的人救下来，我就是个罪人呀。

心中起了这个念头，他就从左手腕上摘下手串，一粒一粒地捻着。面向顶峰，任风雪吹打，念起了六字真言。才念了几遍，他已是泪水满面了。

此时的北坳，正被飑线天气席卷。深渊里的一切脏物，都乘势涌上来。若说是鬼哭，但不可能会哭得从天到地的撕碎人心。若说是狼嗥，也做不到声声震耳，让人忍不住想嘶声长嚎。

厚重的雪片，像一种无穷无尽生长的魔发，漫天甩着长鞭。任你怎么抱头，也抽打得你的肝胆俱裂。你看，它们从北壁倾泻下来，千军万马般地从营地飞驰而过。去哪里了呢？砸向了章子峰，冲下了珠穆朗玛冰胡同。还有，一遍一遍地又折返回来，拼命要将罗布卷上去。使劲儿要钻进他的指挥帐，让他无立身之地。

是啊，该上去了！

登山的人，人在哪里，家就在哪里。上了山的，都是家人。一个人迷失了，就是家庭的不幸。不论是长夜，还是白昼。无助的人，风，就是他的哭声。雪，就是他的泪水。

今天的风，铺天盖地。今天的雪，横扫一切。

就在罗布下定决心要上去时，指挥帐里的对讲机响了："北坳、北坳，前进营地呼叫！"

听着呼叫声，罗布站在风雪中纹丝不动。风雪像诧异似的拼命推他、拍他，他只是上身来回晃动。他的双脚始终像扎根在山岩中一样，坚定而又牢固。

"罗布、罗布，前进营地呼叫！"

这一次，罗布狠狠吸了一口烟。当他低头要把抽了半截的香烟扔到脚下去踩时，说也奇怪，那烟头居然被一阵风雪从雪地上席卷起来,从漫漫雪雾中一道直线飞向了顶峰。罗布泪眼蒙眬地抬头看时,竟看见一道金光钉在了天空。

"前进营地,我是罗布,请讲。"回到了帐篷,罗布拿起了对讲机,眼睛却一一清点着上去的装备。

黑钻冰爪,在收纳袋里;奥索卡连体羽绒服,在睡袋的后面;M号的英式氧气面罩,在帐篷的方便面空箱里。

"罗布,我是白玛。你好吗?"

"不好。"

白玛在前进营地的指挥帐里一下子头晕了。他从帆布椅上往后一仰,差一点后翻过去。左脚急忙抬起来,顶住了面前的桌子底。

"病了?"

"心疼!"

"快用氧啊!"白玛立刻急呼起来。

"氧气没用!"罗布的眼睛又湿润了,"老师,要你一句话。"

"什么话?下来?"

"不,上去!"

白玛"呼"的一下子原地蹦了起来,他冲出指挥帐,在风雪中对着顶峰大叫:"你真是疯了?上去?这么大风雪,有用吗?"

"有用!救他!"

罗布的眼神平淡了,他也走出了指挥帐,从像挖掘机一样冲过来要铲除一切的风雪中,看着顶峰:"好,老师,我不知道他是否还活着,你也不能肯定他是否已经死了。那就让我上去!旺多和小拉巴已经到了二号营地,正准备往突击营地出发。他们下午3点能到突击营地,休整一下,戴上氧气,应该在下午6点到达第三台阶。"

"那你还上去干什么?"白玛握着对讲机的右手抖起来,跺着脚,在雪地上转圈。一抬眼,吓了他一大跳:原来,一群沉默的牦牛挤在风雪中,雪片已经把它们的全身盖满了,脖子上的铜铃都变成了沉重的冰坨,无声地晃动。太冷了,牦牛们像是抱怨,又像是责备主人冷漠无情。大大地瞪圆了眼,冷冷地盯着他。长长的睫毛,变成了一道道尖利的刀片,刺得他心痛。

"至少——"罗布抬头看着顶峰,"我们没有放弃!"

"白玛,你糊涂了?"

听着大本营李峰的吼叫,白玛的呼吸急促起来:"放心,老兄,我现在很清醒。"

"清醒?那干吗把罗布都给放上去了?"

"不上去,还叫高山向导吗?"

"高山向导是帮人的,不是赌命的!"李峰站在大本营指挥帐的旗杆下,抬头看着鲜红的国旗和白底红字的登山旗帜在风雪中猎猎飘动。说着话的同时,他不由自主地跺起了脚。

"如果为了救人,该赌命的时候就得赌!"

"这事我做不了主。知道吗?从昨天到今天,我的电话快被北京的人打爆了!"李峰弯下腰,双手捧住了对讲机。

"我做主!"白玛的胸膛挺了起来。

李峰又在旗杆下转了个圈,两只脚来回不停地跺着:"好,那你说说,你准备怎么做主?"

对讲机那头,听得到风雪的呼叫声,也听得见白玛的急促喘气声:"3点,旺多和小拉巴到了突击营地时,要听指挥。如果风小了,就尽快上去。如果风还是很大,就原地待命。3点,罗布应该能到二号营地,也是看天气。风小,就继续上升。风大,也原地待命。"

李峰摇了摇头,刚要张口,一大堆雪片冲进嘴里。他想吐时,雪片已在舌头上融化了。喉咙一使劲儿,雪水就到了肚子里。这下可好，他身心内外，都是一阵冰凉："你呢？不会也上去吧？"

他的语气也冰冷起来。

"不，我上去是真没用。太可悲了，赌命的时刻，我只能在下面看着弟兄们在风雪中冲锋陷阵。现在，我组织人去接应北坳从珠穆朗玛冰胡同下来的伤员，等风雪小些安排队员抢修北坳上升路线。"

"那我该干什么呢？"李峰苦笑一声，直起了腰，仰头看向顶峰。

"你，别想袖手旁观。赶快组织人，联络各个队伍。明天开始上来，准备在下一个窗口期冲顶！"

"谢谢老弟，咱们这就算是山上山下一盘棋了。"说完，李峰把对讲机关了。

头顶上，立刻一阵"哗啦、哗啦"的旗帜声。

十

李峰关上对讲机的时候，英甫正在风雪中东张西望。

为什么，还没有人上来？

头顶上，一个上午咳得喘不过气来的雷鸣，好像气顺了些。闪电在远去。好几次，英甫看见它的蓝光后，数到了十，才听见雷鸣。

脸上的防风雪镜开始有被沙粒打上来的感觉。这是雪片正在转变成雪霰，雪，也在天空中减少着分量。

3点，下午3点。再没人上来，就是我被放弃了！

凭什么！我该死吗？为什么那么多人想要我的命？为什么山神也不想让我活着下去？是因为我挣到了钱吗？这些钱是不义之财吗？是因我只是个民营企业家吗？

可是，4月30日的那天，中纪委的老刘不是说民营企业是中国改革开放中的重要力量吗？

想到这里，英甫的眼前浮现出一个严肃的面孔。

4月30日早上9点，英甫在老刘的身后"吱呀"一声关上了京城西部山区的一个村子的院门。

"有味道，多少年没听见过这老门的声了。"老刘近五十岁，腰板直挺，留着右偏分头。脸色微黑，清瘦的脸庞稍方了些。一见英甫，眼睛就想往人心里看。

"这院子是有滋有味的老宅山地四合院。"英甫脸上正在蜕皮，像一条密林中逃出来的眼镜蛇。

老刘点点头，又对英甫说道："你真像是一个能吃苦受累的人。保护得不错呀。'三元堂'？好，这个院落有点味道！"老刘感叹着，坐下来看着英甫坐在他对面。

"我记得我吃的什么苦，也知道我为什么要知足。"英甫右手捂在胸前，也向老刘点了点头。

"真的？"老刘睁大了眼，看着英甫。

"当然，没有改革开放，我还在社会的底层晃悠。我庆幸赶上了一个好时代。"

"说说，你怎么看这个时代？"老刘细细品着黄芩茶。他刚从村口走上来，一路的上坡石阶，把他给走渴了。

"了不起！打开了上升的通道，给了每一个人机会。让我这样底层的人，也能参与到市场经济中来。"

"这就是你下海的动力？"老刘说着话，眼神往窗外溜斜。窗外的屋檐上，十几只小麻雀，肥溜溜地正在晒太阳。有几只好奇地往屋里张望，判断着是不是该飞下来，啄食窗台上晾晒的玉米棒和向日葵。

英甫也扫了一眼小麻雀，像一段时间没见了的老朋友一样，向它们点了点头。那几只麻雀立刻飞下来，扑在了玉米棒和向日葵上，啄一口，叫一声，此起彼伏地自顾自了。

"是！没被这个时代落下。"把目光转回到老刘脸上，英甫又点了一下头。

"好，说得好！"老刘双手拍了一下，站起来。刚想挥手，却看到小麻雀们都被吓得飞回屋檐。一吐舌头，又立刻坐了下来。

"党和国家高度重视民营企业在社会主义市场经济建设中的地位和作用。看到了80%的就业靠民营企业贡献，也看到了民营企业不可或缺的活力。所以，英总啊，你走对了。"说着，他又看看屋檐，看见小麻雀们都飞了下来，在玉米棒上和向日葵盘中开心地争吵，脸上露出了笑容，"历史会记住你们，人民也不会忘记你们。"

听着老刘的话，英甫眼中泛起泪光："感谢您认可，如果大家都有您这样的态度，我们做民营企业的，再苦再难，也心甘情愿。"

老刘听见英甫在掏心窝了，双手捧起茶杯，又喝了一口："我听出来，你好像还有不心甘情愿的地方？"

"有！您喝着茶。给我一个小时，我把我遇到的腐败问题向您反映一下。"

"令人痛心啊！"听完英甫的遭遇，老刘摇着头，"你说的情况，我们也掌握了一些。但没想到，你手里有这么多证据，不愧是部委里培养出来的人。"

说着，他抬头看了英甫一眼，然后，又转头看着窗台上的麻雀，嘴里却没停："有点对不起你，叫你冒着生命危险从珠峰赶回来。"

他向英甫点点头,"我们需要你的配合,有了你这些铁证,才能有十分把握最后收网。"说着,他又不住地摇头,"真让人难过啊,党和国家如此强调反腐倡廉,可是在私利面前,竟还有个别干部置党纪国法于脑后。敢伸手,不怕掉脑袋!"

怕惊了小麻雀,英甫低着身子,伸手端起暖水瓶,给老刘又添了茶,然后又小心翼翼地把暖水瓶放在自己脚边:"处理了那么多,这些人怎么还不收手?他们真的什么都不怕吗?"

听见英甫感慨,老刘又摇着头:"不是不怕,是挡不住内心的诱惑啊。"他抹了一下脸,顺势又抬起了双手,"不易呀,如果任由腐败横行,那么我们不仅对不起历史,更无法向人民交代!"说着,他两眼瞪圆了盯住英甫,"所以,这一次,必须把围绕着你的'东方梦都'的腐败行为办成铁案,杀一儆百!"

"做得到吗?"英甫摇了摇头,"我堂堂正正地做人,有些钱了,却招来杀身之祸。莫名其妙地被绑架,不知不觉地被迫害,三番五次地被暗杀。跑到珠峰了,还有杀手追来动刀子。"说着刀子,英甫闭了一下眼,摇摇头,"老刘,您知道吗?为见您,我从前天晚上就藏在一辆皮卡里,一夜跑到了格尔木。昨天,又飞到了济南,再打辆出租车连夜赶到了这里。"

"怕吗?"老刘眯着眼的目光与英甫瞪大了眼的目光相碰着。

"怕!不想死!"

老刘看向窗外,从院子里的屋顶往天上看。一只苍鹰正在盘旋,麻雀们都静下来,像一粒粒小窝窝头,缩在窗台上。

"我的事还没做完。"抬着头,目光跟着天上的鹰转悠,英甫从喉咙中挤出了这句话,"做完了'东方梦都',退出商海,浪迹天涯。"

"好,非常感谢你这么辛苦地来反映情况。"老刘笑着说话,但眼神却透着忧虑,"依我看,你还得悄悄回去登山,千万不要在京城露面。查案的消息已经被泄露了,你不能出问题。结案时,我们需要你作证。"

英甫笑起来:"老刘,你们的确得小心了。3月21日,你们刚决定调查谁把我边控的事,我的叶总裁就知道了。"

"哟,他还知道什么?"老刘立刻把眼睛又瞪起来。

"这得问他,但我知道,你们在调研亦兵的海外地产私募基金和婷婷的信托基金资料。"英甫的眉头往上扬了一下。

"呀,连你都打入我们内部了。"

摇着头,老刘抬头去看屋顶,鹰已经不见了,麻雀们缩成了一个个小毛球,半闭着眼睛,在阳光下打盹。它们吃饱了。

"要不然,我怎么保命呢?"说着,英甫站了起来。

窗台上的麻雀像送客一样,齐齐飞了起来,排成一排,蹲在屋檐上往下看。

"吱呀"一声,英甫把门关上了。抬起手腕看表,正是12点整。半个小时后,他从院里出来,来到村口的停车场。

坐进一辆"鲁"字牌照的出租车里,他拍了拍睡意还浓的师傅:"走吧!"

从村口出来五里地,到了108国道的路口,他拍了拍司机的右肩,"师傅,我就到这,你自己回去吧。"

五十岁左右的师傅回过头,一口山东味:"咋,伙计,要放我鸽子?"

"误会了,这是五千块。"

师傅脸红了:"大哥,来时,你就给了五千了,我再拿三千就够了。"

英甫点着头,笑了笑:"多给的两千,有条件。"

"什么条件?"师傅睁大了眼,显然,困意没有了。

"出了休息站,你不要随便停车,要一路直接开回济南。"

师傅笑了:"遵命,我的大哥。别担心,我想孙子了。"

看着出租车上了 108 国道往左拐去,英甫也走上国道,沿路往右走了近百米,钻进了路边树下的一辆墨绿色的帕拉丁。

帕拉丁哼哼了两声,沿着国道往河北方向驶去……

十一

2013 年 5 月 19 日下午 3 点,一辆京字牌的铁灰色路虎正在京开高速上往北京疾驶。

"嗨!娘们,再快点!"

"还快?都 130 了!"

听着手抓紧了方向盘的女孩的不满,丰学民更头疼了。他还要张口时,一阵头晕,让他闭上了眼。

中午 12 点,他把路虎车刚在听雨轩的楼下停稳,四十多岁的包工头就迎了上来:"少见,丰哥。"

没答话,丰学民下了车先东张西望地打量了一会。

"哟,这妞儿有点姿色呀!"

听着包工头品头论足,丰学民笑了:"怎么样?极品吧?"

"但是,哥,咱现在不是听雨轩了。只能喝酒,不能品茶。"

丰学民看了看原来挂招牌的地方,满意地点点头。

"动了色心了吧?"他看着包工头一双羊眼滴溜溜地在女孩胸上转,伸出右手,猛然拍了一把包工头的后背,"想得美!叫嫂子!"

"呀!大嫂驾到,失礼了。"

包工头的老婆从一楼的客厅走出来。她胖得像一个松果吃多了的松鼠,脸形不大,下巴又尖又高。腹部挺得像怀胎七月,屁股呢,则滚圆得像熊猫。那双一点也不安分的小圆眼珠,转了一个圈,就笑眯眯地藏在了眼皮里。

"营业执照注销了吗?"丰学民看看包工头老婆的肚子,又看看身边女孩的腹部。然后,转过头来看着包工头。

"哥,操那心?"包工头笑起来。

丰学民问着话,眼睛却又看看包工头老婆的屁股,再转过来扫了一眼女孩的胸。

"你真逗!这是谁家的地盘?开个茶馆,还要交税拿营业执照?"

"算了吧!老头。"包工头老婆打断了他的话,伸出右手,拽着丰学民的左手衣袖,"丰总,您是大老板,到我这是贵宾。喝了酒,品了茶,您就只管上楼快活。站岗放哨的事,谁做?"

她又伸出左手,拍了拍自己的大肚子:"就这个大老娘们!"说着,她的泪水竟从眼眶中小河一样地"哗啦"一声流了出来。

"行了,不是关了吗?"丰学民又转脸对着身边的女孩,"这酒足饭饱的事,一打嗝,就忘滋味了。风花雪月的情呢?一提裤子,就一干二净了。"说着,他伸出右手轻轻捏了一下女孩的左脸颊,笑眯眯地对着已经没有了招牌的一楼门楣望了一眼。

"咱这嫂子一脸富贵相,像天上下来的仙女。您要发大财了,她配得上!"

"是呀,千万别忘了,让我们也沾沾喜气。"包工头老婆接着包工头的话也在脸上凑着笑容,但说到"喜气"两字时,脸色已是阴冷。

"有意思,今天,你们夫妇俩也玩起雅味了。"丰学民的脸色也板了起来,"记住,今天,我可是第一次来你们家。"

看着夫妇俩忙点头,他又看着原来挂牌匾的门楣:"我不是来做客的,来说工程,四十万平方米。"

"天!"包工头右手一推老婆,"快,跪下谢恩!"

"行了行了,别玩这一套了,来点正经的。"丰学民摇了摇头,双手不耐烦地在面前乱摆。

"哥,您指示。"包工头从要下跪的姿态,变成了点头哈腰的味道。

"工程的劳务人员,交给你组织。人工费,再谈。"

"哥,材料呢?不能给我点?"

"想要哪块?"

"螺纹钢和石材。"

"行,准了。"丰学民一点头,又伸右手摆着,制止包工头开口说谢,"就一条,得垫资。"

"那,取费就得高点。"包工头眼睛盯着丰学民。

"再议。"丰学民看了包工头老婆一眼,"都好说,总不能让你们白忙一场吧?"

包工头老婆双手一摊:"太好了,您真是我们的大贵人,这些年,没白侍候你们!"话刚出口,包工头推了她一把。包工头老婆愣了一下,立刻叫起来,"大贵人,今天第一次见您,就给我家带来这么大福气。"

说着,她也回头仰起脖子看着空空荡荡的门楣:"看见了吧?咱这就是个和老公撕扯过日子的地方。谁要是来问能品茶吗,我就操他十八代祖宗,撕烂他的嘴!"

丰学民舒了一口气:"第一次到你家,不给杯酒喝?"

"早备好了,三十年的茅台。"

"不,二锅头,'小二'!喝着'小二',终于熬出了头。今天,我要再喝最后一顿。"

听着话不吉利,包工头眼珠转了一圈,右手一拍大腿:"了不起呀,真是教书育人的人,不忘本!"

说着,他向两人作着揖:"听君一席话,胜读十年书。刚教了我做人的道理,现在,咱们先上桌。喝好了,你们上楼歇一会——"一推身边心里正算着账的老婆,他又看向了女孩的胸,"育人!"

丰学民大笑起来,右手正要去搂女孩的腰时,兜中的电话响了。拿出来,看了一眼来电号码他往边上紧走了几步,右手把手机紧紧捂在了右耳朵上:"搞定!"

报告完之后,他听着对方的话,眉头挤在了一块。又抬起手腕,看了一下表:"3点,下午3点必须赶回去?"

挂了电话,他走向一楼门厅:"兄弟,得快些上菜,我吃了就往回赶。"

"只喝不练呀?"

"练什么练,早成正果了,她都两个月了。"

包工头老婆叫了起来,扑过来双手轻轻抱住女孩的双肩:"那更得练了,第一次来,为我家也开个光哪。"

说着,她把双手握成拳,举起来,在双肩上比画了几下:"今天是您大喜的日子。喝就喝够,练就练好!"

酒,喝得适可而止。不多,就两瓶"小二"。

但一上床,搞舞蹈出身的女孩就显出了练功的本事。等丰学民答应了明天一大早就去领证,她就立刻睡着了。

下午两点,包工头使劲儿敲响了门。

看着误了事,丰学民急了。提裤子、穿袜子地跑进车里。坐在副座上,系好了安全带。包工头老婆跑出来,要往车里塞大枣、花生时,女孩已发动了车。

"别急,把大枣、花生带上。早生贵子,多生几个!"看着车跑了,包工头老婆怀里抱着东西,高声大喊。

"再快些,别怕! 140,这车底盘重,轮胎宽。"

丰学民催着女孩加速时,睁大了眼,向右低头看着车窗外的后视镜。路虎那宽大的后视镜里,一辆白色的丰田4500跟了上来。

突然,他想起来,一停稳在包工头的楼前时,这辆车也慢慢驶了过去。一上京开高速,他还没打盹时,醉眼扫视后视镜,也看见过它。

是什么人的车呢?正当他拼命在脑海中检索时,一偏脸,白车已加速与自己平行了。

呀!是这小子!白车的驾驶员把车窗摇了下来,笑眯眯地伸出左手向他打招呼。他正想回应,却见这小子又把手收了回去。向上举着,竖起了中指。戴着一副窄幅黑框近视眼镜的书生脸上,杀气腾腾。

"快,减速!"就在丰学民歇斯底里地大叫时,白车猛一冲,就在他的路虎车车头露出了大半个车身。

"完了!"丰学民绝望地低吼了一声,刚想听天由命地闭眼时,白车已猛地挤了过来。

悄无声息地,路虎车被挤到了隔离栏上。还没来得及碰撞,车身已飞了起来。它就像一头受伤的野猪,在空中打着滚,把丰学民从甩开的车门扔了出来。

丰学民从来没有升得这么高。

在空中第一次翻身时,他先是面向太阳,阳光正好直接刺入他的眼中。眼一花,他看见自己站在黑板前,全班的中学生对着他冷笑,竖着中指。

第二次翻身时,他正好变成了侧身。五月的田野的青纱帐,此起彼伏地摇滚着。青草的清香，扑鼻而来。

这是什么草呢？噢，对了，是早玉米！

就在他眼前又出现他手拿一根热气腾腾的玉米，去逗女孩手中抱着的婴儿时，他翻了第三个身。

这一次，他是面朝下。他惊恐地看见，路虎车翻到对面的快速车道上，正被一辆超车的集装箱卡车迎头撞得粉碎。他想伸手去拽从车身中飞出来的女孩时，却看见，女孩冷眼看着他，对他摇了摇头。接着，对他伸着双手，竖起了中指，同时又张大了嘴，对他啐了一口血沫。

紧接着，他该落地了。

一辆紧急踩着刹车，车身不服地七扭八歪的大巴，像金刚怪兽一样冲了过来。就在他要落在路面上的刹那，他被撞得血肉横飞了。

他的两粒眼珠没被撞碎，被弹在车前玻璃窗上，又溅向空中。

天哪，四十万平方米呀，怎么就如此风卷残云了？将会归了谁呢？

他立刻看见了珠峰顶上，英甫正在走下来。此时此刻，正好是北京时间下午3点整。

十二

2013年5月19日下午3点，叶生来到"东方梦都"的项目公司的档案室。

"叶总，你想干什么？"吴菁堵在玻璃门口，她身边，左侧是朱玫，右侧是郑来青和赵臣。

"吴主任，让开路！我要拿回营业执照和公章。"叶生双手抬起，戴着白丝手套的手指并成排，从里往外扒拉着。

他的左侧是黑一杰，他难掩一脸喜色，黑乎乎的脸上，嘴正咧开着。右手边是刚从工地调来的保安队长，正腰板挺得笔直，挺胸昂首，瞪着吴菁。

"你有什么资格来拿？"朱玫撇着嘴。

"你有什么资格来问？"这句话音刚落，张丹丹从叶生背后闪了出来。

"嘿，今天不会是万圣节吧？怎么一群屎壳郎又从粪堆里爬出来了？"吴菁冷笑着，扫视着面前的几个人。

"我是法律总监！"朱玫向前挺了一步。

"他是公司目前的大股东！"张丹丹也冷笑着，往吴菁的面前站过来。

"行了。"叶生抬起右手，在二人中间划拉了一下，"别斗嘴磨牙了。吴主任，4月30日，英老板良心发现了，特意从珠峰跑下来找我，又把我的股份还我了。"

"谁来证明？"

"我！他授权我以他的名义签字。"张丹丹抬起右手，把食指弯回来，指着自己鼻子。

"有授权书吗？"

"当然有！"看见朱玫盯着自己，张丹丹也把目光顶了上去，"信不信由你，一会，你去'红盾'上查一下就知道了。"

叶生插着话，把右手往外摊开，做了个请的手势："现在，我以大股东的身份正告你，请让开！"

"让开？"吴菁冷笑起来，"好啊，不难！等董事长来了我保证让开！"

"咳，我的大主任，精神受刺激了吧？"黑一杰笑起来，背起手，像在戏台上走台步一样，来回晃了一下，"不知道呀？你的大老板正在过奈河桥呢。"

"你见着了吗？"吴菁强忍着泪花。

"见不着了，此时此刻，要正式宣布对他放弃救援了。"

"胡说！"吴菁吼起来。对着说出这句话的叶生怒目而视，后者却淡淡一笑。

"行了，今天又不是你的末日，用不着歇斯底里的。"

突然，张丹丹一步上前，啪地甩起右手，给了吴菁左脸一个耳光。又是一声巨响，在吴菁愣神捂脸的工夫，工地的保安队长一把把她扒拉开。飞起右脚，就把玻璃门给踹碎了。

挣脱开来，吴菁伸出右手，拽住了正要跟着叶生冲进去的张丹丹。抬起左手时，却被黑一杰给拉住了："别打，明天，她就是咱们的老板娘了。"

听着老板娘的称呼，张丹丹示威似的把左手提的爱马仕铂金黄包在自己和吴菁中间一拎，侧身就进了档案室。

"小郭！小郭呢？"叶生转着头找人，还俯下身，往桌子下面看。

"吴主任，你把小郭支使到什么地方去了。快把她找来，误了我的事，明天，我第一个叫你滚蛋！"

看见叶生气急败坏，吴菁双手抱起胸，慢慢悠悠地坐在了一张办公椅上，又把二郎腿高高跷了起来："你不是神通广大吗？你一拍巴掌，她不就从地缝里钻出来了吗？"

"好，算你狠！"叶生把牙关咬得紧紧的，转头看着黑一杰，"黑总，拿锤子来，把保险柜砸开！"

黑一杰摇了摇头。

"他是个活人时，你怕他。他是个死鬼了，你还怕他？"叶生硬硬地问道。

黑一杰摇着头:"叶总,不是我胆怯。你天天戴的是白手套,哪知道咱这保险柜是大火烧不透、钢锯锯不开、铁锤砸不烂的货呢?"

叶生眨了一下眼,盯着黑一杰:"往下说,现在怎么才能打开它?"

"开锁公司呀!"

"丹丹,快,立刻找个开锁公司来!"说着,叶生抬手看表。已经是下午4点了。

"小郑,打110!"吴菁铁青着脸,看着郑来青。

听见110,叶生退身到了门外,掏出了手机……

3点整,罗布刚爬进二号营地的帐篷,怀里的对讲机响了。

"罗布,罗布,白玛呼叫,白玛呼叫,请立即回答!"

叹了口气,罗布按下了应答键:"我是罗布,老师请讲。"

"现在,我转达北京的命令,放弃救援,把人尽快下撤!"

罗布张大了嘴,双手把对讲机捧在面前瞪着。

"尽快下撤?"

罗布的头,"嗡"地响了一下,伸出帐篷,往上看着顶峰:"老师,飑线天气要过去了,旺多和小拉巴已到了突击营地了。"

"哪那么多的废话,下撤!"白玛愤怒地吼完,把对讲机关了。

罗布的泪水,无声地从皮烂肉裂的脸上流了下来。双手捂住了脸,他把头埋在了胸前一会。然后,挺直了腰,拿起了对讲机:"旺多,旺多,罗布呼叫!"

"罗布,我是旺多,请指示!"

"上面的天气怎么样?"

"风雪都在变弱!"

"看得见顶峰吗?"

"能看见，但还是有雪雾遮挡。"

听见这些好消息，罗布深深地吸了一口气："旺多，现在，我命令，留下小拉巴接应。你立刻往上走，随时跟我保持联络。"

"你呢？"

"我现在就从二号营地往上赶，接应你们。"

十三

旺多，一个三十六岁的康巴汉子。进公司近十六年了，已经登顶过珠峰七次。

不到3点，他和小拉巴爬上了8400米的突击营地。

从7900米的二号营地一出发，一路就是上升路线。伟大珠峰的东北山坡，像母亲的怀抱，踏实和宽阔。旺多就像她多年滋养的儿子，熟悉她的每一片岩石，闻得出她的每一点滴味道。每一年的登山季，旺多都是怀着一种迫不及待的心情爬上来。

珠峰在心情好时，会从早到晚地把万顷阳光铺满整片山坡。踩在上面走，旺多感觉自己又变成了太阳的生灵：鹰在身旁飞，一粒粒石砾、一片片岩石、一堆堆残雪，都在闪烁着。脚下冰爪一路上碰撞出火星时，旺多就把脚步尽力放轻，怕踩痛了山石。

这时，旺多听着自己不急不喘的呼吸声，满意极了：好汉子，就该在高山上。

如果山神发脾气，山坡上就会从早到晚飞沙走石，或者是雪重风疾。遇上这样的天气，旺多也照样不紧不慢地走。就像他在山上度过的人生：每一年，都是以同样长的步伐，用同样多的时间登顶，然后回来。好像他活着的方式，就是不停地行走。然而，一回首，他突然发现，自己的岁月是别人拿万金也换不走的。为什么？因为自己已经变得沉稳、坚忍、淡定。一句话，他是自己生命的主人！

今天呢，情况不一样。已经跟气候无关了，因为这就是登山人的生活内容。

跟谁有关呢？上面的这个人！生而为人，在佛教中是至高无上的荣誉。救他，让他活着下来，是一个高山向导的天职。放弃？那肯定是一种耻辱。任由上面这个人孤独地在风雪中死去，不单是登山公司的失败，也是人性的悲哀。

旺多心里激荡着，一上来就赶快观察营地。当他不敢相信地掀起防风雪镜看时，差点晕倒在山石上。

几天几夜的狂风，不但把白雪吹得一干二净，也把存放氧气的单人帐篷撕扯得粉碎。

小拉巴急忙跟着旺多上来细看，确实，除了有两个橘黄色的氧气瓶斜插在石缝中之外，几十瓶氧气，都被大风卷下了山坡。

"拉巴，小心点，下去找几瓶氧气回来在帐篷里等我。记住，找点雪，过三个小时，开始烧水。"

旺多没有多废话，见到这个意想不到的情况，立刻先带着小拉巴从片岩下挖出藏好的帐篷。两人合力把它架设好，拿出保温瓶喝了口甜茶。然后，他伸手将小拉巴包里的保温瓶拿了过来，装进自己的背包里。

旺多一边嘱咐着小拉巴，一边将两瓶氧气仔细地插进了背包。在他又往背包里塞睡袋时，小拉巴发飙了："旺多！"

听见小拉巴近似怒吼地叫自己，旺多吃惊了："怎么了？"

小拉巴手指着旺多手里的睡袋："别背上去。"

旺多把小拉巴的手扒拉开："为什么？万一……"

"没有万一！"小拉巴哭出了声，停不住的泪水，从布满风尘的脸上滚滚而下。

旺多的眼也红了。他伸出左手,抚摸了一下小拉巴的头,又在他的两边脸上各抹了一下。

"希望啊,如果佛保佑。"

"他决不会死。因为我的老师正带着全寺的人日夜为他念经!"

旺多笑起来:"拉巴,我把他带下来了,你怎么奖励我?"

"给你唱《康巴汉子》,跳锅庄!"小拉巴也破涕为笑了。

3点整,旺多挂上了路绳,罗布的命令让他心中很舒坦。是啊,咱们康巴汉子,什么时候放弃过呢?

旺多一迈步,小拉巴就不张望他的背影了。

他从背包里掏出了一袋风马旗和一袋煨桑香,双手捧着,在帐篷里从左往右地转了几圈。然后,又出了帐篷。

风似乎在变弱。当小拉巴把风马旗挂在帐篷的绳索上后,风马旗立刻飘起来,并没有被风撕烂。

在小拉巴把煨桑香点燃,放进一堆石缝中时,桑烟立刻在山坡上、片岩中弥漫开来。

之后,小拉巴面向顶峰,在岩石上端坐下来。

他脱下了保暖手套,小心翼翼地塞进怀里,然后两手虚心合掌。左右掌心相靠,左右大拇指相捻,左右小拇指相捻。其余食指、中指、无名指自然分开,稍弯曲相对,相距约一寸左右。他规规矩矩、本本分分地向着山神和上面的人结了一个大莲花手印,口中诵出了六字真言。

一切都干净了,从心到天地的污秽都去除了。

小拉巴站了起来,看了看,又找来一堆片岩、石块。在帐篷门口不远处,垒了一个煨桑炉。他将正在燃起的煨桑香捧到了炉中,又爬进帐篷把背包拿出来,从中掏出了所有的煨桑香放进炉里。看着火苗起来了,伸手从包底掏出些松柏枝叶压了上去。山风,一个劲地吹燃着煨桑。小拉巴又在石缝里抠出几把雪来,盖在了煨桑上。

火苗下去了,但桑烟升起来了。说也巧,就在小拉巴背好背包,站在桑烟中,双手合十念着六字真言时,从下而上地起来了一股风,一卷、一扬,桑烟竟斜斜摇摆着向着顶峰升上去了。

小拉巴高兴了,转身向着北壁下面的山坡走去。

3点了,为什么还是没有人上来?

旺多在往上走的时候,英甫的心在往下沉。往下沉的还有吼了几天几夜的风,它要回家似的,慢慢堆下来,把六十公里的厚度压缩成一层一层的风饼。然后,又一片一片地依次往山坡上铺。

湿重的雪,也在一堆一堆地落了下去。头顶的空气干燥起来,雪片已经彻底变成了雪霰。

一切都往下沉了,天空就开始明朗。此时,英甫再看见远方的闪电时,数多少数,也听不见雷鸣声了。

蒙眬中英甫看到脚下有许多生灵都站了起来。

那个被命名为"蓝靴子"的人,爬起来了。那个在第二台阶的后背悬挂了许多年的山友,正在用莱泽曼登山刀去割断束缚他的绳子。在8600米,那个叫弗朗西斯的美国女人正双手拢嘴,向着自己哀求:"不要扔下我,请不要扔下我!"

突然,风和雪又往下一沉一坐,脚下十几米处的中国山友从睡袋中露出头来:"老哥,我好冷。"

冷?谁不冷呢?这个世界有温暖吗?

感到了冷时,英甫想到了检查氧气。因为,在高海拔氧气缺失时,人体就会变冷。

坏了,氧气只剩下不到两小时的量了。当英甫看见氧气瓶的指针指到了 5Bar 时，他的心，"咯噔"一下沉到了底。

在他的心没有了底时，他悲伤地看见，脚下的山谷竟渐渐清晰了。雪雾狂乱时，英甫还有种种幻觉，期盼着像甘米从天而降送来了氧气那样，也会有人从脚下的风雪中露出头来，带着他下去。

看清了这个世界，反而被这个世界吓坏了。

卓奥友，又昂着头冷冷地看过来。看什么？是一种关于人类的死亡观察吗？

马卡鲁,不屑地侧着身子撇嘴。撇什么？是对一切生灵的耻笑吗？

洛子峰，沉沉地在珠峰后面晃动着。晃什么？是嘲讽自己千辛万苦地爬上来，就是为了死在这里吗？

不！英甫一想到死，就像一头被困住的绝地恐狼，在心里叫起来。

我决不死，我一定要下去！我要把我的"东方梦都"建成，我要让我的人生完整。

看着越来越空荡的山谷，英甫越来越想站起来。突然，他看见一缕细细的轻烟，在突击营地的山坡上升起来。紧接着，他居然立刻闻到了清香无比的松柏味道。

眼泪，从他几天来干涩的眼睛中流了出来。

我是一个没有被放弃的人！

我是一个被拯救的人！

仰头向天，英甫祈求着。

上面的，帮帮我！

给我来一道闪电！

给我响一声雷鸣！

像一个申领圣餐的浪子，他双手合十时，已是下午 4 点整。

此时，旺多已经爬上了第一台阶。正在心里哼着歌，行走在陡峭的东北山脊上。

小拉巴已经找到了三瓶氧气,他把它们全部塞进背包,背在身上,正往第一台阶爬上去。

罗布,正站在快到突击营地的石坎上,向仰天熟睡的夏尔巴向导双手合十念了佛,又抬起头来,看着越来越清晰的顶峰。

白玛和李峰呢,都把右眼紧紧贴在天文镜上,从二号营地开始往顶峰观察……

十四

"退后,我是警察!"

2013年5月19日下午4点30分。"东方梦都"项目公司的档案室里,三个身着便衣的人,正把吴菁几人往后推。

其中一个四十岁左右的男人厉声说着话,凶狠地瞪着面前的吴菁。

"警察?你是什么警察?分明像土匪!"赵臣的脸涨得通红,眼珠子要迸出来地回瞪着这人。

"铐上!"四十岁左右的男人怒喝一声。他身边的两个年轻些的便衣,立刻从裤腰带上解下亮铮铮的手铐。

叶生笑了,与黑一杰对视了一眼,又向站在保险柜前不知所措的开锁匠努了一下嘴。

"住手!"正在两个便衣上来扭住赵臣,开锁匠蹲下身打开工具箱时,李所带了几个派出所的人进来了。

"我们正在执行公务,凭什么阻拦?"四十岁左右的男人板起了脸。

"警服呢?"李所也板着脸。

"用不着穿。我们是市局经侦大队的。"

听见回答,李所脸拉得更长了:"市经侦的?怎么跑到人家民营企业档案室耍手铐来了?"

"有人报案!"

看见叶生在点头,李所也点了一下头:"真巧,我们也接到了报案。"

"我报的案!"吴菁大声说着,向前挺上来。

"好,你等着!"说完,面前的经侦的人走了出去。

开锁匠正要准备动手,一抬头,被李所冷冷的目光吓了一跳,忙站了起来。

"身份证!"

按照李所的要求,他掏出了身份证。

"许可证!"

看着年轻警察低头用手中的仪器核对他的身份证,听见李所又要查验开锁许可证,三十岁左右的开锁匠皱紧了眉头,把许可证递了过来:"瞎耽误工夫,这钱,我不挣了。"

正在开锁匠不想蹚这个浑水,收拾好工具箱要走人时,那个经侦的"领导"又回来了。

他使劲儿瞪了开锁匠一眼:"谁叫你走了?"

"我没权利不干吗?"开锁匠眼睛看着门外。

"好,都是牛人,你走出这门试试?"说着,经侦的人又扭头看了李所一眼,"我混了这么多年,还没遇上过这么不知趣的。"

"我从公安大学毕业后,还没见过这样不明不白办案的。"李所冷冷地哼了一声。

"好,你睁大眼看着!"

经侦的人这句话刚说完,李所兜里响起了手机铃声:"喂,我是,您哪位？"

听着对方的话，李所一下把腰挺直了："张局呀，请指示！"

经侦的人脸上阴冷地笑起来，叶生也咬着牙，瞪向吴菁。

"啊？别插手？"再问，对方已经断了电话。李所默默地一挥手，绕到了经侦的人后面。

"什么？里边是空的？什么也没有？"开锁匠心情急迫地快速打开保险柜后，叶生惊叫起来。

经侦的人蹲下身来，看了一眼就摇起了头。李所也蹲下来，隔着前面的人的腿的空隙，左右晃动着头，看着空荡无物的柜胆笑了。

"好呀！你敢耍我？"叶生失去理智了，把右手握成拳头，在吴菁脸前抖动。

"没耍你！耍猴！"吴菁尖厉地说道。

叶生的嘴哆嗦着，两眼死死盯着空柜。身体一抖，又抬腕看了一眼手表。

5点整。他的头晕起来，眼前，是无边的黑暗……

4点30分的时候，几个也是穿便衣的人，在首都国际机场T3航站楼出发大厅的美联航的柜台前，拦住了牦牦。

"跟我走！"一个领头的中年男人看着牦牦，冷冷地命令。

牦牦扫视了一下这几个人："为什么要跟你走？"

"你涉嫌危害国家安全。"中年人亮出工作证，冷冷地说。

"证据呢？"牦牦声音高起来，排队办理手续的美国人都看了过来，"那现在就给我证据看！"

"铐上！"中年人面无表情地下着命令。

"站住！"

牦牦的双手刚被铐住,她的身后传来一位中年女性的声音。她回过头来,看见这位中年女性戴着普通的无色边框近视眼镜,带着两个年轻男人,站到了她和那个中年人中间。

什么话也没说,她手下的一个年轻人向那人出示了工作证:"我们是中纪委的,这人,我们要带走。"

"她是我们要抓的嫌疑人。"中年人瞪大着眼睛。

"她是我们要保护的证人。"说着,中年女性冷冷地看着他,"把她的手铐解开!"

遇上了硬荐,那几个人一时不知道怎么办。

"不解?"中年女性冲着下属点头,"来,叫他们出示证件。记下来是哪个部门的,查查是谁叫他们跑到国际机场大厅来抓人的。"

领头的忙摆了一下右手,冲着自己的部下点点头:"来,把她的手铐下了,不要妨碍纪委的同志办案。"

这时,不知大厅什么地方,一只电子钟连续敲了五下……

十五

当牦牦听到出发大厅里的电子钟敲响了五声时,英甫终于站了起来。

甘米为英甫背下来两瓶氧气,本来流量开到"1"的话,应该用足二十个小时左右。但在19日的清晨7点,英甫在更换氧气瓶时,没有意识到自己把流量开到了"2"。在这个流量下,氧气只能供应十个小时左右。

较大流量地吸氧,在这瓶救命的氧气消耗得很快时,英甫的体能也恢复得快。心源性休克的症状没有了，脑水肿没有进一步加重。

下午4点，风和雪停顿了一下。突如其来的静寂，却让英甫的心"怦、怦"跳得有点难受。

沿着脚下的路绳，可以一直看到第二台阶。再往下，就是突击营地。一眨眼的工夫，刚才看到的桑烟消失了。不知是被风吹散了，还是自己的幻觉。

下去，这个念头让英甫焦虑起来。万山，一群一群地在眼帘中挺胸昂首。阳光，毫无遮拦地随意铺洒在它们的头顶。像千万年的歌，从来没有变调过。

英甫双手从救生毯中伸出来，稍稍把身体抬起来些，用右手拽着连在自己安全带上的牛尾。牛尾拉着路绳抖动起来。像什么呢？像山神放生他的救命索。

此刻的顶峰是火红的，像大地的乳头，随时要喷射出甜美的乳汁，滋养人间。

高空风，被顶峰上升的热流顶住了。肆虐了几天几夜的西支急流，正在变得温柔。构成飑线天气的强对流，在远山间隙中慢悠悠地玩着闪电。

可是，为什么就是没有人上来呢？

英甫的心愤怒起来。

他似乎看到突击营地的轻烟了，但他们为什么还不上来？如果，今天再没有人上来，我将必死。

想到了死，英甫就把防风雪镜又掀上额头。又靠在身后的山友背上，仰望着天空。

上面，就应该是天堂了。在那微微晃动的湛蓝中，没有任何人间的生灵唱歌跳舞，哭泣痛苦。

所以，我，现在就是人类唯一可以抬手敲门，叩问天堂的人。

脑海里跑着马，走着牦牛，英甫的底气在往上涌。幻觉中，他觉得自己突然像一头绝地恐狼，仰天张口，露出了一嘴利牙。

上面的，你从来没有拯救过我！你任我夜半惊梦，泪如雨下。你让我众叛亲离，濒临绝境。

你，还让我身败名裂，功亏一篑。

问着天，英甫的情绪像单体雷暴，爆发了。

上面无人应答，他的泪水夺眶而出。

当他再环目四望，像一头困兽寻找任何一条逃生的路，或是，像一个溺于苦海的人，要抓住任何一只伸过来的手时，他看见，乌重的云层，又从万山之中浮现，以看得见的速度围拢过来。脚下的突击营地呢，在他一抬头一低头的工夫，已经被雪雾又吞没了。而那层雪雾，正托着一片杀气，逼了上来。

英甫更加暴躁，他又抬起头来。不拯救的，就没有权力来审判。

上面的，听见了吗？你不拯救，就无法证明你的存在。

心里怒吼着，人类的绝望在他的呼叫中倾泻出来。

就在他发出怒吼之时，身后的洛子峰上，突然响着一阵惊雷声。他本能地睁眼想回头看时，却看见对面的卓奥友顶峰，闪起一道寒意十足的刺眼的光芒。

英甫放弃了，激愤的心，突然平静下来。必死无疑的念头让他的身体软了下来。所有的勇气和力量，像一只悬浮在半空的气球，被卓奥友的闪电给刺破了。

他知道，这是飑线天气又要回来了。

像是身处一片黑暗荒野的墓地，眼看着一块块墓碑倒塌了，又立起来，英甫紧张得双手捂住了胸口。

当他的右手感觉到怀中的圣物时，眼泪夺眶而出。

"做好你的企业，就是最好的修行。"

他想起来，到珠峰前，他先去了扎什伦布寺。一位佛学精深的活佛把这枚神圣的镶翅海螺放到他的双手中时，看着他的眼睛，说出了这句话。

"老师，太累了，我怕撑不下去。"

听了活佛的叮嘱，他的心"怦"的一下在胸腔内震动着。他用双手捧紧了圣物，紧紧地贴在心坎上。

"缘起性空。修行，就是为了消业。累，是因为贪大。记住，炉子要小，火要旺。"活佛慈祥地笑了起来，两道龙眉跳动着，眼神看到了自己的心里。

是呀，困在这人世间顶峰，才明白活佛的教导。

做了这些年企业，回想起来，不就是贪吗？

项目，要越做越大。钱，要越挣越多。人，要越来越出人头地。当年的穷困潦倒，已被志高气昂所代替。

现在，这一切将烟消云散了。

"砰！"一声炸雷从身后的洛子峰响起来。像是山神吹了一口气，立刻把视线清空了。脚下的山谷里，冰雪似梦，岩石像鸟。

下去？这些岩石怎能不会像一只只阴险狠毒的乌鸦，扑上来将自己撕碎？

下去？繁华的都市不就是人类的牢笼吗？谁能干净自由地活着，谁能不嗔、不怨、不贪、不累？

海螺呀！你是佛音圣器。你象征着孕育万物，天籁之音。我愿意就此了却人生，作为人类的祭品，怀揣着你，接受上面的审判。做一个伟大的犯人，在阶下陈述自己的污秽之中埋藏的光耀。

几天几夜的恐惧和悲伤,终于把英甫压垮了。

在劫难逃的念头,让他放弃了抵抗。他转过身来,伸出左手推推后背靠着的山友。

兄弟,来,让一让,让我躺在你身后。你一直面向南方,看了你的家乡几年了。我,要面向北方,瞪着我的祖国,我的家乡,死不瞑目。因为,我的"东方梦都"还没有建成。

这位山友身体的右侧被积雪掩埋着,英甫用力晃动时,这人像正睡得酣时不愿被人打扰。也来回摇动着,不想腾出地盘。

"砰!"又是一声雷鸣,这一次,已是在顶峰响起。不过,英甫没有看见闪电正劈了下来,因为此刻的他,正目瞪口呆。

死难山友后背的雪块松动了,露出了背在后背的登山包。这是个四十升的冲顶包,因为埋在雪中,天蓝色依旧新鲜。但是,更夺目的,是背包中露出的橘黄色氧气瓶。

天哪!氧气!

英甫不相信地在喉咙里叫起来。之所以发不出声,是因为此时此刻,他从氧气面罩里已感到喘不过气来了,这也导致了他的幻觉加重。

英甫难以置信地伸手摸了摸死难山友的氧气瓶,又把头抬起来,双手合十。

对不起,上面的,我错怪你了。

他又转过身,从死难山友的背包里抽出了氧气瓶。把连接的俄罗斯氧气面罩接口卸下来后,再转身回来,把氧气瓶抱在怀中,小心翼翼地连接到了自己的英式氧气面罩的槽口上。然后,从自己的背包中把空空如也的氧气瓶抽了出来,放在了蘑菇石的后面。

不对,也是空的!

当英甫把流量调到了"1"时,他的呼吸更困难了。因为急于吸进氧气,他就大口喘了几下。但是,肺紧缩着。他的心,又疼起来。

上面的,你是一种残酷的存在。你用冷漠和神秘,与求救的人玩着《梅杜萨之筏》。

我终于忏悔了,但却没有得到救赎。

你是圣者,负责教导。

我听从了你,为什么得不到宽恕?难道,人的罪恶,真是如此之重吗?

心中绝望地呼喊着,英甫知道,他的时辰到了。

再次转过身来时,他又要把双眼瞪裂。刚才,他从死难山友的后背上抽走了氧气瓶,也造成了死难山友的后背出现了一条空当。就在他仰天又去责备上面的时,那人竟然把身体翻了过来。

也是仰面朝天,但是,他用双手把另一瓶橘黄色的氧气紧紧地搂在怀里。

英甫一下明白了。当年,这位山友像他一样,坐在这里站不起来了。队友无奈,只好把他横放在山脊上。又把一瓶氧气放在他的怀里,指望着他能恢复了体能下来。谁料,这位老兄太累了,从此一睡不起。就像是一位上帝安排好的拯救者,抱着这瓶氧气,等了英甫好几年。

英甫无声地大哭起来,双手高高举向天空。

上面的,我知道了,这几天几夜的雷暴电劈,是你对我的末日审判。现在,你终于拯救我了,昭示了你的仁慈和存在。从此,我将信你。下山之后,我就去扎什伦布寺皈依。重新做人,修行消业。

就在他起了这个念时,一道闪电猛然从他头上劈下来。立刻,照亮了整个山谷。说也怪,万分之一秒间,英甫居然看到了有人站在第二台阶上向他招手。那人,一身橘黄色,那是登山公司的奥索卡队服。

更让英甫振奋的是滚滚而下的雷鸣,他突然浑身要被一种力量撑破似的不得不站了起来。情急之下,他竟然把扣着牛尾的保护点的岩钉给拽了出来。

从死难山友的怀中抽出了氧气瓶,他先抱在眼前,感觉到了重量。急切之下,他一时竟拧不开瓶嘴的密封阀。慌乱之下,他想到了怀中的圣物。

说也神奇,当他右手在哈达中取出海螺,要用那金色的铜翅去敲密封阀时,刚刚轻轻一碰,密封阀的螺栓立刻松动了。

松了一口气,英甫仰起头来,把右手中的圣物高举向天。

谢谢,上面的,这,就是你永在的证明。

英甫动作利落起来,他先把海螺和哈达塞回怀中,再把氧气面罩连接好后,将流量直接开到了"4"。充足的氧气,一下子灌满了他的肺,他又从怀里掏出了甘米留下的地塞米松针剂,扭过身来,从打开大半的救生毯中伸进了右手,果断地把针头扎了进去。

现在,该下去了。

英甫从背包中掏出一面小镜子。这面小镜子中间有一个网格的圆孔。他把它贴在死难山友的左侧,又取出一根荧光棒贴在小镜子上。一按按钮,这根荧光棒就闪烁起鲜蓝色的光。镜子,又把这希望之光,反射到了天下。

一迈步,他的双腿不听使唤。低头看时,他笑了。原来,惊喜之下,忘了把裹了他三天两夜的救生毯从脚下除掉。

把救生毯脱到了脚下,他从怀中掏出了海螺。

仰头看了看天空,又俯视了一眼山谷。再平眼四望,卓奥友带着群山都抖动起来。

群峰,昂首挺立,等待着佛音。

"鸣、鸣——"

摘下了氧气面罩和防风雪镜,英甫把螺口朝天,双手捧住螺身。

张嘴含住螺嘴,用尽全身力气吹响了圣物。

"呜——"

天上的回音立刻传向了四面八方,视线内,群峰都在"呜、呜、呜——"地回应着。阳光,把每一座峰顶都照耀得金黄灿烂。

"呜——"

山谷的回音一层层的,像是排山倒海的巨浪,飞速下泻,把每一片岩石都激荡得呼呼作响。山风像一把金扫帚,一鼓劲儿,就把下到人间的路扫得干干净净。

"呜——"

英甫新生了,像是刚从母亲子宫里孕育而出的婴儿,要踏上回到人间的路。

这一次,他是清新而又干净的。因为,他接受了审判的洗礼。

这一次,他是自信而又从容的。因为,他明白了,生,是为了死。而死,又是为了生……

眼含着热泪,他恭敬地把海螺用哈达包裹好。双手举过了头顶,向天向地,向风向云,向过去、现在和未来依次致礼。然后,轻轻地放在了蘑菇石上,嘴里念念有词:"上面的,你的法器还给你。你折磨了我,也拯救了我,我们两不相欠了。下去了,我是一个新生的人,要痛痛快快地再活一回,帮你打造一个新的世界。"

说完,他又低下头来,看着一座座清晰无比的众山和一望无际的大地:"下面的,你惩罚了我,但也放生了我。你我从此阴阳相隔。回来了,我是一个又一次转生的人。我将扎扎实实地修行消业,众生不成佛,我誓不成佛。"

回过身来,他看见 8200 米处的北壁下,一大群山鹰,仰头冲了上来。走在山鹰前面的,是刚从第二台阶爬上来,正哼着《康巴汉子》

的旺多。

一抬脚,脚下的救生毯被一股山风吹了起来。它顺着上升的气流,在山谷上空飘起来。像雄鹰,又像涅槃后的凤凰。

刚迈步,他又回过头来,向睡得正酣的山友深深鞠了个躬。又低头向下边的睡袋里的山友,挥了挥手。

兄弟们,来世见!

这是2013年5月19日下午5点整。

"'本来无一物,何处惹尘埃。'"叶生吓得赶快睁开眼时,郑来青大彻大悟地补上来一句。

叶生眼盯着空柜,似笑似哭,差点要吐出一口血来。他恶狠狠地扫视了一圈吴菁和说着怪话讥语的郑来青、赵臣,又看了看斜着眼看自己的朱玫。

"有种,今天跟我玩了个空城计。"他又看向自称"经侦"的领头人,"明天,中午12点以前,姓郭的不把营业执照和公章交到我的手上,我就报案拘人!"

那人把脸转向了吴菁。

"用不着明天,今天,我们已报案了。"朱玫站在了吴菁前面,冷冷地盯着叶生。

"你们报的什么案?"那领头的把眼眯起来,却是看向了李所,"伪造签名,非法侵占公司财产,侵犯大股东利益。"李所一边慢悠悠地向经侦的领头人说着话,一边又看向了叶生。

"大股东还魂了?"

"哎呀!"叶生的话音未落,低头看短信的吴菁突然双手握拳,举到两耳边,两腿膝盖往下一弯,又尽量高地跳了起来。口中发出了她人生中最高、最尖也最惊喜的惊叫。

在场的人都被吓了一跳。

"疯女人!"张丹丹张着嘴,摇着头说了一句。

"啪!啪!"她摇着头,没想到吴菁刚双脚落地,又扑了过来,手脚麻利地左右开弓,结结实实地打了张丹丹两个大耳光。

就在张丹丹双手捂脸要发作时,吴菁的双手已扳住了她的两肩。她想挣扎时,吴菁又把嘴凑上来,在她的两边脸颊上各亲了一口。

"这女人真疯了!"那领头的愣住了,眼睛与李所对视了一下。

"没错,我是疯了!"看见叶生眨巴着眼,她又咬牙切齿地拍着双手,"我是乐疯了。"

叶生眯着眼看着吴菁的眼睛:"是你的英老板转世了?"

吴菁把眼眯了起来,微微地对着叶生摇了摇头。然后,她的眼睛圆了。转着圈,把所有人打量了一遍之后,右手高举起手机,屏幕对着叶生:"2013年5月19日下午5点整,英董在顶峰站起来了。此刻,已与救援的人会合了!"

叶生的脸,唰的一下死灰般难看了。

张丹丹突然大哭起来。

"公司、企业或者其他单位的人员,利用职务上的便利,将本单位财务非法占为己有,数额较大的,处五年以下有期徒刑或者拘役;数额巨大的,处五年以上有期徒刑,可以并处没收财产。"朱玫笑嘻嘻地看着张丹丹抹眼泪,一板一眼地说着法律条款。

"啪!"张丹丹一回手,给了叶生一个嘴巴:"畜生,你把我的肚子搞大,原来只有一个目的,就是帮你伪造董事长的签名和授权书。"

听见张丹丹毫不隐瞒地立刻说出了叶生的所作所为,屋里的人,一时都反应不过来,竟没有人开口。都看着叶生,等着他说话。

"我只是要拿回该给我的。"叶生的话音抖动着,双手交换着,往下摘白丝手套。

"看来，"吴菁喜气洋洋地向屋里的人飞着媚眼，"你，得到牢里拿了。"

"离婚！"她的话刚说出来，张丹丹一把推开叶生。不流泪了，但眼神凶狠起来。

"什么？"吴菁瞪大了眼，看着她，又冲叶生努着嘴。

"昨天，刚领的证。"张丹丹双手捂住了脸，又哭了起来。

"走吧，听不懂这些人在干什么。"那领头的向手下使了个眼色。眼睛避开了叶生，向李所挥了一下手。

"慢走一步！"李所换了一副表情，喜笑颜开地伸手拦住了他们。

"哥们儿，什么意思？"那领头的人脸色沉了下来。

"市局警务督察总队的杨副队长要我把你们的警号抄下来。"

那领头脸涨红得像猪肝："你凭什么要这样做？"

李所伸出右手，指了指左臂的警徽，掷地有声地说："人民警察！"

话音刚落，档案室的小郭，笑眯眯地站到了门口："哟，一网打尽呀！"

"女士，你怎么了？"

牦牦手腕上的手铐刚开了锁，她就掏出了口袋中的手机。低头看了一眼短信，竟低声捂着胸口蹲了下来，又没稳住，一屁股坐在了地上。

李主任吓了一跳，急忙也蹲下身来，扶住了牦牦的双肩。

排队办登机手续的几个美国中年妇女立刻跑了过来，刚要关切地问询时，却听见牦牦撕心裂肺地痛哭起来。这一下，排队的外国男人们也围了过来。

"谢谢，我没事。"看到人群，牦牦迅速抹着眼泪，对着这些外国人点点头，"她是我的朋友。"指着李主任，她向善良的人们解释着，"她是我的保护神。"

众人又回到队列了，牦牦站起来，默默地把手机举到李主任眼前。

"李主任，你能信吗？英甫从顶峰下来了！"

傍晚6点，美国纽约探险俱乐部的官网上，一则消息迅速传开：

2013年5月19日下午5点，被困在8750米的高度五十三个小时之后，我们的国际资深会员英甫先生终于从珠峰顶上下来了。这是一次成功的救援，是世界高山救援史上的奇迹，标识着中国高山救援的新的高度。

看完这条消息后，郑书记在车上的后座上拨通了郭区长的手机，"小郭呀，听说了吗？"

"听说了。"

郑书记轻轻舒了口气："听说了就好。人下来了，企业就还是人家的。咱们，不掺和了。"

"什么？"

"你真不明白？生生死死的这一顿折腾，他还有什么对手？"

"支持他，全力以赴！"点着头，郭区长看着路口的绿灯，"为民营企业保驾护航，也是我们义不容辞的责任！"

穿过了十字路口，郑书记把左手捏成拳头，在耳边来回抖着："对！咱们区要树立个典范！"

尾声

一

尕子死了,死在京城暖洋洋的夏日傍晚。与派出所老张一样,一针毒药让他动荡不安的生命变得安静了。

没有任何仪式,阿狗阿猫和马银华老爷子一左一右低着头,久久注视着尕子的脸。这时的他,如往日一样冷静。但是,谁都看得出,他是微笑的。

泥鳅、丽莎和西门吹雪也围在他的身边,鞠躬后,大家把鲜花瓣撒在了他的身上。

"买个好骨灰盒吧,回到银川,我去帮他买块墓地。"马银华老爷子看着阿狗阿猫。

"不!他的人生,都是在一个囚笼里度过的。"阿狗阿猫冷冷地自言自语。

"可他现在得入土了呀!"马银华老爷子抬起疲惫的脸,一个个看着周围的人。

"那就让他干干净净地入土,不沾染这个世界的任何东西。骨灰盒是他灵魂的地下室。"

"好,你想怎么办?"马银华老爷子摇着头,声音略高一些地看着阿狗阿猫。

"把他的骨灰撒在葡萄园里!"

"这主意好!"阿狗阿猫的话音刚落,泥鳅就点起了头。

"冬天了，埋在土里，他不会冷。"丽莎也点着头。

"春天，他可以天天晒太阳。"西门吹雪抬起头，看着照亮尕子的顶灯。

"秋天，他可以看着我采葡萄。"阿狗阿猫双手捂住了脸。

"唉，算了吧，人死如灯灭。"马银华老爷子长叹一声，又看着阿狗阿猫，"你好好照顾自己吧。明天，我带着他的侄子回银川。"

"不。"阿狗阿猫抬起了头，"这是我的责任！"

"为什么？"马银华老爷子听出了话音，抬起头，死死盯住了阿狗阿猫。

"我的肚子里有他的孩子！"

马银华老爷子的眼泪夺眶而出："那你也得跟我回去！"他狠狠地瞪着阿狗阿猫，"为的是尕子，为的是我们吊庄户的血脉！"

"好！我跟你走，带上他的侄子。"阿狗阿猫笑起来，一半的泪珠挂在睫毛上，一半的泪珠摔碎在地上。

截掉了十根脚趾的西门吹雪叹了口气，目送着丽莎和泥鳅一前一后走进地铁站。阳光在泥鳅微微隆起的小腹上闪了一下，她的身影就消失在了明暗之间。西门吹雪知道，这是他永远也得不到的女人，是身体和心灵都给了康巴汉子的泥鳅。

也许是因为刚从尕子的葬礼上出来，光天化日之下，西门吹雪看着她，竟像是在目送一个走进墓地的人。

她，真是一个情愿下地狱的人。起了这个念头，西门吹雪不敢走进地铁站了。转过身，他向公交站走去。一辆公交车正在进站，马上就有人跳下来，然后，他就会挤上去……

二

7月,京城的杨柳郁郁葱葱。西直门转河边,柳枝重得垂着身子。柳梢呢,则干脆伸到水里当菖蒲养。河水中,看不清的小鱼和水虫无处不在地围着柳叶嬉戏。每棵树上,都是叽叽喳喳的鸟。

英甫身穿一身上黑下灰的户外速干服,沿着河边,站到了一棵大柳树下。

他两个月前晒坏冻烂的脸,此时已经焕然一新,只不过像一只剥了皮的柚子,红嫩而又斑驳。

阳光在河水中闪烁着,不像珠峰顶上的雪粒、坚岩般冷酷,但也没有让英甫的心中温暖起来。是呀!这水里的,谁能猜到有什么鱼虾,何种龟鳖呢?

"对不起,能帮个忙吗?"英甫正在看着河水发愣时,身后传来一个女孩的声音。

回过头来,英甫的脸立刻柔和了。眼前,一个脸上戴了一副大墨镜的女孩正对着他微笑。脚下,一只拉布拉多导盲犬仰着头,似笑非笑地看着他。天气热的缘故,它的长舌,又软又长又红地耷拉在嘴上抽动着。

"很荣幸,姑娘,我能为你做点什么?"往后退了一步,为姑娘让出了空间,英甫笑起来。

"把我的世界还给我。"女孩说着话,把手中抱着的一张瑜伽垫打开,铺在地上开始做起了瑜伽。

导盲犬蹲了下来,翻着鲸鱼眼,盯着英甫。

"天哪,孩子,这是佛才能做到的呀!"说着这句话,英甫的眼睁睁大了。就像他在珠峰顶上最后站起来时，惊讶地看到，脚下的世界是如此清新而陌生。

"这是我唯一的最安静的地方，而且——"女孩整个上身压下去，仿佛她是大地的一朵紫蘑菇，"我不喜欢我的大蝴蝶落在你的头上。"

女孩的话，像是一滴雨露，沁进了土里。

英甫的眉毛挑了起来，他的眼睛顺着河面向远方飘去。远处河的桥头，牦牦的身影在晃动。英甫却没有看见。

今天,牦牦的身影就如一只美丽的彩蝶。一身深驼的大地色长裙，就像是他在珠峰顶上，日思夜盼，终于从上面下来的一个山神的女儿。远处，牦牦看见了他，脚步却慢了下来。

"不好意思，兄弟，能学回雷锋吗？"从女孩的地盘走开，英甫沿着河边，又往前走了几十米，刚刚在一片树下空地站稳，身后，一个男人开了口。回过头，他看见穿着一身白丝绸太极服的老者正对着他点头。

"哟，大爷，我碍您事了？"摇了摇头，英甫笑着。眼神扫回去，不远处，盲女孩正转圈起舞。再往远看，牦牦正向他招手。

"是，兄弟，这不是你该站的地方。"

"这可是公共空间哪。"英甫的眼又瞪圆了。老者看着他吃惊的眼神，抬起了右手摆着。

"不，你让开，它就是我的天下了。"

"干什么？"英甫又眯起了眼。

"打太极。"

"好习惯，锻炼身体？"听着英甫的问话，老者不笑了，眼睛看着流动的河水，自言自语。

"不，是给人生画句号！"

在老者的注视下，英甫让开了地盘。左右看了看，他又往前走了十几米，站在了两棵垂柳的中间。

"是要我让开吧？"没有回头，他看着自己在河水中的倒影绷紧了脸。

"对，这是我钓鱼的地方。"水中，一个中年男人的倒影贴在了自己晃荡的身影旁。这个后来者嬉笑着，像一个欢喜和尚。秃着头，一双水泡眼上上下下地跳动着，但每一次，都能对准自己的眼神。

"就这块水面，水里的才能找到我。"那人笑起来，又拉长成两条柳叶眼。

"呀。"英甫在水中张大了嘴，"您这是人钓鱼呢？还是鱼钓人？"

那中年男人把眼睛睁得要把脸撑破了："我问你，您站这儿了，是一个活着的人呢？还是一个人活着？"

水中的英甫怔住了，他的眼神在水面上迷离起来："就是钓个鱼，也如此高深？"说着，他的脸在水中侧过去，盯着水中漂过来的牦牦。

"哥们儿，明天，拿根竿来。在这河边坐上一年半载，您就知道谁是鱼、谁是人了。"

水中突然出现了一个熟悉的身影，英甫急忙抬起头来，牦牦竟真的出现在他的面前。

今天的牦牦，像是岸柳仙子，柔顺得如柳叶上的露珠，轻轻一碰，就会融化于阳光下。

看见英甫惊讶的表情，她也睁大了眼。身上纯棉的深驼色连衣裙凸显出她的腰线。脸上，蜜桃粉的腮红使她的肌肤白里透红，通透细腻。头上，三股麻花辫盘成的发髻衬托着她白皙而细长的脖子。直挺而线条流畅的鼻梁上，微微上翘的鼻尖，与一双隐藏着忧伤的丹凤眼呼应着，让她浸润着别有气质的骨相美。轮廓圆润的运动型双耳上，缀着深蓝色的宝石耳钉。

"齐延安和吴铁兵那里，我去过了。"牦牦淡淡地说着，"游戏结束了。"

"这场游戏，玩去了你的半生啊。"

"不！"牦牦抬起右手，把英甫的左手从肩头扒拉开，转过身来，眼死死地看着英甫，"一生！"

"自打1966年8月20日，我的妈妈吊死在她中学足球场的球门上，我就被迫进场了。"扑到英甫的怀中，她无声地抽泣起来。

轻抚着牦牦的头，英甫两眼模糊了："你进场做了审判者，他俩是罪犯吗？"

"如果我替你在补充协议上签了字，那么我就是罪犯了。"

河面上，几只蜻蜓围着柳梢打转，犹豫着是不是要落在上面。

"我只能佩服你，有胆有识。"看着小生灵们玩生存游戏，英甫闭上了眼，右手轻轻拍拍牦牦的头，"有胆是敢下手。有识是会设计。鱼饵选得好！"

牦牦转头回来，伸出双手，拉起英甫的右手："千方百计跑来给你当差，是因为只有你才能扛得住这个大项目，也只能是他们才能把你顶起来！"

"只有把我顶起来，你才能完成复仇大计？"

"当然！"牦牦的泪，从脸上唰地滚了下来。英甫低头看时，泪都砸在自己的脚背上。

"我自懂得妈妈的含义起，就知道我这一生，是用来复仇的！"听着牦牦咬牙切齿，英甫的眼神柔顺了许多。

"选中他们的孩子，是不是残酷了些？"

"残酷？"牦牦右手一把推开了英甫，"你怎么不说，这也是给他们的孩子一次人生机会呢？"

牦牦抬起双手，把散乱到前额的头发往后拢了一下："亦兵和婷婷如果好好守规矩地把这个项目做完，不是一次皆大欢喜的投资行为吗？"

"但是，你的复仇计划，建立在对人性的判断上，看透了他们是这个时代敢伸手必伸手的人？"

"对！"牦牦点着头，"在哈佛和沃顿，我观察亦兵和婷婷时，感受到了他们志在必得的气场。"

"什么也不怕，动不动拿天下说事？"英甫摇摇头。

"这些人，一开始，争先恐后地跑到国外镀金。再从国外回来，又纷纷成了外资的中国首代。"

"现代买办！"英甫补充了一句。

"再后来，都玩起了金融。控制了私募基金、信托、证券资源。"牦牦又摇着头，"手里握的是稀缺资源，背后有这样的老爹撑腰，他们的眼里有什么在乎的？"

"我选你当钓饵，是看清了人家把你当成了白手套。"牦牦说着话，英甫的脸色红起来。

"所以，你靠近我，围着我打牌？"

"也是在帮你！"

英甫不吭气了。

"我知道，你一直在猜测那次的绑架中，我是个什么角色。我猜，你是认定了我与人合谋，要逼走你。"她的眼睛含着泪，也看着那几只蜻蜓又落了回去。是呀，这河面，对它们来说，又宽又大。但是，除了这条与水相连的柳梢，它们，能落在哪里呢？

"在阿根廷的湖上，你肯定是认为我在演戏。目的是迫使你破财消灾，把项目让出来。"

"我能不胡思乱想吗？"英甫的眼睛也是湿润的，"一踏入商场，我就像一只丛林中的饿狼。觅食时，处处得防着成为别人的猎物。"说着，他伸出双手，把牦牦的双肩扳过来，"告诉我，从阿根廷回来后，为什么要离开我？"

牦牦笑了，她沉默了片刻，抬起头来，直视着英甫的双眼说："因为我有了咱们的孩子。"

"来吧，英子！"牦牦说着，抬头向不远处一直在河边玩水的一个中年妇女和一个小女孩叫了一声。

"妈妈。"小女孩欢快地蹦跳着扑进了牦牦的怀里。

牦牦扶住了小女孩的双肩，让她面向英甫："英子，叫爸爸！"

"四年前，我要是不跑到齐延安的门下，我们一家人都早被人给包饺子了。"看着阿姨拉着小女孩往停车场去了，牦牦的脸色平和下来。

她又低下头，从包里拿出一份塑料片夹着的文件："当时，我逼着你给我签了这份股权全权委托书，保了你的命。他们投鼠忌器，猜到了我手中的王牌。只不过，到最后你没沉住气，锋芒太露，把人给逼到墙角了。"

"我是心甘情愿签字的。"英甫脸色沉了下来，"如果，我守不住我的财富，宁可被你抢走。"

"为什么？"

"感情！只有你，我才能放心地把后背留给你。因为，只有你在我的怀里为我唱过《阿根廷别为我哭泣》。"

"骗子！"牦牦怒气冲冲，她看见刚走不远的小女孩正回头看时，忙挥了挥手，脸上换上了笑容。转过头来，看着英甫时，又把怒气换了回来："在阿根廷的那个晚上，你就说累了，要退出江湖。可是，现在，当我有了你的孩子，你又口口声声地说不甘心，要把项目做完。"

"我想完成自己的事业，这有什么错？"

"我错在低估了你。"牦牦破涕为笑了,"离开了你,我和孩子安全,你无牵无挂。反正你已死里逃生,打赢了这场恶仗。"

"你也借机复了仇?"

"完美!"牦牦仰起头,笑起来,把股权委托书塞进了英甫的手里。

牦牦回到车里,坐在驾驶座上。回头笑眯眯地亲了一下女儿,就掏出了手机:"喂,是婷婷的爸爸吗?"她的脸挂上了冷冷的笑意。

"什么?谈得怎么样?"

她听着对方急切的问话,眼里看着树上挂着的几只鸟笼,里边的八哥正在高喊:"老板,你好!"

她把身体靠在了驾驶座的后背上,一字一句地说:"他只让我转告你一句话——"牦牦的牙关咬紧了,"一个都不放过!"

"什么?你到底是谁?"

牦牦冷笑了一声,"你不会忘记吧,1966年8月20日,那个吊死在你们学校足球场门框上的女老师?"

"忘不了?好,告诉你,我是她的女儿!"

笑了笑,她又给吴铁兵拨通了手机。

就在牦牦扬长而去时,两辆救护车一前一后地驶入了长青路大院,停在了齐延安和吴铁兵家的楼下。

牦牦走了,英甫还站在河边发愣。

抬起头,骄阳似火,刺得他又闭紧了双目。双手插进裤兜里,他缓步向回走去,又看到了那位盲女孩。

女孩脸上的大墨镜不见了,一双清秀的杏眼正挤着眉看过来:"牦牦阿姨是天下最美最好的阿姨。"

"也是最好的设计师。"看着女孩晶莹的泪珠,英甫低声接了一句。

"设计什么？"女孩瞪大了眼，河面上的水光，在她的眼睛里抖动着。

"我的人生。"

女孩不搭话了，沉下了脸。像一只小孔雀，低下头，整理脚上的舞鞋。

英甫见她踮起了左脚，一甩右腿，就急速旋转起来。他知道，这是芭蕾舞中最难的动作之一，叫"挥鞭转"。就像自己的人生，一旦旋转起来，就再也无法自控。

女孩的身影，让英甫头晕了。眼神落在了河面上，女孩竟化作了牦牦，在水波中哭泣。像一尾美丽的鱼，正探着头不知往哪里游……

身体摇晃着，英甫像是又站在了珠峰顶上。抵抗着四面八方的来风，又像是要坠入脚下的十八层地狱。

摇了一下头，他迫使自己从梦幻中醒来。

"吴主任，通知高管，过一个小时，开会讨论'东方科技金融中心'的项目规划。记住，一定要让设计院的人到场。"揉了一下眼睛，英甫掏出了手机，向吴菁下达了命令。

"好的英董，在哪个会议室？"

"十六层。"

"您从哪个门进？大家要列队欢迎您！"

闭上了眼，英甫脸上划过两滴泪珠："窄门！"他仰起头，看着太阳隐入了一大团白云。

三

"困兽！"

2013年8月1日早上7点,英甫在他的办公室里正在给办公桌背后墙壁里的鱼缸中的一条鲨鱼喂食。

这条鲨鱼近两尺长。英甫伸出右手,用食指弯起来叩了叩厚实的玻璃。它随即一翻身,从水中直朝着人冲过来。一只眼,被它在氧气管口上撞瞎了,像一粒大白高粱米嵌在脑袋上。另一只眼,放射着冷光。隔着玻璃,它认出了英甫,尾巴轻轻摆动着,独眼死死盯住了英甫手中端着的大白瓷碗。

英甫踮起脚尖,高举左手,从鱼缸的顶部把大白瓷碗中的十几条一寸长的小鱼倾倒进水里。

一进水中,这些小鱼们,尾巴还没来得及摇一下,头已经立刻往下沉了。生存的本能,让小鱼闻出了杀手的腥味。它们聪明地四散而逃,不像在蓄养的水盆中,一群一群地裹成团晃动。

饥饿的鲨鱼惊人地一个猛蹿,就追上了一条反应稍慢的小鱼。只见它扁而宽的大嘴一张一合,小鱼就进了它的肚子。然后,它又转过身来对着英甫,微微张着嘴喘气。实际上,是在展示它那两排尖利的细齿。

"看看它,一点不急于围猎惊恐不安的小鱼。"玻璃上反射出在他办公桌对面观看猎杀游戏的叶生那冷冷的眼神,英甫从牙缝中挤出了一句。

鲨鱼听懂了他的意思,一个漂亮的后空翻,又把一条正想从它的背后溜过去的小鱼吞吃了。

从鲨鱼腾开的位置,英甫清晰地看见叶生背后的沙发茶几上,放着一把枪身黑亮,枪柄已显陈旧的暗黄色的手枪。一个二十多岁的瘦小的年轻小伙子,正黑着脸坐在沙发上,低头看着他的枪。

"大老板。"叶生看着鲨鱼无情地又消灭了第二条小鱼,鼻子里哼了一下,开了口,"我一大早赶来见你,可不是来看鱼的。今天,你我之间要有一个了结。"

鲨鱼又全神贯注地盯住了一条小鱼。

此时，那个小伙子纹丝不动，正抬眼盯着茶几上的一个布娃娃。

这个小布娃娃，扎着金黄色的两条小辫，左手抚在胸口，右手求安慰一样伸出来。粉红的小脸上，笑容像一朵春天刚开的玫瑰花。

"昨天这个时候，黑一杰的老婆来见我了。她来揭发你。"英甫的脸色冰冷起来，转过来身，把右手食指举在脸前，朝着叶生竖着。

"怎么？"叶生笑起来，双手又抱紧了胸，"一堆好料吧？"

他问话时，英甫已又转过身去，对着狠劲儿越来越足的鲨鱼点赞："好得不能再好！足以判你二十年以上。你叫黑一杰从物业的账上转出去一千万时，他给录了音。"

叶生笑了："这么大的公司，资金流出流进的有什么不对吗？"

"哼，一笔假账。你伪造保安服务合同。钱，给了黑一杰和施副区长小姨子合开的物业公司，买我的命！"

叶生的脸，唰地白了："谁来做证？"

英甫笑了起来："看看，雇了多少人杀我都忘了。那一天，把我绑进车里的前后，地下停车场的监控都被关了。"

"正巧跳闸了。"叶生也摇了摇头，偏过了头，拿左眼角斜斜地盯着英甫。

"跳闸，这词用得好！"英甫向前一步，伸出右手，拍了拍桌上的材料，"人家放了我，又把一千万原路退了回来。"

"不错呀！"叶生冷冷笑起来，"夫妻共荣呀。"

英甫不答话了，又转过身，看着鲨鱼正把最后一条小鱼逼到缸底的一个角落。从玻璃上，英甫看着叶生眯起来的眼睛，又看了看鲨鱼冷冷的独眼。伸出右手，反手拍了一下鱼缸。鲨鱼从角落的猎物前往上一蹿,把头伸出了水面。"我也告诉你两个好消息。"

"第一个,于曼丽的证据可是真不少哇。"英甫把右手的食指高挑起来,"她在财务保险柜里保存着你叫她转钱的录音。"英甫笑着,拿手中的白瓷碗在腰间敲,"第二个,五年来,你叫她共开了六十七次房。"

叶生从牙缝里迸出了一句:"不愧是八大胡同里的女人呀。"

看见叶生冷冷地瞪着自己,英甫用右手挠了一下头:"现在,我才知道。你是一个受虐狂!"

"啪!"叶生上前一步,双手猛砸了一下桌子,就势按在上面,抬头瞪着英甫,"不是个受虐狂,能在你手下忍这长时间吗?"

"现在不忍了?"英甫冷冷地问。叶生也冷笑一声,往后退了一步,把身后的杀手亮了出来:"老板,别怪我。这年头,走投无路之日,必是鱼死网破之时。"

那一直沉默的小伙子抬起头,眼睛直直地看着英甫,又扫了一下缸中向角落逼过去的鲨鱼:"叶总养了我五年,就在你楼下的停车场当保安。"

英甫笑了笑,把碗放在了办公桌上。踱到茶几前,弯腰,伸出右手拿起桌上的手枪:"呀,上了膛了。"微笑着,他把枪又放了回去,转头看着叶生,"嘿!不愧是大院的人,把压箱底的枪都拿来了。"

"你也知道是好枪?"叶生把脸板起来,"那你明天别去报案了,念念旧情,放放手,总不能把手下帮你打江山的人都给弄死吧?"叶生的眼里涌出了泪水。

"不是你们这些手下三番五次地想弄死我?"英甫也红了眼圈。

"那是你该死!"

"那今天,我就得怕你、求你?"

"对!"叶生狠狠点了一下头。

"兄弟,你白跟了我这么多年。"英甫长叹了口气,向着叶生摇头,

"人可以被杀死,不能被打败!"

"老板。"小伙子抬头叫了英甫一声。叶生立刻瞪着他。

"说。"英甫的脸色缓和下来,看着这个年轻的杀手。

"问一句。"小伙子双手把可爱的小布娃娃捧起来,"这是谁给你的?"

叶生的脸色开始凝重,英甫把眼睛看向鱼缸。鱼缸里,清澈的咸水正动荡着,那条鲨鱼端详着自己最后的猎物。

"二十六年前,我应邀参加了一个慈善晚会。宴会上,一个和尚怀中抱着一个两岁的小男孩。这个小男孩不肯让任何人抱,唯有我一伸手,他就扑进我的怀里。"说到这里,英甫回过头,看着小伙子手中的布娃娃,"和尚说,有一年一个寒冬的半夜,庙里的几个和尚被一阵婴儿的哭声惊醒了。开了庙门一看,一个男婴被裹着棉被放在门口,上嘴唇是豁着的。他们把婴儿抱进庙里,几个人轮流揾在怀里。整整一夜,把他救了过来。"

说着,英甫看了看小伙子,见他正在抹泪,又继续说:"第二天,一个慈善组织听说了这件事,跑到北京募捐。我出了十万元。其实,给这个兔唇的孩子做个手术,也就只需要几千元。"

英甫抬起双手捂了一下脸:"可怜呀,只是嘴上一条裂缝,亲爹亲娘就把孩子给扔了。后来,我把这孩子送回到和尚怀里时,和尚递过来这个布娃娃。那是当天晚会上的礼物。他说,保存好,有一天,让这个孩子回来报恩!"

一声痛哭,吓了英甫和叶生一跳。小伙子放下手中的布娃娃,双手握住手枪,上前紧走几步,一下子就跪在了英甫的面前:"恩人。你毙了我吧!"

他抬起头,双手捧着手枪,举过头顶:"我就是那个男孩!我也有个这样的布娃娃，从两岁起，我就抱着它睡觉。"

听见这句不可思议的话，英甫细细端详了一下。还真是，只见他泪涕齐下，上嘴唇有一个依稀可见的疤痕。

"我的天，恶人命大啊！"英甫和小伙子正在流泪不止，旁边的叶生长叹了一声。

小伙子伸出左手，抹了一把脸。站起来右手握枪，食指扣着扳机，对准了叶生："你才是真正的恶人，该死的是你！"

"开枪吧。怪我，没有把佛给供好呀！"叶生闭上了眼，嘴唇颤抖起来。

"让他走！"英甫右手指向门口。

"便宜他？"小伙子转过头，看着英甫。

"杀了他，才是便宜了他！明天，报案！"

话音刚落，鱼缸里"哗啦"一声，三人都扭过头。那条鲨鱼把角落里的最后一条小鱼戏弄够了，猛扑上去，一口就撕烂嚼碎了。

四

2013年9月19日11点30分。英甫坐在龙门酒楼的三层包间，举起了手中的"小二"。上午举行的二期工程开工庆典上，区委区政府领导都对这个项目寄予厚望。越过"小二"的瓶子，英甫看到了龙门酒楼落地窗外飘动的朵朵白云，他又想念珠峰了。想到前天被他扔出门外的成本价购房名单，他的胸中便充满了舒畅之气。郑书记鼓励民营企业的话仍在耳畔，他眼睛坚定地望着前方。

"各位，辛苦了！"他看了看朱玫、郑来青、赵臣和小郭，眉头皱了起来，"怎么？"他看看自己右手边的空位，又看看正在沸腾的火锅,"咱这吴主任,又到楼下捉神打鬼去了?"

"哟。"吴菁正笑嘻嘻地看着站在面前的张丹丹,"看来,你没白跟着叶生混哪。脸皮练出来了!"

吴菁又斜起眼,上下打量了她一遍:"不要脸!"

"我,还有什么脸可要?"张丹丹嘻嘻笑出了声,眼中的泪,却开了闸。仰起头,她的脸上,阳光被泪水划得七零八落。

"那你来要什么?"吴菁也抬头让阳光照在脸上,温暖的光线,让她的脸色柔和下来。

"要英董一句话,放了我!"

吴菁笑得身体来回晃动:"你太高估自己了吧?"

"确实!"张丹丹把头转向了远方,"我把他给我的钱也给弄没了!"

"什么?"吴菁张大了嘴,"你可是签了投资协议的!吃完了非法侵占公司财产的牢饭,再等着吃违背投资人意愿的官司吧!"吴菁恨恨地说。

"我明白,约定过我使用这笔钱时,要征得投资人的同意。我的钱,被叶生骗了。"

"叶生?"吴菁愤怒了,咬着牙瞪着张丹丹,双手低垂着握成了拳。

"他说,英董是阴间的人了,叫我把钱打到他的一个基金账户上,说是一年的回报为30%。结果,上个月底他进去后,那个基金经理跑路了,账号清空了。"

吴菁看着张丹丹无神的双眼,抬起双手揉了揉两边的太阳穴:"找你老公要啊。"

"没用!那人把他的七千万也全部卷走了。"

吴菁沉默了一会,看看双手开始抖动、嘴唇哆嗦着的张丹丹:"你可以走了。"

"去哪儿？"张丹丹眼神迷离地瞪着吴菁摇头。

"该去哪儿，去哪儿！"吴菁看着越来越躁的张丹丹。

"上帝啊。"张丹丹突然双手乱舞，拍打自己的胸脯，又不停地抽打自己的脸颊。居然把鼻血也打了出来，仰天狂吼着。张丹丹失控了。

"快，她疯了，把她送到医院！"吴菁挥手把公司的一辆中巴叫了过来。

看着中巴开走了，吴菁的泪水又流了下来。擦干了眼泪，她转过身来要迈步上楼时，看见了英甫的司机李师傅。

"你，该走了！"她招手把李师傅叫到面前，冷冷地告诉他。

"我走？那，老板不走吗？"

吴菁笑了，右手食指指点着李师傅："想得美！这是他的企业！你滚蛋！"

"滚到哪儿？"李师傅把双手抱在了胸前。

"派出所！"

李师傅笑了，嘴撇了一下："那是你常去的地方，我去干什么？"

"自首！合谋绑架老板。"这一句，是吴菁从牙缝里挤出来的。

李师傅又把双手抱回来，偏过头，斜起右眼，看着吴菁："证据？"

吴菁笑了笑，看着面前的李师傅，摇了摇头："他被绑的当天，你为什么不按约定的时间，把车开到地库？"

"车，坏在半道上了。"

"他被绑的第二天，你的户头上打进去的一百万是谁给你的？"

"朋友，我借的！"李师傅的脸，开始变白了。

"好，希望你能在派出所说清是哪个朋友。"吴菁避开了李师傅眨个不停的眼睛，抬头看了看头顶的招牌，"好，再问你。这些年，为什么你的身上总有一个定位器？"

"不知道,跟我没关系!"李师傅的嘴唇开始抖动了。

"跟你没关系?那我倒要请教。"吴菁也往后背起了双手,原地转了个圈,"谁有能耐天天把它塞到你回家后的衣服兜里?"

"这老板——"李师傅抬头往上看了一眼,"真够狠!把我当借箭的草袋这么多年!把人家吴家、齐家老小都送进了牢里。一点旧情都不念啊!"

"他们罪有应得。你也该去里面伺候他们了。"吴菁冷笑了一声。

"这么多年,英董对我连声都没高过啊!"说着,李师傅浑身颤抖,跪了下来。

李师傅在正午的阳光下跪着的时候,正是龙门酒楼年轻的餐厅经理拍英甫马屁的时候。

"恭喜老板!"他笑嘻嘻地举起一瓶"小二",仰头一饮而尽。

"有什么可喜的?"英甫笑着看他喝得痛快,也举起手中的"小二",嘟嘟几下,全灌进了肚子。

"鲤鱼跃了龙门了呀。"年轻经理举起右手,向英甫敬了个礼,"千难万险终成正果,脱胎换骨鲤鱼化龙。"

"化龙了,又怎么样?"英甫有点醉意了。

"变成白马!"年轻的经理伶牙俐齿地接上来。

"变成白马了,干什么呢?"英甫的头晃来晃去。

"带上我们,去西天取经啊!"年轻经理和刚走进来的吴菁,以及在座的郑来青、朱玫、赵臣和小郭齐声叫了起来。

"拉倒吧!"英甫伸手使劲儿拍了一下桌子,每个人面前的小火锅都更加沸腾了,"那,我不是还得由人牵着,任人骑着吗?"

"小二!"他眼含热泪了,"再来三瓶!"

五

"登顶的人,该下来了!"2014年5月17日中午11点,英甫站在曲宗村外的扎嘎曲河边,看着珠峰顶上的旗云,说出了这句话。

这一天的上午9点,河边的一个坡地上,桑烟先是直直升起来,到了空中又像珠峰顶上的旗云,慢慢弯过来头。一会儿向南,一会儿向东飘扬着。

青青的大地上,春耕的人此起彼伏地吆喝着披红戴绿的耕牛和马。藏雪鸡们拉家带口地在田头、河边捉虫子找草籽吃。稍一静心,就能听到从土里、石缝里、小河里生出的"叽叽,咕咕"的小铃铛一样的声音。但它们,也随风而逝。头顶的云一飘动,山头上就会漫下来一阵风。风,像是山坡上一片片、一团团缓慢移动的牦牛的尾巴,左右甩动着,把藏雪鸡们的欢叫声,扫进了土地里、雪堆下、河水中。

"你来了,我就该走了!"坐在小山坡上,被桑烟一阵阵浸染着,叶娜双手抱膝,远眺着山野,把头靠在了英甫的左肩上。

"相见,就是为了再见。"英甫眼睛看着顶峰的旗云越来越浓,从西往东地摆动着,口中自言自语。

"来,就是为了走。"叶娜右手捻着自己垂在肩上的藏式小辫,眼睛看着兀鹫们在半空中盘旋,语气低落了。

"要不来呢?"英甫看见旗云渐渐地从珠峰顶上向下流入山谷,脸色也沉重起来。

"不来?"叶娜翻身坐了起来,转脸看着英甫,"我睡不着,吃不下,活不成！"她的眼睛湿润了。

英甫双手后撑在山坡上，仰头数着头顶越来越多的兀鹫："我值得你不远万里地来骂吗？"

"自作多情！"叶娜堵了一句，看见几只耐不住的兀鹫落在了桑烟旁，急着吞食牛肉，她转头盯住了英甫。

"老男人的性幻想，离不开洛丽塔吧？"她伸出左手，推了一把英甫的胸。

英甫被推得双手一软，仰面躺在了地上。立刻，一片淡淡的草香味被吸进他的肺里。天空上，一大堆云正在赶过来，像是要心疼地给生灵们盖上被子："来世吧。"

"来世，也没有你的份！"

"太绝情了吧？"听着叶娜发狠的话，英甫坐了起来。

"绝情？"叶娜看着桑烟堆旁已是兴高采烈的兀鹫们，鼻腔里哼了一声。

英甫的脸色阴沉了，他惊讶地看到，一只兀鹫居然正吞着一块比它自己的头大几倍的肉骨头，双手不自觉地捏紧了。

叶娜像要谈正事一样，把身体坐直了问英甫："我从三月就来到曲宗村，课题要的资料早都收集完了，但还是舍不得走。你知道是为了什么吗？"

"总不会是为了等我来喂那一家狼吧？"

"那为了等谁？"

"我有那么好吗？"

英甫笑着打趣了一句。

"不！"叶娜的脸色红了起来，"因为你坏！"

英甫摇了摇头，盯着那只兀鹫终于把骨头吞进肚里，松开了双拳：

"这个世界上，没人说过我是好人。"他把头转过来，看着叶娜看天的双眼，"倒想听听，你的眼里，我是个怎么坏法？"

看见叶娜闭起眼睛，他伸出右手，从褐色冲锋衣的左胸内兜中，掏出一个空的小药瓶："丫头，看看。是因为这个？"

叶娜睁开眼一把夺过来，往后一下子躺倒在山坡上，两行泪流向了耳边："你为什么当时不把我从8400米推下去？"仰望着空空如也的、蓝得不知深浅的天空，她大声说着。

"推你？"英甫笑起来，右手指向天，"这个世界上，该推下去的人太多了！但你不在其中。"

"那你不只是坏，是太坏了！"叶娜又翻身坐了起来，一双红红的眼睛盯着英甫，"因为，你从内心日日提防着我，还夜夜抱着我！"

"不抱你——"英甫笑眯眯地上下打量着叶娜，"洛丽塔，谁给你换裤子？"

"混蛋！"叶娜的脸涨得通红，"你是乘人之危。"

"我是救人于危难之时！"

叶娜不吭气了，英甫看着兀鹫们开始争抢不多的肉块，又摇了摇头。

"在7900米的那个晚上，你的尿瓶子的盖子没拧紧，结果浸透了你的睡袋。把你弄进我的睡袋时——"他低下头伸出右手，从叶娜手中拿过来小药瓶，举到眼前转着圈看了一下，"我终于找到了它。"

"所以，从上北坳一号营地起，你就不喝我的保温瓶中的水？"叶娜抬起眼，也看着英甫手中举着的小药瓶。此刻，明亮的阳光，正钻进瓶子里，在里边涨满了，又溢了出来。这瓶子，竟像有一肚子的故事要讲，闪闪发起光来。

"当时，我的心像塞进了一块片岩。难过！"

"因为我卑鄙？"

"因为得到证实！"

"那你为什么当时不杀了我？"

"杀你？"英甫笑起来，伸出左胳膊，把叶娜揽入怀中，"你是我的洛丽塔呀！"

"那我为什么会突然在突击营地上吐下泻呢？"

"行军的路上，你喝了保温瓶中的水。"英甫点了点头，"西门吹雪在保温瓶里放了泻药！"

"知道吗？"叶娜伸出右手，捏了一下英甫的左脸，"你在顶峰一站起来，扎西平措和桑巴就冲到你在大本营的帐篷里整理你的睡袋。他们发现我时，我正在做噩梦。"

"梦见什么了？"英甫眼含着泪，伸出右手，抚摸着叶娜的额头。

"一只饿狼，正在撕咬你。"

"是一头小母狼吧？"英甫笑了，泪花在阳光下闪烁。

"我这一年都在后悔。"叶娜也笑起来，泪珠在长长的睫毛上，像草尖上的露水，透亮而又晶莹，"后悔为什么没有在二号营地，把巴豆倒在你的紫菜汤里，让你上吐下泻，不在顶峰生死煎熬。"

"不让我成残废人？"

"什么？"叶娜的双手捂住了嘴，两眼瞪圆。

"左脚外侧的两个脚趾，右脚的大脚趾和中脚趾，都截肢了！"英甫笑眯眯地看着泪眼蒙眬的叶娜。

"天哪，真不该心软放你上去！"叶娜的脸扭曲着，双手捏成拳砸着自己的两边太阳穴。

"傻丫头！多亏了你手下留情。"英甫抬起右手，轻轻拍了一下叶娜的额头。

"你知道那瓶子里装的是什么吗？"

"泻药呀！"叶娜翻身坐了起来，转过头，瞪着两眼看着英甫。

"是尕子告诉你的吧？"

"对，他还当面喝了一些，说为了不让你死在山上。"

英甫笑起来，一副开心的样子。但是，他的眼中却含着了更多的泪水，看着桑烟中的兀鹫们围着肉骨头准备拼死一搏。

"'人为财死，鸟为食亡'，真真不假呀！就为了我的钱，他们借刀杀人。"英甫又举起右手中的小药瓶，"这瓶子里，除了巴豆粉，还有一种能置我于死地的东西。"

"什么？"

"青霉素。"

叶娜睁大的眼睛眨巴起来，抖落了睫毛上的泪珠："那也不是毒药呀！"

英甫把头又转向了珠峰："我有严重的青霉素过敏症！只要闻到了，就会昏迷抽搐！"

"天呀！"叶娜的脸色变得苍白，两眼无神地茫然看着兀鹫跃跃欲试，"人，为什么如此凶残？"

"所以，你的课题注定是做不完的。"

英甫站了起来，看见远处的山谷里，扎西和岗巴正吠叫着奔来。

"走，是因为来过！"叶娜知道，扎西和岗巴是来叫她走的，接她的车已经到了加布家了。

"因为来过，所以必须走！"这一句，是英甫看着叶娜说的。

叶娜又接上了英甫的话："一年了，我终于知道我的课题白做了。"

"不，没有！因为你已经验证了人性。"英甫双手放在了叶娜的肩上，"一个人要像一个伟大的审判者一样，审问这人世间的人们。再做一个伟大的犯人，向审判者陈述自己的善。"

"这是谁说的?"叶娜的眼,睁大了。

"鲁迅!"

"天哪!"叶娜双手一拍,又抬起头来,把英甫的双手从自己的肩上拿下来,握在手里,"他才是一个真正的生态社会学家!我的论文真正被他开题了!"

"哟!"英甫笑得眼睛眯起来,"恭喜!你新生了!"

叶娜把脸贴在英甫的胸膛上:"不,我死了——"她沉默了片刻,抬起了头,"生,就是死!死就是生!"

"这句话,你知道是谁说的吗?"叶娜骑着她的白马向山谷里走远时,回过头来,向目送她的英甫大声问了一句。

"宗喀巴!"

英甫高声回答着。余音在山谷里、高坡上,一层一层地四散着。牦牛们抬起了头,大声地叫起来。

一只硕大的兀鹫,猛拍了一下翅膀,其他兀鹫们急忙散开了。它,从容地上前两步,一口就把最后的肉骨吞进肚里。

"跟我回家吧!"在一个山坡顶上,叶娜停了下来,大声叫过来。

"不!"英甫也高声喊着,还使劲儿摇着头,"我——怕——被——猎——头!"

喊完这句话,英甫转回了身。抬起左手腕,他低头看了看手表。正是上午 11 点。

仰起头远望着珠峰,从未见过的又长、又宽、又厚的旗云,正洁白无比地徐徐展开。

一阵风吹过来,他又回头冲着叶娜的背影高呼:"丫头,再见了!"

"下辈子!"远远地,像从天边传回来的声音。叶娜紧催着白马,走入了山谷里……

吃光刮净了食物的兀鹫们，彼此观望着，都躁动起来。英甫看见，它们纷纷紧跑几步，逆风飞了起来，在头顶盘旋了几圈，就向远方飞去。

远方的山谷中，一缕桑烟，高高地升起来了。

英甫知道，那里，有一个天葬台。

A Conch
on
Mount
Qomolangma

A Conch
on
Mount
Qomolangma